आशुतोष गर्ग का जन्म 1973 में दिल्ली में हुआ। हिंदी में एम.ए. तथा पत्रकारिता एवं अनुवाद में डिप्लोमा के अतिरिक्त इन्होंने एम.बी.ए. भी किया है। स्कूली दिनों में कविताएँ और कहानियाँ लिखने का सिलसिला आरंभ हुआ और अब तक इनकी लगभग 24 किताबें प्रकाशित हो चुकी हैं।

आशुतोष ने लेखन-क्षेत्र में उल्लेखनीय कार्य किया है। ये अंग्रेज़ी और हिंदी, दोनों भाषाओं पर समान अधिकार रखते हैं तथा अनुवाद के क्षेत्र में परिचित नाम हैं। इन्होंने *शिक्षार्थी हिंदी प्रयोग कोश* के साथ *द्विभाषी प्रशासनिक शब्द-प्रयोग कोश* और *मैं ऐल्बर्ट आइंस्टाइन बोल रहा हूँ* नामक पुस्तकों का संपादन किया है। बाल-साहित्य में *एक सौ एक रोचक पहेलियाँ* प्रकाशित है। इसके अतिरिक्त, *दशराजन्, द्रौपदी की महाभारत, आनंद का सरल मार्ग, श्री हनुमान लीला, देवदारों के साये में* आदि प्रमुख चर्चित अनुवाद हैं। आशुतोष ने *थॉमस एल्वा एडिसन, लियोनार्डो दा विंची* और *मैडम क्यूरी* जैसे विश्व-प्रसिद्ध व्यक्तित्वों के जीवन पर आधारित पुस्तकों के भी सफल अनुवाद किए हैं। इनके कुछ अन्य अनुवाद प्रकाशनाधीन हैं।

अश्वत्थामा : महाभारत का शापित योद्धा नामक बहु-चर्चित उपन्यास के बाद यह इनका दूसरा मौलिक उपन्यास है। आशुतोष नियमित रूप से समाचार-पत्र व पत्रिकाओं में भी लिखते हैं।

इंद्र

देवलोक के वर्तमान राजा – पुरंदर की गाथा

आशुतोष गर्ग

MANJUL

मंजुल पब्लिशिंग हाउस

MANJUL
मंजुल पब्लिशिंग हाउस
कॉरपोरेट एवं संपादकीय कार्यालय
• द्वितीय तल, उषा प्रीत कॉम्प्लेक्स, 42 मालवीय नगर, भोपाल-462 003
विक्रय एवं विपणन कार्यालय
• 7/32, अंसारी रोड, दरियागंज, नई दिल्ली-110 002
वेबसाइट : www.manjulindia.com
वितरण केन्द्र
अहमदाबाद, बेंगलुरू, भोपाल, कोलकाता, चेन्नई,
हैदराबाद, मुम्बई, नई दिल्ली, पुणे

यह संस्करण 2019 में पहली बार प्रकाशित

ISBN 978-93-88241-73-1

मुद्रण व जिल्दसाज़ी : थॉमसन प्रेस (इंडिया) लिमिटेड

आशुतोष गर्ग इस पुस्तक
के लेखक होने की नैतिक ज़िम्मेदारी वहन करते हैं

अनुक्रम

• • •

अतीत को हम वर्तमान में जीते हैं तो अपने भविष्य का ध्यान भी रखते हैं, इसीलिए किसी भी पौराणिक पात्र को सही ढंग से देखने-समझने के लिए उससे जुड़े पूर्वाग्रहों से दूर हटकर, पुराने तथ्यों को नए ढंग से देखने की आवश्यकता होती है। देवताओं के राजा इंद्र से जुड़ी मान्यताओं और आशुतोष गर्ग के अपने भविष्यदर्शी नूतन दृष्टिकोण के बीच अद्भुत संतुलन का परिणाम है - 'पुरंदर'!

आशुतोष ने बीस से अधिक लोकप्रिय पुस्तकों का हिंदी व अंग्रेजी में सफल अनुवाद किया है। *'अश्वत्थामा : महाभारत का शापित योद्धा'* उपन्यास के बाद *'पुरंदर'* उनका दूसरा मौलिक उपन्यास है। उनकी चमत्कारी कलम के जरिए पौराणिक कथाओं के प्रभावशाली विश्लेषण को पढ़ना एक सुखद अनुभव है। मेरी ओर से उन्हें *'पुरंदर'* तथा अन्य भावी रचनाओं के लिए हार्दिक शुभकामनाएँ!

—अशोक चक्रधर (पद्मश्री)
लेखक, साहित्यकार एवं कवि

आमुख

मैं बचपन से ही हिंदू पौराणिक साहित्य की रोचक कथाओं को पढ़ता-सुनता आया हूं। इन शानदार कहानियों के बहुत-से पात्र मेरे मस्तिष्क में गहरे अंकित हो गए हैं। ये पात्र मनुष्यों से शुरू करके देवताओं एवं असुरों तक विभिन्न श्रेणियों में बँटे हैं। मेरे विचार से पात्र चाहे मनुष्य हो या देवता अथवा असुर, उसकी अद्वितीयता ही वास्तव में पाठक को उस पात्र से बांधे रखती है।

मुझे इन पौराणिक गाथाओं में सबसे अधिक नाटकीय और आकर्षक पात्र इंद्र लगता है, जो देवराज इंद्र के नाम से भी विख्यात है।

बहुत-से लोगों को यह जानकर आश्चर्य होगा कि इंद्र, देवताओं के राजा का नाम नहीं है। इंद्र किसी पात्र का नाम नहीं है। वास्तव में इंद्र एक पदवी, एक उपाधि है। यह उस व्यक्ति का पदनाम है, जिस पर देवताओं की नगरी देवलोक पर शासन करने का दायित्व है। सरल शब्दों में, देवलोक के राज-सिंहासन पर बैठने और देवताओं का राजा कहलाए जाने वाले व्यक्ति को 'इंद्र' कहते हैं।

ऐसा है तो फिर, पुरंदर कौन है?

दरअसल, वर्तमान काल के इंद्र, यानी देवताओं के मौजूदा राजा और देवलोक के स्वामी का नाम पुरंदर है। वह महर्षि कश्यप और अदिति के बारह पुत्रों में से एक है। पुरंदर, मेरु पर्वत पर स्थित देवलोक की राजधानी अमरावती में रहता है। वह वर्षा, आंधी, बिजली, और बादलों का देवता

है। इसके अतिरिक्त, पुरंदर दिशाओं के संरक्षक 'दिक्पालों' में से भी एक है। मेरु पर्वत की पूर्व दिशा में स्थित होने के कारण पुरंदर को 'पूर्व का दिक्पाल' माना जाता है।

पुरंदर अपने सफ़ेद विशालकाय हाथी ऐरावत की सवारी करता है। उसके पास उच्चैःश्रवा नाम का एक अश्व भी है। पुरंदर के सारथी का नाम मातलि है। पुरंदर का तन स्वर्णिम है और उसे सामान्य तौर पर स्वर्णिम मुख, नख, केश एवं दाढ़ी से युक्त दिखाया जाता है।

पुरंदर का अपना परिवार भी है। उसकी पत्नी शची, इंद्र की सहधर्मिणी होने के नाते 'इंद्राणी' के नाम से विख्यात है। इंद्र और शची के पुत्र का नाम जयंत और उनकी दो पुत्रियों का नाम जयंती तथा देवसेना है। जयंती का विवाह दैत्य-गुरु शुक्राचार्य के साथ हुआ तथा उसकी बहन देवसेना भगवान शंकर के पुत्र कार्तिकेय की पत्नी है।

यद्यपि इंद्र को देवता का स्थान प्राप्त है। यह अत्यंत आश्चर्य की बात है कि हिंदू पौराणिक साहित्य में ऐसी अनेक घटनाएं वर्णित हैं, जिनमें इंद्र का अत्यंत आलोचनात्मक वर्णन किया गया है। वैदिक पुस्तकों एवं अन्य ग्रंथों को पढ़ने से पुरंदर की छवि, चालबाज़ और धूर्त व्यक्ति के रूप में उभरकर आती है। उसे चोरी-छिपे योजनाएं बनाने तथा दूसरों का अपमान करने वाला दर्शाया गया है। पुरंदर ऐसा मानता है कि उसे किसी से भी छल करने का विशेषाधिकार प्राप्त है।

पुरंदर को झगड़ा करना पसंद है। वह ज़रा-सी बात पर किसी से भी लड़ने को तैयार हो जाता है। वह ऐसे किसी भी व्यक्ति से शारीरिक या मनोवैज्ञानिक युद्ध करने को तत्पर रहता है, जो उसके प्रभुत्व को ललकारने या उसकी कीर्ति के मार्ग में बाधा डालने का प्रयास करता है। पुरंदर के क्रोधी और अविवेकी स्वभाव के दो मुख्य कारण हैं : पहला, उसके पास अपनी रक्षा हेतु देवताओं की दुर्जेय सेना है। दूसरा, उसका शस्त्रागार दिव्यास्त्रों से भरा है, जिनका सामना करना किसी सामान्य प्राणी के लिए संभव नहीं है। पुरंदर को अपने समस्त चमत्कारी अस्त्र-शस्त्रों में से अपना वज्र और इंद्र-धनुष सबसे अधिक पसंद है। यह वही सतरंगी धनुष है, जिसके दर्शन पृथ्वीवासियों को कभी-कभी आकाश में होते हैं। पुरंदर के पास परंजय नाम की दिव्य और शानदार तलवार भी है।

यद्यपि पुरंदर साहसी होने का दिखावा करता है, वह भीतर से आकुल और भयभीत रहता है। उसे प्रतिपल अपना सिंहासन गंवा देने का भय सताता है। उसका ध्यान सदा इस बात पर रहता है कि कोई मनुष्य अथवा असुर उसका सिंहासन छीनने का ध्वंसकारी प्रयास तो नहीं कर रहा। यदि पुरंदर को किसी असुर से ख़तरे का आभास होता है तो वह उससे युद्ध करने निकल पड़ता है, यदि उसे लगता है कि कोई तपस्वी, गहन साधना द्वारा अपने तपोबल एवं आध्यात्मिक शक्तियों को संवर्धित करने का प्रयास कर रहा है तो वह ऐसे तपस्वी से भी उलझने में झिझकता नहीं है। वह देवलोक की अप्सराओं को भेजकर उन तपस्वियों का ध्यान भंग करके तप में व्यवधान उत्पन्न करने की सीमा तक चला जाता है।

पुरंदर अत्यंत आवेगी और लापरवाह होने के साथ-साथ स्वभाव से व्यभिचारी और कामी भी प्रतीत होता है। ऐसे अनेक किस्से हैं, जब देवराज ने खुले तौर पर नैतिकता के स्थापित नियमों का उल्लंघन किया और सामाजिक व्यवस्था के ढांचे को छिन्न-भिन्न किया। उसने ऋषियों की पत्नियों और युवतियों के साथ व्यभिचार करने का दुस्साहस भी किया है। पुरंदर के व्यभिचार से संबंधित ये किस्से देवलोक की अप्रतिम अप्सराओं के साथ उसके दैनिक लाम्पट्य के अतिरिक्त हैं।

पुरंदर के जीवन से जुड़े इन अनैतिक किस्सों से देवलोक के अधिपति के रूप में उसके प्रभुत्व पर कोई प्रभाव नहीं पड़ता। अपने चरित्र पर लगे कलंकों से बेपरवाह पुरंदर निर्लज्जता से अपनी उपलब्धियों पर गर्व करता है।

उसे इस बात पर बहुत गर्व है कि उसने सौ अश्वमेध यज्ञ सम्पन्न किए हैं, जिसके लिए उसे 'शतक्रतु' की उपाधि मिली है। इसी कारण उसे 'इंद्र' का सिंहासन प्राप्त हुआ है। वह वेदों में वर्णित समस्त देवताओं में सर्वाधिक लोकप्रिय है तथा अकेले *ऋग्वेद* में 250 से अधिक ऋचाएं इंद्र की स्तुति में लिखी गई हैं। पुरंदर के निवास देवलोक में अनेक प्रकार की दुर्लभ वस्तुएं पाई जाती हैं जिनमें मंदार, पारिजात, कल्पवृक्ष और हरिचंदन जैसे दिव्य वृक्ष शामिल हैं। इंद्र के सम्मान में ब्रज और उसके आस-पास के क्षेत्रों में 'इंद्रोत्सव' का त्योहार बड़ी धूम-धाम से मनाया जाता है। ऐरावत और उच्चैःश्रवा के अतिरिक्त, पुरंदर कभी-कभी बादलों पर भी सवारी करता है इसलिए उसका एक नाम 'मेघवाहन' भी है। इंद्र के लिए प्रयुक्त होने वाले

कुछ अन्य नाम इस प्रकार हैं : वज्रधर (वज्र धारण करने वाला), शतक्रतु (जिसने सौ अश्वमेध यज्ञ संपन्न किए हों), शचीपति (शची का पति), शक्र (शक्तिशाली), वृषण (पराक्रमी), वृत्राहन (वृत्रासुर का हन्ता), देवराज, देवेंद्र, सुरेंद्र, स्वर्गपति तथा वासव (वसुओं का स्वामी)।

यह संसार देवताओं और असुरों के वैमनस्य से भली-भांति परिचित है। परंतु उनके बीच का संबंध अधिक लोगों को ज्ञात नहीं है। पुरंदर की माता अदिति, देवताओं की माता है। अदिति की बहन दिति दैत्यों की माता है। चूंकि दिति और अदिति सगी बहनें हैं, इसलिए देवता और दैत्य परस्पर मौसेरे भाई हैं। हालांकि श्रेष्ठता के लिए उनके बीच सदा लड़ाई चलती रहती है। अनेक बार देवताओं ने पुरंदर के नेतृत्व में अपने मौसेरे भाइयों के विरुद्ध भीषण युद्ध लड़ा है।

हिंदू पुराणों से एक अन्य रोचक जानकारी यह मिलती है कि पुरंदर, पहला या आख़िरी इंद्र नहीं है। कहते हैं, मानवता के जनक एवं प्रथम पुरुष मनु का जीवनकाल, जिसे मन्वंतर कहा जाता है, के समाप्त होने पर देवलोक के राजसिंहासन पर एक नया व्यक्ति विराजमान होता है। *विष्णु पुराण* के अनुसार, एक मन्वंतर चारों युगों (सत, त्रेता, द्वापर और कलि) की कुल अवधि के 71 गुना समय के बराबर होता है। इतने समय के लिए इंद्र, देवलोक पर शासन करता है। यह अवधि पूर्ण हो जाने पर इंद्र के साथ उसके कालखंड के सप्तर्षियों, मनु और मनु के समस्त पुत्रों का अंत हो जाता है। इसके बाद सृष्टि के रचयिता ब्रह्मा एक नए मनु की रचना करते हैं और साथ में नए सप्तर्षि, मनु के पुत्र तथा नए इंद्र की भी रचना होती है। इसी के साथ नए मन्वंतर का आरंभ हो जाता है तथा सृष्टि का चक्र, फिर से चलने लगता है। पुराणों में चौदह मन्वंतरों का उल्लेख मिलता है, जिनमें से छह समाप्त हो चुके हैं। वर्तमान वामन मन्वंतर, सातवां मन्वंतर है। इस मन्वंतर के प्रथम पुरुष का नाम वैवस्त मनु है तथा ऋषि कश्यप, अत्रि, वसिष्ठ, विश्वामित्र, गौतम, जमदग्नि और भारद्वाज मुनि इस मन्वंतर के सप्तर्षि हैं। मौजूदा मन्वंतर के इंद्र का नाम 'पुरंदर' है।

पुरंदर ने अनेक बार अपने वज्र से भयानक असुरों और दैत्यों का संहार करके संसार को अत्याचार से मुक्ति दिलाई है। इंद्र ने कई बार कष्ट में फंसे लोगों की सहायता करके उन पर उपकार किया है, तो उसने कभी-कभी अनियंत्रित क्रोध तथा अत्यधिक अहंकार-भरे क्षणों में बड़े-बड़े

महर्षियों का अपमान भी किया है। उसने आवेश में अपने गुरुओं तक की हत्या कर डाली है। पुरंदर अत्यंत संशयी है और उसके स्वभाव का पूर्वानुमान लगाना असंभव है।

यह दुख की बात है कि पुरंदर के असीम बल, ज़बरदस्त युद्ध-कौशल तथा बीती उपलब्धियों के बावजूद, उसका चरित्र, अहंकारी और कामुक राजा के रूप में उभरा है। वह निस्संदेह देवलोक का स्वामी और देवताओं का राजा है किंतु दुर्भाग्य से, उसे देवताओं और मनुष्यों से वांछनीय सम्मान और विश्वास प्राप्त नहीं हुआ, जिसका वह अधिकारी है।

पुरंदर के विषय में अनंतकाल तक लिखा जा सकता है, क्योंकि यही उसके चरित्र की विशेषता है। परंतु, देवलोक के स्वामी का जीवन इतना व्यापक और विस्तृत है कि उसे कुछ पृष्ठों में समाहित कर देना संभव नहीं है। इसके अतिरिक्त, मेरा उद्देश्य यहां पुरंदर का जीवन-वृत्त प्रस्तुत करना नहीं है। मैं केवल उसके जीवन से जुड़ी कुछ अद्भुत और रोचक घटनाओं का उल्लेख करना चाहता हूं ताकि लोगों को पुरंदर के विशिष्ट एवं आकर्षक व्यक्तित्व के मनोरंजक पहलुओं को समझने का अवसर मिल सके।

मैंने इन घटनाओं को लगभग उसी रूप में प्रस्तुत किया है, जिस रूप में ये विभिन्न ग्रंथों में मूल से उल्लिखित हैं। तथापि मैं स्वीकार करता हूं कि मैंने इन घटनाओं में वर्णित पात्रों तथा तत्कालीन समय और वातावरण को सजीव बनाने के लिए बीच-बीच में संवाद और विवरण जोड़े हैं। इसके पीछे केवल एक ही उद्देश्य है। आपको, यानी अपने पाठक को आनंदित करना। इस पुस्तक में मुझसे व्याकरण अथवा तथ्य-संबंधी त्रुटि हुई हों तो मैं उनके लिए क्षमाप्रार्थी हूं। मैं पाठकों से यह अनुरोध करता हूं कि वे इस पुस्तक पर अपने सुझाव दें, ताकि मैं अपनी आगामी पुस्तकों में आवश्यकतानुसार सुधार कर सकूं।

एक और बात। मेरा ऐसा मानना है कि हिंदू पौराणिक साहित्य इतना विस्तृत है और इसका ताना-बाना इतना ज़्यादा उलझा हुआ है कि मनुष्य को ज्ञान के इस विशाल सागर से मुट्ठी-भर रत्न प्राप्त करने के लिए कई जन्म लेने पड़ेंगे। यही कारण है कि इन विषयों पर चार किताबें लिखकर स्वयं को 'मिथोलॉजिस्ट' कहना न केवल दंभपूर्ण दावा है, अपितु स्वयं को भ्रमित करने वाला कथन भी है। मैं ऐसे किसी खोखले और असत्य दावे का हिस्सा नहीं बनना चाहता। मैं पौराणिक विषयों पर 'मिथोलॉजिस्ट' बनने की

अभिलाषा से नहीं लिखता। मैं इन विषयों पर लिखता हूं क्योंकि मुझे लिखना पसंद है।

मैं और अधिक न कहते हुए वर्तमान इंद्र के जीवन की घटनाओं पर आधारित यह पुस्तक पाठक को सौंपता हूं।

—आशुतोष गर्ग
नई दिल्ली
ashutoshgarg343@gmail.com

आभार

मैं सर्वप्रथम भगवान कृष्ण का आभारी हूं जिनमें मेरी दृढ़ एवं अटूट आस्था है। वही अविनाशी गोविंद, मेरी कल्पना एवं मेरे लेखन के बीच के अंतर को भरते हैं।

मैं अपने माता-पिता का बहुत आभारी हूं जो मेरे लिए सदैव प्रेरणा एवं साहस का स्रोत रहे हैं।

मैं अपनी पत्नी गुंजन तथा अपने दोनों बच्चों अत्रि और अन्नपूर्णा को धन्यवाद देता हूं जो मुझे - मैं जैसा भी हूं - इसी रूप में बेहद प्यार करते हैं।

मैं अपने मित्रों एवं साथियों का उनके बहुमूल्य सुझाव एवं मार्गदर्शन के लिए आभारी हूं।

मैं अपने प्रकाशक मंजुल पब्लिशिंग हाउस का आभार व्यक्त करता हूं जिन्होंने इस पुस्तक के माध्यम से हिंदू पौराणिक ग्रंथों में छिपी अनमोल निधि का आधुनिक पीढ़ी से परिचय करवाया तथा भारतीय साहित्य को समृद्ध बनाकर समाज को लाभान्वित किया है।

1

राज्याभिषेक

'प्रणाम, मां!' पुरंदर ने अपनी माता के समक्ष सिर झुकाते हुए कहा। अदिति बहुत देर से अपने पुत्र की प्रतीक्षा कर रही थी। वह उसके लौटने पर प्रसन्न होकर बोली, 'प्रिय पुरंदर! प्रभु ने क्या कहा?'

'मां!' पुरंदर ने सिर उठाकर उत्तर दिया, 'मुझे आशीर्वाद दीजिए। प्रभु ने मुझे "इंद्र" पद के लिए नामित करने का निश्चय कर लिया है।'

'प्रभु की जय हो!' यह कहते हुए अदिति भागती हुई आई और उसने अपने ज्येष्ठ पुत्र पुरंदर को गले लगा लिया जो अब देवताओं का राजा और अगला 'इंद्र' बनने जा रहा था।

उसी समय पुरंदर के पिता महर्षि कश्यप भी कक्ष में आ गए। उन्हें पता था कि परमेश्वर ने उनके पुत्र पुरंदर को वह विशिष्ट सम्मान के लिए चुन लिया था। कश्यप ने कहा, 'पुत्र, तुम सौभाग्यशाली हो कि भगवान ने तुम्हारे अन्य सभी भाइयों में से तुम्हें इस वर्तमान मन्वंतर का 'इंद्र' घोषित करना तय किया है।'

यह सुनकर पुरंदर की भौंहें तन गईं। अदिति ने भी कश्यप को आश्चर्य से देखा।

'आपका क्या आशय है, पिताजी?' पुरंदर ने पूछा। 'क्या आप यह कहना चाहते हैं कि प्रभु ने मेरे साथ पक्षपात किया है? क्या इसका यह अर्थ है कि मैं इस सम्मान के योग्य नहीं हूं? क्या आपका आशय है कि मेरे भाई मुझसे अधिक श्रेष्ठ हैं और मैंने उनका अधिकार छीना है?' पुरंदर उत्तेजित हो गया था।

'बस करो, पुरंदर!' कश्यप ने खीझते हुए कहा, 'तुमने जो समझा, मैंने वैसा कुछ भी नहीं कहा है। मैंने तुम्हें सफलता पर केवल बधाई दी थी। मैंने यह भी नहीं कहा कि ईश्वर ने तुम पर दया करके तुम्हें यह पद दिया है। निश्चित तौर पर, भगवान किसी व्यक्ति पर विशेष दया करने के लिए बाध्य नहीं हैं। निस्संदेह, तुम्हारे असाधारण गुणों, युद्ध-कौशल तथा ऐसी अनेक योग्यताओं के कारण ही तुम्हें देवलोक के स्वामी के पद के लिए चुना गया है।'

'यही सत्य है, पिताश्री,' पुरंदर शांत हो गया। 'आपको याद रखना चाहिए कि अपने सभी भाइयों में से केवल मैंने सफलतापूर्वक सौ अश्वमेध यज्ञ संपन्न किए हैं और इसी कारण मुझे "शतक्रतु" की उपाधि भी मिली है। किसी अन्य ने...'

'पुरंदर, मेरे विचार से तुम इस बात को लेकर कुछ ज़्यादा ही अभिमानी हो रहे हो,' कश्यप ने अपने अहंकारी पुत्र को टोकते हुए कहा। 'इस तरह की प्रतिक्रिया करने से तुम्हें लाभ से अधिक हानि होने की संभावना है। तुम अब देवताओं के राजा बनने वाले हो। तुम्हें अपने क्रोध और दंभ को नियंत्रण में रखना सीखना चाहिए। यह ध्यान रखो कि तुम्हारा राज्याभिषेक अभी तक हुआ नहीं है।' कश्यप बुरी तरह खीझ गए थे। वह अपनी माला जपते हुए कक्ष से बाहर निकल गए। कश्यप स्पष्ट तौर पर, अपने पुत्र के व्यवहार से प्रसन्न नहीं थे, किंतु पुरंदर को इस बात की तनिक भी परवाह नहीं थी।

पुरंदर शायद स्वभाव से इतना अहंकारी नहीं था। यह सब 'इंद्र' के पद का दुष्प्रभाव था जो उसके पदाधिकारियों पर स्वतः पड़ने लगता जाता था। इंद्र के पद पर नामित होने के नाते पुरंदर अब देवलोक का शासक, देवताओं का राजा, वर्षा, मेघ व बिजली का देवता था। वह असंख्य दिव्यास्त्रों के साथ बहुत-सी कामोत्तेजक अप्सराओं का स्वामी बन गया था। पुरंदर का वंश भी साधारण नहीं था। वह सृष्टि के सर्वोच्च वंश से संबंध रखता था। उसके पिता कश्यप मुनि, महर्षि मरिचि के पुत्र थे। कश्यप मुनि ने प्रजापति दक्ष की तेरह कन्याओं - अदिति, दिति, दनु, विनता, कद्रू, ताम्रा, खसा, अरिष्टा, इरा, सुरभि, क्रोधवशा, सुरसा तथा मुनि से विवाह किया था। कालांतर में, कश्यप और अदिति ने तैंतीस पुत्रों को जन्म दिया। इसमें से बारह - पुरंदर, धाता, अर्यमा, मित्र, अंशुमान, वरुण, भग, विवस्वान, पुष्य, परंजय, त्वष्टा और विष्णु को संगठित रूप में 'आदित्य' कहा जाता है।

पुरंदर के पितामह मरिचि भगवान ब्रह्मा के दस पुत्रों में से ज्येष्ठ थे। उनके अन्य नौ पुत्र अत्रि, अंगिरा, पुलस्त्य, पुलह, क्रतु, भृगु, वसिष्ठ, दक्ष और नारद हैं। इस तरह देखें तो पुरंदर इस सृष्टि के रचयिता भगवान ब्रह्मा का प्रपौत्र था। इतना श्रेष्ठ कुल और इतनी उपलब्धियां किसी को भी अहंकारी बनाने के लिए पर्याप्त हैं।

पुरंदर ने अपने सारथी मातलि को बुलाया और कहा, 'मातलि राज्याभिषेक होने तक मेरे पास कोई विशेष कार्य नहीं है, तो ऐसा करते हैं कि भगवान ब्रह्मा के पास चलकर उनका आशीर्वाद ले लेते हैं, क्योंकि मैं इंद्र के पद पर आसीन होने के बाद बहुत व्यस्त हो जाऊंगा और फिर मेरे पास शायद इन औपचारिकताओं के लिए समय नहीं रहे।'

मातलि धीरे-धीरे स्वयं को पुरंदर के बदलते तेवर के अनुरूप ढालने का प्रयास कर रहा था। ब्रह्मा, पुरंदर के परदादा होने के साथ-साथ इस सृष्टि के रचयिता भी थे। इसलिए मातलि को यह सुनकर आश्चर्य हुआ कि उनसे मिलकर आशीर्वाद लेना पुरंदर के लिए मात्र 'औपचारिकता' थी। मातलि को थोड़ा बुरा भी लगा। वह पुरंदर की इस टिप्पणी पर आपत्ति व्यक्त करना था। उसने साहस बटोरा, किंतु वह सिर्फ़ इतना ही कह पाया 'जो आज्ञा, स्वामी।'

पुरंदर अपने रथ के पीछे वाली गद्दी पर बैठ गया। मातलि ने लगाम खींच दी। पुरंदर का रथ आकाश को चीरता हुआ कुछ ही पलों में मेरु पर्वत पर स्थित ब्रह्मपुरी पहुंच गया। उस समय चतुर्मुखी भगवान ब्रह्मा अपने स्वर्णिम कमल-पुष्प पर बैठे ध्यान में लीन थे। उन्होंने पुरंदर के आगमन पर आंखें खोलीं और उसे देखकर मुस्कराए। उन्हें निश्चित रूप से पता था कि उनके प्रपौत्र पुरंदर को इंद्र-पद के लिए चुना गया है।

पुरंदर भी प्रसन्न था। उसने रचयिता के समक्ष सिर झुकाया और कहा, 'प्रणाम पितामह! मैं औपचारिक रूप से इंद्र-पद का कार्यभार संभालने से पूर्व आपका आशीर्वाद लेने आया हूं। राज्याभिषेक के बाद आपसे भेंट करने के लिए शायद जल्दी समय नहीं मिल पाएगा।'

ब्रह्मा फिर मुस्कराए। पुरंदर की बढ़ती बेचैनी ने उसके सोचने-समझने की शक्ति को अभी से प्रभावित कर दिया था। ब्रह्मा को हँसी आ रही थी। उन्होंने स्वयं को संभाला और पुरंदर की बात से सहमत होने का दिखावा करते हुए बोले, 'मुझे पता है, पुत्र' 'इंद्र का कार्य सरल नहीं है। मैं तुम्हें सुखी, समृद्ध और सफल कार्यकाल के लिए शुभकामनाएं देता हूं। यद्यपि तुम

बहुत समझदार हो और मुझे तुम्हारी बुद्धिमानी पर कोई संदेह नहीं है, तथापि मैं चाहता हूं कि तुम एक बात का सदा ध्यान रखो।'

'वह क्या, पितामह?' पुरंदर ने पूछा।

'विनम्रता!' ब्रह्मा ने उत्तर दिया। 'सदा शिष्ट एवं विनम्र रहना। इंद्र के पद का उत्तरदायित्व बहुत बड़ा है। इस तरह के पदों पर बैठने वाले लोग प्रायः पथ-भ्रष्ट हो जाते हैं। इसलिए इसका विशेष ध्यान रखना...'

'पितामह, आप बिलकुल चिंता मत कीजिए,' पुरंदर ने ब्रह्मा की बात बीच में ही काट दी। घिसे-पिटे भाषण सुनने में उसकी रुचि नहीं थी। 'मैं आपके सुझाव का ध्यान रखूंगा। अब मुझे अनुमति दीजिए। मुझे राज्याभिषेक से पहले के और उसके बाद के बहुत-से प्रबंध देखने हैं।'

'अवश्य पुरंदर! तुम सचमुच बहुत व्यस्त और उत्तेजित दिखाई पड़ रहे हो, किंतु इस भाग-दौड़ के बीच अपने राज्याभिषेक पर मुझे आमंत्रित करना मत भूल जाना।' ब्रह्मा ने चुटकी ली।

'मुझे लज्जित नहीं कीजिए, पितामह। आपको अभिषेक का निमंत्रण सही समय पर मिल जाएगा।' पुरंदर शायद ब्रह्मा द्वारा किए उपहास को समझ नहीं सका। ब्रह्मा अंत में कुछ कहना चाहते थे किंतु पुरंदर ने उनकी पूरी बात भी नहीं सुनी।

इंद्र-पद का इतिहास असाधारण है। बहुत-से योग्य लोगों को पहले भी इस पद पर बैठने का सौभाग्य मिला है, किंतु अंत समय तक इस पद की गरिमा और श्रेष्ठता को कायम रखना बहुत कठिन होता है। ब्रह्मा अंत में यही बात पुरंदर से कहना चाहते थे, किंतु पुरंदर तब तक जा चुका था।

ब्रह्मा ने लंबी श्वास छोड़ी। वह जानते थे कि पुरंदर के मार्ग में कैसी-कैसी कठिनाइयां आने वाली थीं। किंतु उन सबसे अनजान पुरंदर, अपने जीवन की सबसे बड़ी और महत्त्वपूर्ण घटना की तैयारी कर रहा था - राज्याभिषेक।

पुरंदर अमरावती लौटा तो बहुत प्रसन्न था। वह अभिषेक के विषय में सोचता इधर-उधर घूम रहा था कि तभी एक प्रहरी ने आकर उसे बताया कि देवगुरु बृहस्पति उससे तत्काल मिलना चाहते हैं।

'उन्हें आदरपूर्वक भीतर ले आओ,' पुरंदर ने कहा।

बृहस्पति ने पुरंदर के कक्ष में प्रवेश किया। उनकी त्वचा का रंग सुनहरा था। उनके एक हाथ में दंड तथा दूसरे में माला थी।

'प्रणाम गुरुदेव!' पुरंदर ने हाथ जोड़कर देवगुरु का अभिवादन किया।

'आयुष्मान भव!' गुरुदेव ने कहा। 'मैं तुम्हें सूचित करने आया हूं कि तुम्हारे राज्याभिषेक के लिए परसों का अनुकूल और शुभ मुहूर्त निकला है। इसलिए अब अमरावती से बाहर मत जाना। तुम्हें यहीं रहकर सब प्रबंध करने हैं।'

'मैं कार्यक्रम के लिए पूरी तरह तैयार हूं, गुरुदेव। मैं अपने लिए एक नया राजमहल बनवाने के विषय में भी सोच रहा हूं। मैंने उस महल में आपके लिए भी समुचित व्यवस्था करने का विचार बनाया है। यदि आप चाहें तो हम अभी इस विषय में बात कर सकते हैं।' पुरंदर से अपनी उत्तेजना संभल नहीं रही थी।

'अभी नहीं!' बृहस्पति को ऐसे आडंबरों में कोई रुचि नहीं थी। 'यह सब बाद में हो सकता है। राजमहल गौण वस्तु है। सबसे पहले तुम अपने राज्याभिषेक के लिए जिन्हें भी आमंत्रित करना चाहते हो, उनको अविलंब निमंत्रण भेजो। ध्यान रखना, कोई रह न जाए। यह तुम्हारे जीवन का सबसे बड़ा दिन है। शुभकामनाएं, पुरंदर!'

'जैसी आज्ञा, गुरुदेव!' पुरंदर ने बृहस्पति के चरण स्पर्श करते हुए कहा। गुरुदेव ने पुरंदर को आशीर्वाद दिया तथा उसे विचारों में खोया छोड़कर वहां से लौट गए।

पुरंदर ने तत्काल सबको निमंत्रण भेज दिया। उसने आमंत्रित किए जाने वाले लोगों की सूची बहुत ध्यान से बनाई थी। वह कोई मूर्खता अथवा भूल करके अपने राज्याभिषेक के दिन अपने गुरु को कुपित नहीं करना चाहता था।

आख़िर, वह शुभ दिन आ पहुंचा। अमरावती, एक छोर से दूसरे तक सजी हुई थी। सभी देवी-देवताओं को आमंत्रित किया गया था। सब देवलोक के नए राजा पुरंदर का राज्याभिषेक देखने के लिए आए थे। त्रिदेव भगवान ब्रह्मा, विष्णु और शिव भी अपनी-अपनी पत्नियों के साथ अमरावती में उपस्थित थे। पराशर, गालव, दीर्घतमा, व्यास और दुर्वासा समेत सभी सप्तर्षि एवं महर्षि उस कार्यक्रम के साक्षी थे। ऐसा लगता था कि पुरंदर ने देवगुरु बृहस्पति की बात को सचमुच गंभीरता से लिया था।

नियत समय पर बृहस्पति आगे आए और उन्होंने पुरंदर को इंद्र के राजसिंहासन पर बैठाया। उस पर तीनों लोकों से आए बहुमूल्य और विलक्षण रत्न-माणिक्य जड़े थे। पुरंदर की पत्नी शची भी साथ में लगे आसन पर विराजमान थी। शची को आज से 'इंद्राणी' कहा जाना तय था। समस्त वसु, अभिषेक के लिए विशेष तौर पर मंदाकिनी नदी का पवित्र जल लेकर पहुंचे थे। इसके बाद बृहस्पति ने पुरंदर एवं शची के ऊपर पावन जल छिड़ककर उनका अभिषेक किया। उसके पश्चात धाता, विधाता, त्वष्टा एवं अदिति के अन्य पुत्रों ने अपने भाई पुरंदर के राज्याभिषेक के अनुष्ठान संपन्न किए। ये सब रीति-रिवाज पूर्ण होने जाने के बाद अंत में देवगुरु बृहस्पति ने सभी देवी-देवताओं एवं त्रिदेव की आज्ञा लेकर इंद्र का राज मुकुट, पुरंदर के सिर पर रख दिया।

'पुरंदर की जय हो! महाराज की जय! देवराज इंद्र की जय!' से सभागार गूंज उठा। पुरंदर ने अपने हाथ से अपना मुकुट स्पर्श किया तो उसे देवराज की शक्ति को आभास हो रहा था। सभागार में उपस्थित लगभग सभी लोगों ने पुरंदर के चेहरे पर उठी उमंग की लहर को स्पष्ट देखा।

'इंद्र आ गया है, उसका मार्ग ख़ाली करो!' पुरंदर मन ही मन प्रसन्न होते हुए बुदबुदाया। वह देवताओं का राजा, देवलोक का स्वामी - देवराज इंद्र - बन चुका था।

2

चींटियां

देवलोक का शासक बनते ही पुरंदर के मन में अपनी संपत्ति के प्रति दृष्टिकोण में ज़बरदस्त बदलाव आने लगा था। उसका अहंकार बढ़ रहा था और वह प्रत्येक वस्तु को तिरस्कार की दृष्टि से देखने लगा। यहां तक कि उसे अपना वर्तमान राजमहल भी फीका दिखने लगा था। उसे अचानक लगा कि उसे अपने महल में परिवर्तन करने की आवश्यकता है, बल्कि वह अपने लिए एक नया महल बनवाने की योजना बनाने लगा। शायद पुरंदर पर इंद्रासन का प्रभाव आरंभ हो गया था।

पुरंदर ने देवताओं के वास्तुकार विश्वकर्मा को बुलाया। विश्वकर्मा अपने असाधारण रूपांकन तथा निर्माण-कौशल के लिए विख्यात था। कहते हैं, बीते युगों के दौरान विश्वकर्मा ने अनेक बार देवी-देवताओं के लिए विभिन्न प्रकार के नगरों तथा राजमहलों का निर्माण किया था। उसने सतयुग में स्वर्गलोक, त्रेतायुग में लंका, द्वापर युग में श्रीकृष्ण की राजधानी द्वारिका का भी निर्माण किया था। पुरंदर की इच्छा थी कि विश्वकर्मा उसके लिए भी एक शानदार महल बनाए ताकि वह राज्याभिषेक के उपरांत उसमें सुख से रह सके।

विश्वकर्मा को पुरंदर के नकचढ़े स्वभाव के बारे में पहले से पता था। वह अनिच्छापूर्वक इंद्र से मिलने चला गया, क्योंकि इंद्र देवलोक का राजा था। इस नाते विश्वकर्मा के लिए अपने राजा की आवश्यकताओं को पूरा करना नैतिक रूप से अनिवार्य था।

विश्वकर्मा पुरंदर के पास पहुंचा और उसने अपने राजा को बधाई दी और कहा, 'आदेश करें, प्रभु। मेरे लिए क्या आज्ञा है?' विश्वकर्मा ने स्वर में विनम्रता थी।

'विश्व!' पुरंदर ने शिल्पकार को हलके अंदाज़ में संबोधित किया। 'तुम तो जानते हो कि समस्त देवलोक मेरे राज्याभिषेक से अत्यंत हर्षित है। मैंने जब से देवलोक का कार्यभार संभाला है, सभी देवता अत्यंत प्रसन्न हैं।'

'यह सत्य है, प्रभु! यह देवताओं के लिए अत्यंत हर्ष और गर्व का विषय है कि आपको हमारा राजा बनाया गया है। मैं आपके लिए क्या कर सकता हूं?' विश्वकर्मा ने अपना प्रश्न दोहराया, क्योंकि पुरंदर आत्म-प्रशंसा में डूबा था और उसने काम की बात अब तक नहीं की थी।

'ओह, हां। मैं तुम्हें अधिक प्रतीक्षा नहीं करवाना चाहता, क्योंकि तुम्हारे पास भी बहुत काम है। तुम अवश्य किसी कार्य में व्यस्त होगे, किंतु फिलहाल कुछ समय के लिए अन्य सभी कार्य छोड़कर तुम्हें एक अत्यंत महत्त्वपूर्ण कार्य पूरा करना है।' पुरंदर अब तक अपनी बात स्पष्ट नहीं कर पाया था।

'मैं जानता हूं, स्वामी!' विश्वकर्मा ने पुरंदर की बात को बीच में काटते हुए कहा। 'मेरे महाराज द्वारा बताए गए कार्य से अधिक आवश्यक मेरे लिए और क्या हो सकता है? आदेश करें। मैं तत्काल आपकी आज्ञा पूर्ण करूंगा।'

'एक नया राजमहल!' पुरंदर ने झटके-से अपनी इच्छा व्यक्त कर दी। 'मुझे अपने लिए एक नया राजमहल चाहिए। मुझे अब अपना यह वर्तमान महल ज़्यादा आकर्षक नहीं लगता। वैसे यह बुरा नहीं है, किंतु मैं अब देवताओं के राजा बन गया हूं। मेरे विचार से मुझे यह सम्मान इसलिए दिया गया है क्योंकि मैं इसके योग्य हूं। यदि ऐसा है तो मुझे अपने सम्मान और श्रेष्ठता के अनुकूल महल में ही रहना चाहिए। तुम्हारा क्या विचार है?'

विश्वकर्मा के पास कहने को कुछ नहीं था इसलिए उसने हामी भर दी। 'महल के संबंध में महाराज की क्या कोई विशेष इच्छा है?' विश्वकर्मा ने दंभी राजा पुरंदर से प्रश्न किया।

पुरंदर ने उत्तर दिया, 'नहीं, ज़्यादा कुछ नहीं! बस, मेरा नया महल अधिक बड़ा, अधिक भव्य, अधिक शानदार और अधिक आश्चर्यजनक होना चाहिए। मैं आशा करता हूं कि तुम "अधिक" का अर्थ समझते हो!' पुरंदर ने संक्षेप में किंतु रुखाई से अपनी इच्छा प्रकट कर दी थी।

'अवश्य, स्वामी!' विश्वकर्मा ने कहा। उसने सिर झुकाया और पुरंदर के मौजूदा राजमहल में 'अधिक' जोड़ने के लिए निकल पड़ा।

'ठहरो विश्व!' पुरंदर ने उतावलेपन से कहा। 'अपने निजी महल के अतिरिक्त, मैं चाहता हूं कि तुम मेरी पत्नी शची, मेरे पुत्र जयंत तथा दोनों पुत्रियों जयंती और देवसेना के लिए भी अलग-अलग महल का नक़्शा तैयार करो। मेरे महल के साथ मेरे सारथी मातलि और देवगुरु बृहस्पति के लिए दो विशेष आवास बनाना मत भूलना।'

'जैसी आज्ञा देवराज!' विश्वकर्मा ने सिर झुकाकर कहा। वह जाने को ही था कि पुरंदर ने अपने आदेश का अंतिम अंश भी कह दिया, 'जल्दी करना, विश्व! मैं कुछ आवश्यक कार्य से बाहर जा रहा हूं। मेरे लौटने तक आशा है तुम ये सब बनाकर तैयार कर लोगे। काम पर लग जाओ। इंद्र के पास और बहुत-से ज़रूरी काम हैं!' पुरंदर के चौरसाकार धूर्त चेहरे पर कुटिल मुस्कान खेल रही थी।

'जी स्वामी!' विश्वकर्मा ने फिर से झुककर प्रणाम किया। उसे पता था कि पुरंदर के पास इधर-उधर घूमने, अपनी उपलब्धियों पर गर्व करने तथा अपने राज्याभिषेक पर देवलोक की प्रतिक्रिया जानने के अतिरिक्त कोई कार्य नहीं था।

शीघ्र ही, विश्वकर्मा नए राजमहल का नक़्शा लेकर पुरंदर के पास पहुंच गया। उसका अनुमान सही था। पुरंदर कहीं बाहर नहीं गया था। वह सिंहासन पर बैठा अपने नए मुकुट को स्पर्श करके उसका आनंद ले रहा था। विश्वकर्मा ने महल का नक़्शा पुरंदर के समक्ष रख दिया। इंद्र ने उसे ध्यान से देखा। उसे नक़्शा पसंद आया।

'बहुत बढ़िया, विश्व!' पुरंदर ने प्रसन्न होकर कहा। 'मेरे दिमाग़ में क्या है, यह तुम कितनी अच्छी तरह जानते हो! मुझे यह बहुत पसंद आया। इस पर कार्य आरंभ कर दो। और हां, थोड़ा जल्दी करना!' पुरंदर को आदेश देने के बाद अंत में कुछ न कुछ अटपटा कहने की आदत थी।

विश्वकर्मा को बहुत आश्चर्य हुआ। उसने यह कल्पना ही नहीं की थी कि पुरंदर को एक बार में इतनी सरलता से उसका नक़्शा पसंद आ जाएगा। विश्वकर्मा स्वयं को भाग्यशाली मान बैठा। अपने सर्वप्रथम सफल प्रयास से प्रसन्न विश्वकर्मा ने महल का निर्माण आरंभ कर दिया। उसने कुछ ही समय

में महल बनाकर तैयार कर लिया और फिर उसकी सूचना देने पुरंदर के पास जा पहुंचा।

'स्वामी,' विश्वकर्मा ने कहा, 'आपकी इच्छानुसार आपका महल तैयार है। आप उसे किसी भी समय चलकर देख सकते हैं।' विश्वकर्मा ने जिस तेज़ी से कार्य समाप्त किया था, उसे देखकर पुरंदर बहुत प्रभावित हुआ। वह महल देखने के लिए तैयार हो गया।

वह नियत स्थान पर पहुंचा और अपने नए महल को बहुत ध्यान से देखने लगा। वह सचमुच अत्यंत विशालकाय था, जो उसके मौजूदा महल से काफ़ी बड़ा था। वह निस्संदेह अप्रतिम था। पुरंदर ने महल के भीतर प्रवेश किया और प्रत्येक वस्तु का बारीकी से निरीक्षण करने लगा।

महल की चमकदार दीवारें ठोस स्वर्ण की बनी थीं। उसकी जालीदार खिड़कियों में जड़े रत्न और हीरे आदि उसकी भव्यता को चार चांद लगा रहे थे। महल के भीतर चंदन की सुगंध एवं फ़र्श पर बिखरी गुलाब की पत्तियां मन को मोहित कर रही थीं। एक ओर रास्तों पर बने स्तंभों के ऊपर दीपक प्रकाशमान थे तथा पूरे मार्ग पर रत्न-कण बिखरे हुए थे। सारे महल में अगरबत्तियों की मनोरम सुगंध फैली थी। चारों ओर अत्यंत सुंदर एवं आकर्षक फूलों को देखकर पुरंदर मंत्रमुग्ध हो गया। राजमहल के भीतर गुलाब-जल से भरा एक तरणताल था जिसके बीच में फ़व्वारा लगा था। महल के चारों ओर बने ऊंचे और मज़बूत बुर्ज़ से अमरावती नगर का शानदार दृश्य देखने को मिलता था। हरी-भरी नर्म घास से ढंके, कई मीलों तक फैले रमणीय उद्यान आंखों को सुखद लगते थे। विश्वकर्मा द्वारा तैयार उस राजमहल की प्रत्येक वस्तु असाधारण एवं विस्मयकारी थी।

पुरंदर वहां खड़ा उस राजमहल की सुंदरता से स्तब्ध था। तथापि, पुरंदर के लिए प्रसन्नता और संतोष में अंतर था। वह प्रसन्न तो था किंतु संतुष्ट नहीं। इस बात की संभावना बहुत कम है कि पुरंदर को निर्माण में सचमुच कुछ कमी लगी होगी, परंतु वह चीज़ों में कमियां देखने की अपनी गंदी आदत से मजबूर था।

'तुम्हें क्या हो गया, विश्व!' पुरंदर ने अचानक स्वर बदलते हुए कहा। 'इस कबूतरख़ाने जैसे घर में रहने से बेहतर होगा कि मैं अपने पुराने महल में ही रह लूं!' स्पष्ट था कि पुरंदर को नया महल छोटा लग रहा था अथवा वह ऐसा कहने का ढोंग कर रहा था। वह स्वभाव से लालची था। 'इसमें

जल्दी से सुधार करो और इसे ठीक वैसा ही बनाओ, जैसा यह नक़्शे में दिखता है।'

'प्रभु... किंतु यह बिलकुल वैसा ही है,' विश्व ने समझाने का प्रयास किया। पुरंदर लेकिन कुछ भी सुनने को तैयार नहीं था। उसने मौजूदा स्वरूप में उस नए महल को अस्वीकार कर दिया और बात वहीं समाप्त हो गई। विश्वकर्मा निराश हो गया। उसने महल के निर्माण में अपनी समस्त रचनात्मकता एवं ऊर्जा लगा दी थी, किंतु दुर्भाग्य से वह देवराज इंद्र को संतुष्ट करने में असफल रहा था।

विश्वकर्मा को फिर से महल का निर्माण करना पड़ा। उसने महल को सजाने में अपना सारा कौशल और अनुभव झोंक दिया। कार्य समाप्त करने के बाद विश्वकर्मा ने मानो स्वयं इंद्र की दृष्टि से महल का निरीक्षण किया। उसने यहां-वहां थोड़ी काट-छांट की तथा समूचे ढांचे को अपने हाथ से अंतिम रूप दिया। उसे जब विश्वास हो गया कि पुरंदर को महल पसंद आ जाएगा तो उसने फिर इंद्र से राजमहल देखने का अनुरोध किया।

पुरंदर महल देखने पहुंच गया, लेकिन वह इस बार भी महल देखकर प्रसन्न नहीं हुआ। 'यह पहले से कुछ बेहतर बना है,' पुरंदर ने विश्वकर्मा से कहा, 'लेकिन अब भी इसमें वो बात नहीं है! इसके ऊपर का गुंबद कुछ छोटा लग रहा है। इसे थोड़ा और बड़ा और भव्य बनाओ!' पुरंदर इतना कहकर वहां से चल पड़ा। उसने विश्वकर्मा के प्रयास की प्रशंसा तक नहीं की।

विश्वकर्मा बहुत परेशान हो गया। उसने जब से पुरंदर का महल बनाना आरंभ किया था। सारे संसार का निर्माण-कार्य थम गया था, क्योंकि उसका सारा समय इंद्र का महल बनाने में व्यर्थ हो रहा था। उसने यह निश्चय किया कि वह इस बार अपना सर्वस्व महल में लगा देगा ताकि पुरंदर को शिकायत का कोई अवसर नहीं मिले। उसने फिर से कार्य आरंभ कर दिया और वह महल की प्रत्येक वस्तु को बड़ा करता चला गया। उसने महल को बाहर और भीतर से इतना सजा दिया कि उसे देखने वाला चकित हो जाए।

महल का कार्य संपन्न हुआ और जब उसे फिर से पुरंदर को दिखाने का समय निकट आया, तो विश्वकर्मा को घबराहट होने लगी। उसने अपनी ओर से सर्वोत्कृष्ट कार्य किया था किंतु वह जानता था कि पुरंदर अजीब व्यक्ति है। आख़िर, महल बनकर तैयार हो गया। विश्वकर्मा ने फिर से पुरंदर को आमंत्रित किया।

देवलोक का स्वामी अपने घोड़े पर बैठकर तुरंत महल देखने आ गया। उसने जैसे ही महल पर दृष्टि डाली, उसकी त्यौरियां चढ़ गईं। 'विश्व, तुम यह क्या कर रहे हो? तुमने तीसरी बार यह महल बनाया है। पता नहीं क्यों, किंतु मुझे यह इंद्र के महल जैसा नहीं लग रहा। तुम्हारी शिल्प एवं निर्माण-कला को क्या हो गया है?'

विश्वकर्मा का मन हुआ कि वह रो पड़े। 'स्वामी!...' उसका गला रुंध गया। 'मैंने अपना समस्त कौशल और अनुभव इस महल के निर्माण में लगा दिया है। मैं समझ नहीं पा रहा हूं कि आपको एक महल में और क्या चाहिए? यह आपके वर्तमान महल की तुलना में हर दृष्टि से अधिक बड़ा, अधिक भव्य तथा शानदार है। यदि आप अब भी इससे संतुष्ट नहीं हैं, तो मैं क्षमा चाहता हूं किंतु मैं इसे और बेहतर नहीं बना सकता।' विश्वकर्मा ने एक सांस में अपने मन का दुख कह दिया हालांकि वह जानता था कि ऐसा करना धृष्टता थी और उसे इसके लिए उसे दंडित भी किया जा सकता था।

'मैं यह सब नहीं जानता, विश्वकर्मा। मैं तुम्हारे ये बहाने नहीं सुन सकता!' पुरंदर ने गरजकर कहा। 'तुम्हें या तो मेरा महल फिर से बनाना होगा अन्यथा देवलोक छोड़कर अन्यत्र चले जाओ।' पुरंदर ने विश्वकर्मा का उत्तर सुनना आवश्यक नहीं समझा और वह अपने घोड़े पर बैठकर लौट गया।

विश्वकर्मा ने अपने जीवनकाल में इतना अपमानित कभी महसूस नहीं किया था। वह क्षुब्ध हो गया और उसने ब्रह्मा से सहायता लेने का निश्चय किया। वह तत्काल ब्रह्मपुरी जा पहुंचा, जहां सृष्टि के रचयिता भगवान ब्रह्मा सदा की भांति स्वर्ण-पद्म पर शांत भाव से ध्यान में लीन थे।

'भगवन! मेरी सहायता कीजिए!' विश्वकर्मा ब्रह्मा के चरणों में गिरकर बोला। ब्रह्मा ने आंखें खोलीं तो विश्वकर्मा को अपने चरणों में गिरा पाया। विश्वकर्मा को बोलने में कुछ समय लगा क्योंकि उसका गला अब तक पुरंदर के अपमानजनक व्यवहार से घुट रहा था। इसके बाद, विश्वकर्मा ने ब्रह्मा को सारी कथा सुनाई और उनसे सहायता की याचना की।

'प्रभु, कृपया मेरी सहायता कीजिए,' उसने कहा, 'यदि यह सिलसिला ऐसे ही चलता रहा और इंद्र को महल से संतुष्टि नहीं हुई तो मेरा संपूर्ण जीवन उसके महल का निर्माण करते ही बीत जाएगा!'

ब्रह्मा को पुरंदर के धृष्ट एवं हठी स्वभाव पर बहुत क्रोध आया। पुरंदर को उसके सद्‌गुणों के कारण इंद्र के पद पर बैठाया गया था, किंतु उसके सद्‌गुणों का कुछ ज़्यादा ही तेज़ी से क्षय हो रहा था। ब्रह्मा ने दयापूर्वक विश्वकर्मा को देखा और कहा, 'तुम चिंता मत करो, विश्व! तुम्हें पुरंदर के लिए फिर से महल का निर्माण नहीं करना पड़ेगा। तुम अपने घर जाओ और आराम करो। मैं तुम्हें वचन देता हूं कि तुमने उसे जो कुछ बनाकर दिया है, वह उसे सहर्ष स्वीकार करेगा।'

ब्रह्मा की बात सुनकर विश्वकर्मा को कुछ राहत मिली। इसके बाद ब्रह्मा स्वयं भगवान शिव और विष्णु के पास गए और उन्हें विश्वकर्मा की परेशानी की सूचना दी और यह भी बताया कि पुरंदर किस तरह देवताओं के वास्तुकार का समय और कौशल व्यर्थ करने में लगा था। ब्रह्मा ने शिव से कहा, 'इंद्र-पद पर राज्याभिषेक से उत्पन्न दंभ पुरंदर के सिर पर सवार हो गया है। हमें पुरंदर को विनम्रता का पाठ पढ़ाने तथा उसे उसका उचित स्थान दिखलाने की आवश्यकता है।'

भगवान शिव और विष्णु ने ब्रह्मा को देखा और वे तीनों एक-दूसरे को देखकर मुस्कराए। त्रिदेव ने इंद्र का अभिमान चूर करने का निश्चय कर लिया था।

अगले दिन पुरंदर ने देखा कि उसके नए महल के सामने एक आकर्षक बालक खड़ा था। वह अपनी उमंग-भरी आंखों से महल के सौंदर्य को निहार रहा था। इंद्र उस बालक को देखकर चकराया। वह सोचने लगा कि उस नन्हे बालक को उस महल में ऐसा क्या रोचक और आकर्षक दिख रहा था, जबकि उसे स्वयं वह महल पसंद नहीं आया था।

इंद्र उस बालक के पास पहुंचा और उसने पूछा, 'तुम कौन हो? इस महल को विस्मित दृष्टि से क्यों देख रहे हो?'

बालक ने पुरंदर को देखकर उत्तर दिया, 'मैं यहां से गुज़र रहा था कि मेरी दृष्टि इस अद्‌भुत महल पर पड़ गई। मैंने ऐसा सुंदर और भव्य महल पहले कभी नहीं देखा। क्या आपको पता है कि यह किसका महल है?'

पुरंदर घमंड से मुस्कराया। उसके होंठ फड़के और फिर वह बोला, 'मैं देवलोक का राजा, पुरंदर हूं और यह मेरा राजमहल है। मैंने अपने राज्याभिषेक के अवसर पर बनवाया है। देवताओं के वास्तुकार विश्वकर्मा ने

इसे बनाया है। परंतु यह मुझे ज़्यादा पसंद नहीं आया इसलिए मैं इसे फिर से बनवा रहा हूं। परंतु तुम्हें यह इतना सुंदर क्यों लग रहा है?'

वह बालक चुपचाप खड़ा पुरंदर के अहंकारी वक्तव्य को सुनता रहा। फिर वह धीरे से मुस्कराया और बोला, 'वैसे, मैं आपको बता दूं कि यह पिछले सभी इंद्र के लिए निर्मित महलों की तुलना सबसे विशाल और भव्य है!'

यह सुनकर पुरंदर के चेहरे के भाव बदलने लगे। उसके गले में मानो कुछ फंस गया हो। वह घबराते हुए बोला, 'बालक! तुमने अभी क्या कहा... पिछले सभी इंद्र?'

बालक ने उत्तर दिया, 'हां, आपने ठीक सुना! यह पिछले सभी इंद्र के लिए निर्मित महलों की तुलना सबसे विशाल और भव्य है।' अपनी बात को दोहराते हुए उस बालक ने 'पिछले' शब्द पर विशेष ज़ोर दिया था।

'क्या तुम्हारा आशय है कि और भी कई इंद्र हुए हैं... मुझसे पहले?'

'अवश्य!' बालक ने सहजता से उत्तर दिया मानो वह अत्यंत साधारण बात कह रहा हो। 'क्या आप कहना चाहते हैं कि आप "इंद्र" हैं और आपको यह बात नहीं पता?'

'मुझे... मुझे सचमुच किसी अन्य इंद्र के विषय में जानकारी नहीं है,' पुरंदर ने ज्यों ही बालक की बात पर विचार किया तो उसका स्वर धीमा होता गया। 'मैं अब तक यही सोचता था कि मुझे अपनी विलक्षण प्रतिभा और दुर्लभ गुणों के कारण देवलोक का अधिपति बनाया गया है। क्या यह सत्य नहीं है?'

'यह बिलकुल सत्य है!' बालक ने कहा, 'आपको निस्संदेह आपके विशेष गुणों के कारण ही इस पद के लिए चुना गया है, किंतु इसका यह अर्थ नहीं है कि आप देवलोक के प्रथम या अंतिम राजा हैं। देवलोक जब से अस्तित्व में है, तब से आपके जैसे कई लोग इंद्र के आसन पर बैठ चुके हैं। भगवान ब्रह्मा जब निद्रा से जागते हैं तो वह एक नए ब्रह्मांड की रचना करते हैं तथा जब उनकी रात होती है तो समस्त सृष्टि का नाश हो जाता है।'

पुरंदर दुविधा में पड़ गया। उसकी सोचने-समझने की शक्ति मानो सुप्त हो गई थी।

'तुम्हारी आयु तो अभी बहुत कम है, तो फिर तुम्हें इन बातों का कैसे पता है?' पुरंदर ने बालक से सीधा प्रश्न किया।

यह सुनकर बालक ने ठहाका लगाया और कहा, 'यही नहीं, मैंने आपसे पहले हुए सभी इंद्र को भी देखा है। क्या आप भी उन्हें देखना चाहते हैं?'

'ओह... हां... अवश्य,' पुरंदर का स्वर लड़खड़ाने लगा। 'मैं उन्हें देखना चाहता हूं। वे सब कहां हैं?'

'वो देखो!' बालक ने इंद्र के राजमहल के द्वार के भीतर घुसती चींटियों की एक कतार की ओर संकेत करते हुए कहा।

पुरंदर ने चींटियों को देखा किंतु उसे कुछ समझ नहीं आया। इस बीच, बालक ज़ोर से हँसने लगा। पुरंदर की घबराहट बढ़ रही थी और वह भय से कांपने लगा था।

'क्या हुआ? तुम हँस क्यों रहे हो? ये चींटियां...? ये अचानक कहां से आ गईं? पुरंदर ने लगातार हँस रहे बालक से पूछा।

'ये सब पिछले इंद्र हैं!' बालक ने कहा। 'पहले वाले सब इंद्र अब चींटी बन चुके हैं!' वह अब भी हँस रहा था।

यह सुनकर पुरंदर स्तब्ध रह गया। 'ये चींटियां... ये पिछले इंद्र हैं?'

'हां!' बालक ने उत्तर दिया। 'इंद्र बनने की यात्रा यहीं से आरंभ होती है! व्यक्ति चींटी के रूप में इस यात्रा को शुरू करता है और फिर धीरे-धीरे यज्ञ, तपस्या, ध्यान एवं अन्य साधनाओं के द्वारा आध्यात्मिकता की उच्चतम अवस्था को प्राप्त करता है। अंत में उसे इंद्र-पद की प्राप्ति होती है। इंद्र बनकर व्यक्ति अपने दायित्वों के निर्वहन के दौरान कुछ दैत्यों व असुरों का संहार करता है। थोड़ी-सी सफलता से मन में अहंकार उत्पन्न हो जाता है और फिर वह अपने साथियों और मित्रों को अपना सेवक समझ लेने की भूल कर बैठता है। हे इंद्र, यहीं से उनके इंद्रत्व का क्षय होने लगता है और उनकी अवनति का आरंभ हो जाता है! अंत में इंद्र का पूर्ण पतन हो जाता है और वह चींटी बनकर फिर से इंद्र बनने की यात्रा शुरू कर देता है।'

बालक ने अपनी बात समाप्त की तो पुरंदर के पैरों के नीचे से मानो ज़मीन सरकने लगी। वह अब भी उन चींटियों को देख रहा था जो कभी इंद्र थे और अब फिर से उसी यात्रा पर निकल पड़े थे।

तभी पुरंदर ने एक तपस्वी को अपनी ओर आते देखा। तपस्वी को देखकर बालक बहुत प्रसन्न हो गया। तपस्वी के तन के ऊपरी भाग पर कोई वस्त्र नहीं था। वह जैसे ही निकट आया, बालक ने ज़ोर से कहा, 'प्रभु की जय हो!'

पुरंदर ने देखा कि तपस्वी बहुत वृद्ध था। उसकी छाती पर से कुछ बाल ग़ायब थे। बालक ने पुरंदर को तिरछी नज़र से देखते हुए तपस्वी से पूछा, 'आपकी छाती के बालों को क्या हुआ?'

तपस्वी ने मुस्कराते हुए उत्तर दिया, 'कुछ नहीं! जब भी कोई इंद्र अहंकार के वशीभूत होता है तो मेरी छाती का एक बाल टूटकर गिर जाता है। मेरी छाती पर जितने भी बाल ग़ायब हैं, उतने इंद्र देवलोक के सिंहासन से गिरकर चींटी का रूप ले चुके हैं। मुझे पता नहीं क्यों ऐसा महसूस हो रहा है कि मेरा एक बाल फिर टूटने वाला है।' तपस्वी ने ऐसा कहते हुए अपनी छाती की ओर देखा।

पुरंदर से और अधिक सहन नहीं हुआ। उसकी आंखें लगभग भर आई थीं।

'नहीं!' पुरंदर करुण स्वर में चिल्लाया। 'इसे रोकिए, प्रभु! मैं ही वर्तमान इंद्र हूं और मैं इतनी जल्दी मरना नहीं चाहता। मैं आपका आशय समझ गया हूं। मैंने विश्वकर्मा के साथ जो किया उसके लिए मैं क्षमा मांगता हूं। मुझे सबक़ मिल गया है। मैं आपको आश्वासन देता हूं कि विश्वकर्मा ने मेरे लिए जो महल बनाया है, मैं उसे सहर्ष स्वीकार करूंगा। कृपया मुझे बताइए कि आप लोग कौन हैं?'

यह सुनकर बालक और तपस्वी मुस्कराए। उन्होंने अपना रूप बदला और उनके स्थान पर भगवान विष्णु और भगवान शिव प्रकट हो गए। पुरंदर उनके चरणों में गिर पड़ा और क्षमा याचना करने लगा।

'भगवन,' पुरंदर ने कहा, 'मैं स्वीकार करता हूं कि मैंने विश्वकर्मा के साथ अपमानजनक व्यवहार किया है। मैं आपसे क्षमा चाहता हूं। मैं वचन देता हूं कि इस तरह की अनुचित मांग फिर कभी नहीं करूंगा।' पुरंदर ने दोनों को प्रणाम किया। इसके बाद विष्णु और शिव अपने-अपने धाम लौट गए।

पुरंदर ने फिर विश्वकर्मा को बुलाया और कहा, 'विश्व, मेरे मित्र! मैं तुमसे क्षमा मांगता हूं कि मैंने तुम्हारे निर्माण कौशल का अपमान किया और

मुझे महल का सौंदर्य दिखाई नहीं पड़ा। मुझे यह महल बहुत पसंद आया है और तुमने इसे बनाने के लिए जो अभूतपूर्व प्रयास किया है, मैं उसके लिए तुम्हारा आभारी हूं।' पुरंदर की विनम्रता देखकर विश्वकर्मा को बहुत अचरज हुआ। वह समझ गया कि भगवान ब्रह्मा ने उसकी प्रार्थना सुन ली थी और उसे पुरंदर के महल का पुनर्निर्माण करने से बचा लिया था।

'तुमने बहुत शानदार कार्य किया है।' पुरंदर ने फिर अपने सिंहासन पर बैठते हुए कहा। 'इसके लिए तुम पुरस्कार के अधिकारी हो। बताओ, देवराज इंद्र तुम्हारे लिए क्या कर सकता है?' अपने नए सिंहासन को स्पर्श करते ही पुरंदर के शरीर में उत्तेजना का स्पंदन दौड़ने लगा। उसने खुले मन से विश्वकर्मा की प्रशंसा की।

'यह मेरे लिए सम्मान की बात है, स्वामी!' विश्वकर्मा ने विनीत स्वर में कहा। 'आपके आशीर्वाद से मेरे पास सब कुछ है। मुझे ख़ुशी है कि आपको मेरा कार्य पसंद आया। आपको किसी अन्य वस्तु की आवश्यकता हो तो मुझे निस्संकोच याद कीजिएगा। मैं अब अनुमति चाहता हूं।'

पुरंदर ने विश्वकर्मा से क्षमा मांग ली थी। उसने नया राजमहल भी विनयपूर्वक स्वीकार कर लिया था, परंतु इसके बाद भी उस वातावरण में पता नहीं क्यों अहंकार की दुर्गंध मौजूद थी। विश्वकर्मा का सिर भारी होने लगा। वह जल्द से जल्द वहां से निकल जाना चाहता था।

3

बालखिल्य

पुरंदर के पिता कश्यप मुनि की अनेक पत्नियां थीं। उनमें से एक का नाम कद्रू और दूसरी का विनता था। इन दोनों से ही कश्यप मुनि की कोई संतान नहीं थी, इसलिए वे दोनों सदा कश्यप पर संतानोत्पत्ति के लिए ज़ोर देती रहती थीं। उनके लगातार अनुरोध पर कश्यप ने एक बार अपनी पत्नियों की इच्छापूर्ति के उद्देश्य से पुत्रकामेष्टि यज्ञ करने का निश्चय किया।

वह कोई साधारण अनुष्ठान नहीं था। कश्यप को पता था कि उस यज्ञ के लिए उन्हें बहुत-से ज्ञानी अनुभवी और महान ऋषि-मुनियों, देवताओं तथा गंधर्वों की सहायता की आवश्यकता पड़ेगी। कश्यप ने यज्ञ के लिए कुछ प्रतिष्ठित एवं योग्य ऋषियों से सहायता प्रदान देने का अनुरोध किया।

'मैं पुत्रकामेष्टि यज्ञ करना चाहता हूं और इसके लिए मुझे आप लोगों की सहायता चाहिए ताकि यह यज्ञ सफलतापूर्वक संपन्न किया जा सके।' कश्यप ने ऋषि-मुनियों से अपनी इच्छा व्यक्त करते हुए कहा।

'हे श्रेष्ठ मुनि!' उन सबने संयुक्त स्वर में उत्तर दिया, 'हम सब आपके साथ हैं और यज्ञ को समय से सफलतापूर्वक संपन्न करवाने में आपकी हर संभव सहायता करेंगे। आप केवल आज्ञा दीजिए और हम उसे तत्काल पूरा करेंगे।' ऋषि कश्यप भगवान ब्रह्मा के पौत्र थे। इस नाते तीनों लोकों में वह समान रूप से पूजनीय थे और उनकी सहायता न करने का प्रश्न ही नहीं था।

कश्यप ने अपने पुत्र पुरंदर को बुलाया और कहा, 'पुत्र! मुझे पता है तुम बहुत व्यस्त रहते हो, क्योंकि इंद्र का पद संभालना बहुत कठिन और चुनौतीपूर्ण कार्य है, तथापि मुझे तुम्हारी सहायता चाहिए।'

'आप आज्ञा दीजिए, पिताश्री,' पुरंदर ने कहा। 'मुझे किसी भी कार्य में आपकी सहायता करने में प्रसन्नता होगी। क्या किसी ने आपकी इच्छा के विरुद्ध कार्य किया है? मुझे केवल उसका नाम बताइए और मैं तत्काल उसका सिर काटकर आपके चरणों में रख दूंगा!'

'तुम सदा झगड़ा करने के लिए उतावले क्यों रहते हो, पुरंदर?' कश्यप ने मुंह बिचकाते हुए कहा।

'मेरा वह आशय नहीं था... मैं सिर्फ़ यह कहना चाहता था कि...' पुरंदर ने बात स्पष्ट करने का प्रयास किया।

'क्या तुम्हें लगता है कि अपने अपमान का प्रतिशोध लेने के लिए मुझे तुम्हारी सहायता की आवश्यकता पड़ेगी?' कश्यप ने एक क्षण में पुरंदर के अहंकार का गुब्बारा फोड़ दिया। उन्हें पता था कि इस तरह के उतावलेपन से उनका पुत्र किसी भी समय गंभीर संकट में पड़ सकता था।

'मुझे क्षमा कीजिए, पिताश्री!' पुरंदर ने अपनी बात से पीछे हटते हुए कहा।

'मुझे यज्ञ के लिए समिधा की लकड़ी चाहिए,' कश्यप ने कहा। 'चूंकि यह अत्यंत विशाल यज्ञ होगा, तो इसके लिए लकड़ी भी उसी मात्रा में चाहिए होगी। मुझे आशा है तुम मुझे निराश नहीं करोगे।'

'अवश्य!' पुरंदर ने उत्तर दिया। 'मैं आपके लिए पर्याप्त लकड़ी की व्यवस्था कर दूंगा, पिताश्री।' ऐसा कहकर इंद्र लकड़ी लेने के लिए चल पड़ा और शीघ्र ही उसे मार्ग में एक काष्ठ का विशाल ढेर दिखाई पड़ा। उसने सरलता से उस ढेर को उठा लिया और कश्यप मुनि के आश्रम की ओर चल दिया।

कश्यप ने यज्ञ के लिए सर्वज्ञ ऋषिगण 'बालखिल्य' से भी सहयोग मांगा था। यद्यपि कश्यप को पता था कि पुरंदर अकेला ही यज्ञ के लिए पर्याप्त लकड़ी की व्यवस्था कर सकेगा, तथापि उन्होंने बालखिल्य ऋषियों का मान रखने के लिए उनसे भी यथासंभव लकड़ी एकत्रित करने का अनुरोध किया।

बालखिल्य कुछ विशिष्ट ऋषियों के समूह का नाम है। वे सब प्रजापति क्रतु एवं उनकी पत्नी संतति के पुत्र हैं। बालखिल्य ऋषि अंगूठे के आकार के होते हैं किंतु वे सूर्य की भांति तेजस्वी हैं और उनका इंद्रियों पर पूर्ण नियंत्रण है। ऐसा माना जाता है कि इनकी संख्या साठ हज़ार है और ये एकजुट होकर प्रतिदिन सूर्यदेव की स्तुति करते हुए उनके रथ के आगे चलते हैं। बालखिल्य वृक्षों पर उलटे लटक कर उपासना एवं ध्यान करते हैं। उनके विषय में कहा जाता है कि ये कुछ नहीं खाते और केवल सूर्य के प्रकाश का सेवन करते हैं। उनके अत्यंत लघु आकार के कारण उनमें शारीरिक बल अवश्य कम है, किंतु उनकी आध्यात्मिक शक्तियों का सामना करना हर किसी के लिए संभव नहीं है।

कश्यप मुनि ने जान-बूझकर बालखिल्यों को महत्त्व देने और उनका मान रखने के उद्देश्य से उनसे सहायता मांगी थी। बालखिल्य भी कश्यप का बहुत सम्मान करते थे इसलिए उन्होंने अपनी शारीरिक सीमा की परवाह न करते हुए कश्यप के यज्ञ में यथासंभव योगदान देना सहर्ष स्वीकार किया था।

बालखिल्य लकड़ी लेने जंगल में पहुंचे तो उन्हें मार्ग में एक लंबी टहनी दिखाई दी। उन्हें यज्ञ में योगदान हेतु वह टहनी पसंद आ गई। बालखिल्य ने मिलकर उस टहनी को अपने सिर पर उठा लिया और वे लड़खड़ाते हुए कश्यप के आश्रम की ओर लौट पड़े। उनके लिए अपने अत्यंत छोटे आकार के कारण गाय के खुरों से बने छोटे-छोटे गड्ढों को पार करना भी कठिन कार्य था। मार्ग में बने ऐसे ही एक गड्ढे ने ऋषियों को रुक जाने पर विवश कर दिया।

उसी समय संयोग से पुरंदर भी अपने हाथ में काष्ठ का विशाल ढेर लेकर वहां से गुज़र रहा था। उसने जब अंगुष्ठाकार बालखिल्यों को सिर पर टहनी उठाए देखा तो उसे हँसी आ गई। यद्यपि वह जानता था कि बालखिल्य ऋषि भी उसके पिता के यज्ञ के लिए लकड़ी लेकर जा रहे थे, तथापि पुरंदर के मन में आदतानुसार ऋषियों से उपहास करने और थोड़ा आनंद लेने की ख़तरनाक इच्छा जाग्रत हो गई।

'ऋषिवर, आप कहां जा रहे हैं? आपने यह टहनी अपने सिर पर क्यों उठा रखी है?' पुरंदर ने बालखिल्यों से पूछा।

बालखिल्य ऋषि अत्यधिक आध्यात्मिक थे। उन्होंने तत्काल पुरंदर के प्रश्न में छिपे उपहास को पहचान लिया। परंतु वे शांत रहे और उन्होंने पुरंदर के उपहास पर ध्यान नहीं दिया क्योंकि उन्हें पता था कि उनका मुख्य उद्देश्य कश्यप मुनि की सहायता करना था। पुरंदर के प्रश्न को सुनकर एक ऋषि ने उत्तर दिया, 'पुरंदर, हम लोग तुम्हारे पिता कश्यप मुनि के यज्ञ में योगदान स्वरूप समिधा की लकड़ी का लट्ठा लेकर जा रहे हैं।'

'लट्ठा... हा! हा! हा!' इंद्र हँसी नहीं रोक पाया। 'आप इस पतली टहनी को लट्ठा कह रहे हैं? आपको क्या लगता है, यह पतली-सी बेकार टहनी मेरे पिता के महान यज्ञ में कितनी देर जल पाएगी?' यह कहकर पुरंदर फिर हँसने लगा। उसे इस बात का अनुमान नहीं था कि उसने अपने लिए कितना बड़ा संकट मोल लिया था। वह इतने पर ही नहीं रुका। उसके अहंकार का गुब्बारा फिर फूलने लगा था।

'आप मेरे हाथ में यह काष्ठ का विशाल ढेर देख रहे हैं?' वह बोला, 'आपको पता होना चाहिए यज्ञ के लिए इस तरह की लकड़ी की आवश्यकता होती है। समझे, बौने ऋषियों!'

'पुरंदर!' बालखिल्य बोले, 'तुम इंद्र तो बन गए हो किंतु तुम शायद अभी तक जन-सेवा का महत्त्व नहीं समझते। सेवा कितनी भी छोटी या तुच्छ हो, यदि समर्पण एवं निष्ठा से की जाए तो उसका महत्त्व किसी भी तरह की बड़ी सेवा के समान ही होता है!'

पुरंदर को चाहिए था कि वह अपनी धृष्टता के लिए ऋषियों से तुरंत क्षमा मांग लेता, किंतु यह उसका दुर्भाग्य था कि वह अपनी जगह से नहीं हिला। उसने बल्कि एक क़दम आगे बढ़कर अपनी सीमा का उल्लंघन कर डाला। वह बोला, 'क्या तुम्हें पता है ऋषियों कि तुम लोग देवलोक के राजा और देवताओं के स्वामी इंद्र से बात कर रहे हो? यदि मैं चाहूं, तो...'

इससे पहले कि पुरंदर अपना वाक्य पूरा कर पाता, बालखिल्य ऋषियों ने सिर पर रखी टहनी नीचे रख दी और बोले, 'पुरंदर! तुम आवश्यकता से अधिक अहंकारी हो। तुम्हारे इस घमंडी स्वभाव से हमें बहुत कष्ट हुआ है। हमारे मन में कश्यप मुनि के प्रति अत्यधिक स्नेह और सम्मान है। यदि तुम उनके पुत्र नहीं होते तो तुम इस काष्ठ के विशाल ढेर को कश्यप के आश्रम तक ले जाने के लिए जीवित नहीं रहते। हम केवल तुम्हारे

आदरणीय पिता के कारण तुम्हें क्षमा कर रहे हैं। हमारे पास तुम्हें "इंद्र" के आसन से नीचे उतारने का अधिकार तो नहीं है, किंतु हम एक नया इंद्र बनाने का सामर्थ्य अवश्य रखते हैं। याद रखो! यह धमकी नहीं है। हम एक नया इंद्र अवश्य बनाएंगे।'

पुरंदर स्तब्ध रह गया। उसने कल्पना भी नहीं की थी कि वह स्थिति इतना भयानक रूप ले लेगी। 'क्या... एक और इंद्र!' पुरंदर बड़बड़ाया। 'कैसे... यह आप कैसे कर सकते हैं? फिर मेरा क्या होगा?'

'वह अत्यंत योग्य और सद्‌गुणी होगा,' बालखिल्य ने आगे कहा। 'वह तुमसे सौ गुना अधिक शक्तिशाली और बुद्धिमान होगा।' इसके बाद एक ऋषि ने कमंडल से हाथ में जल ले लिया। यह देखकर पुरंदर कांपने लगा। वह समझ गया कि ऋषि सचमुच संकल्प करने वाले थे।

इससे पहले कि पुरंदर कुछ कह या कर पाता, ऋषि बोले, 'हम अपने तपोबल के प्रभाव से संकल्प करते हैं कि एक नया इंद्र उत्पन्न हो जाए।'

बालखिल्यों का संकल्प सुनकर पुरंदर के रोंगटे खड़े हो गए। उसके रहते एक और इंद्र का सृजन होने जा रहा था। बालखिल्य ने एक ही क्षण में पुरंदर के 'इंद्र' होने का महत्त्व समाप्त कर दिया था। पुरंदर को लघु ऋषियों की शक्ति का एहसास हो गया। वह उनके चरणों में गिर पड़ा। उसने बालखिल्यों के समक्ष याचना की और उनसे क्षमा मांगी।

बालखिल्य बोले, 'पुरंदर, अब देर हो चुकी है। यह तुम्हें पहले सोचना चाहिए था। तुम्हें यह समझना चाहिए कि इस विशाल सृष्टि में कोई वस्तु अथवा व्यक्ति अपरिहार्य नहीं है। सद्‌गुणी व्यक्ति के जीवन में अहंकार और घमंड का कोई स्थान नहीं होना चाहिए।' यह कहकर ऋषियों ने नीचे रखी टहनी उठाई, उसे फिर से सिर पर रखा और एक छलांग में गड्ढा पार करके आगे बढ़ गए। उनके दृष्टि से ओझल हो जाने तक पुरंदर चुपचाप खड़ा उन्हें देखता रहा।

देवराज इंद्र ने जो कुछ देखा व सुना, वह उसके लिए अविश्वसनीय था। वह रोने लगा। उसने जो मुकुट और सिंहासन इतनी मेहनत से प्राप्त किया था, उसे अंगुष्ठाकार ऋषियों ने एक क्षण में मूल्यहीन बना दिया था। पुरंदर बालखिल्यों से पहले अपने पिता के पास पहुंच गया और सारी घटना कश्यप को कह सुनाई। कश्यप स्वयं कई बार पुरंदर को उसकी अभद्रता के लिए फटकार चुके थे। वे चाहते थे कि पुरंदर को सबक़ सिखाया जाए,

किंतु फिर उन्हें अपने पुत्र पर दया आ गई। उन्होंने पुरंदर को आश्वासन दिया कि वह बालखिल्यों से बात करके इस मामले को सुलझाने का प्रयास करेंगे। कुछ ही देर में बालखिल्य भी सिर पर टहनी उठाए कश्यप के आश्रम पहुंच गए। उस समय पुरंदर लज्जा से सिर झुकाए खड़ा था।

'ऋषिवर,' कश्यप ने बालखिल्यों से कहा, 'मुझे पता है पुरंदर ने आपके साथ अभद्र व्यवहार किया है जिससे आपका घोर अपमान हुआ है। पुरंदर को अभी बहुत कुछ सीखने की आवश्यकता है। परंतु मेरे विचार से नया इंद्र तैयार करने का आपका संकल्प बहुत कठोर है।'

बालखिल्य ने उत्तर दिया, 'मुनिवर, आपका पुत्र पुरंदर अत्यंत अशिष्ट है तथा इसमें अपने पद के योग्य गुणों का सर्वथा अभाव है। हमने इसे केवल इसलिए जीवनदान दिया है कि यह आपका पुत्र है।'

'मैं जानता हूं ऋषिवर और इसके लिए मैं आपका आभारी हूं,' कश्यप ने लज्जित महसूस करते हुए कहा। 'परंतु फिर भी आपका संकल्प सृष्टि के नियमों के विरुद्ध है। ईश्वर ने पुरंदर को इंद्र के पद पर मनोनीत किया है। एक नया इंद्र तैयार करने से उनके प्राधिकार का अवमूल्यन हो जाएगा और यह आध्यात्मिक जगत के लिए भी शुभ संकेत नहीं है। मैं आपसे अत्यंत विनम्रतापूर्वक अनुरोध करता हूं कि आप इस बार पुरंदर को उसकी भूल के लिए क्षमा कर दीजिए।'

बालखिल्य दुविधा में पड़ गए। कश्यप के अनुरोध को अस्वीकार करना कठिन था। किंतु तपोबल के आधार पर लिए गए संकल्प को वापस लेना उससे भी अधिक कठिन था। विचार-विमर्श के उपरांत बालखिल्य ने मार्ग खोज लिया।

'जैसा कि आप जानते हैं,' उन्होंने कश्यप से कहा, 'हम एक और इंद्र बनाने का संकल्प वापस तो नहीं ले सकते, किंतु हम उसे कुछ सीमा तक संशोधित कर सकते हैं। इसलिए हम अपनी रचनात्मक ऊर्जा की दिशा बदल देंगे और इसके फलस्वरूप जो इंद्र तैयार होगा, वह "पक्षियों का इंद्र" कहलाएगा। ऐसा करने से हमारा संकल्प भी पूर्ण हो जाएगा और पुरंदर का प्रभुत्व भी कायम रहेगा।'

यह सुनकर पुरंदर ने राहत की सांस ली और सदा विनम्र रहने का वचन दिया। यह अलग बात है कि उसने अपना वचन कभी नहीं निभाया।

4

गरुड़

कश्यप द्वारा पुत्रकामेष्टि यज्ञ संपन्न हो गया था। इसके फलस्वरूप कश्यप मुनि की दोनों पत्नियां कद्रू एवं विनता गर्भवती हो गईं। उचित समय आने पर कद्रू ने एक हज़ार अंडे दिए जो अत्यंत साधारण थे। इससे अलग विनता ने केवल दो अंडे दिए किंतु वे दोनों ही अत्यंत शानदार और तेजवान थे। नियत समय पर कद्रू के अंडे फूट गए। उनमें से एक हज़ार चमकदार त्वचा वाले काले सर्प बाहर निकल आए। परंतु विनता अपने दिए अंडे फूटने की प्रतीक्षा करती रही। उसे यह देखकर बहुत निराशा हुई कि समय पूरा होने पर भी उसके दोनों अंडों में से एक भी नहीं फूट रहा था।

समय बीतने के साथ विनता की उदासी धीरे-धीरे लोभ और ईर्ष्या में बदल गई। कुछ दिन बाद, विनता के धैर्य का बांध टूट गया। उसने ज़बरदस्ती अपना एक अंडा तोड़ डाला। विनता द्वारा की गई चोट से अंडे की धवल सतह पर पतली दरार पड़ गई। उसके भीतर धीमी-सी हलचल हुई और सहसा अंडे का बाहरी खोल चटक कर बिखर गया। विनता ने टूटे अंडे के भीतर देखा तो पाया कि एक छोटा-सा बच्चा अंडे में से बाहर झांक रहा था। विनता को यह देखकर बहुत दुख हुआ कि इतना समय प्रतीक्षा करने के बाद भी भीतर पल रहे बच्चे के तन का केवल ऊपर वाला भाग विकसित हो पाया था, जबकि उसके तन का निचला भाग अब तक अपरिपक्व था। विनता हताश हो गई। वह अपने उतावलेपन पर लज्जित थी किंतु पछताने का अब कोई लाभ नहीं था। विनता का अर्ध-विकसित पुत्र स्वयं को किसी तरह खींचकर अंडे से बाहर निकल आया। उसे अपनी माता पर क्रोध आ

रहा था जिसने उतावलेपन एवं ईर्ष्या के कारण समय से पहले अंडा तोड़ दिया और अपरिपक्व बालक को जन्म दिया था।

अपनी दीन अवस्था देखकर विनता के पुत्र का क्रोध बढ़ता गया। उसने आवेश में अपनी माता को शाप दे डाला : 'तुमने मां होकर भी अधीरता एवं ईर्ष्या के कारण मेरे तन को विकसित नहीं होने दिया। मैं अब जीवन भर इसी तरह अर्ध-विकसित अवस्था में रहने को विवश हूं। तुमने पाप किया है और इसके लिए अगले पांच सौ वर्ष तक तुम्हें उसी स्त्री की, जिससे ईर्ष्या करके तुमने मेरा जीवन बर्बाद किया है, दासी बनकर रहना होगा। यह भी सुनो कि तुम्हारा दूसरा पुत्र, जो दूसरे अंडे में अभी विकसित हो रहा है, तुम्हारा उद्धार करेगा और वही तुम्हें दासत्व से मुक्ति दिलाएगा, बशर्ते तुम उसे भी समय से पहले न तोड़ दो। यदि तुम्हें अपना उद्धार करवाना है और मेरे शाप से मुक्त होना है तो दूसरे अंडे को स्वतः टूटने देना।'

यह कहकर वह बालक आकाश में उड़ा और दृष्टि से ओझल हो गया। उसके ऊपर उठते ही नीला आकाश अचानक गुलाबी हो गया। उस बालक का नाम अरुण था और वह बड़ा होकर सूर्यदेव का सारथी बना। कहते हैं सुबह सूर्योदय से पूर्व आकाश में फैली अरुणिमा विनता-पुत्र अरुण का ही प्रतिबिंब है, जिस समय वह सूर्य का रथ लेकर आकाश में निकलता है।

इस घटना के कुछ दिन बाद विनता और कद्रू एक पहाड़ी के निकट बैठी थीं। नियति के वशीभूत होकर विनता ने कद्रू के साथ एक शर्त लगाई और कहा कि जो भी शर्त हारेगा, उसे दूसरे व्यक्ति का दास बनना होगा। कद्रू ने शर्त के लिए हामी भर दी किंतु वह चालाकी करके शर्त जीत गई। यह वास्तव में अरुण के शाप का प्रभाव था जिसके कारण विनता शर्त हार गई थी और उसे अगले पांच सौ वर्ष के लिए कद्रू का दासत्व स्वीकार करना पड़ा।

इस बीच विनता के दूसरे अंडे से बच्चा निकलने का समय हो गया। बहुत समय प्रतीक्षा करने के उपरांत आख़िर अंडा फूट गया और उसमें से एक शक्तिशाली बाज पक्षी का जन्म हुआ। उसका नाम गरुड़ था। वह अत्यंत विशालकाय और शक्तिशाली था। गरुड़ बड़ा हुआ तो उसे अपनी माता विनता को कद्रू की दासी बना देखकर बहुत दुख होता था।

एक दिन गरुड़ कद्रू के सर्प-पुत्रों के पास गया और उसने पूछा, 'मेरी माता, तुम्हारी माता की दासी हैं। मैं उन्हें दासत्व से मुक्त करवाना चाहता

हूं और इसके लिए कुछ भी करने को तैयार हूं। कृपया मुझे बताओ कि मैं अपनी माता को स्वतंत्र करवाने के लिए क्या करूं?'

सर्प बहुत दुष्ट थे। वे मानो इसी पल की प्रतीक्षा कर रहे थे। उन्होंने तत्काल उत्तर दिया, 'यदि तुम अपनी माता को दासत्व से मुक्त करवाना चाहते हो तो हमारे लिए देवलोक से अमृत ले आओ।'

उनकी मांग सुनकर गरुड़ चकित रह गया। किंतु उसके लिए अपनी माता की स्वतंत्रता से अधिक महत्त्वपूर्ण कुछ नहीं था। वह तुरंत देवलोक के लिए निकल पड़ा।

कहते हैं, गरुड़ पर्वतों से भी विशाल और देवताओं से भी अधिक सामर्थ्यवान था। उसके पंख इतने बड़े और फैले हुए थे कि उनके फड़फड़ाने से धूल का ऐसा बवंडर उठा जिसने समूचे देवलोक को ढंक लिया और उसे देखकर देवलोक के निवासी स्तब्ध रह गए। देवताओं ने जब चमचमाती आंखों वाले गरुड़ को भयंकर गति से अपनी ओर आते देखा तो उन्होंने उसे रोकने का भरपूर प्रयास किया। परंतु वे शक्तिशाली गरुड़ के सम्मुख अत्यंत दुर्बल सिद्ध हुए तथा गरुड़ ने उन्हें युद्ध में सरलता से परास्त कर दिया। इसके बाद गरुड़ देवलोक से अमृत का कलश लेकर उड़ गया। वह अपने कार्य के प्रति इतना निष्ठावान था कि अमरत्व प्रदान करने वाले पेय का कलश पास होते हुए भी गरुड़ के मन में एक भी बार उसे चखने का लोभ उत्पन्न नहीं हुआ।

गरुड़ की मार्ग में भगवान विष्णु से भेंट हुई। विष्णु ने कहा, 'गरुड़! तुम लोभ से ऊपर उठ गए हो और तुम्हारा अपनी इंद्रियों पर पूर्ण नियंत्रण है। मैं तुम्हारी निष्ठा से प्रसन्न हूं और तुम्हें वरदान देना चाहता हूं। मांगो, तुम्हें क्या चाहिए?'

गरुड़ ने एक पल विचार किया और कहा, 'प्रभु, यदि आप सचमुच मुझसे प्रसन्न हैं तो मुझे एक नहीं, अपितु दो वरदान दीजिए। पहला, मैं आपके ध्वज पर विराजमान होना चाहता हूं। दूसरा, आप मुझे अमरत्व प्रदान कीजिए किंतु इसके लिए मुझे अमृत-पान करने की आवश्यकता नहीं होनी चाहिए।'

'तथास्तु!' विष्णु ने गरुड़ को दोनों वरदान दे दिए। विष्णु ज्यों ही वहां से जाने लगे, गरुड़ ने कहा, 'प्रभु! मेरे मन में एक और इच्छा उत्पन्न हो रही है।'

'निस्संकोच बोलो, गरुड़,' दया के धाम विष्णु ने कहा।

'मैं भी आपको एक वरदान देना चाहता हूं!' गरुड़ ने उत्तर दिया।

विष्णु को बहुत आश्चर्य हुआ। संसार के परमेश्वर, जो दूसरों की इच्छाएं पूर्ण करते हैं, एक पक्षी से क्या मांग सकते थे।

विष्णु ने एक पल विचार किया और फिर गरुड़ की इच्छा स्वीकार कर ली। वह बोले, 'मुझे बहुत प्रसन्नता होगी यदि तुम मेरे वाहन बन जाओ।'

'ऐसा ही होगा।' गरुड़ ने बिना हिचक कह दिया।

गरुड़ बहुत प्रसन्न था। उसकी ख़ुशी के बहुत-से कारण थे। उसे अपनी माता को स्वतंत्र करवाने के लिए अमृत-कलश मिल गया था। उसने अपनी निष्ठा अक्षुण्ण रखते हुए अमरत्व प्राप्त कर लिया था। उसने भगवान विष्णु की पताका पर अपने लिए स्थान अर्जित कर लिया था और इन सबसे ऊपर वह अब संसार के परमेश्वर का वाहन था। भगवान विष्णु से उस शानदार भेंट के बाद गरुड़ की घर लौटने की ख़ुशी दुगुनी हो गई थी।

अमृत-कलश को बगल में दबाए गरुड़ तेज़ी से आकाश में उड़ता चला जा रहा था। उसे सहसा किसी के चिल्लाने का स्वर सुनाई पड़ा। वह रुका तो उसने देखा कि कमर पर हाथ रखकर शक्तिशाली परंजय तलवार पकड़े मार्ग में देवराज पुरंदर खड़ा था। वह स्पष्ट तौर पर गरुड़ पर कुपित था, क्योंकि पक्षीराज गरुड़ देवलोक से अमृत ले आया था, जिसे अब तक देवलोक की निजी संपत्ति माना जाता था।

'क्या तुम्हीं देवलोक से अमृत-कलश लेकर भागे थे?' पुरंदर ने पूछा।

'हां!' गरुड़ ने निर्भीकता से उत्तर दिया।

'तुमने अमृत को पृथ्वी पर ले जाने का साहस कैसे किया?' पुरंदर ने गुस्से से पूछा। 'यह कलश मुझे वापस कर दो।'

'मैं आपको प्रणाम करता हूं, देवराज!' गरुड़ ने विनीत स्वर में कहा, 'किंतु मुझे खेद है कि मेरे लिए यह अमृत-कलश ले जाना बहुत अनिवार्य है क्योंकि इसी से मेरी माता को दासत्व से मुक्ति मिलेगी।'

'सुनो पक्षी!' पुरंदर चिल्लाया, 'मूर्खता मत करो! अमृत कोई साधारण वस्तु नहीं है जिसे देकर तुम अपनी माता की स्वतंत्रता प्राप्त करना चाहते हो। यह दिव्य पेय है, जिस पर केवल देवताओं को अधिकार है। कोई पृथ्वीवासी इसका सेवन नहीं कर सकता। क्या तुम्हें पता नहीं कि इसका सेवन करने

वाला प्राणी अमर हो जाता है? पृथ्वी पर किसी को अमर होने का अधिकार नहीं है। मृत्युलोक के वासियों के लिए अमृत को पीना तो दूर, इसे स्पर्श करना भी सृष्टि के नियमों के विरुद्ध है। इसे मुझे तत्काल वापस कर दो।'

'देवराज!' गरुड़ ने विनम्रता से उत्तर देते हुए कहा, 'मुझे पता है कि पृथ्वीवासियों को अमृत-पान का अधिकार नहीं है। आप मेरा विश्वास कीजिए मैं किसी प्राणी को अमृत का सेवन नहीं करने दूंगा। मुझे यह कलश केवल एक बार कद्रू के सर्प-पुत्रों को देना है, क्योंकि मेरी माता पिछले पांच सौ वर्षों से कद्रू की दासी हैं और उन्हें मुक्त करवाने के लिए सर्पों ने अमृत की मांग की है। मैं अपनी माता के मुक्त होते ही यह कलश आपको यथावत लौटा दूंगा। मैं आपको वचन देता हूं कि कोई इसे स्पर्श नहीं करेगा। कृपया मुझे अनुमति दीजिए।'

गरुड़ के पास और अधिक बात करने का समय नहीं था। उसने पुरंदर के बिगड़ते तेवर की उपेक्षा कर दी और अपने विशालकाय पंख फड़फड़ाता हुआ आकाश में ऊंचा उड़ गया। हालांकि पुरंदर गरुड़ की ताक़त से भली-भांति परिचित था, परंतु उसे अपने अभिमानी स्वभाव के चलते, एक पक्षी के हाथों ऐसे अपना तिरस्कार और अपमान किया जाना पसंद नहीं आया।

'ठहरो, दुष्ट प्राणी!' इंद्र ज़ोर से गरजा। इसके बाद पुरंदर ने दूर से ही अपनी भयंकर तलवार से गरुड़ पर प्रहार कर दिया। इंद्र की परंजय तलवार उसके शस्त्रागार के दिव्यास्त्रों के कुछेक सबसे शक्तिशाली और अचूक अस्त्र-शस्त्रों में से एक थी। उसमें किसी भी साधारण जीव को तत्काल मार देने की क्षमता थी। परंतु गरुड़ साधारण जीव नहीं था।

इंद्र की तलवार, गरुड़ के बाएं पंख पर लगी। गरुड़ को हल्की-सी चोट महसूस हुई। उसने मुड़कर पुरंदर की ओर देखा। गरुड़ की आंखों में क्रोध उतर आया था। परंतु वह फिर भी देवराज इंद्र से संघर्ष नहीं चाहता था।

'पुरंदर!' गरुड़ ने शांत स्वर में कहा, 'यदि मैं चाहूं तो तुम्हारी तलवार को चुटकी में मसलकर रख सकता हूं। परंतु यह एक दिव्यास्त्र है और मेरे हृदय में दिव्यास्त्रों के लिए अपार सम्मान है। यदि मैं इस अस्त्र से आहत हुए बिना यूं ही चला गया तो इसका अपमान हो जाएगा और यह मेरे लिए लज्जा की बात होगी। इसलिए मैं इस दिव्य तलवार का मान रखते हुए अपने बाएं पंख का छोटा-सा अंश नीचे गिरा रहा हूं। इसे ले जाओ और खुश रहो।

मेरे साथ दोबारा मत उलझना, अन्यथा मैं भूल जाऊंगा कि तुम देवताओं के राजा हो।' यह कहकर गरुड़ ने अपने बाएं पंख का एक छोटा-सा अंश धरती पर गिरा दिया। गरुड़ के पंख के दैत्याकार अंश को नीचे गिरता देख पुरंदर चकित रह गया। उसे लज्जा का आभास हो रहा था। गरुड़ का पंख इतना विशाल था कि उसने भूमि के अधिकांश हिस्से को, जहां वह गिरा था, ढंक लिया था।

गरुड़ की शक्ति और उसके आत्मविश्वास को देखकर पुरंदर डर गया। उसने तुरंत तेवर बदल लिए। वह बोला, 'गरुड़, मैं तुम्हारे साहस से बहुत प्रभावित हूं। मैं तुम्हें "पक्षियों का इंद्र" घोषित करता हूं। दो इंद्रों के बीच मित्रता से बेहतर और क्या हो सकता है! क्या तुम्हें मेरा प्रस्ताव पसंद है?'

गरुड़ मुस्कराया। वह समझ गया कि पुरंदर को उसकी शक्ति का एहसास हो चुका था और अब वह उससे मित्रता करना चाहता था। हालांकि पुरंदर ने अपने लाभ के लिए गरुड़ से मित्रता का प्रस्ताव किया था, परंतु गरुड़ ने यह जानते हुए भी विनम्रता कायम रखी और उत्तर दिया, 'मेरे लिए देवलोक के शासक देवराज इंद्र से मित्रता करना सम्मान की बात है।' इस तरह गरुड़ को 'पक्षियों का इंद्र' कहा जाने लगा। इसी के साथ बालखिल्य ऋषियों का संकल्प भी पूर्ण हो गया था।

इसके बाद गरुड़ ने पुरंदर को अपनी माता विनता के दासत्व की दुख भरी कहानी सुनाई। पुरंदर ने गरुड़ को अमृत-कलश साथ ले जाने की अनुमति दे दी ताकि वह अपनी माता को दासत्व से मुक्त करवा सके।

गरुड़ ने पुरंदर को आश्वासन दिया और कहा, 'मैं उन सर्पों को अमृतपान नहीं करने दूंगा। मैं इस कलश को उनके सामने रखूंगा और फिर उनका ध्यान भटका दूंगा। इस बीच, आप नीचे आकर इस अमृत-कलश को अपने साथ वापस ले जाइए।' पुरंदर को गरुड़ की योजना पसंद आई। उसने गरुड़ को वरदान दिया कि अब से सर्प भी गरुड़ का भोजन होंगे।

शीघ्र ही गरुड़ अमृत-कलश लेकर पृथ्वी पर लौट आया। उसने वह कलश कद्रू के सर्प-पुत्रों के समक्ष रखकर कहा, 'यह लो! यही अमृत है, जो तुम्हें चाहिए था। अब मेरी माता को मुक्त कर दो।'

'तथास्तु!' सर्पों ने कहा। 'हम अपनी माता कद्रू की ओर से तुम्हारी माता विनता को दासत्व से मुक्त करते हैं। अब तुम हमें जल्दी-से यह अमृत दे दो।' सर्प अधीर हो रहे थे।

'ठहरो!' गरुड़ ने उन्हें रोका। 'यह दिव्य पेय है और तुम्हें इसका सेवन स्नान करने के उपरांत करना चाहिए। मैं इस कलश को यहीं कुश-घास पर रख देता हूं। तुम नदी में स्नान करके लौट आओ और फिर आराम से अमरत्व प्रदान करने वाले इस पेय का सेवन करना।'

सर्पों को अमृत-कलश देखकर बहुत प्रसन्नता हुई। उन्हें अमर होने की जल्दी थी। वह सरसराते हुए नदी की ओर चले गए। इस बीच, गरुड़ की योजनानुसार पुरंदर तेज़ी से नीचे आया और अमृत-कलश उठाकर देवलोक लौट गया। इस दौरान गरुड़ ने अपनी माता विनता को कद्रू के दासत्व से मुक्त करवा लिया।

थोड़ी देर बाद जब सर्प नदी में स्नान करके जीभ लपलपाते हुए अमृत-पान की इच्छा लिए लौटकर आए तो अमृत-कलश को वहां न पाकर दुखी और बेचैन हो गए। लोभ ने उनकी बुद्धि हर ली और वे सब तीखी और नुकीली कुश-घास के सिरों को चाटने लगे जहां अमृत-कलश रखा था। उन्होंने सोचा कि अमृत की कुछ बूंदें घास पर अवश्य गिरी होंगी, जिन्हें चाटने से वे अमर हो जाएंगे। परंतु इसके विपरीत परिणाम यह निकला कि घास के नुकीले सिरों को चाटने से सर्पों की जीभ दो हिस्सों में विभक्त हो गई। तब से सांप की जीभ दो हिस्सों में बँटी होती है।

आख़िर, गरुड़ के बड़े भाई अरुण की भविष्यवाणी सत्य हुई। विनता को कद्रू के दासत्व से मुक्ति मिल गई तथा शक्तिशाली गरुड़, जो अब पक्षियों का इंद्र बन चुका था, अपनी माता का उद्धारक बना।

यह सब हो जाने के उपरांत पुरंदर को इस बात की ख़ुशी थी कि उसका अमृत-कलश सुरक्षित था। साथ ही, उसने गरुड़ को 'पक्षियों का इंद्र' घोषित करके अपना इंद्रासन बचा लिया था।

5

ययाति

देवता और दैत्य परस्पर मौसेरे भाई होने के बावजूद सदा लड़ते रहते थे। सत्ता और श्रेष्ठता के लिए संघर्ष करते रहना उनके जीवन का हिस्सा बन गया था। चूंकि दोनों के पास दिव्य एवं अलौकिक शक्तियां थीं, तो दोनों में से किसी के लिए दूसरे को परास्त करना सरल नहीं था। उन्हें विजयी होने के लिए योग्य गुरु की आवश्यकता थी। इसलिए देवताओं ने बृहस्पति को तथा दैत्यों ने शुक्राचार्य को अपना गुरु बना लिया था।

देवताओं और दैत्यों में जब कभी युद्ध होता था तो उसमें निश्चित तौर पर देवताओं को लाभ मिलता था क्योंकि त्रिदेव कहे जाने वाले भगवान ब्रह्मा, विष्णु और शिव उनका साथ देते थे। परंतु असुरों को भी एक बात का फ़ायदा था। उनके गुरु शुक्राचार्य के पास मृत-संजीवनी विद्या थी जिसके द्वारा वह किसी भी मृत व्यक्ति को पुनर्जीवित कर दिया करते थे। ऐसे में जब कभी देवताओं के हाथों असुरों का वध किया जाता था तो शुक्राचार्य अपनी अद्भुत संजीवनी विद्या के प्रयोग से मृत असुरों को फिर से जीवित कर देते थे। इससे देवताओं की परेशानी बढ़ जाती थी।

शुक्राचार्य दैत्यों के राजा वृषपर्वा के साथ उसके महल में ही रहते थे। वृषपर्वा की पुत्री का नाम शर्मिष्ठा था। शुक्राचार्य की भी एक सुंदर पुत्री थी। उसका नाम देवयानी था। दोनों कन्याओं में बहुत घनिष्ठ मित्रता थी।

एक बार देवताओं के मन में भी मृत-संजीवनी विद्या सीखने का विचार आया। उन्होंने बृहस्पति के पुत्र कच को शुक्राचार्य के पास भेजा और दैत्य-गुरु को प्रसन्न करके उनसे यथासंभव संजीवनी विद्या सीख लेने को

कहा। देवताओं की आज्ञा पाकर कच गुरु शुक्राचार्य के पास गया और उनसे विनीत स्वर में संजीवनी विद्या की शिक्षा सिखाने का अनुरोध किया। शुक्राचार्य भी कच के विनम्र और सौम्य स्वभाव से अत्यंत प्रभावित हो गए और उन्होंने उसे अपना शिष्य बनाकर मृत-संजीवनी की दीक्षा देना आरंभ कर दिया।

कच अपने अध्ययन काल के दौरान शुक्राचार्य के पास ही रहता था। इस बीच दैत्य-गुरु की पुत्री देवयानी को कच से मन ही मन प्रेम हो गया। एक दिन कच का विद्याध्ययन का समय पूरा हो गया और वह जाने लगा तो देवयानी स्वयं को रोक न सकी। उसने कच से अपने हृदय की बात कह दी और उसके समक्ष विवाह का प्रस्ताव भी रख दिया। परंतु कच ने उससे विवाह करने से मना कर दिया। यह सुनकर देवयानी को बहुत क्रोध आया और उसने कच को शाप दे दिया कि शुक्राचार्य से सीखी विद्या उसके काम नहीं आएगी। कच को भी देवयानी पर क्रोध आ गया। उसने भी देवयानी को शाप दे दिया कि उससे कोई देवलोकवासी विवाह नहीं करेगा।

कच निराश होकर देवलोक लौट आया। पुरंदर को कच और देवयानी द्वारा परस्पर दिए शाप की जानकारी नहीं थी, इसलिए वह इस बात से प्रसन्न था कि कच के मृत-संजीवनी विद्या सीख लेने के बाद देवताओं को दैत्यों से डरने की आवश्यकता नहीं थी।

इस बीच, एक दिन देवयानी और शर्मिष्ठा नदी में स्नान कर रही थीं। उनके वस्त्र नदी-तट पर रखे थे। संयोग से उसी समय पुरंदर वहां से गुज़रा। उसने जब दो सुंदर युवतियों को नदी में स्नान करते देखा तो वह उनके सौंदर्य पर मुग्ध हो गया। यह पुरंदर के स्वभाव का हिस्सा था कि सुंदर स्त्रियों को देखकर वह तत्काल मचल उठता था। उसने अपनी आदतानुसार, युवतियों के साथ परिहास करने का विचार किया।

पुरंदर ने वायु का रूप धरा और वह दोनों युवतियों के वस्त्र उड़ा ले गया। पुरंदर की इन आदतों से सब परेशान रहते थे लेकिन वह सुधरने का नाम नहीं लेता था। देवयानी और शर्मिष्ठा ने जैसे ही देखा कि उनके वस्त्र उड़ गए हैं, वे दोनों नदी से बाहर निकलकर वस्त्र पकड़ने के लिए भागीं और जल्दी में जो वस्त्र उनके हाथ आया, उन्होंने पहन लिया। इस हड़बड़ी में शर्मिष्ठा ने देवयानी के वस्त्र पहन लिए, किंतु देवयानी अपने वस्त्र शर्मिष्ठा को देने को तैयार नहीं हुई। वह शर्मिष्ठा से झगड़ने लगी। कुछ देर में बात बढ़ गई और उनके बीच हाथापाई होने लगी।

शर्मिष्ठा राजा की पुत्री होने के नाते घमंडी थी। उसने देवयानी को अपमानित किया। क्रोध में शर्मिष्ठा ने देवयानी को कुएं में धक्का दे दिया और उसे वहीं छोड़कर राजमहल लौट आई। पुरंदर ने पेड़ के पीछे छिपकर सब कुछ देख लिया। देवयानी कुएं में गिरी थी, फिर भी पुरंदर को उस पर दया नहीं आई। वह अपने हिस्से का मनोरंजन करके अमरावती लौट आया।

इधर, प्राग्ज्योतिष के राजा नहुष का पुत्र ययाति संयोग से उस कुएं के पास से जा रहा था जिसमें देवयानी गिरी थी। ययाति को सहायता के लिए पुकारती स्त्री की आवाज़ सुनाई पड़ी तो उसने कुएं में झांका। उसे भीतर एक सुंदर कन्या दिखाई दी। ययाति ने तत्काल देवयानी को कुएं से बाहर निकाल लिया और उसे उसके पिता शुक्राचार्य के पास पहुंचा दिया।

गुरु शुक्राचार्य को जब इस घटना का पता लगा तो उन्हें शर्मिष्ठा पर बहुत क्रोध आया। उन्होंने वृषपर्वा से शर्मिष्ठा की शिकायत की। वृषपर्वा अपने गुरु के क्रोध को देखकर भयभीत हो गया और क्षमा मांगने लगा। शुक्राचार्य ने कहा कि वह उसे एक शर्त पर क्षमा कर सकते हैं कि शर्मिष्ठा को एक सहस्र दासियों के साथ देवयानी की दासी बनकर रहना होगा। वृषपर्वा को डरकर विवशता में शुक्राचार्य की शर्त माननी पड़ी। इस तरह दैत्यों के राजा वृषपर्वा की पुत्री शर्मिष्ठा को दैत्यों के गुरु शुक्राचार्य की पुत्री देवयानी की दासी बनना स्वीकार करना पड़ा।

एक दिन ययाति फिर उस मार्ग से निकला तो उसकी भेंट दोबारा देवयानी से हो गई। देवयानी ने तत्काल अपने प्राण-रक्षक को पहचान लिया। उसे ययाति से प्रेम हो गया। ययाति को भी देवयानी से प्रेम हो गया। आख़िर, शुक्राचार्य की सहमति से देवयानी और ययाति का विवाह संपन्न हो गया। चूंकि शर्मिष्ठा, देवयानी की दासी थी इसलिए शुक्राचार्य ने उसे भी देवयानी के साथ ययाति के महल में जाने को कहा। विदाई से पूर्व, शुक्राचार्य ने ययाति को सावधान किया और कहा कि उसे देवयानी की अच्छी देखभाल करनी होगी किंतु उसे सदा शर्मिष्ठा से दूर रहना होगा।

विवाह के उपरांत, ययाति ने शर्मिष्ठा के लिए एक अलग महल की व्यवस्था की थी। एक दिन शर्मिष्ठा अपने महल के उद्यान में टहल रही थी। सहसा ययाति भी टहलता हुआ वहां आ गया। वह पहले से ही ययाति के व्यक्तित्व से बहुत प्रभावित थी। उसने जब ययाति को अपने समीप पाया तो उसका यौवन बहकने लगा। ययाति भी शर्मिष्ठा को देखकर उसके सौंदर्य पर

मुग्ध हो गया। शर्मिष्ठा ने ययाति से एक पुत्र की मांग कर दी। परंतु, तभी ययाति को शुक्राचार्य द्वारा दी गई चेतावनी याद आ गई।

'मैं क्षमा चाहता हूं,' ययाति ने अपना चेहरा घुमाते हुए कहा, 'मुझे तुम्हारा यह प्रस्ताव स्वीकार नहीं है।'

'क्यों, क्या हुआ स्वामी? क्या मैं सुंदर नहीं हूं?' शर्मिष्ठा ने पूछा।

'ऐसी बात नहीं है। तुम बहुत सुंदर हो,' राजा ने उत्तर दिया, 'किंतु देवयानी के साथ विवाह के समय शुक्राचार्य ने मुझे सावधान किया था कि मुझे तुमसे दूर रहना होगा... नहीं! मैं यह नहीं कर सकता।'

'आप कोई साधारण राजा नहीं हैं,' शर्मिष्ठा ने कहा। 'क्या आपको धर्म का मूल सिद्धांत पता नहीं है? पत्नी, पुत्र और दास का निजी पदार्थों पर कोई अधिकार नहीं होता। पत्नी के समस्त सामान पर पति का अधिकार होता है, पुत्र की धन-संपत्ति उसके पिता की होती है तथा दास का सर्वस्व अपने स्वामी का होता है। मैं आपकी पत्नी की दासी हूं और इस नाते आपका मुझ पर पूर्ण अधिकार है। हे राजन, संकोच मत कीजिए। मैं आपकी हूं।'

ऐसा कहते हुए, शर्मिष्ठा का अधोवस्त्र कंधे से खिसक गया। उसका भरा-पूरा यौवन देखकर ययाति के मन में काम उत्पन्न हो गया। उसने शर्मिष्ठा की इच्छा पूर्ण कर दी जिसके बाद शर्मिष्ठा ने एक पुत्र को जन्म दिया। उस बालक को लेकर देवयानी के मन में दुविधा उत्पन्न हुई। उसने शर्मिष्ठा से बालक के पिता के विषय में पूछा तो शर्मिष्ठा ने यह कहकर टाल दिया कि वह बालक एक तपस्वी की संतान है, जिसके विषय में उसे अधिक जानकारी नहीं है।

कुछ समय बाद देवयानी को ययाति से दो पुत्र हुए। उनका नाम था यदु और तुर्वसु। इस बीच, राजा ययाति की शर्मिष्ठा से भेंट होती रही और फलस्वरूप शर्मिष्ठा ने तीन और पुत्रों को जन्म दिया। उनका नाम रखा द्रुह्यु, अनुद्रुह्यु और पुरु। वे तीनों बालक ययाति की संतान होने के कारण दिखने में बिलकुल ययाति जैसे थे।

एक दिन देवयानी ने शर्मिष्ठा के तीनों पुत्रों को ध्यान से देखा तो वह ययाति के समान रंग-रूप देखकर हैरान रह गई। उसने बच्चों को अपने पास बुलाया।

'बच्चों,' देवयानी ने कहा, 'तुम तीनों बहुत प्यारे हो। तुम्हारे पिता कौन हैं?'

'राजा ययाति!' तीनों बालकों ने एक स्वर में उत्तर दिया।

देवयानी का सिर घूमने लगा। उसे स्वाभाविक रूप से बहुत क्रोध आया और उसने अपने पिता शुक्राचार्य को यह बात बता दी। शुक्राचार्य की आंखें क्रोध से लाल हो गईं। वह तत्काल ययाति के पास पहुंचे।

'ययाति!' शुक्राचार्य चिल्लाए, 'तुमने अपना वचन तोड़ा है। मैंने तुम्हें शर्मिष्ठा से दूर रहने के लिए कहा था किंतु तुमने मेरी आज्ञा का उल्लंघन किया है। शर्मिष्ठा तुम्हारी पत्नी नहीं है, इसलिए तुमने धर्म-विरुद्ध कार्य किया है। मैं तुम्हें शाप देता हूं कि तुम तत्काल बूढ़े हो जाओ।'

वह भयानक शाप था। ययाति स्तब्ध रह गया। वह उसी क्षण से वृद्ध होना शुरू हो गया था। उसका शरीर दुर्बल हो गया, बाल सफ़ेद होने लगे, आंखों की चमक चली गई और शरीर पर झुर्रियां पड़ने लगीं। राजा ययाति की आंखों से आंसू बहने लगे।

'दया कीजिए ऋषिवर!' वह गिड़गिड़ाया। 'मैंने अभी तक संसार के समस्त सुखों को उपभोग नहीं किया है। मेरी इच्छाएं और कामनाएं अभी तृप्त नहीं हुई हैं। कृपया शाप वापस ले लीजिए और मुझे सुखपूर्वक जीने दीजिए।'

'मैंने जो दे दिया, मैं उसे वापस नहीं लेता।' शुक्राचार्य ने उत्तर दिया। 'मेरे लिए दिया हुआ शाप वापस लेना संभव नहीं है, किंतु यह ध्यान में रखते हुए कि तुम मेरे दामाद हो, मैं तुम्हारी पीड़ा को कम कर सकता हूं। मैं तुम्हें इस बात की छूट देता हूं कि तुम यदि चाहो तो अपनी वृद्धावस्था एक हज़ार वर्ष के लिए अपने किसी भी एक पुत्र को देकर बदले में उसका यौवन ले सकते हो। एक हज़ार वर्ष पूर्ण हो जाने के बाद तुम अपने पुत्र को उसका यौवन लौटाकर अपना बुढ़ापा वापस ले सकते हो। वही पुत्र तुम्हारे राज्य का अगला उत्तराधिकारी भी होगा।'

यह सुनकर ययाति तत्काल अपने ज्येष्ठ पुत्र यदु के पास गया और उसे यौवन के बदले अपना बुढ़ापा लेने का आग्रह किया। उसने यदु को यह वचन भी किया कि एक हज़ार वर्ष बीत जाने के बाद वह यदु को राज्य का अगला राजा नियुक्त कर देगा। परंतु यदु ने अपने पिता की इच्छा नहीं मानी, जिससे ययाति बहुत दुखी हुआ।

इसके बाद ययाति वही अनुरोध लेकर अपने छोटे पुत्र तुर्वसु के पास गया। तुर्वसु ने भी अपने पिता के आग्रह को तत्काल अस्वीकार कर दिया

और कहा कि वह राज्य पर अपना अधिकार छोड़ने को तैयार है किंतु पिता को अपना यौवन नहीं देगा। ययाति, तुर्वसु के महल से भी हताश होकर लौट आया। इसके बाद उसने शर्मिष्ठा के तीनों पुत्रों से भी इस विषय में बात की। वह द्रुह्यु और फिर अनुद्रुह्यु के पास गया, किंतु दोनों ने उसकी याचना अस्वीकार कर दी। कोई अपना यौवन अपने पिता को देने के लिए तैयार नहीं हुआ।

ययाति अपने सबसे छोटे पुत्र पुरु के पास यह सोचकर नहीं गया कि वह बहुत छोटा था और ययाति को उससे यह अनुरोध करना उचित नहीं लगा। परंतु वह अपने बड़े चार पुत्रों पर अवश्य क्रोधित था। ययाति ने अपने चारों पुत्रों को क्रोध में शाप देने का निश्चय कर लिया।

ययाति ने कहा, 'मैंने तुम लोगों को राज्य का अगला राजा नियुक्त करने का वचन देकर और बदले में एक हज़ार वर्ष के लिए तुम्हारा यौवन मांगा था ताकि मैं अपनी सांसारिक इच्छाओं को पूरा कर सकूं। परंतु तुम सबने मेरी प्रार्थना अस्वीकार कर दी और मुझे ख़ाली हाथ लौटा दिया। इसलिए मैं तुम चारों को शाप देता हूं। यदु के वंशज कभी राज्य का भोग नहीं कर सकेंगे। तुर्वसु और उसका परिवार पूरी तरह नष्ट हो जाएगा। द्रुह्यु को नदी तट पर मजदूरी करनी पड़ेगी तथा उसकी इच्छाएं सदा अतृप्त रहेंगी और अनुद्रुह्यु समय से पहले बूढ़ा हो जाएगा और उसके बच्चों की असामयिक मृत्यु हो जाएगी।'

ययाति के सबसे छोटे पुत्र पुरु को जब इस घटना के विषय में पता लगा तो वह अपने पिता के पास गया और बोला, 'पिताश्री, इतने वर्षों तक जीवन के सुखों का भोग करने के बाद भी आप असंतुष्ट हैं तथा एक हज़ार वर्ष और जीने की इच्छा रखते हैं तो मैं ऐसे यौवन का क्या करूंगा? मुझे विश्वास है कि मुझे भी वृद्ध हो जाने पर ऐसा ही महसूस होगा। इसलिए मुझे इन सुखों को भोगने की कोई इच्छा नहीं है क्योंकि इच्छाएं सदा अतृप्त रहती हैं। आप मेरा यौवन ले लीजिए और उसके बदले मैं आपकी वृद्धावस्था लेने के लिए तैयार हूं।'

पुरु का उत्तर सुनकर ययाति हैरान रह गया। पुरु ने अपने पिता की वृद्धावस्था सहर्ष स्वीकार करके उसे अपना यौवन दे दिया। इस तरह ययाति को यौवन वापस मिल गया और वह फिर से जीवन के सुखों को भोगने लगा। उसने अनेक धार्मिक यज्ञ और अनुष्ठान किए तथा क्षमतानुसार

दान-दक्षिणा देकर अपने पूर्वजों को भी संतुष्ट किया। उसने प्रत्येक व्यक्ति को पर्याप्त मात्रा में भोजन और जल उपलब्ध करवाया। उसने ज़रूरतमंदों की मदद की तथा अपराधियों को दंडित किया। इस दौरान उसने कुछ समय विश्वाची नाम की एक अप्सरा के साथ नंदन वन में बिताया, जिसके फलस्वरूप उस अप्सरा ने माधवी नाम की एक कन्या को जन्म दिया। ययाति ने धर्म के समस्त सिद्धांतों का इतनी कड़ाई से पालन किया कि लोग ययाति के शासन की तुलना देवराज इंद्र के साथ करने लगे।

एक हज़ार वर्ष पूर्ण हो जाने के उपरांत ययाति अपने पुत्र पुरु के पास गया और बोला, 'प्रिय पुत्र! मैंने बहुत समय जीवन एवं पृथ्वी की समस्त सुख-सुविधाओं का उपभोग कर लिया है, परंतु एक हज़ार वर्ष बाद भी मेरी इच्छाएं अतृप्त हैं। मैं इस निष्कर्ष पर पहुंचा हूं कि इच्छाएं अनंत हैं और व्यक्ति उन्हें तृप्त करने का जितना अधिक प्रयास करता है, वे उतनी ही बढ़ती जाती हैं। इसलिए मैंने राज्य का त्याग करके संन्यास लेने का निश्चय किया है।'

ऐसा कहकर ययाति ने अपने राज्य की बागडोर पुरु को सौंप दी और स्वयं संन्यास लेकर वन में चला गया। ययाति ने वन में गहन साधना और तपस्या की तथा अपनी इंद्रियों पर पूर्ण नियंत्रण प्राप्त कर लिया। इस दौरान उसने इतना कठोर तप किया कि उसे देवलोक की प्राप्ति हो गई।

यह निश्चित तौर पर, पुरंदर के लिए अच्छा समाचार नहीं था। पुरंदर के लिए इससे भी अधिक बुरी ख़बर यह थी कि ययाति सशरीर देवलोक पहुंचने में सफल हो गया था। यह किसी भी मनुष्य के लिए आश्चर्यजनक और लगभग असंभव कार्य था। परंतु ययाति ने अपने तपोबल की शक्ति से यह कर दिखाया था।

पुरंदर को ययाति से ईर्ष्या होने लगी। वह ययाति को अपमानित करने का अवसर ढूंढ़ने लगा। उसे सदा अपने मुकुट और सिंहासन की चिंता सताती थी। वह जानता था कि ययाति पूर्ण रूप से अपने तपोबल की शक्ति से ही सशरीर स्वर्ग तक पहुंचने में सफल हुआ है और उसे अपने मार्ग से हटाने का एक ही तरीक़ा था कि ययाति धर्म और कर्तव्य से पथ-भ्रष्ट हो जाए। इसके लिए पुरंदर ने एक योजना बनाई।

देवलोक के राजा पुरंदर ने ययाति को अपनी सभा में आमंत्रित किया। वहां अन्य देवता भी उपस्थित थे। इंद्र ने कहा, 'राजा ययाति! आप

असाधारण व्यक्ति हैं, क्योंकि आपने सशरीर देवलोक पहुंचने में सफलता प्राप्त की है। मैं आपकी इस उपलब्धि से बहुत प्रभावित हूं। ऐसा प्रतीत होता है कि आपने तपस्या और साधना बहुत अच्छी तरह की है।'

'निस्संदेह!' ययाति ने उत्तर दिया। यह पहला मौक़ा था जब देवताओं के राजा ने ययाति से उसकी उपलब्धियों की सार्वजनिक रूप से प्रशंसा की थी। ययाति ने कहा, 'मैंने संन्यास के दौरान बहुत गहन साधना की है। यह निश्चित तौर पर सबके बूते की बात नहीं है।'

'मुझे आपको यहां देख कर बहुत प्रसन्नता हो रही है,' पुरंदर ने कहा। 'इंद्रलोक सचमुच आपके जैसे निष्ठावान व्यक्ति के आगमन से गौरवान्वित हुआ है।'

ययाति इस बात को समझ नहीं पाया कि पुरंदर ऐसा कहकर केवल उसके अहंकार को हवा दे रहा था और धीरे-धीरे वह ययाति की धार्मिकता और निष्ठा को कुरेद रहा था, जिसे ययाति ने अत्यंत कड़ी मेहनत और तपोबल से अर्जित किया था।

'मैं जानता हूं कि किसी मनुष्य के लिए सशरीर देवलोक पहुंचना संभव नहीं है, किंतु मैंने यह कर दिखाया है,' ययाति अपनी उपलब्धियों पर फूला नहीं समा रहा था। 'मैंने जो पाया है, मुझे उस पर गर्व है। अपना राज्य त्यागने के लिए सचमुच बहुत साहस चाहिए।' ययाति का अहंकार अपने चरम पर था।

'हां, मैं आपकी बात से सहमत हूं,' पुरंदर ने चालाकी से कहा। 'मैं आपसे एक अंतिम प्रश्न पूछना चाहता हूं। तपोबल और साधना की श्रेष्ठता के संदर्भ में आप किसे अपने समान मानते हैं?'

'किसी को नहीं!' ययाति ने तुरंत घमंड से भरकर उत्तर दिया। 'इस समय देवताओं, मनुष्यों, गंधर्वों अथवा ऋषि-मुनियों में कोई ऐसा नहीं जो तपस्या और आराधना में मेरी बराबरी कर सकता हो। यही कारण है कि मैं यहां सशरीर उपस्थित हूं!'

देवताओं और गंधर्वों से भरी इंद्र-सभा में बैठे सभी लोग ययाति के अहंकारपूर्ण टिप्पणी को सुनकर स्तब्ध रह गए। वह एक-दूसरे को देखने लगे और फिर उन्होंने एक स्वर में कहा, 'ययाति ने हमारा अपमान किया है!'

पुरंदर मुस्कराया। उसका निशाना बिलकुल सही जगह लगा था।

'ययाति!' पुरंदर ने अब गंभीर होते हुए कहा, 'तुम्हारे अहंकार के कारण उन सब सद्गुणों का क्षय हो गया है जिनके आधार पर तुम देवलोक तक सशरीर पहुंचे थे। तुमने यहां उपस्थित देवताओं, ऋषियों तथा गंधर्वों को अपने कटु वचनों से अपमानित किया है। इससे तुम्हारे सद्गुण नष्ट हो गए हैं। इसी के साथ, तुम्हारा देवलोक में रहने का समय पूरा हो गया है। अब तुम्हें पृथ्वी पर लौटना होगा।' पुरंदर से अधिक प्रसन्न वहां कोई नहीं था।

ययाति अपनी भूल समझ गया।

वह गिड़गिड़ाया, 'मुझे क्षमा कर दीजिए इंद्र!' परंतु तब तक देर हो चुकी थी।

पुरंदर ने ययाति को देवलोक के द्वार से नीचे धक्का दे दिया। ययाति लुढ़कता हुआ नीचे गिरने लगा। उसने नीचे गिरते समय प्रार्थना की कि वह महात्माओं के बीच में गिरना चाहेगा।

संयोग से उसी समय अष्टक, प्रतर्दन, शिबि और वसुमन नाम के चार ऋषि वहां से गुजर रहे थे। वे ऋषि और कोई नहीं, अपितु राजा ययाति की पुत्री माधवी के पुत्र थे, परंतु वे ययाति को पहचानते नहीं थे। उन्होंने ययाति को आकाश से नीचे गिरते देखा।

अष्टक ने ययाति से पूछा, 'हे राजन, आप कौन हैं और आकाश से नीचे कैसे गिर गए?'

तब ययाति ने अष्टक को अपनी कथा सुनाई जिसे सुनकर ऋषियों का मन पिघल गया और उन्होंने अपने तपोबल से ययाति को नीचे गिरने से रोक दिया।

प्रतर्दन ने कहा, 'राजन, आपके साथ सचमुच बहुत बुरा हुआ है। देवराज इंद्र को आपके साथ ऐसी चालाकी नहीं करनी चाहिए थी। तथापि आप चाहें तो हम आपको अपने तपोबल का फल प्रदान करके फिर से देवलोक भेज सकते हैं।'

यह ययाति के लिए बहुत ही सुखद प्रस्ताव था किंतु उसने प्रतर्दन का प्रस्ताव अस्वीकार कर दिया और कहा, 'ऋषिवर! मैं आपके उदार प्रस्ताव के लिए आपका आभारी हूं परंतु मैं क्षत्रिय हूं। मेरा धर्म दान लेना नहीं, अपितु दान देना है। इसलिए मेरे लिए आपके तपोबल का फल स्वीकार करना संभव नहीं है।'

उसी समय ययाति की पुत्री और ऋषियों की माता माधवी वहां आ पहुंची। उसने ययाति को पहचान लिया और ऋषियों के समक्ष ययाति से अपने संबंध की पुष्टि कर दी।

माधवी ने जब ययाति की पीड़ा सुनी तो कहा, 'धर्म के अनुसार व्यक्ति की पुत्री और उसके पौत्रों के यश तथा उनकी संपत्ति पर भी उस व्यक्ति का अधिकार होता है। इसलिए ययाति ऋषियों के तप का फल स्वीकार करके दोबारा देवलोक जा सकता है।'

यह बात सुनकर ययाति प्रसन्न हो गया। उसने अपनी पुत्री तथा पौत्रों की प्रशंसा की और कहा कि कालांतर में पितर-संस्कारों के अनुष्ठान के दौरान पुत्र द्वारा दिया गया योगदान 'श्राद्ध' कहलाएगा। ऋषियों के तपोबल के प्रभाव से कुछ देर बाद स्वर्ण-निर्मित पांच रथ आकाश से नीचे उतरे और ययाति तथा उसके चारों पुत्रों को लेकर देवलोक लौट गए।

उधर, ययाति को नीचे धकेलने के बाद पुरंदर बहुत खुश था। परंतु ययाति को देवलोक वापस आता देखकर पुरंदर को बहुत निराशा हुई। वह ईर्ष्या से जल-भुन गया। परंतु अब उसके पास ययाति के देवलोक में निवास की अवधि पूर्ण होने की प्रतीक्षा करने के अतिरिक्त कोई अन्य उपाय नहीं था।

ययाति बहुत लंबे समय तक देवलोक में रहा और इस दौरान पुरंदर ने ययाति से पर्याप्त दूरी बनाए रखी। हालांकि ययाति भी पुरंदर से सावधान रहता था, किंतु देवराज इंद्र की इस बात में अधिक रुचि थी कि वह ययाति को इंद्रासन से भी दूर रखे। ययाति के देवलोक छोड़कर चले जाने के बाद ही पुरंदर को राहत मिली कि उसका मुकुट पूरी तरह सुरक्षित था।

6

खाण्डव

पुरंदर देवलोक में आराम से था, परंतु उसके मित्र अग्निदेव की स्थिति अच्छी नहीं थी। अग्निदेव की तबीयत कुछ दिनों से ख़राब थी। वह ठीक से भोजन नहीं कर रहे थे। अग्निदेव के अतिरिक्त वरुणदेव भी पुरंदर के मित्र थे।

एक दिन अग्निदेव के बिगड़ते स्वास्थ्य को देखकर वरुणदेव ने पूछा, 'क्या बात है मित्र? तुम्हारी तबियत कुछ ठीक नहीं लगती। क्या हुआ है?'

'हां, मैं ठीक नहीं हूं,' अग्निदेव ने उदास मुद्रा में उत्तर दिया। 'मैं पिछले कुछ दिनों से अजीर्ण से परेशान हूं।' अग्निदेव ने वाक्य पूरा किया तो उनके चेहरे पर पीड़ा का भाव था।

'फिर तुमने क्या किया? क्या तुमने अश्विनीकुमारों से सहायता नहीं मांगी?' वरुणदेव ने चिंतित स्वर में पूछा।

'अश्विनीकुमारों ने एक औषधि दी थी किंतु उससे लाभ नहीं हुआ। मुझे ब्रह्मा ने एक सुझाव दिया है किंतु उसके लिए मुझे देवलोक छोड़कर पृथ्वी पर जाना होगा।' अग्निदेव ने हताशा-भरे स्वर में कहा। 'मेरे रोग का इलाज अर्जुन के पास है। मुझे उससे मिलना पड़ेगा।'

'अर्जुन क्यों?' वरुणदेव ने आश्चर्य से पूछा। 'क्या वह चिकित्सक है? वह क्या करेगा?'

'यह मुझे भी नहीं पता,' अग्निदेव ने कहा, 'ब्रह्मा ने कहा है कि श्रीकृष्ण भी अर्जुन के साथ हैं और जहां कृष्ण हैं, वहां आशा है। मैं पृथ्वीलोक जा रहा हूं और स्वस्थ होने के उपरांत ही लौटूंगा।' अग्निदेव ने

वरुणदेव को सिर्फ़ इतना ही कहा, मानो वह अधिक बात करने के इच्छुक नहीं थे। फिर वह अपना पेट दबाते हुए सभा से बाहर निकल गए।

इस बीच, पांडव इंद्रप्रस्थ में शांतिपूर्वक जीवन व्यतीत कर रहे थे। कृष्ण का अर्जुन के प्रति विशेष स्नेह था और वह पांडवों से मिलने जाते रहते थे। एक बार इंद्रप्रस्थ पहुंचने पर अर्जुन ने कृष्ण से कहा, 'आज बहुत गर्मी है। मैं नदी पर स्नान करने जा रहा हूं। क्या आप मेरे साथ चलेंगे?'

'अवश्य,' कृष्ण ने ख़ुशी से उत्तर दिया। वह अर्जुन के साथ कहीं भी जाने के लिए सदा तैयार रहते थे। उन दोनों ने युधिष्ठिर से अनुमति ली और शीघ्र ही यमुना नदी के तट पर पहुंच गए। वह अत्यंत रमणीय स्थान था। वे दोनों नदी-तट पर टहलने लगे। तभी उन्हें एक ऊंचे क़द का बलिष्ठ ब्राह्मण आता दिखाई दिया। उसकी त्वचा का रंग थोड़ा नीला और कुछ पीला था। उसका चेहरा अग्नि के समान दमक रहा था।

कृष्ण और अर्जुन ने उस तेजस्वी ब्राह्मण को प्रणाम किया और पूछा, 'आप कौन हैं? हम आपकी क्या सेवा कर सकते हैं?'

ब्राह्मण ने उत्तर दिया, 'मेरी तबीयत ठीक नहीं है। मैं ठीक से भोजन नहीं कर पा रहा हूं। क्या आप लोग मुझे कुछ खाने के लिए दे सकते हैं?'

'हमें आपको संतुष्ट करने में बहुत प्रसन्नता होगी,' अर्जुन ने कहा। 'आपको भोजन में क्या चाहिए? आप किसी भी वस्तु का नाम लीजिए, हम आपकी इच्छा पूर्ण करने का प्रयास करेंगे।'

'दरअसल, मैं अग्निदेव हूं,' ब्राह्मण ने उत्तर दिया और तत्काल रूप बदलकर अपने असली रूप में प्रकट हो गए। अपने सामने अग्निदेव को देखकर अर्जुन और कृष्ण को हैरानी हुई।

'मैं अजीर्ण से ग्रस्त हूं और देवलोक के चिकित्सक अश्विनीकुमारों ने मुझे किसी भी तरह का अनाज आदि खाने को मना किया है। उनके आदेशानुसार मुझे खाण्डव-वन तथा उसमें रहने वाले जीव-जंतुओं का भक्षण करना होगा और तभी मेरी बीमारी का इलाज संभव है।'

अर्जुन ने भौंहें चढ़ाते हुए पूछा, 'परंतु खाण्डव-वन ही क्यों? आप वन को जलाकर उसमें रहने वाले प्राणियों का ही भक्षण क्यों करना चाहते हैं?'

'मेरी इस समस्या के पीछे लंबी कहानी है,' अग्निदेव ने पुरानी कथा याद करते हुए कहा। 'बहुत समय पहले श्वेतकी की नाम के सदाचारी एवं

वीर राजा ने सौ वर्ष तक लगातार यज्ञ करने का निश्चय किया। यज्ञ में बहुत-से ब्राह्मणों ने भाग लिया और कई अनुष्ठान किए। यज्ञ की अग्नि से निकलने वाले निरंतर धुएं से बहुत से पुजारियों और ब्राह्मणों की आंखें ख़राब हो गईं और उन्हें यज्ञ बीच में रोकना पड़ा। नए ब्राह्मण और पुजारी आदि के मिलने तक यज्ञ करना संभव नहीं था। श्वेतकी के लिए यह बड़ी समस्या थी। उसने भगवान शिव की उपासना की और उन्हें प्रसन्न करके उनसे सहायता मांगी। भगवान शिव ने श्वेतकी को महर्षि दुर्वासा से यज्ञ संपन्न करवाने का सुझाव दिया। अंत में दुर्वासा की देख-रेख में यज्ञ संपन्न हुआ। मैंने उस दीर्घकालिक यज्ञ के दौरान बड़ी मात्रा में घृत एवं हवन सामग्री का सेवन किया और इसी कारण मुझे भीषण अजीर्ण रोग हो गया। अब यह स्थिति है कि मुझे कुछ भी खाने की इच्छा नहीं होती। मेरा चेहरा पीला पड़ गया है और शरीर दुर्बल होता जा रहा है। आख़िर मैं सहायता के लिए भगवान ब्रह्मा के पास पहुंचा।'

कृष्ण ने पूछा, 'ब्रह्मा ने आपको क्या सुझाव दिया?'

अग्निदेव बोले, 'ब्रह्मा ने कहा कि खाण्डव-वन में बहुत से वन्य पशु रहते हैं। इसकी लकड़ी और इसमें रहने वाले पशु-पक्षियों के मांस का सेवन करने से मेरा स्वास्थ्य ठीक हो जाएगा। उन्होंने ही मुझे इस स्थान के विषय में भी बताया था।'

'यह सही है, परंतु सभी वनों में वन्य पशु रहते हैं,' अर्जुन ने अग्निदेव को बीच में रोका। 'खाण्डव-वन में ऐसी क्या विशेषता है कि आपको इसके भक्षण का सुझाव दिया गया है?'

अग्निदेव ने उत्तर दिया, 'यह मुझे नहीं पता और न यह जानने में मेरी रुचि है। मुझे बहुत पीड़ा हो रही है और मैं उससे मुक्ति चाहता हूं। ब्रह्मा ने मुझे यहां रहने वाले पशुओं के वसा का भक्षण करने को कहा है। उसी से मेरी समस्या का निवारण हो पाएगा।'

'तो फिर आपने अभी तक खाण्डव-वन को क्यों नहीं जलाया?' कृष्ण ने पूछा।

'मैंने प्रयास किया था,' अग्निदेव ने कहा। 'मुझे जैसे ही ब्रह्मा ने समाधान बताया, मैं तत्काल खाण्डव-वन पहुंचा और मैंने उसे जलाना आरंभ कर दिया। परंतु वहां रहने वाले विशालकाय पक्षियों और पशुओं ने मिलकर उस आग को तुरंत बुझा दिया। मैंने एक बार फिर प्रयास किया लेकिन उन

प्राणियों ने मुझे सफल नहीं होने दिया। मैंने सात बार उस वन को जलाने का प्रयास किया किंतु मैं हर बार असफल रहा। वहां वन में रहने वाले पशु-पक्षियों के अतिरिक्त एक अन्य व्यक्ति है जो मेरे इस कार्य में हर बार बाधक बन जाता है!'

'कौन?' कृष्ण ने पूछा।

'देवराज इंद्र!' अग्निदेव ने उत्तर दिया।

'इंद्र!' अर्जुन ने आश्चर्य से कहा। 'परंतु देवराज इंद्र तो आपके मित्र हैं। वह आपके मार्ग में बाधक क्यों बन रहे हैं?'

'यह सत्य है कि पुरंदर मुझे अपना मित्र कहता है,' अग्निदेव ने दुखी स्वर में कहा, 'लेकिन उसके व्यक्तित्व का एक और पहलू है। उसका एक और नज़दीकी मित्र है, जिसका नाम तक्षक है। वह सर्पराज तक्षक भी उसी खाण्डव-वन में सपरिवार रहता है। मैं जब इस वन को जलाने का प्रयास करता हूं तो पुरंदर भारी वर्षा द्वारा आग को बुझाकर तक्षक को बचा लेता है। मैं इस वन को जलाने का कितना भी प्रयास करूं, इंद्र मुझे इसमें सफल नहीं होने देता।'

'तो आप पुरंदर से अपनी बीमारी के विषय में मदद के लिए क्यों नहीं कहते?' अर्जुन ने पूछा। 'आख़िर आप भी एक देवता हैं और देवराज होने के नाते, पुरंदर का यह कर्तव्य है कि वह आपकी सहायता करे।'

'मैंने इंद्र से इस विषय में बात करने का प्रयास किया था,' अग्निदेव बोले, 'परंतु शायद आप जानते हों, उसे दूसरों को दुखी देखकर आनंद मिलता है। इंद्र ने स्वीकार किया कि हम दोनों मित्र हैं। परंतु उसने यह भी स्पष्ट कर दिया कि उसने तक्षक को वचन दिया है कि वह हमेशा संकट में उसकी रक्षा करेगा। मेरे बार-बार अनुरोध करने पर भी पुरंदर ने उस दुष्ट सर्प के साथ विश्वासघात करने के लिए हामी नहीं भरी। मैंने पुरंदर को अपने यहां आने की सूचना भी नहीं दी, अन्यथा वह मेरी योजना को विफल करने के बारे में पहले से ही कोई चाल सोचने लग जाएगा। मैं अब इस विषय पर उससे बात नहीं करना चाहता। वासुदेव, कृपया मेरी सहायता करें अन्यथा मैं पेट दर्द से मर जाऊंगा।'

अर्जुन और कृष्ण ने एक-दूसरे को देखा और फिर मुस्कराए। अग्निदेव उनकी मुद्रा को देखकर चकित थे, क्योंकि उन्हें इसका अर्थ समझ में नहीं आया।

'चिंता मत कीजिए,' कृष्ण ने कहा। 'आप एक और प्रयास कीजिए। इस बार मैं और अर्जुन वन की सीमा के बाहर पहरा देंगे। हम किसी भी वन्य प्राणी को भागकर बाहर जाने नहीं देंगे। हम यह भी प्रयास करेंगे कि कोई पशु या पक्षी वन को जलाने से रोक नहीं पाए। एक बार वे सब वन की आग में फंस गए तो फिर आप उनके मांस का भक्षण कर सकते हैं।'

'वाह! यह बहुत उत्तम विचार है। परंतु पुरंदर का क्या होगा?' अग्निदेव की चिंता अभी समाप्त नहीं हुई थी।

'पुरंदर को अर्जुन संभाल लेगा,' कृष्ण ने उत्तर दिया। 'केवल एक समस्या है कि हमारे पास रथ और शस्त्र आदि नहीं हैं। यदि आप अर्जुन के लिए एक बढ़िया रथ और कुछ अस्त्र-शस्त्रों की व्यवस्था कर देंगे तो मैं आपको आश्वासन देता हूं कि एक हज़ार पुरंदर मिलकर भी आपको यह वन जलाने से नहीं रोक सकते।'

अग्निदेव को यह सुनकर राहत मिली। उन्होंने वरुणदेव का आह्वान किया और उनसे सहायता मांगी। वरुणदेव प्रकट हुए और उन्होंने अर्जुन को गांडीव धनुष, एक अक्षय तरकस और वानर-चिह्नित ध्वज वाला रथ प्रदान किया। उसी समय वरुणदेव ने श्रीकृष्ण को सुदर्शन-चक्र भी भेंट किया था। वरुणदेव ने रथ चलाने के लिए अर्जुन को चार सफ़ेद घोड़े भी दिए।

अस्त्र-शस्त्र और रथ प्राप्त करने के बाद अर्जुन और कृष्ण अग्निदेव की सहायता के लिए तैयार थे। वे दोनों खाण्डव-वन की सीमा के बाहर खड़े हो गए। इसके बाद अग्निदेव ने वन में आग लगा दी। आग जैसे-जैसे वन के भीतर फैलने लगी, उसमें रहने वाले पशु-पक्षी घबराकर इधर-उधर भागने लगे। परंतु उनके पास निकल भागने का मार्ग नहीं था, क्योंकि अर्जुन और कृष्ण बाहर पहरा दे रहे थे। अधिकांश पशु-पक्षी आग से उठने वाले धुएं में घुटकर मारे गए और जिन्होंने वहां से भागने का प्रयास किया उन्हें अर्जुन ने अपने बाणों से मार गिराया। ऐसा करने से अग्निदेव को पर्याप्त मात्रा में भोजन उपलब्ध हो गया। खाण्डव-वन से उठती हुई भीषण लपटों के कारण वन में रहने वाले बहुत-से ऋषियों और असुरों में भी घबराहट फैल गई।

संयोग से, असुरों का वास्तुकार मयासुर भी उस समय खाण्डव-वन में ही छिपा था। वन में आग लगी तो मयासुर भी बाहर निकल आया परंतु उसे बच निकलने का रास्ता नहीं मिला। वह अर्जुन के पास गया और उसने अर्जुन से जीवनदान की याचना की। अर्जुन का उद्देश्य असुर-संहार करना

नहीं था इसलिए उसने मयासुर को सुरक्षित निकलने का मार्ग दे दिया। इसके बदले में मयासुर ने अर्जुन को वचन दिया कि वह पांडवों के लिए एक अद्भुत महल का निर्माण करेगा जिसमें अनेक शानदार दृष्टिभ्रम और आश्चर्यजनक चीज़ें होंगी।

वन में हालांकि ऐसे अनेक पशु और असुर थे। जो मयासुर जितने भाग्यशाली नहीं थे। वे सब आग की लपटों में घिर गए और उन्होंने अंत में कोई रास्ता न देखते हुए सहायता के लिए इंद्र को पुकारना शुरू किया।

खाण्डव-दाह का दृश्य देखकर पुरंदर को बहुत गुस्सा आया। वह विशेष रूप से तक्षक के लिए चिंतित था। पुरंदर ने बादलों को आदेश दिया कि वे खाण्डव-वन के ऊपर वर्षा आरंभ कर दें। अगले ही क्षण भारी वर्षा होने लगी, परंतु इस बीच खाण्डव-वन इतनी बुरी तरह जल गया था कि उसमें से निकलने वाली लपटें आकाश को छूने लगी थीं। वर्षा का जल वन की आग तक नहीं पहुंच रहा था क्योंकि पानी की बूंदें नीचे पहुंचने से पहले ही सूख जाती थीं। पुरंदर अपने बादलों को असफल होता देख क्रोधित हो गया। उसने फिर से बादलों को भीषण अग्नि को तत्काल बुझाने का आदेश दिया। पुरंदर के ऐसा कहने पर वर्षा और तेज़ हो गई और धीरे-धीरे आग की लपटें थमने लगीं। अग्निदेव को चिंता होने लगी क्योंकि उनका अजीर्ण दूर नहीं हुआ था और उन्हें अभी और पशु वसा की आवश्यकता थी।

अर्जुन ने देखा कि भारी वर्षा के कारण वन की आग ठंडी होने लगी थी। उसने गांडीव धनुष उठाया और अक्षय तरकस की सहायता से बाणों की ऐसी झड़ी लगाई कि वन के ऊपर बाणों का छत्र तैयार हो गया। बाणों से बना वह छत्र इतना सघन था कि पानी की एक बूंद भी उसे पार करके धरती तक नहीं पहुंच पा रही थी। खाण्डव-वन फिर से धू-धू करके जलने लगा।

संयोग से, खाण्डव-दाह के समय तक्षक वन में मौजूद नहीं था। वह किसी अन्य कार्य से कुरुक्षेत्र गया था। जबकि उसकी पत्नी और उसका पुत्र अश्वसेन खाण्डव में ही मौजूद थे। आग लगने पर तक्षक की पत्नी और पुत्र बाहर निकल आए। अर्जुन ने बाण से सर्पिणी का सिर काट डाला, किंतु अश्वसेन बच निकला।

पुरंदर को अर्जुन की धनुर्विद्या देखकर बहुत हैरानी हुई। उसने स्वयं नीचे जाने का निश्चय किया। वह रथ पर सवार होकर अपने मित्र तक्षक

की रक्षा हेतु नीचे आ गया, क्योंकि उसे वन में तक्षक के न होने की सूचना नहीं थी।

इसके बाद अर्जुन और पुरंदर के बीच घमासान युद्ध हुआ। देवलोक का स्वामी होने के कारण पुरंदर के पास विभिन्न प्रकार के दिव्यास्त्र थे। उनमें अत्यंत ख़तरनाक ऐंद्रास्त्र भी था। पुरंदर ने उसका प्रयोग करके आकाश में खलबली मचा दी। उसके प्रयोग से बादल बुरी तरह गड़गड़ाने लगे, बिजली चमकने लगी और ऐसी भयंकर और मूसलाधार वर्षा हुई कि बारिश की बूंदों के पार देख पाना असंभव हो गया। परंतु अर्जुन साधारण योद्धा नहीं था। उसने भी वायव्यास्त्र का प्रयोग किया जिससे तेज़ हवा चलने लगी। ऐसा करने से बिजली और बादल दोनों की शक्ति कमज़ोर पड़ने लगी। धीरे-धीरे तूफ़ान थम गया। कुछ ही देर में आकाश साफ़ हो गया और पुरंदर द्वारा उत्पन्न बवंडर के स्थान पर मंद समीर बहने लगी।

उसी समय सर्पों और गिद्धों ने अर्जुन व कृष्ण पर आक्रमण कर दिया। पुरंदर का साथ देने असुर और गंधर्व भी आ गए। देवतागण जैसे काल, कुबेर, स्कंद आदि भी पुरंदर के सहयोग के लिए उपस्थित हो गए। परंतु अर्जुन दक्ष धनुर्धर था। उसने सभी विशालकाय पक्षियों और सर्पों को अपने बाणों से मार गिराया। कृष्ण ने अपने सुदर्शन चक्र से असुरों का संहार कर डाला। अपने सहायकों और दिव्यास्त्रों को एक के बाद एक असफल होता देख पुरंदर परेशान हो गया।

इससे पहले कि पुरंदर कोई युक्ति सोच पाता उसे आकाशवाणी सुनाई दी : 'पुरंदर! तुम्हारा मित्र तक्षक जिसके लिए तुम युद्ध लड़ रहे हो, किसी कार्य से कुरुक्षेत्र गया है। तुम्हारा प्रयास व्यर्थ है। तुम्हें यह भी पता होना चाहिए कि अर्जुन और कृष्ण, जिनके विरुद्ध तुम लड़ रहे हो, स्वयं नर और नारायण के अवतार हैं। यह दोनों अजेय हैं। तुम्हारे लिए यही उचित होगा कि तुम युद्ध को तत्काल छोड़ कर वापस चले जाओ।'

पुरंदर ने देखा कि उसके पास कोई विकल्प शेष नहीं था तो उसने अपनी पराजय स्वीकार कर ली। अर्जुन ने बचे हुए प्राणियों को मारकर उनका मांस भी अग्निदेव को अर्पित कर दिया। अग्निदेव ने अगले पंद्रह दिनों तक वन की लकड़ी तथा अर्जुन एवं कृष्ण द्वारा मारे गए पशु-पक्षियों के मांस व रक्त का भक्षण करके अपनी क्षुधा मिटाई। इस तरह अग्निदेव का अजीर्ण दूर हो गया और उन्हें अपना तेज और शक्ति वापस मिल गई।

युद्ध समाप्त होने पर पुरंदर ने श्रीकृष्ण से क्षमा मांगी। उसने अर्जुन से कहा, 'अर्जुन, तुमने ऐसा कार्य कर दिखाया है जो देवताओं के लिए भी असंभव है। मैं तुमसे अत्यंत प्रसन्न हूं। बताओ, तुम्हें क्या चाहिए?' पुरंदर के लिए मनुष्यों से विनम्रतापूर्वक बात करना असामान्य था, परंतु वह जब ऐसा करता तो निष्ठापूर्वक करता था।

'देवराज!' अर्जुन ने कहा, 'मुझे भगवान श्रीकृष्ण का स्नेह प्राप्त है, इसके अतिरिक्त मेरे पास मांगने को कुछ शेष नहीं है। तथापि यदि आप चाहते हैं, तो कृपया मुझे दिव्यास्त्र प्रदान कीजिए।'

पुरंदर ने उत्तर दिया, 'अर्जुन, उचित समय पर तुम्हारी यह इच्छा भी पूर्ण हो जाएगी। तुम्हें कुछ समय बाद भगवान शिव से मिलना है। तुमने जिस तरह मुझे प्रसन्न किया है, वैसे ही उन्हें भी प्रसन्न करके तुम्हें सब दिव्यास्त्र प्राप्त हो जाएंगे जिनकी तुम कामना करते हो।'

यह सुनकर भगवान कृष्ण मुस्कराए और बोले, 'पुरंदर, मैं भी तुमसे कुछ चाहता हूं। क्या मैं मांग सकता हूं?'

'हे माधव!' इंद्र ने विनीत स्वर में कहा, 'आप तो संसार के स्वामी हैं। मैं आपको भला क्या दे सकता हूं?'

'मैं चाहता हूं कि मेरे और अर्जुन के बीच स्नेह का यह बंधन कभी कमज़ोर नहीं पड़े।' कृष्ण ने मुस्कराते हुए कहा।

'तथास्तु!' यह कहकर पुरंदर ने अर्जुन को आशीर्वाद दिया और कृष्ण को प्रणाम करके अमरावती लौट गया।

पुरंदर के चले जाने के बाद अर्जुन ने कहा, 'माधव मुझे एक बात समझ में नहीं आई। पुरंदर ने अपने देवता मित्र अग्निदेव का साथ न देकर दुष्ट सर्प तक्षक का साथ देना क्यों पसंद किया?'

कृष्ण ने मुस्कराकर उत्तर दिया, 'प्रिय अर्जुन, यह मत भूलो कि पुरंदर देवताओं का राजा है। वह मनमौजी और झक्की है। उसकी कुछ अपनी सनकें हैं और वह उन्हीं के सहारे देवलोक पर शासन करता है। परंतु साथ ही यह भी सत्य है कि पुरंदर की यही विचित्र विशेषताएं एक दिन उसके पतन का कारण बनेंगी।' अर्जुन और कृष्ण मुस्कराते हुए महल की ओर चल पड़े।

7

इंद्र-सभा

खाण्डव-दाह के दौरान असुरों के वास्तुकार मयासुर ने अर्जुन को पांडवों के लिए एक अद्भुत महल बनाने का वचन दिया था। उसने अपना वचन पूरा किया और पांडवों के लिए शानदार और अद्भुत राजमहल बना कर दे दिया। उसमें ऐसे अनेक दृष्टि-भ्रम थे, जिन्हें देखकर व्यक्ति चकित रह जाता था।

इंद्रप्रस्थ तथा अन्य पड़ोसी राज्यों के लोग युधिष्ठिर की राजसभा के विषय में सुनते तो उस महल को देखने की इच्छा से वहां अवश्य आते थे। धीरे-धीरे युधिष्ठिर की राजसभा की ख्याति और महिमा दूर-दूर तक फैल गई। युधिष्ठिर के मन में अपनी सभा को लेकर घमंड पैदा हो गया और वह अन्य राजाओं को हीन दृष्टि से देखने लगा।

नारद मुनि ने भी सुना कि ज्येष्ठ पांडव युधिष्ठिर अपनी राजसभा पर बहुत अहंकार करने लगा है और वह अपनी सभा का दिखावा करता है। नारद ने युधिष्ठिर का घमंड तोड़ने का निश्चय किया। वह तत्काल इंद्रप्रस्थ पहुंच गए।

'स्वागत देवर्षि,' युधिष्ठिर ने कहा और नारद मुनि के स्वागत के लिए आसन को छोड़कर खड़ा हो गया। उसने नारद मुनि को प्रणाम करके उनका भव्य सत्कार किया।

'यह मेरा सौभाग्य है,' युधिष्ठिर ने कहा, 'आप स्वयं मेरे राजमहल में आए हैं। मैं वैसे भी आपको आमंत्रित करने का विचार बना ही रहा था।'

'क्यों युधिष्ठिर, क्या कोई विशेष बात है?' नारद मुनि ने नाटकीय ढंग से पूछा। उन्हें युधिष्ठिर की मन की बात पहले से पता थी।

'देवर्षि!' युधिष्ठिर ने रुककर कहा, 'मैं आपको अपनी राजसभा दिखाना चाहता था।' युधिष्ठिर ने नारद की ओर देखा और स्पष्टता से अपनी बात कह दी।

नारद मुनि ने मुस्कराते हुए कहा, 'मैंने भी तुम्हारी नई राजसभा के विषय में काफ़ी सुना है। हर कोई इसके बारे में बात कर रहा है। मैंने सोचा कि मैं भी एक बार इसे देख लूं और इसी इच्छा से इंद्रप्रस्थ आया हूं।'

'मुझे इस बात की बहुत प्रसन्नता है कि आप भी मेरी राजसभा देखने के लिए उत्सुक हैं,' युधिष्ठिर ने कहा, 'दरअसल यह है ही बहुत शानदार। इसे हर कोई देखना चाहता है।' युधिष्ठिर ने अहंकार में भरकर कुछ इस तरह अपनी बात कही कि वह नारद को चुभ गई।

'अच्छा! चलो, मैं भी देखता हूं कि तुम्हारी इस राजसभा में सचमुच कोई विशेष बात है या लोग व्यर्थ ही इसकी प्रशंसा करते हैं!' नारद ने व्यंग्य किया तो युधिष्ठिर भी आहत हो गया।

'सब कुछ!' युधिष्ठिर ने चहकते हुए कहा, 'इस सभा में सब कुछ बहुत विशेष है। इसे असुरों के वास्तुकार मयासुर ने स्वयं बनाया है और यह संसार की सर्वोत्तम राजसभा है। मुझे विश्वास है कि तीनों लोकों में किसी राजा की सभा इतनी भव्य और सुंदर नहीं हो सकती।'

यह सुनकर नारद मुनि रुक गए। वह युधिष्ठिर की राजसभा को चारों ओर से देखने लगे। उन्होंने उसकी दीवारों, खिड़कियों और दरवाज़ों पर दृष्टि डाली। उन्होंने राजसभा के सौंदर्य को बहुत बारीकी से देखा। देव ऋषि होने के कारण नारद युधिष्ठिर की सभा में मयासुर द्वारा प्रयुक्त इंद्रजाल से तनिक भी भ्रमित नहीं हुए। परंतु उन्होंने इस बात को अवश्य माना कि युधिष्ठिर की सभा सचमुच में काफ़ी सुंदर थी। हालांकि उन्होंने अपनी अलौकिक दृष्टि से उसमें छिपे सभी दृष्टिभ्रम देख लिए थे।

'निस्संदेह!' नारद ने उत्तर दिया। 'मयासुर ने सचमुच बहुत शानदार काम किया है। उसने तुम्हारी राजसभा के निर्माण में बहुत परिश्रम किया है।'

'आपको मेरी सभा पसंद आई?' युधिष्ठिर ने पुष्टि करने के उद्देश्य से पूछा। उसे संदेह हो रहा था कि नारद मुनि उसे पूरा सच नहीं बता रहे थे।

'मैं तुमसे सहमत हूं,' नारद ने कहा। 'युधिष्ठिर, तुम्हारी राजसभा तीनों लोकों में नहीं, तो कम से कम पृथ्वी पर अवश्य सर्वश्रेष्ठ होगी।'

'केवल पृथ्वी पर!' युधिष्ठिर ने आश्चर्य से पूछा। 'देवर्षि, इससे आपका क्या आशय है? क्या मेरी राजसभा तीनों लोकों में सर्वश्रेष्ठ नहीं है?'

'शायद नहीं!' नारद मुनि ने बिना हिचकिचाए उत्तर दिया।

यह सुनकर युधिष्ठिर को हैरानी भी हुई और निराशा भी। नारद ने एक ही उत्तर से युधिष्ठिर के अहंकार को चकनाचूर कर दिया था।

'आप किसकी सभा की बात कर रहे हैं? क्या किसी अन्य राजा की सभा इससे भी अधिक भव्य और अद्‌भुत है?' युधिष्ठिर ने आंखें फैलाकर आश्चर्य से पूछा।

'हां,' नारद ने उत्तर दिया। 'देवलोक के स्वामी और देवराज इंद्र के अतिरिक्त और किसकी सभा सर्वश्रेष्ठ हो सकती है? मैं पुरंदर की राजसभा, अर्थात इंद्र-सभा की बात कर रहा हूं।'

नारद आगे बोले, 'पुरंदर की इंद्र-सभा, तुम्हारी राजसभा से कहीं अधिक सुंदर और शानदार है। मैं तुम्हारी गरिमा को ठेस नहीं पहुंचाना चाहता, किंतु मैंने यह केवल इसलिए कहा, क्योंकि तुम्हारे जैसे सदाचारी राजा को अपनी संपत्ति पर घमंड करना अथवा उसे लेकर भ्रम में रहना शोभा नहीं देता।'

युधिष्ठिर दुखी और हताश हो गया। उसने गर्व एवं आनंद के जिस गुलदान को इतने दिनों से संभालकर रखा था। वह एक क्षण में उसकी आंखों के सामने गिरकर चूर-चूर हो गया था। युधिष्ठिर ने नारद को हताश दृष्टि से देखा, मानो उससे किसी ने उसकी सबसे मूल्यवान वस्तु छीन ली हो। वह यह जानने को भी उत्सुक था कि इंद्र-सभा में और अधिक सुंदर और भव्य क्या हो सकता था।

'मैं इस महत्त्वपूर्ण सूचना के लिए आपका आभारी हूं देवर्षि,' युधिष्ठिर ने लज्जा को छिपाने का प्रयास किया। 'क्या आप मुझे इंद्र-सभा के विषय में और जानकारी दे सकते हैं? इससे यहां उपस्थित सब लोग पुरंदर की सभा की कल्पना करके उसका मानसिक दृश्य देख सकेंगे।'

'अवश्य, युधिष्ठिर,' नारद मुनि ने उत्तर दिया। 'मेरे लिए अपने राजा की प्रशंसा में कुछ भी कहना अत्यंत सौभाग्य और सम्मान की बात

है। मैं आपको इंद्र-सभा की कुछ मुख्य विशेषताएं और विलक्षण बातें बताता हूं।'

युधिष्ठिर के दरबार में सन्नाटा छा गया। वह उत्सुकता से भरा क्षण था। प्रत्येक व्यक्ति जानना चाहता था कि देवलोक की राजसभा युधिष्ठिर के राजसभा से कितनी भिन्न एवं भव्य थी।

'सुनो युधिष्ठिर!' नारद मुनि ने बोलना आरंभ किया, 'जिस प्रकार तुम्हारी राजसभा का निर्माण असुरों के वास्तुकार मयासुर ने किया है, उसी तरह इंद्र-सभा को देवताओं के वास्तुकार विश्वकर्मा ने बनाया है। तुम जानते होगे कि विश्वकर्मा अपने दायित्व के प्रति अत्यंत निष्ठावान हैं और उन्होंने पुरंदर की राजसभा का निर्माण करते समय अत्यंत सावधानी बरती है।'

'निस्संदेह देवर्षि,' युधिष्ठिर ने कहा। 'इंद्र-सभा का आकार क्या है?'

'युधिष्ठिर, इतने अधीर मत हो!' नारद मुनि बोले। 'मैं तुम्हें इंद्र-सभा के विषय में सब कुछ बताऊंगा। तुम्हें इंद्र-सभा का आकार सुनकर आश्चर्य होगा। वह इतनी बड़ी है कि तुम्हारा पूरा राज्य और शायद कुछ अन्य पड़ोसी राज्य भी उसमें आसानी से समा जाएंगे।'

नारद ने देखा कि यह सुनकर युधिष्ठिर के गले में कुछ अटक गया था। वह पुरंदर की राजसभा के आकार की कल्पना कर रहा था।

'क्या आप मुझे इंद्र-सभा के आकार और उसके माप का अनुमान बता सकते हैं?' युधिष्ठिर ने झिझकते हुए पूछा।

'हां, अवश्य!' नारद मुनि ने मुस्कराकर कहा। 'इंद्र-सभा की लंबाई एक सौ पचास योजन है। (एक योजन = 14.6 किलोमीटर!) वह सौ योजन चौड़ी है और उसकी ऊंचाई पांच योजन है। इंद्र की सभा सदैव दिव्य प्रकाश से देदीप्यमान रहती है। उस सभा की चकाचौंध इतनी अधिक है कि उसे केवल देवतागण ही सहन कर सकते हैं। साधारण मनुष्य तो उसे देखते ही तत्काल नेत्रहीन हो जाएगा।'

'और?' युधिष्ठिर ने पूछा, 'उसमें और क्या-क्या विशेष है?'

नारद ने उत्तर दिया, 'पुरंदर की इंद्र-सभा तुम्हारी राजसभा की तरह स्थिर नहीं है। वह चलायमान है और किसी भी समय स्वेच्छा से कितनी भी तेज़ गति से किसी भी स्थान पर पहुंच सकती है। पुरंदर की राजसभा में हताशा, उदासी और थकावट के लिए कोई स्थान नहीं है। इन नकारात्मक

ऊर्जाओं की अनुपस्थिति से सभा का वातावरण सदैव शांत और प्रसन्नचित्त रहता है। वहां आसपास लगे शानदार वृक्ष और भव्य इमारतें इंद्र-सभा के सौंदर्य को और बढ़ा देती हैं।'

'पुरंदर का सिंहासन भी असाधारण है। वह सर्वश्रेष्ठ है। पुरंदर अपने आसन पर बैठता है और उसके निकट उसकी पत्नी शची भी विराजमान होती हैं। इंद्र अत्यंत आकर्षक और प्रभावशाली दिखाई पड़ता है। वह सिर पर सदा मुकुट धारण करता है और उसके वस्त्र श्वेत रेशम से निर्मित हैं। वह अपने शक्तिशाली व बलिष्ठ हाथों पर लाल रंग के बाजूबंद पहनता है और गले में एक अनूठा हार भी...'

युधिष्ठिर ने नारद मुनि को बीच में टोकते हुए कहा, 'मैं पुरंदर की इंद्र-सभा के बारे में जानना चाहता हूं ऋषिवर, उसकी वेशभूषा और वस्त्रों में मेरी कोई रुचि नहीं है।'

नारद मुनि समझ गए कि युधिष्ठिर चिढ़ गया था।

'अच्छी बात है,' नारद ने आगे कहा। 'शची के अतिरिक्त देवराज इंद्र अपनी सभा में तीन अन्य देवियों के साथ विराजमान होते हैं - लज्जा, कीर्ति और कांति। उनके अतिरिक्त मरुद्गण, सिद्ध, देवगण और बहुत-से अन्य गणमान्य लोग भी पुरंदर की इंद्र-सभा में विराजमान रहते हैं। वे सब आत्मिक रूप से इतने शुद्ध हैं कि उनके दर्शन मात्र से ही मनुष्य के सब पाप-कर्म नष्ट हो जाते हैं।'

'देवर्षि,' युधिष्ठिर ने नारद को टोका, 'मेरी सभा में अनेक तरह के आश्चर्यजनक दृष्टि-भ्रम हैं। क्या पुरंदर की इंद्र-सभा में भी ऐसी कोई विशेषता है?'

'यह बहुत ही बचकाना प्रश्न है!' नारद ने कहा। 'तुम यह कैसे भूल गए कि पुरंदर देवताओं का राजा है। मयासुर द्वारा तुम्हारी राजसभा में पैदा किए गए दृष्टिभ्रम और अन्य साज-सज्जा, विश्वकर्मा द्वारा इंद्र-सभा में डाले गए अद्‌भुत दृश्यों के सामने कुछ भी नहीं है। इससे भी अधिक महत्त्वपूर्ण वे लोग हैं जो इंद्र-सभा में बैठते हैं। जिस तरह मकान को घर तभी कहा जाता है, जब उसमें लोग रहना आरंभ कर देते हैं। इसी तरह राजा की सभा की भी यही स्थिति है। वह दृष्टि-भ्रम और सजावट के कारण प्रभावशाली या महत्त्वपूर्ण नहीं कहलाती, अपितु उसका प्रभाव सभा में उपस्थित लोगों से होता है।'

'देवर्षि, पुरंदर की सभा का गठन किस प्रकार का है?' युधिष्ठिर ने पूछा। 'मेरा मतलब है वे कौन विशिष्ट लोग हैं जो देवलोक की सभा में इंद्र के साथ विराजमान होते हैं?'

'यह पूछो कि वहां कौन नहीं है!' नारद ने मुस्कराते हुए कहा। 'इस समय के समस्त महान ऋषि जैसे पराशर, गालव, व्यास, दुर्वासा, त्वष्टा, याज्ञवल्क्य, उद्दालक आदि ऋषिगण हैं, जो इंद्र-सभा में सदैव उपस्थित रहते हैं। इन महर्षियों के अतिरिक्त और बहुत-से महान राजा आदि भी वहां मौजूद हैं।'

'वाह! यह सचमुच बहुत आश्चर्यजनक है। वे कौन राजागण हैं जिन्हें इंद्र-सभा में स्थान मिला है?' युधिष्ठिर ने पूछा।

'सर्वप्रथम तुम्हारे अपने पिता पांडु उनमें से एक हैं,' नारद ने उत्तर दिया। कुछ अन्य लोग इंद्र-सभा में रहते हैं जैसे वाल्मीकि, शमीक, पुलस्त्य, गौतम, नल, जरत्कारु, कश्यप, सरस्वती, धर्म, अर्थ, काम, वायु, जल, अग्नि और विश्वेदेव जैसे अन्य कई दिव्यजन वहां उपस्थित हैं। मैंने अभी तक उन असंख्य अप्सराओं, गंधर्वों और ब्रह्म ऋषियों तथा राजर्षियों के तो नाम ही नहीं लिए हैं जो पुरंदर की सेवा में सदैव उपस्थित रहते हैं। और हां, मैं तुम्हें यह भी बता दूं कि महर्षि भृगु के अतिरिक्त, इस मन्वंतर के सप्तर्षि पुरंदर की राजसभा के स्थाई सदस्य हैं।'

यह सुनकर युधिष्ठिर मौन हो गया। उसके पास कहने को कुछ नहीं था। कुछ ही क्षणों में उसके महल और उसकी राजसभा की चमक-दमक ग़ायब हो गई। इंद्र-सभा का विलक्षण वर्णन सुनकर उसका घमंड चूर हो गया था।

युधिष्ठिर ने नारद के सामने हाथ जोड़कर कहा, 'देवर्षि, कृपया मेरी अज्ञानता के लिए मुझे क्षमा कर दीजिए।'

युधिष्ठिर के पास इंद्रप्रस्थ में आने का नारद का मुख्य उद्देश्य पूरा हो गया था। नारद मुनि ने युधिष्ठिर को आशीर्वाद दिया और वहां से जाने के लिए मुड़े। तभी नारद को एहसास हुआ कि युधिष्ठिर को विनम्रता का पाठ पढ़ाने के दौरान उन्होंने युधिष्ठिर के जोश और उत्साह को भी नष्ट कर दिया था। युधिष्ठिर के मन में उठती निराशा को दूर करने के लिए नारद ने युधिष्ठिर से एक और बात कही।

'युधिष्ठिर!' नारद ने पलटकर कहा, 'इंद्र-सभा का वर्णन सुनकर निराश होने की आवश्यकता नहीं है। पुरंदर के पास जो कुछ है, उसका निर्माण उसने स्वयं नहीं किया है। वह देवताओं का राजा तथा देवलोक का स्वामी है। इस नाते उसके पास जो धन, वैभव और संपत्ति है, वह सब उसे अपने पूर्ववर्तियों से प्राप्त हुआ है। उसने कुछ भी स्वयं अर्जित नहीं किया है। उसे सब कुछ अपने पद के कारण मिला है। उसके लिए पुरंदर की वीरता या साहस को श्रेय देना ग़लत होगा। दूसरी ओर, तुमने इंद्रप्रस्थ राज्य, बिना किसी के सहयोग और सहायता के स्थापित किया है। तुम्हारे पास आज जो कुछ है, वह तुम्हारे अपने परिश्रम और लगन का फल है। इस दृष्टि से देखें, तो तुमने सच में बहुत अच्छा काम किया है।'

यह सुनकर युधिष्ठिर का मन शांत हो गया।

'और हां,' नारद ने चलते-चलते कहा, 'जब भी तुम्हारी भेंट मयासुर से हो तो उसे कहना कि वह ज़बरदस्त वास्तुकार है। मुझे उसका काम बहुत पसंद आया।'

'अवश्य, देवर्षि।' युधिष्ठिर ने मुस्कराकर कहा। नारद भी हँसे और युधिष्ठिर की सभा से बाहर निकल गए। उन्होंने युधिष्ठिर के मन में उत्पन्न घमंड को चूर करने के साथ उसके भीतर के हताशा के भाव को भी शांत कर दिया था। यही नहीं, नारद ने बहुत चतुराई के साथ अपने राजा, पुरंदर की इंद्र-सभा का यशगान करते हुए देवलोक को भी महिमामंडित कर दिया था।

8

मधु-विद्या

पुरंदर हर किस्से को विजय-घोष से समाप्त करने का इच्छुक रहता था। यह उसकी आदत थी। यह अलग बात है कि उसकी इच्छा कम ही पूरी हो पाती थी।

खाण्डव-दाह के प्रकरण के बाद पुरंदर देवलोक लौटा तो बहुत निराश था। देवलोक के स्वामी के लिए पराजय को पचा पाना कठिन हो रहा था। वह जितना उस घटना के विषय में सोचता, उसे भुला पाना उतना ही कठिन होता जाता था। इंद्र-पद पर अपनी प्रभुसत्ता पुनर्स्थापित करने के लिए पुरंदर को यह महसूस होने लगा कि उसके लिए शीघ्र ही किसी को पराजित करना आवश्यक था।

ऋषि अथर्वान को *अथर्ववेद* का ज्ञाता माना जाता था। उनका एक तेजस्वी पुत्र था। उसका नाम दधीचि था। अपने पिता की भांति दधीचि को भी वेदों का संपूर्ण ज्ञान था। इसके अतिरिक्त, दधीचि ने अपने पिता के मार्गदर्शन में मधु-विद्या नाम की एक वैदिक कला भी सीख ली थी जिसके उपयोग से अमरत्व प्राप्त किया जा सकता था।

इस बात का सूचना पुरंदर के कानों तक भी जा पहुंची। यह उसके लिए चिंता का विषय बन गया क्योंकि उसका मानना था कि मनुष्यों के पास अमरत्व प्रदान करने वाला ज्ञान नहीं होना चाहिए। पुरंदर के अनुसार यह अधिकार केवल देवलोक वासियों के पास ही सुरक्षित रहना चाहिए था। पुरंदर के मन में ईर्ष्या और असुरक्षा का भाव उत्पन्न हो गया।

इस विचार ने पुरंदर की रातों की नींद छीन ली और दिन का चैन उड़ा दिया। आख़िर एक दिन पुरंदर ने अपने मित्र और विश्वासपात्र अग्निदेव

को बुलाया और कहा, 'अग्नि, क्या तुम्हें लगता है कि अमरत्व प्रदान करने की शक्ति मनुष्यों के पास होनी चाहिए?'

अग्निदेव के दिमाग़ में खाण्डव-दाह का प्रकरण ताज़ा था। उस अवसर पर पुरंदर ने अग्निदेव का साथ न देकर तक्षक सर्प की सहायता की थी। परंतु अग्निदेव देवलोक के निवासी थे और उन्हें पता था कि उस विषय को इस अवसर पर उठाना व्यर्थ होगा, इसलिए अग्निदेव ने पुरंदर की उस भूल की उपेक्षा करना उचित समझा।

अग्निदेव ने पूछा, 'महाराज, यह कैसे संभव है? मनुष्यों के लिए मृत्यु अवश्यंभावी एवं निश्चित है। उनके पास अमर होने की विद्या का ज्ञान होना सर्वथा अनुचित है। यह तो प्रकृति के नियमों के विरुद्ध है। किंतु आपने यह प्रश्न क्यों किया?'

पुरंदर ने उत्तर दिया, 'तुमने ऋषि दधीचि का नाम तो सुना ही होगा। मुझे पता लगा है कि उस ऋषि के पास मधु-विद्या का ज्ञान है जिससे अमरत्व प्राप्त किया जा सकता है। मैं सोच रहा हूं कि दधीचि जैसे संन्यासी ने, जिसकी कोई निजी आवश्यकता नहीं है, अमर होने की विद्या क्यों सीखी है!'

'क्या दधीचि ने अमर होने का प्रयास किया?' अग्निदेव ने पूछा।

'अब तक तो नहीं,' पुरंदर ने कहा। 'मुझे नहीं लगता कि वह आगे भी ऐसा कुछ करेगा, लेकिन भय इस बात का कि उसके पास वह ज्ञान है, और वह किसी भी समय उसका उपयोग कर सकता है। अग्नि! यह मत भूलो कि वह एक मनुष्य है और मनुष्यों पर कदापि विश्वास नहीं किया जा सकता।' अग्निदेव ने भौंहें सिकोड़ते हुए कहा, 'महाराज, आपको यदि पता है कि दधीचि मधु-विद्या का उपयोग नहीं करेंगे, तो फिर आप परेशान क्यों हैं?'

'यही तो समस्या है,' पुरंदर ने कहा। 'तुम आगे की नहीं सोचते। मान लो कि दधीचि ने उस विद्या का उपयोग अपने लिए नहीं किया, किंतु उसने यदि वह विद्या किसी अन्य मनुष्य या दिव्यात्मा को प्रदान कर दी तो क्या होगा? ऐसी स्थिति में अमरत्व पर देवलोक का विशेषाधिकार समाप्त हो जाएगा और फिर कोई भी, कभी भी, अमर हो जाएगा। हम ऐसा नहीं होने दे सकते।'

'परंतु महाराज, क्या ऐसा संभव है?' अग्निदेव ने पूछा। 'हम दधीचि को विद्या किसी अन्य व्यक्ति को देने से कैसे रोक सकते हैं?'

'मुझे सोचने दो। मुझे विश्वास है कि मैं यह कर सकता हूं।' पुरंदर बेचैन था। वह अपने सिंहासन पर बैठ गया और अपनी मोटी-मोटी अंगुलियों से आसन के गज-दंत से निर्मित ढांचे को सहलाने लगा। वह अपने दूसरे हाथ से अपनी ठुड्डी रगड़ रहा था। पुरंदर जब गहराई से किसी बात पर विचार करता तो यही उसकी मनपसंद मुद्रा होती थी।

'उस ऋषि का सिर काट दो!' अचानक पुरंदर बोल पड़ा। 'यही एकमात्र तरीक़ा है जिससे वह अपना ज्ञान किसी अन्य को नहीं दे सकेगा।'

'क्या!' अग्निदेव भय से उछल पड़े। 'ऐसा करना अनुचित होगा, स्वामी। मुझे क्षमा कीजिए परंतु मैं इस भयानक अपराध में भागीदार नहीं बन सकता।'

'अगर तुम यह काम नहीं कर सकते तो मैं इसे पूरा करूंगा,' पुरंदर की आंखें लाल हो गई थीं। 'मैं स्वयं दधीचि का सिर काटूंगा। उसका सिर कट गया तो उसके साथ मधु-विद्या का भी अंत हो जाएगा और फिर वह ज्ञान किसी अन्य व्यक्ति तक कभी नहीं पहुंचेगा।'

'आपको जो करना है, कीजिए! परंतु मैं इस कार्य में आपका साथ नहीं दूंगा।' खांडव वाली घटना का ध्यान आते ही अग्निदेव ने दृढ़ता से अपनी बात कह दी और पुरंदर के साथ उस भयानक कृत्य में साथ देने से साफ़ मना कर दिया। अग्निदेव के ऐसा कहने के बाद भी पुरंदर के मन में दधीचि को मार डालने की बेचैनी और उत्सुकता बनी रही। उसने निश्चय कर लिया था कि वह निर्दोष दधीचि का सिर काट डालेगा। परंतु नियति ने देवराज इंद्र के लिए कुछ और सोच रखा था।

त्वष्टा नाम के एक प्रख्यात ऋषि की पुत्री प्रभा को अपने पति विवस्वान से दो पुत्र हुए थे। उनका नाम अश्विनीकुमार था। उन दोनों का उल्लेख *ऋग्वेद* में मिलता है। उनका दोनों के शरीर मनुष्य के और सिर अश्व के थे। यही अश्विनीकुमार कालांतर में देवताओं के चिकित्सक बने। उनके पास आयुर्वेद का संपूर्ण ज्ञान था। जिस समय पुरंदर अपने राजमहल में बैठा दधीचि का सिर काटने की योजना बना रहा था, तभी संयोग से अश्विनीकुमारों के हृदय में दधीचि से मधु-विद्या सीखने की इच्छा जाग्रत हुई!

अश्विनीकुमारों को पुरंदर की इस बात की जानकारी नहीं थी कि वह दधीचि का सिर काटने की योजना बना रहा था। परंतु दधीचि सर्वज्ञ थे। उन्हें अपने योगबल से न केवल अश्विनीकुमारों के मन में जाग्रत मधु-विद्या

सीखने की इच्छा का, अपितु पुरंदर द्वारा उनका सिर काट डालने की योजना का भी पता लग चुका था। इसके बावजूद, दधीचि परेशान नहीं हुए।

एक दिन अश्विनीकुमार घूमते हुए दधीचि के आश्रम में पहुंच गए। महर्षि गहन ध्यान में लीन थे। दोनों भाई ज्यों ही उनके सामने पहुंचे, दधीचि ने आंखें खोल दीं और उन्हें देखकर मुस्कराए।

'ऋषिवर की जय हो,' दोनों भाइयों ने एक स्वर में कहा। 'हम आपके पास एक अनुरोध लेकर आए हैं। आप जानते हैं कि हमें आयुर्वेद का संपूर्ण ज्ञान है और हम देवताओं के चिकित्सक भी हैं। परंतु असुरों को सदैव लाभ मिलता है। उनके गुरु शुक्राचार्य के पास मृत-संजीवनी विद्या मौजूद है और उसके प्रयोग से वह युद्ध में मृत असुरों को फिर से जीवित कर देते हैं। देवताओं की संख्या तो कम हो जाती है, परंतु असुर फिर से जीवित हो जाते हैं। इस असमानता को दूर करने के लिए हम आपसे मधु-विद्या सीखना चाहते हैं ताकि देवताओं को भी इसका लाभ मिल सके।'

दधीचि ने मुस्कराकर उत्तर दिया, 'मुझे तुम दोनों को मधु-विद्या सिखाने में बहुत प्रसन्नता होगी लेकिन एक समस्या है।'

'कैसी समस्या, ऋषिवर?' अश्विनीकुमारों ने पूछा।

'तुम्हारा अपना राजा यानी देवलोक का स्वामी पुरंदर इस बात से भयभीत है कि मैं मधु-विद्या का ज्ञान किसी अन्य को प्रदान न कर दूं और वह नहीं चाहता कि कोई मनुष्य अमरत्व प्राप्त करे, जिससे देवलोक का महत्त्व कम हो जाए। मुझे रोकने के लिए इंद्र ने संकल्प किया है कि वह मेरा सिर काट डालेगा ताकि मैं यह विद्या किसी को न दे सकूं।'

'क्या सचमुच?' अश्विनीकुमार ने आश्चर्य से पूछा।

'हां, यह सत्य है!' दधीचि ने उत्तर दिया। 'तुम लोग यहां मधु-विद्या सीखने आए हो। पुरंदर को इस बात का शीघ्र ही पता लग जाएगा और उसे मेरे आश्रम तक पहुंचने में अधिक समय नहीं लगेगा। अब यह तुम्हें सोचना है कि तुम मधु-विद्या किस तरह सीखोगे।' दधीचि अपनी बात एक सांस में कहकर मौन हो गए और अश्विनीकुमारों के उत्तर की प्रतीक्षा करने लगे।

अश्विनीकुमारों ने एक पल विचार किया और तत्काल योजना प्रस्तुत कर दी। उन्होंने दधीचि को अपनी योजना बताई तो ऋषि को भी वह पसंद आ गई।

एक अश्विनीकुमार ने अपनी तलवार निकाली और समीप खड़े अश्व का सिर काट दिया। उसके बाद उन्होंने बहुत सावधानी से दधीचि का भी सिर काट डाला। उन्होंने ऋषि के सिर को सुरक्षित रख लिया और घोड़े के कटे हुए सिर को आयुर्वेद के ज्ञान के प्रयोग द्वारा तत्काल दधीचि के कंधों पर रखकर उसे जोड़ दिया। अब दधीचि के कंधों पर अश्व का सिर था और उनका अपना सिर अश्विनीकुमारों के पास सुरक्षित था। इसके बाद दोनों कुमार भोले-भाले बनकर अश्व सिर वाले दधीचि के समक्ष बैठ गए। दधीचि ने भी अविलंब अश्विनीकुमारों को मधु-विद्या का ज्ञान प्रदान कर दिया।

कुछ ही देर में पुरंदर विशालकाय ऐरावत पर बैठकर आ पहुंचा। उसके पहुंचने तक अश्विनीकुमार दधीचि से मधु-विद्या का ज्ञान ले चुके थे। पुरंदर को देख वे दोनों दधीचि के आश्रम के भीतर छिप गए। पुरंदर वहां पहुंचा तो उसकी आंखें गुस्से से लाल थीं। उसे दधीचि के कंधों पर शरीर पर अश्व का सिर देखकर आश्चर्य तो हुआ लेकिन वह क्रोध में इतना उन्मत्त था कि उसकी सोचने-समझने की शक्ति क्षीण हो गई थी। उसने ऋषि के अश्व-सिर के विषय में अधिक विचार नहीं किया और अपनी भारी-भरकम परंजय तलवार से दधीचि के कंधों पर रखा अश्व का सिर काट डाला। घोड़े का सिर कटकर जमीन पर लुढ़क गया और इसी के साथ दधीचि का शरीर भी धरती पर गिर पड़ा। पुरंदर ने दधीचि के कटे सिर को देखा और फिर अपनी तलवार के सिरे पर लगा खून पोंछ डाला। वह इस सफलता पर बहुत प्रसन्न दिख रहा था। वह ऐरावत पर बैठा और अमरावती लौट गया।

पुरंदर के जाने के तुरंत बाद अश्विनीकुमार छिपे हुए स्थान से बाहर निकल आए और उन्होंने तत्काल दधीचि का मूल सिर उनके मृत शरीर के कंधों पर रखकर उसे फिर से जोड़ दिया। उन्होंने ऋषि के सिर पर पवित्र जल छिड़का और कुछ मंत्र पढ़े। उन्होंने जैसे ही अंतिम मंत्र का उच्चारण समाप्त किया, दधीचि के शरीर में हरकत हुई और वह झटके से उठ बैठे। ऋषि दधीचि का सिर उनके कंधों पर फिर से जुड़ चुका था। उस स्थान पर न कटे का निशान शेष था और न ही कोई घाव। अश्विनीकुमारों ने वह कार्य इतनी दक्षता से किया गया था मानो कुछ हुआ ही न हो। अश्विनीकुमारों ने दधीचि को प्रणाम किया और दधीचि ने भी उन्हें आशीर्वाद दिया। इस घटना के कारण दधीचि को 'अश्वशिरा' नाम भी से भी जाना जाता है।

इधर, पुरंदर अमरावती पहुंचा तो बहुत प्रसन्न था। उसे विश्वास था कि दधीचि की हत्या के साथ ही उसने मनुष्यों के अमर होने की संभावना को सदा के लिए समाप्त कर दिया था। वह अपने सिंहासन पर बैठ गया और फिर उसने यह शुभ समाचार सुनाने के लिए अपने प्रिय मित्र अग्निदेव को बुलाया।

'अग्नि, मेरे मित्र!' पुरंदर ने प्रसन्नता भरे स्वर में कहा, 'मैंने उस खेल को शुरू होने से पहले ही समाप्त कर दिया है। मैंने दधीचि का सिर काट डाला और उस ऋषि के साथ मधु-विद्या भी हमेशा के लिए लुप्त हो गई। अब मुझे मनुष्यों से कोई ख़तरा नहीं है।'

अग्निदेव सिर झुकाए सारी बात सुनते रहे।

'अग्नि,' पुरंदर ने भौंहें सिकोड़ते हुए कहा, 'मुझे एक बात समझ में नहीं आई। दधीचि इतना बड़ा ऋषि था लेकिन उसका सिर मनुष्य की तरह न होकर अश्व के समान क्यों था?'

अग्निदेव को पुरंदर की बुद्धि पर दया आ रही थी। देवलोक का स्वामी होकर भी पुरंदर साधारण बातों पर ध्यान नहीं देता था। पुरंदर जब दधीचि के आश्रम से लौट रहा था। उसके पीछे जो कुछ घटा था, अग्निदेव को उसकी जानकारी मिल चुकी थी। किंतु उसे पुरंदर को बताने के लिए थोड़े साहस की आवश्यकता थी।

'देवराज,' अग्निदेव ने घबराते हुए कहा, 'मेरे विचार से आपको पता नहीं कि दधीचि के आश्रम से आपके जाने के बाद वहां क्या हुआ?'

'क्यों, क्या हुआ?' इंद्र ने बेचैन होकर पूछा। 'मैं वहां से निकला तो निश्चित तौर पर वन के भूखे भेड़ियों और सियारों ने मिलकर दधीचि के शरीर और उसके सिर को नोच खाया होगा। मुझे विश्वास है कि आज उनकी शानदार दावत होगी! हा! हा! हा!' यह कहकर पुरंदर ने एक ज़ोरदार ठहाका लगाया।

'नहीं महाराज, ऋषि दधीचि जीवित हैं!' अग्निदेव ने साहस जुटाकर कह दिया। 'यही नहीं, उन्होंने अश्विनीकुमारों को मधु-विद्या का ज्ञान भी प्रदान कर दिया है।' अग्निदेव की ऊपर देखने की हिम्मत नहीं हो रही थी। पुरंदर ने पूछा तो अग्निदेव ने उसे पूरी घटना सुना दी। पुरंदर को कानों पर विश्वास नहीं हुआ। वह झटके से सिंहासन पर गिरा और अपना सिर

पकड़ कर बैठ गया। उसकी योजना बुरी तरह विफल हो गई थी। पुरंदर को अश्विनीकुमारों पर भी बहुत गुस्सा आ रहा था। उसके मन में दोनों भाइयों के लिए ज़बरदस्त घृणा पैदा हो गई। उसने दो संकल्प लिए। पहला, वह उचित समय पर अश्विनीकुमारों से बदला लेगा और उसे भरोसा था कि उसे ऐसा करने के अनेक अवसर मिलेंगे। दूसरा, वह दोबारा कभी दधीचि के आश्रम के निकट भी नहीं जाएगा। हालांकि पुरंदर के दोनों ही संकल्प ग़लत सिद्ध हुए।

पुरंदर ने अश्विनीकुमारों से प्रतिशोध लेने का प्रयास तो किया, किंतु उसमें भी पराजय पुरंदर की हुई और नियति का पहिया कुछ ऐसा घूमा कि पुरंदर को विवश होकर दधीचि के आश्रम में भी दोबारा जाना पड़ा। हालांकि ये दोनों अलग कहानियां हैं।

9

कर्ण

इधर कौरवों और पांडवों के बीच होने वाले महाभारत के युद्ध की पृष्ठभूमि तैयार हो चुकी थी। युद्ध का समाचार देवलोक भी पहुंचा। पुरंदर ने जब युद्ध के विषय में सुना, उस समय वह इंद्र-सभा में बैठा अप्सराओं का नृत्य देख रहा था। उसने समाचार सुनते ही तत्काल सभा स्थगित कर दी और प्रहरियों को आदेश दिया कि उसे अकेला छोड़ दें।

पुरंदर घबराया हुआ था। वह युद्ध के विषय में सोचने लगा। युद्ध के परिणाम पर विचार करते हुए उसकी घबराहट बढ़ गई। वह इतना चिंतित हो गया कि उसने अपने मित्र अग्निदेव को बुला लिया।

'क्या बात है मित्र?' अग्निदेव ने पूछा। 'तुम बहुत घबराए हुए लग रहे हो।' अग्निदेव नवाचार का बहुत ध्यान रखते थे परंतु जब कोई पास नहीं होता था तो वह पुरंदर से अनौपचारिक ढंग से मित्रवत खुलकर बात करते थे।

'अग्नि,' पुरंदर ने कहा, 'तुमने कौरवों और पांडवों के बीच होने वाले युद्ध के विषय में तो सुना होगा। मैं उसी युद्ध के परिणाम को लेकर चिंतित हूं।'

'यह युद्ध, धर्म की पुनर्स्थापना के लिए हो रहा है,' अग्निदेव ने कहा। 'कौरवों ने बात को ज़्यादा बढ़ा दिया है। उन्हें पांडवों को इतना परेशान नहीं करना चाहिए था।' अग्निदेव स्पष्ट तौर पर पांडवों के पक्ष में थे।

'यह सत्य है,' पुरंदर ने उत्तर दिया। 'इस बात में संदेह नहीं कि कौरवों को इसका दंड मिलना ही चाहिए। परंतु मैं अर्जुन और राधेय के बीच होने वाले युद्ध को लेकर चिंतित हूं।'

'अर्जुन इस संसार का सर्वश्रेष्ठ धनुर्धर है,' अग्निदेव ने कहा, 'जबकि राधेय सदाचारी होने के बावजूद कौरवों का साथ देने की मूर्खता कर रहा है। इसमें कोई संदेह नहीं कि अर्जुन रणभूमि में आते ही राधेय को मार डालेगा। परंतु इस बात से आप क्यों घबराए हुए हैं?'

'अर्जुन मेरा पुत्र है,' पुरंदर ने अग्निदेव की उत्सुकता शांत करते हुए कहा। 'इसलिए एक पिता के लिए इस बात से चिंतित होना स्वाभाविक है कि उसका पुत्र अपने समकक्ष कुशल धनुर्धर के साथ युद्ध के लिए आमने-सामने खड़ा है।'

'अर्जुन! वह आपका पुत्र है?' अग्निदेव ने अविश्वास-भरे स्वर में कहा। 'परंतु संसार तो यही जानता है कि अर्जुन, कुंती और पांडव का पुत्र है। आप बीच में कहां से आ गए?'

'यह लंबी कथा है परंतु मैं तुम्हें अवश्य सुनाऊंगा, क्योंकि हमें जल्दी ही अर्जुन का जीवन बचाने का मार्ग सोचना होगा। राधेय को मारना आसान नहीं है। यदि वह अधिक समय रणभूमि में टिका रहा तो निश्चित रूप से मेरे पुत्र अर्जुन के लिए बड़ा ख़तरा बन जाएगा और मैं ऐसा कतई नहीं होने दूंगा!'

पुरंदर ने अग्निदेव को कहानी सुनानी आरंभ कर दी :

'कुंतीभोज नाम का एक महान राजा था। पांडवों की माता कुंती उसी कुंतिभोज की पुत्री है। कुंती अत्यंत निष्ठावान और अपने पिता की आज्ञा के प्रति समर्पित थी। कुंती के सदाचारी व्यवहार के कारण राजमहल में आने वाले सभी ऋषि-मुनियों और तपस्वियों की सेवा-सुश्रुषा का भार कुंती पर था।'

'ऐसे ही एक अवसर पर कुंतीभोज से मिलने ऋषि दुर्वासा आ गए। दुर्वासा अपने क्रोध और मामूली बातों पर शाप देने की अपनी बुरी आदत के लिए प्रसिद्ध थे। कुंतीभोज ने अपनी पुत्री कुंती को सावधान किया कि वह क्रोधी स्वभाव वाले दुर्वासा का विशेष ध्यान रखे। कुंती ने अपनी पिता की आज्ञा का दृढ़तापूर्वक पालन किया और दुर्वासा की सेवा और देखभाल में किसी तरह की कमी नहीं छोड़ी। उसने पूरी निष्ठा के साथ दुर्वासा की सेवा की। सौभाग्य से दुर्वासा को भी शिकायत का कोई अवसर नहीं मिला। वह कुंती की निष्ठा एवं उसकी सेवा-भक्ति से अत्यंत प्रसन्न हो गए।'

'राजमहल से जाते समय दुर्वासा ने कुंती को बुलाया और कहा कि वह उसकी सेवा और व्यवहार से अत्यंत प्रसन्न हैं। इसलिए उन्होंने कुंती को उसकी सेवा के बदले प्रसन्न होकर एक चमत्कारी मंत्र दिया।'

'यह एक विशेष मंत्र है,' दुर्वासा ने कुंती से कहा। 'इस मंत्र के उच्चारण द्वारा तुम किसी भी देवता का आह्वान कर सकती हो। परंतु एक बात का ध्यान रखना कि तुम जिस देवता का आह्वान करोगी, तुम्हें उनसे पुत्र की प्राप्ति होगी। इसलिए इस मंत्र का उपयोग बहुत सोच-समझकर करना।'

'दुर्वासा की शर्त बड़ी विचित्र थी!' अग्निदेव ने बीच में टिप्पणी की।

पुरंदर ने अग्निदेव की बात का उत्तर नहीं दिया और अपनी कथा को जारी रखा।

'कुंती ने तत्काल भांप लिया कि दुर्वासा का मंत्र दुधारी तलवार था जो असावधानी से प्रयोग किए जाने पर अत्यंत हानिकारक भी सिद्ध हो सकता था। तथापि कुंती को इस बात का संतोष था कि उसने अपनी सेवा से अत्यंत क्रोधी स्वभाव वाले दुर्वासा को भी प्रसन्न कर उनसे वरदानस्वरूप शानदार मंत्र प्राप्त किया था। दुर्वासा के जाने के बाद कुंतीभोज के राजमहल में जीवन फिर से सामान्य हो गया।'

'एक दिन कुंती महल के उद्यान में टहल रही थी कि अचानक उसे दुर्वासा द्वारा दिया मंत्र ध्यान आ गया। उसे यह भी ध्यान आया कि मंत्र के प्रयोग से पुत्र की प्राप्ति हो सकती है। उस समय कुंती अविवाहित थी और ऐसे में पुत्र उत्पन्न होना कलंक का विषय बन सकता था, इसलिए उसने मंत्र-प्रयोग का विचार अपने दिमाग़ से निकालने का प्रयास किया। परंतु वह उस विचार से जितना बचती, मंत्रोच्चारण का विचार उतना ही हावी हुआ जाता था। कुछ देर बाद उसे लगा कि उसके मन में मंत्र-प्रयोग की इच्छा इतनी प्रबल हो गई कि उसने आख़िर मंत्र का उपयोग करने का निश्चय कर लिया।'

'तो फिर कुंती ने किसका आह्वान किया?' अग्निदेव ने पूछा।

पुरंदर बोला, 'कुंती ने सामने देखा तो आकाश में सूर्य चमक रहा था। उसने मंत्र पढ़ा और सूर्यदेव का आह्वान कर डाला। कुंती ने देखा कि मंत्रोच्चारण समाप्त होते ही चारों ओर सफ़ेद प्रकाश फैल गया। उसकी चमक इतनी तेज थी कि कुंती के लिए दृष्टि ऊपर करके देखना मुश्किल हो गया।

उसने आंखें बंद कर लीं। कुछ क्षण बाद, कुंती ने आंखें खोलीं तो उसके सामने खड़े सूर्यदेव थे। सूर्यदेव को प्रत्यक्ष सामने देखकर कुंती बहुत उत्साहित हो गई। सूर्यदेव ने मुस्कराकर कहा, 'कुंती, मुझे यहां आने की बहुत प्रसन्नता है। बोलो, तुम्हें क्या चाहिए?'

'कुछ नहीं, सूर्यदेव!' कुंती ने हाथ जोड़कर उत्तर दिया। 'मैं केवल देखना चाहती थी कि दुर्वासा द्वारा दिया मंत्र किस प्रकार कार्य करता है। यह मेरे लिए अत्यंत सम्मान का विषय है कि आप मेरे मंत्रोच्चारण करने पर तत्काल प्रकट हो गए। मुझे किसी वस्तु की आवश्यकता नहीं है। आप कृपया लौट जाइए।' कुंती भीतर से भयभीत थी।

'इतना सुनने पर भी सूर्यदेव अपने स्थान से नहीं हिले। वह टकटकी लगाकर कुंती को देखते रहे। उनके चेहरे पर फैली मुस्कान और पैनी दृष्टि देखकर कुंती असहज होने लगी। स्पष्ट था सूर्यदेव कुछ और योजना लेकर आए थे।'

'यदि सूर्यदेव से मुझे सचमुच संतान उत्पन्न हो गई तो क्या होगा?' कुंती के मन में यह विचार आया। 'मैं संतान का क्या करूंगी?'

'मंत्र के परिणाम की काली छाया कुंती के ऊपर छाने लगी। वह "अविवाहित मां" बनने की संभावना से कांप उठी। उसे पसीना आने लगा। वह जानती थी कि वह ऐसे मोड़ पर पहुंच गई थी, जहां से लौटना संभव नहीं है।'

'हे सूर्यदेव, आप वापस क्यों नहीं जा रहे?' कुंती ने चिंतित होकर सूर्यदेव से पूछा।

'कुंती, तुम मेरे यहां रुकने का कारण भली-भांति जानती हो,' सूर्यदेव ने उत्तर दिया। 'मैं ऋषि दुर्वासा के मंत्र के प्रभाव से तुम्हें एक पुत्र दिए बिना वापस नहीं जा सकता!'

'किंतु मैं... मैं अविवाहित हूं, प्रभु!' कुंती ने आग्रह किया। 'अविवाहित मां कहलाना मेरे लिए जीवन-भर का कलंक बन जाएगा। मुझ पर दया कीजिए, प्रभु!' कुंती गिड़गिड़ा रही थी।

'मुझे वापस भेजने का प्रयास करने में अपना समय बर्बाद मत करो,' सूर्यदेव ने भौंहें सिकोड़ते हुए कहा। 'मैं मंत्र की शर्त से बंधा हूं। मेरे लिए तुम्हारी अभिलाषाओं और तुम्हारे भय का कोई अर्थ नहीं है।'

'कुंती गंभीर समस्या में पड़ गई थी,' पुरंदर ने आगे कहना शुरू किया। अग्निदेव बहुत ध्यान से उसकी बात सुन रहे थे। उन्हें यह सब सुनकर आश्चर्य हो रहा था। 'कुंती को अपनी लापरवाही पर पछतावा हो रहा था। परंतु उसके पास कोई विकल्प नहीं था। उसे सूर्यदेव की इच्छा के सामने झुकना पड़ा, बल्कि सही कहा जाए तो सूर्यदेव, कुंती की इच्छा के आगे झुकने वाले थे, क्योंकि कुंती को तो मंत्रोच्चारण के परिणाम के विषय में पहले से ही पता था।'

'आख़िर सूर्यदेव ने कुंती को गर्भवती कर दिया। हालांकि उन्होंने कुंती को आश्वासन दिया कि उसके साथ हुए संपर्क तथा उसके फलस्वरूप उत्पन्न संतान के जन्म से कुंती के कौमार्य को क्षति नहीं पहुंचेगी। कन्याओं के लिए उनके विवाह तक कुंवारा रहना सदा से ही पावन और आवश्यक समझा जाता था। संयोग से, सूर्यदेव ने इस सामाजिक व्यवस्था के प्रति संवेदनशीलता दिखाई थी।'

'सूर्यदेव ने कुंती को यह भी कहा कि उसका होने वाला पुत्र तन पर स्वर्ण-कवच और कानों में स्वर्ण-कुंडल पहनकर पैदा होगा तथा वे कवच एवं कुंडल जब तक उसके शरीर पर रहेंगे वह सुरक्षित एवं अजेय रहेगा।'

'कुंती ने गर्भावस्था का समय चुपचाप व्यतीत कर दिया और नियत समय पर एक पुत्र को जन्म दिया। वह बालक सूर्यदेव की भविष्यवाणी के अनुरूप तन पर स्वर्ण-कवच तथा कानों में स्वर्ण-कुंडल पहनकर ही पैदा हुआ। वह अपने पिता की भांति अत्यंत तेजस्वी था। कुंती उस अद्वितीय बालक को देखकर दुविधा में पड़ गई। उसके मन में एक ओर उस निर्दोष व दिव्य संतान के प्रति ममता थी, तो दूसरी ओर उसके लिए विवाह से पूर्व, माता बनने का नैतिक बोझ वहन करना कठिन था। कुंती ने पूरे घटनाक्रम पर विचार किया और अंत में मातृत्व भावना के बदले नैतिक पवित्रता को चुन लिया।'

'क्या वह बालक ही राधेय है?' अग्निदेव ने आंखें बड़ी करके पूछा।

'हां,' पुरंदर ने पुष्टि की। 'कुंती ने उस बालक को टोकरी में रखा और उसे यमुना नदी में प्रवाहित कर दिया। वह टोकरी पानी पर तैरती हुई बहुत दूर तक चली गई और आख़िर हस्तिनापुर जा पहुंची। वहां धृतराष्ट्र के सारथी अधिरथ ने उस टोकरी को देखा तो उठा लिया। अधिरथ ने टोकरी

खोली तो भीतर एक तेजस्वी बालक आंखें खोले अधिरथ को स्नेह भाव से देख रहा था। उसके तन पर स्वर्ण-कवच और कानों में स्वर्ण-कुंडल देखकर अधिरथ हैरत में पड़ गया। संयोग से अधिरथ की संतान नहीं थी तो वह बालक को अपने साथ घर ले आया जहां उसने और उसकी पत्नी राधा ने बालक का पालन-पोषण करने का निश्चय किया। उन्होंने राधा का पुत्र होने के कारण उस तेजस्वी बालक का नाम राधेय रख दिया।'

'ओह! यह तो बहुत रोचक कथा है!' अग्निदेव ने कहा। 'फिर क्या हुआ?'

पुरंदर ने कथा को आगे बढ़ाते हुए कहा, 'कुछ समय उपरांत कुंती का विवाह राजा पांडु से हो गया। कुंती के अतिरिक्त पांडु की एक और पत्नी थी जिसका नाम माद्री था। एक बार पांडु वन में आखेट के लिए गया जहां भूल से उसके हाथों शब्द-भेदी बाण द्वारा किंदम ऋषि और उनकी पत्नी की संभोग करते में हत्या हो गई। किंदम ने क्रोध में पांडु को शाप दे दिया कि पांडु भी अपनी पत्नी के साथ संभोग करते हुए मारा जाएगा। उस शाप के कारण पांडु की दो पत्नियां होते हुए भी उसके लिए पुत्र उत्पन्न करना असंभव हो गया।'

'हे ईश्वर!' अग्निदेव ने हैरानी से कहा, 'तो फिर पांडवों का जन्म कैसे हुआ?'

'यही तो इस कथा का असली अंश है,' पुरंदर ने उत्तर दिया। 'एक बार पांडु अपनी दोनों पत्नियों कुंती और माद्री को साथ लेकर वन-विहार के लिए गया। वहां कुंती ने पहली बार पांडु को ऋषि दुर्वासा द्वारा दिए चमत्कारी मंत्र के विषय में बताया। यह बात सुनकर पांडु को राहत मिली और फिर उन तीनों ने मिलकर मंत्र का उपयोग करने का निश्चय किया।'

'कुंती ने मंत्र पढ़कर सबसे पहले धर्मदेव का आह्वान किया। उसके बाद कुंती ने वायुदेव और फिर अंत में मेरा आह्वान किया। मंत्र की शर्त के अनुसार, हम तीनों देवताओं से कुंती को एक-एक संतान प्राप्त हुई। धर्मदेव के पुत्र का नाम युधिष्ठिर, वायुदेव के पुत्र का नाम भीमसेन तथा मेरे पुत्र का नाम अर्जुन रखा गया था। इस तरह अर्जुन मेरा पुत्र है।'

'तो फिर नकुल और सहदेव किसके पुत्र हैं?' अग्निदेव ने उत्सुकता से पूछा।

'बताता हूं!' इंद्र ने आगे कहा, 'कुंती के तीन पुत्रों को देखकर माद्री के मन में भी मां बनने की इच्छा जाग्रत हो गई। इसके बाद में माद्री ने मंत्र का प्रयोग किया और अश्विनीकुमारों का आह्वान किया, जिनसे नकुल और सहदेव की प्राप्ति हुई। इस तरह पांच पांडवों का जन्म हुआ। उन सबने युद्ध और अस्त्र-शस्त्र की विद्या प्राप्त की और महान योद्धा बन गए। मेरा पुत्र अर्जुन निस्संदेह उन सब में सर्वश्रेष्ठ धनुर्धर है।'

'सूर्य-पुत्र राधेय का क्या हुआ?' अग्निदेव ने पूछा।

'राधेय भी बड़ा होकर श्रेष्ठ धनुर्धर बना,' पुरंदर ने कहना शुरू किया। 'नियति का चक्र कुछ ऐसे घूमा कि राधेय की दुर्योधन से मित्रता हो गई है। पांडव और कौरव यूं तो चचेरे भाई हैं, किंतु उनके संबंध आरंभ से अच्छे नहीं थे। बचपन में पड़ा वैमनस्य का बीज समय के साथ धीरे-धीरे बड़ा होकर घृणा का वृक्ष बन गया। आख़िर वही हुआ, जो होना था। अब स्थिति यह है कि कौरव और पांडवों के बीच महाभारत के महान युद्ध के लिए रणभूमि तैयार हो चुकी है।'

'कुंती का ज्येष्ठ पुत्र होने के नाते राधेय, पांडवों का सबसे बड़ा भाई है। परंतु उसे आज तक अपनी असली पहचान ज्ञात नहीं है। दुर्भाग्य से वह दुर्योधन का साथ दे रहा है और अब उसे कौरवों की ओर से युद्ध करना होगा। इसलिए राधेय और अर्जुन के बीच का समीकरण अत्यंत जटिल हो गया है। वे दोनों सगे भाई हैं, किंतु बदली हुई परिस्थितियों में दोनों एक-दूसरे के रक्त के प्यासे हो चुके हैं।'

'अच्छा, यह बात है!' अग्निदेव ने पुरंदर की चिंता का कारण समझते हुए कहा। 'परंतु अर्जुन तो संसार का सर्वश्रेष्ठ धनुर्धर है। मुझे विश्वास है कि वह सरलता से राधेय को परास्त कर देगा।'

'राधेय को मारना इतना सरल नहीं है,' पुरंदर ने कहा। 'अर्जुन निस्संदेह पांडवों के पक्ष में लड़ने वाला सर्वशक्तिमान योद्धा है, परंतु राधेय, पांडवों के लिए गंभीर चिंता का कारण है, और साथ ही मेरे लिए भी।'

'परंतु ऐसा क्यों? यही तो मैं पूछ रहा हूं,' अग्निदेव ने फिर कहा।

'राधेय जब तक जीवित है, कौरवों को युद्ध में पराजित करना असंभव है और राधेय के शरीर पर जब तक स्वर्ण-कवच और कुंडल मौजूद हैं, उसे परास्त करना या मारना असंभव है। दुर्वासा ने कुंती से यही कहा था।

राधेय न केवल एक ज़बरदस्त योद्धा है, बल्कि वह अर्जुन के लिए बड़ा ख़तरा भी है। यदि राधेय और अर्जुन का युद्ध हुआ तो दोनों में से केवल एक ही जीवित बचेगा।'

'अच्छा, मैं अब समझ गया,' अग्निदेव ने कहा। 'अब आपकी क्या योजना है?'

पुरंदर अपने भारी-भरकम सिंहासन पर बैठ गया और उस जटिल परिस्थिति को अर्जुन के पक्ष में मोड़ने के संभावित तरीक़ों पर विचार करने लगा। युद्ध, सामान्यतया शक्ति से अथवा चालाकी से जीते जाते हैं। पुरंदर अधिकांश मामलों में चालाकी का प्रयोग करता था।

'मैंने सुना है,' पुरंदर ने कहा, 'राधेय बहुत दानी है और वह सुबह नदी से स्नान करके बाहर निकलता है तो नदी-तट पर ग़रीबों और ज़रूरतमंद लोगों की लंबी कतार लगती है।' पुरंदर के दिमाग़ में योजना बनने लगी थी। 'राधेय की यह कमज़ोरी है कि उसके पास जो भी सहायता मांगने जाता है, वह उसे निराश नहीं करता। मैंने उसकी इसी कमज़ोरी का लाभ उठाने का निर्णय किया है।'

अग्निदेव को यह समझने में अधिक समय नहीं लगा कि पुरंदर अब इसके बाद क्या करने वाला था।

अगले दिन पुरंदर ने ब्राह्मण का वेश धारण किया और नदी-तट पर जाकर खड़ा हो गया और राधेय की प्रतीक्षा करने लगा। शीघ्र ही उसकी प्रतीक्षा समाप्त हुई और राधेय नदी से बाहर निकल आया। उसके बलिष्ठ शरीर से पानी की बूंदें टपक रही थीं तथा सुबह के उगते सूर्य के प्रकाश में उसके शरीर पर बंधा स्वर्ण-कवच और कानों में स्वर्ण-कुंडल चमक रहे थे।

राधेय स्नान करके बाहर आया तो उसने देखा कि एक ब्राह्मण तट पर खड़ा है। राधेय उस ब्राह्मण के निकट आया और प्रणाम किया।

'प्रणाम, विप्रवर!' राधेय ने कहा, 'मैं आपकी क्या सेवा कर सकता हूं?'

'राधेय,' ब्राह्मण ने कहा, 'मैं बहुत दूर से पैदल चलकर तुमसे मिलने आया हूं। मैंने सुना है कि तुम बहुत दयालु और दानवीर हो। तुम्हारे पास जो भी इच्छा लेकर आता है, तुम उसे कभी निराश नहीं करते। क्या यह सत्य है?'

राधेय ने मुस्कराकर उत्तर दिया, 'आपने जो कुछ सुना है वह सत्य है। मैं आपको भी निराश नहीं करूंगा। आपकी जो भी इच्छा है, मांग लीजिए। मैं उसे पूरा करने का प्रयास करूंगा।'

पुरंदर को राधेय के इसी वचन की प्रतीक्षा थी। वह कुटिलतापूर्वक मुस्कराया और बोला, 'मुझे आपका स्वर्ण-कवच और दोनों स्वर्ण-कुंडल चाहिए।'

'क्या!' राधेय ने घबराकर कहा, 'यह कैसे संभव है? मैंने ये कवच और कुंडल ऊपर से नहीं पहने हैं। ये मेरे शरीर का हिस्सा हैं। मैं आपसे क्षमा चाहता हूं किंतु मैं आपकी यह इच्छा पूरी नहीं कर सकता। यदि आपको केवल स्वर्ण चाहिए तो तो आप जितना चाहेंगे, मैं आपको उतना स्वर्ण दे दूंगा।'

ब्राह्मण के वेश में पुरंदर चिढ़ गया। उसने चुटकी लेते हुए कहा, 'मुझे बताया गया था कि पृथ्वी पर तुम जैसा दानी कोई नहीं है। मुझे नहीं पता था कि तुम्हारी भी कुछ विवशताएं हैं। मुझे शायद ग़लत सूचना दी गई थी। मुझे और कुछ नहीं चाहिए। मैं क्षमा चाहता हूं कि मैंने तुम्हें परेशान किया। अब मैं चलता हूं।' ऐसा कहकर पुरंदर हताश चेहरा बनाकर लौटने लगा।

'ठहरिए, इंद्रदेव!' राधेय ने पुरंदर को पीछे से पुकारा।

पुरंदर बहुत प्रसन्न हुआ। वह समझ गया कि उसकी चाल सफल हो गई थी। वह मुड़ा तो उसके हृदय में आशा और आंखों में चमक थी। लेकिन यह क्या! राधेय ने उसे 'इंद्रदेव' कहकर क्यों पुकारा था? राधेय ने उसे कैसे पहचाना होगा? पुरंदर के मन में बहुत-से अचानक प्रश्न उठने लगे।

'इंद्रदेव, आप निस्संदेह देवताओं के राजा हैं,' राधेय ने पुरंदर की आंखों में देखते हुए कहा। 'परंतु मेरी तपस्या की शक्ति भी कुछ कम नहीं है। मैंने आपको देखते ही पहचान लिया था। मैं स्पष्ट रूप से देख सकता हूं कि मेरे कवच और कुंडल मांगने के पीछे आपकी मंशा अच्छी नहीं है। आप भली-भांति जानते हैं कि ये कवच और कुंडल मेरे शरीर के अभिन्न अंग हैं तथा इन्हें मुझसे अलग कर देने पर न केवल मेरा शरीर आहत हो जाएगा, अपितु मैं स्वयं भी दुर्बल एवं असुरक्षित हो जाऊंगा।'

पुरंदर अचानक स्वयं को राधेय के समक्ष हीन एवं असहज महसूस करने लगा। राधेय ने उसकी चालाकी भांप ली थी। पुरंदर जानता था कि

राधेय को स्पष्टीकरण देना व्यर्थ था। तथापि पुरंदर अपनी भूल स्वीकार कर ले, वह इतना भोला भी नहीं था। उसने शांत रहना उचित समझा और राधेय को बोलने दिया। वैसे भी, उसका उद्देश्य राधेय का हृदय जीतना नहीं, अपितु केवल उसके कवच और कुंडल प्राप्त करना था।

'इंद्रदेव,' राधेय ने कहा, 'मेरी आपसे कोई निजी शत्रुता नहीं है। मुझे दुर्बल और असुरक्षित करने से आप शक्तिशाली कैसे हो जाएंगे?'

'राधेय,' पुरंदर ने उत्तर दिया, 'मैं क्षमा चाहता हूं परंतु मैं तुम्हें सब कुछ नहीं बता सकता। यही विधि का विधान है। मैं केवल तुम्हारे कवच और कुंडल मांग रहा हूं। हालांकि मैं जानता हूं कि मैं तुम्हें इसके लिए बाध्य नहीं कर सकता। यदि तुम इन्हें न देना चाहो, तो मैं ख़ाली हाथ लौट जाऊंगा।'

पुरंदर अब भी राधेय के साथ चालाकी कर रहा था क्योंकि वह जानता था कि राधेय अपना वचन कभी नहीं तोड़ेगा, चाहे इसके लिए उसे अपने प्राण ही संकट में क्यों न डालने पड़ जाएं।

'मैं नहीं जानता कि आप मेरे साथ ऐसा क्यों कर रहे हैं,' राधेय ने कहा, 'परंतु मैं संसार को उपहास करने का अवसर नहीं दूंगा। मैं नहीं चाहता लोग यह कहें कि राधेय कायर था, अथवा उसने शारीरिक पीड़ा से बचने के लिए अपना वचन तोड़ दिया। इसलिए आप तनिक रुकिए, मैं अभी अपने शरीर से यह कवच और कुंडल काटकर आपको देता हूं।'

यह कहकर राधेय ने कमर में बंधा छुरा निकाला तथा अपने शरीर से स्वर्ण-कवच काटना शुरू कर दिया। रक्त की मोटी धार उसके शरीर से बह निकली और कुछ ही देर में क्षत्रिय रक्त में डूबा दिव्य कवच धरती पर आ गिरा। इसके बाद राधेय ने उसी छुरे से अपने कानों के स्वर्ण-कुंडल भी काट डाले। उसके कानों से भी रक्त बह रहा था। उसने कवच और कुंडल उठाकर पुरंदर को सौंप दिए। यह भयंकर दृश्य देखकर पुरंदर आश्चर्य और ग्लानि से भर उठा।

'राधेय, तुम सचमुच अद्वितीय हो!' पुरंदर ने कहा। 'संसार में तुमसे पहले न कोई ऐसा दानवीर हुआ है और न कभी होगा। इस कठिन कार्य के लिए तुम्हें "कर्ण" के नाम से जाना जाएगा। मैं तुमसे सचमुच बहुत प्रसन्न हूं। मैं तुम्हारे कवच और कुंडल लेने आया था, किंतु मैं तुम्हें इसके

बदले में कुछ दिए बिना नहीं जाऊंगा। तुम मुझसे कोई भी वस्तु मांग सकते हो!'

'देवराज!' कर्ण ने कहा, 'अब जबकि आपने मुझसे मेरी सबसे मूल्यवान और आवश्यक वस्तु ले ही ली है, मुझे एक ऐसा दिव्यास्त्र दीजिए जो अचूक हो और मेरे शत्रु को एक ही वार में समाप्त कर दे।'

पुरंदर फिर दुविधा में पड़ गया। वह समझ गया कि अचूक दिव्यास्त्र मांगने के पीछे भी कर्ण के मन भी अर्जुन को मारने का संकल्प छिपा था। परंतु इंद्र ने कर्ण को वचन दे दिया था।

पुरंदर ने कहा, 'कर्ण, मैं तुम्हें अपना "शक्ति" नामक अत्यंत ख़तरनाक व अमोघ अस्त्र दे रहा हूं। इसे वैजयंती भी कहते हैं। यह अचूक है और तुम्हारे शत्रु को एक ही वार में समाप्त कर देगा। परंतु एक बात का ध्यान रखना कि तुम इसे केवल एक ही बार प्रयोग कर सकते हो!' ऐसा कहकर पुरंदर ने अपना दायां हाथ ऊपर उठाया। अगले ही क्षण उसके हाथ में चंद्राकार नोक वाला 'शक्ति' नामक दिव्यास्त्र प्रकट हो गया। पुरंदर ने उसे कर्ण को सौंप दिया और उसके कवच एवं कुंडल लेकर अंतर्धान हो गया।

कर्ण के तन और कानों से अब भी रक्त बह रहा था। उसने दूर क्षितिज की ओर देखा। सूर्यदेव आकाश में उदय हो रहे थे। यह कैसी विडंबना थी कि देवताओं के राजा इंद्र ने अपने पुत्र अर्जुन की रक्षा के लिए सूर्यदेव के सामने उनके ही पुत्र कर्ण के साथ इतना बड़ा छल और अन्याय कर लिया था।

10

गुरु

पुरंदर खुश था। उसने सफलतापूर्वक सूर्यदेव के पुत्र को धोखा देकर अपने पुत्र के जीवन की रक्षा कर ली थी। उसे अपनी दिव्य शक्ति का एहसास था और इस घटना ने उसकी शक्ति को और हवा दी थी। बुद्धिमान लोग जानते हैं कि अनियंत्रित शक्ति विवेक को दूषित कर देती है। व्यक्ति के पास अधिकार जितने अधिक होते हैं, उसमें से अहंकार की बू उतनी ही अधिक आती है। किसी भी अन्य देवता की तुलना में यह बात पुरंदर पर सबसे अधिक लागू होती थी।

पुरंदर के मन से देवलोक का शासक होने का विचार कभी निकलता ही नहीं था। यही कारण था कि देवताओं के स्वामी के इर्द-गिर्द अहंकार और गर्व का भारी वातावरण सदैव विद्यमान रहता था।

एक दिन पुरंदर अपने दरबार के दैनिक कार्यक्रमों में व्यस्त था। तभी देवताओं के गुरु बृहस्पति वहां आ पहुंचे। राजाओं के दरबारों में अपने गुरु के सम्मान में खड़ा होकर उन्हें प्रणाम करने की पुरानी परंपरा थी। बृहस्पति के आगमन पर भी यही हुआ। इंद्र-सभा में उपस्थित सभी देवता उन्हें देखकर खड़े हो गए और सबने बृहस्पति को प्रणाम किया, परंतु पुरंदर अपने गुरु के प्रवेश से अनवगत रहा। उसने खड़ा होने की आवश्यकता नहीं समझी और न ही बृहस्पति का स्वागत किया। हालांकि पुरंदर ने ऐसा जान-बूझकर नहीं किया था, परंतु इससे बृहस्पति के सम्मान को ठेस अवश्य पहुंची थी। बृहस्पति कुछ पल प्रतीक्षा करते रहे कि इंद्र अपनी भूल सुधार लेगा, परंतु पुरंदर भूल तो तब सुधारता जब उसे भूल का आभास होता।

'पुरंदर!' बृहस्पति ने कहा, 'क्या तुम राजा होने के मूलभूत नियम और संस्कार भूल गए हो? मैं भीतर आया तो समस्त देवतागण खड़े हो गए, परंतु तुमने मेरी ओर देखने की भी आवश्यकता नहीं समझी? तुम ऐसा दुस्साहस कब से करने लगे हो?'

'ओह गुरुदेव!' पुरंदर ने कहा, 'मैं क्षमा चाहता हूं। मैं अपने मंत्री के साथ एक आवश्यक विषय पर चर्चा कर रहा था। मैंने आपको भीतर आते नहीं देखा।'

'व्यक्ति में भूल मानने का साहस होना चाहिए,' देवगुरु बोले, 'इसके लिए अधिक उदारता की आवश्यकता नहीं होती। भूल करना अनुचित नहीं है, किंतु उसे स्वीकार न करना अवश्य ग़लत है!' बृहस्पति ने तीखे स्वर में कहा।

'गुरुदेव, मुझे लगता है कि आप इस बात को कुछ ज़्यादा ही तूल दे रहे हैं,' पुरंदर न चाहते हुए भी कह बैठा। 'आपको तो पता ही है कि देवलोक के राजा के पास कितना काम होता है और इतना कार्य संभालना बच्चों का खेल नहीं है।'

'बहुत हुआ!' बृहस्पति ने पुरंदर को टोकते हुए ऊंचे स्वर में कहा। 'देवलोक में पहले से ही, मैं तुम्हारे अहंकार की बहुत-सी कहानियां सुन चुका हूं, उनमें एक और मत जोड़ो! ऐसा लगता है कि तुम अपने राज्य की देखभाल करने के लिए काफ़ी बुद्धिमान हो गए हो और अब तुम्हें मेरे मार्गदर्शन की आवश्यकता नहीं है। यदि यह बात है तो मुझे तुम्हें छोड़कर जाने में बहुत प्रसन्नता होगी। मैं आज से "देवगुरु" के दायित्व का त्याग करता हूं। अब तुम अपने लिए कोई नया गुरु चुन सकते हो, जो तुम्हारे जैसे अशिष्ट और अविवेकी शिष्य को झेल सके।'

बृहस्पति को पुरंदर के व्यवहार से बहुत ठेस पहुंची थी। वह अपने आने का कारण बताए बिना ही पैर पटकते हुए इंद्र की राजसभा से बाहर निकल गए। इतना होने पर भी अहंकारी पुरंदर ने अपनी भूल पर खेद व्यक्त नहीं किया। उसने नाराज़ होकर जाते हुए अपने गुरु को मनाने या शांत करने का भी प्रयास नहीं किया। गुरु बृहस्पति के राज-सभा से चले जाने के बाद पुरंदर को पता लगा कि बृहस्पति उससे मिलने किस प्रयोजन से आए थे।

दरअसल, देवता और असुर सदा से ही एक-दूसरे के शत्रु थे और उनके बीच संघर्ष होता रहता था। हाल में, असुरों के खेमे में देवताओं के साथ एक और युद्ध की तैयारी चल रही थी। देवगुरु बृहस्पति, यही सूचना

पुरंदर को देने आए थे। परंतु पुरंदर के लिए अब रणनीति बनाने में देर हो चुकी थी, क्योंकि बृहस्पति देवताओं का साथ छोड़कर जा चुके थे।

बृहस्पति जिस तरह देवताओं के गुरु थे, उसी तरह शुक्राचार्य असुरों के गुरु थे। बृहस्पति द्वारा देवगुरु के पद का त्याग करने के बाद देवताओं का पक्ष बिना कप्तान के जहाज जैसा हो गया, जिसे अब मार्गदर्शन देने वाला कोई नहीं था। समूचा देवलोक इस बात से अवगत था कि उचित योजना और सही मार्गदर्शन के अभाव में देवताओं को किसी भी समय असुरों के हाथों पराजय का सामना करना पड़ सकता था। हालांकि इस बदली हुई परिस्थिति का दायित्व पुरंदर पर था, परंतु उसे कोई चिंता ही नहीं थी। कुछ देवताओं ने जब मिलकर पुरंदर को समझाया तब उसे स्थिति की गंभीरता समझ में आई। उसे अपनी भूल का एहसास हुआ। उसने बृहस्पति को खोजने का प्रयास किया किंतु कोई लाभ नहीं हुआ। किसी को नहीं पता था कि गुरु बृहस्पति कहां थे।

बृहस्पति को इस बात का पहले से अनुमान था कि पुरंदर बाद में अपनी ग़लती का एहसास होने पर उन्हें खोजने का प्रयास करेगा। इसलिए वह समय रहते ही देवलोक की सीमाओं से कहीं दूर चले गए थे। कम से कम कुछ समय के लिए देवलोक के स्वामी पुरंदर जैसे लापरवाह और घमंडी व्यक्ति के गुरु बनने में बृहस्पति की रुचि नहीं थी।

इस बीच, बृहस्पति द्वारा देवताओं को छोड़कर जाने का समाचार जंगल की आग की तरह फैल गया और शीघ्र ही असुरों के पास भी पहुंच गया। उनकी ख़ुशी का ठिकाना नहीं रहा। गुरु के मार्गदर्शन के अभाव में असहाय देवताओं का विचार आते ही असुरों के भीतर नई ऊर्जा का संचार हो गया। उन्होंने बिना समय नष्ट किए देवलोक पर आक्रमण कर दिया और देवताओं को बुरी तरह रौंद डाला।

असुरों के हाथों मिली अपमानजनक पराजय के बाद पुरंदर का घमंड चूर हो गया था। गौरव और अहं का परचम जो वह सदा लहराए घूमता था, असुरों ने उसके चिथड़े कर दिए थे। पुरंदर के लिए अपनी खोई हुई प्रतिष्ठा और गौरव को फिर से अर्जित करना अत्यंत आवश्यक हो गया।

'मुझे कुछ करना होगा,' पुरंदर ने सोचा। वह कुछ देर विचार करता रहा और फिर भगवान ब्रह्मा के पास सहायता के लिए जा पहुंचा।

ब्रह्मा सदा की भांति अपने स्वर्णिम कमल पर शांत भाव से बैठे सनातन एकाक्षर 'ओ३म्' का ध्यान कर रहे थे। उसी समय पुरंदर हांफता हुआ आया। 'प्रभु, हम संकट में हैं!' पुरंदर ने कहा। ब्रह्मा ने तब तक आंखें नहीं खोली थीं। 'आपको पता ही होगा कि बृहस्पति ने देवताओं का साथ छोड़ दिया है और उन्होंने "देवगुरु" का पद भी त्याग दिया है।'

सृष्टि के रचयिता ब्रह्मा ने आंखें खोलीं और पुरंदर को तिरस्कार-भरी दृष्टि से देखते हुए बोले, 'तुमने जो बोया था, वही काटा है। अब मेरे पास क्यों आए हो?' ब्रह्मा चिढ़े हुए थे। उन्होंने इससे पहले पुरंदर से इतने रूखेपन से कभी बात नहीं की थी। स्पष्ट था कि उन्हें सब पता था और वह पुरंदर से नाराज़ थे। परंतु वह आगे बढ़कर कुछ नहीं बोले। उन्होंने पुरंदर को अपनी बात कहने का अवसर दिया। पुरंदर जानता था यदि उसे ब्रह्मा से सहायता चाहिए तो उसे अपमान का घूंट पीना पड़ेगा। उसके गले में थूक अटक गया। वह साफ़ तौर पर असहज था।

'मुझे पता है मैंने गुरु बृहस्पति के साथ अपमानजनक व्यवहार किया है,' पुरंदर ने पहली बार अपनी भूल स्वीकारते हुए कहा। 'प्रभु, मेरा विश्वास कीजिए, मैंने जान-बूझकर ऐसा नहीं किया। मैं सार्वजनिक तौर पर गुरु बृहस्पति से क्षमा मांगने को तैयार हूं। मैंने उन्हें खोजने का बहुत प्रयास किया किंतु उनका कुछ पता नहीं है। क्या आप मेरी ओर से गुरुदेव से अनुरोध कर सकते हैं, ताकि वह फिर से देवगुरु का पद संभाल लें और मैं उनके मार्गदर्शन में असुरों से बदला ले सकूं तथा अपनी ख्याति पर लगे कलंक को मिटा सकूं?'

'कुछ भी हो,' ब्रह्मा ने कहा, 'अब जो हो गया है, उसे तो बदला नहीं जा सकता।' यह कहकर ब्रह्मा ने पुरंदर की बात बीच में काट दी। 'मेरी गुरु बृहस्पति से पहले ही बात हो चुकी है, परंतु लगता है कि वह तुमसे बहुत नाराज़ हैं। तुम भाग्यशाली हो कि उन्होंने तुम्हें शाप देकर इंद्रासन से नीचे नहीं उतारा और सुनो, अब इस तरह की व्यर्थ बातों से कोई लाभ नहीं है। मेरे विचार से तुम्हें अपने लिए एक नया गुरु खोज लेना चाहिए।'

'ओह!' पुरंदर ने लज्जित स्वर में नीचे देखते हुए कहा। 'यदि ऐसा है तो आप कोई सुझाव दीजिए। कोई ऐसा व्यक्ति बताइए, जो गुरु बृहस्पति का स्थान ले सके।'

यह सुनकर ब्रह्मा फिर अप्रसन्न हो गए। 'तुमसे यह सोच भी कैसे लिया कि कोई अन्य व्यक्ति बृहस्पति का स्थान ले सकता है?' यह कहकर ब्रह्मा ने पुरंदर की मूर्खतापूर्ण टिप्पणी की उपेक्षा कर दी। वह जानते थे कि पुरंदर ऐसी ग़लतियां आगे भी करेगा। उन्होंने अपनी आंखें बंद कीं और अगले ही क्षण उनके पास उत्तर मौजूद था।

'इंद्र,' ब्रह्मा ने कहा, 'बृहस्पति के पास जो अनुभव और ज्ञान है, उसका मुक़ाबला करना किसी के लिए संभव नहीं है। परंतु मेरे विचार से यदि तुम चाहो तो विश्वरूप से बात करके देख सकते हो। उनसे अनुरोध करो कि वह तुम्हारे गुरु बनने को तैयार हो जाएं। वह ज़बरदस्त रणनीतिकार हैं और उनके पास युद्ध-कौशल समेत अन्य सभी विधाओं का बहुत अच्छा ज्ञान है। इसके अतिरिक्त वह दयालु भी हैं और आशा है कि वह सरलता से तुम्हारा अनुरोध स्वीकार कर लेंगे।'

इंद्र ने ब्रह्मा के मुख से जैसे ही विश्वरूप का नाम सुना तो पूछा, 'प्रभु, क्या आप ऋषि त्वष्टा के तीन सिर वाले पुत्र विश्वरूप की बात कर रहे हैं?'

'हां, मैं ऋषि त्वष्टा के पुत्र की ही बात कर रहा हूं। तुम उसका नाम सुनकर प्रसन्न नहीं हुए। कोई समस्या है?' सृष्टि के रचयिता ने पुरंदर से पूछा।

'नहीं, ऐसा तो नहीं है,' पुरंदर की आवाज़ लड़खड़ा रही थी। 'मैं सोच रहा था कि क्या हमारे पास विश्वरूप के अतिरिक्त कोई अन्य विकल्प उपलब्ध है?'

'लेकिन क्यों?' ब्रह्मा ने पूछा। 'मेरे विचार से विश्वरूप देवताओं के गुरु बनने के लिए सर्वथा उपयुक्त हैं। तुम साफ़ क्यों नहीं कहते तुम्हारे मन में क्या है?' ब्रह्मा गंभीर हो गए थे।

'प्रभु,' इंद्र ने गला साफ़ करके कहा, 'यदि मुझे सही पता है तो विश्वरूप की माता असुर वंश की है। उस नाते क्या आपको ऐसा नहीं लगता कि विश्वरूप स्वयं शत्रु पक्ष का है। वह हमारा गुरु बनने के लिए तैयार क्यों होगा? इसके अतिरिक्त, यदि वह देवताओं का मार्गदर्शन करने के लिए हामी भर दे, तो भी उसकी सहानुभूति हमेशा असुरों के साथ ही रहेगी। क्या उस पर विश्वास करना उचित होगा?' इंद्र ने ब्रह्मा पर एक साथ अनेक प्रश्न दाग़ दिए।

'कैसी बातें करते हो पुरंदर?' ब्रह्मा ने खीझते हुए कहा। 'पहले तुमने बृहस्पति का अपमान करके उन्हें नाराज़ कर दिया। उसके बाद तुम युद्ध में असुरों से बुरी तरह परास्त हुए और तुमने विजयश्री के साथ अपनी प्रतिष्ठा भी गंवा दी। अब मैंने तुम्हारे लिए एक नए गुरु का प्रस्ताव किया है तो तुम्हें उस पर भी संदेह है। इंद्र, तुम्हें समझ कब आएगी?'

'मुझे क्षमा कीजिए प्रभु... लेकिन... मैं केवल...' इंद्र की आवाज़ फिर लड़खड़ाने लगी।

ब्रह्मा ने इस बार कठोर स्वर में कहा, 'पुरंदर, यह मत भूलो कि महर्षि कश्यप देवता और असुर दोनों के पिता हैं। इसलिए तुम लोग परस्पर भाई हो। असुरों से इतनी घृणा करना अच्छी बात नहीं है। ऐसे बहुत से असुर हैं जो देवताओं से अधिक सदाचारी हैं। यदि तुम्हें मेरा प्रस्ताव पसंद नहीं है तो मैं तुम्हारी और अधिक सहायता नहीं कर सकता। विश्वरूप का जन्म अवश्य असुर स्त्री के गर्भ से हुआ है, परंतु वह स्वभाव और कर्म से अत्यंत कुलीन और सदाचारी हैं। विश्वरूप की सबसे बड़ी विशेषता यह है कि उन्हें नारायण-कवच का ज्ञान है। यह ऐसा अभेद्य कवच है जो तुम्हें अजेय बना सकता है। इस समय विश्वरूप के अतिरिक्त किसी को नारायण-कवच का पूर्ण ज्ञान नहीं है। तुम सोच लो और फिर मुझे बता देना।' ब्रह्मा ने आंखें बंद कीं और फिर से ध्यान में लीन हो गए।

पुरंदर को ब्रह्मा की बात पर विश्वास नहीं हो रहा था। वह समझ गया कि ब्रह्मा गंभीर हो गए थे और उनसे इस विषय में और बात करने का लाभ नहीं था। इसके अतिरिक्त, पुरंदर के पास कोई विकल्प भी तो नहीं था। उसने अनिच्छा से निश्चय किया कि वह ब्रह्मा के सुझाव का पालन करेगा। उसने ब्रह्मा को प्रणाम किया और तेज़ी से लौट गया।

कुछ ही देर में पुरंदर हाथ जोड़कर विश्वरूप के सामने खड़ा था। देवलोक के स्वामी ने विश्वरूप की भाव-भंगिमा में बहुत-सी विचित्र बातें देखीं। विश्वरूप के तीन सिर थे और वह उन तीनों अलग-अलग कार्यों के लिए प्रयोग करते थे। एक सिर से वह वेदों का पाठ, दूसरे से मदिरापान करते थे तथा तीसरे सिर का उपयोग विभिन्न दिशाओं में देखने के लिए होता था।

विश्वरूप ने आंखें खोली तो देवराज इंद्र अपने सामने खड़ा देखा। उन्होंने विनम्रता के साथ देवलोक के स्वामी का स्वागत-सत्कार किया। पुरंदर

को विश्वरूप के विनम्र और सदाचारी व्यवहार को देखकर ब्रह्मा द्वारा की गई विश्वरूप की प्रशंसा का कारण समझ में आने लगा था।

पुरंदर ने अपनी बात शुरू की, 'आदरणीय, मैं आपके पास सहायता के लिए आया हूं। मैंने अपनी मूर्खता से गुरु बृहस्पति को नाराज़ कर दिया और वह देवलोक छोड़कर कहीं चले गए हैं। इस कारण देवताओं के पास मार्गदर्शन के लिए कोई गुरु नहीं है। मैं भगवान ब्रह्मा के सुझाव पर आपके पास आया हूं और आपसे अनुरोध करता हूं कि आप देवताओं के गुरु बनकर कृपया हमारा मार्गदर्शन कीजिए, अन्यथा हमारा अनिष्ट होना निश्चित है।'

विश्वरूप ने पुरंदर की प्रार्थना को बड़े ध्यान से सुना। असुर कुल से संबंध होने के कारण विश्वरूप का झुकाव असुरों की ओर अधिक था, इसलिए उन्हें पुरंदर की यह बात और भी अधिक पसंद आई कि पुरंदर ने उदारता और बुद्धिमत्ता का परिचय देते हुए देवता एवं असुरों के मतभेद से ऊपर उठकर उनसे देवगुरु बनने का अनुरोध किया था।

विश्वरूप ने मुस्कराकर उत्तर दिया, 'पुरंदर, मुझे यह देख कर बहुत प्रसन्नता हो रही है कि आख़िरकार तुम्हारा विवेक जाग्रत हो गया है। मौसेरे भाइयों का परस्पर लड़ना सचमुच मूर्खतापूर्ण बात है। तुम दोनों अलग-अलग लोकों पर शासन करते हो, इसलिए श्रेष्ठता और सत्ता की लड़ाई व्यर्थ है। मैं आशा करता हूं कि मुझे देवताओं का गुरु नियुक्त करने के इस साहसिक कार्य से तुम्हारे और असुरों के बीच वैमनस्य घटेगा और हो सकता है भविष्य में देवताओं और असुरों में मैत्री भी हो जाए। मैं सबके हितों का ध्यान रखते हुए तुम्हारे प्रस्ताव का सम्मान करता हूं। मुझे देवगुरु का पद स्वीकार है।'

पुरंदर ने देवताओं का नया गुरु खोज लिया था। इस मिली सफलता से उसकी लज्जा अवश्य कुछ कम हुई थी। विश्वरूप ने अपने नए पद का कार्यभार ग्रहण कर लिया तथा देवताओं को सर्वश्रेष्ठ ढंग से मार्गदर्शन और प्रशिक्षण देना आरंभ कर दिया। धीरे-धीरे विश्वरूप के मार्गदर्शन में देवताओं ने अपना खोया आत्मविश्वास फिर से प्राप्त कर लिया तथा पुरंदर को भी खोई हुई ख्याति दोबारा प्राप्त हो गई।

हालांकि विश्वरूप अपने उत्तरदायित्वों के प्रति पूरी तरह निष्ठावान और समर्पित थे, लेकिन पुरंदर अपने मन में व्याप्त संदेह और भय के चलते विश्वरूप पर पूर्ण विश्वास नहीं कर पाता था। उसे सदा विश्वरूप की निष्ठा

पर संदेह रहता और वह इस बात को कभी नहीं भुला पाया कि उसके गुरु में असुरों का अंश विद्यमान था।

समय के साथ पुरंदर की उत्कंठा बढ़ती रही। उसने विश्वरूप के संदर्भ में अपने भय व संदेह की अन्य देवताओं से भी चर्चा की। हालांकि किसी के पास विश्वरूप के विरुद्ध कोई ठोस प्रमाण नहीं था, परंतु देवलोक में विश्वरूप के आसुरी संबंध को लेकर व्याप्त भय का निवारण नहीं हो सका।

विश्वरूप का स्वाभाविक झुकाव असुरों की ओर था। वह अपनी नित्य-प्रार्थना में असुरों के कल्याण की भी कामना करते थे। हालांकि ऐसा करने से देवताओं के प्रति उनकी निष्ठा कभी कम नहीं हुई। एक बार विश्वरूप अपनी नित्य-प्रतिदिन की प्रार्थना कर रहे थे। उन्होंने प्रार्थना में असुरों का उल्लेख भी किया। संयोग से, उसी समय पुरंदर वहां से गुज़र रहा था। उसने विश्वरूप को अपने शत्रुओं के कल्याण के लिए प्रार्थना करते सुन लिया। यह सुनकर पुरंदर के संदेह की पुष्टि हो गई। वह नियंत्रण खो बैठा। उसने अपने गुरु से बात करके उनका मत जानने की भी आवश्यकता नहीं समझी। पुरंदर अपने क्रोध को नियंत्रित नहीं रख पाया और उसने आवेश में तलवार निकाली तथा विश्वरूप की हत्या कर दी।

'पुरंदर ने विश्वरूप की हत्या कर दी।' यह बात चारों ओर फैल गई। सभी देवतागण घटना-स्थल पर पहुंच गए। उन्होंने देखा विश्वरूप का खून से लथपथ मृत शरीर धरती पर पड़ा था। वह नृशंस दृश्य देखकर कोई भी पुरंदर के बीमार दिमाग़ की कल्पना कर सकता था। उसने पहले गुरु बृहस्पति का अपमान करके उन्हें नाराज़ किया और अब उसने दूसरे गुरु विश्वरूप की हत्या कर डाली थी।

'यह तुमने क्या किया, पुरंदर?' अग्निदेव ने पूछा। 'तुमने देवगुरु को मार डाला! तुमने एक ब्राह्मण की हत्या कर दी! क्या तुम नहीं जानते ब्राह्मण की हत्या करना कितना बड़ा पाप है? यह महापराध है! तुम्हारी यह मूर्खता किसी दिन तुम्हें ले डूबेगी। अब तुम इस पाप का प्रायश्चित कैसे करोगे? यदि विश्वरूप के पिता त्वष्टा को यह समाचार मिल गया तो वह तुम्हें और तुम्हारे देवलोक को ध्वस्त कर देंगे।'

'अग्नि, तुम्हें पता नहीं है,' पुरंदर ने उत्तर दिया। 'मैंने इस तीन सिर वाले दुष्ट को असुरों के कल्याण हेतु प्रार्थना करते सुना था। शत्रु का मित्र, मेरा गुरु कैसे हो सकता है? मैंने वही किया, जो मुझे ठीक लगा!' पुरंदर ने

एक बार फिर अपनी ग़लती स्वीकार नहीं की। अग्निदेव ने चुप रहना बेहतर समझा। उन्हें पता था पुरंदर ऐसा प्राणी है जो कार्य करने के बाद उस पर विचार करता था।

कुछ देर बाद पुरंदर का क्रोध शांत हुआ तो उसे अपनी ज़बरदस्त भूल का एहसास हुआ। तीन सिर वाले विश्वरूप न केवल देवताओं के गुरु थे, बल्कि उच्च कोटि के ब्राह्मण भी थे। इसके अतिरिक्त वह अत्यंत शक्तिशाली ऋषि त्वष्टा के पुत्र थे। यह किसी से छिपा नहीं था कि त्वष्टा के लिए देवलोक को क्षण-भर में नष्ट करना कोई कठिन कार्य नहीं था। परंतु यह सब सोचने के लिए अब देर हो चुकी थी।

पुरंदर के पास त्वष्टा के कुपित होने की प्रतीक्षा करने के अतिरिक्त कोई दूसरा विकल्प नहीं था।

11

वृत्रासुर

महर्षि त्वष्टा ने पुरंदर के हाथों अपने निर्दोष पुत्र विश्वरूप की नृशंस हत्या का समाचार सुना तो वह क्रोध से उन्मत्त हो गए।

'पुरंदर इतना घमंडी हो गया है!' त्वष्टा बड़बड़ाए। 'उसे लगता है वह किसी का भी अपमान कर सकता है और किसी को भी मार सकता है। पहले, उसने अपने सर्ववंदनीय गुरु बृहस्पति का अपमान किया और अब उसने मेरे निर्दोष पुत्र विश्वरूप की अकारण हत्या कर दी। मैं उसे ऐसा सबक़ सिखाऊंगा कि वह जीवन-भर याद रखेगा।'

त्वष्टा ने विश्वरूप की हत्या का प्रतिशोध लेने के उद्देश्य से तत्काल एक विशेष यज्ञ आरंभ कर दिया। वह यज्ञ द्वारा ऐसा पुत्र प्राप्त करना चाहते थे जो इतना शक्तिशाली हो कि समूचे देवलोक को नष्ट कर दे। शीघ्र ही, त्वष्टा की यज्ञाग्नि से ऊंची-ऊंची लपटें ऊपर उठने लगीं और वह कुछ ही देर में आसमान तक जा पहुंची। उन लपटों की उष्मा देवलोक पहुंची तो वहां भगदड़ मच गई। पुरंदर को भी समाचार मिला कि ऋषि त्वष्टा एक अनिष्टकारी यज्ञ में लगे थे और उन्होंने पुरंदर को समाप्त करने के लिए यज्ञ आरंभ किया था।

शीघ्र ही यज्ञ की स्वर्णिम लपटें नीले रंग में परिवर्तित होने लगीं और फिर उनमें से एक भयंकर दैत्य प्रकट हुआ। उसके मुख से अग्नि निकल रही थी। वह आकार में इतना विशाल था कि उसे धरती से पूरा देख पाना संभव नहीं था। उसका सिर आकाश को छू रहा था। उसके दो विशाल और लंबे हाथ थे और एक बहुत लंबी एवं शक्तिशाली पूंछ थी, जिसके एक झटके से, वह पल-भर में बड़े-बड़े पर्वतों को भी चकनाचूर कर सकता था।

'वृत्र, तुम्हारा स्वागत है,' त्वष्टा ने यज्ञ से उत्पन्न पुत्र को कहा।

'पिताजी, मुझे आदेश दीजिए। मैं तत्काल आपकी इच्छा पूरी करूंगा,' यज्ञ की वेदी से बाहर क़दम रखते हुए विशालकाय वृत्र ने कहा।

'वृत्र, तुम इस पृथ्वी पर उत्पन्न अब तक के सबसे शक्तिशाली असुर हो। देवराज पुरंदर ने मेरे ज्येष्ठ पुत्र और तुम्हारे अग्रज विश्वरूप की अकारण हत्या कर दी। पुरंदर, देवलोक का वर्तमान राजा है। मैंने तुम्हें तुम्हारे निर्दोष भाई की हत्या का प्रतिशोध लेने के लिए उत्पन्न किया है। मैंने अपनी योग शक्तियों से तुम्हें अजेय बना दिया है। जाओ और देवलोक पर हमला कर दो। देवलोक में तबाही मचा दो। उसका नाश कर दो। तुम्हारे और पुरंदर के बीच जो आए, उसे नष्ट कर देना। मैं चाहता हूं कि तुम उससे दुष्ट अहंकारी इंद्र को ऐसा सबक़ सिखाओ जिसे वह जीवन-भर याद रखे।' त्वष्टा को शांत करना असंभव हो गया था।

ऐसा लग रहा था कि वृत्रासुर अपने पिता की आज्ञा का पालन करने के लिए बहुत बेचैन था। उसने अपने भाई की हत्या के विषय में पूछताछ भी नहीं की। उसने धरती से एक ऊंची छलांग भरी और अगले ही क्षण पुरंदर की राजधानी अमरावती के प्रवेश-द्वार के सामने जा पहुंचा।

'बाहर निकलो, पुरंदर!' वृत्रासुर ने गर्जना करते हुए पुकारा। उसे सुनकर समूचा देवलोक कांप उठा।

पुरंदर को जैसे ही देवलोक के सामने एक भयानक दैत्य के प्रकट होने का समाचार मिला तो वह तुरंत समझ गया कि वह कोई और नहीं, अपितु त्वष्टा द्वारा किए यज्ञ से उत्पन्न दैत्य था जो विश्वरूप की हत्या का बदला लेने आया था। पुरंदर ने धीरे-से इंद्र-सभा से बाहर झांककर देखा।

वृत्रासुर के भयानक आकार को देखकर पुरंदर अपने राजमहल के भीतर ही कांपने लगा। उसने देखा वृत्रासुर की आंखें क्रोध से लाल थीं। पुरंदर अपने महल से बाहर निकलकर वृत्रासुर का सामना करने का साहस नहीं जुटा पा रहा था। उसने अपने सबसे विश्वासी मित्र अग्निदेव को बुलाया और वृत्रासुर से बातचीत करने तथा उसका गुस्सा शांत करने का आग्रह किया।

पुरंदर की भांति अग्निदेव भी वृत्रासुर से भयभीत थे, परंतु राजाज्ञा का पालन करना आवश्यक था। अग्निदेव ने राजमहल के मुख्य द्वार से बाहर झांका तो उन्हें भीमकाय वृत्रासुर खड़ा दिखाई दिया। वृत्रासुर को देखते ही

अग्निदेव के पैर मानो वहीं जकड़ गए। वृत्रासुर अपनी भयानक पूंछ को ज़ोर-ज़ोर से फटकार रहा था।

अग्निदेव धीरे-से राजमहल के द्वार से बाहर निकले और उन्होंने वृत्रासुर से पूछा, 'तुम कौन हो और तुम्हें क्या चाहिए?'

वृत्रासुर ने डरे हुए अग्निदेव को देखा तो एक ज़ोरदार ठहाका लगाया। 'मैं वृत्रासुर हूं! मैं महर्षि त्वष्टा का पुत्र हूं तथा उन्हीं की आज्ञा से यहां आया हूं। तुम्हारे राजा पुरंदर ने मेरे निर्दोष भाई विश्वरूप की हत्या की है। मेरे पिता ने मेरे भाई की हत्या का प्रतिशोध लेने के लिए मुझे यज्ञ द्वारा उत्पन्न किया है। जाओ और अपने राजा को यहां भेजो, अन्यथा मैं अपनी पूंछ की फटकार से तुम्हारे इंद्र के इस शानदार राजमहल को ध्वस्त कर दूंगा, तुमने सुना, मैंने क्या कहा?'

अग्निदेव ने सिर हिलाया और भीतर चले गए। वृत्रासुर की भयानक गर्जना पुरंदर के कानों में भी गूंज रही थी। अग्निदेव को भीतर जाकर वृत्रासुर द्वारा कही गई बात दोहराने की आवश्यकता नहीं पड़ी। पुरंदर समझ गया कि वृत्रासुर से युद्ध होना तय था।

आख़िरकार, पुरंदर अपने राजमहल से बाहर निकला। उसके और वृत्रासुर के बीच भयानक युद्ध आरंभ हो गया। वृत्रासुर के सामने इंद्र का अधिक देर तक टिक पाना मुश्किल था। वह दैत्य न केवल विशालकाय और शक्तिशाली था बल्कि वह उन सब विद्याओं में पारंगत था जो अधिकतर असुरों के पास होती हैं। पुरंदर ने वृत्रासुर को नियंत्रित करने का बहुत प्रयास किया लेकिन देवताओं का राजा वृत्रासुर की पूंछ को भी नहीं संभाल पाया। पुरंदर अधिक देर तक युद्ध नहीं कर सका। वह जानता था यदि उसने वृत्रासुर से देर तक युद्ध किया तो उसकी शक्ति समाप्त हो जाएगी और वह निश्चित रूप से उससे भीमकाय असुर का ग्रास बन जाएगा।

आख़िर पुरंदर ने एक शक्तिशाली दिव्यास्त्र छोड़ा जिसके प्रहार से वृत्रासुर कुछ पल के लिए मूर्छित हो गया। इंद्र ने उस स्थिति का लाभ उठाया और वह रणभूमि छोड़कर भाग गया। पुरंदर दौड़ता हुआ सहायता के लिए भगवान विष्णु के चरणों में पहुंच गया।

'हे प्रभु, मेरी रक्षा कीजिए!' पुरंदर गिड़गिड़ाया। 'मुझे वृत्रासुर के कोप से बचाइए। वह मुझे मार डालेगा।'

पुरंदर की दयनीय हालत देखकर विष्णु को हँसी आ गई। उन्होंने किसी तरह अपनी मुस्कराहट को छिपाया और कहा, 'पुरंदर, तुम देवलोक के राजा हो। इस तरह एक असुर से भयभीत होना तुम्हें शोभा नहीं देता। इससे तुम्हारी प्रतिष्ठा और गिर जाएगी।'

'प्रभु,' पुरंदर ने याचना करते हुए कहा, 'दरअसल, मैं वृत्रासुर का सामना नहीं कर सकता। मुझे नहीं लगता कि उसे किसी भी दिव्यास्त्र से परास्त कर पाना संभव है। मैंने सभी अस्त्र-शस्त्र प्रयोग करके देख लिए हैं। मैं अंत में आपकी शरण में आया हूं। हे प्रभु, कृपया मेरी रक्षा कीजिए!'

इस बीच, वृत्रासुर को होश आ गया। उसने जब देखा कि इंद्र वहां से भाग निकला तो उसका गुस्सा और बढ़ गया। वह पुरंदर के इतना निकट पहुंचकर भी उसे मार नहीं पाया था। वृत्रासुर जानता था कि पुरंदर को खोजना आसान नहीं है, इसलिए उसने एक योजना बनाई ताकि देवराज इंद्र को मज़बूर होकर छिपने के स्थान से बाहर निकलना पड़े।

वृत्रासुर ने इस कार्य के लिए मनुष्य जाति की आड़ लेने का निश्चय किया। वह जानता था कि देवता नैतिक रूप से मनुष्यों की सहायता और रक्षा के लिए प्रतिबद्ध हैं। वृत्रासुर ने सोचा यदि वह किसी तरह मनुष्यों को कष्ट पहुंचाने में सफल हो गया, तो देवताओं को मनुष्यों की रक्षा के लिए आना ही होगा। ऐसे में देवताओं के राजा पुरंदर को खोजना सरल हो जाएगा।

यह सोचकर वृत्रासुर तत्काल धरती पर वापस गया और उसने एक-एक करके पृथ्वी की सब नदियों का जल पीना आरंभ कर दिया। कुछ ही देर में उसने लगभग सभी नदियों का पानी अपने पेट में भरकर नदियों को सुखा डाला। नदियों में एक बूंद भी पानी शेष नहीं रहा। जल के अभाव में जीवन थम गया। प्राणियों का जीना दूभर हो गया। मनुष्य, पशु और पक्षी प्यास से मरने लगे। पुरंदर की भूल की क़ीमत पूरा संसार चुका रहा था।

इस बीच, भगवान विष्णु के धाम वैकुंठ लोक में पुरंदर सहित लगभग सभी प्रमुख देवतागण भगवान विष्णु के सामने दया की भिक्षा मांग रहे थे।

भगवान विष्णु ने आंखें बंद कर लीं और ध्यान करने लगे। अपने समक्ष आसन्न परिस्थिति और संकट का समाधान खोजने का यही उनका तरीक़ा था। अगले ही पल उन्होंने आंखें खोलीं और कहा, 'पुरंदर, तुम्हें महर्षि दधीचि के पास जाना होगा। वही तुम्हारी समस्या का समाधान कर सकते हैं।'

दधीचि का नाम सुनते ही पुरंदर को मानो सांप सूंघ गया। उसे अचानक वह घटना याद आ गई। जब दधीचि ने अश्विनीकुमारों को मधु-विद्या का ज्ञान दिया था और उनसे कुपित होकर पुरंदर ने महर्षि दधीचि को मारने का प्रयास भी किया था। दधीचि तो बच गए किंतु पुरंदर के मन में उनके प्रति द्वेष उत्पन्न हो गया। तब पुरंदर ने प्रण किया था कि वह फिर कभी दधीचि के आश्रम में नहीं जाएगा।

ऐसे में भगवान विष्णु के कहने पर फिर से दधीचि के आश्रम में जाना और उनसे सहायता मांगना, पुरंदर को अपमानजनक लग रहा था। उसने दधीचि से बचने के लिए भगवान विष्णु से तर्क किया।

'प्रभु, यह आप क्या कह रहे हैं?' पुरंदर ने भौंहें चढ़ाकर कहा। 'मैं वृत्रासुर पर समस्त दिव्यास्त्र और शक्तियां प्रयोग करके देख चुका हूं, लेकिन उनमें से किसी का भी उस भयानक असुर पर कोई प्रभाव नहीं पड़ा। ऐसी स्थिति में वह साधारण ऋषि हमारी क्या सहायता कर सकते हैं? दधीचि में ऐसी क्या विशेष बात है?'

विष्णु ने मुस्कराकर उत्तर दिया, 'पुरंदर, शायद तुम दधीचि को ठीक से जानते नहीं हो। वह लगातार नारायण-कवच का स्मरण करते हैं और उसके सतत उच्चारण से ऋषि का तन कवच की भांति अभेद्य हो गया है। इससे भी महत्त्वपूर्ण बात यह है कि वर्षों की कठिन साधना और तपस्या से महर्षि दधीचि की अस्थियां इतनी मज़बूत और शक्तिशाली हो गई हैं कि उनकी हड्डियों से बने अस्त्र से वृत्रासुर को भी मारा जा सकता है। तुम्हें यह पसंद है अथवा नहीं, किंतु वृत्रासुर को मारने का अब यही एकमात्र उपाय है।'

'आपकी जैसी आज्ञा प्रभु,' पुरंदर ने लज्जा छिपाते हुए कहा।

सदा की भांति अग्निदेव के मन में एक संदेह उत्पन्न हुआ। उन्होंने विष्णु से पूछा, 'परंतु महर्षि दधीचि अपनी अस्थियां देने को क्यों तैयार होंगे? इस कार्य के लिए भला वह अपने प्राण क्यों देंगे?'

भगवान विष्णु ने कहा, 'अग्नि!, तुमने सही कहा, अस्थि-दान करना कोई साधारण बलिदान नहीं है, परंतु दधीचि भी साधारण महर्षि नहीं हैं। वह जानते हैं कि पृथ्वी पर उनका जीवन समाप्त होने को है और इस मृत्युलोक को त्याग कर जाने का समय हो गया है। मुझे विश्वास है दधीचि मानव-जाति के कल्याण हेतु वृत्रासुर को मारने के लिए अपनी अस्थियां अवश्य दान में दे

देंगे। उनकी सहायता से नदियों का रुका हुआ पानी लौट पाएगा तथा पृथ्वी पर मानव जाति की रक्षा हो सकेगी। समय व्यर्थ नहीं करो और तत्काल दधीचि के पास जाओ क्योंकि वह तुम्हारी प्रतीक्षा कर रहे हैं।'

पुरंदर को बहुत आश्चर्य हुआ कि कोई ऋषि इतना उदार और दयालु कैसे हो सकता है! वह तत्काल दधीचि के आश्रम में पहुंचा। उस समय दधीचि ध्यान में लीन थे। वह बहुत दुर्बल दिख रहे थे। पुरंदर ने पिछली बार दधीचि के आश्रम में उनकी आकृति आदि पर अधिक ध्यान नहीं दिया था, क्योंकि उसे उनका सिर काटने की जल्दी थी। इस बार पुरंदर ने देखा कि दधीचि की अस्थियों में सचमुच में विशेष बात थी। उनके चारों ओर एक अद्‌भुत आभामंडल विद्यमान था जिसे देखकर किसी के भी हृदय में भय उत्पन्न हो सकता था। दधीचि के शक्तिशाली व्यक्तित्व के समक्ष पुरंदर ढीला पड़ गया। कुछ ही देर में, दधीचि ने आंखें खोली और पुरंदर की ओर देखा। उसे देखते ही उनकी आंखों में चमक आ गई, क्योंकि वह पुरंदर की प्रतीक्षा कर रहे थे।

'आइए देवराज!' दधीचि ने सौम्य स्वर में कहा, 'मैं आपकी ही प्रतीक्षा कर रहा था। मैं जानता हूं कि वृत्रासुर ने देवलोक में विध्वंस मचा रखा है और उसने पृथ्वी की नदियों का पानी भी पी लिया है। परंतु चिंता की कोई बात नहीं है। मेरा अब इस संसार से जाने का समय हो चुका है। मुझे इस बात की प्रसन्नता है कि मेरी मृत्यु के बाद मेरा पार्थिव शरीर ईश्वरीय उपयोग में आएगा तथा इस संसार की रक्षा करने का साधन बनेगा।' दधीचि की बात सुनकर इंद्र ग्लानि से भर उठा। वह इससे पहले भी संसार में अनिष्ट फैलाने और परेशानी उत्पन्न करने का कारण बन चुका था।

दधीचि एक बार फिर ध्यान में लीन हो गए। कुछ ही पलों में उन्होंने समाधि ले ली। उनके सिर से तेज प्रकाश निकला और प्रकाश-पुंज का रूप लेकर आकाश में ओझल हो गया। अगले ही क्षण, महर्षि दधीचि का शरीर निष्प्राण होकर धरती पर गिर पड़ा। वह अब मानव जाति के कल्याण के लिए प्रस्तुत था।

जहां एक ओर इंद्र ने बिना सोच-विचार और किसी उचित कारण के महर्षि दधीचि को मारने का प्रयास किया था, वहीं दूसरी ओर उसी महान ऋषि ने इंद्र की भूल के फलस्वरूप उत्पन्न स्थिति से मानव-जाति की रक्षा के लिए अपने प्राणों का इतनी सरलता से बलिदान कर दिया था। हालांकि, इन बातों पर विचार करने का समय नहीं था। देवताओं ने अविलंब दधीचि

की अस्थियां एकत्रित कीं तथा उनके मांसल अवशेष का उचित दाह-संस्कार कर दिया।

इसके बाद पुरंदर ने विश्वकर्मा को बुलाया और उसे दधीचि की अस्थियों देते हुए कहा, 'विश्वकर्मा, महर्षि दधीचि ने मानव-कल्याण हेतु अपना शरीर बलिदान करके अपनी अस्थियां दान कर दी हैं। तुम इन अस्थियों से इतना शक्तिशाली अस्त्र तैयार करो कि उस जैसा सृष्टि में कोई अस्त्र न हो। यही वृत्रासुर को मारने का अंतिम विकल्प है।'

'आपकी जैसी आज्ञा, देवराज!' विश्वकर्मा ने कहा और दधीचि की अस्थियां लेकर अस्त्र-निर्माण में लग गया।

शीघ्र ही विश्वकर्मा ने दधीचि की अस्थियों से एक शक्तिशाली अस्त्र तैयार किया। यह इंद्र का नया अस्त्र था - वज्रायुध।

पुरंदर अपने नए अस्त्र को हाथ में लेने को बहुत उत्सुक था। उसने ज्यों ही वज्र उठाया, उसके हाथों में चमत्कारी प्रवाह संचारित होने लगा। पुरंदर को महर्षि दधीचि की शक्ति का एहसास हो रहा था। वृत्रासुर को मारने का अस्त्र अब उसके हाथों में था।

इंद्र के चेहरे पर मुस्कान फैल गई। वह तत्काल वृत्रासुर का सामना करने को तैयार हो गया। वृत्रासुर ने पुरंदर को अपनी ओर आते देखा तो वह भी प्रसन्न हो गया। वृत्रासुर का पेट बहुत ज़्यादा फूल गया था, क्योंकि उसने पृथ्वी की समस्त नदियों का पानी अपने पेट में भरा हुआ था।

वृत्रासुर ने ज़ोरदार ठहाका लगाया और कहा, 'तुम लौट आए? तुम एक बार तो मुझसे बचकर निकल गए लेकिन इस बार मैं तुम्हें भागकर जाने नहीं दूंगा। मुझे अपने पिता की आज्ञा का पालन करना है। आओ और मुझसे युद्ध करो।'

हाथ में वज्र होते हुए भी इंद्र को भरोसा नहीं था। वह जानता था वृत्रासुर को सरलता से मारना संभव नहीं था। वृत्रासुर को इस बात का एहसास नहीं था कि इंद्र के पास अब एक अत्यंत शक्तिशाली और घातक अस्त्र मौजूद था। वह निर्भय होकर पुरंदर के नज़दीक पहुंच गया और उसे युद्ध के लिए चुनौती दे डाली।

विशालकाय वृत्रासुर ज्यों ही देवताओं के राजा के निकट पहुंचा, तो पुरंदर के शरीर में फिर से कंपकंपी आरंभ हो गई। उसने वज्र को कसकर

पकड़ लिया। वृत्रासुर का शरीर इतना फूल गया था कि वह ठीक से चल भी नहीं पा रहा था। वृत्रासुर जब इंद्र के बहुत समीप आ गया तो देवराज के मन में संशय उत्पन्न होने लगा। वह एक बार वृत्रासुर से लड़ चुका था और अब तक डरा हुआ था। पुरंदर को भयभीत देखकर वृत्रासुर को बड़ा आनंद आ रहा था।

'देखो, देवताओं का राजा भय से कैसे कांप रहा है। क्या तुम इसी तरह डरते हुए देवलोक की रक्षा करते हो?' वृत्रासुर ने उपहास करते हुए कहा।

पुरंदर अपमानित महसूस कर रहा था। वह अपने क्रोध पर नियंत्रण नहीं रख सका। उसने वृत्रासुर पर वज्र से हमला कर दिया। वज्र के प्रहार से दैत्य लड़खड़ा गया। इंद्र ने वज्र का पहली बार उपयोग किया था और वृत्रासुर ने भी पहली बार उस अद्भुत अस्त्र का प्रहार महसूस किया था। उसे वज्र की शक्ति पर बहुत आश्चर्य हुआ। वह लड़खड़ाया किंतु फिर संभल गया और वज्र को हैरानी से देखने लगा।

'यह तुम्हारे हाथ में कौन-सा अस्त्र है? मैंने इसे पहले नहीं देखा,' वह पीड़ा से चिल्लाया।

वज्र की शक्ति और वृत्रासुर की छटपटाहट देखकर पुरंदर प्रसन्न था। उसने मन ही मन महर्षि दधीचि के शानदार और अविस्मरणीय योगदान के लिए उन्हें धन्यवाद दिया।

पुरंदर गरजकर बोला, 'वृत्रासुर, यह अस्त्र नहीं, तुम्हारा काल है।'

'यह जो कुछ भी हो, परंतु मैं तुम्हें छोड़ने वाला नहीं हूं!' वृत्रासुर चिल्लाया। 'कोई अस्त्र और कोई युक्ति अब तुम्हें मुझसे बचा नहीं सकती।' यह कहकर वृत्रासुर ने अपनी पूंछ को फटकारा। इंद्र ने उछलकर स्वयं को बचा लिया। वह जानता था यदि वृत्रासुर के साथ अधिक देर युद्ध चला तो जरा-सी चूक उसके लिए घातक सिद्ध हो सकती थी।

असुर ने वार खाली जाता देख अपनी पूंछ को फिर से फटकारा। इंद्र फिर बच निकला। पुरंदर ने वृत्रासुर को फिर से हमला करने का अवसर नहीं दिया। उसने अपना वज्र उठाया और वृत्रासुर के फूले हुए पेट पर ज़ोरदार प्रहार किया। दधीचि की अस्थियों की चमत्कारी शक्ति वज्रयुध में सजीव हो उठी। वृत्रासुर का फूला हुआ पेट फट गया। वृत्रासुर के पेट में रुका हुआ

पानी बह निकला और वहां ज़बरदस्त बाढ़ आ गई। पानी के लिए तरस रही धरती फिर से खिल उठी। अनंत प्रतीत होने वाला सूखा समाप्त हो चुका था!

वृत्रासुर का भयानक एवं विशालकाय शरीर ज़ोरदार धमक के साथ धरती पर गिर पड़ा। इंद्र ने आकाश की ओर देखा तो समस्त देवतागण और दिव्य प्राणी देवलोक से पुष्प-वर्षा कर रहे थे। पुरंदर ने सचमुच शानदार कृत्य कर दिखाया था।

पुरंदर ने गर्व से वज्रायुध को देखा। उसकी नोक से वृत्रासुर का ताजा रक्त टपक रहा था। पुरंदर प्रसन्न था। उसने एक बार फिर सिद्ध कर दिया कि वही देवलोक का असली शासक था।

क्या यह खेल समाप्त हो गया था? यह तो आने वाला समय ही बताएगा।

12

ब्रह्म-हत्या

वृत्रासुर मारा जा चुका था। पुरंदर विजयी हो गया था। देवराज के लिए यह हर्षोल्लास का अवसर था। सदा की भांति इंद्र के पास उसके परम मित्र अग्निदेव खड़े थे। अचानक वृत्र को आसुरी रक्त में रंजित धरती पर पड़ा देख पुरंदर का प्रसन्न चेहरा उदास हो गया।

वृत्रासुर आसुरी वृत्तियों के कारण निश्चय ही असुर था, किंतु त्वष्टा से उत्पन्न होने के कारण वह ब्राह्मण भी था। हालांकि पुरंदर ने तो वृत्रासुर को निस्संदेह असुर समझकर मारा था, तथापि यह भी सत्य भी था कि उसके हाथों वृत्रासुर के रूप में ब्राह्मण की हत्या हो गई थी। ब्राह्मण की हत्या का विचार पुरंदर के मस्तिष्क में गहरा बैठ गया। उसे ध्यान आया कि उसने एक नहीं, अपितु दो ब्राह्मणों की हत्या की थी।

वह वृत्रासुर से पहले उसके बड़े भाई विश्वरूप की भी हत्या कर चुका था। शास्त्र इसे 'ब्रह्म-हत्या' की संज्ञा देते हैं और यह एक भयानक अपराध है। पुरंदर सोचने लगा कि वह इस अपराध का प्रायश्चित कैसे करेगा। पुरंदर को लगा उसका शरीर शक्तिहीन हो रहा है।

पुरंदर को जितनी जानकारी थी, उसके अनुसार ब्रह्म-हत्या के पाप से बचने का कोई उपाय नहीं था। वज्रायुध पर उसकी पकड़ ढीली पड़ने लगी। उसके पास प्रसन्न होने का अब कोई कारण नहीं था।

'क्या हुआ प्रभु?' अग्निदेव ने अपने मित्र पुरंदर से पूछा।

'अग्नि, मैंने एक नहीं बल्कि दो ब्राह्मणों की हत्या की है।' पुरंदर ने गंभीरता से उत्तर दिया। 'पहले मैंने विश्वरूप को मारा और अब उसके भाई

वृत्रासुर को भी मार डाला है। मैं ब्रह्म-हत्या का दोषी हूं। मुझे देवलोक का राजा होने का अब कोई अधिकार नहीं। मैं स्वयं को इंद्र के पद के अयोग्य मानता हूं।'

'ऐसा नहीं है, महाराज,' अग्नि ने पुरंदर की बात का खंडन करते हुए कहा। 'वृत्रासुर दैत्य था। उसने पृथ्वी की नदियों का पानी सुखा दिया था, जिसके कारण असंख्य प्राणियों का जीवन ख़तरे में पड़ गया था। उसे मारना आवश्यक था। देवलोक का राजा होने के नाते यह आपका दायित्व है कि आप पृथ्वी वासियों की रक्षा करें और वृत्रासुर की हत्या द्वारा आपने उसी दायित्व का निर्वहन किया है। आपने जो कुछ किया, वह समय की मांग थी। आप दुखी मत होइए। मुझे विश्वास है कि भगवान विष्णु अथवा ब्रह्मा आपको ब्रह्म-हत्या के अपराध का दोषी नहीं मानेंगे।' पुरंदर जानता था कि अग्निदेव के इस तर्क का उपयोग करके वह प्रायश्चित के कष्ट भरे मार्ग से सरलता से बच सकता था, परंतु पुरंदर इतना भी बुरा नहीं था।

'अग्नि तुम कहते तो सत्य हो,' पुरंदर ने उत्तर दिया। 'परंतु समस्या यह है कि मैंने जो अपराध किया है, मैं उससे बचकर भागना नहीं चाहता हूं। इसलिए मैं इस पाप के लिए शास्त्र-विहित प्रायश्चित करूंगा। मैं जानता हूं कि इस कष्टकारी प्रायश्चित को पूरा करने में अनेक वर्ष लगेंगे, तथापि मुझे लगता है कि ऐसा करना आवश्यक है अन्यथा मैं ब्रह्म-हत्या के अपराध का कलंक और प्रायश्चित न करने की ग्लानि के साथ जीवन-भर जी नहीं सकूंगा।'

'किंतु प्रभु,' अग्नि ने कहा, 'इस भीषण प्रायश्चित में आपको बहुत समय लगेगा। इस बीच आपकी अनुपस्थिति में देवलोक का क्या होगा? हम लोगों की देखभाल कौन करेगा?'

पुरंदर खड़ा हुआ और चल पड़ा, मानो उसने अग्निदेव की बात ही नहीं सुनी। पुरंदर के चेहरे पर उदासी और हताशा का मिश्रित भाव था। वह अचानक मुड़ा और अग्निदेव को देखने लगा।

'अग्नि,' इंद्र ने कहा, 'मैं अब तुम्हारा राजा कहलाने के योग्य नहीं रहा। मुझे लगता है तुम्हें देवलोक के लिए एक नया राजा चुन लेना चाहिए। मैं जानता हूं कि मैं अपने स्थान पर किसी अन्य को इंद्र नियुक्त करने के लिए तुम्हें पर्याप्त समय नहीं दे रहा हूं। तुम्हें निश्चित रूप से थोड़ी असुविधा होगी, परंतु तुम्हें यह समझना होगा कि इतनी ग्लानि के साथ मेरे लिए जीवन

काटना अत्यंत कठिन है। ऐसे में देवलोक का राजा बन कर रहना असंभव है। मैं जान-बूझकर अपने दुष्कर्म की उपेक्षा करके अपने गौरव को कलंकित नहीं करना चाहता।'

'पुरंदर,' अग्निदेव ने भारी मन से कहा, 'मैं तुम्हारा परामर्शदाता ही नहीं अपितु तुम्हारा मित्र और विश्वासपात्र भी हूं। मैं तुम्हारे बिना इतने वर्ष कैसे रहूंगा? तुम प्रायश्चित कर लेना लेकिन इस विचार को कुछ समय के लिए टाल दो और थोड़ी प्रतीक्षा करो।'

'मैं जानता हूं,' पुरंदर ने उत्तर दिया, 'मेरे लिए भी तुमसे और अन्य मित्रों और शुभचिंतकों से दूर रहना उतना ही कठिन होगा। परंतु तुम भी इस बात को मानोगे कि सही कार्य करने के लिए समय सदा उपयुक्त होता है। मुझे जाने दो क्योंकि मैंने जो भूल की है, उससे बाहर निकलने का और कोई मार्ग नहीं है।'

अग्निदेव समझ गए कि पुरंदर अपने संकल्प के प्रति गंभीर था। अग्निदेव ने शांत रहना उचित समझा। पुरंदर इंद्र-सभा से बाहर निकल गया। अग्निदेव ने पुरंदर को इतना विनम्र और सदाचारी व्यवहार करते कभी नहीं देखा था।

पुरंदर ने देवलोक तो छोड़ दिया, किंतु उसे कोई उपयुक्त स्थान नहीं मिला, जहां बैठकर वह शांति से प्रायश्चित कर सकता था। वह जहां भी गया, ब्रह्म-हत्या की भयंकर छाया उसका पीछा करती रही। वह घने जंगलों में गया, उच्च शिखरों तथा गहनतम घाटियों में गया किंतु प्रत्येक स्थान पर उसका मन ग्लानि से भरा रहा। पुरंदर को बहुत कठिनाई हो रही थी किंतु उसे कोई मार्ग अवश्य खोजना था। आख़िरकार, पुरंदर ने भगवान विष्णु के पास जाकर मदद मांगने का निश्चय किया।

'प्रभु,' पुरंदर ने कहा, 'मेरी रक्षा कीजिए! मेरे सिर पर दो ब्राह्मणों की हत्या का भयानक पाप है। ब्रह्म-हत्या, मेरा पीछा कर रही है। मुझ पर दया कीजिए!'

'पुरंदर,' भगवान विष्णु ने कहा, 'मैं जानता हूं कि तुमने देवलोक का सिंहासन त्याग दिया है और तुम अपने अपराध के लिए प्रायश्चित करने निकले हो। मुझे प्रसन्नता है कि तुमने स्वयं को सही ठहराने तथा अपने अपराध के प्रायश्चित से बचने का प्रयास नहीं किया। अपनी भूल को स्वीकार

करना सर्वश्रेष्ठ गुण है। तुमने मेरे समक्ष समर्पण किया है, इसलिए मैं तुम्हारे हाथों हुई दोनों ब्राह्मणों की हत्या का अपराध समाप्त कर दूंगा।'

'मुझे बताइए,' पुरंदर ने कहा, 'मुझे इस अपराध का प्रायश्चित करने के लिए क्या करना होगा?' इस संसार में ऐसा कोई स्थान नहीं, जहां मैं शांति से बैठ सकूं। उन्मादी ब्रह्म-हत्या मेरा निरंतर पीछा कर रही है। मैं बहुत भयभीत हूं। मुझे समझ में नहीं आ रहा कि मैं क्या करूं और कहां जाऊं!'

'तुम सही कह रहे हो पुरंदर,' भगवान विष्णु ने उत्तर दिया। 'ब्रह्म-हत्या के अपराध को मिटाना सरल नहीं है। यदि तुम्हें इससे मुक्ति चाहिए तो इसके दुष्परिणाम का बोझ किसी को वहन करना होगा। तुम चिंता मत करो, क्योंकि तुमने मेरे समक्ष अपनी भूल स्वीकार कर ली है, इसलिए मैं अवश्य तुम्हारी सहायता करूंगा। मैं तुम्हारे इस अपराध को पृथ्वी के विभिन्न तत्त्वों में बराबर बांट दूंगा।'

'यह कैसे संभव है?' पुरंदर ने पूछा। वह भगवान विष्णु के अगले आदेश की प्रतीक्षा करने लगा।

भगवान विष्णु ने कहा, 'यह मेरा आदेश है कि भूमि, वृक्ष, जल और स्त्री ये चारों तत्त्व पुरंदर द्वारा की गई ब्रह्म-हत्या के कष्टकारी बोझ का एक-एक चौथाई भाग वहन करेंगे। मैं उन्हें इंद्र के लिए दिए उनके बलिदान के फलस्वरूप एक-एक वरदान भी दूंगा।'

विष्णु ने आगे कहा, 'मेरे आदेश के फलस्वरूप भूमि में दरारें और गड्ढे बन जाएंगे, परंतु हर बार भूमि पर बने ये गड्ढे पानी से भर जाएंगे। वृक्षों को भी पुरंदर के अपराध का एक-चौथाई बोझ वहन करना होगा। उनके तने से सदा तरल पदार्थ बहता रहेगा, किंतु मैं वृक्षों को वरदान देता हूं कि उनकी टहनियां और शाखाएं जितनी बार भी काटी जाएंगी, वे फिर बढ़ जाएंगी। ब्रह्म-हत्या का एक-चौथाई बोझ जल को वहन करना होगा। इसके कारण जल की सतह पर सदा झाग और फेन बना रहेगा। साथ ही, मैं वरदानस्वरूप जल को शुद्धिकरण की शक्ति भी प्रदान करता हूं। वह जिस वस्तु को स्पर्श करेगा, वह वस्तु शुद्ध हो जाएगी। अंत में, स्त्रियों को पुरंदर के अपराध का एक-चौथाई भाग वहन करना होगा जिसके कारण उन्हें मासिक धर्म होगा। इसके बदले, मैं स्त्रियों को वरदान देता हूं कि उनकी कामेच्छा कभी मंद नहीं होगी।'

इस प्रकार विष्णु ने पुरंदर द्वारा की गई ब्रह्म-हत्या का बोझ भूमि, वृक्ष, जल और स्त्री में बराबर बाँट दिया। पुरंदर को यह देखकर बहुत दुख हुआ कि उन चार तत्वों को उसके अपराध का बोझ वहन करना पड़ा, परंतु उसे इस बात का संतोष था कि वह ब्रह्म-हत्या के पाप से मुक्त हो गया था। प्राणी को संतुष्टि की कुछ क़ीमत चुकानी पड़ती है, हालांकि यह अलग बात है कि पुरंदर की संतुष्टि की क़ीमत अधिकांश मामलों में किसी और को चुकानी पड़ती थी।

पुरंदर ने अचानक देखा कि उसके स्वरूप में परिवर्तन हो रहा था। वह पहले की तरह आकर्षक नहीं रहा। उसका दिव्य और तेजस्वी रूप धीरे-धीरे क्षीण होता जा रहा था। पुरंदर घबरा गया।

उसने चिंतित होकर भगवान विष्णु की ओर देखा और पूछा, 'प्रभु, क्या मेरा आकर्षण सचमुच क्षीण हो रहा है अथवा यह सिर्फ़ मेरे मस्तिष्क का भ्रम है?'

विष्णु हिचकिचाए और फिर बोले, 'पुरंदर, यह तुम्हारा भ्रम नहीं है। तुम्हारा स्वरूप सचमुच बदल रहा है और तुम पहले की तरह आकर्षक नहीं रहे। तुमने अपना मूल स्वरूप और देवत्व खो दिया है।'

'परंतु ऐसा क्यों हुआ?' पुरंदर ने आश्चर्य से पूछा।

'तुम्हारे द्वारा किए अपराध का बोझ जिन चार तत्वों ने वहन किया है, यह उनके बलिदान का प्रभाव है जिसके कारण तुम्हारा आकर्षण चला गया है,' विष्णु ने सहजता से उत्तर दिया।

पुरंदर परेशान हो गया। वह बोला, 'ऐसे अनाकर्षक जीवन का क्या लाभ? मुझे अपना वास्तविक दिव्य रूप एवं आकर्षण फिर से प्राप्त करना होगा अन्यथा मैं देवलोक वापस नहीं जा सकूंगा।'

विष्णु बोले, 'यदि तुम अपना आकर्षण वापस पाना चाहते हो तो तुम्हें कठोर तप करना होगा। एक निश्चित अवधि के बाद तुमने जो कुछ खोया है, वह तुम्हें वापस मिल जाएगा।'

पुरंदर हताश दिख रहा था। उसने कहा, 'यह एक और बाधा है। मैंने यह क्या कर लिया। मैंने कभी कल्पना नहीं की थी कि मुझे उस ब्राह्मण की हत्या का इतना भारी मूल्य चुकाना पड़ेगा। मुझे कहीं भी ऐसा स्थान नहीं मिलता, जहां मैं शांति से बैठकर तपस्या कर सकूं। मेरे लिए वन,

पर्वत-शिखर और यहां तक कि गह्वर और घाटियों में छिपना भी कठिन हो गया है। आख़िरकार, मैं देवलोक का राजा हूं।' पुरंदर के भीतर अब भी अहंकार शेष था।

विष्णु उसे देखकर मुस्करा रहे थे। उन्होंने उत्तर दिया, 'पुरंदर, तुम किसी सरोवर की कमल-नाल में बैठकर तपस्या कर सकते हो। कमल की पंखुड़ियां तुम्हें अपने भीतर छुपा लेंगी और तुम्हें कोई देख नहीं सकेगा। सरोवर का जल तुम्हें शांत रहने में सहायता करेगा। तुम्हारी साधना की अवधि समाप्त होने के बाद, मैं स्वयं तुम्हारे पास आऊंगा और तुम्हें अपना खोया आकर्षण वापस मिल जाएगा। जाओ पुरंदर, अपना संकल्प पूर्ण करो।'

कहते हैं, पुरंदर कमल-नाल के भीतर तीन सौ वर्ष तक बैठा रहा। उसने वहीं बैठकर भगवान विष्णु के नाम का जाप किया और साधना की नियत अवधि समाप्त होने के बाद विष्णु ने उसे दर्शन दिए।

'उठो पुरंदर!' विष्णु बोले, 'कमल-नाल से बाहर निकल आओ। तुम्हारी साधना का समय पूरा हो चुका है।'

पुरंदर ने आंखें खोलीं तो देखा भगवान विष्णु अपने दिव्य रूप में उसके समक्ष खड़े थे। उसके बाद पुरंदर ने स्वयं को देखा तो प्रसन्नता से झूम उठा। उसका दिव्य रूप और तेज लौट आया था। वह पहले की तरह आकर्षक और सुंदर दिखाई पड़ रहा था। उसका यौवन भी लौट आया था। पुरंदर ने भगवान विष्णु को प्रणाम किया।

विष्णु ने आशीर्वाद देते हुए कहा, 'पुरंदर अब तुम ब्रह्म-हत्या के अपराध और उसके दुष्प्रभावों से पूर्ण रूप से मुक्त हो चुके हो। तुम फिर से इंद्र का आसन ग्रहण करने के लिए तैयार हो। जाओ, देवलोक तुम्हारी प्रतीक्षा कर रहा है।'

'ओह! देवलोक का सिंहासन,' पुरंदर ने कहा, 'परंतु एक बात बताइए, प्रभु, मैं पिछले तीन सौ वर्षों से कमल-नाल में बैठा तपस्या करता रहा। इस बीच मेरी अनुपस्थिति में देवलोक को किसने संभाला? क्या मेरे इंद्र के पद पर कोई अन्य व्यक्ति...'

भगवान विष्णु मुस्कराए, किंतु उन्होंने पुरंदर के प्रश्न का उत्तर नहीं दिया। पुरंदर समझ गया कि विष्णु की मुस्कान के पीछे अवश्य कोई रहस्य था किंतु जो उसे देवलोक लौटकर ही पता लग सकता था।

13

नहुष

पुरंदर अपने किए पापों का प्रायश्चित करने के लिए तीन सौ वर्ष पहले अमरावती से चला गया था। उसके जाने के बाद देवलोक में भारी गड़बड़ी फैल गई।

पुरंदर द्वारा देवलोक छोड़कर जाने का समाचार अमरावती में तेज़ी से फैल गया। देवतागण अचंभित थे कि अचानक उनका राजा कहां ग़ायब हो गया। इंद्र ने अग्निदेव के अतिरिक्त किसी को प्रायश्चित की योजना के विषय में नहीं बताया था। यद्यपि अग्निदेव को पता था कि पुरंदर ने प्रायश्चित हेतु देवलोक का त्याग किया है, तथापि वह यह नहीं जानते थे कि पुरंदर ने भगवान विष्णु से भी इस विषय में परामर्श किया था। अग्निदेव को यह जानकारी भी नहीं थी कि पुरंदर किसी दूरस्थ सरोवर की कमल-नाल में छिपकर तपस्या में लीन था।

'पुरंदर कायरों की तरह देवलोक छोड़कर क्यों भाग गया?' वायुदेव ने पूछा।

'वह कायर नहीं है!' अग्निदेव ने अपने मित्र का समर्थन किया। 'यह सही है कि पुरंदर ने देवलोक छोड़ दिया है किंतु वह अपनी ग़लती को छिपाने के लिए अमरावती छोड़कर नहीं गया है, क्योंकि यह तो सबको पता है कि उसके हाथों दो ब्राह्मणों की हत्या हुई है।'

'तो फिर इस तरह चुपचाप जाने के पीछे क्या कारण है?' वायुदेव ने कहा। 'यदि तुम्हें पुरंदर पर इतना ही भरोसा है तो तुम्हें यह भी पता होगा कि वह कहां गया है। आख़िरकार, देवलोक में पुरंदर का तुमसे अधिक हितैषी कौन है।'

'पुरंदर ने मुझे यह कहा था कि वह ब्रह्म-हत्या का प्रायश्चित करने के लिए जाना चाहता है,' अग्निदेव ने थोड़ा सोचकर कहा। 'मैंने उसे कुछ समय प्रतीक्षा करने का परामर्श भी दिया था किंतु मैं नहीं जानता था कि वह अपना संकल्प पूर्ण करने के लिए इतना प्रतिबद्ध है। मुझे नहीं पता कि वह इस समय कहां है। शायद वह चाहता था कि कोई उसे खोजने या वापस लाने का प्रयास नहीं करे। मेरे विचार से वह प्रायश्चित पूर्ण करने के उपरांत ही लौटेगा।'

'पाप का प्रायश्चित करना तो ठीक है,' वायुदेव ने प्रतिक्रिया दी। 'परंतु वह किसी को देवलोक का प्रभारी नियुक्त किए बिना कैसे चला गया? क्या इस तरह देवलोक को बिना शासक के अचानक छोड़कर जाना उचित था? हम सब जानते हैं कि असुर सदा ऐसे अवसरों की तलाश में रहते हैं। यदि उन्हें पुरंदर के ग़ायब होने का समाचार मिल गया तो वह बिना देर किए देवलोक पर हमला कर देंगे। पुरंदर को इस तरह लापरवाही भरा कार्य नहीं करना चाहिए था।'

'वायुदेव सही कहते हैं,' समस्त इंद्र-सभा ने एक स्वर में कहा। अग्निदेव ने चुप रहना उचित समझा। उन्होंने आगे का निर्णय अन्य देवताओं पर छोड़ दिया।

देवताओं ने सबसे पहले पुरंदर को खोजने के लिए योजना बनाई। उन्होंने सर्वसम्मति से वायुदेव को पुरंदर की खोज में भेजने का निश्चय किया। क्योंकि वायुदेव की गति सबसे तेज़ थी और न्यूनतम समय में संपूर्ण सृष्टि का चक्कर लगाना केवल वायुदेव के लिए संभव था। वे इस कार्य के लिए इसलिए भी उपयुक्त थे। क्योंकि उनके लिए इंद्र को खोजने के दौरान ऐसी संकरी दरारों तथा क्षुद्र स्थानों में घुस पाना भी संभव था जहां सूर्य की किरणें तक नहीं पहुंच सकती थीं।

वायुदेव तत्काल पुरंदर की खोज में निकल गए। परंतु वह अथक प्रयासों के उपरांत भी उस कार्य में सफल नहीं हो सके और उन्हें ख़ाली हाथ अमरावती लौटना पड़ा।

समय बीतने के साथ पुरंदर के ग़ायब होने का रहस्य गहराता जा रहा था। जैसे-जैसे दिन बीत रहे थे, देवलोक के प्रतिदिन के कार्यों पर प्रतिकूल प्रभाव पड़ने लगा था। राजा की अनुपस्थिति में कोई राज्य समृद्ध नहीं हो सकता। लोगों को अपने दायित्वों का निर्वहन करने में कठिनाई होने लगी।

देवलोक को राजा की आवश्यकता थी। देव-परिषद की तात्कालिक बैठक बुलाई गई। सभी देवता, पुरंदर द्वारा उन पर थोपे गए उस अभूतपूर्व संकट से निपटने पर विचार करने लगे।

'मित्रों,' अग्निदेव ने बोलना आरंभ किया, 'आप सब जानते हैं कि हमारे राजा पुरंदर अचानक ग़ायब हो गए हैं। हम भरपूर प्रयासों के बावजूद उन्हें खोज पाने में असफल रहे हैं। इंद्र की अनुपस्थिति का प्रभाव अब दिखाई देने लगा है। देवलोक के सामान्य प्रशासनिक कार्य एवं अन्य महत्त्वपूर्ण गतिविधियां लगभग रुक-सी गई हैं। हमें तत्काल इस समस्या का कोई समाधान खोजना होगा।'

'तुम क्या सलाह देते हो?' वायुदेव ने अग्निदेव से पूछा।

अग्निदेव ने सोचकर उत्तर दिया, 'मेरे विचार से हम लोगों ने पुरंदर की काफ़ी समय प्रतीक्षा कर ली है। वायुदेव ने भी पुरंदर को खोजने का भरपूर प्रयास किया परंतु उन्हें भी सफलता नहीं मिली। कोई नहीं जानता पुरंदर कहां हैं और कब वापस लौटेंगे। हम यह भी नहीं जानते कि क्या वह सचमुच कभी लौटेंगे?'

'सही बात है,' देवताओं ने एक स्वर में कहा।

'अब प्रश्न यह है कि हमें क्या करना चाहिए?' इंद्र के अनुचर मरुद्‌गण ने कहा।

'मेरे विचार से हमें अपने लिए एक नया राजा नियुक्त कर लेना चाहिए,' अग्निदेव ने सुझाव दिया।

'नया राजा! नया इंद्र!' सभा में अचानक स्वर ऊंचा हो गया।

'क्यों नहीं!' अग्निदेव ने कहा। 'आप सब मानते हैं कि देवलोक को राजा की आवश्यकता है। आप यह भी मानते हैं कि हमारा वर्तमान राजा हमें छोड़कर चला गया है। तो फिर हमारे पास किसी अन्य को राजा नियुक्त करने के अतिरिक्त क्या विकल्प है? इस तरह बिना इंद्र के देवलोक कब तक सुरक्षित रह पाएगा?' अग्निदेव ने परिषद सदस्यों को देखकर कहा।

वरुणदेव ने धीरे से कहा, 'मेरे विचार से अग्निदेव ठीक कह रहे हैं। हमें एक नया राजा नियुक्त करना ही होगा।' वरुण देव ने आसपास देखा कि सभी ने शांत भाव से हामी भर दी। देवतागण इससे अधिक और कुछ कर भी नहीं सकते थे।

'परंतु यह किसी भी राजा की नियुक्ति का प्रश्न नहीं था,' वरुणदेव हिचकते हुए बोले। 'हम लोग यहां देवलोक के राजा की बात कर रहे हैं। यहां देवराज इंद्र के चयन की बात हो रही है। हमें इस सिंहासन के लिए किसी अत्यंत योग्य व्यक्ति की आवश्यकता है।'

'क्या तुम्हारे ध्यान में कोई नाम है?' वरुणदेव ने पूछा।

वरुणदेव ने अग्निदेव के प्रस्ताव का समर्थन तो कर दिया था किंतु उन्हें इससे अधिक कुछ पता नहीं था। वह चुपचाप अग्निदेव को देखने लगे। पूरी सभा अग्निदेव की ओर देख रही थी मानो अब केवल उन्हीं के पास इस समस्या का समाधान था।

अग्निदेव ने कुछ पल विचार किया और कहा, 'हमें भगवान ब्रह्मा के पास चलना चाहिए और उनके ज्ञान और अनुभव की सहायता लेने के बाद ही हमें कोई निर्णय लेना चाहिए।' लगभग सभी देवतागण अग्निदेव की बात से सहमत थे। वे सब ब्रह्मा के पास चल पड़े।

भगवान ब्रह्मा सदा की भांति स्वर्णिम कमल-पुष्प पर बैठकर ध्यान कर रहे थे। ब्रह्मा को सृष्टि की प्रत्येक गतिविधि का पता था और इसीलिए वह भी देवताओं की प्रतीक्षा कर रहे थे।

अग्निदेव और वरुणदेव के नेतृत्व में देवतागण ब्रह्मा के समक्ष पहुंचे तो सृष्टिकर्ता उन्हें देखकर मुस्कराए और बोले, 'अग्नि! अपने राजा पुरंदर की अनुपस्थिति में तुमने जिस तरह पूरी स्थिति को संभाला है, मैं उसकी प्रशंसा करता हूं।'

'प्रभु,' अग्निदेव ने कहा, 'आप तो जानते हैं कि देवलोक को नए इंद्र की आवश्यकता है। मुझे विश्वास है कि पुरंदर एक दिन अवश्य लौटेंगे, किंतु तब तक इंद्र का पद रिक्त नहीं रखा जा सकता। देवलोक के लिए नए राजा के चयन हेतु आपके परामर्श की आवश्यकता है। क्या आप इस पद के लिए कोई उपयुक्त नाम बता सकते हैं?'

'नहुष!' ब्रह्मा ने तत्काल उत्तर दिया, मानो वह पहले से ही तैयार थे।

'नहुष!' अग्निदेव ने आश्चर्य से पूछा।

देवताओं के मध्य खुसपुसाहट तेज़ हो गई। सभी ने नहुष का नाम सुना था, किंतु उन्हें यह पता नहीं था कि क्या नहुष सचमुच देवलोक का

प्रभारी बनने योग्य है। उनमें से बहुतों को तो नहुष के विषय में जानकारी ही नहीं थी। वरुणदेव भी उनमें से एक थे।

वरुणदेव ने ब्रह्मा से पूछा, 'प्रभु, क्या आप हमें नहुष के विषय में कुछ बता सकते हैं, ताकि हम लोग भी अपना विचार बना सकें।'

ब्रह्मा ने वरुणदेव से कहा, 'नहुष, ऐल वंश का राजा है तथा पुरुरवा और प्रभा का पौत्र है। उसके पिता का नाम आयु है। नहुष अत्यंत योग्य और शानदार राजा है, जिसने ब्रह्मर्षि वशिष्ठ से शिक्षा-दीक्षा प्राप्त की है। वह पृथ्वी के उन गिने-चुने राजाओं में से एक है जिन्होंने सौ अश्वमेध यज्ञ सफलतापूर्वक संपन्न किए हैं। उन सबमें से केवल नहुष में इंद्र बनने के लिए आवश्यक सभी गुण मौजूद हैं। इन सभी उपलब्धियों के साथ-साथ, अदम्य उत्साह, सदाचारी व्यवहार, ज़बरदस्त आत्म-संयम और साहस के चलते नहुष पृथ्वी का अविवादित शासक है।'

अग्निदेव ने मुड़कर देवताओं की ओर देखा। वे सब ध्यान से ब्रह्मा की बात सुन रहे थे। उनमें से किसी ने भी ब्रह्मा की बात का विरोध नहीं किया। अग्निदेव ने कुछ रुककर देवताओं की प्रतिक्रिया की प्रतीक्षा की। परंतु ऐसा कुछ नहीं हुआ और किसी ने नहुष के नाम का विरोध नहीं किया।

'मेरे विचार से नहुष, नया इंद्र बनने योग्य है,' ब्रह्मा ने घोषणा करते हुए कहा।

किसी ने ब्रह्मा द्वारा प्रस्तावित नाम का विरोध नहीं किया और शायद किसी अन्य का नाम भी उनके मस्तिष्क में भी नहीं आया। तो यह लगभग तय हो गया कि ऐल वंश के राजा नहुष को ही इंद्र-पद पर नियुक्त किया जाएगा और वही देवलोक का नया राजा बनेगा।

देवताओं ने भगवान ब्रह्मा को उनके दिए मार्गदर्शन के लिए धन्यवाद दिया और फिर सब देवलोक लौट आए। अग्निदेव और वायुदेव को देवताओं की ओर से दूत बनाकर नहुष के पास प्रस्ताव लेकर भेजा गया।

अगले दिन दोनों देवता नहुष के राज्य प्रतिष्ठान पहुंच गए। उन्होंने देखा कि राजा नहुष अपने दरबार में शान से बैठा अपने राज्य का कार्यभार संभाल रहा था। दोनों देवता ज्यों ही नहुष के दरबार में पहुंचे, तो राजा ने उन्हें तत्काल पहचान लिया और सिंहासन से उठकर दोनों को प्रणाम किया। उसे अग्निदेव और वरुणदेव को अपने दरबार में देखकर प्रसन्नता हो रही थी।

नहुष बोला, 'मैं आप दोनों का स्वागत करता हूं। मेरे लिए यह अत्यंत गर्व की बात है कि आप मेरे राज्य में पधारे हैं। कृपया आदेश दीजिए, मैं आपके लिए क्या कर सकता हूं?'

काम की बात करने का समय आ गया था। अग्निदेव ने थोड़ा झिझकते हुए बात आरंभ की, 'राजा नहुष, आपको पता होगा कि देवलोक के राजा इंद्र अचानक कहीं चले गए हैं।'

'हां,' नहुष ने सिर हिलाकर कहा। 'मैंने देवराज पुरंदर के विषय में सुना है। वह कहां चले गए हैं और कब तक वापस लौटेंगे?'

'हमें कुछ नहीं पता!' वायुदेव ने खीझते हुए कहा। 'हमने पुरंदर को खोजने का बहुत प्रयास किया। मैंने सृष्टि का चप्पा-चप्पा छान लिया, किंतु मैं भी पुरंदर को खोज नहीं पाया।'

यह सुनकर नहुष गंभीर हो गया। 'आप मुझसे क्या चाहते हैं? यदि स्वयं वायुदेव भी पुरंदर को खोज पाने में असफल रहे, तो मैं आपकी क्या सहायता कर सकता हूं ?'

'महाराज! हमें पता है,' अग्निदेव ने कहा, 'हम पुरंदर को खोजने में आपकी सहायता नहीं चाहते।'

'अच्छा!' नहुष ने राहत की सांस ली। 'फिर आपका यहां कैसे आना हुआ?'

'पुरंदर के जाने के बाद देवलोक का कोई राजा नहीं है। आप तो जानते ही हैं कि राजा के बिना राज्य नेतृत्व रहित जहाज की तरह दिशाहीन हो जाता है। इंद्र की अनुपस्थिति में देवलोक भी की यही दशा है। हम पर असुरों के द्वारा आक्रमण का ख़तरा सदा मंडराता रहता है और वे भी हमला करने का अवसर खोजते रहते हैं। इसके अतिरिक्त, इंद्र की अनुपस्थिति में देवलोक के नित-प्रतिदिन का प्रशासनिक कार्य भी रुक गया है। इसलिए हम आपके पास आए हैं।'

नहुष परेशान हो गया। उसे अभी तक समझ में नहीं आया था कि देवता उसके पास क्यों आए थे।

वायुदेव ने बात को आगे बढ़ाते हुए कहा, 'नहुष, दरअसल बात यह है कि हमें देवलोक के लिए एक राजा की आवश्यकता है, जो देवलोक के दायित्व को संभाल सके तथा वहां की अखंडता की रक्षा कर सके।'

'हां, मैं समझ रहा हूं कि आपको देवलोक के लिए एक राजा या कहें, एक नए इंद्र की आवश्यकता है। शायद मैं आपकी बात को ठीक समझ गया हूं!' नहुष ने एक सांस में कहा।

'बिलकुल सही! हम यही चाहते हैं,' वायुदेव ने उत्तर दिया। परंतु उन्होंने अब तक नहुष को नहीं बताया था कि वह क्या चाहते थे।

'हम चाहते हैं कि आप देवलोक के राजा बन जाएं। हम आपको नया इंद्र बनाना चाहते हैं। क्या आपको इसमें कोई आपत्ति है?' अग्निदेव ने इस बार अपनी बात स्पष्ट शब्दों में कह दी।

अग्निदेव की बात सुनकर नहुष स्तब्ध रह गया। क्या देवतागण उसके साथ मज़ाक़ कर रहे थे, उसने सोचा।

वायुदेव ने नहुष के मन की बात पढ़ ली थी। उन्होंने कहा, 'यह कोई मज़ाक़ नहीं है नहुष! हम गंभीरता से यह प्रस्ताव आपके पास लेकर आए हैं। हम सचमुच आपको अपना नया राजा बनाना चाहते हैं।'

नहुष का गला रुंध गया। वह बोला, 'परंतु मुझे ही क्यों? पृथ्वी पर मेरे जैसे सैकड़ों राजा हैं, जो साहसी और योग्य हैं। आप उनके पास क्यों नहीं गए? मुझे नहीं लगता कि मैं उन सबमें सर्वश्रेष्ठ हूं।'

अग्निदेव को नहुष की विनम्रता पसंद आई। उन्होंने उत्तर दिया, 'हम लोग इस विषय पर भगवान ब्रह्मा के पास परामर्श के लिए गए थे और ब्रह्मा ने ही आपके नाम का सुझाव दिया है। मुझे नहीं लगता कि आपके नाम का प्रस्ताव करने में ब्रह्मा से कोई भूल हुई होगी।'

'यह बात तो ठीक है,' नहुष ने कहा। वह अब भी दुविधा में था। 'किंतु...'

'हमने आपके विषय में बहुत सुना है,' अग्निदेव ने नहुष को बोलने का अवसर नहीं दिया। 'आप अत्यंत सदाचारी और साहसी हैं। आपके राज्य के लोग आपसे प्रसन्न हैं। सबसे महत्त्वपूर्ण बात यह है कि आपने सौ अश्वमेध यज्ञ सफलतापूर्वक संपन्न किए हैं जो न केवल प्रशंसनीय है, अपितु इंद्र के आसन पर बैठने के लिए अनिवार्य योग्यता भी है। इसके अतिरिक्त इंद्र का पद ग्रहण करते ही दिव्य शक्तियां और दिव्यास्त्र भी आपकी सेवा में उपस्थित हो जाएंगे। पृथ्वी पर आपकी उपलब्धियों को ध्यान में रखते हुए भगवान ब्रह्मा की सहमति से देव-परिषद ने आपको नया

इंद्र मनोनीत करने का निर्णय लिया है। हमें अब केवल आपकी सहमति चाहिए।'

'ओह! मैं आपका प्रस्ताव मान सकता हूं, किंतु पुरंदर यदि लौट आया तो क्या होगा?' नहुष ने संदेह व्यक्त करते हुए कहा। वह धीरे-धीरे देवताओं का प्रस्ताव मानने की दिशा में चल पड़ा था।

'राजा नहुष,' वायुदेव ने कहा, 'हमें विश्वास है कि पुरंदर अब नहीं लौटेंगे। वह वृत्रासुर को मारने के बाद से ही देवलोक नहीं आए हैं। हमने जब अंतिम बार देखा था तो ब्रह्म-हत्या बुरी तरह पुरंदर का पीछा कर रही थी। इस बात की भी संभावना है कि दो ब्राह्मणों की हत्या के भयंकर पाप के बोझ ने इस लोक के अंतिम और घातक छोर तक पुरंदर का पीछा किया हो।' वायुदेव की बात का आशय था कि संभवतया पुरंदर काल का ग्रास बन गया होगा।

'हम अनंत काल तक पुरंदर की प्रतीक्षा नहीं कर सकते,' अग्निदेव बोले, 'देवलोक को तत्काल एक राजा की आवश्यकता है और आप हम सबकी पसंद हैं,' अग्निदेव ने अपनी बात को विराम देते हुए कहा।

नहुष के पास देवताओं का विरोध करने के लिए कोई तर्क शेष नहीं उसने अपने मंत्रियों और दरबारियों की ओर देखा और फिर अपने सभागार के उच्च गुंबद पर दृष्टि डाली। नहुष ने अपने राज्य को अलविदा कहा और फिर देवताओं के साथ इंद्र-पद पर बैठने के लिए देवलोक रवाना हो गया। राजा के अभाव से ग्रस्त संकटपूर्ण स्थिति एवं उससे संबद्ध हताशा, देवलोक से हटकर अब प्रतिष्ठान राज्य पर आ गई थी।

इंद्र-पद पर बैठकर नहुष अत्यंत प्रसन्न था। उसने तत्काल देवलोक का कार्यभार हाथ में ले लिया। वह बहुत विनम्र और दयालु था। उसके जैसे योग्य और समझदार राजा को पाकर देवलोक वासी हर्षित थे, किंतु देवलोक का आरंभिक उल्लास एवं उन्माद शीघ्र ही ठंडा पड़ गया।

देवलोक की इंद्र-सभा में निरंतर चलने वाले आमोद-प्रमोद, अप्रतिम अप्सराओं की लुभावनी संगति तथा अनियंत्रित शक्ति और सत्ता ने नहुष को शीघ्र ही अहंकारी और कामुक बना दिया। वह चरित्र की शक्ति को खो बैठा और उसका सदाचारी रूप, जिसे देखकर देवतागण उसकी ओर आकृष्ट हुए थे, ग़ायब हो गया। पूर्ण सत्ता ने नहुष को पूर्ण रूप से चरित्रहीन बना दिया था। उसके पास किसी वस्तु का अभाव नहीं था। फिर भी उसके मन में

उन वस्तुओं की इच्छा और अधिक होने लगी थी। वह अपने साथी देवताओं को अपमानित एवं तिरस्कृत करने लगा था। उसका व्यवहार सबके साथ अनादरपूर्ण होता गया। लड़ाई-झगड़ा और खींचतान करना उसके सामान्य व्यवहार का अंग बन चुका था। नहुष में इतनी तेज़ी से आए बदलाव को देखकर देवताओं को बहुत निराशा हुई, परंतु उन्होंने स्वयं ही नहुष को अपना राजा नियुक्त किया था इसलिए अब वे शिकायत करने की स्थिति में नहीं थे। वह नहुष की पीठ पीछे उसकी निंदा करते तथा उन्हें एहसास हो गया कि उन्होंने जल्दबाजी में ग़लत क़दम उठा लिया था। यहां तक कि कुछ देवताओं को, जो कभी पुरंदर से त्रस्त रहते थे, नहुष का व्यवहार देखकर पुरंदर की कमी खलने लगी थी।

एक दिन नहुष अपने महल में टहल रहा था। तभी उसकी दृष्टि निकट बने एक अन्य महल के बुर्ज़ पर खड़ी एक स्त्री की ओर गई। उस स्त्री के सौंदर्य ने नहुष को सहज ही आकर्षित कर लिया। देवलोक में सुंदर स्त्रियों के साथ रहते हुए नहुष शारीरिक एवं मानसिक रूप से सजीव और चंचल हो गया था। वह तुरंत किसी भी स्त्री की ओर आकर्षित हो जाता था। उसने पहले इतनी सुंदर स्त्री नहीं देखी थी। वह सब कुछ भूल गया और उसने तुरंत अपने अनुचर को बुलाया और उस स्त्री के विषय में पूछा।

'प्रभु,' अनुचर ने कहा, 'वह पिछले देवराज पुरंदर की पत्नी शची हैं।'

नहुष ने शची के विषय में पूछताछ की तो पता लगा कि शची इतनी सुंदर है कि उसके पति ने कभी किसी अन्य स्त्री की कामना ही नहीं की। अनुचर ने नहुष को यह भी बताया कि शची में बुद्धि, विवेक और सौंदर्य का अभूतपूर्व मेल है। नहुष को यह भी जानने को मिला कि पुरंदर अपने अधिकारिक मामलों में भी कभी-कभी शची से परामर्श लेता था। देवलोक वासी तो यहां तक कहते थे कि कई मामलों में शची, अपने पति पुरंदर से अधिक बुद्धिमान और दूरदर्शी थी। शची के सौंदर्य और उसके गुणों ने नहुष पर ऐसा जादू किया कि नहुष पूरी तरह शची के वश में हो गया। उसके मन में शची से मिलने और उसे पाने की कामना जाग उठी। नहुष के लिए रातों को सोना मुश्किल हो गया। वह रात-भर करवटें बदलता रहता था। आख़िर एक दिन उसने शची को अपनी पत्नी बनाने का निश्चय कर लिया।

अगले दिन नहुष ने शची को अपने राजमहल में आमंत्रित किया और कहा, 'शची, तुम्हें तो पता ही है कि तुम्हारे पति पुरंदर के देवलोक छोड़कर

जाने के बाद देवताओं ने मुझे देवलोक का नया इंद्र चुना है। तुम्हें देखकर मुझे बहुत दुख होता है। पुरंदर को तुम्हारे जैसी सुंदर और बुद्धिमान पत्नी को छोड़कर जाना नहीं चाहिए था। मैं तुम्हारी पीड़ा समझ सकता हूं। मैं कहना चाहता हूं कि जो चला गया, उसके लिए दुख मत करो।'

'मुझे पता है कि मेरे पति पुरंदर सदा के लिए नहीं गए हैं,' शची ने नहुष की बात सुनकर कहा। 'वह अवश्य लौटेंगे। यह तुम्हारी मूर्खता है कि तुमने पुरंदर का सिंहासन एवं उनका पद स्वीकार कर लिया है। मेरे विषय में सोचना बंद कर दो और यह सोचो कि पुरंदर जब देवलोक लौटकर अपना सिंहासन वापस मांगेंगे, तब तुम कहां जाओगे?'

शची के आत्मविश्वास को देखकर नहुष चकित था। साथ ही उसे शची के दुर्व्यवहार से चोट भी पहुंची थी किंतु उसने अपनी भावनाओं को छिपा लिया। वह बोला, 'मैं तुम्हारे आत्मविश्वास की प्रशंसा करता हूं। मुझे देवताओं ने पुरंदर का सिंहासन दिया, क्योंकि वे पुरंदर को खोजने में असफल रहे और उन्हें विश्वास हो गया कि पुरंदर के लौटकर आने की अब कोई संभावना नहीं है। यदि मैं तुम्हारी बात मान लूं कि पुरंदर कुछ समय बाद लौट आएगा, तो भी वह मुझसे अपना सिंहासन सरलता से वापस नहीं ले सकता। खैर, इस विषय में हम उचित समय आने पर बात करेंगे।'

शची ने नहुष की ओर तिरस्कार भरी दृष्टि से देखा। वह इंद्र की धृष्टता पर स्तब्ध थी।

नहुष ने आगे कहा, 'फिलहाल, स्थिति यह है कि मैं देवताओं का राजा और देवलोक का स्वामी हूं और इस नाते देवलोक की प्रत्येक वस्तु मेरी है। पुरंदर के पास जो कुछ था, वह सब मेरा है... इंद्र की पत्नी होने के नाते तुम भी अब मेरी हो!' नहुष ने थोड़ा रुककर आगे जोड़ा।

शची को नहुष की बात सुनकर बहुत क्रोध आया। वह चिल्लाकर बोली, 'तुम दुष्ट हो! तुम देवलोक के राजा अवश्य बन गए, परंतु तुम्हें मुझे अपनी पत्नी बनाने का कोई अधिकार नहीं है। याद रखो, पुरंदर ने बेशक मुझे छोड़ दिया हो परंतु मैं पुरंदर को कभी नहीं छोड़ूंगी! यदि तुम्हें लगता है कि समस्त देवलोक और यहां की प्रत्येक वस्तु पर तुम्हारा अधिकार है, तो मैं देवलोक तथा इसके समस्त सुख-सुविधाओं का तत्काल त्याग करती हूं। मैं यह राजमहल और तुम्हारी नगरी अमरावती को भी छोड़कर जा

रही हूं। मैं मर जाऊंगी किंतु तुम्हें अपने पति के रूप में स्वीकार कदापि नहीं करूंगी!'

नहुष को शची का दृढ़संकल्प देखकर बहुत आश्चर्य हुआ। उसने कल्पना नहीं की थी कि शची उसके साथ ऐसा दुर्व्यवहार करेगी। शची ने अपने अनुचर को बुलाया और आदेश दिया, 'मेरा रथ ले आओ और मुझे तत्काल गुरु बृहस्पति के पास ले चलो।' इससे पहले कि नहुष स्थिति में अचानक आए परिवर्तन को समझ पाता, शची देवलोक छोड़कर चली गई।

गुरु बृहस्पति ने पुरंदर के अहंकारपूर्ण व्यवहार से परेशान होकर पहले ही देवलोक और देव-गुरु के पद का त्याग कर दिया था। परंतु पुरंदर के देवलोक छोड़ कर जाने के बाद शची द्वारा आग्रह करने पर बृहस्पति ने फिर से देव-गुरु का पद स्वीकार कर लिया गया था। बृहस्पति जानते थे कि शची अत्यंत विवेकशील और निष्ठावान है, इसलिए वह शची को अपनी पुत्री की भांति स्नेह करते थे।

इस तरह शची बृहस्पति के आश्रम में पहुंच गई। बृहस्पति ने स्नेहपूर्वक शची का स्वागत किया। उन्हें अपनी दैवी शक्तियों से पता लग चुका था कि शची राजमहल छोड़कर उनके पास क्यों आई थी। वह शची का दुख भली-भांति जान गए थे। उन्होंने शची के सिर पर हाथ फेरा और उसे सांत्वना देते हुए हर संभव सहायता का आश्वासन दिया।

'पुत्री शची,' बृहस्पति ने कहा, 'हम नहीं जानते पुरंदर वापस आएगा या नहीं, परंतु हमें इस कामुक नहुष को अवश्य सबक़ अवश्य सिखाना चाहिए। यदि तुम बुद्धिमानी से काम लो तो मैं तुम्हें विश्वास दिलाता हूं कि यह जहां से आया है, वहीं वापस लौट जाएगा।'

'यह कैसे संभव होगा, गुरुदेव?' शची ने आश्चर्य से पूछा।

'कामवासना!' बृहस्पति बोले, 'वासना, मनुष्य को उन्मादी बना देती है और वह उसके प्रभाव में ऐसे दुष्कर्म करता है जिनकी वह स्वयं कल्पना नहीं कर सकता। नहुष तो पहले से ही कामवासना से पीड़ित है। यदि उसे थोड़ा और लुभाया जाए तो मुझे लगता है वह कोई मूर्खता अवश्य कर बैठेगा।'

शची को बृहस्पति की बात सुनकर पहले तो आश्चर्य हुआ, परंतु कुछ देर विचार करने के उपरांत शची योजना बनाने में सफल हो गई। वह

मुस्कराकर बोली, 'गुरुदेव, मैं नहुष से मिलना चाहती हूं। कृपया आप मेरा यह संदेश उसके पास पहुंचा दीजिए कि यदि वह मुझसे पत्नी की भांति एकांत में मिलना चाहता है तो मैं उससे मिलने के लिए तैयार हूं।'

'यह तुम क्या कह रही हो, पुत्री? तुम्हें नहुष जैसे कामी व्यक्ति से मिलने का विचार भी कैसे आया?' बृहस्पति को शची की बात ने चकित कर दिया था।

'कृपया मुझ पर भरोसा कीजिए गुरुवर,' शची ने कहा। 'नहुष को कहिए कि यदि वह मुझसे मिलने आना चाहता है तो उसे रथ या ऐरावत पर नहीं, अपितु पालकी में बैठकर आना होगा। और हां, सबसे महत्त्वपूर्ण यह है कि उसकी पालकी को सप्तर्षि उठाकर लाएंगे।'

शची की बात सुनकर बृहस्पति का सिर घूमने लगा। उन्हें अपने कानों पर विश्वास नहीं हुआ। उन्हें शची से ऐसी अपमानजनक मांग की कतई आशा नहीं थी।

'शची, यह तुम क्या कह रही हो?' बृहस्पति ने कहा। 'पालकी तक तो ठीक है, किंतु उसे सप्तर्षियों से उठवाना बहुत ही भद्दा विचार है। तुम ऐसा क्यों करना चाहती हो?'

शची ने मुस्कराकर बृहस्पति से केवल इतना अनुरोध किया कि वह उसकी मांग को पूरा करने में सहायता करें। बृहस्पति पहले तो हिचकिचाए परंतु उन्हें विश्वास था कि शची मूर्ख नहीं है। आख़िरकार, उन्हें शची की बात माननी पड़ी और उन्होंने ने नहुष के पास शची का संदेश भिजवा दिया।

नहुष ने शची की मांग सुनी तो उसे भी बहुत आश्चर्य हुआ। परंतु वह शची को पाने के विचार से इतना उत्तेजित था कि उसने कोई विरोध नहीं किया। नहुष ने तत्काल ही शची की मांग को स्वीकार कर लिया और शची से अपनी प्रथम भेंट की तैयारी में जुट गया। स्पष्ट था कि नहुष शची की चाल को समझ नहीं सका था।

पालकी का प्रबंध करना कठिन नहीं था, परंतु ऋषियों को पालकी उठाने के लिए हामी भरवाना सचमुच नहुष के लिए एक बड़ी चुनौती थी। परंतु वह शची को पाने के लिए कुछ भी करने को तत्पर था। नहुष ने सप्तर्षियों को अपने महल में आमंत्रित किया।

'हे ज्ञानी जनों,' नहुष ने बड़े विनम्र स्वर में अपनी बात आरंभ की। 'पुरंदर की पत्नी शची मुझसे विवाह करने को तैयार हो गई है। वह मुझसे एकांत में मिलना चाहती है। परंतु उसकी इच्छा है कि मैं उससे मिलने पालकी में बैठकर जाऊं और उस पालकी को आप लोग उठाएं। मैंने इसीलिए आपको यहां बुलाया है। पालकी तैयार है, कृपया आप भी तैयार हो जाइए और मुझे तत्काल शची के पास ले चलिए।'

सप्तर्षि, जिनकी गिनती सृष्टि के बुद्धिमान एवं गुणी पुरुषों में होती थे, नहुष की बात से स्तब्ध रह गए। नहुष की मांग सुनकर उनकी भौंहें चढ़ गईं। उन्होंने इससे अधिक निकृष्ट एवं अपमानजनक मांग पहले कोई नहीं सुनी थी।

'नहुष, क्या तुम्हारा दिमाग़ ख़राब हो गया है?' एक ऋषि ने पूछा। 'तुम चाहते हो कि हम तुम्हें पालकी में अपने कंधों पर उठाकर शची के पास ले जाएं? तुमने इस तरह की विचित्र बात कहने का दुस्साहस कैसे किया?'

'यह अनुरोध नहीं है ऋषिवर, मेरा आदेश है!' नहुष चिल्लाया। 'शची मुझसे मिलना चाहती है। यदि उसकी इच्छा है कि मैं पालकी में बैठकर आऊं और पालकी को सप्तर्षि उठाएं तो ऐसा ही होगा। यदि आप यह करने से मना करेंगे, तो मेरे पास अपने आदेश का पालन करवाने के और बहुत-से तरीक़े हैं।'

ऋषियों ने एक-दूसरे की ओर देखा। वे समझ गए कि राजा नहुष के दिमाग़ पर वासना सवार थी। उन्हें पता था यदि उसकी इच्छा पूरी नहीं हुई तो वह क्रूरतापूर्ण व्यवहार भी कर सकता था। उन्हें विवशता में नहुष की बात माननी पड़ी। नहुष हर्षित होकर पालकी में बैठ गया और ऋषियों ने पालकी को अपने कंधों पर उठा लिया।

नहुष सजी-धजी पालकी के अंदर बैठा था। सामान्य तौर पर पालकी उठाने वाले कहार एक समान कद-काठी के होते हैं ताकि चलते समय उनके क़दम आपस में मेल खा सकें और कंधों पर रखी पालकी भी संतुलित रह सके। परंतु इस मामले में सब ऋषि की कद-काठी एक-दूसरे से भिन्न थी जिसके कारण पालकी को कंधों पर उठाकर संतुलित करके चलना कठिन हो रहा था। सप्तर्षियों में महर्षि अगस्त्य भी शामिल थे। वह कद में सबसे छोटे थे, इसलिए उन्हें अन्य ऋषियों के साथ पालकी को लेकर साथ चलने

में और भी अधिक परेशानी हो रही थी। ऋषिगण चलते हुए पथरीले मार्ग पर पहुंचे तो एक-दूसरे के साथ क़दम मिलाकर आगे बढ़ना और भी कठिन हो गया। महर्षि अगस्त्य के लिए लंबे डग भरना लगभग असंभव था। इस वजह से यात्रा की गति मंथर होती गई।

पालकी के अंदर बैठा नहुष इंद्राणी शची के सौंदर्य पर मंत्रमुग्ध था। उसके मन में शची से मिलने की आतुरता बढ़ती जा रही थी। वह अविलंब इंद्राणी के पास पहुंचना चाहता था किंतु ऋषियों की मंद चाल ऐसा होने नहीं दे रही थी।

कुछ देर प्रतीक्षा करने के उपरांत नहुष को क्रोध आ गया। वह पालकी के भीतर से चिल्लाया, 'क्या तुम लोगों ने आज भोजन नहीं किया है? क्या तुम जल्दी नहीं चल सकते? मुझे शची से मिलने में देर हो रही है। वह अवश्य मेरी प्रतीक्षा कर रही होगी। जल्दी चलो! क्या तुमने सुना नहीं? दौड़ो!!'

ऋषियों ने नहुष का तीखा व क्रुद्ध स्वर सुना तो उन्होंने अपनी गति तेज़ कर दी। परंतु महर्षि अगस्त्य के लिए तेज़ चलना कठिन था। वह अपनी सामान्य गति से ही चलते रहे। नहुष ने पालकी से बाहर झांककर देखा कि उसके आदेश के बावजूद अगस्त्य धीमी चाल से चल रहे थे।

वासना से उन्मत्त नहुष स्वयं को रोक नहीं सका। उसने पालकी से अपना दायां पैर बाहर निकाला और महर्षि अगस्त्य के कंधे पर ज़ोर से लात मारी। अगस्त्य रुक गए। उन्होंने आश्चर्य से नहुष की ओर देखा किंतु राजा नहुष कामवासना से मानो अंधा हो गया था। वह चिल्लाया, 'सर्पः! सर्पः!!' अर्थात सर्प की भांति तेज़ चलो!

ऋषियों को नहुष पर बहुत क्रोध आ रहा था, क्योंकि वे सभी बहुत देर से उसकी अनर्गल बातें सहन कर रहे थे। महर्षि अगस्त्य के कंधे पर लात मारने के बाद तो मानो उनका धैर्य का बांध टूट गया। नहुष निस्संदेह, देवताओं का राजा था परंतु सप्तर्षि भी सामान्य ऋषि नहीं थे। उन सबके पास दिव्य शक्तियां थीं। यदि वे चाहते तो एक क्षण में इंद्र का अहंकार तोड़कर उसे घुटनों पर बैठा सकते थे।

वासना और अहंकार ने नहुष को बिलकुल पागल कर दिया था। उसे अगस्त्य मुनि को लात मारकर भी संतोष नहीं पड़ा तो वह उन्हें अपशब्द

बोलने लगा। नहुष का अगस्त्य जैसे महर्षि को लात मारना, ऋषियों से कदापि सहन नहीं हुआ। उन्हें उसका व्यवहार दुराचारी और अक्षम्य प्रतीत हुआ।

नहुष की लात खाने के बाद महर्षि अगस्त्य अपने स्थान पर ही रुक गए। उन्होंने अन्य ऋषियों से पालकी नीचे रखने को कहा। फिर उन्होंने पालकी में बैठे नहुष पर दृष्टि डाली और कहा, 'नहुष, क्या तुमने अभी मुझे सर्प की तरह तेज़ चलने का आदेश दिया था? अब वही कार्य तुम करोगे! मैं तुम्हें शाप देता हूं कि तुम इसी क्षण सर्प बनकर पृथ्वी पर गिर जाओ!'

नहुष को फंसाने के लिए शची द्वारा चली गई चाल का यह अंतिम और निर्णायक भाग था।

अगस्त्य मुनि ने ज्यों ही शाप-वाक्य पूरा किया, नहुष की काया में परिवर्तन होना आरंभ हो गया। उसका शरीर पतला और लंबा होने लगा। उसकी त्वचा पर शल्क उभर आए और सिर भी सर्प की भांति पतला हो गया। नहुष की जीभ काले रंग की हो गई और फिर अचानक वह दो भागों में बँट गई। देवराज नहुष अब एक कुरूप सर्प में परिवर्तित हो चुका था। वह अचानक सरसराता हुआ पालकी से बाहर निकल आया।

महर्षि अगस्त्य ने देवलोक के राजा नहुष को देखा। वह ऋषियों को देखकर ज़ोर-ज़ोर से फुफकार रहा था। अगस्त्य को नहुष पर दया आ रही थी किंतु वह शाप दे चुके थे।

नहुष गिड़गिड़ाया, 'ऋषिवर! मुझे बचा लीजिए। कामेच्छा ने मुझे अंधा बना दिया था। कृपया मुझे क्षमा कर दीजिए।' सर्प बने नहुष की आंखों से प्रायश्चित के आंसू बह रहे थे।

'नहुष, अब देर हो चुकी है,' अगस्त्य मुनि ने बिना नहुष की ओर देखे उत्तर दिया। 'तुमने पहले अनाचारी व्यवहार से देवताओं को निराश किया। उसके बाद तुमने अपनी कामवासना से शची जैसी पतिव्रता स्त्री का अपमान किया और अब तुमने एक ब्राह्मण को लात मारने का अक्षम्य अपराध किया है! तुम जानते हो कि मैं अपना शाप वापस नहीं ले सकता। परंतु तुम्हारे कष्ट को कम करने का एक उपाय है। तुम जब कभी धर्मराज के मुख से आध्यात्मिक प्रवचन सुनोगे तो तुम्हें इस शाप से मुक्ति मिल जाएगी और तुम अपने मूल स्वरूप में लौट आओगे। अब तुम पृथ्वी पर जाओ और अपना उद्धार होने तक इस शाप का दंश सहन करो।' यह कहकर अगस्त्य

मुनि सहित सभी सप्तर्षि अदृश्य हो गए। महर्षि अगस्त्य द्वारा दिए शाप के फलस्वरूप देवलोक का राजा नहुष सर्प बनकर पृथ्वी पर स्थित गंधमादन पर्वत के निकट एक घने जंगल में जा गिरा।

देवलोक वासियों को जब यह समाचार मिला कि देवराज नहुष काम-वासना और मूर्खता के चलते महर्षि अगस्त्य के शाप का शिकार हो गया है तो देवताओं में मानो आनंद की लहर दौड़ गई। सभी कामुक नहुष से मुक्ति चाहते थे।

इस घटना के कुछ समय बाद पांडव अपना वनवास काटते समय उसी घने वन से गुजरे। उस समय भीम ईंधन के लिए लकड़ी लेने निकला था। वह घूमते हुए एक गुफा के समीप पहुंच गया। संयोग से सर्प नहुष उसी गुफा में रहता था। उसने भीम को जकड़ लिया। कहते हैं, भीम अत्यंत शक्तिशाली था और उसमें एक हज़ार हाथियों का बल था। फिर भी वह स्वयं को उस विशालकाय नहुष की जकड़ से मुक्त नहीं कर पाया।

भीम को लौटने में देर हुई तो पांडव भाई चिंतित हो गए। युधिष्ठिर अपने तीनों भाइयों को साथ लेकर भीम को खोजने निकल पड़ा। वह जैसे ही नहुष की गुफा के पास पहुंचा, उसने देखा कि एक विशालकाय सर्प ने भीम को अपनी कुंडली में जकड़ रखा था।

'मेरे भाई को छोड़ दो,' युधिष्ठिर ने सर्प से कहा। 'मैं तुम्हारा भोजन बनने के लिए तैयार हूं। तुम चाहो तो मुझे खा सकते हो, परंतु मेरे भाई को छोड़ दो।'

'मुझे तुमसे भोजन नहीं चाहिए,' सर्प नहुष ने उत्तर दिया। 'मुझे केवल कुछ प्रश्नों के उत्तर चाहिए। यदि तुमने मेरे प्रश्नों के संतोषजनक उत्तर दे दिए तो मैं तुम्हें और तुम्हारे भाई दोनों को छोड़ दूंगा। परंतु यदि तुम मेरे प्रश्नों का उत्तर देने में असफल रहे तो मैं तुम्हारी आंखों के सामने तुम्हारे भाई को खा जाऊंगा।'

वास्तव में नहुष अगस्त्य मुनि के शाप से स्वयं को मुक्त करवाने के लिए इसी तरह धर्मराज की खोज किया करता था। वह वन से गुज़रने वाले लोगों को पकड़कर उनसे आध्यात्मिक प्रश्न पूछता था। उसे आशा थी कि किसी दिन उसके भेंट धर्मराज से अवश्य होगी जो उसके प्रश्नों के उत्तर देकर उसे अगस्त्य मुनि के शाप से मुक्त कर सकेंगे।

चूंकि युधिष्ठिर में स्वयं धर्मराज का अंश था, तो उसने नहुष के प्रश्नों का उत्तर देने के लिए तत्काल हामी भर दी। नहुष ने युधिष्ठिर से धर्म, जीवन और अध्यात्म से जुड़े बहुत-से प्रश्न पूछे। युधिष्ठिर ने उन सभी प्रश्नों के संतोषजनक उत्तर दे दिए जिन्हें सुनकर नहुष बहुत प्रसन्न हुआ।

नहुष ने कहा, 'मैंने इससे पहले तुम्हारे जैसा बुद्धिमान व्यक्ति कभी नहीं देखा। तुम कौन हो?'

युधिष्ठिर ने नहुष को अपना और अपने भाइयों का परिचय देते हुए कहा, 'मैं हस्तिनापुर के महाराज पांडु का ज्येष्ठ पुत्र युधिष्ठिर हूं। मैं धर्म का अवतार हूं और ये चारों मेरे भाई हैं। यह मेरी पत्नी द्रौपदी है। हम लोग अपने चचेरे भाई दुर्योधन के कपट के चलते वनवास भोग रहे हैं।'

नहुष ने जैसे ही युधिष्ठिर के मुख से 'धर्मराज' शब्द सुना, वह सरसराता हुआ युधिष्ठिर के क़दमों में जा गिरा और उसे प्रणाम किया। युधिष्ठिर भी नहुष की प्रतिक्रिया देखकर स्तब्ध रह गया।

'मैंने इससे पहले कभी किसी सर्प को इस तरह की आध्यात्मिक चर्चा करते नहीं सुना,' युधिष्ठिर ने कहा। 'ऐसा लगता है कि आप कोई श्रेष्ठ आत्मा हैं जिन्हें किसी शाप के कारण सर्प बनकर यह कष्टकारी जीवन व्यतीत करना पड़ रहा है। मुझे बताइए, आप कौन हैं?'

नहुष ने युधिष्ठिर को अपनी आपबीती कह सुनाई। युधिष्ठिर को नहुष की व्यथा सुनकर उस पर दया आ गई। तभी ऐसा हुआ कि नहुष की काया में परिवर्तन आरंभ हो गया। उसकी सर्प जैसी लंबी, पतली काया सिकुड़कर फिर से मानव के आकार में आने लगी। उसके शरीर पर उभरे शल्क भी ग़ायब हो गए और कुछ ही क्षण बाद पांडवों के सामने अत्यंत सुंदर और आकर्षक राजा नहुष खड़ा था।

धर्म के अवतार युधिष्ठिर की कृपा से अगस्त्य मुनि के शाप का प्रभाव समाप्त हो गया। नहुष ने युधिष्ठिर को प्रणाम किया और फिर अपने राज्य प्रतिष्ठान लौटकर अनेक वर्ष सुखपूर्वक राज्य किया।

इधर, नहुष के सर्प बनकर पृथ्वी पर गिर जाने के बाद देवलोक की स्थिति यथावत हो गई। वहां पहले की भांति फिर एक राजा की आवश्यकता उत्पन्न हो गई थी। सौभाग्य से इस बार देवताओं को बैठक बुलाकर फिर से नया इंद्र चुनने की आवश्यकता नहीं पड़ी, क्योंकि इसी बीच पुरंदर तीन सौ

वर्ष की तपस्या के पश्चात ब्रह्म-हत्या से मुक्ति एवं अपना वास्तविक आकर्षण प्राप्त करके अमरावती लौट आया था।

पुरंदर के लौटने पर अग्निदेव ने नहुष वाली घटना देवराज को सुनाई तो पुरंदर बहुत प्रसन्न हुआ। उसे अपनी विवेकशील एवं निष्ठावान पत्नी शची पर अत्यंत गर्व महसूस हो रहा था। जिसने न केवल अपनी मर्यादा की रक्षा की, अपितु शानदार चाल द्वारा नहुष जैसे अनैतिक और कामुक व्यक्ति को भी अच्छा सबक़ सिखाया।

पुरंदर ने कथा सुनने के उपरांत मुस्कराते हुए कहा, 'मैं बीते तीन सौ वर्षों के दौरान, जब देवलोक से दूर था, मुझे सबसे अधिक शची की याद आती थी। मैं बहुत भाग्यशाली हूं कि मुझे शची जैसी पतिव्रता और बुद्धिमान पत्नी मिली है।'

यह अलग बात है कि पुरंदर ने किसी को असली बात नहीं बताई। वह देवलोक से दूर कमल-नाल में बैठकर सबसे अधिक अपने सिंहासन और इंद्र-मुकुट को याद किया करता था।

14

महर्षि च्यवन और अश्विनी कुमार

नहुष शाप से मुक्त होकर पृथ्वी पर लौट गया था। उसके उपरांत पुरंदर की इंद्र-पद पर वापसी हो गई थी और उसने देवलोक के राजा का कार्यभार फिर से संभाल लिया था। हालांकि यह किसी साधारण व्यक्ति की वापसी नहीं थी। यह देवलोक के शासक और देवताओं के स्वामी इंद्र की वापसी थी। इस अवसर पर एक शानदार उत्सव होना तो बनता था।

अमरावती को बहुत ही सुंदर ढंग से सजाया गया और इंद्र-सभा को भी नया रूप प्रदान किया गया था। देवलोक के राजा के रूप में पुरंदर के औपचारिक स्वागत हेतु एक बड़े महोत्सव का आयोजन किया गया। महर्षि बृहस्पति ने, जिन्होंने इंद्राणी शची के कहने पर देव-गुरु का पद फिर से ग्रहण कर लिया था, इस शुभ अवसर पर सभी आवश्यक अनुष्ठान संपन्न किए। पुरंदर भी बृहस्पति को देखकर बहुत प्रसन्न था। उसने अपने गुरु को प्रणाम किया और उनसे आशीर्वाद प्राप्त किया। इंद्र-सभा में मौजूद सभी लोगों ने अपने राजा को पुष्पहार पहनाए और उसका स्वागत किया।

पुरंदर अत्यंत प्रसन्न था। वह अनेक वर्षों बाद इंद्र-सभा में लौटा था और इधर-उधर घूमकर सबको देख रहा था। तभी उसने एक ओर देखा तो उसकी दृष्टि ठहर गई। पुरंदर की भाव-भंगिमा में परिवर्तन होने लगा। उसकी भौंहें तन गईं। उसके मुख पर फैली सौम्य मुस्कान अचानक ग़ायब हो गई और उसके स्थान पर चेहरे पर घृणा और क्रोध के भाव उभरने लगे।

शची अपने पति पुरंदर के निकट ही बैठी थी। उसने भी पुरंदर की भाव-भंगिमा में आए परिवर्तन को देखा। उसने पुरंदर की दृष्टि को ध्यान से देखा तो पता लगा कि पुरंदर सभा के कोने में खड़े अश्विनीकुमारों को घूर रहा था। दोनों चिकित्सक भाई वहीं खड़े थे, किंतु यह स्पष्ट दिखाई पड़ रहा था कि वे दोनों इंद्र-सभा में चल रहे उस भव्य महोत्सव से विमुख और थोड़ा असहज महसूस कर रहे थे।

कुछ ही क्षणों में पुरंदर के हाव-भाव में हुए परिवर्तन का सबको पता लग गया। इंद्र-सभा का प्रसन्नता और हर्षोल्लास से भरा वातावरण गंभीर होने लगा। सभा में नृत्य करती अप्सराओं के पैर रुक गए और उसी के साथ सभा में बज रहे मधुर संगीत ने भी मानो अपनी लय और ताल खो दी।

'ठहरो!' पुरंदर ने हाथ उठाकर कहा। उसने अप्सराओं और संगीतकारों को रुकने का संकेत किया था।

इंद्र-सभा में सब कुछ शांत हो गया। सभी देवता, अप्सराएं, सभासद और ऋषिगण, जो पुरंदर के स्वागत का उत्सव मनाने के लिए एकत्रित हुए थे, देवराज के व्यवहार में आए इस विचित्र परिवर्तन को देखकर हैरत में पड़ गए।

'क्या बात है!' शची ने धीरे-से इंद्र से पूछा। 'क्या आप किसी बात से अप्रसन्न हैं?'

इंद्र ने शची के प्रश्न की उपेक्षा कर दी और कोई उत्तर नहीं दिया। वह अपने सिंहासन से उठा और धीरे-धीरे चलता हुआ अश्विनीकुमारों के पास पहुंच गया। शची समझ गई कि पुरंदर किसी बात से नाराज़ है और यह कि पुरंदर की अप्रसन्नता अश्विनीकुमारों से ही संबंधित थी। परंतु पूरी बात जानने के लिए शची ने प्रतीक्षा करने का निश्चय किया।

'प्रिय अश्विनीकुमारों, तुम दोनों कैसे हो?' पुरंदर ने तीखे स्वर में पूछा। वह दोनों भाइयों के ठीक सामने खड़ा था। एक राजा के लिए स्वयं उठकर अपनी ही सभा में किसी के पास जाना विचित्र और असाधारण बात थी।

'जी देवराज, हम दोनों ठीक हैं,' अश्विनीकुमारों ने एक साथ उत्तर दिया। 'आप कैसे हैं? आपको देवलोक में वापस देखकर हमें बहुत प्रसन्नता हो रही है। सभी देवलोक वासी आपको याद करते रहते थे।' अश्विनीकुमारों ने आवश्यकता से अधिक बोल दिया था।

'क्या सचमुच?' पुरंदर के चेहरे की मुस्कान विकृत रूप ले चुकी थी। प्रत्येक क्षण के साथ इंद्र-सभा का वातावरण रहस्यमय होता जा रहा था। किसी को समझ में नहीं आ रहा था कि पुरंदर, देवलोक के चिकित्सक अश्विनीकुमारों के साथ ऐसे विचित्र ढंग से व्यवहार क्यों कर रहा था। हालांकि अश्विनीकुमारों को देखकर लगता था कि वे दोनों पुरंदर के व्यवहार के पीछे छिपे कारण से अवगत थे।

'मुझे विश्वास है कि महर्षि दधीचि से मधु-विद्या प्राप्त करने के बाद तुमने किसी अन्य व्यक्ति को उसका लाभ नहीं दिया होगा,' दधीचि का नाम लेकर पुरंदर ने सब कुछ स्पष्ट कर दिया था।

बहुत समय पूर्व अश्विनीकुमारों ने ऋषि दधीचि के साथ मिलकर उनसे मधु-विद्या प्राप्त की थी। तब पुरंदर, अश्विनीकुमारों और दधीचि दोनों से ही अप्रसन्न हो गया था और उसने प्रण किया था कि वह महर्षि दधीचि से फिर कभी नहीं मिलेगा और उचित समय आने पर अश्विनीकुमारों से उनके द्वारा किए कपट के लिए उन्हें दंडित करेगा।

जहां तक महर्षि दधीचि का प्रश्न था, तो पुरंदर को वृत्रासुर को मारने के लिए सहायता हेतु विवश होकर दधीचि के जाना पड़ा था। उसके हाथ में जो भयानक वज्र था, वह महर्षि दधीचि की अस्थियों से ही बना था। इसलिए दधीचि के संदर्भ में किए प्रण को पुरंदर सिद्ध नहीं कर सका था। परंतु वह अश्विनीकुमारों द्वारा की धृष्टता को भूल जाने के लिए तैयार नहीं था। सभा में उसके व्यवहार को देखकर लग रहा था मानो उसने दोनों भाइयों को दंडित करने की योजना बना ली थी और वह सभा में सबके सामने ही उन्हें दंडित भी करने वाला था।

'नहीं प्रभु! हमने मधु-विद्या का ज्ञान किसी को नहीं दिया,' एक अश्विनीकुमार ने पुरंदर द्वारा किए व्यंग्य का उत्तर देते हुए कहा। 'हम मधु-विद्या का महत्त्व भली-भांति जानते हैं। हमने यह प्रण किया है कि हम उस विद्या का प्रयोग केवल देवताओं के लाभ हेतु ही करेंगे।'

'हम तुम्हारे प्रण के विषय में बाद में सोचेंगे,' पुरंदर ने कहा, 'पहले मुझे अपना प्रण पूरा करने दो।'

'कौन-सा प्रण, देवराज?' अश्विनीकुमारों ने डरते हुए पूछा।

'तुम दोनों कितने भोले बन जाते हो!' पुरंदर ने फिर व्यंग्य किया। 'वही प्रण, जो मैंने दधीचि के आश्रम में किया था जब तुम दोनों ने मेरे साथ छल

करके दधीचि से मधु-विद्या सीख ली थी। मैंने उसी क्षण यह संकल्प किया था कि मैं तुम्हें इस धृष्टता का दंड अवश्य दूंगा।' देवलोक के राजा के मन में अश्विनीकुमारों के प्रति बहुत रोष था। यह निश्चित था कि पुरंदर ने दोनों भाइयों को दंडित करने का निश्चय कर लिया था।

'अब बोलो! तुम्हें क्या दंड दिया जाए?' पुरंदर ने पूछा। वे दोनों पुरंदर के समक्ष खड़े स्वयं को अपराधी महसूस कर रहे थे।

'प्रभु हम आपसे क्षमा चाहते हैं,' अश्विनीकुमारों ने दयनीय स्वर में कहा। 'आप देवलोक के प्रति हमारी निष्ठा पर संदेह मत कीजिए। हमने मधु-विद्या भी देवताओं के लाभ हेतु ही सीखी थी। हम किसी स्थिति में देवलोक की श्रेष्ठता पर आंच नहीं आने देंगे।'

दोनों भाई पुरंदर से याचना करते रहे, परंतु देवराज इंद्र उनकी बात पर बिना ध्यान दिए मुड़ा और अपने सिंहासन की ओर चल पड़ा। वह तेज़ चाल से अपने सिंहासन तक पहुंचा और फिर आराम से बैठ गया। उसने इंद्र-सभा में उपस्थित लोगों की प्रतिक्रिया जानने के लिए चारों ओर दृष्टि घुमाई। किसी में पुरंदर के विरुद्ध एक शब्द भी कहने का साहस नहीं था। सब अश्विनीकुमारों के संदर्भ में इंद्र के अंतिम निर्णय की प्रतीक्षा कर रहे थे।

पुरंदर ने अपने सिंहासन पर बैठकर वहीं से अश्विनीकुमारों को घूरकर देखा और फिर ऊंची आवाज़ में कहा, 'मैं आदेश देता हूं कि आज से दोनों अश्विनीकुमारों को सोमपान करने का अधिकार नहीं होगा।'

सभा में सहसा खुसपुसाहट होने लगी। देवताओं को सोमरस ही मुख्य रूप से पसंद था और उसका सेवन करने का विशेषाधिकार भी केवल देवताओं को प्राप्त था। उस अधिकार से अश्विनीकुमारों को वंचित करके पुरंदर ने अश्विनीकुमारों को मानो देवताओं की श्रेणी से ही हटा दिया था। इंद्र के इस आदेश को सुनकर सब हैरान रह गए। देवलोक वासियों ने देखा कि पुरंदर शासन करने के अपने पुराने तानाशाही तरीक़ों पर लौट आया था।

'क्या इस सभा में कोई है, जिसे मेरे आदेश पर आपत्ति हो अथवा मेरे विरुद्ध कुछ कहना चाहता हो?' पुरंदर ने भौंहें सिकोड़ीं और चारों ओर देखा। किसी ने कुछ नहीं कहा। सभी पुरंदर के घातक और प्रतिशोधी व्यवहार से भली-भांति परिचित थे।

'अच्छी बात है। मैं प्रसन्न हूं कि इस आदेश में आप सब मेरे साथ हैं। मेरे अगले आदेश तक अश्विनीकुमार सोमपान नहीं कर सकेंगे।' पुरंदर ने अपने निर्णय पर अंतिम मुहर लगा दी थी।

पुरंदर के लिए वह विजय-दिवस था। परंतु अश्विनीकुमारों के लिए उससे अधिक हताशा और अपमान-भरा दिन नहीं हो सकता था। वे दोनों असहाय थे। तथापि उन्हें इस बात का संतोष था कि पुरंदर ने केवल उनसे सोमपान का अधिकार छीना था। वह इससे भी बुरा और कटु आदेश दे सकता था। उन्होंने उस घटना को भुला देना उचित समझा और फिर दोनों भाई वातावरण में बदलाव के लिए कुछ समय के लिए पृथ्वीलोक पर चले गए।

कुछ ही समय में दोनों अश्विनीकुमार एक वन में पहुंचे। वे दोनों वहां की हरियाली का आनंद ले रहे थे कि तभी उनकी दृष्टि एक स्त्री पर पड़ी जो निकटस्थ नदी में स्नान कर रही थी। दोनों भाई स्त्री का सौंदर्य देखकर उसके प्रति आकर्षित हो गए।

'इस स्त्री को देखो, यह कितनी सुंदर है।' एक अश्विनीकुमार ने कहा।

'यह महर्षि च्यवन की पत्नी सुकन्या है,' दूसरे अश्विनीकुमार ने उत्तर दिया। देवताओं के लिए मनुष्य की पहचान करना मुश्किल कार्य नहीं था।

'महर्षि च्यवन! वह तो बहुत वृद्ध हैं,' पहले भाई ने आश्चर्य से कहा। 'किंतु महर्षि की पत्नी को देखो। यह कितनी सुंदर और युवा है। इसे वृद्ध ऋषि से क्या सुख मिलता होगा?' यह कहकर उसने अपने भाई को शरारत-भरी दृष्टि से देखा।

'हां, यह बात ठीक है। परंतु इसमें हम क्या कर सकते हैं?' दूसरे भाई ने कहा। 'यह उनका व्यक्तिगत विषय है। वे अपना जीवन जैसे चाहें, गुजार सकते हैं। अब हमें यहां से चलना चाहिए।'

'मैं यहां से कहीं नहीं जाऊंगा,' पहले अश्विन ने कहा। 'मुझे पूरा विश्वास है कि यह स्त्री अपने पति से संतुष्ट नहीं होगी। चलो, हम इसे संतुष्ट करने का प्रयास करते हैं।'

दूसरा अश्विनीकुमार इसके पक्ष में नहीं था। परंतु पहला भाई सुकन्या के सौंदर्य से इतना उन्मत्त हो गया कि वह लौटने को तैयार ही नहीं हुआ। उसने अपने दूसरे भाई को भी किसी तरह समझा लिया और फिर दोनों ने

सुकन्या से बात करने का निर्णय कर लिया। वे सुकन्या के पास गए और बात आरंभ कर दी। 'सुकन्या!' एक ने कहा, 'हम देवताओं के चिकित्सक अश्विनीकुमार हैं।'

'प्रणाम! आप मुझसे क्या चाहते हैं?' सुकन्या ने पूछा।

'हमने जबसे तुम्हें देखा है, हम तुमसे अपनी दृष्टि नहीं हटा पाए। तुम्हारे सौंदर्य और आकर्षण ने हमें प्रभावित कर दिया है। हमें पता है कि तुम्हारे पति वृद्ध हैं और अधिकांश समय तपस्या में लीन रहते हैं। तुम निश्चय ही उनके साथ संतुष्ट और प्रसन्न नहीं रह सकती। हम सोच रहे थे कि तुम ऋषि च्यवन को छोड़कर हम दोनों में से किसी से विवाह क्यों नहीं कर लेतीं?' पहले अश्विनीकुमार ने अपनी बात स्पष्ट कर दी।

अश्विनीकुमारों की बात सुनकर सुकन्या हैरान हो गई। उसे अश्विनीकुमारों पर बहुत क्रोध आया। उसने उत्तर दिया, 'आप लोगों को एक विवाहित स्त्री से इस तरह की बात कहना शोभा नहीं देता। मेरे पति न सिर्फ़ वृद्ध हैं, अपितु वह नेत्रहीन भी हैं। परंतु मैं उनसे बहुत प्रेम करती हूं और उनके प्रति पूर्ण रूप से समर्पित हूं। आपको मुझसे इस तरह का अपमानजनक प्रस्ताव करते हुए लज्जा आनी चाहिए।'

सुकन्या के कठोर शब्द सुनकर अश्विनीकुमारों को बुरा लगा। उन्होंने अपने प्रस्ताव की दिशा बदल दी और फिर सुकन्या के हृदय को परिवर्तित करने का एक और प्रयास किया।

'हम अपने व्यवहार पर लज्जित हैं और इस दुष्कर्म का प्रायश्चित करना चाहते हैं,' एक ने कहा। 'परंतु यदि तुम्हारे पति नेत्रहीन हैं तो तुमने उनसे विवाह क्यों किया था?'

सुकन्या ने दुखी स्वर में उत्तर दिया, 'मेरे समक्ष ऐसी परिस्थिति उत्पन्न हो गई थी कि मुझे उनसे विवाह करना पड़ा। परंतु सत्य यह है कि मैं स्वयं ही उनके कष्ट का कारण हूं।'

'क्या तुम हमें बताना चाहोगी कि तुम्हारे साथ क्या हुआ था?' अश्विन ने पूछा।

'यह लंबी कथा है,' सुकन्या बोली। 'महर्षि च्यवन, अपने पिता ऋषि भृगु की भांति उच्च्व कोटि के तपस्वी हैं। वह अधिकांश समय गहन वन में तपस्या करते व्यतीत करते हैं। एक बार वह कठोर तप में लीन थे और

उन्होंने लंबे समय से भोजन और जल ग्रहण नहीं किया था। उन्हें तपस्या में बैठे अनेक वर्ष बीत गए। कुछ समय बाद उन्होंने हिलना-डुलना भी बंद कर दिया। इसके फलस्वरूप चींटियों ने उनके शरीर के चारों ओर बांबी बना ली। वह बांबी इतनी बड़ी हो गई कि महर्षि च्यवन ढंक गए और दिखाई देना बंद हो गए। संयोग से, चींटियों ने वह बांबी कुछ इस तरह बनाई थी कि ऋषि च्यवन की आंखों के सामने के स्थान पर बांबी में दो छोटे-छोटे छिद्र बने हुए थे।'

'मैं एक बार अपने पिता राजा शर्याति के साथ उसी वन में घूमने आई थी जहां महर्षि च्यवन तपस्या कर रहे थे। मेरे पिता और उनका सैन्य-दल सरोवर के निकट आराम कर रहे थे। इस बीच मैं उस सुंदर स्थल के सौंदर्य का आनंद लेने लगी। मैं घूमते हुए चींटियों की उसी बांबी के निकट आ पहुंची जिसमें बैठे महर्षि च्यवन तप कर रहे थे। मैंने इससे पहले कभी बांबी नहीं देखी थी। मैं उसकी विचित्र बनावट देखकर हैरत में पड़ गई। मैंने बांबी में बने दोनों छिद्रों से भीतर झांककर देखा। उसी समय महर्षि च्यवन ने भी अपनी आंखें खोलीं और मुझे एकटक देखने लगे। वह शायद मेरे सौंदर्य को देखकर हतप्रभ थे। परंतु मुझे पता नहीं था कि बांबी के अंदर च्यवन तपस्या कर रहे थे। मुझे बाहर छिद्रों से केवल उनकी चमचमाती आंखें दिखाई दे रही थीं। मैं उनकी आंखों की चमक देखकर उत्सुक हो गई। मैंने नीचे पड़ी दो लकड़ियां उठाईं और उन्हें उन छिद्रों के भीतर घुसा दिया। भीतर से महर्षि च्यवन के ज़ोर से चिल्लाने की आवाज़ सुनाई दी क्योंकि उन लकड़ियों से महर्षि की दोनों आंखें फूट गई थीं और उनसे खून बह रहा था। मैं ऋषि की आवाज़ सुन कर डर गई और भागकर अपने पिता के पास आ पहुंची।'

'परंतु तब तक देर हो चुकी थी। महर्षि च्यवन नेत्रहीन हो गए थे। उनका क्रोध सातवें आसमान पर जा पहुंचा। वह जानते थे कि मैंने वह अपराध जान-बूझकर नहीं किया था, तथापि एक सिद्ध तपस्वी के क्रोध का कुछ तो प्रभाव होना निश्चित था। महर्षि च्यवन ने कुपित होकर मेरे पिता शर्याति के समूचे सैन्य-दल का मल-मूत्र अवरुद्ध कर दिया। उनकी आध्यात्मिक शक्ति से चारों ओर खलबली मच गई। राजा शर्याति तत्काल समझ गए कि उस सुंदर और पावन स्थल की पवित्रता के साथ किसी ने छेड़छाड़ की और यह उसी का परिणाम था।'

'इसी बीच मैं अपने पिता के पास पहुंची और मैंने उन्हें पूरी घटना सुना दी। वह तत्काल मेरे साथ ऋषि च्यवन के पास पहुंच गए। हमने देखा कि चींटियों की बांबी टूटी हुई थी और वहां महर्षि च्यवन बैठे थे। उनकी दोनों आंखों से रक्त की धारा बह रही थी। मेरे पिता ने ऋषि च्यवन से क्षमा मांगी।'

'ओह, यह तो बहुत बुरा हुआ!' अश्विनीकुमार ने कहा। 'इसके बाद क्या हुआ?'

सुकन्या ने कथा को आगे बढ़ाते हुए उत्तर दिया, 'इसके बाद महर्षि च्यवन ने मेरे पिता से कहा कि मैं जानता हूं तुम्हारी पुत्री निर्दोष है। उसने जान-बूझकर मुझे आहत नहीं किया, परंतु यह भी सत्य है कि मैं नेत्रहीन हो गया हूं। मैं अपना शेष जीवन कैसे व्यतीत करूंगा? तुम्हारी पुत्री के अनियंत्रित व्यवहार ने मुझे असहाय बना दिया है। अब तुम मेरी क्या सहायता कर सकते हो?'

'मेरे पिता दुविधा में पड़ गए। महर्षि च्यवन की बात ठीक थी, परंतु मेरे पिता को भी ऋषि की सहायता का तरीक़ा नहीं सूझ रहा था। मुझे यह स्वीकार करना पड़ा कि मेरी भूल के कारण महर्षि च्यवन को क्षति पहुंची थी इसलिए उनकी देखभाल करने का नैतिक दायित्व भी मेरा था। मैंने च्यवन से विवाह करके उनकी देखभाल करने का प्रस्ताव रखा। परंतु मेरे पिता, मेरे प्रस्ताव को सुनकर परेशान हो गए। उन्होंने मुझे ऐसा करने से रोका और कहा कि पुत्री, ऋषि च्यवन वृद्ध और नेत्रहीन हैं। तुम उनके साथ इस घने वन में बिना किसी सहायता के कैसे रहोगी?'

च्यवन भी मेरे पिता की बात से सहमत थे, किंतु मैं अपनी बात पर अडिग थी। मैंने च्यवन की पत्नी बनकर शेष जीवन उनके साथ व्यतीत करने का निश्चय कर लिया था। आख़िर, मेरे पिता और महर्षि च्यवन को मेरी बात माननी पड़ी और इस तरह मेरा विवाह वृद्ध और नेत्रहीन ऋषि च्यवन के साथ हो गया।'

सुकन्या की दुख-भरी कथा सुनकर अश्विनीकुमारों का मन सचमुच पसीज गया, परंतु वे सुकन्या के सौंदर्य के मोह-पाश में फंसे हुए थे। उनके मन में सुकन्या के प्रति कुविचार कम नहीं हुए। उन्होंने एक और कुटिल योजना बनाई।

अश्विनीकुमारों ने चिंतित स्वर में कहा, 'सुकन्या, हम तुम्हारे दुख से बहुत व्यथित हैं तथा तुम्हारी और महर्षि च्यवन की सहायता करना चाहते हैं। चूंकि हम देवताओं के चिकित्सक हैं, हमारे पास तुम्हारे पति को स्वस्थ करने की शक्ति है। हम न केवल उनकी नेत्रहीनता दूर कर देंगे, अपितु उन्हें फिर से युवा भी बना देंगे।'

अश्विनीकुमारों का प्रस्ताव सुनकर सुकन्या के मन में लालच आ गया। 'मुझे इसके लिए क्या करना होगा?' उसने पूछा। वह बहुत सीधी थी और इस कारण अश्विनीकुमारों की चाल में फंस गई।

'तुम्हें कुछ नहीं करना,' अश्विनीकुमारों ने उत्तर दिया। 'केवल महर्षि च्यवन को हमारे साथ नदी में एक बार स्नान करना होगा।'

सुकन्या ने उनकी बात सहर्ष मान ली। वह दोनों अश्विनीकुमारों को लेकर च्यवन ऋषि के पास पहुंची। च्यवन मुनि अपनी पत्नी की प्रतीक्षा कर रहे थे। सुकन्या और अश्विनीकुमारों ने च्यवन को प्रणाम किया। सुकन्या ने पूरी घटना अपने पति को कह सुनाई तथा अश्विनीकुमारों द्वारा दिए प्रस्ताव के विषय में भी बताया।

च्यवन मुनि ने अपने योगबल से तत्काल जान लिया कि अश्विनीकुमार कुटिल योजना बना रहे थे किंतु उन्हें नियति पर पूर्ण विश्वास था। इसलिए उन्होंने अश्विनीकुमारों के साथ नदी में स्नान करने के लिए हामी भर दी।

दोनों अश्विनीकुमार महर्षि च्यवन और सुकन्या को साथ लेकर नदी के किनारे पहुंच गए। उन दोनों ने च्यवन का एक-एक हाथ पकड़ा और फिर तीनों ने नदी में डुबकी लगा दी। सुकन्या नदी-तट पर खड़ी तीनों को देखती रही। कुछ क्षण बाद तीनों पुरुष नदी से बाहर निकल आए। सुकन्या ने जो कुछ देखा, वह किसी चमत्कार से कम नहीं था।

नदी में डुबकी लगाने के बाद, जो तीन पुरुष बाहर निकले थे, वे तीनों ही अश्विनीकुमार लग रहे थे। दरअसल, डुबकी लगाते समय अश्विनीकुमारों ने चतुराई से महर्षि च्यवन को अपने समान बना दिया था। उन्होंने सोचा था कि सुकन्या अपने असली पति को पहचान नहीं पाएगी और वह च्यवन के स्थान पर किसी अश्विनीकुमार को अपना पति मान लेगी।

सुकन्या ने जब अपने सामने तीनों पुरुषों को खड़े देखा तो उसे बहुत आश्चर्य हुआ। उसके लिए यह बहुत बड़ी दुविधा थी क्योंकि उसे तीन एक

समान दिखने वाले पुरुषों में से अपना असली पति पहचानना था। यह उसके विवेक की परीक्षा की घड़ी थी।

सुकन्या जानती थी कि व्यक्ति मुख से कुछ भी कहे, किंतु उसकी आंखें कभी झूठ नहीं बोलतीं। यही सोचकर सुकन्या पुरुषों के सामने पहुंची और उसने एक-एक करके उन तीनों की आंखों में ध्यान से देखा। सुकन्या को दो पुरुषों की आंखों में वासना एवं कुटिलता दिखाई पड़ी, जबकि तीसरे पुरुष की आंखें, प्रेम और दया से परिपूर्ण थीं। वह तत्काल समझ गई कि वही उसके पति महर्षि च्यवन हैं। सुकन्या ने तुरंत च्यवन का हाथ पकड़ा और उन्हें समूह से बाहर खींच लिया। इस तरह सुकन्या ने सूझ-बूझ और धैर्य से अपना वैवाहिक जीवन नष्ट होने से बचा लिया।

महर्षि च्यवन पहले की तरह युवा और स्वस्थ हो गए। सुकन्या और च्यवन ने एक-दूसरे को ओर देखा और मुस्कराए। च्यवन मुनि ने अश्विनीकुमारों की ओर दया से देखा। वे दोनों लज्जा से सिर झुकाए खड़े थे।

महर्षि च्यवन ने कहा, 'हे अश्विनीकुमारों, मैं जानता हूं कि तुमने दयावश नहीं, अपितु कुत्सित उद्देश्य से मेरी सहायता की थी। परंतु जो होना था वह तो हो गया। तुम्हारी कुटिल योजना के बावजूद तुमने मुझ पर उपकार किया है। तुमने मेरी आंखें ठीक की हैं और साथ ही, मुझे फिर से युवा बनाया है। मैं इस उपकार के लिए तुम्हारा आभारी हूं। मुझे बताओ मैं तुम्हारे लिए क्या कर सकता हूं?'

अश्विनीकुमारों ने एक-दूसरे की ओर देखा। 'हम ऋषि से क्या मांगें?' वह सोचने लगे।

अचानक एक अश्विनीकुमार को ध्यान आया कि पुरंदर ने उनसे सोमपान करने का अधिकार छीन लिया है। उन्हें लगा शायद ऋषि च्यवन उन्हें इस परेशानी से निकाल सकें और सोमपान का अधिकार फिर से दिलवा सकें।

'हे महर्षि,' अश्विनीकुमारों ने कहा, 'हमने जबसे महर्षि दधीचि से मधु-विद्या का ज्ञान प्राप्त किया है, देवराज इंद्र हम दोनों से अप्रसन्न हैं। उन्होंने हमें सोमपान करने से मना दिया है और अगले आदेश तक हमसे वह अधिकार भी छीन लिया है। यदि आप हमें सोमपान का अधिकार वापस दिलवा सकें तो हम आपके आभारी रहेंगे।'

महर्षि च्यवन ने अश्विनीकुमारों के अनुरोध पर एक क्षण विचार किया और फिर उन्हें आश्वासन दिया कि शीघ्र ही उन्हें सोमपान का अधिकार वापस मिल जाएगा। उसके बाद च्यवन ने सुकन्या के पिता शर्याति को बुलाया।

राजा शर्याति को पता लगा कि ऋषि च्यवन फिर से युवा हो गए हैं और उनकी आंखें भी ठीक हो गई हैं तो वह बहुत प्रसन्न हुआ। वह सुकन्या तथा च्यवन से मिलने दौड़ा आया। उस समय अश्विनीकुमार भी वहीं उपस्थित थे। महर्षि च्यवन ने राजा शर्याति को तत्काल एक यज्ञ करवाने का निर्देश दिया।

'महर्षि, मैं यज्ञ का सब प्रबंध कर दूंगा, परंतु आप यज्ञ के लिए इतने अधीर क्यों हैं?' राजा ने पूछा।

'यह यज्ञ अश्विनीकुमारों के लिए होना है,' च्यवन ने उत्तर दिया। 'इस यज्ञ के संपन्न होने के उपरांत मैं स्वयं अश्विनीकुमारों को सोमपान करवाऊंगा।'

अश्विनीकुमारों ने झिझकते हुए कहा, 'पुरंदर का क्या होगा? क्या उन्हें आपत्ति नहीं होगी, क्योंकि उन्होंने स्वयं सबके सामने इंद्र-सभा में यह आदेश जारी किया था कि हमें सोमपान का अधिकार नहीं है।'

'यह तो अच्छी बात है,' च्यवन ने कहा। 'मैं चाहता हूं कि पुरंदर भी तुम दोनों को सोमपान करते हुए देखे। वह देवलोक का राजा अवश्य है, किंतु यह देवलोक नहीं, अपितु मेरा आश्रम है।'

राजा शर्याति ने चुपचाप महर्षि च्यवन की आज्ञा का पालन करते हुए यज्ञ का प्रबंध कर दिया। शीघ्र ही यज्ञ संपन्न हो गया। इसके बाद सोमपान का अनुष्ठान किया जाना था। यज्ञ की अग्नि से उठता धुआं धीरे-धीरे आकाश को चीरता हुआ अमरावती पहुंच गया। उसी के साथ यह समाचार भी देवलोक जा पहुंचा कि च्यवन मुनि अपने आश्रम में अश्विनीकुमारों को सोमपान करवाने वाले हैं।

पुरंदर को जब यह समाचार मिला तो उसे बहुत क्रोध आया। उसने वज्र उठाया और ऐरावत पर बैठकर तत्काल नीचे आ पहुंचा। वह अगले ही पल महर्षि च्यवन के आश्रम में खड़ा था।

'ठहरो! रुक जाओ!' पुरंदर आश्रम के बाहर से चिल्लाया। 'महर्षि च्यवन, यह आप क्या कर रहे हैं?' पुरंदर भागता हुआ भीतर आ गया।

पुरंदर ज्यों ही आश्रम में घुसा, च्यवन मुनि का अनुष्ठान रुक गया। सब लोग भयभीत होकर कुपित इंद्र की ओर देखने लगे। पुरंदर के हाथ में भयानक वज्र था। वह देवताओं का राजा था, किंतु उस समय वह मृत्यु का देवता प्रतीत हो रहा था। उसकी आंखें क्रोध से लाल हो गई थीं।

'ऋषिवर च्यवन!' इंद्र ने कहा, 'आप तुरंत इस यज्ञ को रोक दीजिए। क्या आपको पता नहीं है कि अश्विनीकुमारों को सोमपान का अधिकार नहीं है? यह मेरा आदेश है। आपने मेरे आदेश का उल्लंघन करने का दुस्साहस कैसे किया?'

'चुप हो जाओ, पुरंदर!' च्यवन ने धीरे-से कहा। 'यह तुम्हारी इंद्र-सभा नहीं, बल्कि मेरा आश्रम है। यहां तुम ऊंची आवाज़ में बात नहीं कर सकते। किसी तरह की मूर्खता करने का प्रयास मत करना। अश्विनीकुमारों ने मेरे नेत्रों को ज्योति प्रदान की है और साथ ही मेरा यौवन भी लौटाया है। मैं इनका आभारी हूं और इसी उपकार के बदले मैंने इन्हें वचन दिया है कि मैं इन्हें सोमपान करने का अधिकार वापस दिलवाऊंगा। बेहतर होगा, तुम इस अनुष्ठान से दूर रहो। यह दो श्रेष्ठ आत्माओं के मध्य कृतज्ञता के विनिमय का क्षण है।'

महर्षि च्यवन की बात सुनकर सुकन्या बहुत हैरान हुई, क्योंकि उसने इससे पहले ऋषिवर को इतना बोलते कभी नहीं सुना था।

'च्यवन, तुम ऐसा नहीं कर सकते,' पुरंदर ने कहा। 'मैं तुम्हें अंतिम चेतावनी दे रहा हूं। मेरे आदेश का उल्लंघन मत करो। मुझे और अधिक उत्तेजित मत करो अन्यथा...'

'अन्यथा क्या?' ऋषि च्यवन ने देवताओं के राजा को घूरते हुए पूछा। 'अन्यथा क्या कर लोगे, देवराज पुरंदर?'

'जो कुछ करना है, फिर मेरा वज्रायुध करेगा।' पुरंदर ने क्रोधित होकर कहा। पुरंदर ने च्यवन को मारने के उद्देश्य से अपना वज्र उठा लिया। यह अप्रत्याशित घटना थी कि देवराज ने एक महर्षि को मारने के लिए अस्त्र उठा लिया था। सबकी श्वास थम गई।

महर्षि च्यवन ने आंखें बंद की और एक मंत्र पढ़ा। और यह लो! इससे पहले कि पुरंदर एक क़दम भी आगे बढ़ पाता, उसका हाथ स्तंभित हो गया। पुरंदर हाथ में वज्र लिए प्रतिमा की भांति खड़ा रहा। कुछ ही क्षण बाद उसका

शक्तिशाली वज्र हाथ से गिर छूटा और लुढ़कता हुआ ऋषि च्यवन के चरणों में आ गिरा। इंद्र को इस तरह असहाय और स्तंभित देखकर सब घबरा गए।

इधर, महर्षि च्यवन ने मुस्कराकर अश्विनीकुमारों को सोमरस से भरा घट प्रदान किया। अश्विनीकुमारों ने ऋषि को प्रणाम किया और पुरंदर के सामने ही सोमपान कर लिया। पुरंदर आंखों के सामने अपने आदेश का उल्लंघन होता देखता रहा किंतु वह कुछ नहीं कर पाया।

संकट के समय बहादुरी दिखाने की अपेक्षा वहां से बच निकलना ही उचित होता है। पुरंदर के पास भी अब महर्षि च्यवन से क्षमा मांगने के अतिरिक्त कोई विकल्प नहीं था। उसने इसी में अपनी भलाई समझी।

'ऋषिवर,' पुरंदर ने गिड़गिड़ाते हुए कहा, 'मुझे क्षमा कर दीजिए। मैं इतना क्रोधित हो गया कि मेरी बुद्धि और विवेक सुप्त हो गए। यह मेरी भूल थी कि मैंने अश्विनीकुमारों को अहंकार वश सोमपान के अधिकार से वंचित कर दिया था। मैं यह घोषणा करता हूं कि अश्विनीकुमार पहले की भांति, सभी यज्ञ और अनुष्ठानों के समय सोमपान कर सकेंगे।' अश्विनीकुमारों के लिए यह अत्यंत प्रसन्नता का क्षण था।

ऋषि च्यवन ने एक और मंत्र पढ़ा और इंद्र को तत्काल उसकी पीड़ा से मुक्त कर दिया। उसका स्तंभित हाथ ठीक हो गया। उसने अश्विनीकुमारों को आशीर्वाद दिया। वे दोनों अपने धाम लौट गए। राजा शर्याति भी अपने महल वापस चला गया। सुकन्या और च्यवन के लिए जीवन मानो उत्सव हो गया था।

पुरंदर ने धीरे-धीरे आगे बढ़कर महर्षि च्यवन के चरणों में पड़ा वज्र उठाया और फिर चुपचाप ऐरावत पर बैठकर देवलोक लौट गया। उसने मन में संकल्प किया कि वह आवेश में ऐसी भूल फिर नहीं करेगा, किंतु यह अनुमान लगाना किसी के लिए कठिन नहीं है कि इंद्र ने अपने संकल्प का पालन कभी नहीं किया।

15

अर्जुन

पांडवों का वनवास-काल चल रहा था। दुर्योधन ने छल-कपट से द्यूत के खेल में पांडवों को हराकर उनकी संपत्ति तथा राज-पाट छीन लिया था और उन्हें वनवास के लिए विवश कर दिया था। पांडवों ने सोचा था कि वनवास समाप्त होने पर वे हस्तिनापुर जाएंगे और दुर्योधन से अपना राज्य वापस ले लेंगे। हालांकि उन्हें दुर्योधन की नीयत पर संदेह था और वे जानते थे कि दुर्योधन इतनी सरलता से उन्हें राज्य वापस नहीं देगा। संक्षेप में, पांडवों को पता था कि राज्य व संपत्ति वापस लेने के लिए चचेरे भाई कौरवों से युद्ध होना अवश्यंभावी था। इसलिए ज्येष्ठ पांडव युधिष्ठिर का मत था कि उन्हें युद्ध की तैयारी आरंभ कर देनी चाहिए।

'मुझे पूर्ण विश्वास है,' युधिष्ठिर ने अपने भाइयों से कहा, 'दुर्योधन आसानी से हमारा राज्य वापस नहीं करेगा। यदि उसकी मंशा ख़राब न होती, तो उसने शकुनि के साथ मिलकर हमें कपट से द्यूत में हराकर इस तरह धोखा न किया होता।'

'मैं आपकी बात से सहमत हूं,' भीम ने सिर हिलाकर हामी भरी। 'परंतु अब हमें क्या करना चाहिए?'

युधिष्ठिर ने कहा, 'कौरवों के पास पितामह भीष्म, गुरु द्रोणाचार्य, अश्वत्थामा और कर्ण जैसे महावीर योद्धा हैं जो युद्ध-कौशल में पारंगत हैं। हालांकि हम लोगों के पास भी अर्जुन और भीम जैसे महावीर, कुशल एवं शक्तिशाली योद्धा हैं, किंतु कौरवों के पास अनेक शक्तिशाली और विशेष अस्त्र-शस्त्र भी हैं। ऐसी स्थिति में उन्हें परास्त करना तो दूर, उनका सामना करना भी हमारे लिए दुष्कर होगा।'

'फिर?' अर्जुन ने चिंतित स्वर में पूछा। 'क्या हम यह युद्ध हार जाएंगे?'

'नहीं!' युधिष्ठिर ने कहा। 'यदि हम दिव्यास्त्र प्राप्त कर लें तो हमारी विजय की संभावना बढ़ सकती है किंतु दिव्यास्त्रों के अभाव में हम कौरवों से युद्ध अवश्य हार जाएंगे। इसलिए हमें किसी तरह दिव्यास्त्र प्राप्त करने होंगे।'

'आप सत्य कहते हैं,' अर्जुन ने कहा। 'हम कौरवों का सामना तो कर सकते हैं किंतु जिस प्रकार के अस्त्र-शस्त्र द्रोणाचार्य और पितामह भीष्म के पास हैं, यदि हम सब मिलकर भी उनसे युद्ध करें तो शायद उनका मुक़ाबला नहीं कर सकते।'

सब लोग युधिष्ठिर की ओर देखने लगे। वे समझ गए कि युधिष्ठिर ने इस विषय पर चर्चा आरंभ की है तो उसके पास अवश्य कोई योजना होगी।

'एक मार्ग है,' युधिष्ठिर ने कहा, 'परंतु मेरे विचार से वह कार्य केवल अर्जुन कर सकता है।'

'आप आदेश कीजिए,' अर्जुन ने कहा। 'मैं विजयश्री प्राप्त करने के लिए कुछ भी करने को तैयार हूं। यदि इसके लिए मुझे अपने प्राण भी त्यागने पड़े तो मैं पीछे नहीं हटूंगा!'

'मुझे तुम पर गर्व है अर्जुन,' युधिष्ठिर ने कहा। 'देवराज पुरंदर के पास सब प्रकार के दिव्यास्त्र हैं। यदि तुम प्रयास करके इंद्र को प्रसन्न कर लो, तो तुम्हें दिव्यास्त्र प्राप्त हो सकते हैं। इसके लिए तुम्हें इंद्रकील पर्वत पर जाना होगा। वहां पूरी निष्ठा से देवराज इंद्र की आराधना करो। क्या तुम ऐसा कर पाओगे, अर्जुन?'

'मैं आपको वचन दे चुका हूं भैया,' अर्जुन ने उत्तर दिया। 'कुछ भी हो जाए, किंतु मैं इंद्रकील पर्वत पर जाऊंगा और देवराज इंद्र को प्रसन्न करके उनसे दिव्यास्त्र लेकर ही वापस लौटूंगा।' ऐसा कहकर अर्जुन ने अपनी पत्नी द्रौपदी और चारों भाइयों से विदा ली तथा दिव्यास्त्र प्राप्त करने इंद्रकील पर्वत की ओर रवाना हो गया।

अर्जुन बहुत लंबी और कठिन यात्रा के बाद इंद्रकील पर्वत पहुंच गया। वह पर्वत पर स्थित घने वन में पहुंचा तो उसे वट-वृक्ष के नीचे एक तपस्वी बैठा दिखाई दिया। तपस्वी की आंखें बंद थी और वह गहन ध्यान में लीन था। अर्जुन तपस्वी के निकट जाकर चुपचाप खड़ा हो गया।

कुछ देर के बाद तपस्वी ने आंखें खोली और अर्जुन को देखा। फिर वह बोला, 'क्या तुम योद्धा हो? कौन हो तुम? इस घने वन में कैसे पहुंचे? यह वन तो बहुत ऊंचाई पर स्थित है तथा यहां की धरती बहुत पथरीली है। यहां पहुंचना अत्यंत कठिन कार्य है। तुम अवश्य यहां किसी विशेष प्रयोजन से आए हो। कहो, तुम्हें क्या चाहिए?'

'हे तपस्वी!' अर्जुन ने प्रणाम करके कहा, 'मेरा नाम अर्जुन है। मैं हस्तिनापुर के पूर्व सम्राट महाराज पांडु का पुत्र हूं। मैं यहां देवराज इंद्र की तपस्या करके उन्हें प्रसन्न करने के उद्देश्य से आया हूं ताकि उनसे दिव्यास्त्र प्राप्त कर सकूं। ऋषिवर, आप कौन हैं?'

यह सुनकर तपस्वी अपने स्थान से उठ खड़ा हुआ। अर्जुन ने देखा कि तपस्वी के स्थान पर उसके सामने हाथ में वज्रायुध लिए स्वयं देवराज इंद्र खड़े थे।

'पुत्र, मैं ही इंद्र हूं।' पुरंदर ने 'पुत्र' शब्द पर बल देकर कहा। 'मैं तुम्हारी लगन और साधना से अत्यंत प्रभावित हूं। इसीलिए मैंने तुम्हें अपने वास्तविक रूप का दर्शन दिया है। मैं तुमसे बहुत प्रसन्न हूं और तुम्हारी कोई भी मनोकामना पूर्ण करने के लिए तैयार हूं।'

पुरंदर वास्तव में अर्जुन का पिता था (इस संबंध में अर्जुन के जन्म की कथा विस्तार से पूर्व अध्याय में दी जा चुकी है)। हालांकि अर्जुन को उस समय इस सत्य का पता नहीं था और यही कारण था पुरंदर ने अर्जुन को इतनी सरलता से वरदान देने का प्रस्ताव दे दिया।

'मैं सचमुच बहुत भाग्यशाली हूं जो मुझे आपके दर्शन हो गए,' अर्जुन ने कहा। 'मैं यहां दिव्यास्त्रों की खोज में आया हूं, क्योंकि हमें कौरवों से युद्ध के समय दिव्यास्त्रों की आवश्यकता होगी। यदि आप मुझसे प्रसन्न हैं तो मुझे दिव्यास्त्र प्रदान करने की कृपा करें।'

'अर्जुन, तुम्हारे लिए दिव्यास्त्रों का क्या उपयोग है,' इंद्र ने पूछा। 'तुमने आध्यात्मिक स्तर का उच्चतम शिखर प्राप्त कर लिया है। यदि तुम चाहो तो मैं तुम्हें देवलोक में सुख-सुविधाओं से भरा जीवन प्रदान कर सकता हूं।' पुरंदर, अर्जुन की परीक्षा लेने के उद्देश्य से उसे भटकाने का प्रयास करने लगा।

'प्रभु, मैं आपका आभारी हूं,' अर्जुन ने उत्तर दिया। 'परंतु दिव्यास्त्र के अतिरिक्त मेरी कोई इच्छा नहीं है। मेरे चारों भाई वन में तपस्वी का जीवन

व्यतीत कर रहे हैं। मैं उन्हें इस दुर्दशा में छोड़कर अपने लिए देवलोक में स्थान प्राप्त करने जैसा निकृष्ट कार्य नहीं कर सकता। मेरा आपसे विनम्र अनुरोध है कि आप मुझे दिव्यास्त्र प्रदान करें और जाने की अनुमति दें।'

पुरंदर को अर्जुन की दृढ़ता देखकर बहुत प्रसन्नता हुई। उसने कहा, 'अर्जुन, मैं केवल तुम्हारी परीक्षा ले रहा था। मुझे प्रसन्नता है कि तुम उत्तीर्ण हुए। मैं दिव्यास्त्र पाने की तुम्हारी मनोकामना अवश्य पूरी करूंगा, परंतु पहले तुम्हें भगवान शिव को प्रसन्न करना होगा।' यह कहकर पुरंदर अंतर्धान हो गया।

अर्जुन के लिए यह दुविधा की बात थी। पुरंदर, देवताओं का राजा और देवलोक का शासक था। वह चाहता तो उसी समय अर्जुन को दिव्यास्त्र प्रदान कर सकता था। परंतु पुरंदर के स्वभाव में नहीं था कि वह किसी कार्य को सुगमता से हो जाने दे। उसे लोगों के साथ चालें चलने में आनंद आता था। यहां तक कि उसने अपने पुत्र के साथ भी ऐसा ही किया।

इंद्र की बात सुनकर अर्जुन चकित रह गया। परंतु उसने कुछ नहीं कहा। इंद्र ने अर्जुन की मांग को अस्वीकार नहीं किया था। उसने केवल भगवान शिव को प्रसन्न करने की बात कही थी। भगवान शिव को प्रसन्न करना अर्जुन के लिए एक बड़ी चुनौती थी। परंतु अर्जुन भी धुन का पक्का था। उसने हार नहीं मानी और भगवान शिव को प्रसन्न करने के लिए कठोर तप आरंभ कर दिया।

अर्जुन ने तपस्या का आरंभिक समय धरती पर गिरे पत्ते खाकर बिताया। उसके बाद वह फल खाकर जीवित रहा। वह तीन दिन में केवल एक बार खाता था। यह क्रम लगभग एक माह तक जारी रहा। अर्जुन ने उसके अगले माह में एक सप्ताह में एक बार फल खाकर तपस्या की। वह तीसरे माह में पंद्रह दिन में एक बार फल खाता था तथा उसने चौथा माह केवल वायु पर निर्भर व्यतीत किया। इस अवधि के दौरान अर्जुन सिर के ऊपर हाथ उठाए पैरों के पंजों पर खड़ा रहकर तप करता था। समय के साथ उसकी तपस्या कठोर होती गई। शीघ्र ही अर्जुन की आराधना की उष्मा भगवान शिव के धाम कैलाश पर्वत तक जा पहुंची।

शिव, अर्जुन की कठोर तपस्या से प्रसन्न हो गए, किंतु वह उसकी परीक्षा लेना चाहते थे। उन्होंने एक शिकारी का रूप धारण किया और उसी वन में पहुंच गए जहां अर्जुन तपस्या कर रहा था। संयोग से मूक नाम का

एक राक्षस उसी समय जंगली शूकर का रूप धरकर अर्जुन पर आक्रमण करने आ गया। उसे देखकर भगवान शिव ने शूकर पर बाण चला दिया। इसी बीच, अर्जुन का ध्यान भी शूकर पर चला गया। अर्जुन ने भी शूकर पर बाण छोड़ दिया। शिव और अर्जुन दोनों के बाण निशाने पर लगे थे। शूकर मारा गया। शिकारी के रूप में आए भगवान शिव का कहना था कि पहला बाण उन्होंने चलाया इसलिए शिकार उनका था। अर्जुन इस बात पर ज़ोर देता रहा कि शूकर ने उस पर हमला किया था इसलिए वह उसका शिकार था। इसी बात पर दोनों में बहस छिड़ गई। अर्जुन को क्रोध आ गया और दोनों के बीच शूकर को लेकर युद्ध छिड़ गया।

अर्जुन निस्संदेह संसार का सर्वश्रेष्ठ धनुर्धर था। उसने अपना शक्तिशाली गांडीव धनुष उठाया और शिकारी पर बाणों की वर्षा कर दी। परंतु उसका एक बाण भी शिकारी को छू नहीं सका। आख़िर शिकारी के रूप में भगवान शिव स्वयं आए हुए थे। अर्जुन इस दृश्य को देखकर चकित रह गया। उसे एहसास हुआ कि उसके सामने कोई साधारण शिकारी नहीं था। अर्जुन ने गांडीव धनुष नीचे रख दिया और विनम्रता से पूछा, 'मैं पहले कभी किसी ऐसे व्यक्ति से नहीं मिला जो मेरे गांडीव के सामने इतनी देर टिक जाए। सच बताइए, आप कौन हैं?'

शिकारी ने उत्तर दिया, 'अर्जुन, मैं शिव हूं। मेरे ही दर्शन के लिए तुम इतने महीनों से तपस्या कर रहे हो। मैं तुम्हारी लगन और साधना से बहुत प्रसन्न हूं। मांगो, क्या चाहिए?'

अर्जुन को अपने कानों पर विश्वास नहीं हुआ। वह भगवान शिव के चरणों में गिर पड़ा और उनसे क्षमा मांगने लगा, 'प्रभु मुझे क्षमा कर दीजिए। मैंने आपसे युद्ध करने का प्रयास किया। मैंने आपको पहचाना नहीं था।' अर्जुन की आंखों से प्रायश्चित के आंसू बहने लगे। वह हाथ जोड़कर घुटनों पर बैठ गया।

'उठो अर्जुन!' शिव ने कहा। 'तुमने वही किया, जो उस समय तुम्हारा कर्तव्य था। मैं तुमसे प्रसन्न हूं। मुझे पता है तुम इतनी कठोर साधना क्यों कर रहे हो। मैं तुम्हें अपना दिव्य पाशुपतास्त्र प्रदान करता हूं। इसका वार अचूक है। परंतु तुम्हें इसके उपयोग से पहले बहुत सावधान रहना होगा क्योंकि इस तरह के दिव्यास्त्रों के अनुचित प्रयोग से सृष्टि का विनाश हो सकता है।'

'हे प्रभु, मैं इस दया के लिए आपका सदा आभारी रहूंगा,' अर्जुन ने कहा। 'परंतु मुझे अन्य दिव्यास्त्रों की भी आवश्यकता है।'

'मैं जानता हूं,' शिव ने उत्तर दिया। 'तुम्हें कौरवों के साथ होने वाले युद्ध के लिए दिव्यास्त्र चाहिए। तुम मेरी परीक्षा में उत्तीर्ण हो गए हो। कुछ ही देर में देवराज पुरंदर का रथ तुम्हें लेने आएगा। तुम उसमें बैठकर देवलोक चले जाओ। वहां देवराज पुरंदर तुम्हारी इच्छा पूरी करेंगे।' शिव ने अर्जुन को आशीर्वाद दिया और अंतर्धान हो गए।

कुछ ही क्षण बाद अर्जुन ने देखा कि आकाश से एक दिव्य रथ नीचे उतर रहा है। उसकी चमक और सजावट देखकर स्पष्ट था कि वह देवराज पुरंदर का ही रथ था। अर्जुन यह देखकर बहुत हर्षित हुआ कि वह दिव्यास्त्र प्राप्त करने के अत्यंत निकट था। हालांकि उसके मन में अज्ञात भय व्याप्त था क्योंकि जहां पुरंदर की बात हो, वहां निश्चित तौर पर कुछ कह पाना मुश्किल था।

कुछ ही पलों में अर्जुन अमरावती पहुंच गया। पुरंदर के महल के बाहर बहुत-से दिव्य रथ खड़े थे। वे सब इंद्र-सभा में बैठे विभिन्न देवताओं आदि के रथ थे। महल के द्वार पर रूपसी स्त्रियों ने अर्जुन का स्वागत किया। उसने इतनी सुंदर स्त्रियां कभी नहीं देखी थीं। वे उसके स्वागत में प्रशंसा-गीत गा रही थीं। अर्जुन को शीतल, मंद व सुगंधित समीर का एहसास हो रहा था। वह मंत्रमुग्ध हो गया। उसने ज्यों ही पुरंदर के राजमहल में प्रवेश किया, सभी देवतागण, गंधर्व, सिद्ध और अन्य ऋषि-मुनियों ने अर्जुन का स्वागत किया। अर्जुन ने सभा में चारों ओर दृष्टि डाली। उसने देखा विश्वेदेव, मरुद्‌गण, अश्विनीकुमार, आदित्य, वसु, रुद्र तथा अनेक गौरवशाली राजा पुरंदर के राज दरबार में बैठे थे। अंत में स्वयं देवराज इंद्र ने उठकर अर्जुन का स्वागत किया।

पुरंदर ने अर्जुन को आसन प्रदान किया। घृताची, मेनका, रंभा, उर्वशी, स्वयंप्रभा, चित्रसेना नाम की अनेक अप्सराओं ने अर्जुन के आगमन पर अनुपम नृत्य प्रस्तुत किया। उन अप्सराओं को देखकर पुरंदर की आंखों में झलक रही कामुकता स्पष्ट दिखाई दे रही थी। आरंभिक हर्षोल्लास और जश्न के बाद काम की बात करने का समय आ गया था।

'देवराज,' अर्जुन ने कहा, 'मैं इस भव्य स्वागत के लिए आपका बहुत आभारी हूं।'

'यह मेरे लिए भी प्रसन्नता का विषय है,' पुरंदर ने उत्तर दिया। 'मैंने तुम्हें वचन दिया था मैं तुम्हारी मनोकामना अवश्य पूर्ण करूंगा। तुमने सब बाधाएं एवं परीक्षाएं पार करके देवलोक आने में सफलता प्राप्त की है। अब अपना वचन पूरा करने की मेरी बारी है।' पुरंदर ने सभा में बैठे सभी देवताओं से अनुरोध किया कि वे सब अपने-अपने दिव्यास्त्र अर्जुन को प्रदान करें तथा उन अस्त्र-शस्त्रों को प्रयोग करने की विधि भी अर्जुन को सिखाएं।

पुरंदर ने कुटिल ढंग से मुस्कराते हुए कहा, 'अर्जुन, तुम्हें इन सब अस्त्र-शस्त्रों के प्रयोग को सीखने में कुछ समय लगेगा। मेरा सुझाव है कि तुम कुछ समय यहीं देवलोक में रुककर इन दिव्यास्त्रों के प्रयोग की विधि सीख लो। इसके बाद तुम इन्हें लेकर अपने भाइयों के पास लौट सकते हो।'

देवलोक आने के बाद से ही अर्जुन असहज महसूस कर रहा था। पुरंदर को लेकर उसके मन की असहजता दूर नहीं हो रही थी। अर्जुन को दिव्यास्त्र चाहिए थे, किंतु पुरंदर चाहता था कि वह अस्त्रों का प्रयोग सीखने के बाद ही वहां से लौटे। अर्जुन के पास कोई विकल्प नहीं था। आख़िर उसने देवलोक में रहकर दिव्यास्त्रों का प्रशिक्षण पूरा करने का निश्चय किया।

अर्जुन बहुत कुशाग्र बुद्धि था और उसकी सीखने की क्षमता अद्भुत थी। उसने जल्दी ही सभी प्रकार के अस्त्र-शस्त्रों और उनके प्रयोग की विधि सीख ली। वह जानता था कि पुरंदर मनुष्यों के विषय में अच्छी राय नहीं रखता, इसलिए शायद इंद्र मन से नहीं चाहता था देवलोक के दिव्यास्त्र किसी मनुष्य को प्राप्त हो जाएं। परंतु इन सब संशयों के बीच देवलोक में रहते हुए अर्जुन को पुरंदर के व्यवहार में कोई विचित्र या संदेहास्पद बात दिखाई नहीं पड़ी। वह समझ नहीं पाया कि उसने पुरंदर के विषय में जो कुछ सुना था वह सही था अथवा नहीं।

आख़िरकार अर्जुन का प्रशिक्षण समाप्त हो गया। वह पुरंदर के पास गया और बोला, 'प्रभु आपके आशीर्वाद से मेरा प्रशिक्षण पूर्ण हो चुका है। मैं अब दिव्यास्त्र लेकर देवलोक से लौटना चाहता हूं।'

'नहीं अर्जुन,' पुरंदर ने मुस्कराते हुए कहा, 'अभी तुम्हारा प्रशिक्षण पूरा नहीं हुआ है। तुम्हें अभी एक और महत्त्वपूर्ण विद्या सीखनी है। उसे सीखे बिना देवलोक की तुम्हारी यात्रा अधूरी रह जाएगी।'

'कौन-सी विद्या, देवराज?' अर्जुन ने आश्चर्य से पूछा। पुरंदर की मंशा को लेकर अर्जुन का भय फिर से उभर आया था।

'नृत्य और संगीत की विद्या।' पुरंदर ने उत्तर दिया। 'अर्जुन, मैं चाहता हूं कि तुम नृत्य और संगीत की शिक्षा भी ग्रहण करो। मैंने गंधर्वराज चित्रसेन को तुम्हें यह विद्या सिखाने का निर्देश भी दे दिया है।'

अर्जुन दुविधा में पड़ गया। उसका संशय गहरा गया। 'संगीत क्यों, देवराज?' उसने हिचकिचाते हुए पूछा। 'मैं एक योद्धा हूं और कौरवों से युद्ध करने के लिए मुझे संगीत सीखने की क्या आवश्यकता है?'

पुरंदर ने मुस्कराकर उत्तर दिया, 'ऐसी बहुत-सी बातें हैं जिनसे मनुष्य अनजान रहते हैं। नियति की यही मंशा है कि सत्य तुम्हारे सामने उचित समय पर प्रकट हो। मैं अभी तुम्हें यह नहीं बता सकता कि तुम्हें संगीत और नृत्य सीखने की आवश्यकता क्यों है, किंतु इतना अवश्य कह सकता हूं कि यह विद्या तुम्हारे काम आएगी।'

अर्जुन ने हामी भर दी। पुरंदर ने अपनी बात समाप्त भी नहीं की थी कि तभी गंधर्वराज चित्रसेन भी आ पहुंचे।

'अहा! देखो चित्र भी आ गया,' पुरंदर ने कहा। 'आओ चित्र, हम अभी तुम्हारे विषय में ही बात कर रहे थे। यह अर्जुन है, तुम्हारा नया शिष्य।'

चित्रसेन आकर्षक और सुंदर था। उसकी काया गठी हुई और बलिष्ठ थी। वह अर्जुन को देखकर मुस्कराया। उसने अर्जुन के हाथ अपने हाथों में लिए और उसकी कठोर अंगुलियों को देखकर कहा, 'प्रिय अर्जुन, अब कुछ समय के लिए गांडीव रख देने का समय आ गया है। धनुर्विद्या को थोड़ा आराम दो और कोमलता का अभ्यास करो।' चित्रसेन ने इंद्र की ओर देखा और फिर दोनों एक-दूसरे को देख कर मुस्कराए।

देवराज पुरंदर के कहने पर संसार के सर्वश्रेष्ठ धनुर्धर अर्जुन ने चित्रसेन से संगीत और नृत्य की शिक्षा लेना आरंभ कर दिया। बहुत जल्द अर्जुन ने सभी राग-रागिनियां तथा नृत्य-शैलियां सीख लीं। यही नहीं, वह स्त्रियों की तरह चलना, नाचना और कमर हिलाना भी सीख गया था।

एक दिन चित्रसेन, पुरंदर के दरबार में गया और बोला, 'देवराज मेरी विचार से अर्जुन अब एक प्रशिक्षित संगीतकार और नर्तक बन गया है। आपका क्या आदेश है?'

पुरंदर ज़ोर से हंसा और बोला, 'बहुत बढ़िया चित्र, अब तुम अप्सरा उर्वशी से कहो कि वह अर्जुन को अपने सौंदर्य से रिझाए तथा मोह-पाश में बांधने का प्रयास करे। अर्जुन के भविष्य की तैयारी के लिए यह एक अंतिम परीक्षा अभी शेष है।'

'परंतु मेरा एक प्रश्न है!' चित्रसेन ने कहा। 'यदि उर्वशी इस कार्य में सफल हो गई और अर्जुन उसके कामुक आकर्षण का शिकार हो गया तो क्या होगा? मुझे विश्वास है आप ऐसा कदापि नहीं चाहते।'

'चिंता मत करो चित्र,' पुरंदर ने कहा, 'मैं अर्जुन को उससे भी अधिक जानता हूं। मुझे विश्वास है कि वह उर्वशी के आकर्षण में नहीं फंसेगा। जाओ, उर्वशी को मेरा आदेश सुना दो।'

'परंतु,' चित्रसेन ने फिर बीच में बात काटी, 'अर्जुन के विरोध करने पर क्या उर्वशी नाराज़ नहीं हो जाएगी? आप तो जानते हैं कि वह बहुत जल्दी किसी भी बात का बुरा मान जाती है। क्या आपको लगता है अर्जुन को इस तरह की ख़तरनाक स्थिति में डालना उचित होगा?'

'तुम बहुत प्रश्न पूछते हो।' पुरंदर ने चित्रसेन से कहा। 'अगर बुरा मानती है तो मान जाने दो। जो होना है वह तो होकर रहेगा और हां, एक बात याद रखो, जो भी होता है वह किसी कारण से होता है।' यह कहकर इंद्र मुस्कराया।

चित्रसेन को समझ में नहीं आया कि पुरंदर के दिमाग़ में क्या योजना थी। परंतु उसने अपने राजा के सामने सिर झुकाया और वह देवलोक की सर्वश्रेष्ठ अप्सराओं में से एक उर्वशी के पास जा पहुंचा। वह इतनी सुंदर थी कि किसी भी पुरुष के लिए उस पर से दृष्टि हटाना असंभव था।

'प्रिय उर्वशी,' चित्रसेन ने कहा, 'देवराज पुरंदर ने तुम्हें एक अत्यंत महत्त्वपूर्ण कार्य सौंपा है। तुम्हें पता ही होगा कि मैं पिछले एक वर्ष से अर्जुन को नृत्य और संगीत की शिक्षा दे रहा हूं। वह इन दोनों कलाओं में अब निपुण हो चुका है। तुमने उसे मेरे साथ अभ्यास करते तो देखा ही होगा?'

'हां, अवश्य देखा है!' उर्वशी ने उत्तर दिया। 'उस बलिष्ठ एवं वीर योद्धा को भला कौन नहीं देखेगा, मैंने उसे अनेक बार देखा है और मैं उसके व्यक्तित्व से अत्यंत प्रभावित हूं। बताइए प्रभु, मुझे क्या करना है?'

चित्रसेन ने उत्तर दिया, 'यह तो बहुत अच्छी बात है। तुम्हें अर्जुन के पास जाकर उसे अपने सौंदर्य एवं आकर्षण से मोहित करना है। यदि तुम उसके प्रति पहले से ही आकर्षित हो तो इससे तुम्हारा कार्य और सरल हो जाएगा। जाओ उर्वशी, जल्दी करो, यह देवराज पुरंदर की आज्ञा है।'

उर्वशी बहुत प्रसन्न थी। उसे लगा मानो उसका सपना सच हो गया। संसार का सर्वश्रेष्ठ धनुर्धर और अत्यंत आकर्षक पुरुष अर्जुन, शीघ्र ही उसका साथी बनने वाला था। वह इससे अधिक क्या चाह सकती थी। उर्वशी तत्काल अर्जुन से मिलने के लिए चल पड़ी। वह ज्यों ही कक्ष में घुसी तो उसने देखा कि अर्जुन नृत्य का अभ्यास कर रहा था। उसने शरीर पर केवल धोती पहनी थी और उसका शरीर पसीने से लथपथ था। उर्वशी ने अर्जुन की बलिष्ठ काया पर पसीने की छोटी-छोटी बूंदें देखीं। एक साल के सतत अभ्यास ने अर्जुन की काया सुंदर एवं सौष्ठव आकार दे दिया था। उसे देखते ही उर्वशी उत्तेजित हो गई। उसके मन में अर्जुन को आलिंगन में लेने की इच्छा तीव्र हो गई। वह स्वयं को रोक न सकी।

अर्जुन ने इतनी सुंदर और आकर्षक स्त्री को निकट देखा तो वह नृत्य करते-करते रुक गया। उसने पूछा, 'देवी आप कौन हैं? आपको क्या चाहिए?'

उर्वशी ने कामुक स्वर में कहा, 'अर्जुन, मेरा नाम उर्वशी है। मैं इंद्र-दरबार की सबसे सुंदर अप्सराओं में से एक हूं। तुम जब से देवलोक आए हो, मेरी दृष्टि लगातार तुम पर है। मुझे तुमसे प्रेम हो गया है। कृपया मुझे स्वीकार करो और मेरी कामेच्छा पूर्ण करो।'

अर्जुन दुविधा में पड़ गया। वह आश्चर्य से उर्वशी को देखता रहा। उसे एक पल के लिए लगा मानो उर्वशी के यौवन और सौंदर्य ने उसे बांध लिया था। उर्वशी के आकर्षण से बच पाना किसी भी पुरुष के लिए लगभग असंभव था, किंतु अर्जुन एक निश्चित उद्देश्य लेकर देवलोक आया था। उसने स्वयं को संभाल लिया।

अर्जुन ने दृष्टि नीचे करके उर्वशी से कहा, 'देवी, मुझे लगता है आपसे कोई भूल हुई है।' वह अपने मन को भटकने से रोकने का प्रयास कर रहा था।

'अर्जुन, मेरी ओर देखो' यह कहकर उर्वशी अर्जुन के और निकट आ गई। 'मुझे एक बार देखो और कहो कि तुम मुझे आलिंगन में लेकर मुझसे प्रेम करने के लिए व्याकुल नहीं हो।'

'नहीं!' अर्जुन ने दृढ़ता से उत्तर दिया। वह अब भी नीचे देख रहा था। 'मैं आपकी ओर देखना भी नहीं चाहता। आप कुंती, माद्री और शची की भांति मेरी माता के समान हैं। कृपया मुझे बाध्य मत कीजिए। मैं आपकी कामना को पूरा नहीं कर सकता।'

किसी पुरुष ने पहली बार उर्वशी के सौंदर्य की उपेक्षा की थी। अर्जुन ने उर्वशी को अस्वीकार कर दिया था। वह स्तब्ध थी और क्रोधित भी, उसका इतना अपमान पहले कभी नहीं हुआ था। अपमानित स्त्री ख़तरनाक हो जाती है। उर्वशी के हृदय में अर्जुन के लिए जो प्रेम था, वह सहसा विष में परिवर्तित हो गया। उर्वशी एक क़दम पीछे हटी और फिर अर्जुन की ओर क्रोध-भरी दृष्टि से देखने लगी।

'अर्जुन!' उर्वशी ने चिल्लाकर कहा, 'यह सत्य है कि मैं तुमसे बहुत प्रभावित हूं, परंतु तुम्हें अपने आकर्षण से लुभाने का आदेश मुझे देवराज इंद्र ने दिया था। तथापि तुमने एक स्त्री का अपमान किया है। मैं तुम्हें शाप देती हूं कि तुम पुरुष होकर भी नपुंसक का जीवन जिओगे।' उर्वशी अपने हृदय में भरा विष उगलने के बाद अपने महल लौट गई।

अर्जुन चकित खड़ा उसे देखता रहा। वह तुरंत चित्रसेन के पास गया और उसे पूरी घटना कह सुनाई। चित्रसेन को पहले ही इस दुर्घटना के होने की आशंका थी। परंतु अब देर हो चुकी थी। वह जानता था कि इस नाटक के पीछे पुरंदर के दिमाग़ में अवश्य कोई योजना होगी किंतु प्रश्न था कि वह योजना क्या है। चित्रसेन और अर्जुन शीघ्रता से पुरंदर के पास पहुंचे।

'हे प्रभु,' चित्रसेन ने चिंतित होकर कहा। 'देखिए, मुझे जिस बात का भय था वही हुआ।'

'क्या हुआ, चित्रसेन!' पुरंदर ने मुस्कराते हुए पूछा।

'देवराज, आपके आदेशानुसार मैंने उर्वशी को अर्जुन के पास भेजा था और आपका अनुमान सही था कि उर्वशी अर्जुन को अपने मोह-पाश में नहीं फंसा पाई। परंतु अर्जुन के उपेक्षा भरे व्यवहार से उर्वशी नाराज़ हो गई है

और उसने अर्जुन को नपुंसक बनने का शाप दे दिया है। अर्जुन दिव्यास्त्र लेने आया था और अपना पुरुषत्व गंवाकर वापस जाएगा।'

पुरंदर अब भी मुस्करा रहा था। उसे देखकर चित्रसेन को बहुत हैरानी हुई। अर्जुन तो इतना लज्जित था कि वह दृष्टि ऊपर करके किसी को नहीं देख पा रहा था।

पुरंदर ने अर्जुन से कहा, 'प्रिय अर्जुन, तुम क्यों लज्जित हो? इसमें तुम्हारी कोई ग़लती नहीं है। तुमने कोई अनुचित कार्य नहीं किया। मैं तुम्हारी निष्ठा से प्रसन्न हूं और इस बात के लिए तुम्हारी प्रशंसा करता हूं कि तुमने अपने मन पर संयम रखा तथा उर्वशी के शाप को भी साहस के साथ झेल लिया है।'

'देवराज!' अर्जुन ने आंखों में आंसू भरकर कहा, 'उर्वशी ने मुझे बताया कि उसे स्वयं आपने मेरे पास भेजा था। क्या आप इस बात से अवगत नहीं हैं कि मैं अपने लक्ष्य से कभी नहीं डिगता? आपने इस बात की कल्पना भी कैसे कर ली कि मैं एक अप्सरा के आकर्षण में फंसकर वासना का शिकार हो जाऊंगा और अपने मार्ग से भटक जाऊंगा? मुझे बताइए, आपने मेरे साथ ऐसा क्यों किया? संसार का सर्वश्रेष्ठ धनुर्धर अब किसे मुंह दिखाएगा? हे ईश्वर, मैं नपुंसक बन गया हूं! नपुंसक धनुर्धर!'

'पुत्र,' पुरंदर ने सौम्य स्वर में कहा, 'यह सही है कि मैंने यह योजना जानबूझकर बनाई थी, परंतु मेरा विश्वास करो यह तुम्हारे लाभ के लिए है। मैं उर्वशी का शाप वापस तो नहीं ले सकता, किंतु मैं तुम्हारे हित के लिए इस शाप को वरदान में अवश्य परिवर्तित कर सकता हूं।'

'यह कैसे संभव है, देवराज?' अर्जुन ने उत्सुकता से पूछा। 'कोई भी शाप वरदान कैसे बन सकता है?'

'मैं उर्वशी के शाप की अवधि घटाकर एक वर्ष के लिए सीमित कर रहा हूं। साथ ही मैं तुम्हें इस बात की भी छूट देता हूं कि तुम यह एक वर्ष की अवधि अपनी सुविधा के अनुसार किसी भी समय आरंभ कर सकते हो। शाप का एक वर्ष पूरा होने के बाद तुम्हें अपना पुरुषत्व फिर से प्राप्त हो जाएगा।'

'देवराज, यह सुन कर मुझे कुछ संतोष अवश्य मिला है,' अर्जुन ने कहा। 'परंतु क्या ऐसा करने से उर्वशी का शाप वरदान बन जाएगा?'

'हां अवश्य, यह वरदान है।' पुरंदर ने कहा। 'तुम पांडव भाइयों को अपने वनवास का अंतिम वर्ष अज्ञातवास में व्यतीत करना है। उस दौरान उर्वशी का शाप तुम्हारे काम आएगा। उस अंतिम एक वर्ष में तुम नृत्य और संगीत के शिक्षक बनकर नपुंसक का जीवन व्यतीत कर सकते हो। अब बताओ, क्या यह वरदान नहीं है?' पुरंदर ने मुस्कराकर कहा। अर्जुन और चित्रसेन हैरत से एक-दूसरे को देख रहे थे।

इसके बाद पुरंदर ने अर्जुन को आशीर्वाद दिया और उसे दिव्यास्त्र सहित वहां से जाने की अनुमति दे दी। उसने अर्जुन को अपने सारथी मातलि के साथ रथ में विदा किया। पृथ्वीलोक लौटते समय अर्जुन ने देवलोक से मिले दिव्यास्त्रों पर दृष्टि डाली तो उसे बहुत गर्व महसूस हुआ।

पृथ्वीलोक लौटकर अर्जुन ने अपने भाइयों तथा पत्नी को देवलोक का अनुभव तथा उर्वशी के शाप की कथा सुनाई। उसने यह भी बताया कि पुरंदर ने किस तरह उर्वशी के शाप को वरदान में परिवर्तित कर दिया।

आख़िरकार, पांडवों ने अज्ञातवास के दौरान मत्स्य नरेश विराट के महल में शरण ली। उसी एक वर्ष में अर्जुन ने उर्वशी के शाप का उपयोग किया। उसने 'बृहन्नला' नाम के नपुंसक का रूप धारण कर लिया और मत्स्य नरेश की पुत्री उत्तरा को नृत्य और संगीत की शिक्षा दी। अन्य चार पांडव भाइयों और उनकी पत्नी द्रौपदी ने अलग-अलग छद्म-वेश में रहकर मत्स्य नरेश के राजमहल में सफलतापूर्वक अपना अज्ञातवास पूरा किया।

सब कुछ समाप्त होने के बाद एक दिन पांडव और द्रौपदी साथ बैठकर इसी कथा को याद करके आनंद ले रहे थे कि तभी द्रौपदी ने मज़ाक़ करते हुए कहा, 'सारा संसार देवराज पुरंदर को कपटी समझता है, परंतु वह इतने भी बुरे नहीं हैं।' यह सुनकर सब लोग हँस पड़े।

16

नल-दमयंती

पुरंदर के पास जब कोई विशेष कार्य नहीं होता था तो वह इंद्र-सभा में बैठकर सोमपान किया करता और अप्सराओं का नृत्य देखता था। ऐसे ही एक अवसर पर वह देवलोक की सुंदर अप्सराओं के साथ आमोद-प्रमोद में मस्त था। उसी दौरान पृथ्वीलोक पर निषादराज नल और विदर्भ की राजकुमारी दमयंती के बीच प्रेम-कथा जन्म ले रही थी।

राजकुमार नल निषाद देश का शासक और पृथ्वी के सबसे आकर्षक पुरुषों में से एक था। साथ ही, वह अपनी ज़बरदस्त अश्वारोहण कला के लिए भी प्रसिद्ध था। दूसरी ओर, विदर्भ की राजकुमारी दमयंती भी अत्यंत सुंदर थी। उसके सौंदर्य एवं रूप-लावण्य की चर्चा तीनों लोकों में फैली थी। नल ने दमयंती के सौंदर्य के विषय में इतना सुना था कि उसे दमयंती को देखे बिना ही उससे प्रेम हो गया था। समय के साथ नल के मन में दमयंती के लिए प्रेम बढ़ता गया। उन दिनों यह परंपरा थी कि कन्या का पिता अपनी पुत्री के विवाह के लिए स्वयंवर आयोजित करता था जिसमें विभिन्न राज्यों के राजाओं और राजकुमारों को निमंत्रण दिया जाता था। उस अवसर पर कन्या को यह छूट थी कि वह स्वयंवर में उपस्थित राजाओं में से किसी को भी अपना पति चुन सकती थी।

नल इस बात से बहुत परेशान था कि विदर्भराज ने अपनी योग्य और सुंदर पुत्री दमयंती के लिए अब तक स्वयंवर आयोजित नहीं किया था। इस कारण नल एवं दमयंती के बीच बात आगे नहीं बढ़ रही थी। नल को यह भी नहीं पता था कि दमयंती किसी अन्य पुरुष को प्रेम करती है अथवा नहीं। धीरे-धीरे नल हताश होने लगा। वह दरबार में न जाकर पूरा दिन राजसी

उद्यान में बने एक सरोवर के निकट बैठा रहता और उसमें रहने वाले हंसों को देखता रहता था। हंस भी प्रतिदिन नल को उदास बैठा देखते थे।

एक दिन एक हंस नल के पास आया और बोला, 'महाराज, मैं कई दिनों से आपको देख रहा हूं। आप बहुत परेशान और उदास नज़र आते हैं। क्या बात है?'

नल ने हंस की ओर देखकर कहा, 'मुझे विदर्भ की राजकुमारी दमयंती से प्रेम हो गया है, परंतु मुझे उससे अपने मन की बात कहने का अवसर नहीं मिल रहा है। दमयंती के प्रति मेरे मन में प्रेम इतना बढ़ गया है कि मेरा किसी अन्य काम में मन नहीं लगता। यदि ऐसे ही चलता रहा तो मैं कुछ ही दिन में मर जाऊंगा।'

हंस ने पल-भर को विचार किया और कहा, 'ऐसा मत कहिए। यदि आप मुझपर विश्वास करें तो मैं विदर्भ जाकर दमयंती को आपका प्रेम संदेश दे सकता हूं। यदि आपके मन में दमयंती के लिए सच्चा प्रेम है तो वह अवश्य आपके प्रस्ताव का उत्तर देगी।'

नल को हंस का प्रस्ताव सुनकर प्रसन्नता हुई। यद्यपि इसमें एक ख़तरा था कि हंस वहां से उड़कर सदा के लिए जा सकता था। नल ने सोच-विचार करने के उपरांत हंस को एक अवसर देने का निश्चय किया।

'मुझे तुम्हारा प्रस्ताव पसंद है,' नल ने कहा।

तब हंस बोला, 'परंतु मेरी एक शर्त है कि आप यह कार्य समाप्त होने के उपरांत मुझे मुक्त कर देंगे।'

हंस की बात सुनकर नल को थोड़ा क्रोध आया, क्योंकि हंस नल का प्रेम-संदेश पहुंचा देने के बदले अपने लिए स्वतंत्रता मांग कर रहा था। तथापि नल ने कहा, 'मुझे तुम पर भरोसा है। मैं तुम्हें वचन देता हूं कि यदि तुम मेरा प्रेम-संदेश दमयंती तक पहुंचा दोगे और उसका उत्तर लेकर भी लौटोगे, तो मैं तुम्हें अवश्य मुक्त कर दूंगा।'

हंस ने नल को वचन दिया। उसने उड़ान भरी और कुछ देर में विदर्भ पहुंच गया। वह सीधा दमयंती के उद्यान में उतरा। यह हंस का सौभाग्य था कि उस समय दमयंती उद्यान में ही टहल रही थी। हंस ने उसे देखा तो देखता ही रह गया। दमयंती सचमुच बहुत सुंदर थी। हंस धीरे-धीरे दमयंती के पास पहुंचा।

'क्या आप राजकुमारी दमयंती हैं?' हंस ने धीरे-से पूछा।

दमयंती ने हंस को उद्यान में पहले कभी नहीं देखा था इसलिए उसे थोड़ी हैरानी हुई।

'तुम कौन हो? यहां कैसे आए और मेरा नाम कैसे जानते हो?' दमयंती ने कड़क स्वर में पूछा।

'धीरे बोलिए, राजकुमारी!' हंस ने कहा, 'मैं आपके लिए संदेश लाया हूं – प्रेम का संदेश।'

'प्रेम-संदेश!' राजकुमारी बोली। 'विदर्भ की राजकुमारी के साथ इस तरह बात करने की तुम्हारी हिम्मत कैसे हुई? दुष्ट पक्षी, जाओ और अपने लिए कोई हंसिनी तलाश करो!' दमयंती क्रोधित हो गई थी।

हंस मुस्कराया। रात की चांदनी में उसकी छोटी काली आंखें चमक रही थीं। उसने कहा, 'राजकुमारी, आप मुझे ग़लत मत समझिए। मैं यह प्रेम संदेश राजकुमार नल की ओर से लाया हूं!'

'राजकुमार नल!' दमयंती ने चहककर कहा। 'क्या तुम्हारा आशय निषादराज नल से है?'

'जी हां, राजकुमारी!' हंस ने उत्तर दिया। 'मुझे विश्वास है आपने राजकुमार नल के विषय में अवश्य सुना होगा। वह पृथ्वी के सबसे आकर्षक और श्रेष्ठ राजाओं में से एक हैं। उन्होंने आपके सौंदर्य के विषय में इतना सुना है कि उन्हें आपसे प्रेम हो गया है। वह सदा आपके ही विचारों में खोए रहते हैं और उन्होंने यही बताने के लिए मुझे आपके पास संदेशवाहक बनाकर भेजा है।'

दमयंती ने सुना था कि नल बहुत सुंदर और आकर्षक है। उसे पता लगा कि नल उससे प्रेम करता है तो वह स्वाभाविक रूप से नल की ओर आकर्षित हो गई।

'अवश्य! मैंने महाराज नल के विषय में बहुत सुना है,' दमयंती ने हंस को कहा। 'मैं जानती हूं कि जो कन्या उनसे विवाह करेगी, वह अवश्य सौभाग्यशाली होगी। तुम जाओ और राजा नल से कहो कि मैं भी उनसे मिलने को आतुर हूं। मैं अपने पिता से अनुरोध करूंगी कि वह मेरा स्वयंवर आयोजित करें और मुझे विश्वास है कि उसमें नल को भी आमंत्रित किया जाएगा। मैं स्वयंवर में नल को अपना पति चुन सकती हूं।' यह सुनकर हंस

बहुत प्रसन्न हुआ। उसे नल और दमयंती की प्रेम-कथा के साकार होने से अधिक अपनी स्वतंत्रता की चिंता थी।

हंस ने तत्काल उड़ान भरी और जिस गति से वह विदर्भ आया था, उससे दुगुनी गति से नल के पास लौट गया। नल अब भी सरोवर के निकट उदास बैठा था। हंस के पंखों की फड़फड़ाहट सुनकर नल का ध्यान भंग हो गया। हंस नीचे उतरा और नल के समक्ष आकर बैठ गया।

'ओह! तुम आ गए,' नल ने कहा। 'मैं तुम्हारी निष्ठा से बहुत प्रसन्न हूं। मुझे बताओ, क्या तुम्हारी भेंट दमयंती से हुई? क्या तुमने उसे मेरा संदेश दे दिया? दमयंती ने तुमसे क्या कहा?' नल अत्यंत बेचैन था।

'जी महाराज,' हंस ने मुस्कराते हुए कहा, 'मैं राजकुमारी दमयंती से मिलकर आया हूं। आपने उनके विषय में जो सुना है, वह उससे कहीं अधिक सुंदर हैं। मैंने उन्हें आपका प्रेम-संदेश भी दे दिया है। आपको यह जानकर और भी प्रसन्नता होगी कि वह भी आपसे मिलने को आतुर हैं। दमयंती ने यह भी कहा है कि वह अपने पिता से स्वयंवर आयोजित करने का अनुरोध करेंगी, ताकि आप दोनों को एक-दूसरे से मिलने का अवसर मिल जाएगा। दमयंती ने तो एक क़दम आगे बढ़कर यह भी कहा है कि यदि उन्होंने आपको स्वयंवर में देख लिया तो वह आपको ही अपना वर चुन लेंगी।'

हंस की बात सुनकर नल इतना प्रसन्न हुआ कि उसे अपने कानों पर विश्वास नहीं हुआ।

'महाराज,' हंस ने कहा, 'मैंने अपना वचन पूरा कर दिया है। अब आपकी बारी है। कृपया मुझे जाने दीजिए।'

नल सचमुच हंस की निष्ठा से बहुत प्रसन्न हुआ। उसने हंस को स्नेह से चूमा और फिर स्वतंत्र कर दिया।

कुछ दिन बाद नल को विदर्भ राज्य से दमयंती के स्वयंवर का निमंत्रण मिला। वह खुशी से फूला नहीं समाया और स्वयंवर की तैयारी में जुट गया।

इस बीच, दमयंती के स्वयंवर का समाचार देवलोक भी जा पहुंचा। यदि नल आकर्षक था तो दमयंती भी कुछ कम नहीं थी। उसके सौंदर्य की चर्चा तीनों लोकों में फैली थी। यहां तक कि देवता भी दमयंती को पसंद करते थे। यह अलग बात है कि देवताओं को दमयंती के स्वयंवर में आमंत्रित नहीं किया गया था, क्योंकि मनुष्यों और देवताओं के बीच विवाह का कोई प्रश्न

ही नहीं था। इसके बावजूद दमयंती के स्वयंवर का समाचार सुनकर बहुत-से देवताओं का हृदय द्रवित हो गया और वे सब उदास हो गए।

अग्निदेव, वरुणदेव और यमदेव एक साथ इंद्र-सभा पहुंचे। उस समय पुरंदर अपने इंद्रासन पर विराजमान था।

'देवराज की जय हो!' अग्निदेव ने अपने राजा को प्रणाम किया।

'मैंने आप तीनों को एक साथ बहुत कम देखा है,' पुरंदर ने कहा। 'अवश्य कोई महत्त्वपूर्ण बात है कि आप तीनों यहां आए हैं।'

'जी देवराज,' वरुणदेव ने कहा। 'हम एक महत्त्वपूर्ण समाचार लेकर आपके पास आए हैं। यद्यपि हम इससे प्रत्यक्ष रूप से प्रभावित नहीं हैं, परंतु फिर भी...' वरुण देव ने अपना वाक्य अधूरा छोड़ दिया।

'क्यों, क्या बात है?' पुरंदर ने पूछा। 'क्या असुर फिर कोई कुटिल योजना बना रहे हैं? मैं इन राक्षसों से युद्ध करते-करते ऊब चुका हूं।'

'नहीं देवराज,' यम ने कहा, 'यह समाचार विदर्भ की राजकुमारी दमयंती के विषय में है।'

'दमयंती!' इंद्र उत्साहित हो गया। 'दमयंती को क्या हुआ?'

'दमयंती का विवाह हो रहा है!' अग्निदेव ने बात पूरी की।

'दमयंती का विवाह?' इंद्र को मानो विश्वास नहीं हुआ। 'कब? किसके साथ? यह अचानक कैसे हो गया? नारद ने भी मुझे कुछ नहीं बताया।'

अग्निदेव ने कहा, 'देवलोक में हताशा की लहर है। सब देवता दमयंती के विवाह से दुखी हैं उन्हें लग रहा है मानो उन्हें कोई व्यक्तिगत नुक़सान हो गया है। इस बात का कारण समझना तो कठिन है, लेकिन ऐसा हो रहा है।'

'हा! हा!' पुरंदर ज़ोर से हँसा। 'दमयंती है ही इतनी सुंदर। देवता उसे स्वयं तो प्राप्त कर नहीं सकते, इसलिए वे चाहते हैं कि दमयंती को अन्य पुरुष भी प्राप्त नहीं कर सकें।'

'हां, यह हो सकता है!' वरुणदेव ने पुरंदर की बात से सहमति जताई। 'यूं तो दमयंती के विवाह से देवताओं का सीधा कोई संबंध नहीं है, फिर भी वे चाहते हैं कि दमयंती के विवाह को किसी तरह रोका जाए। सुना है दमयंती, निषादराज नल से विवाह करने की इच्छुक है और नल भी दमयंती के स्वयंवर में भाग लेने निकल पड़ा है। शायद वे दोनों ही एक-दूसरे को पसंद करते हैं।'

पुरंदर ने कहा, 'यदि वे एक-दूसरे से प्रेम करते हैं तो हम यह विवाह क्यों रोकें? देवताओं को इस तरह का व्यवहार शोभा नहीं देता।'

'देवराज, आपकी बात ठीक है,' अग्निदेव ने कहा, 'परंतु देवतागण चाहते हैं कि आप अवश्य कुछ करें? आपका क्या मत है?'

पुरंदर ने तुरंत उत्तर दिया, 'बिलकुल नहीं! दमयंती के विवाह में बाधा डालने का कोई प्रश्न ही नहीं है।' यह कहकर पुरंदर एक क्षण के लिए रुका और फिर मुस्कराते हुए बोला, 'परंतु इस अवसर पर थोड़ा परिहास करना तो बनता है।' उसे दूसरों को परेशान करने में बहुत आनंद आता था। हालांकि उसे अपने ऐसे कृत्यों का अनेक बार मूल्य भी चुकाना पड़ता था, फिर भी उसे ग़लतियों से कुछ सीखने की आवश्यकता कभी महसूस नहीं हुई। पुरंदर ने नल को विदर्भ जाते समय बीच मार्ग में रोकने की एक योजना बनाई।

इसके बाद पुरंदर, अग्निदेव, वरुणदेव और यमदेव चारों पृथ्वीलोक पहुंच गए। इस बीच, नल स्वयंवर के लिए तैयार होकर सैन्य-दल के साथ विदर्भ के लिए रवाना हो गया। राह में उसकी भेंट चारों देवताओं से हुई। नल उन्हें देखकर आश्चर्यचकित हुआ। उसने चारों देवताओं को उनके विशिष्ट रंग-रूप के कारण तत्काल पहचान लिया। देवतागण भी नल के आकर्षक व्यक्तित्व को देखकर बहुत प्रभावित हुए। उन्हें समझते देर नहीं लगी कि दमयंती, निषादराज नल से मिलने और उससे विवाह करने के लिए इतनी उत्सुक क्यों थी।

'सब देवताओं की जय हो!' नल ने कहा। उसने चारों देवताओं को प्रणाम किया। 'मैं अत्यंत भाग्यशाली हूं और नियति भी शायद मेरे पक्ष में है कि मुझे महत्त्वपूर्ण कार्य पर जाते हुए आप सब देवताओं के दर्शन हो गए हैं।'

'आयुष्मान भव!' पुरंदर ने कहा, 'हम चारों तुम्हारे पास एक अत्यंत महत्त्वपूर्ण कार्य से आए हैं। हमें तुम्हारी सहायता की आवश्यकता है। हमें आशा है कि तुम हमें निराश नहीं करोगे।'

'यह तो मेरा सौभाग्य होगा है देवराज यदि मैं आपके किसी काम आ सकूंगा,' नल ने कहा। उसे इस बात का बिलकुल आभास नहीं था कि वह इंद्र के जाल में फंसने जा रहा था। 'आप आदेश कीजिए। आपकी इच्छा तत्काल पूरी होगी।'

'हमें तुम जैसे सदाचारी राजा से यही आशा है,' अग्निदेव ने कहा।

'हमें पता लगा है,' इंद्र ने कहना शुरू किया, 'विदर्भ की राजकुमारी दमयंती का विवाह है और उसके पिता ने स्वयंवर आयोजित किया है। तुमने भी दमयंती के बारे में अवश्य सुना होगा। वह बहुत सुंदर और आकर्षक है।'

'जी देवराज, मैं दमयंती के स्वयंवर के विषय में जानता हूं,' नल ने कहा। 'दरअसल, मैं भी दमयंती के स्वयंवर में भाग लेने जा रहा हूं। आपको मुझसे क्या सहायता चाहिए?'

'मैं स्पष्ट बात करता हूं,' पुरंदर ने कहा। 'दरअसल हम लोग भी दमयंती को बहुत पसंद करते हैं और उसके सौंदर्य से प्रभावित हैं। हम चाहते हैं कि तुम स्वयंवर से पहले दमयंती के पास जाओ और उससे कहो कि वह हम चारों में से किसी को भी अपना पति चुन ले। हम चारों उससे विवाह करने को तैयार हैं।'

नल को लगा उसके पैरों के नीचे से धरती सरक जाएगी। वह बेहोश होकर गिरने ही वाला था कि वरुणदेव ने उसे संभाल लिया। यह देखकर इंद्र को बहुत आनंद आ रहा था। वह इसी क्षण का आनंद लेने तो देवलोक से आया था।

'क्या हुआ नल! तुम कुछ परेशान लग रहे हो,' इंद्र ने कुटिल मुस्कान छिपाते हुए कहा।

नल ने उत्तर दिया, 'आप जानते हैं कि मैं भी स्वयंवर में भाग लेने विदर्भ जा रहा हूं। मैं आपको बताना चाहता हूं कि दमयंती भी मुझसे प्रेम करती है और उसने मुझे अपना पति चुनने का निर्णय भी कर लिया है। देवराज, अब इस बात के लिए बहुत देर हो गई है कि...'

'नल!' पुरंदर ने ज़ोर से कहा, 'तुम जानते हो, तुम किससे बात कर रहे हो? मैं पुरंदर हूं! देवलोक का राजा! तुमने मुझे वचन दिया था कि तुम मेरे आदेश का पालन करोगे। अब तुम अपनी बात से पीछे हट रहे हो?'

'परंतु देवराज,' नल ने धीमे स्वर में कहा, 'मैं और दमयंती एक-दूसरे से प्रेम करते हैं। हम दोनों इस क्षण की बहुत लंबे समय से प्रतीक्षा कर रहे थे। मैं अब उसे किसी अन्य पुरुष से विवाह करने के लिए कैसे कह सकता हूं ? मेरा मतलब है... यह बहुत ही अजीब है! मुझ पर दया कीजिए।'

पुरंदर अपनी हँसी रोक नहीं पा रहा था। वह नल की ओर देखकर बोला, 'कायरों की तरह व्यवहार मत करो। क्या तुम देख नहीं रहे कि यह आदेश तुम्हें स्वयं देवलोक के शासक पुरंदर से प्राप्त हुआ है? देवताओं के राजा इंद्र तुमसे सहायता मांग रहे हैं। तुम्हें स्वयं को भाग्यशाली समझना चाहिए कि तुम्हें इस दैवी कार्य के लिए चुना गया है। अब जाओ और जो कहा गया है, वही करो अन्यथा तुम इंद्र के कोप का शिकार हो जाओगे।'

नल के पास कोई विकल्प नहीं था। उसे पता था कि पुरंदर सरलता से उसका पीछा छोड़ने वाला नहीं है। नल ने उदास मन से कहा, 'देवराज, मैं आपका संदेश दमयंती को एकांत में दूंगा किंतु मैं उसके राजमहल में प्रवेश कैसे करूंगा? वह पूरी तरह सुरक्षित है।'

'इन छोटी-छोटी बातों की चिंता मत करो,' पुरंदर ने गर्व-भरे स्वर में कहा, 'तुम देवराज इंद्र के संदेशवाहक हो। मैं ऐसी व्यवस्था कर देता हूं कि तुम्हें महल के भीतर प्रवेश करते और बाहर निकलते कोई नहीं देख सकेगा। अब जल्दी जाओ और यह कार्य संपन्न करो। हम लोग तुम्हारे लौटने की प्रतीक्षा करेंगे। हमें बताना कि दमयंती ने हमारे संदेश का क्या उत्तर दिया।'

'आपकी जैसी आज्ञा, देवराज,' नल ने कहा और अपने घोड़े पर सवार हो गया। उसके मन में विदर्भ पहुंचने का उत्साह ठंडा पड़ चुका था।

ज्यों ही नल वहां से गया, पुरंदर ने ठहाका लगाया और कहा, 'अग्नि, तुमने नल का चेहरा देखा! वह पीला पड़ चुका था। देखते हैं आगे क्या होता है।'

अग्निदेव की पुरंदर से मित्रता अवश्य थी परंतु उन्हें इंद्र की कपटी चालों का हिस्सा बनना कदापि पसंद नहीं था।

इधर, नल कुछ ही देर में दमयंती के राजमहल पहुंच गया। पुरंदर द्वारा की गई दैवी व्यवस्था के कारण उसे किसी ने महल में प्रवेश करते नहीं देखा। नल और दमयंती ज्यों ही एक-दूसरे के सामने आए, उन्होंने दिव्य योजना के अंतर्गत एक-दूसरे को पहचान भी लिया।

नल स्वयं को रोक नहीं सका और उसने दमयंती को आलिंगन में ले लिया। दमयंती संकोच और लज्जा से भर उठी किंतु फिर उसने भी स्वयं को नल की बांहों में ढीला छोड़ दिया।

दमयंती ने उत्साह से भरकर कहा, 'नल, तुम यहां क्यों आए हो? क्या किसी ने तुम्हें भीतर आते नहीं देखा?'

'प्रिय दमयंती,' नल ने उत्तर दिया, 'मैं यह सब तुम्हें बाद में समझाऊंगा। अभी इन बातों के लिए समय नहीं है। मैं यहां एक अत्यंत महत्त्वपूर्ण कार्य से आया हूं।'

'ऐसी क्या आवश्यक बात है, जिसके लिए तुम स्वयंवर तक नहीं रुक सकते?' दमयंती ने चिंतावश पूछा।

यह सुनकर नल मौन हो गया। वह इस तरह अचानक अपने आने का कारण बताने का साहस नहीं कर पा रहा था। तथापि पुरंदर का संदेश देना आवश्यक था।

'दमयंती, मैं तुमसे विवाह नहीं कर सकता।' नल ने नीचे देखकर कहा। 'मैं इस समय तुम्हारे पास वर नहीं, अपितु किसी का संदेशवाहक बनकर आया हूं।'

'यह तुम क्या कह रहे हो?' दमयंती ने घबराकर पूछा। 'तुम्हें किसने भेजा है? मुझे कुछ समझ में नहीं आ रहा।'

नल ने दमयंती को पूरी घटना कह सुनाई। पुरंदर और उसके साथी देवताओं की अहंकारी एवं कपटी चाल सुनकर दमयंती दुखी हो गई।

'अब क्या होगा?' दमयंती ने नल से प्रश्न किया।

नल ने उत्तर दिया, 'दमयंती, देवताओं की इच्छा के विरुद्ध कार्य करने वाले व्यक्ति का विनाश निश्चित है। मेरा सुझाव है कि तुम मेरे विषय में सोचना छोड़ दो और उन चार देवताओं में से एक से विवाह कर लो। तुम्हारा जीवन सदा के लिए बदल जाएगा और तुम्हें जीवन की समस्त सुख-सुविधाएं प्राप्त हो जाएंगी।'

यह सुनकर दमयंती को क्रोध आ गया। वह खीझकर बोली, 'क्या तुम यह चाहते हो कि मैं अग्निदेव से विवाह कर लूं जो अपने संपर्क में आने वाली प्रत्येक वस्तु को जलाकर भस्म कर देते हैं? क्या तुम चाहते हो मैं तुमसे प्रेम करना छोड़कर यमदेव से, मृत्यु के देवता से, शादी कर लूं जिन्हें देखने से ही व्यक्ति भयभीत हो जाता है? देवराज इंद्र से तो मैं विवाह करने के विषय में सोच भी नहीं सकती, क्योंकि उन्हीं की धूर्तता के कारण हमारा

जीवन बर्बाद होने जा रहा है। मेरे मन में पुरंदर के लिए अब तनिक भी आदर शेष नहीं है।'

'मैं तुमसे सहमत हूं,' नल ने कहा। 'परंतु वरुणदेव के साथ क्या समस्या है? वह बहुत शांत स्वभाव के हैं और मुझे विश्वास है कि वह तुम्हें प्रसन्न रखेंगे।'

दमयंती को नल की बात पसंद नहीं आई लेकिन उसने तुरंत उत्तर दिया, 'मैं आपको छोड़कर किसी अन्य पुरुष से विवाह नहीं करूंगी। आप जाइए और उन चारों देवताओं से कह दीजिए कि आपने उनका संदेश मुझे दे दिया है। उनसे यह भी कहिए कि यह मेरा स्वयंवर है और अपना वर चुनने का अधिकार सिर्फ़ मुझे है।'

'किंतु दमयंती...' नल ने घबराकर कहा, 'मैं पुरंदर को...'

'महाराज, यदि आप चाहें तो उनके दबाव में आ सकते हैं,' दमयंती ने दृढ़तापूर्वक कहा, 'परंतु वह अपनी इच्छा मुझ पर नहीं थोप सकते। मैं स्वयंवर में उन चारों के सामने भी आपको ही अपना वर चुनूंगी। आपने उनका संदेश पहुंचा दिया तो आपका कर्तव्य पूरा हो गया। आगे जो भी होगा, उसमें आपका कोई दोष नहीं है।'

नल ने कल्पना नहीं की थी कि दमयंती भीतर से इतनी दृढ़ होगी। उसे पुरंदर का भय सता रहा था किंतु दमयंती द्वारा दिए गए आश्वासन ने उसके हृदय के कोने में आशा की एक नन्ही किरण जगा दी थी। नल ने दमयंती को फिर से आलिंगन में लिया और हृदय में हताशा और हर्ष का मिश्रित भाव लेकर वहां से निकल गया।

दैवी व्यवस्था के कारण नल को विदर्भ की राजकुमारी के महल से निकलते हुए भी किसी ने नहीं देखा। कुछ ही देर में नल विदर्भ की सीमा के बाहर स्थित जंगल में आ पहुंचा जहां पुरंदर और अन्य तीनों देवता उत्सुकता से उसके लौटने की प्रतीक्षा कर रहे थे।

'आओ नल!' पुरंदर ने कुटिल मुस्कान के साथ कहा, 'दमयंती ने क्या कहा?'

'देवराज,' नल ने उत्तर दिया, 'मैंने आपका संदेश दमयंती को दे दिया है। उसने आपका संदेश धैर्य से सुना और विचार करने के बाद कहा कि स्वयंवर में वर चुनने का विशेषाधिकार केवल उसका है। उसने

यह भी कहा कि आपकी इच्छा के बावजूद वह स्वयंवर में मुझे ही अपना वर चुनेगी।'

अग्नि, वरुण और यम तीनों देवता, दमयंती का उत्तर सुनकर हैरत में पड़ गए। नल ने जिस साहस के साथ दमयंती का उत्तर सुनाया था, वह भी कम आश्चर्यजनक नहीं था।

पुरंदर की भौंहें तन गईं। उसने पूछा, 'दमयंती ने ऐसा कहा? तुम मुझसे कुछ छिपा तो नहीं रहे?'

'बिलकुल नहीं देवराज!' नल ने कहा। 'दमयंती ने मुझसे ठीक ऐसा ही कहा है। मैं ईश्वर की शपथ लेकर कहता हूं कि मैंने आपसे कुछ नहीं छिपाया। उसने स्वयंवर में मुझे ही चुनने का निश्चय किया है।'

पुरंदर कुछ देर सोचता रहा और फिर बोला, 'ठीक है! मुझे इस बात की खुशी है कि तुमने अपना कार्य पूरी निष्ठा से किया है। तुम स्वयंवर में जाने की तैयारी करो। हम चारों भी कल स्वयंवर में उपस्थित रहेंगे। तुमसे कल स्वयंवर में भेंट होगी। मैं देखना चाहता हूं कि दमयंती तुम्हें वर चुनने का संकल्प कैसे पूरा करती है।' इसके बाद पुरंदर और उसके तीनों साथी ग़ायब हो गए।

नल दुविधा में पड़ गया। वह निर्णय नहीं ले पा रहा था कि उसे दमयंती के प्रेम पर विश्वास करके स्वयंवर में जाना चाहिए अथवा देवराज पुरंदर की शक्ति को देखते हुए पराजय स्वीकार करके अपने राज्य लौट जाना चाहिए। नल जानता था कि वह देवलोक के शासक इंद्र को परास्त करने में सक्षम नहीं था। बहुत सोच-विचार करने के बाद नल ने प्रेम की शक्ति पर भरोसा करने और अगले दिन स्वयंवर में जाकर सब कुछ अपनी आंखों से देखने का निश्चय किया।

अगले दिन विदर्भ राजदरबार के केंद्रीय कक्ष में दमयंती का स्वयंवर आयोजित किया गया। सभी प्रमुख राज्यों से राजकुमारों और राजाओं को निमंत्रण मिला था। वे सब अपने समय की सबसे सुंदर राजकुमारी से विवाह की आशा लिए वहां पहुंचे थे। नल ने थोड़ा विलंब से विवाह-कक्ष में प्रवेश किया और वह कोने में रखे एक आसन पर चुपचाप बैठ गया। वह जानबूझकर विलंब से आया था ताकि उस पर अधिक लोगों का ध्यान नहीं जाए। परंतु उसकी हताश मनोदशा के बावजूद वह सभा में बैठे राजकुमारों के बीच ऐसा प्रतीत हो रहा था मानो तारों के बीच देदीप्यमान सूर्य विराजमान

हो। सभी लोगों की दृष्टि नल पर थी, किंतु नल की दृष्टि उन चार देवताओं को खोज रही थी जो दमयंती को नल से छीनकर उसका जीवन नष्ट करने पर तुले थे।

नल ने इधर-उधर देखा किंतु उसे पुरंदर और उसके साथी दिखाई नहीं दिए। उसके भीतर हर्ष की लहर दौड़ गई। उसे लगा शायद पुरंदर को उस पर दया आ गई हो और वह स्वयंवर में न आकर देवलोक लौट गया हो।

परंतु नल की प्रसन्नता क्षणभंगुर थी। उसने देखा कि चारों देवता उसके निकट ही बैठे थे। वह उन्हें सामने की पंक्ति में खोजने में इतना व्यस्त था कि उसने निकट के आसनों पर ध्यान ही नहीं दिया। पुरंदर ने नल को देखा और मुस्कराया परंतु नल ने कोई प्रतिक्रिया नहीं दी। वह बहुत दुखी था।

कुछ ही पल में दमयंती ने विवाह-कक्ष में प्रवेश किया। वह सुंदर परिधान में अत्यंत आकर्षक लग रही थी। उसके हाथों में सफ़ेद फूलों की माला थी। उसी समय दमयंती के पिता और विदर्भ के राजा आसन से उठे और उन्होंने घोषणा की : 'मैं विभिन्न राज्यों से आए आप सभी गौरवशाली राजकुमारों तथा राजाओं का स्वागत करता हूं। आप सब मेरी पुत्री दमयंती के स्वयंवर में आए हैं। दमयंती सभागार में घूमकर अपने पति का चयन करेगी। वह जिसके गले में फूलों की माला डालेगी, वही उसका पति घोषित किया जाएगा। यह पूरी तरह दमयंती की इच्छा पर निर्भर करता है कि वह किसे अपना वर चुनती है। मैं आप सबसे अनुरोध करता हूं कि आप भी दमयंती की इच्छा का मान रखें। यदि किसी के मन में कोई प्रश्न हो तो आप अभी पूछ सकते हैं। मैं नहीं चाहता कि स्वयंवर के बाद किसी के मन में कोई दुविधा या प्रश्न शेष रह जाए।' इसके बाद विदर्भराज ने चारों ओर देखा परंतु किसी ने कुछ नहीं कहा।

स्वयंवर आरंभ हो गया। दमयंती हाथों में माला लिए आगे बढ़ी। उसने जैसे ही पहला क़दम बढ़ाया, सभा में बैठे लोगों के मुख से 'आह' निकल गई। वह इतनी सुंदर थी कि राजकुमारों के दिल धड़कने लगे। दमयंती पहले राजकुमार के सामने पहुंची। राजकुमार ने दमयंती को देखा और मुस्कराया। दमयंती ने भी उसे देखा और फिर आगे बढ़ गई। उसके बाद वह अगले राजकुमार के पास पहुंची, उसे देखा और फिर आगे बढ़ गई। वह हर बार एक राजकुमार को देखकर आगे बढ़ती तो एक दिल टूट जाता। यह

सिलसिला कुछ देर चलता रहा। कुछ देर में, दमयंती कक्ष के उस कोने में पहुंच गई, जहां नल बैठा था।

दमयंती धीरे-धीरे चलकर नल के निकट पहुंची। उसने अपने प्रिय राजकुमार को प्रेम-भरी दृष्टि से देखा। उसके हाथ उठे और वह फूलों की माला नल के गले में डालने ही वाली थी कि उसकी दृष्टि नल के पास बैठे चार अन्य पुरुषों पर पड़ी। उन्हें देखकर दमयंती के आश्चर्य का ठिकाना नहीं रहा। वह लगभग मूर्छित होने वाली थी। उसने देखा कि नल के साथ, नल के ही समान दिखने वाले एक नहीं, दो नहीं, अपितु चार पुरुष और बैठे थे।

दरअसल, दमयंती ज्यों ही नल के निकट पहुंची, चारों देवताओं ने अपना वेश बदल लिया और वे सब नल की अनुकृति बनकर बैठ गए ताकि दमयंती दुविधा में पड़ जाए और भूल से किसी अन्य को अपना वर चुन ले। दमयंती ने पांचों पुरुषों को बहुत ध्यान से देखा किंतु उसे तनिक भी अंतर दिखाई नहीं पड़ा। सबकी कद-काठी, उनके रंग-रूप तथा भाव-भंगिमा भी बिलकुल एक-सी थी। यहां तक कि उन्होंने वस्त्र भी एक समान पहने थे।

यह दृश्य देखकर पूरी सभा हैरत में पड़ गई। दमयंती भी दुविधा में थी। वह समझ गई कि पुरंदर और उसके साथी देवताओं ने उसके साथ चाल चली थी। परंतु अब उसे किसी भी तरह इस संकट से बाहर निकलना था।

दमयंती ने आंखें बंद कीं और ईश्वर को याद किया। वह कुछ पल उसी मुद्रा में खड़ी रही। सभा में बैठा प्रत्येक व्यक्ति उसे देखता रहा। सब यह देखने को उत्सुक थे कि दमयंती क्या करने वाली थी। कुछ पल बाद दमयंती ने आंखें खोली। उसने एक-एक करके पांचों पुरुषों को ध्यान से देखा। फिर वह आगे बढ़ी और उसने बिना हिचकिचाए उन पांचों में से एक के गले में सफ़ेद फूलों की माला डाल दी। सभा में शोर-गुल होने लगा। दमयंती के पिता भी घबरा गए।

दमयंती ने जिस पुरुष के गले में माला डाली थी, वह भी आश्चर्यचकित था, जबकि अन्य चारों पुरुष मुस्कराते हुए आत्मविश्वास से भरी दमयंती को देख रहे थे।

'देवराज,' दमयंती ने उन चारों में एक पुरुष से कहा, 'कृपया, मुझे बताइए क्या मैंने सही चुनाव किया है?'

अचानक वे चार पुरुष, जो नल जैसे दिख रहे थे, अपने-अपने वास्तविक रूप में प्रकट हो गए। पूरी सभा ने देवराज इंद्र, अग्निदेव, वरुणदेव

और यमदेव के दिव्य रूप के दर्शन किए। वह निस्संदेह अद्भुत और विशिष्ट दृश्य था।

नल और दमयंती ने एक दूसरे को आलिंगन में ले लिया। पुरंदर और तीनों देवताओं ने उन्हें आशीर्वाद दिया। तभी पुरंदर आगे आया और उसने पूछा, 'दमयंती, मैं तुमसे बहुत प्रसन्न हूं कि तुमने कोई भूल नहीं की। परंतु मैं जानना चाहता हूं कि तुमने असली नल को कैसे पहचाना?'

दमयंती ने पुरंदर को प्रणाम किया और विनम्रता से उत्तर दिया, 'देवराज, पहले तो मैं आप सबका समान रूप देखकर घबरा गई थी। परंतु ईश्वर की कृपा से मुझे देवताओं के लक्षण याद आ गए, जो उन्हें मनुष्यों से अलग करते हैं!'

'कौन-से लक्षण?' नल ने पूछा।

'सुनो,' दमयंती ने उत्तर दिया, 'देवताओं को पसीना नहीं आता, वे पलकें नहीं झपकाते, उनके शरीर की छाया नहीं बनती और उनके पैर धरती को स्पर्श नहीं करते।' यह सुनकर पुरंदर मुस्कराया। दमयंती के भी चेहरे पर सौम्य मुस्कान आ गई।

वह आगे बोली, 'मुझे आरंभ में पांच एक जैसे पुरुषों को देखकर दुविधा हो गई थी। परंतु मैंने आपको ध्यान से देखा तो मुझे आपके माथे पर पसीने की छोटी-छोटी बूंदें दिखाई दीं। आपको लगातार देखने पर मैंने पाया कि आपने दो बार पलकें भी झपकाईं। मैंने पीछे की दीवार पर आपकी हल्की-सी छाया देखी। मैंने अंत में देखा कि आप धरती पर ही खड़े हैं। इसके विपरीत, इन चारों देवताओं के चेहरों पर पसीना नहीं था, इन्होंने पलकें नहीं झपकाईं, पीछे की दीवार पर इनकी छाया भी नहीं बनी, और आप इस समय भी देख सकते हैं कि इन चारों के पैर धरती से ऊपर हैं। इन्हीं लक्षणों के आधार पर मैंने अपने असली नल को पहचान लिया।'

'यह अद्भुत है!' नल ने कहा। 'यदि मैं तुम्हारे स्थान पर होता तो संकट-भरा अनुमान लगाकर किसी देवता से विवाह करने की अपेक्षा, जीवन-भर अविवाहित रहना पसंद करता।' नल की बात सुनकर सभा में बैठे सब लोग ज़ोर से हँस पड़े।

दमयंती ने विवेक और बुद्धि द्वारा सही चुनाव किया था। वह नल से विवाह करने में सफल हो गई थी। वह विदर्भ राज्य के लिए अत्यंत

हर्षोल्लास का क्षण था। विदर्भ में कई दिनों तक महोत्सव चला। पुरंदर और तीनों देवताओं ने नल और दमयंती को आशीर्वाद दिया और फिर देवलोक लौट गए।

पुरंदर को आने वाले दिनों में चर्चा के लिए रोचक विषय मिल गया था। उसे इस बात का तनिक भी खेद नहीं था कि उसने नल और दमयंती को कितनी ख़तरनाक स्थिति में डाल दिया था। शायद देवलोक का शासक इंद्र इसे अपना विशेषाधिकार समझता था।

17

मान्धाता

अयोध्या के लोगों के लिए वो दिन कठिनाई से भरे थे। राज्य में बीते कई सालों से वर्षा नहीं हुई थी। अयोध्या ज़बरदस्त दुर्भिक्ष की चपेट में थी। वर्षा के अभाव में मनुष्य और पशु सबका जीवन कष्टमय था और अनाज की भारी कमी हो गई थी। अयोध्या में इससे पहले कभी ऐसा नहीं हुआ था इसलिए इस घटना पर सबको आश्चर्य था।

बहुत लंबे समय की प्रतीक्षा के बाद भी जब आकाश से वर्षा की एक बूंद भी नहीं गिरी तो अयोध्या के सदाचारी लोगों ने वर्षा एवं मेघ के देवता देवराज इंद्र की उपासना आरंभ कर दी। लोगों का ऐसा मानना था कि देवराज इंद्र किसी से अप्रसन्न हो जाते हैं तो उस स्थान पर वर्षा रुक जाती है और दुर्भिक्ष पड़ जाता है। धर्म के मार्ग से पथ-भ्रष्ट होने वाले लोगों को दंडित करने का पुरंदर का यह अनोखा तरीक़ा था।

अयोध्या के लोग एकत्रित हुए और उन्होंने इंद्र की उपासना करते हुए याचना की, 'हे प्रभु, हम पर दया कीजिए। यदि हम लोगों से कोई अपराध या पाप हुआ है तो हमें क्षमा कर दीजिए। अयोध्या को अपना आशीर्वाद प्रदान दीजिए ताकि यहां वर्षा हो सके, अन्यथा हमारा राज्य पूरी तरह नष्ट हो जाएगा।'

वर्षा एवं मेघ के देवता पुरंदर ने अयोध्या के लोगों की याचना को सुना किंतु उस पर ध्यान नहीं दिया।

अग्निदेव, अपने मित्र पुरंदर की आदतों से परिचित थे। यह कोई नई बात नहीं थी कि देवेंद्र को ऐसी परिस्थितियों में बड़ा आनंद आता था इसलिए

अग्निदेव को पुरंदर का व्यवहार देखकर आश्चर्य नहीं हुआ। परंतु उन्होंने इस मामले में हस्तक्षेप करने का निश्चय किया और अयोध्या के लोगों के प्रति इंद्र के उपेक्षापूर्ण व्यवहार का कारण भी पूछा।

'क्या हुआ देवराज?' अग्निदेव ने प्रश्न किया। 'अयोध्यावासी आपसे वर्षा की याचना कर रहे हैं। जहां तक मेरी जानकारी है, वे लोग अत्यंत सदाचारी हैं तथा कभी धर्म के मार्ग से नहीं हटते। फिर आप इनके साथ ऐसा अन्यायपूर्ण व्यवहार क्यों कर रहे हैं?'

'प्रिय अग्नि,' पुरंदर ने अपने विशिष्ट अंदाज़ में उत्तर दिया, 'वर्षा के लिए मेरी पूजा-प्रार्थना करना लोगों का कर्तव्य है, किंतु उस प्रार्थना को मानना अथवा उसकी उपेक्षा करना मेरी इच्छा है।' यह कहकर पुरंदर ने कुटिलता भरी मुस्कान के साथ अपने मित्र की ओर देखा। पुरंदर का रूखा व्यवहार देखकर अग्निदेव को अच्छा नहीं लगा। परंतु वह इस विषय में कुछ नहीं कर सकते थे।

'ठीक है, किंतु कम से कम उनसे कुछ तो कहिए!' अग्निदेव ने कहा। 'वे लोग इस तरह गर्म और सूखी धरती पर खड़े कब तक आपसे प्रार्थना करते रहेंगे? आख़िरकार, आप देवताओं के राजा हैं। मनुष्यों के दुखों पर ध्यान देना आपका कर्तव्य है। अयोध्यावासी अवश्य ही आपसे सकारात्मक उत्तर की प्रतीक्षा कर रहे होंगे।'

'अच्छी बात है, मित्र! मैं तुम्हारे लिए कुछ भी कर सकता हूं,' पुरंदर ने उत्तर दिया और फिर इंद्र-सभा से बाहर निकल गया। अग्निदेव को देखकर संतुष्टि हुई कि कम से कम पुरंदर, अयोध्यावासियों से बात करने पर सहमत हो गया था।

इधर, पृथ्वी पर अयोध्या के लोग इंद्र की उपासना कर रहे थे। तभी नीले विस्तृत आकाश पर देवताओं का राजा पुरंदर प्रकट हुआ। उसने अयोध्या के लोगों से कहा, 'तुम लोग मेरी उपासना क्यों कर रहे हो? मैंने जान-बूझकर वर्षा नहीं रोकी। तुम जानते हो कि यह सब प्रकृति के निर्धारित नियमों के अनुसार होता है। तुम्हारे राज्य में अवश्य कोई अप्रिय घटना घटी होगी और किसी ने धर्म के विपरीत से कार्य किया होगा। जिसके कारण वर्षा-मेघों ने तुम्हारे राज्य को अपना आशीर्वाद नहीं दिया। तुम लोग अपने राजा के पास जाओ और उसे अपना कष्ट बताओ।' पुरंदर ने इतना ही कहा और फिर इंद्र-सभा में लौट आया।

यह देखकर अग्निदेव फिर दुविधा में पड़ गए। उन्होंने कहा, 'देवराज, यह क्या बात हुई? यदि आपको पता है कि अयोध्या में कौन-सा अधार्मिक कृत्य हुआ है तो आप उन्हें बता क्यों नहीं देते ताकि उसका पश्चाताप करके अयोध्या की परेशानी भी समाप्त हो जाए?'

'मित्र, शांत हो जाओ,' पुरंदर ने कहा। 'मेरा विश्वास करो मैंने उनसे यही कहा है। अयोध्या का राजा मान्धाता बहुत बुद्धिमान और विवेकशील है। तुम चिंता मत करो। वह इस दुर्भिक्ष का कारण ढूंढ़कर उसे अवश्य दूर कर देगा।'

'मान्धाता!' अग्निदेव ने चौंक कर कहा। 'मैंने अयोध्या के राजा का नाम पहली बार सुना है। आपको कैसे पता कि वह बुद्धिमान और विवेकशील है? क्या आप उसे जानते हैं?'

'हां,' पुरंदर ने उत्तर दिया, 'मैंने ही उसे "मान्धाता" नाम दिया था।'

'आपने उसे नाम दिया था?' अग्निदेव को बहुत आश्चर्य हुआ। 'यह कब हुआ? आपने मुझे कभी इस विषय में कुछ नहीं बताया।'

'यह बहुत पुरानी कथा है,' पुरंदर ने मुस्कराकर कहा।

'मैं सुनना चाहता हूं,' अग्निदेव ने उत्सुकता से उत्तर दिया।

पुरंदर ने मान्धाता की यह कथा सुनाई :

इक्ष्वाकु वंश का एक गौरवशाली राजा था। उसका नाम युवनाश्व था। वह अयोध्या पर शासन करता था और अत्यंत नेक व सदाचारी था। उसने अपने जीवनकाल में अनेक धार्मिक यज्ञ तथा अनुष्ठान किए। उसने पृथ्वी पर बहुत लंबे समय तक शासन किया। उसके पास सब कुछ था जिसकी कोई व्यक्ति कल्पना कर सकता है। इसके बावजूद उसके जीवन में एक बड़ा अभाव था। युवनाश्व की कोई संतान नहीं थी। अयोध्या का कोई उत्तराधिकारी नहीं था।

राजा युवनाश्व ने संतान-प्राप्ति के लिए वह सब किया जो उसके वश में था। उसने और उसकी पत्नी गौरी ने संतान-प्राप्ति के लिए भांति-भांति की औषधियों और पदार्थों का सेवन किया। यहां तक कि युवनाश्व ने ज्योतिषियों, योगियों एवं तपस्वियों से भी परामर्श किया। उसने बहुत-से यज्ञ और धार्मिक अनुष्ठान किए तथा तीर्थ-यात्राएं कीं। उसने तप किया और ग़रीब तथा ज़रूरतमंद लोगों को दान-दक्षिणा भी दी। परंतु किसी उपाय से लाभ नहीं

हुआ और राजा युवनाश्व को अपने राज्य के लिए कोई उत्तराधिकारी प्राप्त नहीं हुआ।

एक बार युवनाश्व, शयनकक्ष की खिड़की के निकट खड़ा बाहर देख रहा था। तभी उसकी पत्नी गौरी आई और उसने पूछा, 'क्या बात है महाराज? आप बहुत उदास लग रहे हैं।'

युवनाश्व ने अपनी पत्नी को देखा और कहा, 'क्या तुम खुश हो?'

गौरी अपने पति का संकेत समझ गई। उसने उदासीन स्वर में उत्तर दिया, 'महारानी होने की प्रसन्नता, निस्संतान होने के दुख को कम नहीं कर सकती।' यह कहकर गौरी सुबकने लगी।

युवनाश्व ने गौरी के कंधे पर हाथ रखा और उसे सांत्वना देने का प्रयास किया। परंतु युवनाश्व के स्नेह-भरे स्पर्श ने गौरी के भीतर की भावनाओं को और अधिक उद्वेलित कर दिया। परंतु गौरी का दुख कम करने के लिए युवनाश्व के पास अन्य कोई विकल्प भी तो नहीं था।

'निस्संतान राजा होने का दुख मुझे भी दिन-रात खाता रहता है,' युवनाश्व ने कहा। 'मैं तुम्हें संतान नहीं दे पाया और राजा के रूप में अपने राज्य को उत्तराधिकारी देने में असफल रहा हूं। इस तरह मैंने तुम्हारे और प्रजा दोनों के साथ अन्याय किया है।'

गौरी ने अपने पति के दुख को पहली बार महसूस किया था। उसने कहा, 'महाराज, आप यह बोझ अपने ऊपर क्यों ले रहे हैं? इस अभाव के लिए आप अकेले उत्तरदायी नहीं हैं। मैं भी इसमें बराबर की सहभागिनी हूं। नियति को यही मंजूर है। देवता शायद नहीं चाहते कि सूर्यवंश आगे बढ़े।'

गौरी के स्नेहपूर्ण शब्दों से भी युवनाश्व के जलते हृदय का दुख कम नहीं हुआ। उसने एक बार फिर अपने शयनकक्ष की खिड़की से दूर क्षितिज की ओर देखा फिर कहा, 'नहीं गौरी! मैं इस अभाव के लिए देवताओं को उत्तरदायी नहीं ठहरा सकता। मेरे लिए अब अयोध्या पर शासन करना संभव नहीं है। मैं एक अनुत्तरदायी राजा हूं, जिसने अपनी प्रजा को, अपने लोगों को एक योग्य उत्तराधिकारी तक प्रदान नहीं किया।'

'तो आप क्या करना चाहते हैं?' गौरी ने भय व उत्सुकता से भरे स्वर में पूछा।

'वानप्रस्थ!' युवराज ने दृढ़ स्वर में उत्तर दिया। 'मैं राज्य का त्याग कर दूंगा और तपस्वी का जीवन व्यतीत करूंगा। मैं नहीं चाहता कि मेरे जाने के बाद लोग मेरे विषय में अपमानजनक बात करें। मैं चाहता हूं कि वह मुझे सदाचारी एवं साहसी राजा के रूप में याद करें जो अपने उत्तरदायित्व से परिचित था और जिसने अपनी अक्षमता को स्वीकार किया। मैं कल सुबह ही यह राज्य त्यागकर चला जाऊंगा!'

युवनाश्व का निर्णय सुनकर गौरी स्तब्ध रह गई। वह सोचने लगी कि अपने पति से क्या कहे। फिर उसने वही किया जो कर सकती थी। वह रोने लगी।

अगले दिन सुबह युवनाश्व ने राजसी वस्त्र उतारे और वानप्रस्थ जीवन की यात्रा पर निकल पड़ा। वह यमुना के तट पर गया और तपस्या आरंभ कर दी। वहां से कुछ दूरी पर महर्षि भृगु का आश्रम था। संयोग से, कुछ ही समय बाद युवनाश्व की भेंट महर्षि भृगु से हो गई। उसने महर्षि को अपनी पीड़ा बताई और राज्य को त्यागने का कारण भी बताया।

भृगु साधारण ऋषि नहीं थे। वह युवनाश्व के मन की पीड़ा समझ गए थे। उन्होंने युवनाश्व को सांत्वना देते हुए कहा, 'युवनाश्व, तुम चिंता मत करो। तुम एक महान राज्य के महान राजा हो। अपने दायित्वों को इस तरह त्यागना कायरता की निशानी है। तुमने राज्य का त्याग करके अपना नैतिक उत्तरदायित्व निभाया है। दरअसल, तुम महान हो क्योंकि लोभ, वासना और सुविधा का त्याग करने के लिए मनुष्य को बहुत साहस चाहिए होता है। ऐसा व्यक्ति ही जीवन में महान और सराहनीय कार्य कर सकता है।'

भृगु के शब्दों से युवनाश्व के पीड़ित हृदय को किंचित संतोष मिला। राजमहल छोड़कर जाने के बाद से युवनाश्व के हृदय पर पड़ा भारी बोझ महर्षि भृगु के सांत्वना-भरे शब्दों को सुनकर हलका हो गया।

'युवनाश्व,' महर्षि भृगु ने कहा, 'मैं तुम्हें आश्वासन देता हूं कि अयोध्या को शीघ्र ही उत्तराधिकारी प्राप्त होगा।' यह सुनकर राजा, महर्षि के चरणों में गिर पड़ा। युवनाश्व एक राजा था, जिसके पास यूं कहने को सब कुछ था, परंतु उसके जीवन में इतना बड़ा अभाव था कि वह तपस्वी की भांति वन में बैठा था। दूसरी ओर, युवनाश्व के समक्ष एक महर्षि था, जिसके पास यूं कहने को अपना कुछ नहीं था, परंतु वह राजा को सब कुछ दे सकता था।

'इसके लिए मुझे क्या करना होगा ऋषिवर?' युवनाश्व ने पूछा। 'यदि आपने यह अभाव दूर कर दिया तो मैं इस कृपा के लिए जीवनभर आपका ऋणी रहूंगा।'

महर्षि भृगु ने राजा युवनाश्व को उठाया और उसके कंधे पर हाथ रखकर कहा, 'राजन, आपको कुछ नहीं करना। मैं आपके लिए एक यज्ञ करूंगा और उस यज्ञ के बाद आपको पुत्र प्राप्त होगा। वह पुत्र आपके राज्य की बागडोर संभालेगा। मैं आपको उचित समय पर बुलाऊंगा और आगे निर्देश दूंगा। फिलहाल, आप तपस्वी का जीवन व्यतीत करना चाहें तो कर सकते हैं। मैं नहीं चाहता कि आप अयोध्या ख़ाली हाथ वापस जाएं।' यह कहकर ऋषि भृगु मुस्करा दिए।

'इसके बाद क्या हुआ?' अग्निदेव ने पुरंदर से पूछा। 'क्या महर्षि भृगु अपने प्रयास में सफल हुए?'

'रुको! रुको!' पुरंदर ने कहा। 'इतने अधीर मत बनो।' इसके बाद पुरंदर ने कथा को आगे बढ़ाते हुए कहा।

कई दिन बीत गए, किंतु महर्षि भृगु ने युवनाश्व को नहीं बुलाया। युवनाश्व, भृगु से भेंट होने के बाद से चैन से सो नहीं पाया था। उससे पिता बनने की प्रसन्नता मानो संभल नहीं रही थी। वह आतुरता से भृगु के निमंत्रण की प्रतीक्षा कर रहा था। आख़िर एक दिन युवनाश्व के धैर्य का बांध टूट गया। उसने भृगु के आश्रम में जाने और यह देखने का फ़ैसला किया कि महर्षि उसके लिए क्या कर रहे थे।

युवनाश्व की कुटिया महर्षि भृगु के आश्रम से अधिक दूरी पर नहीं थी। परंतु राजा नहीं चाहता था कि भृगु उसे आश्रम में जाते हुए देखें। इसलिए युवनाश्व ने निश्चय किया कि वह रात्रि के अंधकार में भृगु के आश्रम में जाएगा। उसी रात युवनाश्व, भृगु के आश्रम में पहुंच गया। चारों ओर गहन अंधकार था। आश्रम के वातावरण में यज्ञ-वेदी से उठ रहे धुएं की सुगंध व्याप्त थी। उसे देखकर स्पष्ट था कि महर्षि किसी यज्ञ में व्यस्त थे। परंतु यह विश्वास के साथ कहना मुश्किल था कि वह यज्ञ युवनाश्व के लिए हो रहा था, क्योंकि ऋषि-मुनियों के लिए यज्ञ, अनुष्ठान आदि करना आध्यात्मिक साधना का एक सामान्य हिस्सा था।

युवनाश्व की उत्सुकता बढ़ने लगी। वह दबे पांव भृगु की कुटिया के भीतर चला गया। उसने देखा कि भृगु गहरी नींद सो रहे थे। एक कोने में

दीपक जल रहा था। युवनाश्व ने दीपक के मंद प्रकाश में देखा कि कुटिया के भीतर अधिक सामान नहीं था।

भृगु के आश्रम तक चलकर आने के कारण युवनाश्व को प्यास लगी थी। उसका गला सूख रहा था। उसने इधर-उधर देखा तो उसे एक कोने में मिट्टी का घड़ा रखा दिखाई पड़ा। युवनाश्व ने सोचा कि वह घड़े में से पानी पीने के बाद भृगु द्वारा किए जा रहे यज्ञ के विषय में जानने का प्रयास करेगा।

युवनाश्व घड़े के पास पहुंचा। उसने धीरे-से घड़े पर रखा ढक्कन हटाया और भीतर झांका। घड़े में पानी था जो राजा के स्पर्श से हिल रहा था। युवनाश्व ने मुड़कर भृगु की ओर देखा। वह गहरी नींद सो रहे थे। युवनाश्व ने घड़ा उठाया और उसमें रखा पानी पी लिया। युवनाश्व ने महसूस किया कि उसका स्वाद पानी जैसा था किंतु फिर भी वह साधारण जल नहीं था। राजा ने घड़ा वापस रख दिया। वह ज्यों ही घड़े का ढक्कन वापस रखने लगा, उसके हाथ से ढक्कन छूटकर नीचे गिरा और टूटकर बिखर गया। उसकी आवाज़ के साथ ही भृगु की नींद भी टूट गई।

'कौन है वहां?' भृगु ने बिस्तर से उठते हुए पूछा।

'क्षमा कीजिए, ऋषिवर! यह मैं हूं,' युवनाश्व ने हकलाते हुए कहा। वह भृगु की दृष्टि से बचने के लिए दो क़दम पीछे हट गया।

भृगु की भौंहें तन गईं। उन्होंने दो बार पलकें झपकाईं तब उन्हें घड़े के पास खड़ा युवनाश्व दिखाई दिया। युवनाश्व के गीले होंठों से पानी की बूंदें टपक रही थीं। महर्षि भृगु की दृष्टि टूटे ढक्कन पर पड़ी और फिर उन्होंने घड़े की ओर देखा। वह तुरंत उठे और उन्होंने घड़े के भीतर झांका। वह ख़ाली था।

'युवनाश्व!' महर्षि ने चिल्लाकर पूछा, 'तुम यहां क्यों आए? क्या तुमने इस घड़े का पानी पिया है?'

'जी... जी... ऋषिवर!' युवनाश्व ने घबराकर कहा। 'मैं... मैं... सिर्फ़ देखने आया था कि...'

'क्या! क्या देखने आए थे?' भृगु का चेहरा क्रोध से लाल हो गया। 'तुम्हें मुझ पर विश्वास नहीं है? तुम देखने आए थे कि मैं तुम्हारे लिए कुछ कर रहा हूं या नहीं! क्यों, यही देखने आए थे न?' महर्षि भृगु ने अलौकिक शक्ति द्वारा सब कुछ जान लिया।

'मैं क्षमा चाहता हूं ऋषिवर,' युवनाश्व ने कहा। 'यह सत्य है कि मैं यही देखने आया था कि आप क्या कर रहे हैं, परंतु मुझे आपके ऊपर पूरा भरोसा है। मैं पिता बनने की कल्पना से इतना उत्साहित हो गया कि मेरा धैर्य टूट गया और मैं यहां चला आया। आपके आश्रम पहुंचा तो बहुत प्यास लगी थी। मैंने घड़ा देखा तो इसमें भरा पानी पी लिया। उसी समय मेरे हाथ से घड़े का ढक्कन छूट गया और...'

'यह तुमने क्या मूर्खता कर दी, युवनाश्व?' भृगु बोले। 'यह साधारण पानी नहीं था। मैंने इसे वैदिक मंत्रों से अभिमंत्रित करके अपनी आध्यात्मिक शक्तियों से ऊर्जान्वित किया था। यह जल वास्तव में तुम्हारी पत्नी को पीना था। मैं तुम्हें कल सुबह ही बुलाने वाला था ताकि तुम इसे अपनी पत्नी को दे सको। तुमने जो पिया है, वह साधारण जल नहीं होकर एक प्रकार की औषधि थी जो मैंने तुम्हारी पत्नी को गर्भ धारण करवाने के लिए तैयार की थी।'

राजा युवनाश्व की आशाएं चूर-चूर हो गईं। वह अपनी उत्सुकता का भारी मूल्य चुका रहा था। उसे लगा कि वह बेहोश होकर गिर पड़ेगा। फिर उसने स्वयं को किसी तरह संभाला और भृगु की ओर देखा। महर्षि भृगु भी युवनाश्व को दया की दृष्टि से देख रहे थे। परंतु अब कुछ नहीं हो सकता था।

'मुझसे बहुत बड़ी भूल हो गई ऋषिवर,' युवनाश्व ने रोते हुए कहा। 'मैं आपसे क्षमा चाहता हूं। आपने मेरे लिए इतना प्रयास किया, मैं आपका हृदय से आभारी हूं। मैं ही दुर्भाग्यशाली हूं। मेरी नियति में शायद निस्संतान मरना ही लिखा है।' यह कहकर युवनाश्व फूट-फूटकर रोने लगा।

'रोओ मत युवनाश्व,' भृगु बोले। 'तुमने जो जल पिया है, वह निस्संदेह तुम्हारी पत्नी के लिए था। परंतु मैंने यह तो नहीं कहा कि तुम निस्संतान ही मर जाओगे।'

'क्या मतलब ऋषिवर!... आपकी इस बात का क्या आशय है?' युवनाश्व ने आश्चर्य से पूछा।

भृगु ने उत्तर दिया, 'मेरे द्वारा अभिमंत्रित जल इतना शक्तिशाली था कि उसे पीने वाले को उसका ध्येय फल अवश्य मिलेगा, चाहे इसे पीने वाला व्यक्ति कोई भी हो!'

'मैं आपकी बात समझा नहीं,' युवनाश्व ने दुविधा-भरी दृष्टि से देखते हुए भृगु से कहा। 'यह जल तो मैंने पिया है, इससे मेरी पत्नी गर्भवती कैसे हो जाएगी?'

'मैं तुम्हारी पत्नी की बात नहीं कर रहा,' भृगु ने कहा। 'यह जल तुमने पिया है, इसलिए गर्भ भी तुम धारण करोगे और संतान को भी तुम ही जन्म दोगे।'

'ऋषिवर, यह आप क्या कह रहे हैं? मैं... आपका आशय... मेरा मतलब... मैं गर्भधारण करूंगा!' युवनाश्व ने अविश्वास-भरे स्वर में कहा।

'हां!' भृगु ने दृढ़ता से उत्तर दिया। 'यह निश्चित है कि तुम पिता बनोगे। तुम्हें गर्भधारण करना है और तुम्हें ही संतान को जन्म भी देना है। तुम्हारा होने वाला पुत्र अत्यंत साहसी और देवताओं के समान शक्तिशाली होगा। वह पूरी पृथ्वी पर शासन करेगा।'

'यह तो बहुत अद्‌भुत घटना है, देवेंद्र!' अग्निदेव ने अचानक कहा और वह पुरंदर को आश्चर्य से देखने लगे। 'इसके बाद क्या हुआ?'

पुरंदर ने अग्निदेव को मुस्कराकर देखा और आगे कथा कहना आरंभ कर दिया :

युवनाश्व दुविधा में पड़ गया। उसे समझ में नहीं आ रहा था कि उसे संतान-प्राप्त की प्रसन्नता अधिक थी अथवा इस बात का दुख अधिक था कि आने वाले दिनों में उसका पेट गर्भवती स्त्री की तरह फूल जाएगा। युवनाश्व के लिए गर्भ धारण करने का विचार भयावह और विचित्र था।

'होनी को कोई नहीं टाल सकता!' ऋषि ने कहा। 'मैं जल के प्रभाव को समाप्त नहीं कर सकता, परंतु मैं तुम्हें इस बात का आश्वासन देता हूं कि तुम्हें प्रसव-पीड़ा नहीं भोगनी पड़ेगी। गर्भधारण का समय पूरा होने के उपरांत तुम्हारे भीतर पल रहा बालक सहजता से बाहर आ जाएगा और उसे देवताओं के राजा इंद्र का आशीर्वाद प्राप्त होगा।'

महर्षि भृगु का कार्य संपन्न हो चुका था। युवनाश्व ने उन्हें प्रणाम किया और फिर अपने कुटिया में लौट आया।

राजा युवनाश्व के लिए वह जीवन का सबसे कठिन समय था। उसका पेट धीरे-धीरे फूलने लगा और वह कुछ समय बाद गर्भवती स्त्री की तरह चलने और उठने-बैठने लगा। अंतर केवल इतना था कि जहां गर्भवती

स्त्रियां अपनी शारीरिक पीड़ा को प्रसन्न होकर सहन करती हैं, वहीं युवनाश्व के गर्भधारण की अवधि पीड़ादायक बनती जा रही थी। उसका अधिकतर समय पिता बनने की खुशी और संतान के जन्म के बाद की कठिनाइयों के बीच झूलते बीत जाता था। वह सोचता कि बालक के जन्म के बाद उसका पालन-पोषण किस प्रकार करेगा। उसे पृथ्वी के भावी शासक के भविष्य की चिंता सताने लगी थी। आख़िर, वह क्षण आ पहुंचा।

एक दिन सुबह युवनाश्व सोकर उठा तो उसे पेट में दर्द महसूस हुआ। इससे पहले कि वह कुछ सोच-समझ पाता, सहसा उसके पेट की बाईं ओर का भाग खुल गया और भीतर से चमचमाती आंखों वाला एक नन्हा-सा बालक बाहर आ गया। इसके कुछ ही पल बाद, उसके पेट का मांस पहले की तरह जुड़ गया और सामान्य दिखने लगा। यह शायद मानव जाति के इतिहास में पहली घटना थी जब एक पुरुष ने संतान को जन्म दिया था।

युवनाश्व ने बालक को गोद में उठाया और उसे देखकर मुस्कराने लगा। बालक भी अपने पिता को देखकर मुस्कराया। पिता युवनाश्व के हृदय में मानो मातृत्व की लहर दौड़ गई। वह सोचने लगा कि वह पिता था अथवा माता या फिर दोनों। उसके लिए यह अस्तित्व की पहचान का प्रश्न बन गया। परंतु फिर उसने यह सोचकर संतोष कर लिया कि उसे ईश्वर ने एक ही समय पर माता और पिता, दोनों बनने का सौभाग्य प्रदान किया था।

बालक को पेट से बाहर आते ही भूख लगी और वह रोने लगा। युवनाश्व को महसूस हुआ कि बालक को दूध चाहिए होगा। परंतु प्रश्न था, कैसे? उसने अपनी छाती को छूकर देखा। उसका वक्ष किसी भी पुरुष की भांति सामान्य था। युवनाश्व को अपने वक्ष में दूध होने का कोई संकेत नहीं मिला। वह सोचने लगा कि अपने पुत्र के लिए भोजन का प्रबंध कैसे करेगा। इस बीच, बालक ज़ोर-ज़ोर से रोने लगा। युवनाश्व ने अपनी आंखें बंद कीं और मन ही मन महर्षि भृगु से सहायता मांगने लगा।

'क्या युवनाश्व को भृगु से सहायता मिली?' अग्निदेव ने पूछा।

'हां,' पुरंदर ने उत्तर दिया, 'उसे सहायता तो मिली किंतु भृगु से नहीं!'

'तो फिर? युवनाश्व की मदद के लिए कौन आया?' अग्निदेव से अपनी उत्सुकता संभल नहीं रही थी।

'मैंने उसकी सहायता की थी!' पुरंदर ने मुस्कराकर उत्तर दिया।

'देवराज, आप?' अग्निदेव को विश्वास नहीं हुआ।

'हां। मैं युवनाश्व के पास गया था। तुम्हें याद होगा कि भृगु ने भविष्यवाणी की थी कि युवनाश्व की होने वाली संतान को इंद्र का आशीर्वाद मिलेगा।'

'जी, मुझे याद है,' अग्निदेव ने उत्तर दिया। 'आपने बताया था। फिर आप वहां पहुंचे तो क्या हुआ?'

'मेरे पहुंचने से पहले युवनाश्व ने आकाश में गड़गड़ाहट सुनी,' पुरंदर ने कहना शुरू किया। 'उसने ऊपर देखा तो एक सफ़ेद विशाल हाथी आसमान से नीचे उतर रहा था। हाथी पर एक आकर्षक और चमत्कारी पुरुष हाथ में शक्तिशाली अस्त्र लिए बैठा था। युवनाश्व को यह समझते देर नहीं लगी कि हाथी पर बैठा वह दैवी पुरुष देवराज पुरंदर यानी मैं ही था।'

इसके बाद पुरंदर ने आगे की कथा सुनाई :

मुझे देखकर युवनाश्व को भृगु की भविष्यवाणी याद आ गई और वह प्रसन्न हो गया। मैं ज्यों ही राजा युवनाश्व के पास पहुंचा, उसने मुझे प्रणाम किया। मैंने उसके पुत्र को गोद में उठा लिया और उसकी ओर स्नेह से देखा। बालक रो रहा था। उसकी छोटी और भोली आंखों में आकर्षण था। मैं उसे देखकर बहुत प्रभावित हुआ। मैंने उसे प्रेम से स्पर्श किया तो मेरे दिव्य स्पर्श के कारण बच्चे ने रोना बंद कर दिया, किंतु वह संतोष क्षणिक था।

युवनाश्व अचानक भावुक हो उठा। उसके स्वर में कृतज्ञता थी। वह बोला, 'देवराज, मैं आपका आभारी हूं कि आप मेरे पुत्र को आशीर्वाद देने आए हैं।'

'मुझे तो यहां आना ही था,' मैंने युवनाश्व से कहा। 'आख़िर महर्षि भृगु की भविष्यवाणी असत्य कैसे हो सकती है? वास्तव में यह मेरा सौभाग्य है कि महर्षि भृगु ने इस अत्यंत मेधावी बालक को आशीर्वाद देने के लिए मुझे चुना है।'

'जी प्रभु,' युवनाश्व ने कहा, 'किंतु एक समस्या है।'

'क्या हुआ?' मैंने उससे पूछा।

युवनाश्व ने समस्या बताई, 'महर्षि भृगु के आशीर्वाद से मैंने किसी तरह इस बालक को जन्म तो दे दिया परंतु इसकी कोई जैविक माता नहीं है और मेरे वक्ष में दूध नहीं है। मैं इसे क्या दूं? मेरा पुत्र बड़ा कैसे होगा?'

पुरंदर ने अग्निदेव को बताया, 'मैंने युवनाश्व से कहा कि *माम् अयम धाता,* यानी यह मुझे पीकर बड़ा होगा। ऐसा कहने के कारण ही मैंने उस बालक का नाम मान्धाता रखने का निश्चय किया।'

'वाह! फिर क्या हुआ?' अग्निदेव की उत्सुकता बढ़ती जा रही थी।

'इसके बाद मैंने अपनी तर्जनी अंगुली बालक के मुंह में डाल दी तो वह मेरी अंगुली चूसने लगा।' पुरंदर ने बात पूरी करते हुए कहा।

'ओह! यह तो सचमुच अद्‌भुत घटना है।' अग्निदेव ने कहा, मानो वह उस दृश्य की कल्पना कर रहे थे।

पुरंदर आगे बोला, 'फिर मैंने युवनाश्व से कहा कि इस बालक का नाम "मान्धाता" होगा। यह पृथ्वी पर शासन करेगा और सूर्यवंश को अभूतपूर्व गौरव दिलाएगा। इस बीच मान्धाता लगातार मेरी अंगुली चूसता रहा। कुछ ही पल में उसका क़द बढ़ने लगा।'

युवनाश्व पिता बनकर बहुत प्रसन्न था। उसे लगा कि अब वह फिर से राजा कहलाने के योग्य हो गया है। वह अपने पुत्र मान्धाता को साथ लेकर अयोध्या लौट गया। अयोध्या नगरी में प्रसन्नता और उल्लास की लहर दौड़ गई।

धीरे-धीरे समय बीतने लगा। मान्धाता बलिष्ठ और शक्तिशाली युवक के रूप में बढ़ा हो गया। उसने वेदों का संपूर्ण ज्ञान प्राप्त किया और वह सब तरह के अस्त्र-शस्त्र चलाने में निपुण हो गया। उसने शक्तिशाली आजगव धनुष प्राप्त किया और अनेक अजेय बाण एवं कवच भी उसके पास थे।

'यह तो युवनाश्व और सूर्यवंश दोनों के लिए बहुत बढ़िया हुआ।' अग्निदेव ने कहा।

पुरंदर ने बात आगे बढ़ाई और कहा, 'मैं उचित समय पर अयोध्या गया और मैंने स्वयं अयोध्या के अगले राजा के रूप में मान्धाता का राज्यभिषेक किया। इसके बाद मान्धाता ने अपनी शक्ति और साहस से पूरी पृथ्वी को जीत लिया। वह अत्यंत नेक और सदाचारी राजा था तथा अपनी प्रजा की देखभाल अपनी संतान की तरह करता था। मान्धाता की सदाशयता और धार्मिकता इतने उच्च स्तर की थी कि उसके राज्य में कभी रोग, दुख या दुर्भिक्ष आदि की स्थिति उत्पन्न नहीं हुई। उसके प्रजा सदैव प्रसन्न एवं समृद्धि रहती थी।'

'तो फिर अयोध्या में इस समय दुर्भिक्ष का क्या कारण है?' अग्निदेव जानना चाहते थे।

'मैं यही तो देखना चाहता हूं।' पुरंदर बोला, 'मुझे इसी बात की प्रतीक्षा है कि क्या मान्धाता विवेक और बुद्धि से अयोध्या में पड़े दुर्भिक्ष कारण का पता लगा पाएगा? हमें कुछ समय प्रतीक्षा करनी चाहिए।'

इस बीच, अयोध्या के लोग इंद्र की वाणी सुनकर अपने राजा मान्धाता के पास गए और उसे बताया कि वर्षा के देवता इंद्र चाहते हैं कि मान्धाता स्वयं दुर्भिक्ष के कारण की तलाश करे।

यह सुनकर मान्धाता ने उत्तर दिया, 'आप लोग सही कहते हैं। यह संसार अनाज पर निर्भर है। हमारे धार्मिक ग्रंथों एवं शास्त्रों में लिखा है कि यदि राजा अधर्मी होता है तो वह स्वयं और उसकी प्रजा, दोनों कष्ट उठाते हैं। मैंने अपने कर्मों का बहुत ध्यान से चिंतन व विश्लेषण किया है और मैं पूर्ण विश्वास से कह सकता हूं कि मैंने कोई अपराध नहीं किया है। परंतु भगवान इंद्र भी सत्य कहते हैं कि अपनी प्रजा पर आए संकट का कारण और उसका समाधान खोजने का दायित्व भी मुझ पर है। मैं इस दुर्भिक्ष का कारण अवश्य पता करूंगा।'

इसके बाद मान्धाता, अंगिरा मुनि के पास गया और बोला, 'हे ऋषिवर, मैंने सदा शास्त्रों में विदित रीति एवं नियमों के अनुसार शासन किया है। इसके बावजूद मेरा राज्य अयोध्या पिछले बारह वर्षों से भीषण दुर्भिक्ष की चपेट में है। मैं इस आपदा का कारण नहीं समझ पा रहा हूं। मैं आपके पास सहायता के लिए आया हूं। कृपया मेरा मार्गदर्शन कीजिए।'

अंगिरा मुनि ने कुछ सोचकर उत्तर दिया, 'मान्धाता! तुम जानते हो कि यह सतयुग है और इस युग में ब्राह्मणों को बहुत आदर-सम्मान दिया जाता है। यही कारण है कि केवल ब्राह्मणों को वैदिक अनुष्ठान करने का अधिकार प्राप्त है। परंतु तुम्हारे राज्य में एक अप्रशिक्षित व्यक्ति अनुचित विधि से चुपचाप वैदिक अनुष्ठान कर रहा है। वेदों और शास्त्रों में निहित निर्देशों के इसी उल्लंघन के कारण तुम्हारे राज्य में दुर्भिक्ष का संकट उत्पन्न हुआ है। उस व्यक्ति को ढूंढ़ो और उसे दंड दो। ऐसा करने से तुम्हारे राज्य को इस दैवी प्रकोप से मुक्ति मिल जाएगी।'

मान्धाता ने अंगिरा मुनि की बात पर विचार किया और कहा, 'मुनिवर, वह व्यक्ति शायद अज्ञानतावश वैदिक अनुष्ठान कर रहा है। मुझे लगता है

अज्ञानता के कारण किए धार्मिक कृत्य के लिए उसे दंडित करना उचित नहीं होगा। क्या कोई अन्य तरीक़ा है?'

मान्धाता का उत्तर सुनकर अंगिरा मुनि मुस्कराए और बोले, 'मान्धाता, तुम सचमुच बहुत बुद्धिमान और सदाचारी हो। तुम्हारे स्थान पर कोई अन्य राजा होता तो निश्चित रूप से अपनी प्रजा को प्रसन्न करने के लिए उस व्यक्ति को दंड दे देता। परंतु इतना होने पर भी तुमने धर्म का मार्ग नहीं छोड़ा। मैं तुमसे बहुत प्रसन्न हूं। तुम्हारी समस्या का समाधान यह है कि तुम भाद्रपद माह की पद्म-एकादशी को उपवास करो। ऐसा करने से तुम्हारे राज्य में भरपूर वर्षा होगी जिससे तुम्हें पर्याप्त अनाज की प्राप्ति होगी और अयोध्या में आया दुर्भिक्ष दूर हो जाएगा।'

मान्धाता ने अंगिरा ऋषि को प्रणाम किया और वहां से लौट आया।

पुरंदर ने देवलोक से यह दृश्य देखा। वह अग्निदेव को देखकर मुस्कराया। अग्निदेव को भी विश्वास हो गया था कि शीघ्र ही अयोध्या के बुरे दिन समाप्त होने वाले थे।

इसके बाद भाद्रपद माह की पद्म-एकादशी को मान्धाता ने अपने राज्य के लोगों के साथ मिलकर उपवास किया। इसके फलस्वरूप अंगिरा मुनि की भविष्यवाणी सत्य हुई और अयोध्या राज्य में भरपूर वर्षा हुई जिससे राज्य पहले की भांति सुखी एवं समृद्ध हो गया।

मान्धाता ने देवराज इंद्र के प्रति कृतज्ञता व्यक्त करते हुए सिर उठाकर आकाश की ओर देखा और धीरे से कहा, 'देवराज इंद्र, आपने मुझे "मान्धाता" नाम दिया था। मैं आशा करता हूं कि मैंने आपको निराश नहीं किया।' मान्धाता द्वारा यह वाक्य पूरा होते ही आकाश से मान्धाता पर सफ़ेद पुष्पों की वर्षा होने लगी।

अग्निदेव प्रसन्न थे कि देवलोक के राजा ने आख़िर, पृथ्वी के राजा को आशीर्वाद दे ही दिया।

18

शिबि

देवलोक के समस्त देवी-देवताओं में अग्निदेव को पुरंदर के सबसे निकट समझा जाता था और इसलिए अग्निदेव भी अपने राजा से दिनभर में एक बार अवश्य मिल लिया करते थे। अग्निदेव न केवल देवलोक परिषद के सदस्य थे, अपितु पुरंदर के अत्यंत विश्वासपात्र भी थे।

एक दिन अग्निदेव जब इंद्र-सभा पहुंचे तो उन्होंने देखा कि देवराज पुरंदर गंभीर मुद्रा में सिर झुकाए बैठा था। पुरंदर की मुद्रा देखकर अग्निदेव को समझते देर नहीं लगी कि उनका मित्र किसी विशेष चिंता से ग्रस्त था।

'क्या बात है देवराज?' अग्निदेव ने सामान्य ढंग से पूछा। 'आप कुछ परेशान लग रहे हैं।'

इंद्र ने सिर उठाकर अग्निदेव को देखा किंतु कोई उत्तर नहीं दिया। उसने एक पल के लिए अपने मित्र पर दृष्टि डाली और फिर विचारों में खो गया।

'देवराज, आप अवश्य ही किसी कारणवश अशांत हैं,' अग्निदेव ने फिर कहा। 'मैं यह भी जानता हूं कि आप जब तक अपनी समस्या बता नहीं देंगे, आपका मन अशांत ही रहेगा। बेहतर है कि आप अपनी बात जल्दी कह दें।'

इंद्रदेव को अग्निदेव का स्पष्ट बात करने का तरीक़ा पसंद था। जिस तरह अग्निदेव को पुरंदर के विषय में अच्छी तरह पता था, उसी तरह पुरंदर भी जानता था कि अग्निदेव उसकी समस्या सुने बिना वहां से नहीं जाएंगे।

पुरंदर ने गहरी श्वास भरी और फिर आसन से उठकर खड़ा हो गया। अग्निदेव भी पुरंदर की बात सुनने को उत्सुक थे।

'अग्नि,' पुरंदर ने कहना आरंभ किया, 'मैं आजकल चंद्रवंशी राजा शिबि नाम का बहुत नाम सुन रहा हूं। उसके पिता उशीनर भी बहुत गौरवशाली राजा थे।'

'जी देवराज! मैं जानता हूं,' अग्निदेव ने उत्तर दिया। 'मैंने भी शिबि के विषय में बहुत सुना है। उसकी ख्याति बहुत फैल रही है और वह भी अपने पिता के भांति अत्यंत उदार है। परंतु शिबि को क्या हुआ... मेरा मतलब, आप शिबि को लेकर चिंतित क्यों हैं?'

'यही तो समस्या है अग्नि,' इंद्रदेव ने जवाब दिया। 'शिबि अपने सद्गुणों और अपनी उदारता के कारण मेरे समान श्रेष्ठता प्राप्त कर चुका है। उसकी प्रसिद्धि और यश दिन-प्रतिदिन बढ़ता जा रहा है। क्या तुम्हें नहीं लगता किसी के द्वारा देवराज पुरंदर के यानी, मेरे स्तर तक पहुंचने का प्रयास करना चिंता का कारण है। यदि कल शिबि को अन्य देवताओं से भी वही सम्मान और आदर मिलने लगा और वह मेरे आसन पर बैठ गया तो क्या होगा?'

'मुझे ऐसा नहीं लगता,' अग्निदेव ने भौंहें सिकोड़ते हुए कहा, 'मुझे जहां तक पता है, शिबि लालची नहीं है। वह अपने राज्य और संपत्ति से संतुष्ट है। इसके अतिरिक्त वह दयालु और उदार भी है। मैं नहीं मान सकता कि शिबि जैसा उदार और नेक राजा किसी की सत्ता हथियाने का प्रयास करेगा। मेरा विश्वास कीजिए, शिबि देवलोक की सत्ता छीनने का विचार भी मन में नहीं लाएगा। आप निश्चिंत रहिए।' अग्निदेव ने इंद्र की उत्सुकता शांत करने के लिए लगभग सब कुछ कह दिया था।

पुरंदर ने कहा, 'यदि ऐसा है तो हमें शिबि की उदारता की परीक्षा लेनी चाहिए।'

यद्यपि अग्निदेव को शिबि के सद्गुणों पर तनिक भी संदेह नहीं था, किंतु उन्हें पता था कि पुरंदर, शिबि की परीक्षा लिए बिना नहीं मानेगा। इसलिए अग्निदेव और पुरंदर ने योजना बनाई और संयुक्त रूप से शिबि की परीक्षा लेने का निर्णय किया। पुरंदर ने बाज का रूप धारण कर लिया तथा अग्निदेव कबूतर बन गए। इसके बाद दोनों राजा शिबि की महानता

की परीक्षा लेने के लिए निकल पड़े। बाज और कबूतर ने आकाश में ऊंची उड़ान भरी और कुछ ही देर में शिबि के राज्य जा पहुंचे।

उस समय शिबि दरबार में बैठा नित-प्रतिदिन का कामकाज देख रहा था। अचानक एक कबूतर उड़ता हुआ उसकी सभा में आ गया। इससे पहले कि शिबि कुछ समझ पाता, कबूतर पंख फड़फड़ाता शिबि की गोद में जा बैठा और असहाय दृष्टि से शिबि को देखने लगा। शिबि ने घबराए हुए निरीह कबूतर को धीरे से हाथों में उठाया और उसे दयापूर्वक देखने लगा। कबूतर ने भी भोलेपन से राजा शिबि पर दृष्टि डाली। शिबि को कबूतर की आंखों में भय स्पष्ट दिखाई दे रहा था।

'क्या बात है पक्षी!' शिबि ने पूछा। 'तुम इतने भयभीत क्यों हो?'

'महाराज,' कबूतर के वेश में अग्निदेव ने कहा, 'एक विशाल बाज मेरा पीछा कर रहा है। वह निश्चित रूप से मुझे मार डालेगा और खा जाएगा।'

उसी समय बाजरूपी इंद्र उड़ता हुआ शिबि के राजदरबार में आ पहुंचा। उसके विशाल पंखों की फड़फड़ाहट से शिबि के दरबार में खलबली मच गई। बाज भी शिबि के सामने आकर बैठ गया। वह कबूतर को घूर रहा था। बाज की क्रोध से भरी लाल आंखों में कबूतर के लिए घृणा देखकर शिबि को घबराहट महसूस होने लगी।

'यह मेरा शिकार है,' बाज ने कहा, 'इसे छोड़ दो ताकि मैं इसे पकड़कर इसके मांस से अपना और अपने परिवार का पेट भर सकूं।'

यह सुनकर शिबि की गोद में बैठा कबूतर राजा के निकट आ गया। शिबि ने कबूतर को थपथपाया मानो वह उस छोटे-से पक्षी को सुरक्षा का आश्वासन देना चाहता था।

राजा शिबि ने बाज से कहा, 'मैं तुम्हें इस पक्षी को मारने की अनुमति नहीं दे सकता। यह मेरी शरण में आया है और अब इसके जीवन की रक्षा करना मेरा नैतिक दायित्व है।'

बाज ने उत्तर दिया, 'महाराज, यदि आपको लगता है कि कबूतर के जीवन की रक्षा द्वारा आप अपने धर्म का निर्वहन कर रहे हैं तो यह आपकी भूल है। वास्तव में देखा जाए तो आप धर्म के विपरीत कार्य कर रहे हैं क्योंकि मैं भूखा हूं और आपने मुझे भोजन से वंचित कर दिया है।'

'मैं तुम्हारी बात से सहमत हूं,' शिबि ने उत्तर दिया। 'परंतु यह कबूतर तुमसे डरा हुआ है और मेरे पास सहायता के लिए आया है। तुम इससे जीवन का मूलभूत अधिकार कैसे छीन सकते हो? ग्रंथों में भी लिखा है कि जो ब्राह्मण या गाय की हत्या करता है अथवा शरणार्थी के जीवन की रक्षा नहीं करता, वह अक्षम्य अपराध का दोषी होता है। मैं राजा हूं और शरणार्थी की रक्षा करना मेरा दायित्व है। मैं इस कबूतर को त्यागकर अपराधी का जीवन नहीं जी सकता।'

'राजा शिबि,' बाज ने उत्तर दिया, 'भोजन ही जीवन का आधार है। यदि मैंने भोजन नहीं किया तो मैं मर जाऊंगा और मेरी मृत्यु के बाद मेरी पत्नी और मेरे दो बच्चे भी भूखे मर जाएंगे, क्योंकि उनकी देखभाल करने वाला कोई नहीं रह जाएगा। इसलिए आप इस एक पक्षी के जीवन की रक्षा करके चार अन्य पक्षियों के जीवन को संकट में डाल रहे हैं। क्या यही आपका न्याय है?'

बाज के आध्यात्मिक तर्क सुनकर सबको आश्चर्य हुआ। शिबि के लिए स्थिति को संभालना कठिन होता जा रहा था।

शिबि ने एक क्षण विचार किया और फिर कहा, 'ठीक है। यदि बात केवल तुम्हारे एवं तुम्हारे परिवार के भोजन की है, तो मैं तुम्हें आश्वासन देता हूं कि तुम्हारी भूख से मृत्यु नहीं होगी। यह कबूतर वैसे भी तुम एवं तुम्हारे परिवार के लिए बहुत छोटा है। तुम चाहो तो मैं तुम्हें शूकर अथवा हिरण या तुम्हारी पसंद का कोई भी अन्य बड़ा पशु दे सकता हूं। तुम उसके बदले इस कबूतर को मारने का विचार छोड़ दो।' शिबि के चेहरे पर सौम्य मुस्कान थी। उसे विश्वास था कि बाज बड़ा शिकार प्राप्त करने के लालच में कबूतर को अवश्य छोड़ देगा। परंतु ऐसा नहीं हुआ।

'मैं क्षमा चाहता हूं,' बाज ने उत्तर दिया। 'यदि ईश्वर ने मेरे भोजन के लिए यह कबूतर भेजा है, तो मुझे इससे ही संतोष करना होगा। मैं नियति-निर्धारित मार्ग से नहीं हट सकता। इसके अतिरिक्त यह सर्व-विदित है बाज का स्वाभाविक शिकार कबूतर ही होता है।'

यह सुनकर शिबि थोड़ा चिढ़ गया। उसने बाज से अधिकार-भरे स्वर में कहा, 'देखो, मैं कुछ भी करने को तैयार हूं। मैं तुम्हें इस कबूतर के बदले कुछ भी दे सकता हूं, परंतु मैं तुमसे अनुरोध करता हूं कि तुम इस निरीह प्राणी को जीवन-दान दे दो।'

बाज ने शिबि की बात पर पल-भर विचार किया और उत्तर दिया, 'ठीक है। मुझे आपकी शर्त स्वीकार है। यदि आप इस कबूतर के बदले मुझे कुछ भी देने को तैयार हैं, तो मैं अधिक नहीं मांगूंगा। आप मुझे अपने शरीर से काटकर इस कबूतर के भार के बराबर वजन का मांस का एक टुकड़ा दे दीजिए तो मैं संतुष्ट हो जाऊंगा।'

बाज की मांग सुनकर शिबि के दरबार में अचानक शोरगुल होने लगा। वहां उपस्थित प्रत्येक व्यक्ति बाज की धृष्टता पर आश्चर्यचकित था। कुछ लोग बाज के पक्ष में थे और उनका मानना था कि राजा शिबि को हठ छोड़कर उस बाज को कबूतर सौंप देना चाहिए। परंतु अधिकांश दरबारी बाज की बात से नाराज़ थे और चाहते थे कि बाज को उसकी धृष्टता के लिए पकड़कर तत्काल मार डाला जाए।

'इस बाज को पकड़ लो! इसे मार डालो! इसके पंख काट दो!' दरबार में बैठे लोग चिल्लाने लगे।

इस बीच, बाज शांत भाव से शिबि के उत्तर की प्रतीक्षा कर रहा था। कबूतर भी शिबि को भोलेपन से देख रहा था, क्योंकि उसे शिबि में अपना जीवन-रक्षक दिखाई दे रहा था।

'मुझे तुम्हारी शर्त स्वीकार है!' शिबि ने बाज को साहस के साथ उत्तर दिया। 'मैं तुम्हारा आभारी हूं कि तुमने इस भोले एवं निर्दोष पक्षी पर दया की और उसे जीवित छोड़ दिया। तुमने जो मांगा है, वह तुम्हें अवश्य मिलेगा।' यह कहकर शिबि सिंहासन से उठा और उसने एक सेवक को तराजू और चाकू लाने का आदेश दिया।

दरबार में बैठे लोग सन्न रह गए। सभा में हो रहा शोरगुल थम गया और कानों को चीर देने वाला सन्नाटा पसर गया। लोगों को बहुत आश्चर्य हो रहा था कि उनके सदाचारी राजा ने एक कबूतर की रक्षा के लिए बाज की अनुचित मांग भी स्वीकार कर ली थी। अग्निदेव और पुरंदर, जो कबूतर और बाज के वेश में थे, एक-दूसरे को असहज दृष्टि से देखने लगे। उन्होंने यह कल्पना में भी नहीं सोचा था कि वह स्थिति इतना भीषण मोड़ ले लेगी।

कुछ ही देर में शिबि का सेवक एक बड़ा-सा तराजू और चाकू लेकर दरबार में उपस्थित हो गया। शिबि ने कबूतर को धीरे-से तराजू के एक पलड़े पर रख दिया। फिर उसने हाथ में चाकू लिया और अपने बाएं पैर से मांस

का एक टुकड़ा काट डाला। शिबि के पैर से रक्त की धारा फूट पड़ी। दरबार में दर्द-भरा ऊंचा स्वर सुनाई पड़ा और फिर शांत हो गया। लोगों को अपनी आंखों पर विश्वास नहीं हुआ हालांकि सब कुछ उनके सामने हो रहा था।

शिबि ने मांस का टुकड़ा उठाया और तराजू के दूसरे पलड़े में रख दिया। परंतु उसका भार कबूतर के वज़न से कम था। स्पष्ट था कि वज़न बराबर करने के लिए शिबि को थोड़ा और मांस काटने की आवश्यकता थी। शिबि ने बिना घबराए अपने पैर से मांस का एक और टुकड़ा काटा और उसे तराजू के पलड़े पर रख दिया। परंतु दोनों टुकड़े मिलाकर भी उनका वज़न कबूतर के वज़न के बराबर नहीं हुआ। इस बीच बाज और कबूतर दोनों शिबि को आश्चर्य-भरी दृष्टि से देख रहे थे।

'महाराज, आप अपने साथ यह अन्याय क्यों कर रहे हैं?' बाज ने पूछा। 'यह कबूतर मुझे सौंप दीजिए और इस मुसीबत से छुटकारा पाइए।'

समस्त दरबारीगण शिबि को देख रहे थे। राजा की आंखों में पीड़ा साफ़ झलक रही थी। परंतु उसके चेहरे पर मुस्कान थी। शिबि ने बाज के प्रश्न का कोई उत्तर नहीं दिया अपितु उसने फिर से रक्तरंजित चाकू उठा लिया। इस बार उसने चाकू अपने दाएं पैर पर रखा और वहां से भी मांस का एक टुकड़ा काटा, जो पहले दो टुकड़ों से बड़ा था।

राजा शिबि के आसपास खून के छींटे और मांस के छोटे-छोटे टुकड़े बिखरे पड़े थे। उसने मांस का तीसरा टुकड़ा उठाया और उसे भी तराजू पर रख दिया। इस बार उसे पूरा भरोसा था कि मांस के टुकड़ों का वज़न कबूतर के भार के बराबर हो जाएगा, किंतु ऐसा नहीं हुआ! तराजू थोड़ा हिला, परंतु स्थिति यथावत बनी रही। कबूतर का वज़न अब भी शिबि के मांस के टुकड़ों से अधिक था। उस भयानक दृश्य को देखकर सभा में बैठे लोगों की आंखों से आंसू बहने लगे। उनसे अपने राजा की दयनीय स्थिति देखी नहीं जा रही थी। पुरंदर ने शिबि के सदाचार और सद्गुणों की परीक्षा लेने के लिए जो नाटक शुरू किया था, वह धीरे-धीरे वीभत्स रूप ले रहा था।

शिबि अपने शरीर से मांस के टुकड़े काटता गया और उन्हें तराजू पर रखता गया। परंतु इतना मांस चढ़ा देने के बाद भी उसका वज़न कबूतर के वज़न के बराबर नहीं हुआ। अंत में शिबि की स्थिति ऐसी हो गई कि उसके पास तराजू में रखने के लिए मांस ही नहीं बचा क्योंकि वह स्वयं मांस का लोथड़ा बन गया था।

शिबि के लिए वह दुविधा से भरा क्षण था। उसके पास अब एक ही विकल्प शेष था। उसने किसी तरह अपने क्षत-विक्षत तन को घसीटा और स्वयं तराजू के पलड़े पर जा चढ़ा। लेकिन फिर भी शिबि के तन का भार कबूतर के भार से कम रह गया। यह आश्चर्यजनक दृश्य देखकर सभासद स्तब्ध रह गए। इस बात में अब किसी को संदेह नहीं था कि तराजू के पलड़े में बैठा निरीह कबूतर साधारण पक्षी नहीं था और राजा शिबि के दरबार में जो हो रहा था, वह अवश्य ही कोई दैवी घटना थी।

'मैं अपनी पराजय स्वीकार करता हूं,' राजा शिबि ने सिर झुकाकर कबूतर से कहा। 'मैं जानता हूं कि आप साधारण पक्षी नहीं हैं। कृपया अपना दिव्य रूप प्रकट कीजिए।'

राजा शिबि का इतना कहना था कि कबूतर उड़कर तराजू से नीचे उतर आया और बाज के समीप आकर बैठ गया। इससे पहले कि कोई कुछ समझ पाता, बाज और कबूतर दोनों ने अपना वास्तविक रूप प्रकट कर दिया। लोगों ने देखा कि दोनों पक्षियों के स्थान पर देवराज इंद्र और अग्निदेव खड़े थे। राजा शिबि और दरबार में बैठे सभी लोग दोनों देवताओं को देखकर हैरत में पड़ गए। शिबि ने देवलोक के राजा को प्रणाम किया।

'राजा शिबि,' पुरंदर ने कहा, 'मैंने तुम्हारे सद्गुणों के विषय में बहुत सुना था। इसलिए मैं तुम्हारी परीक्षा लेने आया था। मुझे बहुत प्रसन्नता है कि तुम परीक्षा में सफल हुए। मैंने तुम्हारे विषय में जो सुना था, तुम उससे कहीं अधिक संयमी और सदाचारी हो।'

'महाराज,' अग्निदेव ने कहा, 'आपकी प्रसिद्धि तीनों लोकों में पहले से ही है, किंतु इस घटना के बाद आपके इस बलिदान के समक्ष पृथ्वी पर धर्म के सारे कृत्य छोटे पड़ जाएंगे। आपकी कीर्ति में अभूतपूर्व वृद्धि होगी।'

इसके बाद पुरंदर ने अपने दिव्य स्पर्श से राजा शिबि के क्षत-विक्षत तन को फिर से स्वस्थ कर दिया। इस घटना के बाद शिबि ने पृथ्वी पर अनेक वर्ष शासन किया।

देवलोक लौटते समय अग्निदेव ने पुरंदर से पूछा, 'देवराज, राजा शिबि के विषय में अब आपका क्या विचार है?'

पुरंदर मुस्कराया और बोला, 'अग्नि, तुमने सही कहा था। शिबि सचमुच बहुत उदार और दयालु है। ऐसे मनुष्य से मेरी पहली कभी भेंट नहीं

हुई, परंतु उसकी परीक्षा लेना आवश्यक था क्योंकि देवलोक के सिंहासन की हर क़ीमत पर रक्षा होनी चाहिए। मैं तुम्हें पहले भी कह चुका हूं कि पृथ्वी वासी मनुष्य, सद्गुणी और सदाचारी अवश्य हो सकता है, परंतु विश्वास के योग्य कदापि नहीं है।'

अग्निदेव ने टेढ़ी दृष्टि से पुरंदर की ओर देखा। उनके मन में शायद यह बात थी कि पुरंदर से ज़्यादा अविश्वसनीय भला कौन हो सकता था।

19

प्रह्लाद

यह राजा शिबि की परीक्षा पूर्ण होने के बाद की घटना है। पुरंदर को संतोष हो गया कि शिबि की ओर से उसके सिंहासन पर कोई संकट नहीं था। यह अलग बात थी कि चिंता का कोई प्रत्यक्ष कारण न होने पर भी पुरंदर अपने लिए चिंता का कोई न कोई कारण खोज ही लेता था।

महर्षि कश्यप की दो पत्नियां थीं - दिति और अदिति। दिति ने असुरों को जन्म दिया, जबकि अदिति के पुत्र देवता कहलाए। दिति के असुर पुत्रों में हिरण्याक्ष और हिरण्यकशिपु नाम के दो असुर भगवान विष्णु के धुर विरोधी थे। विष्णु के प्रति उनकी घृणा इतनी बढ़ गई कि उन्होंने सर्वत्र भगवान विष्णु की उपासना न करने का आदेश जारी कर दिया।

समय के साथ दोनों भाइयों के अत्याचार और उनकी क्रूरता बढ़ती चली गई। ऐसे में भगवान विष्णु को वराह अवतार लेकर हिरण्याक्ष का संहार करना पड़ा। हिरण्याक्ष की मृत्यु के उपरांत उसका भाई हिरण्यकशिपु क्रोधित हो गया। उसने निर्दोष लोगों की हत्या करनी आरंभ कर दी। उसने अधिक शक्तियां अर्जित करने के उद्देश्य से कठोर तप किया और भगवान ब्रह्मा को प्रसन्न कर लिया। ब्रह्मा ने हिरण्यकशिपु को अजेय होने का वरदान दे दिया। इस वरदान के चलते हिरण्यकशिपु की शक्तियों में वृद्धि हुई तो साथ ही उसके अत्याचार बढ़ते गए। एक समय ऐसा आया कि वह देवताओं के लिए भी मुसीबत बन गया।

हिरण्यकशिपु का एक पुत्र था। उसका नाम प्रह्लाद था। वह अपने पिता के विपरीत स्वभाव का था। जहां एक ओर, हिरण्यकशिपु का हृदय भगवान

विष्णु के प्रति घृणा से भरा था, वहीं प्रह्लाद, भगवान विष्णु का अनन्य भक्त था। हिरण्यकशिपु ने अपने पुत्र को बहुत समझाया और उसे विष्णु की भक्ति छोड़ने को कहा किंतु प्रह्लाद ने अपने असुर पिता की बात नहीं मानी। वह हिरण्यकशिपु के मार्ग की बाधा बन गया। हिरण्यकशिपु अपने पुत्र के व्यवहार से इतना चिढ़ गया कि एक दिन क्रोध में आकर उसने अपने सेवकों को प्रह्लाद की हत्या करने का आदेश दे डाला। हिरण्यकशिपु के सेवकों ने प्रह्लाद को मारने के अनेक प्रयास किए परंतु भगवान विष्णु की कृपा से हर बार प्रह्लाद सुरक्षित बच जाता था। अंत में, हिरण्यकशिपु ने अपने हाथों से अपने पुत्र की हत्या करने का निर्णय किया। तब भगवान विष्णु को नरसिंह अवतार लेना पड़ा और उन्होंने हिरण्यकशिपु का वध करके अपने भक्त प्रह्लाद के प्राणों की रक्षा की। हिरण्यकशिपु की मृत्यु के पश्चात प्रह्लाद को असुरों का राजा घोषित कर दिया गया।

प्रह्लाद अपने असुर धर्म के विपरीत अत्यंत सदाचारी और धार्मिक राजा सिद्ध हुआ। प्रह्लाद की ख्याति धीरे-धीरे पृथ्वीलोक से लेकर देवलोक तक फैल गई। उसकी प्रशंसा सुनकर देवतागण भी प्रह्लाद के विषय में चर्चा किया करते थे। किसी भी प्राणी के बढ़ते यश और कीर्ति से सबसे पहले घबराने वाला व्यक्ति और कोई नहीं अपितु स्वयं देवताओं का राजा पुरंदर था।

'यह प्रह्लाद कौन है?' पुरंदर ने एक दिन अग्निदेव से पूछा।

'देवेंद्र, वह असुरों के राजा हिरण्यकशिपु का पुत्र है,' अग्निदेव ने उत्तर दिया। 'आप प्रह्लाद के विषय में क्यों पूछ रहे हैं?' अग्निदेव को पता था कि पुरंदर के दिमाग़ में कुछ चल रहा था।

'अभी तक तो कुछ नहीं हुआ,' पुरंदर ने होंठ दबाते हुए कहा। 'प्रह्लाद का बढ़ता यश सर्वत्र चर्चा का विषय बन गया है। मुझे नहीं लगता यह देवलोक के लिए अच्छा संकेत है।'

'क्यों प्रभु, प्रह्लाद के यश का देवलोक से क्या संबंध है?' अग्निदेव ने अगला प्रश्न किया।

'अग्नि, तुम मेरे स्वभाव से भली-भांति परिचित हो फिर भी तुम व्यर्थ प्रश्न करते हो!' पुरंदर ने भौंहें सिकोड़ते हुए कहा। 'हम बड़ी मुश्किल से शिबि की परीक्षा लेकर निश्चिंत हुए थे। अब यह प्रह्लाद का डर! मुझे यह जानना है कि प्रह्लाद को ऐसी अभूतपूर्व कीर्ति कैसे प्राप्त हुई है। वह एक असुर-पुत्र है, उसके बावजूद वह इतना सदाचारी और धार्मिक कैसे है?'

'देवेंद्र, आपकी यह बात तो ठीक है,' अग्निदेव ने कहा। 'मुझे भी नहीं पता कि प्रह्लाद का इतना प्रभाव कैसे है। परंतु इतना अवश्य है कि उसमें कुछ विशेष बात है क्योंकि केवल असुर ही नहीं, अपितु देवतागण भी प्रह्लाद की प्रशंसा करते थकते नहीं हैं।'

'मुझे प्रह्लाद की कीर्ति का रहस्य जानना है,' पुरंदर ने कहा, 'और मैं उसे जानकर ही रहूंगा,' पुरंदर से प्रह्लाद की कीर्ति सहन नहीं हो रही थी।

अगले ही क्षण पुरंदर, असुरों के गुरु शुक्राचार्य के समक्ष खड़ा था। प्रह्लाद, असुरों का राजा था इसलिए पुरंदर को विश्वास था कि शुक्राचार्य को अवश्य प्रह्लाद के विशेष गुणों एवं उसके आध्यात्मिक रहस्य की जानकारी होगी।

'गुरुदेव,' पुरंदर ने कहा, 'मैं आपके पास असुर-सम्राट प्रह्लाद के विषय में जानकारी लेने आया हूं। उसका यश चारों दिशाओं में फैल रहा है। मैं जानना चाहता हूं कि वह भीतर से इतना आत्म-विश्वासी एवं शक्तिशाली कैसे है। मैंने सुना है कि वह अत्यंत नीति-निपुण है और शासन-कुशलता में उसकी बराबरी करना सरल नहीं है। मैं सहसा प्रह्लाद के संदर्भ में स्वयं को हीन महसूस करने लगा हूं। मैं उसके जैसा बनना चाहता हूं। कृपया मुझे बताइए कि प्रह्लाद के भीतर ऐसा क्या है, जिसके कारण उसका चारों ओर यश फैल रहा है।'

पुरंदर की बात सुनकर शुक्राचार्य को हँसी आ गई। वह असुरों के गुरु थे और इस नाते देवताओं से उनका विरोध स्वाभाविक था परंतु पुरंदर का अनुरोध सुनकर शुक्राचार्य ने देव-दैत्य के अंतर को भुला दिया। वह जानते थे कि वह सबसे पहले एक गुरु हैं इसलिए मार्गदर्शन के लिए अपने पास आए व्यक्ति की सहायता करना उनका कर्तव्य था।

'तुम ठीक कहते हो देवराज,' शुक्राचार्य ने उत्तर दिया। 'प्रह्लाद के भीतर सचमुच कुछ विशिष्ट है जो तुम्हारे पास नहीं है।'

'मैं प्रह्लाद की वही विशिष्टता जानने ही आपके पास आया हूं गुरुदेव,' पुरंदर ने स्पष्ट कहा।

'सुनो पुरंदर,' शुक्राचार्य बोले, 'प्रह्लाद के सद्गुण ही उसकी विशिष्टता हैं जिनके कारण वह असुर होकर भी धर्म के मार्ग का त्याग नहीं करता। वह उन सद्गुणों का लगातार अभ्यास करता है और इसी कारण संसार में उससे अधिक तेजस्वी कोई नहीं है।'

शुक्राचार्य का उत्तर सुनकर पुरंदर दुविधा में पड़ गया।

'वह कौन-सा सद्गुण है गुरुदेव? उसने शुक्राचार्य से पूछा। 'मैं भी उसे प्राप्त करना चाहता हूं। मुझे इसके लिए क्या करना होगा?'

शुक्राचार्य ने देखा कि पुरंदर की उत्सुकता बढ़ती जा रही थी तो उन्होंने कहा, 'इंद्र, मैं तुम्हें एक सुझाव देता हूं। यदि तुम प्रह्लाद के सद्गुणों के विषय में जानना चाहते हो तो स्वयं उसके पास जाओ। इस विषय में तुम्हें उससे अधिक ज्ञान और कोई नहीं दे सकता।'

यह सुनकर पुरंदर को बहुत आश्चर्य हुआ। उसे स्वयं प्रह्लाद के पास, जिसके बढ़ते यश से उसे ईर्ष्या हो रही थी, जाकर सहायता मांगने में संकोच हो रहा था। उसे यह भी संदेह था कि प्रह्लाद उसे अपना रहस्य नहीं बताएगा।

'गुरुदेव,' पुरंदर ने अपना संशय शुक्राचार्य के समक्ष रखते हुए कहा, 'प्रह्लाद अपनी कीर्ति का रहस्य मुझे क्यों बताएगा? यदि वह इस तरह सबको अपना रहस्य बताने लगा तो उसका अपना महत्त्व समाप्त हो जाएगा।'

शुक्राचार्य फिर मुस्कराए। वह बोले, 'देवेंद्र, यही तो प्रह्लाद की महानता है। वह कहता है कि सद्गुणों का यथासंभव विस्तार होना चाहिए। और एक बात सुन लो! प्रह्लाद के विचारों और उसके व्यवहार का अनुसरण करना हर किसी के लिए संभव नहीं है। उसके पास जाओ और उससे बात करो। वह अवश्य तुम्हें अपना रहस्य बताएगा।'

शुक्राचार्य के विश्वास-भरे वचन सुनकर इंद्र प्रसन्न हो गया। उसने असुरों के गुरु के समक्ष सिर झुकाया और उन्हें प्रणाम करके वहां से चला गया।

पुरंदर ने शुक्राचार्य से परामर्श अवश्य लिया, किंतु मनमानी करना उसकी पुरानी आदत थी। वह प्रह्लाद के पास तो गया किंतु वेश बदलकर।

पुरंदर ने ब्राह्मण का वेश धारण किया और प्रह्लाद के राजदरबार में जा पहुंचा। उस समय प्रह्लाद अपने नित-प्रतिदिन के कार्य में व्यस्त था। प्रह्लाद सदाचारी राजा था। उसने जैसे ही एक ब्राह्मण को दरबार में प्रवेश करते देखा, तो वह अपने आसन से उठ खड़ा हुआ और ब्राह्मण को प्रणाम किया।

'प्रह्लाद के दरबार में आपका स्वागत है, ब्राह्मण देवता,' प्रह्लाद ने विनम्र स्वर में कहा। 'कहिए, मैं आपकी क्या सेवा कर सकता हूं?'

'मैं एक साधारण ब्राह्मण हूं,' पुरंदर ने कहा। 'मैंने सुना है कि आप इस संसार में सर्वाधिक सदाचारी व्यक्ति हैं। मैं आपसे सद्गुणों के विषय में ज्ञान प्राप्त करने आया हूं।'

ब्राह्मण के इस विचित्र अनुरोध को सुनकर प्रह्लाद को थोड़ा आश्चर्य हुआ। उसने कहा, 'सद्गुण की प्रकृति को समझना सरल नहीं है। इसे पूर्ण रूप से सीखने में समय लगता है। यदि आप सचमुच इस विषय में जानना चाहते हैं तो आपको मेरे साथ रहकर समय व्यतीत करना होगा। क्या आप इसके लिए तैयार हैं?'

प्रह्लाद का उत्तर सुनकर पुरंदर बहुत प्रसन्न हुआ। प्रह्लाद ने अत्यंत सरलता और सहजता से उसे ज्ञान देने के लिए सहमति प्रदान कर दी थी। पुरंदर को लगा मानो उसकी मनोकामना पूर्ण हो गई।

पुरंदर बोला, 'प्रभु, मैं आपकी तरह सदाचारी बनने के लिए कुछ भी कर सकता हूं। मैं आपके साथ रहकर आपकी सेवा करूंगा। कृपया आप मुझे अपना शिष्य बना लीजिए।' आख़िर प्रह्लाद ने ब्राह्मण का अनुरोध स्वीकार कर लिया और इस तरह देवराज पुरंदर, असुर-राज प्रह्लाद का शिष्य बन गया।

कुछ ही समय में पुरंदर और प्रह्लाद एक-दूसरे के निकट आ गए। एक दिन प्रह्लाद ने बातचीत करते हुए इंद्र को अपनी कीर्ति का रहस्य बता दिया।

उसने कहा, 'मेरे यश का कारण मेरे सद्गुण हैं जो संसार में दुर्लभ और दुष्प्राप्य हैं। इन्हें समझना जितना सरल है, इनका अनुसरण करना उतना ही कठिन है।'

'मैं यह बात तो समझ गया महाराज, किंतु मैं यह जानना चाहता हूं कि आपके सद्गुणों का आधार क्या है?' ब्राह्मण ने अगला प्रश्न किया।

'सद्व्यवहार,' प्रह्लाद ने कहा। 'मेरा सद्व्यवहार ही मेरे सद्गुणों का वास्तविक आधार है। मैं अपनी इंद्रियों पर पूर्ण संयम रखता हूं, किसी का अपमान नहीं करता, अपनी महानता पर अहंकार नहीं करता। मैं अपने गुरु की निष्ठापूर्वक सेवा करता हूं और उनकी आज्ञा मानता हूं। अपने विषय में व्यक्ति को स्वयं नहीं बोलना चाहिए, क्योंकि उसका व्यवहार स्वतः उसकी महानता का परिचय देता है।'

प्रह्लाद और पुरंदर के बीच संबंध घनिष्ठ हो गया था। एक दिन प्रह्लाद ने पुरंदर से कहा, 'ब्राह्मण देवता, मैं आपकी सेवा एवं निष्ठा से बहुत प्रसन्न हूं। मैं आपको वरदान देना चाहता हूं। आप जो चाहें, मुझसे मांग लीजिए।'

ब्राह्मण के वेश में देवराज पुरंदर इसी क्षण की प्रतीक्षा में था। आख़िर उसे वह अवसर मिल ही गया और उसने तत्काल उस अवसर का लाभ उठा लिया।

ब्राह्मण ने कहा, 'महाराज, मुझे आप अपना सद्व्यवहार दे दीजिए।'

यह सुनकर प्रह्लाद स्तब्ध रह गया। ब्राह्मण ने वही वस्तु मांग ली, जिसके कारण प्रह्लाद ने अभूतपूर्व ख्याति अर्जित की थी। परंतु प्रह्लाद अपने वचन से बंधा था।

'ब्राह्मण देवता,' प्रह्लाद ने निस्संकोच कहा, 'मैंने आपको अपना सद्व्यवहार दे दिया तो मैं नष्ट हो जाऊंगा। परंतु मैंने आपको वचन दिया है इसलिए मैं आपको अपना सद्व्यवहार दान करता हूं।'

प्रह्लाद ने जैसे ही अपनी बात पूरी की, उसके शरीर से एक प्रकाश-पुंज बाहर निकल गया। प्रह्लाद ने उस आकृति से पूछा, 'तुम कौन हो?'

'महाराज, मैं आपका सद्व्यवहार हूं।' उस दीप्तिमान आकृति ने उत्तर दिया। 'आपने मुझे दान में दे दिया है। इसलिए मैं आपको छोड़कर जा रहा हूं।' ऐसा कहकर वह आकृति ब्राह्मण के शरीर में समा गई।

यह देखकर प्रह्लाद को बहुत हैरानी हुई कि ब्राह्मण ने, जो इतने दिनों से प्रह्लाद के साथ था, सद्व्यवहार प्राप्त होने के उपरांत एक क्षण की भी प्रतीक्षा नहीं की और वह तत्काल ही प्रह्लाद का सद्व्यवहार लेकर ग़ायब हो गया।

प्रह्लाद को सद्व्यवहार के न होने का परिणाम भली-भांति पता था, किंतु वह असहाय था। उसे अपने भीतर दुर्बलता का आभास होने लगा। वह थककर अपने सिंहासन पर बैठ गया। तभी उसे फिर एक झटका लगा। एक और चमकदार आकृति उसके शरीर से बाहर निकल गई।

प्रह्लाद ने आश्चर्य से उसे देखा और पूछा, 'तुम कौन हो?'

'मैं धार्मिकता हूं।' आकृति ने उत्तर दिया।

'मैंने केवल सद्व्यवहार ब्राह्मण को दान में दिया था। तुम कहां जा रही हो?' प्रह्लाद ने चिंतित स्वर में पूछा।

'आप ठीक कहते हैं महाराज,' आकृति ने उत्तर दिया। 'परंतु, मैं प्रकृति के नियमों से बंधी हूं और नियम यह कहता है कि धार्मिकता के लिए सद्व्यवहार का होना आवश्यक है। यदि सद्व्यवहार ने आपका साथ छोड़ दिया तो मैं आपके साथ नहीं रह सकती।' ऐसा कहकर धार्मिकता पीछे हट गई और फिर अचानक ग़ायब हो गई।

प्रह्लाद के मस्तक पर स्वेद की बूंदें झलकने लगीं। वह ब्राह्मण के विषय में सोचने लगा जिसके द्वारा शुरू किया वह खेल अब भयानक रूप लेने लगा था। प्रह्लाद अभी यह सब सोच ही रहा था कि तभी उसके शरीर से एक और आकृति बाहर निकल गई। उसके निकलते ही प्रह्लाद मानो टूट गया।

'सुनो, तुम कौन हो?' प्रह्लाद ने पूछा।

'मैं सत्य हूं।' आकृति ने कहा। 'जहां धर्म है, वहीं सत्य है। मैं आपसे क्षमा चाहता हूं। परंतु मैं सद्व्यवहार और धर्म के बिना नहीं रह सकता।' ऐसा कहकर सत्य ने भी राजा प्रह्लाद का साथ छोड़ दिया।

इससे पहले कि प्रह्लाद सावधान हो पाता, उसके शरीर से एक और शक्ति बाहर निकली। इसके बाद प्रह्लाद मानो पूरी तरह बिखर गया।

प्रह्लाद के भीतर बोलने की भी शक्ति शेष नहीं थी। उसने बहुत मुश्किल से पूछा, 'तुम कौन?'

'मैं नैतिकता हूं।' उस चमचमाती आकृति ने उत्तर दिया। 'सत्य के बिना मेरा अस्तित्व नहीं है। मैं उसके बिना जीवित नहीं रह सकती। आपने जबकि अपने सद्गुणों का त्याग कर दिया है, इसलिए अब मेरा आपके साथ रहना संभव नहीं है। मैं आपको छोड़कर सत्य के साथ जा रही हूं।'

प्रह्लाद अब पूर्ण रूप से शक्तिहीन हो चुका था। उसे यह भी आभास था कि उसके जीवन के बहुत कम दिन शेष रह गए थे। वह सिर झुकाकर बैठ गया और अगले झटके की प्रतीक्षा करने लगा मानो वह जानता था कि अभी कुछ और ऐसा था जो उसे सदा के लिए छोड़कर जाने वाला था।

प्रह्लाद के शरीर से ऊर्जा तेज़ी से कम हो रही थी। उसने सिर उठाया तो अपने सामने एक और दिव्य आकृति को देखा।

इससे पहले कि प्रह्लाद कोई प्रश्न करता, उस आकृति ने स्वयं ही अपना परिचय दे दिया। वह बोली, 'मैं शक्ति हूं। मैं सत्य और नैतिकता के साथ रहती हूं। वे दोनों आपको छोड़कर चले गए हैं, इसलिए अब मैं आपके साथ नहीं रह सकती।' ऐसा कहकर प्रह्लाद की शक्ति ने भी उसका त्याग कर दिया।

शक्ति के चले जाने के बाद प्रह्लाद के भीतर अब कुछ शेष नहीं था। वह पूर्ण रूप से निर्बल और असहाय हो चुका था। वह लड़खड़ाकर पृथ्वी पर गिर पड़ा। उसकी आंखें बंद होने लगीं।

सहसा प्रह्लाद ने देखा कि उसके समक्ष एक अत्यंत सुंदर और आकर्षक नारी खड़ी थी। प्रह्लाद के हृदय की धड़कन रुक गई। उसने उस अत्युत्तम आकृति से पूछा, 'देवी, आप कौन हैं?'

'मैं श्री हूं ! मैं धन और भाग्य की देवी हूं,' आकृति ने उत्तर दिया। 'मैं शक्ति, नैतिकता और सद्व्यवहार के साथ रहती हूं। मैंने देखा कि आपने अपना सद्व्यवहार एक ब्राह्मण को दान में दे दिया और उसके बाद सभी ने आपका साथ छोड़ दिया। मुझे आपकी दशा पर दया आ रही है किंतु मैं विधि के विधान से बंधी हूं और इसलिए मुझे भी आपका साथ छोड़ना होगा।'

प्रह्लाद के जीवन में अब कुछ शेष नहीं था। श्री के चले जाने के बाद प्रह्लाद का यश, सुख, समृद्धि सब कुछ नष्ट हो गया। प्रह्लाद यह पहले से ही जानता था कि मनुष्य का सद्व्यवहार ही उसके सुख और जीवन का वास्तविक आधार है, फिर भी वह इसे दान करने की भूल कर बैठा था।

प्रह्लाद रोने लगा। उसने श्री से कहा, 'मुझसे भूल हुई कि मैंने उस ब्राह्मण को अपना सबसे मूल्यवान गुण दान में दे दिया। मुझे अपनी भूल का परिणाम तो भोगना ही है क्योंकि अब यही मेरी नियति है। परंतु जाने से पहले कृपया मुझे यह बताइए कि वह ब्राह्मण कौन था। उसने मेरे साथ यह छल क्यों किया? मैंने अपने जीवनभर के परिश्रम से जो सद्गुण अर्जित किए थे, उन्हें वह ब्राह्मण मुझसे छीनकर क्यों ले गया?'

यह सुनकर श्री के चेहरे पर मुस्कान आ गई। उसने उत्तर दिया, 'सच्चा ब्राह्मण किसी के साथ इस तरह का कपटपूर्ण व्यवहार नहीं कर सकता।'

'मैं जानता हूं कि वह व्यक्ति ब्राह्मण नहीं था,' प्रह्लाद ने कहा। 'परंतु वह कौन था?'

'प्रह्लाद, इस ब्रह्मांड में केवल एक व्यक्ति है जो तुम्हारी बढ़ती हुई समृद्धि एवं कीर्ति से ईर्ष्या करता था। उसे यह भय था कि तुम उससे देवलोक का शासन न छीन लो!'

'देवलोक?' प्रह्लाद ने आश्चर्य से कहा। 'तो क्या वह पुर...' प्रह्लाद ने झिझकते हुए पूछा।

'हां, तुम्हारा अनुमान सही है,' श्री ने प्रह्लाद को बीच में टोकते हुए कहा। 'वह देवलोक का राजा पुरंदर ही था।'

श्री ने प्रह्लाद की प्रतिक्रिया देखने तक प्रतीक्षा नहीं की और मुड़कर चली गई। इससे पहले कि प्रह्लाद, ब्राह्मण के वेश में देवराज पुरंदर की चाल को समझ पाता, बहुत देर हो चुकी थी। पुरंदर अमरावती पहुंच चुका था।

देवताओं के राजा के लिए प्रह्लाद को ठगने और अपना इंद्रासन बचाने की खुशी को छिपाना सरल नहीं था।

20

बाली और सुग्रीव का जन्म

प्रह्लाद के सद्गुण छीनकर उसे अशक्त कर देने के बाद पुरंदर की प्रसन्नता चरम पर थी। इस बीच पृथ्वी पर एक अन्य महत्त्वपूर्ण घटना आकार ले रही थी।

मांडव्य नाम के एक ऋषि अपने कठोर तप के लिए विख्यात थे। उन्होंने तपस्या से भगवान शिव को प्रसन्न करके अमरता का वरदान प्राप्त कर लिया था। एक दिन मांडव्य अपने आश्रम में गहन साधना कर रहे थे। तभी एक चोर राजा के महल से बहुमूल्य आभूषण एवं अन्य वस्तुएं चुराकर वहां से भाग रहा था। राजा के सैनिकों को चोरी का पता लगा तो वह चोर की तलाश में चारों दिशाओं में फैल गए। चोर ने सैनिकों को पीछे आते देखा तो उसने चोरी के सामान का थैला, मांडव्य के आश्रम में यह सोचकर छिपा दिया कि कुछ समय बाद लौटकर वह थैला ले जाएगा। मांडव्य ध्यान में इतने मग्न थे कि उन्हें आस-पास हो रही गतिविधियों का पता नहीं लगा। इस बीच राजा के सैनिक आश्रम में पहुंचे तो उन्हें वहां चोरी का सामान मिल गया।

'यह चोरी का सामान यहां कैसे आया?' एक सैनिक ने हाथ में थैला लेकर मांडव्य से पूछा।

सैनिक की बात सुनकर मांडव्य ने आंखें खोलीं। उन्हें आसपास राजा के सैनिक दिखाई दिए।

'तुम किस थैले के विषय में पूछ रहे हो?' मांडव्य ने भोलेपन से पूछा। 'मुझे कुछ नहीं पता क्योंकि मैं तो ध्यान में मग्न था।'

'झूठ मत बोलो!' एक सैनिक ने भड़क कर कहा। 'क्या तुम्हें यह थैला दिखाई नहीं देता? यह राजा के महल से चुराया गया है। यदि तुमने नहीं चुराया तो यह तुम्हारे आश्रम में कैसे आया?'

ऋषि दुविधा में पड़ गए। उन्हें थैले के बारे में पता नहीं था किंतु वह सैनिक के प्रश्न का उत्तर भी नहीं दे सके। सैनिक, मांडव्य को पकड़कर राजा के पास ले गए। राजा ने ऋषि से वही प्रश्न किया परंतु मांडव्य के पास संतोषजनक उत्तर नहीं था। राजा को क्रोध आ गया और उसने निष्कर्ष निकाला कि मांडव्य ने या तो स्वयं चोरी की है, अथवा वह वास्तविक चोर से मिले हुए हैं। किसी भी स्थिति में राजा ने मांडव्य को चोरी का दोषी मान लिया।

'यह ऋषि मेरे साथ चालाकी कर रहा है,' राजा ने कहा। 'इसे शूल पर बैठा दो और तब तक बैठा रहने दो जब तक इसके प्राण न निकल जाएं। इसकी मृत्यु के उपरांत ही इसे शूल से नीचे उतारा जाए।' वह अत्यंत भयानक दंड था। मांडव्य ने राजा को समझाने का बहुत प्रयास किया कि वह निर्दोष हैं परंतु राजा ने मांडव्य की एक न सुनी। राजा के सैनिक मांडव्य को एक खुले मैदान में ले गए और राजा के आदेशानुसार शूल पर बैठा दिया। शूल की नोक मांडव्य के शरीर में घुस गई। मांडव्य के मुख से एक ज़ोरदार चीख़ निकली और उनके तन से रक्त की धारा फूट पड़ी।

सैनिकों ने सोचा कि कुछ समय रक्त बहता रहेगा तो शीघ्र ही मांडव्य की मृत्यु हो जाएगी। परंतु भगवान शिव से प्राप्त अमरत्व के चलते मांडव्य पीड़ा को झेलते रहे, परंतु उनकी मृत्यु नहीं हुई। ऐसे ही जब कई दिन बीत गए और राजा को मांडव्य के जीवित होने का समाचार मिला तो वह समझ गया मांडव्य साधारण ऋषि नहीं हैं। राजा ने मांडव्य से क्षमा मांगी तथा उन्हें तत्काल छोड़ने का आदेश दिया। राजा के सैनिकों ने मांडव्य के शरीर से जब शूल बाहर खींचा तो उसकी नोक (जिसे संस्कृत में 'अणि' कहते हैं) ऋषि के शरीर के भीतर ही रह गई। इसके बाद से, मांडव्य का नाम 'अणिमांडव्य' पड़ गया। मांडव्य जब शूल पर बैठे पीड़ा भोग रहे थे, उसी बीच एक और महत्त्वपूर्ण घटना घटी।

वहीं पास के स्थान पर ऋषि अत्रि एवं अनसूया का पुत्र उग्रश्रवा रहता था। श्रेष्ठ कुल में जन्म लेने के बाद भी वह स्वभाव से व्यभिचारी और कामी था जबकि उसकी पत्नी शीलावती अत्यंत पतिव्रता एवं निष्ठावान थी। पति

के कामी स्वभाव के बावजूद, शीलावती निष्ठापूर्वक उसकी सेवा करती थी। उग्रश्रवा विकार-युक्त जीवनशैली के चलते एक बार इतना बीमार और दुर्बल हो गया कि उसके लिए चलना भी मुश्किल था। वह बीमारी के बावजूद गंदी आदतों से छुटकारा नहीं पा सका और उसने एक दिन वेश्या से मिलने की इच्छा व्यक्त की।

शीलावती को निस्संदेह अपने पति की इच्छा सुनकर बहुत दुख हुआ होगा परंतु वह सेवाभावी थी। उग्रश्रवा स्वयं चल पाने की स्थिति में नहीं था इसलिए शीलावती उसे अपने कंधों पर उठाकर चल पड़ी। वह चलते-चलते ठीक उसी स्थान पर पहुंच गई, जहां मांडव्य शूल पर बैठे पीड़ा भोग रहे थे। शीलावती जब वहां पहुंची तो रात्रि हो गई थी और गहन अंधकार के कारण शीलावती को मांडव्य दिखाई नहीं दिए। परिणामस्वरूप ऋषि को उग्रश्रवा के पैर का स्पर्श हो गया। पैर के झटके से मांडव्य के शरीर में भयानक पीड़ा हुई तो ऋषि को क्रोध आ गया।

'यह कौन है?' मांडव्य ने ज़ोर से चिल्लाकर पूछा। 'मुझे अंधकार में दिखाई नहीं दे रहा, किंतु मैं शाप देता हूं जिसने भी मुझे पैर मारकर मेरी पीड़ा को बढ़ाया है, उसकी कल सूर्योदय से पहले मृत्यु हो जाएगी।'

मांडव्य का शाप सुनकर शीलावती स्तब्ध रह गई। वह समझ गई कि वह सूर्योदय होते ही विधवा हो जाएगी। वह पतिव्रता और सदाचारी स्त्री थी और पतिव्रता होने के कारण उसके भीतर ज़बरदस्त आध्यात्मिक शक्तियां विद्यमान थीं। उसने चूंकि ऋषि मांडव्य को जान-बूझकर चोट नहीं पहुंचाई थी तो मांडव्य के शाप से आहत होकर शीलावती ने भी अपनी भावनाओं और शक्तियों का आह्वान किया और पलटकर शाप दे दिया।

'ऋषिवर, आपको जो पीड़ा हुई है, उसमें मेरे पति की भूल नहीं है। यदि सूर्योदय होने पर मेरे पति की मृत्यु हो जाएगी, तो मैं भी शाप देती हूं कि कल सूर्योदय ही नहीं होगा।'

यह एक अभूतपूर्व घटना थी। मांडव्य ने चोट लगने के कारण सूर्योदय होने पर उग्रश्रवा की मृत्यु का शाप दे दिया और शीलावती ने अपने पति का जीवन बचाने के लिए सूर्य को उदय होने से रोक दिया। कहते हैं पतिव्रता स्त्री की शक्ति के समक्ष प्रकृति को भी झुकना पड़ता है। शीलावती के शाप के परिणामस्वरूप अगले दिन सूर्योदय नहीं हुआ और सर्वत्र अंधकार छाया रहा। संसार की गतिविधियां रुक गईं।

सामान्य दिनों पर सूर्यदेव सुबह तैयार रहते थे और उचित समय हो जाने पर उनका सारथी अरुण रथ लेकर अपने स्वामी को लेने आ जाता था और फिर दोनों संसार को आलोकित करने निकल पड़ते थे। परंतु उस दिन परिस्थिति भिन्न थी। शीलावती के शाप की समय सीमा निर्धारित नहीं थी, इसलिए सूर्यदेव के पास उदय होने का आदेश मिलने तक प्रतीक्षा करने के अतिरिक्त विकल्प नहीं था।

इस बीच, अरुण अपने स्वामी को लेने आ पहुंचा। उसे शीलावती के शाप की जानकारी नहीं थी। वह सूर्यदेव के पास पहुंचा तो उसे आश्चर्य हुआ कि उसके स्वामी सूर्यदेव आराम से बैठे थे मानो उन्हें उदय होने की कोई चिंता ही नहीं थी।

'क्या हुआ स्वामी?' अरुण ने पूछा। 'आपके उदय होने का समय हो गया है। आप तैयार नहीं हैं?' अरुण आश्चर्य से अपने स्वामी को देख रहा था।

सूर्यदेव ने उत्तर दिया, 'तुम ठीक कहते हो। समय तो हो गया है किंतु आज मैं एक शाप से बंधा हूं। हम लोग अभी बाहर नहीं जा सकते।'

'शाप!' अरुण ने हैरत से पूछा। 'यह आप क्या कह रहे हैं! आपको शाप से बांधने का दुस्साहस किसने किया?'

तब सूर्यदेव ने अरुण को शीलावती के शाप की पूरी कथा सुना दी। अरुण को अपने कानों पर विश्वास नहीं हुआ। ऋषियों का शाप देना सामान्य बात थी, परंतु एक साधारण स्त्री का शाप देकर सूर्यदेव को उदय होने से रोकना सचमुच विचित्र और असाधारण था।

'अरुण, हम इस विषय पर अभी चर्चा नहीं करेंगे,' सूर्यदेव बोले, 'मैं मांडव्य और शीलावती के बीच चल रहे संघर्ष के सुलझने तक उदय नहीं हो सकता। हम तभी बाहर निकलेंगे जब हमें अगला आदेश प्राप्त होगा। तुम यदि चाहो तो मेरे साथ यहीं प्रतीक्षा कर सकते हो।'

अरुण ने एक पल सोचा। वह जानता था कि यह संकट जल्दी समाप्त होने वाला नहीं है तो उसे अपने स्वामी के पास रुककर प्रतीक्षा करने का विचार नीरस लगा। उसने सोचा, यहां समय व्यर्थ करने से क्या लाभ, क्यों न इस बीच थोड़ी देर इंद्र-सभा की अप्सराओं का नृत्य देख लिया जाए।

अरुण ने सूर्यदेव को प्रणाम किया और कहा, 'मुझे लगता है कि इस झगड़े को समाप्त होने में थोड़ा समय अवश्य लगेगा। मैं इस बीच घूमकर वापस आता हूं।' उसने अपने स्वामी को नृत्य देखने की योजना के विषय में बताना आवश्यक नहीं समझा।

'तुम्हारी जैसी इच्छा,' सूर्य देव ने उत्तर दिया। 'परंतु देर मत करना। हमें किसी भी क्षण उदय होने का आदेश मिल सकता है।' यह कहकर सूर्यदेव आराम से बैठ गए और अरुण इंद्र-सभा जा पहुंचा।

अरुण ज्यों ही सभा के द्वार पर पहुंचा उसे भीतर से मधुर धुन एवं इंद्र के दरबार की आकर्षक अप्सराओं के नाचने का स्वर सुनाई पड़ा। वह नृत्य और संगीत की मनमोहक ध्वनि सुनकर मुग्ध हो गया। अरुण से बाहर प्रतीक्षा नहीं हो रही थी। वह भीतर जाना ही चाहता था कि द्वार पर खड़े प्रहरियों ने उसका मार्ग रोक लिया।

'तुम भीतर नहीं जा सकते,' एक प्रहरी ने कहा।

'क्यों?' अरुण ने आश्चर्य से पूछा। 'मैं नृत्य देखना चाहता हूं। भीतर जाने में क्या समस्या है?'

'देवराज इंद्र ने आदेश दिया है। किसी पुरुष को सूर्योदय तक भीतर जाने की अनुमति नहीं है,' प्रहरी ने अकड़कर उत्तर दिया।

'पुरुषों को भीतर जाने की अनुमति नहीं है?' अरुण ने भौंहें सिकोड़ते हुए कहा। 'यह आदेश कब आया? इंद्र-सभा, देवलोक वासियों के लिए खुली रहती है। मैंने स्वयं अनेक अवसरों पर यहां आकर नृत्य देखा है।'

'जो भी हो,' प्रहरी ने उत्तर दिया, 'फिलहाल यह देवलोक के राजा पुरंदर का आदेश है कि सूर्योदय के उपरांत ही पुरुषों को सभा में जाने की अनुमति मिलेगी।'

यह सुनकर अरुण निराश नहीं हुआ। उसने कुछ विचार किया और फिर पूछा, 'सुनो, तुमने कहा कि इंद्र-सभा में पुरुष नहीं जा सकते। क्या इसका आशय है कि स्त्रियों को भीतर जाने की अनुमति है?'

अरुण का प्रश्न सुनकर प्रहरी दुविधा में पड़ गए और एक-दूसरे को देखने लगे। उनमें से एक ने कहा, 'पुरंदर ने पुरुषों को रोकने का आदेश दिया है। देवराज ने स्त्रियों के प्रवेश के विषय में तो कुछ नहीं कहा है। परंतु

तुम तो स्त्री नहीं हो, फिर यह प्रश्न क्यों पूछ रहे हो? तुम्हारे लिए अच्छा होगा कि जितनी जल्दी हो सके, यहां से चले जाओ।'

अरुण फिर कुछ सोचने लगा। पुरंदर का आदेश था, किंतु उसे भीतर जाने का कोई मार्ग तो निकालना था। सहसा उसके दिमाग़ में एक विचार आया। वह मुस्कराया और इंद्र-सभा के द्वार से दूर चला गया।

कुछ देर बाद अरुण लौटकर फिर आ गया। परंतु इस बार वह अपने वास्तविक रूप में नहीं आया था। अरुण ने एक सुंदर और आकर्षक स्त्री का रूप धारण कर लिया। वह इतना बदल गया था कि द्वारपाल भी उसे पहचान नहीं सके। चूंकि उनके पास किसी स्त्री को रोकने का आदेश नहीं था, तो उन्हें स्त्री के वेश में आए अरुण को भीतर जाने की अनुमति देनी पड़ी। इस तरह सूर्यदेव का सारथी अरुण इंद्र-सभा में प्रवेश कर गया।

अरुण ने देखा कि इंद्र-सभा में दिव्य संगीत बज रहा था और उसकी मधुर तान पर बहुत-सी सुंदर अप्सराएं नृत्य कर रही थीं। देवलोक का राजा पुरंदर कामुक मुद्रा में सिंहासन पर बैठा नृत्य का आनंद ले रहा था। अरुण को डर था कि पुरंदर उसे देख न ले इसलिए इंद्र की दृष्टि से बचने के लिए अरुण चुपचाप नृत्य कर रही अप्सराओं के समूह में ही सम्मिलित हो गया।

पुरंदर सौंदर्य का ज़बरदस्त पारखी था। अप्सराओं के समूह में अचानक शामिल नए चेहरे ने उसका ध्यान आकर्षित कर लिया। परंतु पुरंदर कुछ कहने से पूर्व सुनिश्चित कर लेना चाहता था कि उसने जो देखा वह सही था। उसने कभी सभा की अप्सराओं की गिनती नहीं की थी, इसलिए उन्हें गिनकर पुष्टि करना व्यर्थ था। उसे केवल नृत्यशैली की नवीनता के आधार पर ही नई स्त्री की पहचान करनी थी।

पुरंदर कुछ और देर नृत्य देखता रहा, परंतु उसका ध्यान अरुण पर केंद्रित था। पुरंदर ने जल्दबाजी करना उचित नहीं समझा। वह स्वभाव से अधीर था लेकिन इस बार उसने धैर्य से प्रतीक्षा की। आख़िर उसे जब यह विश्वास हो गया कि नई नर्तकी, देवलोक की अप्सराओं के आम समूह का हिस्सा नहीं थी, तब वह अपने सिंहासन से उठ खड़ा हुआ।

'ठहरो! रुक जाओ!' पुरंदर ने पुकार कर कहा।

इंद्र की आवाज़ सुनकर नृत्य करती अप्सराएं रुक गईं। अरुण भी सहमकर चुपचाप खड़ा हो गया। स्वाभाविक था कि वह घबरा गया था।

'मुझे तुम्हारे बीच में एक नया चेहरा दिखाई दे रहा है,' पुरंदर ने कहा। यह कहते हुए वह अपने सिंहासन की सीढ़ियां उतरता हुआ सभा के बीच में आकर खड़ा हो गया। सभी अप्सराएं एक-दूसरे की ओर देखने लगीं और अपने बीच उपस्थित नए चेहरे को पहचानने का प्रयास करने लगीं। पुरंदर ठीक अरुण के सामने आकर खड़ा हो गया और उसे देखने लगा। अरुण का गला सूख गया। उसने किसी तरह सांस ली और धीरे-से दृष्टि उठाकर पुरंदर की ओर देखा और फिर नीचे देखने लगा। अरुण को विश्वास हो गया कि पुरंदर ने उसे पहचान लिया था। परंतु वास्तव में ऐसा कुछ नहीं हुआ था। पुरंदर तो इस बात की कल्पना भी नहीं कर सका कि उसके समक्ष आकर्षक और कामुक स्त्री के रूप में वास्तव में सूर्यदेव का सारथी अरुण खड़ा था।

अरुण ने फिर से पुरंदर की ओर देखा तो उसकी घबराहट और बढ़ गई। इंद्र की आंखें मादकता से गुलाबी होने लगी थी। पुरंदर, अरुण के अद्भुत सौंदर्य पर पूरी तरह मंत्रमुग्ध हो चुका था।

'सुंदरी, तुम कौन हो!' पुरंदर ने अरुण से पूछा। 'मैंने तुम्हें पहले कभी इंद्र-सभा में नहीं देखा। तुम इतने समय तक मेरी दृष्टि से कहां छिपी रहीं?'

'जी स्वामी... प्रभु...' अरुण की पतली आवाज़ लड़खड़ाने लगी। 'मेरा... मेरा मतलब है...' अरुण का गला फिर सूखने लगा। वह हतप्रभ-सा पुरंदर को देख रहा था।

'मैं जानता हूं,' पुरंदर ने अरुण की बात काटते हुए कहा, 'देवलोक में इतनी अप्सराएं और नर्तकियां हैं कि मैं स्वयं उन सबको नहीं पहचानता। यह मेरी ही भूल है कि मेरा ध्यान तुम्हारी ओर नहीं गया। परंतु भूल-सुधार के लिए समय और अवसर सदा ही उपयुक्त होता है। मैं आज, अपितु, अभी अपनी भूल का परिमार्जन करूंगा। तुम मेरे साथ आओ। मैं तुम्हें दिखाऊंगा कि देवलोक के राजा के साथ बिताए क्षण कितने सुखकर हो सकते हैं।' यह कहकर पुरंदर ने अरुण की पतली कलाई पकड़ी और उसे अपने निजी कक्ष में ले गया।

अरुण को पसीना आने लगा। उसका इस तरह घबरा जाना स्वाभाविक था। वह इंद्र-सभा में केवल नृत्य देखने के उद्देश्य से स्त्री का रूप धर कर आया था, परंतु अब स्थिति यह थी कि वह पुरंदर की वासना का शिकार बनने वाला था।

अरुण दुविधा में था। वह सोचने लगा यदि उसने पुरंदर को सत्य बता दिया तो देवराज के आदेश के उल्लंघन के लिए उसे दंड मिलना निश्चित था और यदि वह चुप रह गया तो उसके लिए अपना शील बचाना कठिन था। इंद्र पूर्ण रूप से अरुण की सुंदरता पर मुग्ध हो चुका था। वह अरुण को शारीरिक वासना की तृप्ति के लिए अपने निजी कक्ष में ले जा रहा था। वह अरुण के जीवन का सबसे कठिन क्षण रहा होगा।

आख़िर, अरुण ने पुरंदर को सत्य बताने का निश्चय कर लिया। निस्संदेह वासना का शिकार होने से पुरंदर का क्रोध झेलना कहीं बेहतर विकल्प था। परंतु इससे पहले कि अरुण कुछ कह पाता, पुरंदर उसे लेकर निजी कक्ष में प्रवेश कर चुका था। अरुण ने देखा कि कक्ष के बीच में हस्ति-दंत से निर्मित एक विशाल पलंग था। उसके ऊपर सफ़ेद रेशमी चादर बिछी थी। पुरंदर का कक्ष चंदन की सुगंध से महक रहा था। अरुण बोलना चाहता था किंतु कक्ष के वातावरण में ऐसा सम्मोहन था कि अरुण भी पूर्ण रूप से उसके वशीभूत हो गया। वह कुछ नहीं कह सका। मौन का वही एक क्षण, अरुण के लिए संकट का कारण बन गया।

पुरंदर प्रेम-कला में पारंगत था। उसने नारी रूप में आए अरुण को बांहों में उठाया और कसकर आलिंगन में ले लिया। अरुण के भीतर का स्त्रीत्व केवल शारीरिक स्तर तक सीमित नहीं था। वह अस्थाई रूप से, भावुक और मनोवैज्ञानिक स्तर पर भी स्त्री बन चुका था। अरुण को पुरंदर के काम-प्रदर्शन का आनंद आने लगा। वह विरोध करना चाहता था किंतु पुरंदर के तन की दिव्य सुगंध तथा उसकी सौष्ठव काया का मोहित कर देने वाला स्पर्श अरुण पर हावी हो गया। वह अपनी इंद्रियों पर नियंत्रण खो बैठा। उसके हाथ-पैर कुछ देर के लिए अशक्त और अस्थिर हो गए। अगले ही क्षण पुरंदर ने अरुण को अपने विशाल पलंग पर लिटा दिया। अरुण ने आंखें बंद कर लीं और पुरंदर ने अपनी इच्छा पूरी कर ली।

पुरंदर इस बात से प्रसन्न था कि उसने अरुण जैसी सुंदर स्त्री को प्राप्त कर लिया था और अरुण उस क्षण को कोस रहा था जब उसके दिमाग़ में अप्सराओं का नृत्य देखने का विचार उत्पन्न हुआ था।

पुरंदर के संग संभोग के उपरांत अरुण ने गर्भ धारण कर लिया। दिव्य प्राणियों के बीच लैंगिक संबंध द्वारा शायद तत्काल संतान का जन्म हो जाता होगा। कुछ ही देर में अरुण कक्ष से बाहर निकला तो उसके हाथों में एक

सुंदर-सा बालक था। अरुण ने बालक को देखा और उसे प्यार से गले लगा लिया। इसके बाद वह बालक को गोद में उठाए शर्माता हुआ इंद्र-सभा से बाहर निकल गया। उसे नृत्य देखने का बहुत भारी मूल्य चुकाना पड़ा था।

अरुण ने बाहर निकलकर अपना वास्तविक रूप धारण कर लिया। तभी उसे याद आया कि उसे सूर्यदेव के पास लौटना चाहिए। वह नन्हे बालक को हाथ में लिए सूर्यदेव के पास पहुंचा तो उसने देखा कि उसके स्वामी उत्सुकता से उसकी प्रतीक्षा कर रहे थे।

'अरुण, तुम कहां रह गए थे'? सूर्यदेव ने पूछा। सूर्यदेव ने तब तक अरुण की गोद में बालक को नहीं देखा था।

'स्वामी, मैं... मैं... विलंब के लिए क्षमा चाहता हूं,' अरुण ने उत्तर दिया। 'प्रभु, शीलावती के शाप का क्या हुआ? क्या वह समस्या सुलझ गई?'

'नहीं, अभी नहीं!' सूर्यदेव ने उत्तर दिया। 'परंतु मुझे आशा है कि उसका जल्द ही समाधान हो जाएगा। देवताओं ने महर्षि अत्रि की पत्नी अनसूया से अनुरोध किया है कि वह पुत्रवधू शीलावती से शाप वापस लेने का आग्रह करें। अनसूया और शीलावती में बातचीत चल रही है और मुझे विश्वास है कि शीघ्र ही यह झगड़ा समाप्त हो जाएगा।'

'वाह! यह तो अच्छा समाचार है,' अरुण ने कहा। वह अब भी देवलोक में पुरंदर के साथ बिताए क्षणों के विषय में सोच रहा था। उसने अपनी गोद में शांत लेटे बालक को देखा।

'हां, तुम सही कहते हो,' सूर्यदेव ने कहा। 'परंतु तुमने आने में बहुत देर लगा दी। तुम कहां चले गए थे? और यह... यह क्या है? तुम्हारे हाथों में क्या है? यह तो कोई बालक है, यह कौन है! तुम्हें कहां मिला!'

अरुण लज्जा से सिर झुकाए खड़ा था। वह धीरे-से सूर्यदेव के समीप आया और उसने अपनी गोद में लेटे उस भोले-से बालक को सूर्यदेव की ओर बढ़ा दिया।

'यह किसका बालक है?' सूर्यदेव ने हैरत से पूछा।

'मेरा!' अरुण ने तपाक से उत्तर दिया। 'यह मेरा और देवराज पुरंदर का पुत्र है।'

'क्या! अरुण, तुम्हें पता है तुम क्या बोल रहे हो?' सूर्यदेव को अपने कानों पर विश्वास नहीं हुआ। अरुण भी सिर झुकाए खड़ा रहा।

'प्रभु, यह सत्य है,' अरुण ने उत्तर दिया। इसके बाद उसने इंद्र-सभा की घटना सूर्यदेव को कह सुनाई। उसने विस्तार से बताया कि उसने नृत्य देखने के लिए किस तरह स्त्री का रूप धारण किया और कैसे उसके सुंदर रूप को देखकर देवराज इंद्र उस पर मोहित हो गया और फिर किस तरह पुरंदर ने अरुण के साथ प्रेम किया जिससे उस बालक का जन्म हुआ।

सूर्यदेव ने यह किस्सा सुना तो उनका मुंह अविश्वास से खुला रह गया। उन्होंने फिर से उस नन्हे बालक को देखा जो अरुण की मूर्खता और पुरंदर की कामेच्छा का फल था। सूर्यदेव के लिए यह सचमुच आश्चर्य का विषय था कि कोई पुरुष इतनी सुंदर स्त्री का रूप कैसे धारण कर सकता है जिसे देखकर स्वयं देवलोक का राजा मोहित हो जाए।

'अरुण, मैं भी तुम्हारा वह मनमोहक रूप देखना चाहता हूं जिसे देखकर देवराज इंद्र तुमसे इतना प्रभावित हो गया।' सूर्यदेव ने मुस्कराते हुए कहा।

सूर्यदेव का अनुरोध सुनकर अरुण को आश्चर्य हुआ। वह अब तक गोद में बालक को पकड़े खड़ा था। 'क्यों स्वामी?' उसने पूछा। 'नारी का रूप धरने से मुझमें कोई विशेष परिवर्तन नहीं हो जाएगा। जहां तक पुरंदर का प्रश्न है, उसे तो आप अच्छी तरह जानते हैं। वह किसी भी स्त्री के प्रति आकर्षित हो जाता है।'

'यह तो ठीक है,' सूर्यदेव ने कहा, 'किंतु फिर भी मुझे तुम्हारा वह रूप एक बार देखने की बहुत इच्छा है।'

'स्वामी, उस बात को भूल जाइए और जल्दी तैयार हो जाइए,' अरुण ने बात बदलते हुए कहा। 'शीलावती किसी भी क्षण अपना शाप वापस ले लेगी, तो आपको उदय होना पड़ेगा।'

परंतु सूर्यदेव तो मानो पीछे हटने को तैयार ही नहीं थे। वह पुरंदर और अरुण की कथा से इतने आनंदित थे कि उन्होंने निश्चय कर लिया था कि वह अरुण के स्त्री-रूप को अवश्य देखेंगे। आख़िरकार, जब सूर्यदेव अपने हठ पर अड़े रहे तो अरुण को उनकी बात माननी पड़ी। उसने फिर से रूप बदला और सुंदर स्त्री का रूप धारण कर लिया। अरुण के रूप का सूर्यदेव पर भी वही प्रभाव हुआ, जो पुरंदर पर हुआ था।

सूर्यदेव ने ज्यों ही अरुण को स्त्री-रूप में देखा तो हैरत में पड़ गए। यह भाग्य की विडंबना है कि वही सूर्यदेव, जो सबको ज्ञान देते हैं, स्वयं अपना विवेक खो बैठे थे। सूर्यदेव टकटकी लगाए अरुण को देखते रहे। धीरे-धीरे उनकी भाव-भंगिमा बदलने लगी और उनकी मुद्रा कामुक होती चली गई। अरुण को सूर्यदेव की आंखों में वही गुलाबी मादकता दिखाई देने लगी जो उसने पुरंदर की आंखों में देखी थी।

इससे पहले कि अरुण कुछ कह पाता, सूर्यदेव ने अरुण की कोमल कलाई पकड़ ली। अरुण समझ गया कि उसके साथ क्या होने वाला है। उसने अपने स्वामी की उन्मादी पकड़ से छूटने का प्रयास किया, किंतु सूर्यदेव भी अपना मन बना चुके थे। अरुण समझ गया कि सूर्यदेव को समझाना या उन्हें रोकने का प्रयास करना व्यर्थ था। अरुण ने आंखें बंद कर लीं और सूर्यदेव को इच्छा पूर्ण करने के लिए स्वतंत्र छोड़ दिया।

कुछ देर के बाद अरुण को सूर्यदेव की आवाज़ सुनाई दी। 'उठो अरुण! शीलावती और मांडव्य के बीच मतभेद समाप्त हो गया है। अनसूया के आग्रह पर शीलावती ने अपना शाप वापस ले लिया है। हमारा काम पर जाने का समय हो गया है। उठो! मुझे उदय होना है।'

अरुण उठा तो उसका सिर भारी था। वह समझ गया कि उसने फिर से गर्भ धारण कर लिया था। उसने रूप बदला और वास्तविक रूप में आ गया। कुछ ही देर में अरुण के हाथों में दो बालक थे। पुरंदर से उत्पन्न उसका ज्येष्ठ पुत्र, सूर्यदेव से उत्पन्न अपने छोटे भाई को देखकर मुस्करा रहा था।

अरुण ने दोनों बच्चों को गोद में लिया और कहा, 'स्वामी, आपने और पुरंदर ने अपनी इच्छा तो तृप्त कर ली, किंतु अब मेरे पास दो बालक हैं। मैं इन्हें गोद में उठाकर आपका रथ नहीं चला सकता। पहले इनके विषय में कुछ सोचना होगा।'

'मैं जानता हूं अरुण,' सूर्यदेव ने कहा, 'हम इन बच्चों को महर्षि गौतम के पास छोड़ देंगे। उनकी पत्नी अहिल्या बहुत दयालु हैं। मुझे विश्वास है कि वे दोनों पति-पत्नी इन बालकों की भली-भांति देखभाल करेंगे। हम सीधे उन्हीं के पास चलते हैं।'

अरुण और सूर्यदेव तत्काल गौतम के आश्रम पहुंचे। उन्होंने महर्षि और उनकी पत्नी अहिल्या से दोनों बालकों की देखभाल करने का अनुरोध किया। अहिल्या और गौतम ने सूर्यदेव के आग्रह को सहर्ष स्वीकार कर लिया।

'इन बच्चों के नाम क्या हैं?' गौतम ने सूर्यदेव से पूछा।

'हमने अभी इनके नाम नहीं सोचे हैं,' सूर्यदेव ने उत्तर दिया।

अहिल्या ने उत्तर दिया, 'मेरे विचार से बड़ा बालक अत्यंत शक्तिशाली है। मैं इसका नाम 'बाली' रखूंगी और छोटे वाले की गर्दन बहुत सुंदर है, इसलिए इसे 'सुग्रीव' कहकर पुकारूंगी।' अहिल्या ने गौतम की ओर देखा। महर्षि भी बालकों को देखकर मुस्करा रहे थे। उन्हें दोनों नाम पसंद आ गए थे।

सूर्यदेव ने गौतम को प्रणाम किया और अरुण के साथ संसार को प्रकाशित करने निकल गए। सूर्योदय होते ही मांडव्य के शाप के फलस्वरूप शीलावती के पति उग्रश्रवा की मृत्यु हो गई। परंतु इसी के साथ संसार को दो अत्यंत शक्तिशाली भाई - बाली और सुग्रीव - प्राप्त हुए। वे दोनों आगे चलकर वानरों के राजा बने।

आकाश-मार्ग से गुज़रते हुए सूर्यदेव ने अरुण से पूछा, 'क्या तुम पुरंदर से अब तक नाराज़ हो?'

अरुण तो जैसे इस प्रश्न की प्रतीक्षा कर रहा था। उसने खीझते हुए उत्तर दिया, 'पुरंदर, देवलोक का सबसे कामी व्यक्ति है। मैं प्रण करता हूं कि आज के बाद पुरुष या स्त्री किसी भी रूप में इंद्र-सभा में कभी पैर नहीं रखूंगा।'

21

अहिल्या

कहते हैं, असीम सत्ता व्यक्ति को निरंकुश बना देती है। पुरंदर के साथ भी कुछ ऐसा ही था। देवलोक का शासक और देवताओं का राजा होना साधारण बात नहीं थी। तिस पर, पुरंदर की विध्वंसक कल्पना! उसकी तो मानो सीमा ही नहीं थी। वह सफलता और ख्याति के मद में चूर रहता था, हालांकि उसमें उसकी कुटिल चालों और छलपूर्ण अपराधों का भी भरपूर योगदान था।

पुरंदर के दरबार में आकर्षक अप्सराओं की कोई कमी नहीं थी। परंतु उसकी वासना शांत होने का नाम नहीं लेती थी और सदा काम-तृप्ति की तलाश में रहता था। उसे सौंदर्य की परख थी और अच्छी स्त्रियों पर दृष्टि रखना उसका शौक था। वह कभी अपने मित्र अग्निदेव को विश्वास में लेता था और कई बार अकेला ही स्त्रियों को अपने मोह-पाश में फंसाने के लिए निकल पड़ता था। उसे भरोसा था कि वह किसी को भी अपनी चाल में फंसा सकता है।

एक दिन मिथिला से गुज़रते हुए सहसा उसकी दृष्टि एक अत्यंत आकर्षक स्त्री पर पड़ गई। वह स्त्री आश्रम के निकट उद्यान से पुष्प चुन रही थी। पुरंदर आगे बढ़ जाना चाहता था परंतु उस स्त्री के अद्‌भुत सौंदर्य तथा उसकी मादक कामुकता ने पुरंदर को बांध लिया। उसकी काम-प्रवृत्ति जाग्रत हो गई। वह आश्रम के निकट गया और कुछ दूरी से स्त्री को देखता रहा। पुरंदर के मुंह में पानी आ गया था। स्त्री की वेशभूषा इंगित करती थी कि वह तपस्विनी थी, परंतु इंद्र की रुचि यह जानने में अधिक थी कि वह

अकेली है अथवा आश्रम में उसके साथ कोई अन्य व्यक्ति भी रहता है। शीघ्र ही इंद्र की प्रतीक्षा समाप्त हो गई।

स्त्री फूल चुनकर आश्रम में घुसी ही थी कि भीतर से बलिष्ठ काया वाला एक तेजस्वी ऋषि निकलता दिखाई पड़ा। ऋषि का समूचा शरीर तप के प्रभाव से चमक रहा था। पुरंदर को पहचानने में समय नहीं लगा कि वह कोई साधारण ऋषि नहीं, बल्कि महर्षि गौतम थे। वह अंगिरा कुल के ओजस्वी वंशज थे तथा उस मन्वंतर के सप्तर्षियों में से एक थे। पुरंदर समझ गया कि वह स्त्री, जिसे वह इतनी देर से देख रहा था, महर्षि गौतम की पत्नी अहिल्या थी।

पुरंदर दुविधा में पड़ गया। वह अहिल्या के रूप-रंग पर ऐसा मुग्ध हुआ कि उसके मन में ऋषि-पत्नी को प्राप्त करने की दूषित कामना बलवती हो गई। परंतु साथ ही, वह जानता था कि गौतम की पत्नी के साथ दुर्व्यवहार उसे भारी पड़ सकता था। देवलोक का राजा इंद्र, अहिल्या के साथ अपनी वासना-पूर्ति के आनंद और गौतम के कोप की दो चरम संभावनाओं के बीच झूल रहा था।

तभी पुरंदर ने देखा कि महर्षि गौतम आश्रम से बाहर निकले और वन में चले गए। ऋषि-मुनियों के लिए स्नानादि के उपरांत वन में तपस्या करना सामान्य नियम था। पुरंदर जानता था कि गौतम संध्याकाल से पहले नहीं लौटेंगे।

गौतम की अनुपस्थिति और अहिल्या के आकर्षण के बीच उलझा पुरंदर वासना के जाल में फंस गया। उसने तत्काल मन बना लिया और गौतम की भोली-भाली पत्नी के साथ प्रेमालाप करने का निश्चय कर लिया। पुरंदर ने एक ख़तरनाक योजना बनाई।

गौतम ऋषि के आश्रम से निकलने के कुछ ही देर बाद, पुरंदर ने स्वयं गौतम ऋषि का रूप धारण कर लिया। वह वेश बदलकर आश्रम के भीतर गया और चोरों की तरह इधर-उधर देखने लगा। आश्रम का पवित्र वातावरण पुरंदर के कलुषित मन पर इस तरह हावी हो गया कि उसे भय सताने लगा और वह असहज हो गया। परंतु वासना ने पुरंदर की इंद्रियों को पूरी तरह जकड़ लिया था और अब इस बात की संभावना कम ही थी कि देवराज इंद्र अपना कार्य पूर्ण किए बिना ख़ाली हाथ लौट जाता।

गौतम के वेश में पुरंदर कुटिया के भीतर चला गया। अहिल्या अपने पति को अचानक लौट आया देख आश्चर्यचकित हो गई। वह पुरंदर को पहचान नहीं पाई थी।

'क्या हुआ स्वामी!' अहिल्या ने गौतम के वेश में इंद्र से पूछा। 'आप तपस्या के लिए गए थे, फिर सहसा लौट कैसे आए?'

'नहीं… कुछ नहीं,' पुरंदर ने झूठी मुस्कान के साथ कहा। 'मैं आश्रम से निकला, तो मुझे अच्छा नहीं लग रहा था।'

'अच्छा नहीं लग रहा था!' अहिल्या ने दोहराया। 'परंतु क्यों? आपकी तबीयत तो ठीक है न?'

'प्रिय,' गौतम बोले, 'तुम शायद कह सकती हो कि…'

'क्या बात है… मैं समझी नहीं कि आप वापस क्यों आए हैं?' अहिल्या ने फिर पूछा।

'तुम्हारे कारण प्रिय,' पुरंदर बेचैन हो रहा था। 'आज कुछ अलग बात है। मैंने सुबह तुम्हें बाहर फूल चुनते देखा था। मेरे मन में तभी से तुम्हारे प्रति प्रेम उमड़ रहा है।'

'स्वामी!' अहिल्या का मुख आश्चर्य से खुला रह गया। उसे गौतम जैसे तपस्वी से ऐसे व्यवहार की अपेक्षा नहीं थी।

पुरंदर स्वयं को रोक नहीं पाया। वह आगे बढ़ा और उसने अहिल्या को अपनी बांहों में ले लिया। अहिल्या के आकर्षक तन की मादक सुगंध ने पुरंदर को उन्मत्त कर दिया। उसने अगले ही क्षण अपने होंठ अहिल्या के होंठों पर रख दिए। अपने पति से व्यवहार को देखकर अहिल्या हैरत में पड़ गई। परंतु वह भी अधिक समय तक विरोध नहीं कर पाई और अपने तपस्वी पति के प्रेमालाप से बहकने लगी। देवलोक के राजा पुरंदर का नियंत्रण छूट गया। उसने अहिल्या को बांहों में उठाया और संभोग की मंशा से उसे शैया पर लिटा दिया। तपस्वियों के लिए इंद्रियों पर कड़ा नियंत्रण रखना आवश्यक था, किंतु गौतम का उन्मादी व्यवहार अहिल्या को भी सुखद लग रहा था। अहिल्या ने भी रति-क्रिया का भरपूर आनंद लिया।

अहिल्या और पुरंदर बहुत देर तक एक-दूसरे के साथ लेटे रहे। दिन समाप्त होने को था। सूर्य पश्चिम दिशा में अस्त हो रहा था। पुरंदर के हर्षित मन में सहसा उत्कंठा होने लगी, क्योंकि असली गौतम ऋषि के

लौटने का समय हो रहा था। पुरंदर ने सोचा कि अहिल्या से बिना कुछ कहे चुपचाप वहां से ग़ायब हो जाए। परंतु फिर उसे लगा कि सहसा चले जाने से घबराकर, अहिल्या उस घटना के विषय में गौतम ऋषि को अवश्य बता देगी। फिर पुरंदर के लिए गौतम के कोप से बच पाना असंभव हो जाएगा। यह सोचकर पुरंदर ने यह निश्चय किया कि वह अहिल्या को सत्य बताकर अपने अपराध के लिए उससे क्षमा मांग लेगा।

'आप कुछ परेशान दिखते हैं, स्वामी। क्या बात है?' अहिल्या ने पुरंदर को चिंतित देखकर प्रश्न किया।

'अहिल्या, मैं तुम्हें कुछ बताना चाहता हूं,' पुरंदर ने डरते हुए कहा।

'क्या बात है स्वामी? आप सुबह वन से लौटे हैं, तभी से मुझे आपका व्यवहार विचित्र लग रहा है।'

'दरअसल, बात यह है अहिल्या कि मैं तुम्हारा पति नहीं हूं!' पुरंदर ने झटके से अपनी बात कह दी।

'क्या कहा!' अहिल्या पलंग से बाहर कूदते हुए बोली। 'यह क्या मजाक है?'

'यह मज़ाक़ नहीं है, अहिल्या!' पुरंदर ने कहा। 'मैं सत्य कह रहा हूं। मैं गौतम नहीं हूं।'

'फिर... फिर तुम कौन हो?' अहिल्या ने चिल्लाकर पूछा। वह अपनी साड़ी तन पर लपेटने का असफल प्रयास कर रही थी।

'मैं देवलोक का राजा, देवराज पुरंदर हूं।' इंद्र ने सिर झुकाकर कहा। 'मैंने जब सुबह तुम्हें वन में फूल चुनते देखा तो मैं तुम्हारे सौंदर्य पर मोहित हो गया। मैंने वहां से जाने का प्रयास भी किया परंतु तुम्हारे आकर्षण ने मुझे पूरी तरह जकड़ लिया था। अहिल्या, मेरा विश्वास करो। मैं तुम्हारे साथ ऐसा नहीं करना चाहता था, किंतु वासना ने मुझे अंधा बना दिया और मैं स्वयं पर नियंत्रण नहीं रख सका।'

'हे ईश्वर, यह मैंने क्या किया!' अहिल्या ने ग्लानि-भरे स्वर में रोते हुए कहा। 'मैंने अपने पति के साथ धोखा किया है। वह मुझ पर स्वयं से भी अधिक विश्वास करते हैं। मैंने उनका विश्वास तोड़ा है। यदि उन्हें इस बात का पता लगा तो वह हम दोनों को क्षमा नहीं करेंगे। देवराज इंद्र, आपने मेरे साथ ऐसा क्यों किया?' अहिल्या रोती जा रही थी।

'मैं अपनी भूल स्वीकार करता हूं, अहिल्या,' पुरंदर ने कहा। 'मैं मानता हूं मुझसे अपराध हुआ है। मैं अपनी भूल के लिए तुमसे क्षमा मांगता हूं। मुझे क्षमा कर दो और यह बताओ कि गौतम ऋषि के कोप से बचने के लिए क्या करना चाहिए?'

'देवेंद्र, आप भाग जाइए!' अहिल्या ने उत्तर दिया। 'यह सत्य है कि यह मुख्य रूप से आपकी ही भूल थी, परंतु आपके ऐसा कह देने मात्र से भी मैं इस अपराध के बोझ से मुक्त नहीं हो सकती क्योंकि यह अपराध हम दोनों ने मिलकर किया है। महर्षि गौतम के क्रोध से बचने का केवल एक ही उपाय है। आप यहां से जितनी जल्दी हो सके, चले जाइए। तत्काल! महर्षि गौतम किसी भी क्षण यहां पहुंच जाएंगे। आपने मुझे तो किसी तरह धोखा दे दिया परंतु वह साधारण तपस्वी नहीं हैं। वह अपनी योग शक्तियों द्वारा न सिर्फ़ आपको पहचान लेंगे अपितु उन्हें उनकी अनुपस्थिति में यहां हुई कलुषित घटना का भी पता लग जाएगा। देवराज, आप तुरंत यहां से चले जाइए।'

पुरंदर ने अहिल्या की बात सुनी तो उसे अहिल्या का सुझाव ठीक लगा। उसने तुरंत अपने वस्त्र समेटे और वह बिना देर किए गौतम की कुटिया से बाहर भागा। परंतु इस बार भाग्य ने उसे धोखा दे दिया। उसने जैसे ही कुटिया से बाहर क़दम रखा, उसे सामने से गौतम ऋषि आते दिखाई पड़ गए। इससे पहले कि पुरंदर भाग पाता, गौतम ने इंद्र को देख लिया। उन्होंने अहिल्या को भी अस्त-व्यस्त स्थिति में कुटिया के द्वार पर खड़ा देखा। पुरंदर समझ गया कि अब भागने के लिए देर हो चुकी थी। वह चुपचाप खड़ा हो गया।

महर्षि गौतम पुरंदर के निकट आए। उन्होंने ध्यान से इंद्र को देखा तो वह तुरंत देवलोक के शासक को पहचान गए। फिर उन्होंने अपनी पत्नी पर दृष्टि डाली जो पुरंदर को बाहर तक छोड़ने आई थी। महर्षि गौतम ने अपनी आंखें बंद की और अपने योगबल से पुरंदर और अहिल्या के बीच हुए प्रेमालाप के विषय में जान लिया।

'हे ईश्वर!' गौतम ने अपनी पत्नी को देखकर कहा। 'मैं पुरंदर को तो अच्छी तरह जानता हूं। मुझे पता है कि वह कितना कामी है! परंतु अहिल्या, मुझे तुमसे यह अपेक्षा नहीं थी। मैंने सदा तुम पर विश्वास किया। तुमने ऐसा क्यों किया? यह अत्यंत लज्जा की बात है कि मेरे साथ इतने वर्ष रहने के बाद भी तुम इस कामी के कपट-जाल में फंस गईं!'

'मुझे क्षमा कर दीजिए प्रभु,' इंद्र हाथ जोड़कर गौतम के चरणों में गिर गया। 'इसमें अहिल्या की कोई ग़लती नहीं है। यह अपराध मैंने किया है। परंतु मैं आपको वचन देता हूं कि मैं फिर कभी आपके आश्रम के निकट भी नहीं आऊंगा। कृपया मुझे जाने दीजिए। मैं आपसे क्षमा मांगता हूं।'

महर्षि गौतम ने अहिल्या को देखा। वह इतनी लज्जित थी कि वह दृष्टि उठाकर अपने पति को देखने का भी साहस भी नहीं कर पाई। गौतम की आंखें क्रोध से लाल थीं। वह बोले, 'मैं जानता हूं कि जो हो गया, उसे अब बदला नहीं जा सकता। परंतु देवराज! तुम्हें सबक़ सिखाना बहुत आवश्यक है। ऐसा सबक़ जो तुम्हें जीवन-भर याद रहेगा ताकि किसी अन्य पुरुष की पत्नी पर कुदृष्टि डालने का विचार फिर तुम्हारे दिमाग़ में कभी नहीं आए।'

'मैं जानता हूं कि मुझसे अपराध हुआ है,' इंद्र ने उत्तर दिया। 'महर्षि, कृपया मुझे अंतिम बार क्षमा कर दीजिए। मैं फिर कभी...'

'कदापि नहीं!' गौतम ने पुरंदर की बात काट दी। 'तुम्हें यूं ही छोड़ देना मूर्खता होगी। तुम समझते हो कि तुम जिसे चाहो, अपना बना सकते हो। तुम्हें अपने पुरुषत्व पर बहुत घमंड है। मैं तुम्हें शाप देता हूं कि तुम्हारे अंडकोष यहीं गिर जाएंगे! मैं तुम्हें इतने पर नहीं छोड़ूंगा। तुमने अपने भ्रम-जाल का दुरुपयोग करके मेरी पत्नी के साथ व्यभिचार किया है, इसलिए मैं तुम्हें एक और शाप देता हूं कि भविष्य में तुम्हारा शत्रु भी तुम्हें इसी तरह माया-जाल में फंसाकर बंधक बनाएगा।'

महर्षि गौतम अपनी पत्नी अहिल्या की ओर मुड़े और बोले, 'अहिल्या, पुरंदर की भूल में तुम भी समान रूप से हिस्सेदार हो इसलिए मैं तुम्हें भी शाप देता हूं कि तुम्हें इसी आश्रम में सैकड़ों वर्ष तक अकेले रहते हुए केवल वायु पर जीवित रहना होगा। यहां कोई व्यक्ति नहीं आएगा। तुम अचल प्रतिमा बनकर अपना जीवन व्यतीत करोगी। भगवान विष्णु अगला अवतार श्रीरामचंद्र के रूप में लेकर जब यहां आएंगे, तब उनके दिव्य स्पर्श से तुम्हारा उद्धार होगा। तभी मेरे शाप का प्रभाव समाप्त होगा और तुम फिर से अपने वास्तविक रूप में लौटकर मेरे साथ रह सकोगी।'

गौतम ने ज्यों ही अपना वाक्य समाप्त किया, पुरंदर को पेट के निचले हिस्से में ज़ोरदार झटका लगा और सहसा उसके अंडकोष नीचे गिर गए। किसी पुरुष के लिए ऐसी स्त्री के सामने अपने अंडकोष गंवा बैठने से अधिक अपमानजनक और क्या हो सकता था, जिसके साथ उसने कुछ देर

पहले ही संभोग किया था। पुरंदर का सिर शर्म से झुक गया। वह एक क्षण और वहां नहीं रुका और तत्काल चला गया। उसके कंधे व्यभिचार के पाप के बोझ से दबे हुए थे।

इधर, अहिल्या के शरीर में भी परिवर्तन होने लगा। उसकी त्वचा काली और मटमैली हो गई। उसका चेहरा खुरदरा और कुरूप हो गया। महर्षि गौतम की विश्वासघाती पत्नी अहिल्या कुरूप प्रतिमा में परिवर्तित हो गई थी।

इस बीच, पुरंदर देवलोक पहुंच गया। अंडकोष खो देने से उसके अहं को भारी चोट पहुंची थी। उसके लिए अब चिंता का विषय यह था कि वह इस बात को किसे और कैसे बताएगा। क्या वह फिर से कभी संपूर्ण पुरुष बन पाएगा?

पुरंदर के पास अग्निदेव पर भरोसा करने के अतिरिक्त कोई विकल्प नहीं था। यद्यपि पुरंदर ने अग्निदेव को भी पूरा सत्य नहीं बताया। पुरंदर ने अपने मित्र को यह बताना आवश्यक नहीं समझा कि उसने किस तरह अहिल्या को अपने मोह-पाश में फंसाया और फिर कैसे अपनी योजना को चतुराई से क्रियान्वित भी कर दिया। पुरंदर के लिए महर्षि गौतम का शाप तथा उसके परिणामस्वरूप अंडकोष की हानि वास्तविक चिंता का विषय था। इसके लिए पुरंदर को अग्निदेव के समक्ष एक और झूठी कहानी गढ़नी पड़ी।

'अग्नि, तुम तो जानते ही हो,' पुरंदर ने अपने मित्र को बुलाकर कहा, 'मैं देवलोक के कल्याण और अपनी प्रजा की भलाई के विषय में कितना चिंतित रहता हूं। कोई भी देवलोक के लिए संकट पैदा करता है अथवा सृष्टि के संतुलन को बिगाड़ने का प्रयास करता है, तो मुझे बहुत दुख होता है।'

'जी देवराज, मैं यह बात अच्छी तरह जानता हूं,' अग्निदेव ने निष्ठापूर्वक उत्तर दिया। 'मुझे पता है कि आप देवलोक के लिए अत्यंत चिंतित रहते हैं और देवताओं के राजा होने के नाते सबके हितों का ध्यान रखना आपका नैतिक दायित्व भी है। परंतु आप मुझसे यह क्यों कह रहे हैं? सब ठीक है न?'

'नहीं अग्नि, सब ठीक नहीं है!' इंद्र ने उत्तर दिया। 'मैंने तुम्हें इसी कारण बुलाया है ताकि मैं तुम्हें उस कठिन परिस्थिति के विषय में बता सकूं जो मेरे सामने सहसा आ खड़ी हुई है।'

'क्या हुआ प्रभु?' अग्निदेव ने उत्सुकता से पूछा। 'आप किस बात से परेशान हैं?'

'अग्नि, मुझे अचानक समाचार मिला कि महर्षि गौतम कठोर तप कर रहे हैं और वह तपोबल द्वारा देवलोक की सत्ता अपने हाथ में लेना चाहते हैं। वह मुझे पदच्युत करके स्वयं देवताओं का राजा बनने का सपना देख रहे थे।'

'ओह! यह तो बहुत बुरा समाचार है,' अग्निदेव को विश्वास तो नहीं हुआ किंतु उन्हें पुरंदर की कहानी सुननी थी। 'ऋषि गौतम कहां हैं? क्या आपने उन्हें रोकने का प्रयास नहीं किया?'

'मैंने उन्हें रोकने का प्रयास किया था,' पुरंदर ने तिरछी नज़र से अग्निदेव को देखा। 'मैं मिथिला में उनके आश्रम पर गया था। वह अपनी पत्नी अहिल्या के साथ वहां रहते हैं। मैंने उन्हें तपस्या करते भी देखा। मुझे जैसे ही गौतम के कुटिल मंशा का पता लगा तो मैंने अपनी शक्तियों के प्रयोग द्वारा उनका दुष्प्रयास विफल कर दिया। ऐसा करने में मुझे समय लगा, परंतु आख़िरकार मुझे सफलता मिल गई।'

'बहुत बढ़िया! यह तो अच्छी बात है!' अग्निदेव ने प्रसन्न होकर कहा। आपने महर्षि गौतम को उनके कुटिल प्रयास में सफल नहीं होने दिया। परंतु अब समस्या क्या है?'

'समस्या तो इसके बाद उत्पन्न हुई!' पुरंदर ने दुखी स्वर में कहा। 'गौतम ने देखा कि उनकी योजना विफल हो गई और मैंने उनके कार्य को अवरुद्ध कर दिया, तो उन्होंने क्रोध में आकर मुझे शाप दे डाला, जिसकी वजह से मैं... मेरे... मैं अपने अंडकोष गंवा बैठा हूं!'

'हैं!! यह कैसे हो सकता है?' अग्निदेव ने आश्चर्य से कहा। 'गौतम ऐसा कैसे कर सकते हैं? वह तपस्वी हैं। मेरा मतलब... आपके अंडकोष, देवताओं के राजा को उसके पुरुषत्व से वंचित कर देना...! यह तो गौतम ने अच्छा नहीं किया।'

'श्‍श्‍श... इतनी ज़ोर से मत बोलो!' पुरंदर ने होंठ पर अंगुली रखते हुए कहा। 'मैं नहीं चाहता कि तुम्हारे अतिरिक्त किसी को इस बात की तनिक भी भनक लगे।'

'फिर क्या हुआ?' अग्निदेव ने पूछा।

'होना क्या था!' पुरंदर ने खीझते हुए उत्तर दिया, 'गौतम के शाप से मेरे अंडकोष गिर गए! तुम्हें पता है, गौतम की उदार और सदाचारी पत्नी अहिल्या ने जब गौतम का भयानक शाप सुना तो उसने अपने तपस्वी पति

को समझाने तथा शांत करने का प्रयास किया। परंतु उस अहंकारी ऋषि ने अहिल्या का अनुरोध मानने के बजाय, उस बेचारी को भी शाप दे दिया। उसने अहिल्या को जीवित प्रतिमा में परिवर्तित कर दिया है और अब वह भगवान विष्णु द्वारा श्रीरामचंद्र के अवतार में आने तक उसी रूप में रहेगी। श्रीराम के स्पर्श से उसका उद्धार होगा और वह उसके बाद ही अपने वास्तविक रूप में लौट पाएगी।'

'मैंने तो सुना था कि महर्षि गौतम बहुत विवेकशील और समझदार ऋषि हैं,' अग्निदेव ने टिप्पणी की। 'परंतु वह तो बिलकुल इसके विपरीत निकले! खैर, आप चिंता मत कीजिए। मैं शीघ्र ही आपकी समस्या का उपचार खोजता हूं।'

'कैसा उपचार अग्नि!' पुरंदर बोला, 'अब तुम मुझे यह मत कहना कि तुम मेरे लिए नए अंडकोष ला सकते हो।' इंद्र को खीझ आ रही थी। उसने गर्दन को झटका दिया और फिर अपने आसन पर बैठ गया।

'मैं नए अंडकोष तो नहीं ला सकता, किंतु मुझे विश्वास है हमारे चिकित्सक अश्विनीकुमार इस समस्या का अवश्य कोई हल निकाल देंगे। मैं उनसे अनुरोध करूंगा कि वह आपके शरीर में भेड़ के अंडकोष लगा दें और इस बीच, आपके लिए नए अंडकोष तैयार कर दिए जाएंगे।'

'भेड़ के अंडकोष! भेड़ ही क्यों?' पुरंदर के चेहरे पर घृणा और तिरस्कार का भाव था।

'वह इसलिए देवराज, क्योंकि केवल भेड़ का अंडकोष ही पुरुष अंडकोष का सबसे निकटवर्ती विकल्प है।' अग्निदेव ने उत्तर दिया। 'आपको जब तक नए अंडकोष प्राप्त नहीं होते, तब तक उनसे ही काम चलाइए। आपको कम-से-कम अंडकोष के बिना तो नहीं रहना पड़ेगा।'

भेड़ के अंडकोष वाली बात से इंद्र चिढ़ गया था। परंतु उसके पास कोई विकल्प नहीं था। वह यह बात किसी को बता भी नहीं सकता था। इसलिए उसे अपने मित्र और हितैषी अग्निदेव का सुझाव मानना पड़ा। आख़िरकार, अग्निदेव के कहने पर देवताओं के शल्य चिकित्सक अश्विनीकुमारों ने अच्छी नस्ल की एक भेड़ पकड़ी और उसके अंडकोष निकालकर पुरंदर के शरीर में प्रतिरोपित कर दिए। शल्य चिकित्सा पूर्ण हो जाने पर पुरंदर स्वस्थ हो गया।

पुरंदर शीघ्र ही भूल गया कि उसके शरीर का एक अंग वास्तव में उसके चरित्र पर लगा गंभीर धब्बा था, लेकिन उसे इसकी अधिक चिंता नहीं थी। देवराज इंद्र नैतिकतापूर्ण भरी तुच्छ बातों से ऊपर उठ गया था और उसने जीवन की बेहतर बातों पर ध्यान नहीं देने की कला सीख ली थी।

22

विपुल-रुचि

भेड़ के अंडकोष लगने से पुरंदर की काया में अवश्य परिवर्तन हुआ, किंतु उसका मूलभूत स्वभाव बिलकुल नहीं बदला। वह ऐसा था जैसे नई बोतल में पुरानी शराब! शीघ्र ही, अश्विनीकुमारों ने नए अंडकोष तैयार कर लिए और पुरंदर को भेड़ के अंडकोष लेकर घूमने के मनोवैज्ञानिक बोझ से मुक्ति मिल गई। वह फिर से पहले की तरह आकर्षक स्त्रियों की खोज में निकल पड़ा।

इधर, पृथ्वीलोक पर देवशर्मा नाम के एक सिद्ध ऋषि रहते थे। उनकी बहुत सुंदर पत्नी थी। उसका नाम रुचि था। वह इतनी सुंदर थी कि मनुष्यों के साथ देवता, गंधर्व और यहां तक कि दैत्य भी उसके आकर्षण पर मंत्रमुग्ध थे। हर कोई रुचि की सुंदरता पर इतना मोहित था तो देवलोक का राजा पुरंदर भला पीछे कैसे रह सकता था। वह रुचि को देखते ही उस पर मुग्ध हो गया। उसने निश्चय किया कि वह किसी भी क़ीमत पर रुचि को प्राप्त करेगा। यह पुरंदर की धृष्टता ही थी कि महर्षि गौतम की पत्नी अहिल्या वाली घटना के बाद उसे अपने अंडकोष गंवाने पड़े, किंतु वह सब कुछ भूलकर फिर एक ऋषि की पत्नी को लुभाने का दुस्साहस करने की तैयारी में था।

देवशर्मा अपनी पत्नी के सौंदर्य तथा उसके रूप के प्रभाव से भली-भांति अवगत थे। उन्हें पता था कि उनकी पत्नी को देवताओं और दैत्यों दोनों ही से ख़तरा था। देवशर्मा को यह भी पता था कि स्त्रियां सामान्य तौर पर थोड़ी-सी प्रशंसा से प्रसन्न हो जाती हैं। पुरंदर झूठी प्रशंसा एवं मदभरी बातें करने में पारंगत था। उसके लिए वासना-तृप्ति हेतु स्त्रियों की प्रशंसा अथवा उनका गुणगान करना कठिन कार्य नहीं था।

एक दिन देवशर्मा को किसी आवश्यक यज्ञ के लिए बाहर जाना था। उन्हें रुचि की सुरक्षा की चिंता थी। उन्हें सबसे ज़्यादा भय देवराज पुरंदर से था, इसलिए उन्होंने अपने सबसे विद्वान और विश्वासी शिष्य विपुल को अपनी पत्नी रुचि की सुरक्षा का दायित्व सौंप दिया।

'प्रिय विपुल,' देवशर्मा ने अपने शिष्य से कहा, 'मुझे एक यज्ञ के लिए बाहर जाना है और लौटने में कुछ समय लग सकता है। मुझे पूरा विश्वास है कि मेरी अनुपस्थिति में पुरंदर यहां अवश्य आएगा और रुचि को लुभाने का प्रयास करेगा। मैं रुचि की सुरक्षा का दायित्व तुम्हें सौंप रहा हूं।'

'परंतु गुरुदेव,' विपुल ने हिचकिचाते हुए कहा, 'क्या आपको नहीं लगता कि माता रुचि अत्यंत विवेकशील हैं तथा अपनी देखभाल करने में स्वयं सक्षम हैं?'

'अवश्य! मुझे पता है कि रुचि बहुत समझदार स्त्री है,' ऋषि ने उत्तर दिया। 'परंतु मुझे इंद्र की नीयत पर संदेह है और इसलिए मैं उसे चाल चलने का कोई अवसर नहीं देना चाहता। तुम्हें पता ही होगा कि उसने किस तरह गौतम ऋषि का रूप धारण करके उनकी भोली-भाली पत्नी अहिल्या को धोखा दिया था। मैं चाहता हूं कि मेरी अनुपस्थिति में तुम सतर्क रहो और किसी भी तरह रुचि की रक्षा करो।'

'आप चिंता मत कीजिए गुरुदेव,' विपुल ने आत्मविश्वास से उत्तर दिया, 'परंतु जाने से पहले कृपया मुझे पुरंदर के विषय में बताइए कि वह कैसा दिखता है ताकि मैं उसे पहचान सकूं।'

'ध्यान से सुनो विपुल!' ऋषि ने बोलना शुरू किया, 'पुरंदर बहुत चालाक है। वह इंद्रजाल और भ्रम-विद्या में माहिर है। वह एक क्षण में रूप बदल लेता है। वह कभी राजसी वेशभूषा में प्रकट होता है, तो कभी अत्यंत भयावह लग सकता है। वह कभी वृद्ध, कभी अपाहिज तो कभी रोगी के रूप में आ जाता है और कभी अत्यंत युवा और आकर्षक रूप धारण कर लेता है। वह किसी पक्षी या पशु के रूप में भी प्रकट हो जाता है। उसके किसी देवता अथवा मनुष्य के रूप में प्रकट होने की भी पूरी संभावना है।'

'ओह! इसका आशय यह है,' विपुल ने कहा, 'मुझे हर दृष्टि से सावधान रहना होगा, क्योंकि पुरंदर किसी भी प्राणी रूप में यहां आ सकता है।'

'नहीं, यह भी आवश्यक नहीं है कि इंद्र किसी साकार रूप में ही आएगा!' देवशर्मा ने कहा। 'पुरंदर सूक्ष्म रूप में भी प्रकट हो सकता है। मार्ग पर घूमने वाला कुत्ता, जिस तरह बचे-खुचे भोजन की तलाश में रहता है। उसी तरह पुरंदर भी एकांत एवं असुरक्षित वातावरण में रहने वाली सुंदर और आकर्षक स्त्रियों की तलाश में रहता है। यह तुम्हारे विवेक पर निर्भर है कि तुम मेरी पत्नी की रक्षा किस तरह करते हो।'

'आप निश्चिंत रहिए गुरुदेव,' विपुल ने कहा, 'मैं आपकी पत्नी की रक्षा के लिए हर संभव प्रयास करूंगा। वह मेरी माता के समान हैं और उनकी सुरक्षा करना मेरा दायित्व है।'

विपुल का उत्तर सुनकर देवशर्मा संतुष्ट हो गए। उन्होंने विपुल को आशीर्वाद दिया और यज्ञ के लिए चले गए।

देवशर्मा के जाने के बाद विपुल रुचि को पुरंदर की कुदृष्टि से बचाने का उपाय सोचने लगा। विपुल के गुरु ने उसे बताया था कि इंद्र सूक्ष्म रूप में भी प्रकट हो सकता है। विपुल ने सोचा कि पुरंदर वायु-रूप में कहीं रुचि के शरीर में प्रविष्ट होकर उसे दूषित नहीं कर दे। इसलिए विपुल ने निश्चय किया कि वह पुरंदर के आगमन की प्रतीक्षा नहीं करेगा। उसके लिए देवराज के आने से पहले ही कोई ठोस एवं सुरक्षात्मक क़दम उठाना आवश्यक था। विपुल को एक अच्छी और सफल योजना की आवश्यकता थी।

विपुल ने बहुत-से विकल्पों पर विचार किया। उसने सोचा, यदि पुरंदर सूक्ष्म रूप धर कर रुचि के शरीर में प्रविष्ट हो सकता है तो क्यों न मैं पुरंदर से पहले ही रुचि के शरीर में प्रवेश कर जाऊं और पुरंदर के प्रवेश का मार्ग अवरुद्ध कर दूं। विपुल को लगा यदि वह ऐसा करने में सफल हो गया तो पुरंदर को माता रुचि की पवित्रता भंग करने का अवसर ही नहीं मिलेगा।

विपुल को पहले तो रुचि के शरीर में प्रविष्ट होना अटपटा लगा, किंतु फिर उसने सोचा, जिस तरह कमल का फूल, जल में रहकर भी जल से विरक्त रहता है। उसी प्रकार, मैं भी अपनी गुरु-मां के शरीर में प्रवेश करके भी उनसे विरक्त रहूंगा। विपुल सब प्रकार की कामनाओं पर विजय प्राप्त कर चुका था, इसलिए उसे विश्वास था कि उसके द्वारा कोई नैतिक अपराध होना संभव ही नहीं था।

कुछ देर विचार करने के बाद, आख़िरकार विपुल को यह युक्ति उचित जान पड़ी। उसे स्थूल काया में से सूक्ष्म शरीर को बाहर निकालने की विद्या

आती थी। इसके लिए उसे केवल अपनी आध्यात्मिक शक्तियों का प्रयोग करने की आवश्यकता थी। विपुल को संदेह था कि रुचि को शायद उसकी यह युक्ति पसंद नहीं आए इसलिए उसने रुचि को कुछ नहीं बताया। उस समय विपुल के लिए केवल रुचि की सुरक्षा का प्रश्न सर्वोपरि था।

विपुल ने आंखें बंद की और पूरा ध्यान अपने सूक्ष्म तन पर केंद्रित कर दिया। अगले ही क्षण विपुल को मूर्च्छा आ गई और उसका शरीर निर्जीव होकर धरती पर गिर पड़ा। उसी समय रुचि को एक हल्के झटके का आभास हुआ मानो कोई उसके भीतर प्रविष्ट हो गया था। परंतु वह उस झटके का कारण नहीं समझ पाई।

विपुल आध्यात्मिक शक्ति द्वारा रुचि के शरीर में प्रवेश कर गया। रुचि की समस्त इंद्रियां अब पूर्ण रूप से विपुल के नियंत्रण में थीं। वह अपनी इच्छा से हिल-डुल अथवा बोल भी नहीं सकती थी। विपुल की इच्छा रुचि के लिए आदेश के समान थी।

विपुल ने रुचि की आंखों से कक्ष के चारों ओर देखा। उसे सब कुछ अविश्वसनीय लग रहा था, क्योंकि उसने इससे पहले कभी परकाया-प्रवेश नहीं किया था। वह अनुभव, रोमांचक होने के साथ अत्यंत ख़तरनाक भी था।

विपुल इस अद्‌भुत क्रिया पर अभी विचार ही कर रहा था कि देवताओं का राजा पुरंदर वहां अपने वास्तविक रूप में प्रकट हो गया। उसने रुचि को बैठे देखा। उसे इस बात का बिलकुल एहसास नहीं था कि रुचि उसके सामने बैठी अवश्य थी किंतु उसकी इंद्रियों का नियंत्रण किसी और के पास था। रुचि के सौंदर्य को देखकर पुरंदर स्तब्ध रह गया। रुचि अकेली भी थी। देवेंद्र को इसी अवसर की प्रतीक्षा थी।

'हे सुंदरी!' पुरंदर ने कामुक स्वर में बात आरंभ की, 'तुम्हें देखकर मुझे बहुत प्रसन्नता हो रही है। मैंने तुमसे मिलने का अनेक बार प्रयास किया किंतु तुम्हें आज पहली बार एकांत में बैठे देखा है। तुम्हारे पति कहां हैं?' पुरंदर का स्त्रियों के साथ बात शुरू करने का यही सामान्य तरीक़ा था।

पुरंदर ने रुचि की ओर देखा और उसके उत्तर की प्रतीक्षा करने लगा। परंतु रुचि ने कोई उत्तर नहीं दिया। पुरंदर की भाव-भंगिमा से स्पष्ट था कि उसकी बेचैनी धीरे-धीरे बढ़ रही थी। इससे पहले ऐसा कभी नहीं हुआ कि पुरंदर अपने आकर्षक व्यक्तित्व और मोहित कर देने वाली मुस्कान

द्वारा किसी स्त्री को लुभाने में असफल रहा हो। यह पहला अवसर था जब रुचि जैसी सुंदर स्त्री पर पुरंदर का जादू काम नहीं कर रहा था। देवलोक का राजा रुचि के स्तंभित भाव के पीछे छिपे सत्य से अनभिज्ञ था।

रुचि भी पुरंदर को ध्यान से देख रही थी। परंतु उसके शरीर के भीतर बैठे विपुल ने उसे पूरी तरह स्तंभित कर रखा था। आध्यात्मिक शक्तियों के प्रयोग से विपुल ने रुचि को हिलने-डुलने, बोलने, प्रतिक्रिया करने और यहां तक कि मुस्कराने से भी रोक रखा था। रुचि के सभी स्वैच्छिक भाव पूरी तरह विपुल के नियंत्रण में थे।

प्रत्येक बीतते क्षण के साथ पुरंदर की बेचैनी बढ़ रही थी। उसने एक और प्रयास किया। वह रुचि के निकट गया और बोला, 'देवी, क्या तुमने मुझे नहीं पहचाना? मैं पुरंदर हूं। मैं देवलोक का शासक इंद्र हूं, इसे अपना सौभाग्य समझो कि देवताओं का राजा स्वयं तुमसे मिलने आया है।'

इतना कहने पर भी रुचि के भाव नहीं बदले। वह अब भी पुरंदर को स्तंभित दृष्टि से देख रही थी। पुरंदर को लगा मानो रुचि कुछ बोलना चाहती थी, किंतु कोई अज्ञात शक्ति उसे बोलने से रोक रही थी। यह देखकर पुरंदर को संदेह हो गया। उसे सहसा आभास हुआ कि कक्ष में उसके और रुचि के अतिरिक्त कोई अन्य व्यक्ति भी है। पुरंदर एक क़दम आगे बढ़ा और उसने रुचि की आंखों को ध्यान से देखा तो उसके संदेह की पुष्टि हो गई। उसने रुचि के भीतर उपस्थित तीसरे पुरुष को देख लिया था।

देवताओं का राजा होने के नाते पुरंदर भी आध्यात्मिक रूप से बहुत शक्तिशाली था। पुरंदर ने तत्काल विपुल को पहचान लिया। विपुल न सिर्फ़ रुचि के पति देवशर्मा का शिष्य था, अपितु स्वयं भी एक सिद्ध तपस्वी था। पुरंदर की घबराहट बढ़ गई और वह रुचि से दूर हट गया।

विपुल समझ गया कि पुरंदर ने उसे देख लिया। वह तत्काल रुचि के शरीर से बाहर निकल आया और फिर से अपनी काया में प्रविष्ट हो गया। विपुल का निर्जीव शरीर हरकत में आ गया और सजीव हो उठा। विपुल के बाहर निकलते ही रुचि भी सामान्य अवस्था में लौट आई। पुरंदर उस विचित्र घटना को देख स्तब्ध था। यह सब कुछ इतनी तेज़ी से हुआ कि पुरंदर को कुछ सोचने या करने का समय ही नहीं मिला।

'देवराज इंद्र,' विपुल ने कहा, 'क्या आप महर्षि गौतम के शाप को भूल गए जिसके कारण आप अपने अंडकोष गंवा बैठे थे? आपको लज्जा आनी

चाहिए। परंतु ऐसा प्रतीत होता है कि आपने उस घटना से कोई सबक़ नहीं लिया और आप वही धूर्तता दोहराने यहां आ पहुंचे हैं। मुझसे पूछिए तो आपको देवलोक का राजा होने का अधिकार ही नहीं है।'

'मैं अपने दुर्व्यवहार के लिए क्षमा चाहता हूं,' पुरंदर ने याचना-भरे स्वर में कहा। 'विपुल! मैं नहीं जानता था कि मेरी भेंट तुमसे हो जाएगी। मैं तुम्हें विश्वास दिलाता हूं कि मैं फिर कभी ऐसा नहीं करूंगा। मुझे क्षमा कर दो।'

रुचि आश्चर्यचकित होकर दोनों को देख रही थी।

विपुल ने आगे कहा, 'पुरंदर, तुमने इतनी बार लोगों से क्षमा याचना की है और ऐसे अनैतिक कृत्य न दोहराने का संकल्प किया है। परंतु तुम्हारा अपनी इंद्रियों पर बिलकुल वश नहीं है। यह बहुत ही दुख की बात है कि तुम्हें देवलोक के समस्त सुख, वैभव और साधन उपलब्ध हैं, फिर भी तुम्हारी वासना तृप्त नहीं होती। एक दिन तुम्हारा यह कामी स्वभाव तुम्हारे पतन का कारण बनेगा।'

यह सुनकर पुरंदर बहुत लज्जित हुआ। परंतु उसके भीतर कुछ था, जो उसे सुधरने नहीं देता था।

'तुम्हें ब्राह्मणों का आदर करना और ऋषियों से भयभीत होना सीखना चाहिए,' विपुल बोलता गया। 'मुझे तुम पर इतना क्रोध आ रहा है कि मेरी इच्छा है कि मैं तुम्हें जलाकर भस्म कर दूं। परंतु तुम देवताओं के राजा हो तथा देवताओं और मनुष्यों द्वारा पूजनीय हो। इसलिए मैं तुम्हें छोड़ रहा हूं। तुमने यदि अपनी आदतें नहीं बदलीं तो याद रखो कि तुम्हारी ख्याति, तुम्हारा गौरव और तुम्हारी संपन्नता सदा के लिए नष्ट हो जाएगी।'

विपुल के कठोर वचन सुनकर पुरंदर बुरी तरह घबरा गया। अहिल्या के सामने अंडकोष की क्षति होने के बाद अब रुचि के समक्ष अपना आत्म-सम्मान भी खो दिया था। वह बहुत अपमानित महसूस कर रहा था। पुरंदर ने बिना कुछ बोले हाथ जोड़कर रुचि से क्षमा मांगी। उसने दृष्टि उठाकर रुचि को भी नहीं देखा। वह अगले ही क्षण वहां से ग़ायब हो गया।

कुछ समय बाद देवशर्मा अपना यज्ञ पूरा करके लौट आए। विपुल ने उनकी अनुपस्थिति में हुई घटना सुनाई तो देवशर्मा अपने शिष्य विपुल से बहुत प्रसन्न हुए। उन्होंने अपने विश्वासपात्र शिष्य द्वारा चतुराई से रुचि का शील बचाने के लिए उसकी भूरि-भूरि प्रशंसा की।

देवशर्मा ने विपुल को आशीर्वाद देते हुए कहा, 'तुमने पुरंदर को जो सबक़ सिखाया है, वह सदा याद रखेगा।'

इसके बाद देवशर्मा अपनी पत्नी रुचि से कहा, 'तुम भाग्यशाली हो कि तुम्हारी सुरक्षा के लिए विपुल जैसा योग्य शिष्य यहां उपस्थित था, अन्यथा पुरंदर निश्चित रूप से अपनी चाल में सफल हो जाता।'

यह सुनकर विपुल ने कहा, 'गुरुदेव, मैं आपकी कृपा और आशीर्वाद से जो कुछ कर सकता था, मैंने किया। परंतु मुझे अब भी विश्वास नहीं है कि देवलोक का राजा पुरंदर कभी अपनी आदतें बदल पाएगा।'

देवशर्मा ने आंखें बंद की और एक पल विचार करने के उपरांत कहा, 'तुम सही कहते हो। पुरंदर को इस बात का बिलकुल एहसास नहीं है कि उसका मुख्य दायित्व धर्म की रक्षा करना है। हालांकि मैं देख सकता हूं कि फिलहाल उसके मस्तिष्क से नकारात्मक विचार दूर हो गए हैं। मुझे आभास हो रहा है कि वह निकट भविष्य में एकाध अच्छे कार्य भी करने वाला है।'

देव शर्मा अत्यंत सिद्ध तपस्वी थे। पुरंदर के विषय में उनकी भविष्यवाणी के असत्य सिद्ध होने की संभावना बहुत कम थी।

23

सुरभि

देवशर्मा के आश्रम से लज्जित होकर पुरंदर देवलोक लौट आया। वह लगातार अपमानित होता जा रहा था। वह अत्यंत चिंतित था। उसे अपनी ग़लतियों को छिपाने का कोई तरीक़ा नहीं सूझ रहा था, क्योंकि उन्हें छिपाने का कोई तरीक़ा था ही नहीं। उसे यह कौन समझाता कि वह स्वयं आगे बढ़कर मुसीबतों को आमंत्रित करता था।

देवशर्मा के शिष्य विपुल ने पुरंदर को बुरी तरह अपमानित किया था। यद्यपि विपुल का यही मानना था कि पुरंदर अपने व्यवहार में कभी सुधार नहीं कर पाएगा, विपुल के गुरु देवशर्मा ने भविष्यवाणी की थी कि पुरंदर निकट भविष्य में एकाध अच्छे कार्य भी करने वाला था।

पुरंदर, अमरावती पहुंचा तो उसने वरुणदेव को बुलवाया। पुरंदर की अनेक आदतों में से एक यह भी थी कि उसे अकेला रहना पसंद नहीं था। उसे अपने प्रिय मित्र अग्निदेव से बात करना सबसे अधिक पसंद था, किंतु अग्निदेव की अनुपस्थिति में पुरंदर अपने दो अन्य मित्रों वायुदेव अथवा वरुणदेव से भी बात कर लिया करता था।

पुरंदर और वरुणदेव इंद्र-सभा में बैठकर देवलोक से संबंधित किसी आवश्यक विषय पर चर्चा कर रहे थे कि तभी सुरभि नाम की दिव्य गाय, जिसका एक नाम कामधेनु भी है, वहां आ पहुंची और इंद्र के समक्ष रोने लगी। सुरभि को गायों और बैलों की माता माना जाता है।

सुरभि को परेशान और रोते देख देवताओं के राजा इंद्र को दुख हुआ और आश्चर्य भी। सुरभि साधारण गाय नहीं थी। उसके पास कोई भी इच्छा

पूरी करने की शक्ति थी, इसलिए पुरंदर यह देखकर आश्चर्यचकित हुआ कि सुरभि स्वयं असहाय जीव की भांति बिलख-बिलख कर रो रही थी।

'क्या बात है सुरभि, यहां कैसे आना हुआ?' पुरंदर ने पूछा। 'तुम ऐसे फूट-फूटकर क्यों रो रही हो?'

सुरभि लगातार रोती जा रही थी। स्पष्ट था कि उसे अवश्य ही कोई भारी पीड़ा हो रही थी।

'सुरभि! तुम यदि इसी तरह रोती रही तो मैं तुम्हारी समस्या कैसे हल करूंगा?' पुरंदर ने फिर कहा। 'मुझे उस व्यक्ति का नाम बताओ जिसने तुम्हें परेशान किया है। मैं तुम्हें वचन देता हूं कि इसी क्षण उसके प्राण हर लूंगा।' पुरंदर की एक आदत यह भी थी कि वह तत्काल आवेश में आकर मरने-मारने को तैयार हो जाता था।

सुरभि ने कुछ पल के लिए रोना बंद कर दिया लेकिन श्वास के नीचे दबी उसकी सुबकियां फिर भी सुनाई दे रही थीं।

'प्रभु,' सुरभि किसी तरह स्वयं को संभालते हुए बोली, 'मैं आपके पास अपनी सहायता के लिए नहीं आई हूं। मैं आपके आशीर्वाद से अपनी देखभाल करने में सक्षम हूं।'

'फिर क्या बात है, सुरभि?' पुरंदर ने चिंतित स्वर में पूछा। 'मुझे सच बताओ। मेरा विश्वास करो। मैं तुम्हारी हर संभव सहायता करूंगा।' पुरंदर के स्वर में सच्चा आश्वासन सुनाई पड़ रहा था।

'प्रभु, मैं अपने पुत्र के लिए दुखी हूं,' सुरभि ने उत्तर दिया। 'मेरे पुत्र का जीवन संकट में है। वह दर्द से कराह रहा है।'

'तुम्हारा पुत्र!' पुरंदर ने आश्चर्य से कहा। 'मेरा मतलब... मैं कुछ समझा नहीं। सुरभि, तुम्हारा पुत्र कौन है? वह कहां है और दर्द से परेशान क्यों है?' पुरंदर दुविधा में पड़ गया।

'मैं अपने पुत्र बैल की बात कर रही हूं,' सुरभि ने कहा। ऐसा कहने के साथ उसके दुख की अगली पर्त बाहर निकल आई। 'मेरे पुत्र को पृथ्वी पर कृषक ने पालतू बना लिया है। वह किसान बहुत निर्दयी है। उसके पास दो बैल हैं, एक तगड़ा और शक्तिशाली है। वह हल का बोझ सहन कर लेता है और अपनी शक्ति से किसान के खेतों को जोत लेता है। मेरा दूसरा बैल पुत्र, दुर्बल और बीमार है। परंतु वह किसान इतना निष्ठुर है कि उसे मेरे

रुग्ण पुत्र पर ज़रा भी दया नहीं आती। वह उसे बुरी तरह काम में लगाए रखता है।' सुरभि की सुबकियां फिर आरंभ हो गईं।

'ओह! यह बात है।' पुरंदर सुरभि का दुख समझ रहा था। 'परंतु वह किसान, कमज़ोर बैल के साथ इतना निर्दयतापूर्ण व्यवहार क्यों करता है? वह उसे आराम क्यों नहीं करने देता?' पुरंदर ने दयालु व्यवहार का प्रदर्शन करते हुए कहा।

'प्रभु, यही तो मेरी समस्या है,' सुरभि फिर रोने लगी। 'मेरा पुत्र जैसे ही आराम करने को रुकता है, वह किसान उस बेचारे की पीठ पर ज़ोर-ज़ोर से चाबुक मारता है। मेरा पुत्र भूखे पेट और किसान की चाबुक की मार से काम करते-करते इतना दुर्बल हो चुका है कि यदि आप चाहें तो यहीं से उसकी पसलियां गिन सकते हैं!'

'मैं तुम्हारी बात समझ गया हूं। परंतु मेरे दिमाग़ में एक प्रश्न है।' पुरंदर ने विचार करते हुए कहा।

'कैसा प्रश्न प्रभु?' सुरभि ने पूछा।

पुरंदर ने उत्तर दिया, 'मैं तुम्हारी इस बात से सहमत हूं कि तुम्हारे पुत्र की, जिसकी स्थिति दयनीय है, देखभाल करने की आवश्यकता है। परंतु मेरा तुमसे प्रश्न यह है कि समूची पृथ्वी पर तुम्हारे असंख्य पुत्र हैं जो इसी तरह कठिन परिस्थितियों में कार्य कर रहे हैं। यद्यपि तुम्हारा दूसरा पुत्र तो शक्तिशाली है और किसान के खेत को जोत सकता है, फिर भी उसको चाबुक की मार सहनी पड़ती है। उसे भी कठोर मौसम में कार्य करना पड़ता है। फिर तुम दुर्बल बैल के लिए अधिक चिंतित क्यों हो?'

'ऐसा नहीं है देवेंद्र,' सुरभि ने कहा। 'माता के लिए सभी पुत्र बराबर होते हैं। वह सबके लिए समान रूप से चिंतित रहती है। उसके मन में सबके लिए समान प्रेम और ममत्व का भाव होता है। परंतु यह सिद्धांत केवल सामान्य परिस्थितियों में लागू होता है। मैं असाधारण परिस्थिति के संदर्भ में बात कर रही हूं। मुझे अपने सभी पुत्रों की समान रूप से चिंता है, परंतु जो दुर्बल है, जो कमज़ोर और असहाय है तथा जो कठिन परिस्थितियों में कार्य कर रहा है, मुझे उसकी अधिक चिंता है। मेरे अन्य पुत्र, जो शक्तिशाली हैं, इस पीड़ा को अधिक समय तक सहन कर सकते हैं। परंतु मेरा दुर्बल पुत्र, आप उसकी तत्काल रक्षा कीजिए।'

पुरंदर ने सिर हिलाकर कहा, 'मैं तुम्हारी बात समझ गया सुरभि। तुम बिलकुल चिंता मत करो। तुम्हारे पुत्र की पीड़ा अधिक समय नहीं रहेगी। अपनी संतान के प्रति तुम्हारे मन में जो दया और ममता है, मैं उससे अत्यंत प्रसन्न हूं। हालांकि मैं पृथ्वी पर रहने वाले गायों और बैलों को स्थाई रूप से सहायता प्रदान नहीं कर सकता, किंतु मैं कुछ समय के लिए उनके आराम की व्यवस्था अवश्य कर दूंगा। वे सब भरपेट खा सकेंगे और जी-भर के आराम कर सकेंगे। भोजन और आराम के उपरांत, जब किसान उनके ऊपर फिर से हल का भार डालेगा तो वे नए उत्साह और नई शक्ति के साथ अपने कार्य को आरंभ कर सकेंगे।'

'यदि ऐसा हो जाए तो आपकी बहुत कृपा होगी देवेंद्र।' सुरभि ने प्रसन्नतापूर्वक कहा। 'परंतु आप ऐसा क्या करने वाले हैं जिससे मेरे बच्चों को पर्याप्त भोजन मिलेगा और आराम के लिए समय भी मिल जाएगा?'

'प्रिय सुरभि, तुम शायद भूल रही हो कि मैं केवल देवताओं का राजा ही नहीं अपितु वर्षा और मेघों का स्वामी भी हूं।' पुरंदर ने मुस्कराते हुए कहा। उसने स्नेहपूर्वक सुरभि की पीठ थपथपाई। 'तुम अब जाओ और देखो मैं इस कार्य को कैसे करता हूं!'

सुरभि को कुछ और कहने की आवश्यकता नहीं थी। वह प्रसन्न होकर लौट पाती, उससे पहले ही पुरंदर ने अपना कार्य आरंभ कर दिया।

कुछ ही देर में, पृथ्वी पर इतनी तेज़ वर्षा होने लगी कि किसानों को जुताई का कार्य तत्काल रोकना पड़ा। सभी किसानों ने अपने बैल बांध दिए और वर्षा रुकने की प्रतीक्षा करने लगे। परंतु पुरंदर ने सुरभि को सहायता का वचन दिया था। वर्षा-मेघों ने पृथ्वी पर लगातार एक सप्ताह तक ज़ोरदार वर्षा की। इस बीच, किसानों के पास गायों तथा बैलों को आराम करने देने और पर्याप्त भोजन उपलब्ध करवाने के अतिरिक्त विकल्प नहीं था।

यह दृश्य देखकर सुरभि बहुत प्रसन्न हुई। उसके सभी बच्चे खुश थे और आराम कर रहे थे। एक सप्ताह बाद जब वर्षा रुकी, तब तक पृथ्वी के गाय-बैलों की पीठ के घाव भर चुके थे और वे सब स्वस्थ होकर फिर से काम करने को तैयार थे।

ऐसा बहुत कम होता था, परंतु इस बार पुरंदर ने सुरभि को दिया वचन पूरा किया। पुरंदर द्वारा एकाध अच्छे कृत्य किए जाने के संदर्भ में देवशर्मा की भविष्यवाणी आंशिक रूप से सत्य हो गई थी।

24

उत्तंक

अग्निदेव, जो किसी आवश्यक कार्य से बाहर गए थे, इंद्र-सभा में लौट आए थे। उन्हें वरुणदेव से पता लगा किस तरह पुरंदर ने सुरभि और उसकी संतानों की सहायता की। यह सुनकर अग्निदेव को आश्चर्य हुआ, क्योंकि सामान्यतया पुरंदर बिना निजी स्वार्थ के किसी की सहायता नहीं करता था। अग्निदेव को पुरंदर के व्यक्तित्व का यह उदार और दयालु पक्ष पसंद आया। उन्हें आशा थी कि पुरंदर आगे भी इसी तरह के सत्कार्य करता रहेगा। ऐसा करना उसके चरित्र पर लगे व्यभिचार और छल-कपट के पुराने धब्बों को साफ़ करने की दृष्टि से भी आवश्यक था।

'देवराज! मैं बहुत प्रसन्न हूं,' अग्निदेव ने कहा, 'आपने सुरभि की सहायता करके उसकी पीड़ा को कम कर दिया।'

'हां मित्र,' पुरंदर ने मुस्कराते हुए कहा। 'मुझे भी सुरभि की सहायता करके अच्छा महसूस हो रहा है। व्यक्ति को ऐसे सत्कार्य कार्य करते रहना चाहिए। परंतु ऐसे अवसर जल्दी कहां मिलते हैं।'

'यदि ऐसी ही बात है,' अग्निदेव ने कहा, 'तो आपके पास सहायता का एक और अवसर उपलब्ध है। किसी को अपने लक्ष्य की प्राप्ति में आपके सहयोग और आशीर्वाद की आवश्यकता है।'

'ऐसा कौन व्यक्ति है जिसे मेरी सहायता चाहिए?' पुरंदर ने आश्चर्य एवं प्रसन्नता भरे मिश्रित स्वर में पूछा।

'उसका नाम उत्तंक है,' अग्निदेव ने उत्तर दिया। 'वह प्रख्यात ऋषि वेद का शिष्य है।'

'उसे किस कार्य के लिए मेरी सहायता की आवश्यकता है?' पुरंदर ने पूछा।

'देवराज, वह मुसीबत में फंस गया है और उसे पता नहीं कि वह अपने उद्देश्य की पूर्ति कैसे कर पाएगा।'

'अग्नि, पहेलियां मत बुझाओ,' पुरंदर ने खीझकर कहा। 'मुझे पूरी बात बताओ, तब मैं सोचूंगा कि मुझे उसकी सहायता के लिए क्या करना है।'

'यह ज़्यादा लंबी कथा नहीं है,' अग्निदेव ने उत्तर दिया और यह कथा सुनाई।

वेद नाम के एक प्रख्यात ऋषि हैं। वह अपनी पत्नी और कुछ तपस्विनियों के साथ आश्रम में रहते हैं। उनका एक शिष्य है। उसका नाम उत्तंक है। वह भी उनके साथ उसी आश्रम में रहता है। ऋषि वेद को किसी आवश्यक कार्य से बाहर जाना था। उन्होंने जाने से पहले उत्तंक को निर्देश दिया, 'मुझे एक आवश्यक कार्य से बाहर जाना है। मुझे लौटने में थोड़ा समय लगेगा। मैं आश्रम की देखभाल का दायित्व तुम्हें सौंप कर जा रहा हूं। मुझे तुम्हारे ऊपर पूर्ण विश्वास है। मेरी पत्नी की आवश्यकताओं और इच्छाओं का ध्यान रखना, क्योंकि मेरी अनुपस्थिति में वह तुम पर निर्भर होगी।' गुरु का आदेश सुनकर उत्तंक ने उन्हें प्रणाम किया और आश्वासन दिया कि वह उनके निर्देश का विधिवत पालन करेगा।

वेद को लौटने में बहुत समय लग गया। उनकी अनुपस्थिति में उत्तंक ने निष्ठापूर्वक आश्रमवासियों की सेवा की। संयोग से इसी बीच वेद की पत्नी को मासिक धर्म हो गया। ऐसे में आश्रम की तपस्विनियां उत्तंक के पास गईं और बोलीं, 'उत्तंक, हमें तुम्हारी सहायता चाहिए।'

उत्तंक के पूछने पर स्त्रियों ने हिचकिचाते हुए कहा, 'दरअसल, आपके गुरुदेव की पत्नी को मासिक धर्म हुआ है। उन्हें आपकी आवश्यकता है।' यह सुनकर उत्तंक स्तब्ध रह गया।

'क्या! आपका क्या आशय है?' वह बोला।

तपस्विनियों ने उत्तर दिया, 'गुरुदेव तुम्हें सबकी देखभाल का दायित्व सौंपकर गए हैं। उन्होंने तुम्हें उनकी पत्नी की इच्छा पूर्ण करने का भी आदेश दिया है। यदि गुरुदेव की पत्नी को मासिक धर्म हुआ है और उनके पति उपस्थित नहीं हैं, तो उनकी अनुपस्थिति में तुम्हारा दायित्व है कि तुम

ऋतु-काल व्यर्थ न जाने दो तथा उनकी कामेच्छा को तुष्ट करो।' उत्तंक को तपस्विनियों का अटपटा अनुरोध सुनकर बहुत बुरा लगा। 'यह असंभव है!' उसने चिढ़कर उत्तर दिया। 'गुरु-पत्नी माता के समान होती है। मैं किसी भी स्थिति में उनके साथ ऐसा अनुचित कार्य करने के विषय में सोच भी नहीं सकता।' यह कहकर उत्तंक ने तपस्विनियों का अनुरोध तत्काल अस्वीकार कर दिया।

दरअसल, वेद की पत्नी ने स्वयं तपस्विनियों को उत्तंक के पास भेजा था। उसने उत्तंक का उत्तर सुना तो वह नाराज़ हो गई। उस समय तो उसने कुछ नहीं कहा लेकिन उत्तंक का उत्तर उसे चुभ गया था।

कुछ दिन बाद वेद अपना कार्य संपन्न करके आश्रम लौट आए, किंतु किसी ने इस घटना के विषय में उन्हें कुछ नहीं बताया। इसी बीच, उत्तंक की शिक्षा समाप्त हो गई और उसके आश्रम से जाने समय हो गया। उन दिनों शिक्षा समाप्त होने के उपरांत शिष्य द्वारा गुरु को गुरु-दक्षिणा देने की प्रथा थी।

उत्तंक ने परंपरानुसार अपने गुरु से कहा, 'गुरुदेव, आपके सान्निध्य में शिक्षा प्राप्त करना मेरा सौभाग्य था। आपके आशीर्वाद से मेरी शिक्षा समाप्त हो गई है। मुझे अब जाना होगा ताकि मैं आपकी दी शिक्षा को उपयोग में ला सकूं। परंतु मैं जाने से पूर्व आपको गुरु-दक्षिणा देना चाहता हूं। कृपया बताइए, मैं आपके लिए क्या कर सकता हूं?'

वेद ने अपने प्रिय शिष्य को स्नेहपूर्वक देखा और कहा, 'उत्तंक, मैं तुम्हारे जैसा योग्य शिष्य पाकर धन्य हुआ हूं और मुझे तुम्हारा गुरु बनकर बहुत प्रसन्नता है। तुमने अत्यंत निष्ठापूर्वक अपनी शिक्षा संपन्न की है। यही एक गुरु के लिए सच्ची गुरु-दक्षिणा होती है। मुझे और कुछ नहीं चाहिए।'

गुरुदेव के उदार वचन सुनकर उत्तंक बहुत प्रसन्न हुआ। परंतु उसने बार-बार गुरु-दक्षिणा के लिए ज़ोर दिया तो वेद ने कहा, 'यदि तुम्हारी गुरु-दक्षिणा देने की इतनी ही इच्छा है तो तुम मेरी पत्नी से पूछ लो कि उसे क्या चाहिए। उसकी इच्छा को पूरा दो, यही मेरी गुरु-दक्षिणा होगी।'

सरल स्वभाव का उत्तंक वेद की पत्नी के पास पहुंचा और बोला, 'गुरु मां, मेरी शिक्षा संपन्न हो गई है। मेरा इस आश्रम से जाने का समय हो गया है, परंतु मैं जाने से पूर्व गुरु-दक्षिणा देना चाहता हूं। गुरुदेव ने मुझे

आपकी इच्छा पूछने के लिए कहा है ताकि मैं उसे पूरा कर सकूं। कृपया मुझे बताइए, मैं गुरु-दक्षिणा में आपको क्या दे सकता हूं?'

वेद की पत्नी को तत्काल वही घटना स्मरण हो गई जब उत्तंक ने ऋतु-काल के दौरान उसकी इच्छा पूर्ण करने से मना कर दिया था। उत्तंक सरल स्वभाव का था इसलिए उस घटना को भूल चुका था। परंतु वेद की पत्नी को वह बात याद थी। उत्तंक द्वारा किए दुर्व्यवहार का बदला लेने का यही उत्तम अवसर था।

वेद की पत्नी ने मुस्कराकर कहा, 'गुरु-दक्षिणा देने की परंपरा श्रेष्ठ है, क्योंकि गुरु-ऋण से मुक्त होने का यही एकमात्र मार्ग है। तुम्हारे गुरु का जीवन तो सादा और सरल है, परंतु स्त्रियां स्वभाव से थोड़ी भिन्न होती हैं। किसी तपस्वी के साथ आजीवन रहने पर भी उनके मन से वस्त्र और आभूषण के प्रति लगाव कम नहीं होता।'

उत्तंक को वेद की पत्नी की बात पर हँसी आ गई। वह मुस्कराया और तत्काल गुरु-पत्नी का आशय समझ गया। वह बोला, 'मैं जानता हूं गुरु मां, आप संकोच मत कीजिए। मैं आपको वचन देता हूं कि आपकी इच्छा पूर्ण करने का यथासंभव प्रयास करूंगा। बताइए, आपको क्या चाहिए?'

वेद की पत्नी के चेहरे पर कुटिल मुस्कान आ गई। उसने कहा, 'आज से चार दिन बाद हम लोग आश्रम में ब्राह्मण-भोज का आयोजन करेंगे। मैं उस अवसर पर सर्वश्रेष्ठ वस्त्र धारण करना चाहती हूं। परंतु मेरे पास उन वस्त्रों के साथ के लिए उचित कर्ण-कुंडल नहीं हैं।'

'ओह!' उत्तंक के चेहरे पर चिंता की रेखाएं उभर आईं। 'आपको किस तरह के कर्ण-कुंडल चाहिए?'

'मुझे साधारण कुंडल नहीं चाहिए। मैंने सुना है कि राजा पौष्य की पत्नी के पास अत्यंत शानदार कुंडल हैं। मुझे वही कुंडल चाहिए। यदि तुम पौष्य की रानी के कुंडल लाकर मुझे दे दोगे तो मैं उसे गुरु-दक्षिणा के रूप में स्वीकार कर लूंगी। क्या तुम मेरे लिए रानी के कुंडल ला सकोगे?' वेद की पत्नी ने एक सांस में पूरी बात कह डाली।

गुरु-पत्नी की कठिन मांग सुनकर उत्तंक दुविधा में पड़ गया। किसी राजा से उसकी रानी के कुंडल मांगना सरल नहीं था। परंतु उत्तंक वचन दे चुका था।

उसने संकोच से कहा, 'जी हां, मैं आपके लिए राजा पौष्य की पत्नी के कुंडल लाने का पूरा प्रयास करूंगा।' हालांकि उत्तंक के स्वर से स्पष्ट था कि वह अपने वचन के प्रति स्वयं भी आश्वस्त नहीं था।

सहसा पुरंदर ने अग्निदेव से पूछा, 'परंतु उत्तंक, पौष्य की पत्नी के कुंडल कैसे लाएगा?'

यह सुनकर अग्निदेव ने पुरंदर से कहा, 'उत्तंक के समक्ष यही दुविधा है और इस कार्य में आप चाहें तो उसकी सहायता कर सकते हैं।'

'तुम्हारी बात ठीक है, परंतु उत्तंक गुरु को दक्षिणा देना चाहता है,' पुरंदर ने चुटकी ली। 'उसने स्वयं गुरु-दक्षिणा देने का हठ किया है। अब उसके गुरु की पत्नी ने दक्षिणा मांगी है तो फिर उत्तंक को संकोच नहीं करना चाहिए।'

'आप ठीक कहते हैं देवराज,' अग्निदेव ने पुरंदर से सहमत होते हुए कहा। 'परंतु उत्तंक नहीं जानता था कि वेद की पत्नी उसके समक्ष ऐसी मांग प्रस्तुत कर देगी। उस बेचारे ने तो सद्‌भाव से दक्षिणा के लिए पूछा था किंतु अब उसके पास विकल्प नहीं है। वह पौष्य की रानी के कुंडल लेने निकल तो पड़ा है लेकिन मुझे नहीं लगता कि आपकी सहायता के बिना वह इस कार्य में सफल हो पाएगा।'

'वाह! फिर तो यह उसकी सहायता करने का बढ़िया अवसर है,' पुरंदर ने प्रसन्न होकर कहा। सुरभि की सहायता करने के बाद पुरंदर के भीतर सहसा सत्कार्य की इच्छा बलवती हो गई थी। परंतु किसी कार्य को यूं ही सरलता से कर देना उसके स्वभाव में नहीं था।

'मैं उत्तंक की सहायता अवश्य करूंगा,' पुरंदर बोला, 'किंतु उससे पहले मैं उसकी परीक्षा लूंगा। मैं देखना चाहता हूं कि वह अपने संकल्प के प्रति कितना दृढ़ है।'

अग्निदेव को पुरंदर का विचार पसंद नहीं आया, किंतु वह देवराज के सामने विवश थे। 'आपकी जैसी इच्छा,' इतना कहकर अग्निदेव ने पुरंदर को उत्तंक की परीक्षा लेने के लिए अकेला छोड़ दिया।

पुरंदर ने विशालकाय बलिष्ठ पुरुष का रूप धारण किया। उसने ऐरावत को भी एक विशालकाय वृषभ में परिवर्तित कर दिया और फिर उस पर सवार होकर उत्तंक से मिलने चल दिया।

उत्तंक, पौष्य के राज्य की ओर जा रहा था कि तभी उसने मार्ग में एक विचित्र दृश्य देखा। एक विशालकाय वृषभ पर एक बलिष्ठ व्यक्ति बैठा था। उसे देखकर उत्तंक घबराया नहीं बल्कि उस वृषभ-सवार के निकट आया और बोला, 'आप कौन हैं और बैल पर क्यों सवार हैं?'

'उत्तंक!' सवार ने भारी स्वर में कहा, 'मेरी चिंता छोड़ो। परंतु तुम्हें देखकर लगता है कि तुमने काफ़ी समय से कुछ खाया नहीं है। तुम्हें अवश्य ही ज़ोर से भूख और प्यास लगी होगी?'

उत्तंक को आश्चर्य हुआ कि उस व्यक्ति को उत्तंक का नाम पता था। 'जी हां,' उत्तंक ने उत्तर दिया, 'मैं सचमुच भूखा हूं। मुझे प्यास भी लगी है।'

'ठीक है,' पुरंदर ने उत्तंक से कहा, 'यदि तुम सचमुच बहुत भूखे-प्यासे हो तो तुम इस वृषभ की विष्ठा खा लो और इसका मूत्र पी लो। इससे तुम्हारी भूख और प्यास दोनों शांत हो जाएंगे।'

कोई नहीं जानता कि पुरंदर लोगों को विचित्र और अटपटे कार्यों के लिए बाध्य क्यों करता था। हालांकि इस बार उत्तंक के संदर्भ में पुरंदर उसकी दृढ़ता की परीक्षा ले रहा था, तथापि वृषभ की विष्ठा और उसके मूत्र का भक्षण करना कुछ ज़्यादा ही विचित्र था।

'वृषभ की विष्ठा! मूत्र!!' उत्तंक ने स्तब्ध होकर कहा। 'यह असंभव है!'

'उत्तंक,' पुरंदर ने मुस्कराते हुए कहा, 'तुम जहां खड़े हो, वहां से मीलों तक तुम्हें खाने-पीने को कुछ नहीं मिलेगा। तुम्हारे पास कोई विकल्प नहीं है।'

उत्तंक ने आस-पास दृष्टि घुमाई तो देखा कि सचमुच वह एक निर्जन स्थान पर खड़ा था। उसे दूर-दूर तक भोजन या पानी की कोई व्यवस्था दिखाई नहीं पड़ रही थी। वह दुविधा में पड़ गया। वह भूख और प्यास से बेहाल था और उसके सामने खड़ा व्यक्ति उससे वृषभ की विष्ठा खाने और उसका मूत्र पीने को कह रहा था।

पुरंदर ने फिर कहा, 'इतना संकोच मत करो। तुम्हारे गुरु ऋषि वेद ने भी एक बार वृषभ की विष्ठा का भक्षण किया था। यदि तुम्हारे गुरु यह कर सकते हैं तो तुम इतना समय क्यों ले रहे हो? मैं तुम्हें आश्वासन देता हूं कि यदि तुमने यह कार्य कर लिया तो निस्संदेह तुम अपना लक्ष्य प्राप्त करने में सफल हो जाओगे।'

यह सुनकर उत्तंग को फिर आश्चर्य हुआ, क्योंकि वृष-सवार को उसके गुरु वेद के विषय में भी पता था। उत्तंक कुछ पल सोचता रहा फिर उसने वृषभ-सवार की बात मानने का निश्चय कर लिया।

उत्तंक भोजन करने नीचे बैठ गया। उसने ज्यों ही वृषभ की विष्ठा को मुंह में रखा, उसका मुख आश्चर्य से खुला रह गया। वह विष्ठा इतनी स्वादिष्ट थी कि उत्तंक उसे झटपट खा गया। फिर उसने बिना सोच-विचार किए वृषभ का मूत्र भी पी लिया। उत्तंक को आश्चर्य था कि दोनों में से किसी भी वस्तु का स्वाद अथवा गंध बुरी नहीं थी, अपितु दोनों का ही स्वाद अत्युत्तम था। पुरंदर मुस्कराता हुआ उत्तंक को देखता रहा।

उत्तंक को भोजन करके तृप्ति हो गई। वह उठा और उसने जल्दी-से हाथ-मुंह धो लिए तथा वृषभ-सवार को धन्यवाद दिया।

'मैं इस सहायता के लिए आपका आभारी हूं,' उत्तंक ने कहा। 'क्या मैं पूछ सकता हूं आप कौन हैं?'

'मैं देवलोक का राजा देवराज इंद्र हूं।' पुरंदर अपने वास्तविक रूप में प्रकट हो गया। 'मैं तुम्हारी दृढ़ता की परीक्षा ले रहा था। मुझे ख़ुशी है कि तुम परीक्षा में उत्तीर्ण हुए। मैं तुम्हें आशीर्वाद देता हूं कि तुम्हारे मन की इच्छा अवश्य पूर्ण हो जाएगी।'

पुरंदर के दिव्य रूप को देखकर उत्तंक मंत्रमुग्ध हो गया। उसे अपनी आंखों पर विश्वास नहीं हुआ कि देवताओं का राजा स्वयं उसके समक्ष खड़ा था। उत्तंक कुछ कहना चाहता था, किंतु उससे पहले ही पुरंदर ग़ायब हो गया। वह देवलोक लौट आया और वहीं से उत्तंक पर दृष्टि रखने लगा।

इधर उत्तंक अपने मार्ग पर आगे बढ़ गया। कुछ समय बाद वह राजा पौष्य के राज्य में पहुंच गया। प्रख्यात ऋषि वेद का शिष्य होने के कारण, राजा पौष्य ने उत्तंक का भव्य सत्कार किया।

'यह मेरा सौभाग्य है,' पौष्य बोला, 'आप मेरे राज्य में पधारे हैं। कृपया आदेश कीजिए मैं आपकी क्या सेवा कर सकता हूं?'

उत्तंक ने तनिक संकोच से उत्तर दिया, 'महाराज, गुरु वेद के आश्रम में शिक्षा समाप्त करने के बाद मेरी गुरु-माता ने दक्षिणा में आपकी रानी के कानों के कुंडल मांगे हैं। मुझे गुरु-दक्षिणा में वही कुंडल देने हैं। मेरे लिए यह बड़ी दुविधा है। मैं आशा करता हूं आप मुझे निराश नहीं करेंगे।'

राजा पौष्य के चेहरे पर मुस्कान आ गई। वह बोला, 'मुनिवर, यह तो बहुत साधारण अनुरोध है। मुझे अपनी रानी के कुंडल देने में कोई आपत्ति नहीं है। आप वह कुंडल अवश्य ले जा सकते हैं। आप मेरी रानी के कक्ष में जाइए और उनसे कुंडल मांग लीजिए। वह सहर्ष आपको अपने कुंडल प्रदान कर देंगी।'

राजा का उत्तर सुनकर उत्तंक प्रसन्न हो गया। उसे आशा नहीं थी कि उसका कार्य इतनी सरलता से हो जाएगा। वह रानी के कक्ष में गया परंतु उसे कक्ष में कोई दिखाई नहीं दिया। वह पौष्य के पास लौटकर आया और बोला, 'महाराज, मैं रानी के कक्ष में गया था परंतु वहां कोई नहीं है।'

राजा ने उत्तर दिया, 'मेरी पत्नी अपने कक्ष में ही मौजूद है, परंतु वह उसी व्यक्ति को दिखाई देती है जो स्वच्छ तन और मन से उसके पास जाता है। क्या आपको विश्वास है कि आप पूर्ण रूप से स्वच्छ हैं?'

पुरंदर, जो देवलोक से उत्तंक के प्रत्येक क्रिया-कलाप को देख रहा था, अग्निदेव से बोला, 'देखो अग्नि! अपनी इच्छाओं की पूर्ति की जल्दी में मनुष्य किस तरह अपने कर्तव्यों के निर्वहन में लापरवाही करता है। ऐसा करने से कुलीन एवं श्रेष्ठ व्यक्ति का भी पतन हो जाता है।'

'क्या उत्तंक को निराशा हाथ लगेगी? क्या उसका कार्य पूरा नहीं होगा?' अग्निदेव ने परेशान होकर पुरंदर से पूछा।

'तुम बहुत उतावले हो, अग्नि! थोड़ा धैर्य रखो,' पुरंदर ने कहा। 'उत्तंक योग्य ब्राह्मण है। मुझे विश्वास है कि वह अपनी भूल पहचान लेगा तथा उसका निदान भी कर लेगा।' पुरंदर ने उत्तंक के कार्य को कठिन बना दिया था।

पौष्य की बात सुनकर उत्तंक निराश हो गया। वह सोचने लगा कि उसने वृषभ के विष्ठा और मूत्र के सेवन करने के बाद हाथ और मुंह धोए थे। फिर उससे भूल कहां हुई? तभी वह बोला, 'महाराज, मुझे ध्यान आया कि मैंने भोजन के उपरांत मुंह-हाथ धोए थे परंतु मुझे आपके पास पहुंचने की जल्दी थी। इसलिए मैंने खड़े होकर हाथ-मुंह धो लिए थे, जिसके कारण मैं संभवतया पूर्ण रूप से स्वच्छ नहीं हो पाया। यही कारण है कि मैं आपकी पत्नी को कक्ष में देख नहीं सका।'

'देखा!' पुरंदर ने अग्निदेव को देखकर कहा, 'उत्तंक को भूल का पता लग गया। मनुष्य से भूल होना स्वाभाविक है, किंतु उस भूल को देख न पाना ज़्यादा बड़ी भूल है।'

उत्तंक की बात सुनकर राजा पौष्य ने कहा, 'ब्राह्मण होने के नाते आपको पता होना चाहिए कि खड़ा होकर हाथ-मुंह धोने से पूर्ण स्वच्छता संभव नहीं होती। कृपया अपने हाथ और मुंह विधिवत धोकर आइए और उसके बाद मुझे विश्वास है कि आप मेरी पत्नी को देख सकेंगे।'

राजा की बात सुनकर उत्तंक ने बैठकर विधिवत मुंह-हाथ फिर से धोए। वह लौटकर रानी के कक्ष में गया तो उसने देखा कि पौष्य की पत्नी हाथ में कुंडल लिए बैठी थी। पुरंदर और अग्निदेव इस बात से प्रसन्न थे कि उत्तंक धीरे-धीरे अपने लक्ष्य की ओर बढ़ रहा था।

इससे पहले कि उत्तंक कुछ कहता, रानी ने कहा, 'आपको अनुरोध दोहराने की आवश्यकता नहीं है, क्योंकि मुझे इस विषय में पहले से पता है। आप ये कुंडल ले लीजिए और अपने गुरु की पत्नी को दे दीजिए। परंतु आपको ये कुंडल सावधानी से ले जाने होंगे, क्योंकि सर्पराज तक्षक बहुत समय से इन कुंडलों प्राप्त करने की चेष्टा कर रहा है। वह मार्ग में आपसे कुंडल छीनने का प्रयास कर सकता है।'

उत्तंक ने रानी को धन्यवाद दिया और फिर कुंडल लेकर वापस चल पड़ा। मार्ग में उसे प्यास लगी। उसने देखा कि पास ही जलधारा बह रही थी। उसने कुंडल नीचे रख दिए और पानी पीने लगा। सहसा फटे-पुराने वस्त्र पहने एक भिखारी वहां आ पहुंचा। वह धीरे-धीरे कुंडलों के पास आया और इससे पहले उत्तंक कुछ समझ पाता, भिखारी ने कुंडल उठाए और उन्हें लेकर तेज़ी से भाग निकला। उत्तंक ने उसका पीछा किया। वह भिखारी को पकड़ने ही वाला था कि भिखारी अपना रूप बदलकर एक भयानक एवं विशाल सर्प में परिवर्तित हो गया। उत्तंक तत्काल समझ गया वह सर्प और कोई नहीं, अपितु सर्पराज तक्षक था। उत्तंक अभी सोच ही रहा था कि तक्षक, कुंडल लेकर एक छिद्र में घुस गया।

उत्तंक के लिए यह परीक्षा की घड़ी थी। उसने इतनी कठिनाई से राजा पौष्य की पत्नी से कुंडल प्राप्त किए थे, परंतु तक्षक ने उत्तंक की आंखों के सामने से कुंडल चुरा लिए। उत्तंक ने एक लकड़ी से उस छिद्र को खोदना

आरंभ किया परंतु वह कार्य सरल नहीं था। अचानक उत्तंक को पुरंदर का ध्यान आ गया और उसे लगा कि अब केवल देवराज इंद्र ही उसकी सहायता कर सकते थे।

उसने नीले आकाश की ओर देखकर प्रार्थना की, 'हे देवराज! मैं अपनी गुरु मां की इच्छा पूर्ण करने के अत्यंत निकट था। परंतु दुष्ट सर्पराज तक्षक ने कुंडल चुरा लिए हैं। मैं आपसे प्रार्थना करता हूं कृपया वह कुंडल वापस दिलाने में मेरी सहायता कीजिए अन्यथा आपका आशीर्वाद व्यर्थ चला जाएगा।'

पुरंदर के लिए भी दुविधा की घड़ी थी। सर्पराज तक्षक से पुरंदर की पुरानी मित्रता थी, इसलिए देवताओं का राजा अपने मित्र सर्प को क्षति नहीं पहुंचाना चाहता था। परंतु पुरंदर ने उत्तंक की परीक्षा लेकर उसे आशीर्वाद दिया था, इसलिए अब उत्तंक की सहायता करना भी उसका नैतिक दायित्व था। पुरंदर ने सोच-विचार के उपरांत मध्यम मार्ग चुना जिससे उत्तंक की सहायता हो जाए और तक्षक को भी हानि नहीं पहुंचे।

देवराज पुरंदर शक्तिशाली वज्र हाथ में लेकर उत्तंक के समक्ष प्रकट हो गया। उसने वज्र के एक प्रहार से धरती का वह गड्ढा, जिसमें तक्षक कुंडल लेकर ग़ायब हो गया था, इतना बड़ा कर दिया ताकि उत्तंक उसमें प्रवेश कर सके। इसके बाद पुरंदर वहां से ग़ायब हो गया। उत्तंक के लिए नागलोक के भीतर जाने के मार्ग तैयार था। पुरंदर की तक्षक से मित्रता थी। इस कारण उसके लिए उत्तंक की अधिक सहायता करना संभव नहीं था।

हालांकि उत्तंक के लिए यह बड़ी सहायता थी। उसने मन में इंद्र को धन्यवाद दिया और फिर सर्पलोक में उतर गया। उसने देखा कि चारों तरफ़ मूल्यवान रत्न, आदि बिखरे पड़े थे। उसने वहां ऐसे अनेक विचित्र दृश्य देखे जो उसने पहले कभी नहीं देखे थे। परंतु उत्तंक को उन दृश्यों का अर्थ समझ में नहीं आया। उस समय उत्तंक के लिए उन दृश्यों का अर्थ जानना आवश्यक भी नहीं था, क्योंकि उसका उद्देश्य केवल तक्षक से कुंडल वापस लेना था।

उसने नागलोक के सर्पों की प्रशंसा में अनेक श्लोक और गीत तैयार किए और सुनाए। परंतु उसके भरपूर प्रयासों के बाद भी नागलोक के सर्प उससे प्रसन्न नहीं हुए। सभी प्रयास करने के बाद भी जब सर्पराज तक्षक बाहर निकलकर नहीं आया तो उत्तंक ने फिर पुरंदर से सहायता मांगने का निश्चय किया।

'देवराज!' उत्तंक ने याचना-भरे स्वर में कहा, 'समय तेज़ी से बीत रहा है। मैं यदि कुंडल लेकर समय से आश्रम नहीं पहुंचा तो मेरी शिक्षा व्यर्थ चली जाएगी। कृपया मुझ पर दया कीजिए और इस कार्य को पूर्ण करने में मेरी सहायता कीजिए।'

यह विचित्र बात थी कि उत्तंक के मन में पुरंदर की प्रति अटूट आस्था विकसित हो गई थी। वह हर बार समस्या के क्षण में पुरंदर को ही स्मरण करता था। इसी तरह पुरंदर के साथ भी कुछ विचित्र घट रहा था। ऐसा लगता था मानो उसे उत्तंक द्वारा सहायता मांगने की प्रतीक्षा रहती थी। उत्तंक ने ज्यों ही इंद्र को पुकारा, देवताओं का राजा तत्काल उसकी सहायता के लिए नागलोक पहुंच गया।

'क्या हुआ उत्तंक?' पुरंदर ने पूछा।

'यह स्थान सर्पों से भरा है,' उत्तंक ने कहा, 'परंतु तक्षक का कुछ पता नहीं लग रहा। वह जब तक बाहर नहीं आएगा, मुझे कुंडल नहीं मिलेंगे। मैं क्या करूं?'

इस बार पुरंदर अपने दिव्य अश्व उच्चैःश्रवा पर बैठ कर आया था। वह नीचे उतरा और बोला, 'उत्तंक, तुम मेरे अश्व की गुदा में ज़ोर से फूंक मारो तो तुम्हारा कार्य पूरा हो जाएगा।'

घोड़े की गुदा में फूंक मारना वाकई अजीब था किंतु पुरंदर तो ऐसे ही कार्य करवाने में आनंद आता था। उत्तंक भी पुरंदर का अनन्य भक्त बन चुका था। उसने तत्काल पुरंदर के निर्देश का पालन किया। उसने उच्चैःश्रवा की गुदा में पूरी शक्ति से फूंक मारी। इसके बाद जो हुआ वह किसी चमत्कार से कम नहीं था।

फूंक मारते ही उच्चैःश्रवा के शरीर से भयानक लपटें निकलने लगीं। वह अश्व की गुदा में फूंक मारता रहा। कुछ ही देर में पूरा नागलोक घने धुएं की चादर में लिपट गया। आग और धुएं से परेशान होकर अधिकांश सर्प अपने स्थान से बाहर निकल आए और इधर-उधर दौड़ने लगे। धुएं से सर्पों का दम घुटने लगा। कुछ ही पलों में आग और धुआं इतना अधिक हो गया कि आख़िरकार तक्षक को बाहर निकलना पड़ा।

'मुनिवर, मैं आपसे प्रार्थना करता हूं, हम पर दया कीजिए,' तक्षक ने गिड़गिड़ाते हुए कहा। 'कृपया इस भयानक अग्नि और धुएं को तत्काल रोकिए अन्यथा मेरा पूरा राज्य इसकी चपेट में आकर नष्ट हो जाएगा।'

'तुम पहले मुझे कुंडल मुझे वापस दो,' उत्तंक ने ज़ोर से कहा। वह अब भी उच्चैःश्रवा की गुदा में फूंक मार रहा था। लपटें बढ़ती जा रही थीं और धुआं गहराता जा रहा था। नागलोक के भीतर गर्मी और घुटन का स्तर असहनीय हो चुका था।

तक्षक ने घबराकर पौष्य की रानी के कुंडल उत्तंक को लौटा दिए। उत्तंक ने फूंक मारना बंद कर दिया। उच्चैःश्रवा के शरीर से उठ रही लपटें शांत हो गई और धुआं भी बंद हो गया। उत्तंक को कुंडल तो मिल गए परंतु उसके सामने अभी एक और समस्या थी। वह उसकी यात्रा का चौथा और अंतिम दिन था। उसे उसी दिन आश्रम वापस पहुंचना आवश्यक था अन्यथा विलंब से पहुंचने के कारण वेद की पत्नी का उद्देश्य पूरा नहीं होता और उत्तंक का सारा प्रयास व्यर्थ चला जाता।

पुरंदर ने देखा कि उत्तंक कुंडल लेकर भी प्रसन्न नहीं था। पुरंदर ने दिव्य शक्ति से तत्काल उत्तंक की परेशानी का कारण समझ लिया। उसने एक बार फिर अपने भक्त की सहायता की। वह बोला, 'उत्तंक, चिंता मत करो। तुम मेरा अश्व ले जाओ। यह तुम्हें अभी आश्रम पहुंचा देगा।'

उत्तंक ने पुरंदर को प्रणाम किया और घोड़े पर बैठ गया। कुछ ही देर में वह अपने गुरु के आश्रम के बाहर खड़ा था। वह ज्यों ही पुरंदर के अश्व से नीचे उतरा, अश्व ग़ायब हो गया।

उत्तंक आश्रम के भीतर गया। उसने देखा गुरु की पत्नी उसकी प्रतीक्षा कर रही थी। वह क्रोधित थी क्योंकि उसे लगा कि उत्तंक गुरु-दक्षिणा लाने में असफल हो चुका था। उसी समय उत्तंक आगे बढ़ा और रानी से प्राप्त चमचमाते कुंडल गुरु की पत्नी के चरणों में रख दिए।

'गुरु मां! यह लीजिए,' उत्तंक ने मुस्कराते हुए कहा। 'मैंने आपकी इच्छा पूर्ण कर दी है। मैं आपके द्वारा मांगी गुरु-दक्षिणा ले आया हूं। यह राजा पौष्य की रानी के कुंडल हैं। इन्हें स्वीकार करके मुझे आशीर्वाद दीजिए।'

गुरु की पत्नी को बहुत आश्चर्य हुआ। वह कुंडल देखकर प्रसन्न हो गई। उसने उत्तंक को आशीर्वाद दिया और कहा कि वह अपने गुरु वेद से मिलकर उनसे भी आशीर्वाद लेकर जाए।

उत्तंक अपने गुरु वेद के पास पहुंचा और बोला, 'गुरुदेव, मैंने गुरु मां द्वारा मांगी गई दक्षिणा उन्हें सौंप दी है। परंतु मैं आपसे एक प्रश्न पूछना

चाहता हूं। मैं जब राजा पौष्य के पास जा रहा था तो मार्ग में देवलोक के राजा इंद्र से मेरी भेंट हुई थी। वह विशालकाय वृषभ पर सवार थे। उन्होंने पूरी यात्रा में मेरी बहुत सहायता की, परंतु उन्होंने मुझे अपने वृषभ की विष्ठा खाने और मूत्र पीने के लिए बाध्य किया। उन्होंने मुझे यह भी बताया कि आप भी ऐसा कर चुके हैं। क्या यह सत्य है? यदि हां, तो मैं जानना चाहता हूं कि पुरंदर ने मुझे विष्ठा और मूत्र के सेवन के लिए विवश क्यों किया?'

वेद ने मुस्कराते हुए कहा, 'यह तो तुम जान ही गए हो कि तुम्हारी मार्ग में स्वयं देवराज इंद्र से भेंट हुई थी। वह वृषभ भी इंद्र का सफ़ेद हाथी ऐरावत था। जिस विष्ठा और मूत्र का सेवन तुमने किया, वह वास्तव में अमृत था। पुरंदर ने तुम्हें इसलिए विवश किया था क्योंकि वह तुम्हारी निष्ठा और दृढ़ता की परीक्षा लेना चाहते थे।'

गुरु का उत्तर सुनकर उत्तंक हैरत में पड़ गया। उसने पूछा, 'गुरुदेव, मैंने नागलोक में बहुत-से विचित्र दृश्य देखे। क्या आप मुझे उनका वास्तविक अर्थ बता सकते हैं?'

वेद ने उत्तर दिया, 'मैं जानता हूं तुमने तक्षक के राज्य में अनेक विचित्र दृश्य देखे थे। तुमने जिन दो अप्सराओं को काले और सफ़ेद धागों से सूत कातते देखा, वह वास्तव में महर्षि भृगु के पुत्र, धाता और विधाता थे। सफ़ेद और काले रंग के धागे, रात और दिन के प्रतीक हैं। सूत कातने की प्रक्रिया संसार के भविष्य के निर्माण का सूचक है। समय-चक्र एक वर्ष की अवधि को दर्शाता है तथा उस चक्र के बारह आरे, बारह माह के सूचक हैं। तुमने यह भी देखा होगा कि उस समय-चक्र को छह युवक चला रहे थे। वे युवक और कोई नहीं, अपितु छह ऋतुओं के द्योतक हैं। मार्ग में तुम्हारी भेंट एक आकर्षक व्यक्ति से हुई थी। वह परंजय था और उसके लिए स्वयं अग्निदेव अश्व के रूप में चल रहे थे। संक्षेप में कहें तो इष्ट देवराज इंद्र ने तुम पर बहुत कृपा की है और उन्हीं के आशीर्वाद से तुम्हें आश्चर्यजनक दृश्य देखने को मिले थे।'

उत्तंक को उन बातों पर विश्वास नहीं हुआ। परंतु वह समझ गया कि निष्ठा और पूर्ण समर्पण द्वारा व्यक्ति कुछ भी प्राप्त कर सकता है। इसी से व्यक्ति को गुरु तथा देवताओं का आशीर्वाद भी समान रूप से प्राप्त हो जाता है। उत्तंक ने वेद को प्रणाम किया और उनका आशीर्वाद लेकर चला गया।

इधर, देवलोक में अग्निदेव ने बहुत लंबे समय के बाद अपने मित्र पुरंदर के स्वभाव का दयालु पक्ष देखा था। उन्हें सदा ही पुरंदर की धूर्त व कपटी चालें पसंद नहीं आती थी किंतु इस बार वह अपने मित्र के शानदार और उदार कृत्य से सचमुच प्रसन्न थे।

पुरंदर भी उत्तंक की सहायता करके अच्छा महसूस कर रहा था लेकिन उसके चरित्र में कुछ ऐसा था जिसके कारण उसका ध्यान सत्कार्यों के विपरीत धूर्तता में अधिक रमता था। लोगों के साथ छल-कपट करना मानो उसकी जीवन-शैली बन चुकी थी और वह सदा ऐसे ही काम करने का इच्छुक रहता था।

25

नरकासुर

सुरभि और उत्तंक की सहायता करने के बाद पुरंदर स्वयं को दया और उदारशीलता की प्रतिमा समझने लगा था। सत्य हालांकि इससे भिन्न था। उसने निस्संदेह दो सत्कार्य किए थे किंतु वे समुद्र में बूंद के समान थे, क्योंकि पुरंदर के दुर्व्यवहार और दुष्कर्मों की सूची बहुत लंबी थी। इंद्र के विषय में सकारात्मक कहने के लिए अधिक कुछ नहीं था। संभवतया यही उसकी नियति में लिखा था।

इस बीच, भू-देवी और विष्णु के तीसरे अवतार वराह ने एक पुत्र को जन्म दिया। उसका नाम नरक था। वह विष्णु-अवतार की संतान था, तथापि न जाने कैसे उसकी मित्रता सहस्र हाथों वाले असुर-राजा बलि के पुत्र बाणासुर से हो गई। बाणासुर की संगति में रहकर नरक भी असुरों जैसा व्यवहार करने लगा और इसी कारण उसका नाम नरकासुर पड़ गया। उसने असुरों के अंतिम राजा घटकासुर को राजगद्दी से उतार दिया तथा प्राग्ज्योतिष में अपना राज्य स्थापित कर लिया।

असुरों के मन में सदा अमर होने की इच्छा व्याप्त रहती थी। उनके बीच अमर होने के लिए प्रतिस्पर्धा रहती थी। नरकासुर भी अमरत्व की दौड़ में शामिल था। उसने तप आरंभ कर दिया। सौ वर्षों की कठोर तपस्या के बाद भगवान ब्रह्मा को प्रसन्न कर लिया। ब्रह्मा के प्रकट होते ही नरकासुर ने अपनी इच्छा के उनके समक्ष रख दी।

'प्रभु! मैं अमर होना चाहता हूं,' नरकासुर ने ब्रह्मा को स्पष्ट कह दिया।

'नरक तुम जानते हो कि यह संभव नहीं है,' ब्रह्मा ने भी स्पष्टता से उत्तर देते हुए कहा। 'अमरता को छोड़कर कुछ भी मांग लो, मैं वचन देता हूं कि तुम्हारी इच्छा अवश्य पूरी करूंगा।'

नरकासुर ने एक पल विचार किया और फिर कहा, 'यदि आप मुझे अमर नहीं कर सकते तो यह वरदान दीजिए कि मेरी मृत्यु केवल अपनी माता द्वारा हो सके।'

'तथास्तु!' ब्रह्मा बोले और फिर अंतर्धान हो गए। सृष्टि के रचयिता इस बात से प्रसन्न थे कि वह नरकासुर को अमरत्व प्रदान करने से बच गए थे। परंतु ब्रह्मा ने इस बात पर ध्यान नहीं दिया कि उन्होंने नरकासुर लगभग अमरता ही प्रदान कर दी थी, क्योंकि कोई माता अपनी संतान की हत्या के विषय में सोच भी नहीं कर सकती।

नरकासुर को यह वरदान के मिलने के बाद अपने भीतर असीम शक्ति का आभास होने लगा। कुछ ही समय में सत्ता का नशा नरकासुर के सिर चढ़ गया। उसने पूरी पृथ्वी को अपने वश में कर लिया। उसकी शक्तियों के बढ़ने के साथ सत्ता की भूख भी बढ़ती गई। वह अब पृथ्वी पर अपने शासन से संतुष्ट नहीं था। उसने अपने राज्य का विस्तार करने के उद्देश्य से देवलोक पर दृष्टि डाली और अमरावती जा पहुंचा।

'हमारी रक्षा कीजिए!' देवताओं ने नरकासुर के प्रकोप से दुखी होकर पुरंदर के सामने गुहार लगाई। 'वह भयानक असुर देवलोक तक पहुंच गया है। वह निश्चय ही देवलोक पर क़ब्ज़ा करके आपका इंद्रासन छीन लेगा।'

सिंहासन खोने का भय पुरंदर को डराने के लिए पर्याप्त था। उसने तत्काल सेना का निरीक्षण किया और नरकासुर से युद्ध की तैयारी में जुट गया। इसके बाद नरकासुर की सेना और पुरंदर के नेतृत्व में देवताओं की सेना के बीच घमासान युद्ध हुआ। परंतु इंद्र और उसकी सेना नरकासुर की असीम शक्तियों के सामने दुर्बल सिद्ध हुई। ब्रह्मा के उदार वरदान के फलस्वरूप नरकासुर की शक्तियां कई गुना बढ़ गई थीं। उसे मरने का भी डर नहीं था। इसका परिणाम वही हुआ, जो अपेक्षित था। असुरों ने देवताओं को बुरी तरह रौंद डाला।

युद्ध के बाद पुरंदर असुरों द्वारा पकड़े जाने के डर से देवलोक छोड़कर भाग गया। इसके फलस्वरूप नरकासुर को देवलोक और पृथ्वीलोक दोनों का शासन मिल गया। इतनी सरलता से विजय मिलने के बाद नरकासुर और

अधिक अत्याचारी एवं क्रूर हो गया। उसने देवलोक की सोलह हज़ार स्त्रियों को बंदी बना लिया। इतनी ज़बरदस्त विजय के बाद भी वह दुष्ट संतुष्ट नहीं था। उसने देवताओं की माता अदिति के दिव्य कुंडल छीन लिए। उसने पुरंदर का छत्र भी चुरा लिया जो वरुणदेव ने इंद्र को कभी उसके राज-सम्मान में भेंट किया था।

इधर, पुरंदर के देवलोक से भागने के बाद देवलोक नरकासुर की दया पर आश्रित था। ऐसे में देवता परेशान होकर भगवान विष्णु के पास सहायता मांगने पहुंचे। उन्होंने विष्णु को नरकासुर के अत्याचारों के विषय में बताया और रक्षा करने की याचना की। विष्णु ने उन्हें आश्वासन दिया कि वह शीघ्र ही उनकी सहायता करेंगे। इसके बाद विष्णु ने कृष्ण-रूप में अवतार लिया और फिर सत्यभामा से विवाह किया, जो स्वयं नरकासुर की माता भू-देवी का अवतार थी।

एक दिन देवताओं की माता अदिति ने कृष्ण की पत्नी सत्यभामा से कहा, 'मैं आपके पास सहायता के लिए आई हूं। नरकासुर ने देवलोक में बुरी तरह अत्याचार फैला रखा है। वह ब्रह्मा के वरदान की आड़ में अत्यधिक शक्तिशाली और अहंकारी हो गया है। वह किसी से नहीं डरता और यहां तक कि मेरा भी सम्मान नहीं करता। देखिए, उसने मेरे साथ क्या किया है!' ऐसा कहकर अदिति ने सत्यभामा को अपने कान दिखाए।

'यह आपके कानों को क्या हुआ?' सत्यभामा ने चिंतित स्वर में पूछा। 'इन पर तो घाव हो गए हैं?'

'मैं यही दिखाने तो आपके पास आई हूं।' अदिति ने उत्तर दिया। 'नरकासुर ने मेरे दिव्य कुंडल मांगे। मैंने देने से मना किया तो उसने बलपूर्वक मेरे कानों से कुंडल खींच लिए। इसी कारण यह घाव हो गए हैं।'

'यह तो बहुत बुरा हुआ,' सत्यभामा ने दुखी स्वर में कहा।

'इतना ही नहीं,' अदिति ने आगे कहा, 'उस दुष्ट ने देवलोक की सोलह हज़ार स्त्रियों को भी बंदी बना लिया है। उसने मेरे पुत्र पुरंदर के गौरव और प्रतिष्ठा के सम्मान स्वरूप वरुणदेव द्वारा भेंट किया दिव्य-छत्र छीन लिया है। मुझे नहीं पता वह अभी और क्या-क्या करेगा?'

सत्यभामा को अदिति के कानों पर चोट के निशान देखकर बहुत दुख हुआ। उनकी आंखों से आंसू बहने लगे। नरकासुर के अत्याचार की बातें

सुनकर सत्यभामा को क्रोध आ गया। वह श्रीकृष्ण के पास गईं और नरकासुर के अत्याचार का अंत करने का आग्रह किया।

श्रीकृष्ण ने स्वभावगत सरल मुस्कान के साथ अदिति से कहा, 'आप देवताओं की माता हैं इसलिए आप मेरी भी माता के समान हैं। आपकी प्रतिष्ठा पर चोट करना मेरी प्रतिष्ठा को आहत करने के समान है। आप चिंता मत कीजिए। मैं शीघ्र ही उस दुष्ट नरकासुर के अत्याचार का अंत करूंगा।'

कुछ ही समय में कृष्ण और सत्यभामा ने अपने वाहन गरुड़ पर सवार होकर नरकासुर पर आक्रमण बोल दिया। उनके बीच भयानक युद्ध हुआ। यद्यपि नरकासुर के पास विशाल और शक्तिशाली सेना थी, श्रीकृष्ण ने आसानी से सबका संहार कर डाला। नरकासुर के सेनापति मुरासुर की हत्या करने के बाद कृष्ण का नाम 'मुरारी' पड़ गया। कृष्ण ने नरकासुर पर भी अनेक दिव्यास्त्रों का प्रयोग किया परंतु ब्रह्मा के वरदान के कारण असुरों का राजा नरकासुर कृष्ण के हमलों से हर बार बच निकला।

अंत में सत्यभामा ने, जो भू-देवी का अवतार होने नाते नरकासुर की माता का रूप थीं, अपने अत्यंत घातक दिव्यास्त्र द्वारा नरकासुर का संहार कर दिया। नरकासुर की मृत्यु के बाद श्रीकृष्ण ने बंधक बनी सभी सोलह हज़ार स्त्रियों को मुक्त कर दिया और उनकी प्रतिष्ठा की रक्षा हेतु उनसे विवाह भी कर लिया।

नरकासुर की माता भू-देवी ने क्षमा याचना सहित अदिति के कानों के कुंडल, पुरंदर का छत्र तथा अन्य समस्त मूल्यवान वस्तुएं, जिन्हें नरकासुर ने चुराया था, वापस लौटा दीं। इसके बाद भूदेवी ने कृष्ण से नरकासुर के पुत्र और उनके पौत्र भगदत्त को जीवनदान देने का आग्रह किया। कृष्ण ने उनकी बात मान ली और भगदत्त को प्राग्ज्योतिष का नया राजा नियुक्त कर दिया।

नरकासुर की मृत्यु की सूचना पुरंदर के कानों तक भी पहुंची। वह कृष्ण और सत्यभामा के देवलोक पहुंचने से पहले ही अमरावती लौट आया। उसे इस बात का ज़रा भी पछतावा नहीं था कि वह देवलोक को नरकासुर के हाथों असहाय छोड़कर भाग गया था। कह सकते हैं कि पछतावा और पुरंदर एक-दूसरे के विलोम शब्द हैं। पुरंदर को माता अदिति के कुंडल, अपना छत्र तथा अन्य सभी वस्तुएं वापस मिल गईं जिन्हें देखकर वह बहुत प्रसन्न हुआ। उसने भगवान कृष्ण को धन्यवाद दिया।

'प्रभु!' पुरंदर बोला, 'आपने नरकासुर के अत्याचार से हम सबको बचा लिया। आपने देवलोक के लोगों की सभी मूल्यवान वस्तुएं भी लौटा दी हैं। मैं इस उपकार के लिए सदा आपका ऋणी रहूंगा।'

कृष्ण और सत्यभामा ने पुरंदर की कृतज्ञता को स्वीकार किया। वह दोनों वहां से जाने लगे कि तभी सत्यभामा की दृष्टि पुरंदर के प्रांगण में लगे एक सुंदर दिव्य वृक्ष पर पड़ी। उस वृक्ष का तना स्वर्णिम था और उससे मंत्रमुग्ध करने वाली सुगंध आ रही थी।

'यह कौन-सा वृक्ष है?' सत्यभामा ने इंद्र से पूछा। 'यह अन्य वृक्षों से भिन्न लगता है।'

'ओह हां! यह पारिजात वृक्ष है,' इंद्र ने गर्व से कहा। 'यह वृक्ष अति विशिष्ट है क्योंकि इसके फूल दिव्य हैं और ये कभी नहीं मुरझाते।'

'देवराज इंद्र! क्या मैं इस सुंदर वृक्ष की एक डाल ले जा सकती हूं?' सत्यभामा ने पूछा। 'मैं इसे अपने घर में रोप दूंगी। मुझे आशा है कि मेरे घर में भी ऐसा सुंदर वृक्ष उग जाएगा और मैं भी फिर इसके सुंदर फूलों की सुगंध का आनंद ले सकूंगी।'

'क्यों! आप इसे पृथ्वी पर क्यों ले जाना चाहती हैं?' इंद्र की आवाज़ लड़खड़ा रही थी। 'यह दिव्य वृक्ष है। मेरे विचार से यह देवलोक में ही रहना चाहिए।'

पुरंदर का उत्तर सुनकर कृष्ण और सत्यभामा चकित रह गए। उन्होंने अपना जीवन ख़तरे में डालकर भयानक नरकासुर को मारा और उससे पुरंदर का छत्र और अदिति के कुंडल तथा अन्य सभी दिव्य वस्तुएं वापस प्राप्त की थीं और इधर अदिति का यह कृतघ्न पुत्र पुरंदर, उन्हें अपने प्रांगण के वृक्ष की एक डाल तक देने को तैयार नहीं था। कृष्ण स्वयं को रोक नहीं सके। 'पुरंदर, मुझे नहीं लगता कि पारिजात वृक्ष की एक छोटी-सी डाल देने में तुम्हें कोई आपत्ति होनी चाहिए। यदि ऐसा एक वृक्ष सत्यभामा के प्रांगण में भी लग जाएगा इससे क्या हानि हो जाएगी?' उन्होंने रुष्ट स्वर में पूछा।

'मेरा मतलब है...' पुरंदर को कोई उत्तर नहीं सूझ रहा था। 'इसमें कोई आपत्ति तो नहीं, परंतु मैं इस वृक्ष की डाल नहीं दूंगा। बस, बात ख़त्म।'

कृष्ण को अपने कानों पर विश्वास नहीं हुआ। पुरंदर कितना कृतघ्न व्यक्ति है, उन्होंने सोचा। अब बात उचित या अनुचित की नहीं थी, अपितु

वह कृष्ण के लिए सम्मान और प्रतिष्ठा का प्रश्न बन गया था। सत्यभामा ने कृष्ण की आंखों में देखा। उन्हें देखकर सत्यभामा को कृष्ण के क्रोध का अनुमान हो गया था।

कृष्ण सचमुच बहुत क्रोधित थे। वह ज़ोर से चिल्लाए, 'पुरंदर! तुम सत्यभामा को इस वृक्ष की डाल स्वेच्छा से ले जाने दोगे, अथवा मैं इसे बलपूर्वक ले लूं?'

पुरंदर ने आसपास देखा। उसकी इंद्र-सभा देवी-देवताओं तथा अन्य प्रतिष्ठित लोगों से भरी थी। कृष्ण ने सबके सामने इंद्र को खुली चुनौती दी थी। इंद्र की आंखों में क्रोध उतर आया। पुरंदर ने कृष्ण को घूर कर कहा, 'माधव, ऐसा है तो ऐसा ही सही। यदि आप सत्यभामा के लिए पारिजात की डाल ले जाना चाहते हैं, तो आपको मेरे साथ युद्ध करना होगा।'

यह सुनकर सत्यभामा को भी क्रोध आ गया। उन्होंने पुरंदर को घूरा। वह सोचने लगी, पुरंदर के मन में कृष्ण से लड़ने का विचार भी कैसे आया होगा और वह भी केवल एक वृक्ष की डाल के लिए। सत्यभामा समझ नहीं पाईं कि उन्हें देवलोक के शासक की मूर्खता पर हँसना चाहिए अथवा क्रोधित होना चाहिए। सत्यभामा को कृष्ण और पुरंदर के बीच होने वाले संघर्ष का परिणाम पहले से पता था।

अगले ही पल पुरंदर और कृष्ण के बीच लड़ाई आरंभ हो गई। उसे शायद 'युद्ध' कहना भी ग़लत था। देवराज इंद्र, सृष्टि के स्वामी, कृष्ण के समक्ष दो पल भी ठहर नहीं सका। उन्होंने देवताओं के राजा को बिना प्रयास ही पराजित कर दिया। पुरंदर बुरी तरह परास्त होकर इंद्र-सभा में लौट आया। वह लज्जित एवं याचना की मुद्रा में सिर लटकाकर खड़ा हो गया। सृष्टि के पालनहार भगवान कृष्ण दया के निधान हैं और किसी को भी क्षमा कर देना उनके स्वभाव का अभिन्न हिस्सा है। उन्होंने पुरंदर को भी क्षमा कर दिया था।

सत्यभामा और कृष्ण पारिजात की डाल लेकर देवलोक से चल पड़े। इस बीच, देवलोक की समस्त प्रजा सोचती रही कि उनके राजा पुरंदर के मन में भगवान के विरुद्ध लड़ने का मूर्खतापूर्ण विचार कैसे आया होगा।

निस्संदेह ऐसे प्रश्नों के उत्तर नहीं हुआ करते। इस संदर्भ में केवल इतना ही कहा जा सकता था कि पुरंदर के वंशाणु में ही शायद कुछ अटपटा और विचित्र था।

26

पांडवों की अंतिम-यात्रा

महाभारत का युद्ध समाप्त होने के बाद पांडवों ने अनेक वर्ष शासन किया। उसके बाद उन्होंने राज्य का परित्याग कर हिमालय की ओर महाप्रस्थान करने का निश्चय कर लिया। पांचों भाइयों व उनकी पत्नी द्रौपदी ने राजसी वस्त्र उतारकर वल्कल धारण कर लिए। युधिष्ठिर सबसे आगे था। उसके पीछे भीम, हाथ में गांडीव लिए अर्जुन, नकुल, सहदेव और फिर द्रौपदी चल पड़े। उन्होंने अपनी यात्रा आरंभ की तो एक रोचक बात यह हुई कि एक अनजान कुत्ता भी उनके साथ यात्रा पर चल पड़ा।

अर्जुन ने कुत्ते को साथ देखा तो उसने युधिष्ठिर से पूछा, 'यह कुत्ता कहां से आया? यह हमारे पीछे क्यों चल रहा है?'

युधिष्ठिर भी कुत्ते को नहीं पहचानता था। उन्होंने पहले उसे कभी आसपास नहीं देखा था। किसी को नहीं पता था कि वह कुत्ता सहसा कहां से आया और उनके पीछे क्यों चलने लगा। परंतु उन्हें कुत्ते से किसी ख़तरे की आशंका नहीं थी। वह पशु भी पांडवों से दूरी बनाकर चल रहा था, इसलिए पांचों भाइयों ने उसके विषय में अधिक चिंता नहीं की। वे लोग अपनी यात्रा पर आगे बढ़ गए।

यात्रा के दौरान मार्ग में उनकी भेंट अग्निदेव से हुई। अग्निदेव ने अर्जुन से कहा, 'हे अर्जुन, महाभारत का युद्ध समाप्त हो गया है। तुम लोग महाप्रस्थान यात्रा पर जा रहे हो। मुझे विश्वास है कि तुम्हें अब गांडीव धनुष की आवश्यकता नहीं पड़ेगी। मुझे यह धनुष वरुणदेव ने दिया था और मैंने तुम्हें यह तब भेंट किया जब तुमने खांडव-दाह करके मेरा अजीर्ण दूर किया था। परंतु अब समय आ गया है कि मैं यह दिव्य और शक्तिशाली धनुष

वरुणदेव को लौटा दूं। मैं तुमसे अनुरोध करता हूं कि तुम मुझे यह गांडीव वापस दे दो और फिर यात्रा पर आगे जाओ।'

अर्जुन ने अग्निदेव को प्रणाम किया। फिर उसने अपने बाएं कंधे से गांडीव धनुष उतारा और अग्निदेव के समक्ष रख दिया। अग्निदेव ने धनुष उठाया और पांडवों को सफल यात्रा का आशीर्वाद देकर अंतर्धान हो गए।

पांडवों ने हिमालय की यात्रा फिर से आरंभ कर दी। कुत्ता अब भी उनके पीछे चल रहा था।

पांचों पांडव धीरे-धीरे आगे बढ़ रहे थे कि तभी द्रौपदी लड़खड़ाकर गिर पड़ी। उसने उठने का बहुत प्रयास किया परंतु वह खड़ी नहीं हो सकी। भीम दौड़कर उसकी सहायता के लिए जाने लगा, किंतु युधिष्ठिर ने उसे ऐसा करने से रोक दिया।

युधिष्ठिर बोला, 'रुको भीम! द्रौपदी को उठाने की आवश्यकता नहीं है। वह इस यात्रा पर हमारे साथ और आगे नहीं जा पाएगी, क्योंकि उसका धरती पर जीवनकाल समाप्त हो गया है। उसे यहीं छोड़ दो और तुम हमारे साथ आगे चलो।'

'परंतु द्रौपदी अचानक इतनी जल्दी क्यों गिर पड़ी? क्या उससे कोई भूल हुई थी?' भीम ने पूछा। 'मेरे विचार से द्रौपदी अत्यंत सदाचारी थी। उसने कभी कोई अपराध नहीं किया तो फिर वह नीचे क्यों गिर गई?'

'तुम ठीक कहते हो,' युधिष्ठिर ने तत्काल उत्तर दिया। 'यह सही है कि द्रौपदी ने जान-बूझकर कोई अपराध नहीं किया। परंतु ऐसा उसकी चारित्रिक दुर्बलता के कारण हुआ है। वह हम पांच भाइयों की पत्नी थी लेकिन वह सदा से ही अर्जुन को सबसे अधिक प्रेम करती थी। यही उसकी भूल थी जिसके कारण वह सबसे पहले गिरी है।'

युधिष्ठिर का उत्तर सुनकर भीम निराश हो गया, क्योंकि वह अब तक यही मानता आया था कि द्रौपदी उसे ही सबसे अधिक प्रेम करती थी। भीम के मन में द्रौपदी के लिए प्रेम का भाव सहसा कम होने लगा। उसने अपनी पत्नी पर अंतिम दृष्टि डाली और फिर भारी हृदय से आगे बढ़ गया। कुत्ता अब भी उनके पीछे चल रहा था।

द्रौपदी के गिरने के कुछ देर बाद सहदेव लड़खड़ाया और नीचे गिर पड़ा।

'भैया युधिष्ठिर!' भीम ने फिर कहा, 'सहदेव तो हमारा भाई है। यह हम सबके प्रति समान रूप से समर्पित था। इसने तो द्रौपदी की तरह कोई ग़लती नहीं की फिर यह क्यों गिर गया?'

युधिष्ठिर ने बिना मुड़े उत्तर दिया, 'वह निश्चित रूप से हम सबके प्रति समर्पित था परंतु उसे अपनी बुद्धि पर बहुत घमंड था। यही उसकी दुर्बलता थी।' भीम को युधिष्ठिर का उत्तर सुनकर अच्छा नहीं लगा, किंतु उसके पास आगे बढ़ने के अतिरिक्त कोई विकल्प नहीं था।

चारों पांडव अपने सबसे छोटे भाई सहदेव और अपनी पत्नी द्रौपदी को मार्ग में गिरा छोड़कर आगे बढ़ गए। कुछ ही देर बाद नकुल के पैर भी लड़खड़ाने लगे। उसने स्वयं को संभालने का बहुत प्रयास किया परंतु वह गिर पड़ा।

'नकुल की क्या ग़लती थी भैया?' भीम ने बेचैन होकर पूछा। 'वह हम सबमें सबसे सुंदर था और उसने कभी धर्म का मार्ग भी नहीं छोड़ा। फिर उसके साथ ऐसा क्यों हुआ?'

'प्रिय भीम,' युधिष्ठिर ने कुछ पल सोचकर उत्तर दिया, 'सहदेव की भांति नकुल को इस बात का घमंड था कि वह बहुत सुंदर है। अहंकार की यही भावना नकुल और सहदेव दोनों के पतन का कारण बन गई।'

इसके बाद अर्जुन के क़दम लड़खड़ाए और वह भी नीचे गिर पड़ा।

इस बार भीम को बहुत दुख हुआ। वह एक-एक करके अपने प्रिय भाइयों को गिरता देख बेचैन हो रहा था। इस बार भीम का धैर्य टूट गया और वह ऊंचे स्वर में बोला, 'युधिष्ठिर, मुझे नहीं याद कि अर्जुन ने कभी किसी से झूठ बोला। वह अत्यंत धार्मिक और सदाचारी था। उसने अपना संपूर्ण जीवन धर्म के मार्ग पर अटल रहकर व्यतीत किया। उसका इस तरह बीच मार्ग में गिरने का क्या कारण है?'

अपने सबसे साहसी और पराक्रमी भाई अर्जुन को गिरता देखकर भी हर परिस्थिति में स्थिर रहने वाले युधिष्ठिर के क़दम नहीं रुके। वह आगे बढ़ता रहा। उसने चलते-चलते भीम से कहा, 'प्रिय भीम, तुम अर्जुन से बहुत प्रेम करते हो इसलिए तुम्हें उसकी कमियां नहीं दिखाई पड़तीं। परंतु सत्य यह है कि अर्जुन को अपने साहस और युद्ध-कौशल पर आवश्यकता से अधिक घमंड था। उसने दावा किया था कि वह शत्रु की समस्त सेना का

एक ही दिन में संहार कर सकता है। परंतु समय आने पर वह ऐसा नहीं कर पाया। यही कारण है कि उसके क़दम लड़खड़ा गए और वह बीच मार्ग में गिर पड़ा। अब उसे भूल जाओ क्योंकि उसका अंत समय निकट है।'

भीम असहाय खड़ा अपने भाइयों को मरता देख नहीं पा रहा था। वह युधिष्ठिर के साथ हिमालय की दिशा में आगे चल पड़ा। उसने मुड़कर देखा तो उसे बहुत अचंभा हुआ। वह कुत्ता, जिसने उनके साथ महाप्रयाण की कठिन यात्रा आरंभ की थी, अब तक सधे हुए क़दमों से उनके पीछे चल रहा था।

कुछ ही पलों में भीम के पैर भी लड़खड़ा गए और वह भी गिर पड़ा। भीम अत्यंत शक्तिशाली योद्धा था इसलिए उसके शरीर में अन्य भाइयों की तुलना में काफ़ी बल था। इस कारण उसने गिरने के बाद भी थोड़ा साहस किया और अपने ज्येष्ठ भाई युधिष्ठिर से पूछा, 'भैया, इससे पहले कि मैं प्राण त्याग दूं, कृपया मुझे बताइए कि मेरा क्या अपराध है? मैं इस यात्रा को पूरा क्यों नहीं कर पाया हूं?'

युधिष्ठिर ने भीम को स्नेहपूर्वक देखा और फिर निस्संकोच उत्तर दिया, 'प्रिय भीम, तुम बहुत अधिक खाते हो। यह जीवन की बहुत बड़ी भूल है। एक अन्य भूल, जो तुमसे अनजाने में हुई, वह यह कि तुम्हें भी अर्जुन की तरह अपने पराक्रम पर बहुत घमंड था। इसी भूल के कारण तुम्हारा भी पतन हुआ है।' यह कहकर युधिष्ठिर अपने सभी भाइयों और पत्नी को पीछे छोड़कर हिमालय की ओर अटल भाव से बढ़ने लगा।

महाप्रस्थान की दुर्गम यात्रा में अब केवल युधिष्ठिर और वह कुत्ता शेष रह गए थे। मन में दृढ़संकल्प धारण किए एक मनुष्य अपनी अंतिम यात्रा पर बिना थके बिना रुके हिमालय पर्वत की ओर बढ़ता जा रहा था। उसके पीछे एक छोटा-सा भोला-भाला कुत्ता उस दुर्गम पथ पर पीछे चल रहा था। वह कितना अद्भुत और शानदार दृश्य था।

युधिष्ठिर एक-एक पग करके अपने लक्ष्य की ओर बढ़ रहा था। देवतागण तथा अन्य समस्त दिव्य प्राणी, ज्येष्ठ पांडव को आश्चर्य-भरी दृष्टि से देख रहे थे।

युधिष्ठिर के उत्थान का समाचार कुछ ही पलों में पुरंदर के पास भी पहुंच गया। वह चारों पांडव भाइयों और उनकी पत्नी द्रौपदी को एक के बाद एक धरती पर गिरते देख चुका था। उसे विश्वास था कि कोई भी पांडव इस

कठिन यात्रा को पूरा नहीं कर पाएगा। परंतु युधिष्ठिर और उसके पीछे चल रहे कुत्ते को धीमी किंतु अडिग चाल से हिमालय की ओर बढ़ता देखकर पुरंदर को घबराहट होने लगी।

पुरंदर जानता था कि उस यात्रा के अंत में युधिष्ठिर को मोक्ष प्राप्त हो जाएगा। ऐसी स्थिति में युधिष्ठिर के सशरीर देवलोक पहुंच जाने की संभावना भी थी। एक मनुष्य के लिए पैदल सशरीर देवलोक पहुंचना पुरंदर को ख़तरनाक लग रहा था। इस विचार ने देवलोक के राजा की शांति भंग कर दी। पुरंदर ने निश्चय किया कि वह युधिष्ठिर को प्रलोभन देकर उसे उसकी अंतिम यात्रा से भटका देगा।

इधर, युधिष्ठिर आगे बढ़ रहा था और उधर, पुरंदर अपने रथ में बैठकर नीचे उतर रहा था। वह कुछ ही देर में युधिष्ठिर के सामने आ खड़ा हुआ। उसने पहले ज्येष्ठ पांडव के असाधारण गुणों की भरपूर प्रशंसा की।

पुरंदर बोला, 'युधिष्ठिर, मैं तुम्हारे शानदार और असाधारण गुणों से अत्यंत प्रभावित हूं। तुम इन्हीं सद्गुणों के कारण इस कठिन मार्ग पर यहां तक पहुंचने में सफल हो पाए हो। तुम्हारी प्रतिष्ठा सर्वत्र फैल गई है और मैं स्वयं तुम्हें देवलोक ले जाने आया हूं। इससे भी अधिक महत्त्वपूर्ण बात यह है कि मैं तुम्हें सशरीर देवलोक ले जाऊंगा जबकि मनुष्यों के लिए सशरीर देवलोक पहुंचना असंभव है। मेरे रथ में बैठ जाओ और मेरे साथ चलो।' पुरंदर की वास्तव में युधिष्ठिर को देवलोक ले जाने की कोई मंशा नहीं थी। वह केवल युधिष्ठिर को धर्म के मार्ग से भटकाने का प्रयास कर रहा था।

'देवराज!' युधिष्ठिर ने उत्तर दिया, 'मैं अपने भाइयों और अपनी पत्नी को यहां छोड़कर आपके साथ देवलोक नहीं जा सकता। यदि आप मुझे साथ ले जाना चाहते हैं तो आपको इन्हें भी साथ लेकर चलना होगा।' युधिष्ठिर ने ऐसा इसलिए कहा क्योंकि वह पुरंदर की कपटपूर्ण चालों से भली-भांति परिचित था और इसीलिए वह पुरंदर से बहुत सावधानी से बात कर रहा था।

युधिष्ठिर का अपने मृत भाइयों और पत्नी के प्रति समर्पण देखकर पुरंदर को आश्चर्य हुआ। वह मुस्कराकर बोला, 'युधिष्ठिर, तुम्हारे चारों भाई और तुम्हारी पत्नी द्रौपदी मर चुके हैं। तुम इनके शरीर के प्रति आसक्ति त्याग दो। मैंने तुम्हें जो प्रस्ताव दिया है, वह किसी भी मनुष्य के लिए अन्यथा प्राप्त करना असंभव है।'

'मैं क्षमा चाहता हूं देवराज,' युधिष्ठिर ने कहा, 'परंतु मेरी अंतरात्मा मुझे स्वार्थी होने के अनुमति नहीं देती। मैं इस तरह अपने भाइयों को जंगली पशु-पक्षियों का भोजन बना छोड़कर देवलोक नहीं जाऊंगा।'

पुरंदर, जो दरअसल युधिष्ठिर को उसके उद्देश्य से भटकाने की नीयत से आया था, स्वयं ही युधिष्ठिर की निष्ठा और सदाचार के वशीभूत हो गया। वह समझ गया युधिष्ठिर को प्रलोभन देना आसान नहीं है। उसने नई चाल चली और बातचीत करने का ढंग बदल दिया।

वह बोला, 'युधिष्ठिर तुम्हारे भाई और पत्नी, जिनके विषय में तुम इतने चिंतित हो, पहले से ही देवलोक में उपस्थित हैं। अंतर केवल इतना है कि वे अपने शरीर को साथ नहीं ले जा सके, जबकि मैं तुम्हें सशरीर साथ ले जाने का प्रस्ताव दे रहा हूं।'

युधिष्ठिर ने कहा, 'यदि ऐसी बात है तो मैं आपके साथ चलने के लिए तैयार हूं।'

पुरंदर प्रसन्न हो गया। उसे लगा कि वह अपने प्रयास में सफल हो गया था। परंतु युधिष्ठिर ने अभी बात समाप्त नहीं की थी।

'देवराज, मेरी केवल एक ही शर्त है,' युधिष्ठिर ने कहा, 'यह कुत्ता भी मेरे साथ देवलोक जाएगा। इस पूरी कठिन यात्रा में यह मेरा साथी रहा है। मैं इसकी निष्ठा और समर्पण से बहुत प्रसन्न हूं। मैं इसे यहां अकेला छोड़कर नहीं जाऊंगा।' युधिष्ठिर ने एक नई शर्त सामने रख दी।

युधिष्ठिर का उत्तर सुनकर पुरंदर फिर दुविधा में पड़ गया। वह बोला, 'युधिष्ठिर, तुम्हें देवलोक में अथाह संपत्ति के साथ-साथ अमरत्व भी प्राप्त होगा। इससे अधिक एक मनुष्य क्या कामना कर सकता है। इस कुत्ते को यहीं छोड़ दो और मेरे साथ चलो। तुम जिस भी वस्तु की कल्पना कर सकते हो, वह तुम्हें देवलोक में मिल जाएगी।'

युधिष्ठिर ने उत्तर दिया, 'मैंने आजीवन धर्म का पालन किया है। क्या आप चाहते हैं मैं जीवन के इस अंतिम पड़ाव पर उस धर्म को त्याग दूं जिसके कारण मैं यहां तक पहुंचा हूं? नहीं! मैं ऐसा कदापि नहीं करूंगा।'

युधिष्ठिर अपने निर्णय पर अटल था। परंतु पुरंदर भी सरलता से हार मानने वाला नहीं था। उसने कहा, 'युधिष्ठिर! बात को समझने की चेष्टा करो। देवलोक में स्थान प्राप्त करने का स्वर्णिम अवसर सबको नहीं मिलता।

देवलोक में कुत्तों के लिए कोई स्थान नहीं है। यदि तुम मेरे साथ देवलोक चलना चाहते हो तो तुम्हें कुत्ते को साथ ले जाने का विचार छोड़ना होगा।'

युधिष्ठिर ने निस्संकोच उत्तर दिया, 'तो फिर मैं देवलोक जाने का विचार छोड़ देता हूं। आप देवलोक लौट जाइए। मैंने अपनी पत्नी और अपने भाइयों को अपने सामने मरते देखा है और मेरे दुख के क्षणों में यही कुत्ता मेरा एकमात्र साथी था। यह पूर्ण रूप से मेरे प्रति समर्पित है। इसने मुझसे बिना शर्त प्रेम किया है। यदि मैं देवलोक जाने की इच्छा के कारण इसका त्याग कर दूंगा तो मैं ब्रह्म-हत्या का अपराधी बन जाऊंगा, क्योंकि निजी स्वार्थ के कारण निष्ठावान जीव का त्याग करना ब्राह्मण की हत्या करने के समान है। वैसे भी ब्रह्म-हत्या के विषय में आपसे बेहतर और कौन जानता है।' युधिष्ठिर ने चुटकी लेते हुए कहा।

युधिष्ठिर का उत्तर सुनकर पुरंदर को मानो सांप सूंघ गया। उसे युधिष्ठिर के तर्क की काट नहीं सूझी।

'देवराज इंद्र!' युधिष्ठिर ने आगे कहा, 'आपको यह भूलना नहीं चाहिए कि यह कुत्ता भी मेरे साथ यहां तक केवल इसलिए पहुंच पाया है क्योंकि इसने जीवन में कोई अपराध या पाप नहीं किया। यदि इस कुत्ते के लिए देवलोक में कोई स्थान नहीं है तो फिर मेरे लिए वहां स्थान कैसे हो सकता है?'

इंद्र ने युधिष्ठिर को मनाने का एक अंतिम प्रयास किया। वह बोला, 'युधिष्ठिर, तुमने अपने साहसी भाइयों और प्रिय पत्नी के साथ आसक्ति का बंधन तोड़ लिया और उन्हें छोड़कर आगे चल पड़े। तो फिर इस कुत्ते से अकारण क्यों बंध रहे हो? क्या तुम अनासक्ति के मूल आध्यात्मिक सिद्धांत को भूल गए हो?'

यह सुनकर ज्येष्ठ कुंती-पुत्र ने उत्तर दिया, 'देवराज, यह संसार मिथ्या है। अपनी पत्नी और अपने भाइयों को मरने से बचाना मेरे वश में नहीं था। मैंने आसक्ति का बंधन उनके जीवित रहते नहीं, अपितु उनकी मृत्यु के उपरांत तोड़ा है। परंतु यह कुत्ता अभी जीवित है। मैं इससे अनासक्त कैसे हो सकता हूं?'

पुरंदर के पास युधिष्ठिर के अकाट्य तर्कों का कोई उत्तर नहीं था। उसके लिए युधिष्ठिर को अटल निश्चय से डिगाना असंभव होता जा रहा था।

'सुनिए देवराज,' युधिष्ठिर ने आगे कहा, 'शरणागत को डराना, स्त्री की हत्या करना, ब्राह्मण को धोखा देना और मित्रों की निंदा करना, चार तरह के प्रमुख अपराध माने गए हैं। इस सदाचारी और निर्दोष जीव को बीच मार्ग में छोड़कर जाना इन चारों अपराधों को मिलाकर होने वाले पाप से भी अधिक बड़ा अपराध है। मैं इस कुत्ते को छोड़कर कहीं नहीं जाऊंगा, चाहे मुझे इसके लिए आपका प्रस्ताव क्यों न छोड़ना पड़े।'

युधिष्ठिर की बात सुनकर कुत्ते के चेहरे के भाव बदलने लगे। वह कुत्ता, जो इतनी देर से युधिष्ठिर को स्नेह-भरी दृष्टि से देख रहा था, सहसा ग़ायब हो गया और उसके स्थान पर धर्मराज प्रकट हो गए। युधिष्ठिर, जो स्वयं भी धर्मराज और कुंती का पुत्र था (जिसकी कथा पिछले अध्यायों में बताई जा चुकी है), अपने पिता को देखकर चकित रह गया। उसने तत्काल धर्मदेव को प्रणाम किया। पुरंदर के लिए यह चमत्कार से कम नहीं था।

धर्मराज ने युधिष्ठिर से कहा, 'पुत्र! अनेक वर्ष पहले वन में विषैला पानी पीने से तुम्हारे चारों भाइयों की मृत्यु हो गई थी। उस समय मैंने यक्ष-रूप में तुम्हारे विवेक और धैर्य की परीक्षा ली थी। तुमने मेरे सभी प्रश्नों के सही उत्तर दिए थे। तुमने अपने सगे भाइयों अर्जुन और भीम के लिए जीवनदान मांगने से पहले, अपने सौतेले भाइयों नकुल और सहदेव का जीवन बचाया था। उसी प्रकार, आज फिर तुमने अपनी उदारता और सच्चरित्रता का परिचय दिया है। तुमने एक साधारण कुत्ते के लिए देवलोक में स्थान, अमरत्व तथा अथाह प्रतिष्ठा एवं सम्मान को भी ठुकरा दिया। तुमने सिद्ध कर दिया कि तुम सचमुच विवेक और दया का साकार स्वरूप हो। इस पृथ्वी पर कोई नहीं जो सद्भावना एवं करुणा में तुम्हारी बराबरी कर सके। युधिष्ठिर, मैं तुमसे अत्यंत प्रसन्न हूं और मेरी इच्छा है कि तुम देवराज पुरंदर के साथ चले जाओ। जाओ पुत्र! देवलोक तुम्हारी प्रतीक्षा कर रहा है।'

ऐसा कहकर धर्मदेव ने पुरंदर की ओर देखा। यह पुरंदर के लिए संकेत था कि वह अपने रथ में युधिष्ठिर को साथ ले जाने की व्यवस्था करे। पुरंदर निस्संदेह युधिष्ठिर को साथ ले जाने का इच्छुक नहीं था, परंतु धर्मदेव के समक्ष पुरंदर से कुछ कहते नहीं बना। धर्मदेव की इच्छा का सम्मान करना देवराज के लिए नैतिक रूप से भी आवश्यक था। पुरंदर ने भारी मन से रथ का द्वार खोला और युधिष्ठिर का हाथ पकड़कर ऊपर चढ़ा लिया। पुरंदर के रथ ने उड़ान भरी और देवलोक की ओर रवाना हो गया।

देवलोक जाते समय युधिष्ठिर ने देखा पुरंदर बहुत परेशान था। परंतु युधिष्ठिर ने उससे कोई बात नहीं की क्योंकि उसे पुरंदर की खीझ और परेशानी का कारण पता था।

धर्मराज द्वारा युधिष्ठिर की प्रशंसा तो निश्चित रूप से देवराज के लिए परेशानी का कारण थी, किंतु पुरंदर की मानसिक शांति इस बात से अधिक भंग हुई थी कि एक साधारण मनुष्य के हाथों उसे ज़बरदस्त भावनात्मक और बौद्धिक पराजय का सामना करना पड़ा था। युधिष्ठिर ने पुरंदर को न केवल अपनी बुद्धि और अकाट्य तर्कों से निरुत्तर कर दिया था, अपितु उसने अपने सद्गुण तथा विवेक द्वारा देवलोक में अपने लिए स्थान भी बना लिया था।

इसी मानसिक ऊहापोह के बीच पुरंदर ने युधिष्ठिर को देखा तो वह मुस्करा रहा था। पुरंदर के पास भी मुस्कराने के अतिरिक्त करने को कुछ नहीं था। अंतर केवल इतना था कि युधिष्ठिर की मुस्कान में हर्ष झलक रहा था, जबकि पुरंदर की मुस्कान दिखावटी और विषाद से भरी थी।

27

कार्तिकेय

'यह असुर कौन है? यह इतना कठोर तप क्यों कर रहा है?' ब्रह्मा ने एक दिन ब्रह्मपुरी से नीचे झांका और अपने अनुचर से पूछा। उनके अनुचर ने भी नीचे देखा कि सिर के ऊपर हाथ उठाए एक विशालकाय दैत्य अपने एक पैर पर खड़ा तप कर रहा था।

'यह तो तारकासुर है!' अनुचर ने ध्यान से देखकर कहा।

'देखो, इसके तप की ऊष्मा मेरी ब्रह्मपुरी तक उठ रही है।' ब्रह्मा ने कहा। 'इन असुरों की इच्छाएं अनंत हैं। यह कभी समाप्त नहीं होतीं। अब इसे क्या चाहिए?' ब्रह्मा खीझ कर बोले।

बेचारे अनुचर को कैसे पता होता कि वह असुर क्या चाहता था। अनुचर चुपचाप खड़ा रहा। ब्रह्मा को भी बोलने के बाद लगा कि अनुचर से उनका प्रश्न व्यर्थ था। उन्होंने अनुचर को देखा और फिर अप्रसन्नता का भाव लिए पृथ्वीलोक चल पड़े, जहां शक्तिशाली तारकासुर कठोर तपस्या कर रहा था।

मनुष्य और असुर प्रायः देवताओं से अटपटी वस्तुएं और वरदान मांगते रहते थे। देवता भी उनकी असीम इच्छाओं से दुखी रहते थे। परंतु उन्हें यदा-कदा विवश होकर किसी की इच्छा पूर्ण करने हेतु जाना पड़ता, तो उन्हें अपने क्रोध और चिढ़ को छिपाकर, मुख पर सौम्य मुस्कान रखनी पड़ती थी। ब्रह्मा के साथ भी यही हुआ था।

'तारक! आंखें खोलो,' ब्रह्मा ने अपनी खीझ छिपाकर मुस्कराते हुए कहा।

'प्रणाम प्रभु!' तारकासुर ने अपनी डरावनी आंखें खोलीं, जो दीर्घकालिक कठोर तप के कारण लाल हो गई थीं। 'मैं आपकी दिव्य उपस्थिति से कृतार्थ हुआ हूं।'

'मांगो तारक, तुम्हें क्या चाहिए?' ब्रह्मा ने पूछा।

'मैं अमर होना चाहता हूं!' तारकासुर बोला। 'परंतु मैं जानता हूं कि आप मुझे अमरत्व कभी प्रदान नहीं करेंगे।'

'तुमने ठीक सोचा। अमरता के अतिरिक्त जो चाहो, मांग लो।' ब्रह्मा ने उत्तर दिया।

'मुझे यह वरदान दीजिए कि मेरी मृत्यु केवल भगवान शिव के पुत्र द्वारा ही संभव हो।' तारकासुर ने पहले से यह वरदान मांगने का मन बना रखा था क्योंकि उसने सोचने के लिए एक पल का भी समय नहीं लिया।

'तथास्तु!' ब्रह्मा बोले और तुरंत अंतर्धान हो गए।

असुर, जहां एक ओर वरदान मांगने से नहीं चूकते थे, वहीं दूसरी ओर ब्रह्मा की समस्या यह थी कि वह बिना सोचे वरदान दे दिया करते थे। उन्होंने तारकासुर को वरदान देने से पहले यह भी नहीं सोचा कि भगवान शिव उच्च कोटि के तपस्वी हैं और उनकी कोई संतान नहीं है। ऐसी स्थिति में शिव-पुत्र के हाथों मृत्यु मांगकर तारकासुर बड़ी चतुराई से लगभग अमर हो गया था। परंतु सृष्टि के रचयिता ब्रह्मा किसी को सीधे-सीधे अमरता प्रदान करने से बचते थे और इसी फेर में वह किसी को कुछ भी वरदान दे बैठते थे।

ब्रह्मा के अंतर्धान होने के बाद तारकासुर इस शानदार उपलब्धि के साथ अपने लोक लौट आया।

ब्रह्मा के वरदान से तारकासुर स्वयं को अमर मानने लगा और इस कारण उसका साहस बढ़ता गया। उसके मन से मृत्यु का भय जैसे समाप्त हो गया और धीरे-धीरे उसकी शक्तियां बढ़ने लगीं। उसने अपना मार्ग रोकने वाले प्रत्येक प्राणी के विरुद्ध युद्ध आरंभ कर दिया। सर्वत्र हाहाकार मचाने के बाद भी तारकासुर को संतुष्टि नहीं हुई तो उसने देवलोक पर आक्रमण कर दिया और देवलोक वासियों को बहुत सताया।

पुरंदर के लिए यह आपातकाल जैसी स्थिति थी। तारकासुर को रोकने के लिए तत्काल कुछ किया जाना था अन्यथा तारकासुर द्वारा

पुरंदर का इंद्रासन छीन लेने की पूरी संभावना थी। देवराज इंद्र ने एक योजना बनाई।

उसने प्रेम के देवता कामदेव को सभा में बुलाया और कहा, 'कामदेव, देवलोक को आज तुम्हारी सहायता की आवश्यकता है।'

'आदेश करें प्रभु,' कामदेव ने अपने राजा के समक्ष सिर झुकाते हुए कहा।

'भगवान ब्रह्मा ने तारक नामक असुर को वरदान दिया है कि उसकी मृत्यु भगवान शिव के पुत्र द्वारा ही संभव हो सकती है। मुझे विश्वास है कि तुमने तारकासुर तथा उसे मिले वरदान के विषय में अवश्य सुना होगा।'

'जी हां, मैंने इस विषय में सुना है,' कामदेव ने उत्तर दिया। 'परंतु ब्रह्मा ने उस भयानक असुर को यह वरदान क्यों दिया? भगवान शिव की कोई संतान ही नहीं है तो क्या अप्रत्यक्ष रूप से तारकासुर अमर नहीं हो गया?'

'तुम बिलकुल ठीक कहते हो, काम!' इंद्र ने हामी भरी। 'मैंने इसी कारण तुम्हें बुलाया है। तुम जानते हो कि शिव परम योगी हैं और वह सदा अपनी इंद्रियों पर पूर्ण संयम रखते हैं। ऐसी स्थिति में उनके भीतर काम जाग्रत नहीं होगा, उनसे संतान की अपेक्षा करना व्यर्थ है। अब सब कुछ तुम पर निर्भर है। मैं चाहता हूं तुम कैलाश पर्वत जाओ और भगवान शिव के भीतर प्रेम एवं कामेच्छा जाग्रत करो। तुम मेरा आशय समझ रहे हो ना?'

इंद्र की मंशा जानकर कामदेव के पसीने छूटने लगे! उसने घबराकर कहा, 'देवराज, मुझ पर दया कीजिए। क्या आप चाहते हैं कि मैं शिव के हाथों मारा जाऊं? क्या आपने इसके परिणाम पर विचार किया है? भगवान शिव को यदि तनिक भी इस बात का आभास हो गया कि मैंने उनकी तपस्या भंग की है तो मेरा अंत निश्चित है।'

'तुम इतना मत घबराओ। मैं समूचे देव समुदाय की ओर से तुमसे अनुरोध कर रहा हूं।' इंद्र ने अपनी योजना ख़तरे में पड़ती देख कामदेव से कहा।

'देवराज! सारा संसार जानता है कि भगवान शिव कितनी जल्दी कुपित हो जाते हैं। उन्हें यदि मुझ पर संदेह भी हो गया तो वह मुझे जलाकर भस्म कर देंगे। मैं... मैं क्षमा चाहता हूं प्रभु, किंतु मैं... मैं अपना जीवन ख़तरे में नहीं डालूंगा।'

'सुनो काम!' इंद्र ने अंतिम चाल चली। 'यह मत भूलो कि मैं तुम्हारा राजा हूं। यदि तुम अनुरोध का अर्थ नहीं समझते तो इसे मेरा आदेश समझो!'

कामदेव ने घबराकर इंद्र की ओर देखा, किंतु उसे पता था पुरंदर का निर्णय अटल होता है।

पुरंदर ने आगे कहा, 'तुम्हें भगवान शिव के पास जाकर उन्हें किसी भी तरह इस महान कृत्य के लिए तैयार करना होगा। शिव और पार्वती को काम-क्रीड़ा के लिए प्रेरित करो ताकि उनके द्वारा उत्पन्न पुत्र तारकासुर का वध कर सके। यदि तारकासुर को मारा नहीं गया तो वह समूचे देवलोक को नष्ट कर देगा। तुम्हें भी,' ऐसा कहकर इंद्र दो क्षण के लिए रुककर कामदेव की प्रतिक्रिया देखने लगा।

पुरंदर ने आगे कहा, 'एक प्रकार से देवताओं और समूचे देवलोक को बचाने का पूरा दायित्व तुम्हारे कंधों पर है। जाओ काम, अपना कार्य संपन्न करो।'

पुरंदर चतुराई से अथवा डरा-धमकाकर अपनी बात मनवा ही लेता था। उसने कामदेव पर इतना दबाव डाला कि वह बेचारा शिव की तपस्या भंग करने हेतु कैलाश पर्वत जाने को विवश हो गया।

कुछ ही देर में कामदेव कैलाश पहुंच गया। कामदेव ने वहां पहुंचते ही सफ़ेद बर्फ़ से ढंके कैलाश को सुंदर रंगों और मनमोहक सुगंध वाले फूलों से भर दिया। भगवान शिव गहन साधना में लीन थे। कुछ ही देर बाद कामदेव द्वारा तैयार वातावरण का उत्तेजक प्रभाव भगवान शिव पर पड़ने लगा। उन्होंने धीरे-से आंखें खोलीं और आसपास देखा।

अपने आसपास के मनमोहक वातावरण को देखकर शिव का मन डोलने लगा, परंतु अगले ही क्षण देवों के देव महादेव शिव की दृष्टि झाड़ी के पीछे छिपे कामदेव पर पड़ गई। शिव तुरंत कामदेव की चाल समझ गए। कामदेव ने भगवान शिव की तपस्या भंग की थी। शिव कुपित हो गए और उसका परिणाम स्पष्ट था। शिव के तीसरे नेत्र से शक्तिशाली अग्निशिखा निकली और अगले ही क्षण प्रेम का देवता कामदेव जलकर भस्म हो गया।

कामदेव के भस्म होते ही सृष्टि से प्रेम और कामेच्छा का लोप हो गया और साथ ही संतान-उत्पत्ति की प्रक्रिया थम गई। कामदेव के प्रेम-बाणों के अभाव में सर्वत्र हाहाकार फैल गया। संसार में संभोग की प्रक्रिया रुक गई।

सृष्टि के रचयिता ब्रह्मा परेशान थे। ऐसा लगा मानो शिव ने सृष्टि-रचना का ब्रह्मा का मुख्य दायित्व ही छीन लिया था।

ब्रह्मा ने पुरंदर को साथ लिया और समस्या को सुलझाने भगवान शिव के धाम कैलाश पर्वत चल पड़े। कामदेव को उसकी धृष्टता का सबक़ सिखाने के बाद शिव फिर गहन ध्यान में लीन हो गए थे। उनकी पत्नी देवी पार्वती उनके पास बैठी थी। तभी पुरंदर और ब्रह्मा वहां पहुंच गए।

'भगवन!' ब्रह्मा ने शिव से कहा, 'आपने कामदेव को भस्म कर दिया। उसकी अनुपस्थिति में पुनर्सृजन की प्रक्रिया पूरी तरह थम गई है। यदि इस संकट का जल्द समाधान नहीं किया गया तो पृथ्वी पर जीवन समाप्त हो जाएगा। मैं आपसे प्रार्थना करता हूं कि आप कामदेव को पुनर्जीवित कर दीजिए।'

कुपित तपस्वी को प्रसन्न करना आसान नहीं होता। भगवान शिव, ब्रह्मा के साथ किसी तरह का समझौता करने के इच्छुक नहीं दिख रहे थे। उन्होंने ब्रह्मा के अनुरोध को तत्काल अस्वीकार कर दिया।

'कामदेव ने मेरा ध्यान भंग किया है,' शिव ज़ोर से बोले, 'उसने मेरी तपस्या को अवरुद्ध किया और उसे इसी पाप का दंड मिला है। कामदेव को पुनर्जीवित करने का प्रश्न ही नहीं उठता।'

'हे महादेव!' पुरंदर ने हाथ जोड़कर कहा, 'इसमें कोई संदेह नहीं कि कामदेव ने भूल की है। परंतु उसने यह धृष्टता भी किसी कारण से की होगी।' पुरंदर बहुत चतुर था। वह किसी को भी अपनी चालाकी-भरी बातों में फंसा लेता था।

शिव ने भौंहें सिकोड़ी और पुरंदर को संदेह की दृष्टि से देखा। वह बोले, 'क्या आशय है तुम्हारा? ऐसा कुकृत्य करने के पीछे भला क्या कारण हो सकता है?'

'महादेव!' पुरंदर ने धीरे-से कहा, 'तारकासुर ने सर्वत्र हाहाकार मचा रखा है। उसने देवलोक में भी तबाही मचाई हुई है। ब्रह्मा के वरदान से यह स्थिति और बिगड़ गई है क्योंकि उन्होंने तारकासुर को वरदान दे दिया है कि उसका संहार केवल आपके पुत्र के हाथों हो सकता है।'

'मेरा पुत्र?' शिव ने ब्रह्मा की ओर देखते हुए आश्चर्य से पूछा। 'ब्रह्मदेव, यह आपने क्या किया?'

ब्रह्मा को पता था कि वह तारकासुर को वरदान देकर एक भूल कर चुके थे। शिव के साथ तर्क करके वह एक और भूल नहीं करना चाहते थे। उन्होंने शिव को देखा और शांत खड़े रहे। वह जानते थे पुरंदर बात को संभाल लेगा।

पुरंदर ने आगे कहा, 'प्रभु, ब्रह्मा के वरदान के कारण तारकासुर को मारना असंभव हो गया है। उसे मारने के लिए आपको पुत्र उत्पन्न करना ही होगा और ऐसा करने के लिए आपको कामदेव की सहायता लेनी होगी। इसलिए कामदेव को पुनर्जीवित करना आवश्यक है। यदि जल्द ही तारकासुर का संहार नहीं किया गया तो वह सृष्टि की शांति भंग कर देगा और अत्याचार करता रहेगा। प्रभु, केवल आप ही इस सृष्टि की रक्षा कर सकते हैं।'

पुरंदर की बात सुनकर शिव दुविधा में पड़ गए। उनकी भाव-भंगिमा देखकर लग रहा था कि वह स्थिति पर पुनर्विचार कर रहे थे। ब्रह्मा ने पुरंदर को तिरछी दृष्टि से देखा। उन्हें पुरंदर की बुद्धि और वाक्चातुर्य पर आश्चर्य हो रहा था। पुरंदर ने भगवान शिव को अपने निश्चय को पलटने के लिए विवश कर दिया था। ब्रह्मा ने देखा कि पार्वती भी चिंतित थीं।

इससे पहले कि शिव अंतिम निर्णय सुनाते पार्वती ने कहा, 'प्रभु, मुझे लगता है देवराज इंद्र ठीक कह रहे हैं। देवताओं का यह दायित्व है कि वे पृथ्वी पर जीवन और मानवता की यथासंभव रक्षा करें। यदि इसमें तारकासुर बाधा है तो निश्चय ही उसका संहार करना होगा और यदि इसके लिए हमें संतान उत्पन्न करने की आवश्यकता होगी तो हमें निस्संदेह कामदेव की सहायता लेनी पड़ेगी।' पार्वती ने पुरंदर के प्रस्ताव पर मुहर लगा थी।

पार्वती की बात सुनकर शिव के लिए निर्णय लेना सरल हो गया। उन्होंने सिर हिलाकर हामी भर दी और वह आख़िरकार कामदेव को पुनर्जीवित करने पर सहमत हो गए। परंतु यह कार्य इतना भी सरल नहीं था।

शिव ने पुरंदर से कहा, 'देवराज, तुमने जो कहा मैं उससे सहमत हूं। परंतु कामदेव का शरीर नष्ट हो चुका है। उसे फिर से साकार रूप नहीं दिया जा सकता। परंतु समय को देखते हुए मैं वचन देता हूं कि अब से कामदेव प्राणियों के भीतर निराकार रूप में विद्यमान रहेगा तथा अपनी अदृश्य शक्ति से लोगों के मन में कामेच्छा जाग्रत कर सकेगा।' इसी कारण कामदेव को 'अनंगदेव' (ऐसा देव, जिसका साकार अंग नहीं है) भी कहा जाता है।

शिव ने ब्रह्मा को आश्वासन दिया कि वह शीघ्र ही पार्वती के सहयोग से पुत्र उत्पन्न करेंगे, जो तारकासुर का वध करेगा।

शिव के वचन के फलस्वरूप कामदेव की निराकार रूप में प्राणियों के जीवन में वापसी हो गई और सृजन की सामान्य प्रक्रिया फिर से आरंभ हो गई। काम से प्रेरित मनुष्य सहित सभी प्राणी फिर से संभोग एवं संतानोत्पत्ति की प्रक्रिया में रत हो गए। ब्रह्मा और पुरंदर भी प्रसन्न होकर अपने-अपने धाम लौट गए क्योंकि उनका कार्य पूरा हो गया था।

भगवान शिव ने अपने वचनानुसार पार्वती के साथ रति-क्रिया का निश्चय किया। वे दोनों सामान्य प्राणी नहीं थे। महायोगी भगवान शिव को प्रसन्न करना सरल नहीं था। उन्हें उत्तेजित करने में पार्वती को काफ़ी समय लगा। परंतु उनके बीच जब प्रेमालाप आरंभ हुआ तो वह दीर्घकाल तक चलता रहा। उनके प्रेम-नृत्य से सृष्टि कांपने लगी और देवलोक थरथराने लगा। शीघ्र ही शिव-पार्वती का प्रणय-नृत्य देवताओं के लिए चिंता का विषय बन गया। पुरंदर तथा अन्य देवतागण दौड़े-दौड़े सहायता के लिए फिर से ब्रह्मा के पास पहुंचे।

ब्रह्मा ने समस्या पर विचार किया। उन्होंने इस बात शिव-पार्वती का नृत्य रोकने के लिए अग्निदेव को बुलाया। इसका कारण यह था कि यदि शिव कुपित हो गए तो भी उनके तृतीय नेत्र से निकली अग्नि-शिखा से अग्निदेव को कोई हानि नहीं पहुंचेगी।

ब्रह्मा ने अग्निदेव को बुलाकर कहा, 'हे अग्निदेव! हमें आपकी सहायता चाहिए। शिव और पार्वती रति-क्रिया से पूर्व प्रेमालाप कर रहे हैं। उन्होंने हालांकि ऐसा हमारे अनुरोध पर ही किया है, किंतु उनका नृत्य अब इतना भीषण हो गया है कि उसकी झंकार से समूची सृष्टि कांप रही है। उन्हें तत्काल रोका नहीं गया तो सृष्टि नष्ट हो सकती है।'

'हे प्रभु!' अग्निदेव ने घबराकर कहा, 'कामदेव की धृष्टता का परिणाम याद कीजिए। यदि शिव ने मुझे भी...?'

'इतना मत घबराओ!' ब्रह्मा ने अग्निदेव की बात काटते हुए कहा, 'यह मत भूलो कि तुम अग्निदेव हो। भगवान शिव की अग्निशिखा से तुम्हारा क्या बिगड़ेगा?' यह कहकर ब्रह्मा मुस्कराने लगे। उन्होंने फिर हाथ के संकेत से अग्निदेव को उस कार्य पर जाने का आदेश दे दिया।

अग्निदेव भयभीत थे, किंतु उन्हें कैलाश पर्वत पर जाना पड़ा। उन्होंने देखा कि भगवान शिव और पार्वती प्रेम-नृत्य में लीन थे। अग्निदेव को ब्रह्मा के आश्वासन पर भरोसा नहीं था। उन्हें पता था यदि भगवान शिव अपने दृष्टिपात से कामदेव को पूरी तरह भस्म कर सकते हैं, तो उनके लिए अग्निदेव की ऊष्मा को ठंडा कर देना कठिन नहीं होगा।

अग्निदेव एक वृक्ष की ओट में छिपकर कुछ देर शिव और पार्वती का नृत्य देखते रहे। उन्हें एहसास हुआ कि प्रेमी-युगल के नृत्य में बाधा डालना संभव नहीं है। उन्हें एक ओर भगवान शिव के तीसरे नेत्र का भय था तो दूसरी ओर कार्य पूरा न करने पर पुरंदर एवं ब्रह्मा के रुष्ट हो जाने का ख़तरा भी था। उस दुविधा से बचने के लिए अग्निदेव एक वृक्ष के खोखले तने में छिपकर बैठ गए।

इधर, देवताओं ने देखा कि शिव-पार्वती का नृत्य नहीं रुका और अग्निदेव भी लौटकर देवलोक नहीं आए तो देवतागण, अग्निदेव की खोज में निकल पड़े। थोड़े प्रयास के उपरांत उन्होंने अग्निदेव को वृक्ष के खोखले तने से बाहर निकाल लिया। पुरंदर ने अग्निदेव को समझा-बुझाकर फिर से कैलाश पर्वत पर भेज दिया।

अग्निदेव साहस जुटाकर फिर से शिव के धाम पहुंचे, जहां महादेव अपनी पत्नी संग प्रेम-नृत्य कर रहे थे। अग्निदेव ने शिव-पार्वती की ओर अग्निशिखा की एक शक्तिशाली तरंग छोड़ दी। संयोग की बात थी कि उसी समय शिव पूर्ण उत्तेजित थे। अग्निदेव द्वारा छोड़ी गई अग्निशिखा ने भगवान शिव को स्पर्श किया। फलस्वरूप, महादेव का ध्यान भटक गया। शिव ने मुड़कर देखा तो उनकी दृष्टि अग्निदेव पर पड़ गई। परंतु महादेव ने अग्निदेव पर क्रोध नहीं किया अपितु अपना संपूर्ण वीर्य अग्निदेव की ओर हस्तांतरित कर दिया।

इसका परिणाम यह हुआ कि अग्निदेव को गर्भ ठहर गया, परंतु अग्निदेव से जब शिव के वीर्य का बोझ सहन नहीं हुआ तो उन्होंने उसे गंगा नदी में उड़ेल दिया। इस घटना के लगभग एक हज़ार वर्ष के उपरांत गंगा के भीतर से छह मुख वाले एक बालक का जन्म हुआ। उसके छह मुख होने के कारण उसका नाम 'षण्मुख' रख दिया गया। पार्वती ने अपने पुत्र की देखभाल के लिए विशेष कृतिकाओं को नियुक्त किया। कृतिकाओं द्वारा शिव के पुत्र का पालन-पोषण किए जाने के कारण बालक को एक और

नाम मिला - कार्तिकेय। वह अत्यंत शक्तिशाली था और उसके पास बहुत-सी दिव्य शक्तियां थी। कार्तिकेय तेज़ी से बड़ा होने लगा। कुछ ही समय में वह एक कुशल एवं शक्तिशाली योद्धा बन गया।

इधर, तारकासुर देवताओं को प्रताड़ित करता रहा। उसके हाथों पराजित होने के बाद देवताओं का राजा पुरंदर लज्जित होकर कुछ समय के लिए देवलोक से दूर चला गया। पुरंदर में तारकासुर का सामना करने का साहस नहीं था और वह देवताओं की सहायता करने में भी अक्षम था। ऐसी स्थित में देवताओं के पास तारकासुर से बचने के लिए कार्तिकेय के पास जाने के अतिरिक्त कोई विकल्प शेष नहीं था। पुरंदर के देवलोक से जाने के बाद देवताओं के पास अपनी रक्षा हेतु शिव-पुत्र कार्तिकेय ही एकमात्र आश्रय था।

पुरंदर को पता लगा कि उसके साथी देवता सहायता के लिए कार्तिकेय के पास गए हैं तो उसे बुरा लगा। तारकासुर से मिली पराजय की पीड़ा के साथ कार्तिकेय की बढ़ती महत्ता से पुरंदर को अपमानित महसूस हो रहा था। उसे संदेह हुआ कि कार्तिकेय की प्रभुता इसी तरह बढ़ती गई तो वह शीघ्र ही देवलोक का शासन अपने हाथों में ले लेगा। इंद्रासन खोने के भय से पुरंदर का अशांत व उत्तेजित होना स्वाभाविक था। उसे क्रोध आ गया। उसने युवा कार्तिकेय से इस अपमान का प्रतिशोध लेने का निश्चय किया। पुरंदर को तारकासुर की कोई चिंता नहीं थी। वह अपने दिव्यास्त्र लेकर कार्तिकेय से युद्ध करने निकल पड़ा।

कार्तिकेय युवा और फुर्तीला था। वह तत्काल हरकत में आ गया और उसने पुरंदर से लड़ने की तैयारी कर ली। परंतु कार्तिकेय देवताओं के राजा पुरंदर की कपटपूर्ण चालों से अनजान था। उसे केवल निष्कपट तथा न्यायोचित युद्ध करना आता था। बेचारे कार्तिकेय को यह भी नहीं पता था कि पुरंदर इंद्रजाल की कला में माहिर है।

युद्ध आरंभ होते ही पुरंदर ने कार्तिकेय के साथ छल करना आरंभ कर दिया। वह एक स्थान से ग़ायब होता और किसी अन्य स्थान पर प्रकट हो जाता था। शीघ्र ही कार्तिकेय इंद्र की कपटपूर्ण चालों से परेशान हो गया। आख़िर कुछ देर बाद पुरंदर की एक चाल कामयाब हो गई। उसने दिव्यास्त्र से कार्तिकेय के चेहरे पर घाव कर दिया।

देवताओं ने देखा कि कार्तिकेय और पुरंदर का युद्ध आक्रामक और घिनौना होता जा रहा था। वे सब मिलकर भगवान शिव के पास गए और उनसे युद्ध को रोकने का आग्रह किया।

'हे प्रभु!' वरुणदेव ने शिव से कहा, 'कार्तिकेय का जन्म तारकासुर का वध करने और पुरंदर की सहायता हेतु हुआ था। परंतु यह स्थिति तो विपरीत हो गई है। पुरंदर स्वयं ही कार्तिकेय से युद्ध कर रहा है और उधर तारकासुर का आतंक बढ़ता जा रहा है। आप कुछ कीजिए, अन्यथा सब कुछ नष्ट हो जाएगा।'

पुरंदर के स्वभाव से शिव पहले से परिचित थे। उन्होंने कार्तिकेय को लगी चोट के बारे में सुना तो उन्हें क्रोध आ गया।

'इस मूर्ख पुरंदर को तुम्हारा राजा किसने बनाया।' भगवान शिव ने क्रोध में कहा। 'उसे यह भी नहीं पता कि उसे किसके साथ युद्ध करना चाहिए।'

महादेव को क्रोधित देख देवता घबरा गए। उन्हें कोई उत्तर नहीं सूझा। वे जानते थे कि ग़लती पुरंदर की थी, परंतु किसी में अपने राजा के विरुद्ध बोलने का साहस नहीं था। सब शांत खड़े रहे। शिव उनकी दुविधा को भी समझते थे। वह उठे और रणभूमि पहुंच गए। उन्होंने देखा कि देवराज इंद्र उनके छोटे-से पुत्र कार्तिकेय के साथ युद्ध कर रहा था। कार्तिकेय के चेहरे पर लगी चोट से रक्त बह रहा था।

'ठहरो पुरंदर! रुक जाओ!' भगवान शिव ने ज़ोर से कहा। 'कार्तिकेय मेरा पुत्र है। यदि तुमने इसे चोट पहुंचाई तो मैं इसी क्षण सृष्टि को जलाकर भस्म कर दूंगा।'

पुरंदर ने कार्तिकेय को निशाना बनाकर धनुष पर बाण चढ़ा लिया था और वह उसे छोड़ने ही वाला था। परंतु उसने शिव की भीषण और क्रोध-भरी गर्जना सुनकर प्रत्यंचा ढीली छोड़ दी। पुरंदर ने धनुष नीचे रख दिया और झुककर भगवान शिव को प्रणाम किया।

'पुरंदर तुम्हारा दिमाग़ ख़राब हो गया है!' शिव बहुत क्रोध में थे। 'कार्तिकेय का जन्म तुम्हारी सहायता के लिए हुआ है और तुम इसी के साथ युद्ध कर रहे हो?'

'मुझे क्षमा कर दीजिए,' पुरंदर ने कहा। 'परंतु मुझे लगा कि कार्तिकेय देवलोक का शासन हथियाना चाहता है। वह देवताओं का राजा बनना चाहता

है। उसने देवताओं को भड़का कर अपने पक्ष में कर लिया है। क्या उसे इस तरह मेरे पद को अपमानित करना चाहिए?'

कार्तिकेय ने यह सुना तो वह चकित रह गया। उसने अपने पिता महादेव शिव को देखा और कहा, 'पिताश्री, मेरे लिए इससे अधिक आश्चर्य कोई बात नहीं है कि स्वयं देवराज मुझसे युद्ध कर रहे हैं। मैंने देवलोक का शासन अपने हाथ में लेने का कोई प्रयास नहीं किया। मैं तो तारकासुर को मारकर देवताओं की सहायता करना चाहता हूं। इसी आग्रह के साथ देवतागण मेरे पास आए थे। किंतु इंद्र को लगा कि मैंने देवताओं को अपने पक्ष में कर लिया है। आप ही बताइए, इसमें मेरी क्या ग़लती है?'

'देवराज!' भगवान शिव बोले, 'यह दुख की बात है कि तुमने इस बात पर भी विचार नहीं किया कि कार्तिकेय का जन्म केवल तारकासुर के वध के लिए और तुम्हें देवलोक की सत्ता वापस दिलवाने के लिए हुआ है। वह तुम्हारी ही सहायता कर रहा है और तुमने उसे आहत कर दिया। इस मूर्खतापूर्ण युद्ध को तत्काल रोक दो और कार्तिकेय की सहायता करो ताकि वह तारकासुर को मारकर तुम्हारा कार्य संपन्न कर सके।'

यह सुनकर पुरंदर बहुत लज्जित हुआ। हालांकि इस तरह अपनी ग़लती पर लज्जित होना पुरंदर के लिए नई बात नहीं थी।

'मुझे क्षमा कर दीजिए प्रभु!' इंद्र गिड़गिड़ाया, 'मुझसे भूल हुई और मैंने आवेश में कार्तिकेय को आहत कर दिया। मैं क्षमा चाहता हूं। मैं कार्तिकेय के युद्ध-कौशल से अत्यंत प्रभावित हूं और इसे अपनी सेना का सेनापति नियुक्त करना चाहता हूं।' यह कहकर पुरंदर ने कार्तिकेय का अभिषेक किया और उसे देवताओं सेनापति नियुक्त किया गया। फिर कार्तिकेय ने तारकासुर का संहार करके पुरंदर को देवलोक का शासन वापस दिलवाया।

देवलोक का सिंहासन फिर से प्राप्त होने के बाद आख़िरकार पुरंदर के मन में व्याप्त कार्तिकेय के प्रति संदेह सदा के लिए दूर हो गया।

28

मैनाक

घर्रर्रर्रर्रर्र!!!

'अरे! यह क्या था?' अपने आश्रम में बैठे गौतम मुनि ने आकाश की ओर देखकर कहा।

बहुत-से ऋषि-मुनि महर्षि गौतम के आश्रम में चल रहे वैदिक अनुष्ठान में भाग लेने के लिए एकत्रित हुए थे। आकाश में हुई हलचल देखकर ऋषि-मुनियों में खलबली मच गई, किंतु किसी को भी ठीक से उस हलचल का कारण नहीं पता लग पाया। वे कुछ पल रुके, फिर उन्होंने अनुष्ठान आरंभ कर दिया।

कुछ ही देर बाद आकाश में फिर उसी तरह की गड़गड़ाहट सुनाई दी। ऋषियों का ध्यान फिर भंग हो गया। इस बार उन्होंने देखा कि एक बहुत बड़ा पर्वत, आश्रम के ऊपर से हवा की गति से उड़ता हुआ जा रहा था। आकाश में एक पर्वत को उन्मुक्त पंछी की भांति उड़ता देखकर सभी ऋषि-मुनि घबरा गए।

आकाश में पर्वत! वह भी उड़ता हुआ!! वह बड़ा ही विचित्र और डरावना दृश्य था। अविश्वसनीय भी!

'यह पहाड़ बार-बार हमारे ऊपर से क्यों उड़ रहा है?' महर्षि च्यवन ने पूछा। वह भी गौतम मुनि के अनुष्ठान में भाग लेने के लिए पहुंचे हुए थे। सब ऊपर की ओर देखते रहे, किंतु किसी के पास च्यवन के प्रश्न का उत्तर नहीं था। च्यवन मुनि का प्रश्न अभी समाप्त ही हुआ था कि तभी सबने देखा कि एक और विशालकाय पर्वत, दो छोटी पहाड़ियों के साथ ऊपर से उड़ता हुआ जा रहा था।

मुनिगण अनुष्ठान पर ध्यान नहीं लगा पा रहे थे। वे उड़ने वाले पहाड़ों को देखकर परेशान थे। यह उनके लिए सचमुच चिंता का विषय था, क्योंकि उन्होंने यह दृश्य पहली बार देखा था। कुछ ही देर बाद गौतम मुनि के आश्रम में आयोजित अनुष्ठान को सम्पन्न कर दिया। उसके उपरांत सब ऋषि-मुनि, मस्तक पर चिंता की रेखाएं लिए वहां से प्रस्थान कर गए।

इस घटना के कुछ दिन बाद देवराज पुरंदर की राजसभा में भी एक भव्य आयोजन हुआ जिसमें सभी दिव्य-जनों को आमंत्रित किया गया था। इसके अतिरिक्त प्रमुख तपस्वी, सप्तर्षि, गंधर्व, अप्सराएं, देवता और बहुत-से अन्य लोग पुरंदर द्वारा आयोजित कार्यक्रम में आमंत्रित थे। पुरंदर अपनी इंद्र-सभा में इस तरह के आयोजन करता रहता था क्योंकि इस बहाने, उसे देवलोक और पृथ्वीलोक के विशिष्ट एवं विख्यात लोगों से मिलते रहने का अवसर मिल जाता था। उस दिन भी पुरंदर अपनी इंद्र-सभा में विख्यात और गौरवशाली लोगों को देखकर प्रसन्न था।

'मैं समस्त देवलोक वासियों की ओर से आप सभी का इंद्र-सभा में स्वागत करता हूं।' पुरंदर ने अपना भाषण आरंभ करते हुए कहा, जिसके लिए वह पिछले तीन दिन से तैयारी कर रहा था। 'मेरे लिए यह हर्ष और साथ ही गर्व का विषय है कि यह शानदार इंद्र-सभा आप जैसे विख्यात और प्रतिष्ठित लोगों के समागम की साक्षी है। इस अवसर पर...'

पुरंदर ने अपना अभिभाषण आरंभ ही किया था कि उसे लगा कोई विशाल वस्तु बहुत तीव्र गति से इंद्र-सभा के निकट से घरघराती हुई निकली थी। पुरंदर बोलते-बोलते रुक गया और इधर-उधर देखने लगा। गड़गड़ाहट का स्वर इतना तेज़ था कि उसे साफ़ सुना जा सकता था। कुछ ही पलों में वह शोर हवा में मंद पड़ गया। किसी को पता नहीं लगा कि वास्तव में क्या हुआ था। इंद्र असहज हो गया था, क्योंकि किसी ने उसी के देवलोक में घुसकर उसके कार्यक्रम को भंग करने का दुस्साहस किया था। पुरंदर ने इधर-उधर देखा। सब उसकी ओर देख रहे थे। उसने मुस्कराकर अपनी असहजता को छिपा लिया और फिर अपनी बात, जहां छोड़ी थी, वहीं से आरंभ कर दी।

'...तो मैं कह रहा था कि इस महत्त्वपूर्ण अवसर पर मैं आप सबको...' अभी पुरंदर ने इतना ही कहा था कि वही भयानक गड़गड़ाहट फिर सुनाई पड़ी। इस बार आवाज़ के साथ-साथ इंद्र-सभा को हल्का-सा

झटका भी लगा। इस बार आवाज़ पहले से अधिक समीप थी और यह तय था कि राजसभा के द्वार से कोई चीज़ टकराई थी। झटका हल्का था किंतु सभा में बैठे लोग घबरा गए थे। पुरंदर अपने पावन समारोह पर प्रसन्नता व्यक्त करना चाहता था किंतु इंद्र-सभा के बाहर कुछ हो रहा था, जो उसे बार-बार ऐसा करने से रोक रहा था।

इंद्र-सभा में बैठे दिव्य-जन आश्चर्य से पुरंदर को देखने लगे। वहां उपस्थित ऋषि-मुनियों ने एक-दूसरे को देखा। उनकी मुद्रा बता रही थी कि वे लोग उस स्वर से परिचित थे। उन्हें विश्वास था कि पुरंदर स्थिति की गंभीरता को भांपकर अवश्य कुछ कार्यवाही करेगा। पुरंदर को भी इस बात का आभास था कि वह देखते-सोचते रहने का नहीं, अपितु कुछ करने का क्षण था।

पुरंदर ने तुरंत अनुचर को बुलाया और कहा, 'जाओ और सभा के द्वार-प्रहरियों को बुलाकर लाओ!' अनुचर ने सिर झुकाया और प्रहरियों को बुलाने चला गया।

इस बीच, इंद्र-सभा में बैठे गौतम मुनि बोले, 'देवराज, मैं आपको बताना चाहता हूं कि हमने इस तरह की गड़गड़ाहट पहले भी सुनी थी। मैंने कुछ ही दिन पहले अपने आश्रम में एक वैदिक अनुष्ठान आयोजित किया था, जिसमें यहां उपस्थित लगभग सभी ऋषि-मुनियों ने भाग लिया था। हमने उस समय आश्रम के ऊपर से विशाल पर्वतों को तीव्र गति से आकाश में उड़ते देखा। उनके उड़ने से ऐसी गड़गड़ाहट हो रही थी। मुझे भय है कि अभी हमने जो सुना, वह उन्हीं पर्वतों के उड़ने का स्वर था।'

'पर्वत उड़ रहे हैं!' पुरंदर ने चौंकते हुए कहा, 'पर्वत कब से आकाश में उड़ने लगे?'

'देवराज!' गौतम मुनि ने उत्तर दिया, 'आदिकाल से ही पर्वतों के पंख रहे हैं। किंतु हवाई-सुरक्षा, नदियों के प्रवाह को संचालित करने आदि जैसे अनेक कारणों से पर्वतों को स्थिर रहने को कहा गया था। इसलिए उनके पंख निष्क्रिय हो गए थे। उन्होंने बहुत समय से अपने पंखों का प्रयोग नहीं किया। परंतु ऐसा लगता है कि हाल में किसी के कहने पर अथवा अन्य कारणवश पर्वतों ने अपने पंख खोल लिए हैं और आकाश में उन्मुक्त पंछियों की भांति उड़ना आरंभ कर दिया है।'

इस बीच द्वार-प्रहरी सभा में आ गए। 'महाराज की जय हो,' प्रहरी ने कहा और देवराज के सामने सिर झुकाया।

'मैंने कुछ देर पहले तेज़ गड़गड़ाहट सुनी थी,' पुरंदर ने प्रहरी से कहा, 'मुझे यह भी लगा कि इंद्र-सभा के द्वार से कोई भारी वस्तु रगड़कर निकली है। वह क्या था?'

'महाराज, वह एक विशाल पर्वत था।' प्रहरी ने धीमे स्वर में उत्तर दिया। 'उस पर्वत के पंख, पक्षीराज गरुड़ के पंखों के समान अति विशाल थे। उन पंखों के फड़फड़ाने से ही इंद्र-सभा के द्वार को झटका लगा था।'

'गरुड़ जैसे पंख!' पुरंदर उन पंखों के आकार की कल्पना से चकित हो गया। 'गौतम मुनि, क्या यह सही है? क्या उन पर्वतों के पंख सचमुच इतने विशाल हैं?'

'जी हां, देवराज! यह सत्य है,' गौतम ने उत्तर दिया। 'अभी तक पर्वतों ने अपने पंख अपने शरीर से कसकर सटा रखे थे और इसलिए वे दिखाई नहीं पड़ते थे। परंतु अब उन्होंने अपने पंख खोल दिए हैं तो उनका पूरा आकार दिखाई पड़ता है। उनके पंखों का आकार, सचनुच गरुड़ के पंखों के समान है। इसीलिए ये पर्वत आकाश में वायु की गति से उड़ सकते हैं।'

पुरंदर मौन हो गया। वह आकाश में उड़ रहे पर्वतों की कल्पना करने लगा।

गौतम मुनि ने आगे कहा, 'ये पर्वत जब अधिक संख्या में उड़ते हैं तो ऐसा आभास होता है कि आकाश में बहुत-से गरुड़ उड़ रहे हैं।'

पुरंदर ने इस बात पर विचार किया तो वह तत्काल समझ गया कि स्थिति सचमुच गंभीर थी। उसकी चिंता के मुख्य रूप से दो कारण थे। पहला, वायु की गति से उड़ रहे विशाल पर्वत, देवलोक और पृथ्वीलोक दोनों स्थानों की इमारतों और भवनों के लिए गंभीर ख़तरा थे। एक पर्वत के पंख से इंद्र-सभा के द्वार को झटका लग ही चुका था। यदि वह पर्वत थोड़ा और समीप से निकला होता तो निश्चित रूप से इंद्र-सभा को भारी क्षति पहुंच सकती थी। दूसरा, आकाश में पर्वतों के इस तरह लापरवाही से उड़ने से उनके ऊपर पड़े छोटे-बड़े पत्थरों और चट्टानों के टुकड़े प्राणियों के सिर पर गिरकर उन्हें शारीरिक एवं आर्थिक हानि पहुंचा सकते थे।

सभी ऋषि-मुनियों और देवताओं ने मिलकर पुरंदर से सहायता की गुहार लगाई और अनुरोध किया कि वह शीघ्र ही पर्वतों से उत्पन्न समस्या का निवारण करे।

'देवराज, हम आपसे प्रार्थना करते हैं कि हमें इन उड़ने वाले पर्वतों के भय से मुक्ति दिलवाएं। किसी दिन इनकी कोई चट्टान या बड़ा पत्थर निश्चित तौर पर हमारे आश्रम पर गिरकर हमारी मृत्यु का कारण बन जाएगा। हम आपकी शरण में हैं। आप देवताओं के राजा हैं। हमारे जैसे निर्दोष प्राणियों की रक्षा आपका नैतिक दायित्व है।'

पुरंदर स्वयं से किए ऐसे अनुरोध से प्रसन्न हो जाता था। इससे उसे श्रेष्ठ होने का आभास मिलता था। उसने आत्मविश्वास से ऊपर देखा और कहा, 'मैं आप सब देवताओं और ऋषि-मुनियों को आश्वासन देता हूं कि आप तनिक भी न घबराएं। मैं देवलोक का राजा हूं और मैं इन घमंडी पर्वतों को अवश्य सबक़ सिखाऊंगा। मैं आपको वचन देता हूं कि शीघ्र ही सबको इस ख़तरे से मुक्ति दिलवाऊंगा।'

इंद्र का आश्वासन सुनकर सब प्रसन्न हो गए। वे सब पुरंदर की योजना सुनना चाहते थे। उन्होंने पुरंदर द्वारा पर्वतों की समस्या का समाधान हो जाने तक अमरावती में रुकने का निश्चय किया।

पुरंदर ने सहायता का वचन तो दे दिया किंतु वह स्वयं भी आकाश में उड़ने वाले पर्वतों के बीच जाने से घबरा रहा था। परंतु यह उसकी प्रतिष्ठा का प्रश्न था। उसका सम्मान और उसकी शक्ति दोनों दांव पर थे। उसने अपनी ठुड्डी पर खुजली की और फिर इंद्रासन से उठ खड़ा हुआ। उसने अगले ही क्षण अपना शक्तिशाली वज्र उठाया तथा मुट्ठी को कसकर भींच लिया। उसकी भौंहें तन गईं, होंठ फड़फड़ाने लगे और आंखों में क्रोध उतर आया। स्पष्ट था कि उसने स्वयं को एक बार फिर देवलोक का राजा और आकाश का अधिपति सिद्ध करने का संकल्प कर लिया था।

पुरंदर ने तेज़ी से दो-तीन बार हवा में वज्र घुमाया और फिर ऐरावत पर सवार होकर देवलोक की प्राचीर से बाहर निकल गया। उसने आकाश में दूर तक दृष्टि डाली। वह देखकर हैरान था कि खुले आकाश में एक-दो नहीं, अपितु बहुत-से छोटे-बड़े पर्वत इधर-उधर उड़ रहे थे।

इंद्र को इस बात में अब कोई संदेह नहीं था कि वे पर्वत, मनुष्य और देवताओं दोनों के लिए ज़बरदस्त ख़तरा थे और जल्द ही उनका समाधान करना आवश्यक था। उसने वज्र को कसकर पकड़ा और ऐरावत को आगे बढ़ने का निर्देश दिया। पुरंदर उड़ने वाले पर्वतों से भरे आकाश के बीचों-बीच खड़ा था।

पुरंदर ने देखा कि एक विशाल पर्वत विस्तृत नील गगन में अपने विशालकाय पंखों को फड़फड़ाता धीरे-धीरे उड़ता जा रहा था। पुरंदर पीछे से चुपचाप उसके निकट पहुंच गया। वह पर्वत पुरंदर के आगमन से अनजान था। इससे पहले कि पर्वत अपनी दिशा बदल पाता, पुरंदर के शक्तिशाली वज्र ने पर्वत के दाएं पंख पर घातक प्रहार कर दिया।

खच्च!

पर्वत का दायां पंख कट गया। वह एक पंख के सहारे लड़खड़ाने लगा। तभी इंद्र ने एक और वार किया।

खच्च!!

पर्वत का बायां पंख भी कटकर नीचे गिर गया। दोनों पंख कट जाने से पर्वत पूरी तरह असंतुलित हो गया और लुढ़कता हुआ नीचे गिरने लगा। अगले ही पल, पंख-विहीन पर्वत ज़ोरदार धमक के साथ धरती के एक निर्जन स्थान पर आ गिरा। पुरंदर ने उसका पंख काटने से पहले यह देख लिया था कि पर्वत के नीचे गिरने से जनजीवन या संपत्ति को क्षति नहीं पहुंचे। पुरंदर ने धरती पर असहाय पड़े विशालकाय पर्वत पर दृष्टि डाली तो वह गर्व से फूला नहीं समाया। पुरंदर ने उड़ने वाले पर्वत को स्थायी रूप से अशक्त कर दिया था। उस पहाड़ की हवाई मौज-मस्ती के दिन पूरे हो गए थे।

प्रथम प्रयास की सफलता से पुरंदर का साहस बढ़ गया। वह आकाश में निर्भीक होकर घूमने लगा। पुरंदर ने विशाल ऐरावत पर सवार होकर अविश्वसनीय गति एवं अद्‌भुत दक्षता के साथ अपने वज्र द्वारा एक के बाद एक, आकाश में उड़ रहे पर्वतों के पंख काटने शुरू कर दिए।

कुछ ही समय में पुरंदर ने नीले आकाश को पर्वतविहीन कर दिया। अपनी ज़ोरदार विजय से प्रसन्न पुरंदर, देवलोक लौट आया। उसे विश्वास था कि उसने सभी उड़ने वाले पर्वतों के पंख काटकर उनका दंभ व उन्माद सदा के लिए समाप्त कर दिया था और आकाश में फिर से शांति स्थापित कर दी थी। पुरंदर का यह सोचना लगभग सही था। परंतु देवराज इंद्र यह नहीं जानता था कि एक पर्वत उसे धोखा देकर बच निकलने में सफल हो गया था। वह था मैनाक पर्वत।

दरअसल, हुआ यह था कि मैनाक नाम का एक पर्वत वायुदेव का घनिष्ठ मित्र था। पुरंदर ने ज्यों ही आकाश में निकलकर पर्वतों के पंख

काटने आरंभ किए थे। वायुदेव ने मैनाक पर्वत को इंद्र की मंशा बता दी और उसके पंखों पर आसन्न संकट से उसे सावधान कर दिया। पुरंदर जिस समय पर्वतों के पंख काटने में व्यस्त था, वायुदेव चुपचाप मैनाक पर्वत को उड़ाकर ले गए और समुद्र के बीच गहरे पानी में छिपा दिया।

पुरंदर को मैनाक और वायुदेव की मित्रता की जानकारी नहीं थी। उसे जितने भी उड़ने वाले पर्वत मिले, उसने उन सबके पंख काट दिए और फिर विजयी भाव से देवलोक लौट गया। इस तरह, वायुदेव की सहायता से मैनाक पर्वत पुरंदर के वज्र से बच निकला और उसने अपने पंखों की रक्षा कर ली। मैनाक पर्वत ने वायुदेव का आभार व्यक्त किया और वह फिर कभी समुद्र से बाहर नहीं निकला।

कालांतर में, वायुदेव के पुत्र हनुमान ने माता सीता की खोज में लंका जाते समय समुद्र के ऊपर से छलांग लगाई थी। उस समय मैनाक पर्वत वायुदेव के प्रति कृतज्ञता-स्वरूप समुद्र के बीच में उठकर ऊपर आ गया था। उसने हनुमान को विश्राम के लिए स्थान उपलब्ध करवाया था। परंतु हनुमान को लंका पहुंचने की जल्दी थी इसलिए उन्होंने मैनाक पर विश्राम नहीं किया। वह मैनाक को आभार एवं सम्मान देने हेतु केवल उसे स्पर्श करके अपनी यात्रा पर लंका निकल गए थे।

इस घटना के बहुत समय बाद, पुरंदर को मैनाक और वायुदेव की मिली-भगत का पता लगा। वह इस बात के लिए कुछ दिन वायुदेव से नाराज़ भी रहा परंतु उसने बात का बतंगड़ नहीं बनाया। इसके दो कारण थे। पहला, देवलोक में वायुदेव को पुरंदर की अधिकांश करतूतों और गोपनीय बातों की जानकारी थी। दूसरा, इंद्र को इस बात का संतोष कि उसने मैनाक के अतिरिक्त, शेष सभी अहंकारी पर्वतों का दंभ चूर करके नीले अनंत नभ पर अपनी सत्ता फिर से स्थापित कर ली थी।

29

समुद्र-मंथन

पुरंदर हर सफलता के बाद पहले से ज़्यादा अहंकारी हो जाता था। पहाड़ों के पंख काटकर और उनका दंभ चूर करने तथा देवलोक पर फिर से अपनी प्रभुसत्ता सिद्ध करने के उपरांत पुरंदर अमरावती लौट आया। उसे अपनी सभा के लोगों और साथी देवताओं विशेषकर अपने परम मित्र अग्निदेव से भव्य स्वागत की आशा थी।

'बहुत बढ़िया, देवराज!' अग्निदेव ने हर्षित होकर कहा। 'आपको पर्वतों के पंख काटते देखना अत्यंत शानदार व अद्भुत दृश्य था।'

'मैं जानता हूं अग्नि,' पुरंदर ने अहंकार में भरकर उत्तर दिया। 'यह बहुत मुश्किल कार्य था, लेकिन जो काम करना है, वह तो करना ही है।'

'महाराज की जय हो,' पुरंदर की प्रतीक्षा करते ऋषि-मुनियों ने एक स्वर में कहा। देवराज के प्रति अपनी कृतज्ञता व्यक्त करने के पश्चात ऋषि-मुनि भी अपने-अपने आश्रम लौट गए। उन सबको संतोष था कि पुरंदर ने अपने वचन का पालन करते हुए उन्हें भय और पीड़ा से मुक्त कर दिया था।

'अग्नि, क्या तुमने एक बात पर ध्यान दिया?' पुरंदर ने पूछा।

'कौन-सी बात, मित्र?' अग्निदेव ने पूछा। वह अन्य लोगों की उपस्थिति में पुरंदर से औपचारिक ढंग से बात करते थे किंतु एकांत में उनके और देवराज के मध्य बातचीत का तरीक़ा अनौपचारिक हो जाता था।

'मुझे महर्षि दुर्वासा कहीं दिखाई नहीं दिए,' पुरंदर बोला।

अग्निदेव भी दुर्वासा की अनुपस्थिति की पुष्टि नहीं कर पाए क्योंकि उन्हें ऐसी सामान्य बातों पर ध्यान देने की आदत नहीं थी। उन्होंने सहज ढंग से उत्तर दिया, 'मैंने ध्यान नहीं दिया, लेकिन शायद दुर्वासा यहां नहीं थे।'

पुरंदर सोचने लगा, महर्षि दुर्वासा के पास देवराज के प्रति कृतज्ञता व्यक्त करने से अधिक महत्त्वपूर्ण और कौन-सा कार्य रहा होगा। पुरंदर व्यथित हो गया। उसने निश्चय किया कि वह दुर्वासा की अनुपस्थिति का कारण पता लगाकर रहेगा।

इंद्र अपने हाथी ऐरावत पर सवार हुआ और दुर्वासा के आश्रम पहुंच गया। महर्षि दुर्वासा उस समय आश्रम के बाहर पुष्प एकत्रित कर रहे थे।

'देवराज की जय हो!' दुर्वासा ने पुरंदर को आश्रम के बाहर देख प्रणाम किया।

'क्या बात है महर्षि?' पुरंदर ने उत्सुकता से पूछा। 'सभी ऋषि-मुनि इंद्र-सभा में आयोजित बैठक में उपस्थित थे परंतु आप मुझे दिखाई नहीं दिए। मैं आकाश में उड़ रहे पर्वतों की समस्या दूर करके अमरावती लौटा तो सभी ऋषि-मुनि मेरी प्रतीक्षा कर रहे थे और मेरे लौटने पर जीवन और संपत्ति को बचाने के लिए मेरा आभार व्यक्त किया। परंतु आप वहां उपस्थित नहीं थे। इसलिए मैं आपकी कुशलता पूछने यहां चला आया।'

दुर्वासा को समझते देर नहीं लगी कि पुरंदर उनकी कुशलता पूछने नहीं, अपितु उनकी अनुपस्थिति का कारण जानने आया था। परंतु दुर्वासा ने उस विषय को तूल देना उचित नहीं समझा।

'हां, देवराज! मुझे पता है,' दुर्वासा बोले, 'मैंने आपके उस शानदार कारनामे के विषय बारे में सुना था। आपने सचमुच बहुत बढ़िया कार्य किया।' दुर्वासा ने अपनी अनुपस्थिति का कारण बताए बिना पुरंदर की प्रशंसा करके बात को टालने का प्रयास किया।

महर्षि दुर्वासा का उत्तर पुरंदर की अपेक्षा के अनुरूप नहीं था किंतु देवराज ने भी कुछ नहीं कहा। दुर्वासा अपने क्रोध के लिए कुख्यात थे और पुरंदर उन्हें इतनी-सी बात के पीछे चिढ़ने का अवसर नहीं देना चाहता था। पुरंदर शांत खड़ा रहा। दुर्वासा दुविधा में थे। उनके पास कहने को और कुछ नहीं था लेकिन फिर भी देवराज इंद्र को यूं ही लौट जाने के लिए कहना शिष्टाचार भी नहीं था।

दुर्वासा मुस्कराए। उन्होंने अपनी टोकरी से सफ़ेद फूलों की एक माला निकाली और इंद्र को भेंट करते हुए कहा, 'देवराज! आपकी उपलब्धि सचमुच सराहनीय है। मैं इंद्र-सभा में आयोजित बैठक में नहीं आ पाया। कृपया मेरी ओर से कृतज्ञतास्वरूप यह माला स्वीकार कीजिए।' दुर्वासा ने माला देकर आभार तो व्यक्त कर दिया किंतु अपनी अनुपस्थिति का कारण फिर भी नहीं बताया।

पुरंदर की माला में रुचि नहीं थी। उसे जो बात जाननी थी, वह उसे अभी तक पता नहीं लगी थी। वह समझ गया कि दुर्वासा उसे टालने का प्रयास कर रहे थे। यह बात पुरंदर को चुभ गई। वह दुर्वासा को दिखाना चाहता था कि यदि वह ऋषि होकर देवलोक के शासक की उपेक्षा कर सकते हैं तो उसके मन में भी दुर्वासा की माला के प्रति विशेष सम्मान नहीं था।

पुरंदर ने दुर्वासा से माला लेकर उसे ऐरावत के सफ़ेद दंत पर लटका दिया। उसे लगा कि ऐसा करके उसने दुर्वासा को उन्हीं की भाषा में उत्तर दे दिया था। परंतु यहां पुरंदर से चूक हो गई।

दुर्वासा द्वारा दी माला के पुष्प साधारण नहीं थे। उनसे उन्मत्त करने वाली सुगंध आ रही थी परंतु वह सुगंध ऐरावत को पसंद नहीं आई। उसने अपनी गर्दन को ज़ोरदार झटका दिया जिससे उसके दंत पर लटकी माला नीचे गिर गई। ऐरावत को माला की सुगंध इतनी बुरी लगी कि वह माला पर चढ़ गया और उसे अपने विशाल और भारी पैरों से बुरी तरह मसल डाला।

पुरंदर ने कल्पना भी नहीं की थी कि ऐरावत ऐसा कुछ कर बैठेगा। वह चकित रह गया। परंतु तब तक देर हो गई थी। दुर्वासा ने अपनी दी गई भेंट का ऐसा तिरस्कार देखा तो उनका क्रोध उल्कापिंड की भांति फूट पड़ा। उनकी आंखें क्रोध से लाल हो गईं। उसके बाद वही हुआ, जो अपेक्षित था। दुर्वासा चिल्लाए, 'पुरंदर! तुमने आज अहंकार की अंतिम सीमा भी लांघ दी है। मैंने आभार-स्वरूप तुम्हें माला भेंट की थी किंतु तुमने उसका सम्मान नहीं किया। तुम्हें पद और प्रतिष्ठा का बहुत घमंड है। अब तुम्हारे लिए इस घमंड का मूल्य चुकाने का समय आ गया है। मैं तुम्हें शाप देता हूं कि तुम अपनी ऊर्जा, अपना यौवन और अपनी प्रतिष्ठा खो दोगे। तुम वृद्ध हो जाओगे, तुम्हारा शरीर सामान्य मनुष्यों की भांति दुर्बल, कांतिहीन और अक्षम हो जाएगा। तुम्हारे पास झूठे घमंड के अतिरिक्त कुछ भी शेष नहीं रहेगा।'

पुरंदर को अपनी भूल का एहसास हो गया था। उसकी आंखों में कातरता छलक आई। वह गिड़गिड़ाया, 'मुझे क्षमा कर दीजिए ऋषिवर! मैंने अहंकार के चलते आपका अपमान कर दिया। मुझसे भारी भूल हो गई। यौवन, मान और प्रतिष्ठा खो जाने के बाद मेरा जीवन ही व्यर्थ हो जाएगा। मैं आपको वचन देता हूं कि ऐसा कुकृत्य फिर कभी नहीं करूंगा। मुझ पर दया कीजिए।'

'दया!' दुर्वासा बोले, 'पुरंदर, तुम दया तो दूर, किसी भी वस्तु के योग्य नहीं हो! किसी का अपमान करना, फिर स्वयं मुसीबत में फंस जाना और अंत में क्षमा मांगना तुम्हारी आदत बन गई है। तुमने इतनी बार ऋषि-मुनियों और देवताओं आदि से क्षमा मांगी है किंतु फिर भी तुम्हारे स्वभाव में कोई परिवर्तन नहीं हुआ। तुम्हारे साथ आज जो हुआ है, वह एक दिन तो होना ही था।'

'ऋषिवर! मुझे अभी बहुत कुछ सीखना शेष है,' पुरंदर मिमियाने लगा। 'मैं स्वयं पर नियंत्रण नहीं रख पाया। मैं अपना स्वभाव अवश्य बदल लूंगा। मैं वचन देता हूं कि फिर कभी आपको शिकायत का अवसर नहीं दूंगा। इस बार मुझे क्षमा करके अपना शाप वापस ले लीजिए। आप स्वयं विचार कीजिए कि देवताओं के राजा का आकर्षण और उसकी सहज ऊर्जा चली गई तो फिर उसका क्या महत्त्व रह जाएगा। मेरे देवलोक का, मेरे सिंहासन का, मेरे... मेरे मुकुट का क्या होगा?'

'तुम्हें यह सब मेरा अपमान करने से पूर्व सोचना चाहिए था।' दुर्वासा ने निष्ठुरता से उत्तर दिया। 'तुम भली-भांति जानते हो कि शाप वापस नहीं लिए जाते। मेरा वचन अकाट्य है। यह सत्य होकर रहेगा।'

'ऋषिवर!' पुरंदर ने विनती की, 'यदि आप शाप वापस नहीं ले सकते, तो प्रत्येक शाप की भांति आपके इस शाप की भी कोई काट अवश्य होगी। कृपया इस भीषण शाप के प्रभाव को कम करने की विधि बता दीजिए।'

दुर्वासा का क्रोध कुछ कम हुआ तो उन्हें भी आभास हुआ कि उन्होंने पुरंदर को बहुत कड़ा शाप दे दिया था। उन्होंने स्वर को थोड़ा धीमा किया और कहा, 'तुम देवलोक के राजा हो तथा देवताओं व मनुष्यों के लिए समान रूप से पूजनीय हो। इसलिए मैं तुम्हें इस शाप से मुक्त होने का मार्ग बता देता हूं। यदि संभव हो तो तुम एक प्रयास कर सकते हो।'

'कृपया जल्दी बताएं मुनिवर! मैं अपने पद एवं इंद्रासन को बचाने के लिए कुछ भी कर सकता हूं,' पुरंदर ने उतावलेपन से कहा।

'ऐसी बात है,' दुर्वासा बोले, 'तो जाओ और समुद्र-मंथन करो। समुद्र को मथने के बाद उसके भीतर से अनेक मूल्यवान वस्तुएं निकलेंगी। अंत में अमृत भी निकलेगा। उस दिव्य पेय का मात्र एक घूंट पीने से तुम अपना खोया हुआ यौवन, आकर्षण एवं अपनी दिव्य ऊर्जा फिर से प्राप्त कर सकोगे।'

'समुद्र-मंथन!' पुरंदर ने अविश्वास से भरकर कहा। 'ऋषिवर, मैं समुद्र को कैसे मथ सकता हूं?'

'मैं नहीं जानता,' दुर्वासा बोले। 'यह तुम्हें सोचना है। यदि तुम्हें अपना यौवन और आकर्षण वापस चाहिए तथा तुम इंद्रासन बचाना चाहते हो तो तुम्हें यही करना होगा। जाओ, मेरा और समय बर्बाद मत करो। मुझे बहुत-से कार्य करने हैं।' यह कहकर दुर्वासा मुड़ गए। उन्होंने कुछ पुष्प और चुने और कुटिया के भीतर चले गए। उनका आशय स्पष्ट था कि वह पुरंदर से और अधिक बात करने के इच्छुक नहीं थे।

पुरंदर स्तब्ध था। वह किंकर्तव्यविमूढ़-सा खड़ा सोचता रहा। समुद्र को मथने के विचार से ही पुरंदर के शरीर की नसें तन गईं। उसका तन दुर्बल पड़ने लगा। उसके पास दो ही विकल्प थे : दुर्वासा के शाप को स्वीकार कर ले तथा वृद्ध होकर अपना इंद्रासन त्याग दे अथवा समुद्र-मंथन करके अमृत-पान करके अपने पद एवं प्रतिष्ठा की रक्षा करे। पुरंदर के लिए एक ओर कुआँ था और दूसरी ओर खाई।

पुरंदर अमरावती लौटा तो हताश और दुखी था। उसने अपने मित्र एवं विश्वासपात्र अग्निदेव को बुलाया और दुर्वासा के दुर्भाग्यपूर्ण शाप और उसके निराकरण की भीषण विधि का उल्लेख किया।

अग्निदेव ने सुना तो पहले तो उन्हें पुरंदर की मूर्खता पर हँसी आई किंतु उन्होंने किसी तरह स्वयं को संभाला और फिर सोचने लगे। कुछ क्षण विचार करने के उपरांत अग्निदेव बोले, 'देवराज, यह कार्य अत्यंत चुनौतीपूर्ण अवश्य है किंतु असंभव नहीं है।'

'आह! मैं तुम्हें इसीलिए अपना सच्चा मित्र मानता हूं,' पुरंदर ने मुस्कराकर कहा। उसे विश्वास था कि अग्निदेव उस कठिन परिस्थिति का समाधान अवश्य निकाल लेंगे।

'परंतु अग्नि, यह कार्य होगा कैसे?' इंद्र ने पूछा। 'समुद्र कोई मटकी नहीं है जिसे हम यूं ही मथ लेंगे।'

अग्निदेव ने कहा, 'मंथन के लिए हमें एक विशाल मथनी और उसे रखने के लिए एक ठोस आधार चाहिए। हमें एक लंबी और मज़बूत रस्सी भी चाहिए। मंथन के लिए रस्सी को दोनों सिरों से खींचने के लिए कुछ लोगों की आवश्यकता होगी।' ऐसा कहकर अग्निदेव ने समुद्र-मंथन के लिए आवश्यक वस्तुओं की सूची तैयार कर दी।

'बहुत बढ़िया!' पुरंदर प्रसन्न हो गया। 'कार्य का आरंभ अच्छा हो, तो वह आधा संपन्न माना जाता है। तुम सचमुच बहुत बढ़िया सोचते हो। परंतु अब प्रश्न है कि हम इन वस्तुओं का प्रबंध कैसे करेंगे।' देवेंद्र उत्तेजित था।

'कुछ सोचते हैं,' अग्निदेव ने सोचना आरंभ किया और अगले ही क्षण उन्होंने समुद्र-मंथन की योजना का प्रारूप तैयार कर दिया।

वह बोले, 'हम मथनी के स्थान पर मंदार पर्वत का उपयोग कर लेंगे। वह इस कार्य के लिए अत्यंत उपयुक्त है। उसकी ऊंचाई ग्यारह हज़ार योजन है और वह लगभग इतना ही धरती के अंदर धंसा है (एक योजन लगभग 10 मील का होता है!) उसका आकार इतना विशाल है कि उसे समुद्र-तट तक ले जाने के लिए अनंत नाग की आवश्यकता होगी क्योंकि पृथ्वी पर कोई अन्य प्राणी नहीं है जो मंदार को उसके स्थान से उखाड़कर अन्यत्र ले जा सके।'

'ओह! मैं स्वयं अनंत से अनुरोध करूंगा। यह बताओ कि हमें मंथन के लिए रस्सी कहां से मिलेगी? क्या तुम्हारे दिमाग़ में इसके लिए कोई युक्ति है?' पुरंदर के मन में धीरे-धीरे दुर्वासा के शाप से मुक्त होने की आशा बलवती हो चली थी।

'वासुकि के विषय में आपका क्या विचार है?' अग्निदेव ने संसार के सबसे लंबे सर्प का नाम लेकर पूछा।

'वासुकि सचमुच आदर्श रस्सी का कार्य करेगा!' पुरंदर ने प्रसन्न होकर कहा।

'परंतु वासुकि के साथ एक समस्या भी है,' अग्निदेव ने कहा और मौन हो गए।

'कौन-सी समस्या?' पुरंदर फिर चिंतित हो गया।

'उसकी लंबाई,' अग्निदेव ने उत्तर दिया। 'वासुकि का वह गुण जो

हमारे लिए लाभकारी है, वही उसकी सबसे बड़ी बाधा भी है। वासुकि इतना लंबा है कि वह स्वयं रेंग कर समुद्र-तट तक कभी नहीं पहुंच सकता।'

'तुम सही कह रहे हो,' पुरंदर ने विचारशील मुद्रा में कहा। 'क्या मैं गरुड़ से कहूं कि वह वासुकि को अपनी चोंच में उठाकर समुद्र-तट पर पहुंचा दे?'

'नहीं! गरुड़ भी सहायता नहीं कर सकेगा,' अग्निदेव बोले। 'वासुकि इतना लंबा है कि गरुड़ यदि उसे चोंच में उठाकर बादलों के ऊपर ऊपर उड़ने का प्रयास करे तो भी वासुकि के शरीर का एक बड़ा अंश धरती पर ही लटका रहेगा। हमें कोई और तरीक़ा सोचना होगा।' पुरंदर और अग्निदेव मिलकर इस समस्या पर विचार करने लगे।

'भगवान शिव इसमें हमारी सहायता कर सकते हैं,' अग्निदेव के पास मानो हर समस्या का समाधान था। 'यदि शिव चाहें तो वह नाग वासुकि को अपनी कलाई पर लपेटकर उसे समुद्र-तट तक पहुंचा सकते हैं।'

'वाह! यह अच्छा है।' पुरंदर को अग्निदेव का विचार पसंद आ गया। समुद्र मंथन की योजना और प्रक्रिया धीरे-धीरे इंद्र के मस्तिष्क में आकार लेने लगी थी।

'हमें अब मंदार पर्वत को रखने के लिए एक ठोस आधार तथा वासुकि को खींचने के लिए लोगों की आवश्यकता है,' पुरंदर ने खुश होकर कहा।

'देवराज, एक ओर से तो वासुकि को देवता खींच लेंगे,' अग्निदेव ने प्रस्ताव रखा, 'परंतु दूसरी ओर से खींचने के लिए कौन आएगा?' समुद्र-मंथन की समस्या में यह अंतिम पेंच अभी फंसा हुआ था।

'हम भगवान विष्णु के पास चलते हैं और उन्हीं से परामर्श लेते हैं,' अग्निदेव ने सुझाव दिया। 'मुझे विश्वास है कि उनके मार्गदर्शन से हमें अवश्य लाभ होगा।'

दुर्वासा के शाप से मुक्त होने के लिए पुरंदर इतना बेचैन था कि वह कुछ भी करने को तैयार था। आख़िर उसे अपना यौवन बचाना था और देवलोक का शासन भी।

पुरंदर और अग्निदेव भगवान विष्णु के पास पहुंचे और उन्हें पूरी बात कह सुनाई। विष्णु ने पहले तो पुरंदर की मूर्खता के लिए उसे फटकारा।

विष्णु बोले, 'पुरंदर, तुम ऐसे कार्य करते ही क्यों हो? दुर्वासा को क्रोधित करने से पहले विचार तो किया होता। तुम्हें पता होना चाहिए कि तुम देवताओं के राजा हो। तुम इंद्र हो! इस तरह के मूर्खतापूर्ण और अविवेकी कार्य करना तुम्हें शोभा नहीं देता।'

'मैं जानता हूं प्रभु,' पुरंदर ने नीचे देखते हुए उत्तर दिया। 'मैं भविष्य में ऐसी भूल नहीं करूंगा। कृपया मंदार पर्वत को ठोस आधार देने में हमारी सहायता कीजिए। हम वासुकि को रस्सी बना लेंगे। उसे एक ओर से देवता खींचेंगे, परंतु दूसरी ओर से उसे खींचने के लिए एक अन्य समूह की आवश्यकता होगी। क्या आप इस विषय में कोई परामर्श दे सकते हैं?'

'मंदार पर्वत के आधार की चिंता मत करो,' विष्णु ने आश्वासन दिया। 'मैं स्वयं उसे आधार प्रदान करूंगा। जहां तक वासुकि को दूसरे सिरे से खींचने का प्रश्न है, तुम अपने मौसेरे भाई असुरों के पास क्यों नहीं जाते?'

'असुर!' पुरंदर चकित हो गया। 'असुर हमारी सहायता क्यों करेंगे? उनकी तो देवताओं के साथ जन्मजात शत्रुता है। वे दुर्वासा के शाप के विषय में जान गए तो उन्हें तो मुझे वृद्ध और अक्षम देखकर बहुत प्रसन्नता होगी। मेरा इंद्रासन छिन जाने के बाद तो उनकी प्रसन्नता का ठिकाना ही नहीं रहेगा।'

'तुम्हारी बात सही है,' विष्णु ने मुस्कराते हुए उत्तर दिया, 'किंतु लोभ! लोभ बहुत बुरी चीज है। तुम मेरी इस बात का बुरा मत मानना, किंतु असुर भी देवताओं की तरह लोभी हैं। तुम यदि असुरों को मंथन के उपरांत प्राप्त मूल्यवान वस्तुओं में से उनका हिस्सा देने का प्रलोभन दो तो संभव है वे समुद्र-मंथन में तुम्हारा साथ देने के लिए तैयार हो जाएं। मुझे लगता है यह सौदा महंगा नहीं है। तुम प्रयास करके देखो, तुम्हें सफलता अवश्य मिलेगी।'

पुरंदर को विष्णु का सुझाव पसंद आ गया। उसने असुरों को भी मंथन में अपने साथ जोड़ने का मन बना लिया। संयोग से विष्णु द्वारा असुरों के विषय में लगाया गया अनुमान सही निकला। समुद्र-मंथन से प्राप्त होने वाली वस्तुओं का हिस्सा पाने के लालच में असुरों ने देवताओं का साथ देने के लिए हामी भर दी।

पुरंदर ने अग्निदेव की सहायता से मंथन के लिए शीघ्र ही सभी आवश्यक वस्तुओं का प्रबंध कर लिया। अनंत नाग ने मंदार पर्वत को धरती

से उखाड़कर समुद्र-तट तक पहुंचा दिया। भगवान विष्णु ने स्वयं कूर्म अवतार लेकर मंदार पर्वत को अपनी पीठ पर धारण कर लिया। ऐसा करने से मथनी तैयार हो गई। भगवान शिव ने वासुकि नाग को कलाई में लपेटकर समुद्र-तट पर छोड़ दिया और वासुकि ने स्वयं को मंदार के चारों ओर लपेट लिया। इस तरह समुद्र-मंथन के लिए रस्सी भी बन गई। देवताओं ने वासुकि को पूंछ की ओर से पकड़ लिया और असुरों ने वासुकि के भारी सिर को थाम लिया। पुरंदर ने सारी व्यवस्था का निरीक्षण किया और फिर अपना विशाल वज्र मंदार पर्वत के शीर्ष पर टिकाकर खड़ा हो गया ताकि मंथन के समय पर्वत को ऊपर से साधकर रखा जा सके।

पहला झटका असुरों ने लगाया। उन्होंने वासुकि के सिर को पकड़ा और पूरी शक्ति से अपनी और खींचा। वासुकि को खींचने से मंदार थोड़ा-सा घूमा और फिर रुक गया। इसके बाद देवताओं की बारी आई। उन्होंने वासुकि की पूंछ थाम रखी थी। देवताओं ने उसे ज़ोर से खींचा तो वासुकि उनकी ओर घूमा और उसके साथ मंदार भी विपरीत दिशा में घूम गया। समुद्र-मंथन आरंभ हो चुका था।

विशालकाय मंदार के बार-बार घूमने से समुद्र में बड़ी-बड़ी लहरें उठने लगीं। उसके घूमने से उत्पन्न घर्षण के कारण समुद्र में ज़बर्दस्त ऊष्मा पैदा हो रही थी जिससे समुद्री जीवन को भारी क्षति हुई।

यह सृष्टि के इतिहास की एक अभूतपूर्व एवं असाधारण घटना थी। पुरंदर ने एक ऋषि को कुपित कर दिया था और अब वह ऋषि के शाप के प्रभाव को मिटाने हेतु देवताओं और असुरों से समुद्र-मंथन करवा रहा था। यही नहीं, उसकी मूर्खता के कारण असंख्य जल-प्राणियों के प्राण संकट में पड़ गए थे। वह स्वयं इस पूरे नाटक को ऊपर से देख रहा था। कितने ही प्राणी पुरंदर के अहंकारी स्वभाव का शिकार बन गए थे।

समुद्र-मंथन चलता रहा। कुछ समय बाद समुद्र में हलचल हुई। ऐसा लगा भीतर से कुछ निकल रहा था। सब प्रसन्नता से देखने लगे। परंतु उनकी प्रसन्नता क्षणिक थी। असुरों और देवताओं ने देखा समुद्र से विष निकल रहा था। वह इतना घातक था कि उसमें सृष्टि को नष्ट कर देने की क्षमता थी। पुरंदर को लगा कि संसार का अंत निकट है परंतु तभी भगवान शिव, सृष्टि की रक्षा के लिए आगे आए और उन्होंने वह विष स्वयं पी लिया। शिव ने विष को अपने कंठ में ही रोक लिया और नीचे नहीं जाने दिया। विष इतना

शक्तिशाली था कि उसे पीने से भगवान शिव का कंठ नीला हो गया। इसी कारण उनका नाम 'नीलकंठ' पड़ा।

मंथन के फलस्वरूप मूल्यवान वस्तुओं की आशा लेकर आए असुरों ने जब समुद्र से विष निकलता देखा तो वे निराश हो गए। उन्हें लगा उनके साथ धोखा हुआ और उन्हें पथभ्रष्ट करने का प्रयास किया गया था। उन्होंने वासुकि का सिर पटक दिया और मंथन अधूरा छोड़कर जाने लगे।

पुरंदर ने असुरों को जाते देखा तो वह घबराकर उनके पास गया और उन्हें समझाते हुए बोला, 'मंथन के बाद नकारात्मक वस्तुएं पहले बाहर आती हैं। आप थोड़ा धैर्य रखिए।'

पुरंदर ने असुरों की प्रशंसा की तथा उन्हें आश्वासन दिया कि उन्हें शीघ्र ही मेहनत और धैर्य का पुरस्कार मिलेगा। वह किसी को भी बातों में फंसा लेने में माहिर था। उसने असुरों को प्रलोभन द्वारा फिर से मंथन के लिए तैयार कर लिया। समुद्र-मंथन फिर से आरंभ हो गया।

इस बार भाग्य ने उनका साथ दिया। समुद्र से आकर्षक व मूल्यवान वस्तुएं निकलने लगी। सबसे पहले धन की देवी, लक्ष्मी बाहर आईं। इसके बाद अप्सराएं और बहुत-से दिव्यास्त्र, दिव्य प्राणी, दिव्य औषधियां तथा रत्न आदि समुद्र से निकले। अथाह संपत्ति एवं असीम वैभव देखकर असुरों और देवताओं की प्रसन्नता का ठिकाना नहीं रहा।

समुद्र-मंथन से पूर्व असुरों और देवताओं में समझौता हुआ था कि मंथन से निकलने वाली वस्तुओं को दोनों के बीच बराबर बांटा जाएगा। पुरंदर ने वचन पूरा किया और वस्तुओं का आधा भाग असुरों को सहर्ष दे दिया। सब प्रसन्न थे किंतु देवराज पुरंदर के मुख पर प्रसन्नता ढूंढ़ने से भी दिखाई नहीं पड़ रही थी। क्योंकि उसे जिस वस्तु की प्रतीक्षा थी, वह अब तक प्राप्त नहीं हुई थी। वैसे अमृत की प्रतीक्षा सबको थी। आख़िर अमर कौन नहीं होना चाहता।

उनकी प्रतीक्षा शीघ्र ही समाप्त हो गई। महान चिकित्सक धन्वंतरि समुद्र की गहराइयों से हाथों में एक कलश लिए बाहर निकल रहे थे। पुरंदर ने देखा कि दुर्वासा के शाप को मिटाने वाला दिव्य पेय अमृत समुद्र से बाहर आ गया था।

असुरों और देवताओं के बीच हुए समझौते के अनुसार, अन्य वस्तुओं की भांति अमृत को बराबर बांटा जाना निश्चित था। परंतु अमृत का कलश

केवल एक था। वस्तु सीमित हो तो लोभ विकसित होना स्वाभाविक है और लोभ वैमनस्य का जनक है। अमृत-कलश को बांटने का विचार आते ही दोनों गुटों में लोभ और वैमनस्य फूट पड़ा। असुर और देवता जो कुछ देर पहले तक मिलकर समुद्र-मंथन कर रहे थे। अमृत सामने आते ही एक-दूसरे के रक्त के प्यासे हो गए। दोनों को अपना हिस्सा गंवा देने का भय सता रहा था। उन्हें लग रहा था कहीं उनके साथ धोखा न हो जाए। अमृत-कलश को लेकर देवताओं और असुरों के बीच संघर्ष बढ़ गया और स्थिति नियंत्रण से बाहर हो गई। समुद्र-तट पर मंथन के स्थान पर रक्तपात होने लगा। कुछ ही देर में युद्ध जैसी स्थिति उत्पन्न हो गई।

पुरंदर इस भगदड़ और लड़ाई-झगड़े को देखकर चिंतित हो गया। उसे रक्तपात की चिंता नहीं थी। उसे डर इस बात का था कि देवासुर संग्राम के बीच अमृत-कलश नीचे न गिर जाए। पुरंदर के लिए सबसे महत्त्वपूर्ण अमृत-घट था जो उसके यौवन और इंद्रासन को बचाने की एकमात्र कुंजी थी। पुरंदर के लिए कलश को सुरक्षित प्राप्त करना नितांत आवश्यक था।

पुरंदर ने गरुड़ से आग्रह किया वह समुद्र-तट से अमृत का कलश उठा ले जाए। गरुड़ ने पुरंदर की आज्ञा का पालन किया और धन्वंतरि के हाथों से अमृत-कलश लेकर उड़ गया। कलश को सुरक्षित करने के बाद पुरंदर ने विष्णु से अनुरोध किया कि वह असुरों और देवताओं के बीच हो रहे युद्ध को रोकने का उपाय करें।

भगवान विष्णु को भी लगा कि समुद्र-तट पर भयावह स्थिति उत्पन्न हो गई थी। उन्होंने मोहिनी नाम की एक अनुपम अप्सरा का रूप धारण किया और हाथ में अमृत-कलश लेकर समुद्र-तट पर पहुंच गए। मोहिनी के असाधारण सौंदर्य तथा उसके हाथ में अमृत-घट देखकर असुर और देवता परस्पर लड़ना छोड़कर मोहिनी के पीछे चल पड़े।

इस बीच, मोहिनी ने असुरों के साथ पक्षपात करते हुए देवताओं को पहले अमृत पिला दिया। संयोग से, स्वरभानु नाम का एक असुर देवताओं के बीच रूप बदलकर छिपा बैठा था। उसने भी अमृत की कुछ बूंदें चख लीं। परंतु सूर्यदेव व चंद्रदेव ने स्वरभानु को पहचान लिया और मोहिनी को उसकी चाल के विषय में बता दिया। इससे पहले कि अमृत की बूंदें स्वरभानु के कंठ से नीचे उतर पातीं, मोहिनी रूपी भगवान विष्णु ने सुदर्शन-चक्र से स्वरभानु का सिर काट डाला। उसका सिर धड़ से अवश्य अलग हो गया

किंतु अमृत चख लेने के कारण स्वरभानु की मृत्यु नहीं हुई। उसके सिर और धड़ अलग-अलग जीवित थे।

इस घटना के बाद स्वरभानु का सिर 'राहु' और धड़ 'केतु' के नाम से प्रसिद्ध हो गया। तभी से वह असुर, राहु और केतु के दोष-रूप में आज भी विद्यमान है। उसकी सूर्य और चंद्र से आज भी शत्रुता है। यही कारण है कि वह समय-समय पर सूर्य और चंद्र को ग्रस लेता है, जिसे हम सूर्य-ग्रहण तथा चंद्र-ग्रहण के नाम से जानते हैं।

इस कथा का अंत उसी तरह जिस तरह नियति में होना लिखा था। अमृत-पान करने के बाद देवताओं पर जादुई प्रभाव हुआ और वे ऊर्जा से भर उठे। उन्होंने सरलता से असुरों को पराजित कर दिया। असुरों के मन में देवताओं विशेषकर पुरंदर के प्रति, कटुता एवं अविश्वास पहले से भी दृढ़ हो गया। उनके साथ धोखा हुआ था, परंतु वे बहुत थक चुके थे तथा उनके भीतर प्रतिशोध लेने का साहस नहीं था। उन्होंने निश्चय किया कि वह अपनी पराजय का बदला उपयुक्त समय पर अवश्य लेंगे।

इधर, वासुकि नाग तथा मंदार पर्वत को अपने-अपने स्थान पर वापस पहुंचा दिया गया। पुरंदर ने देवताओं का आभार व्यक्त किया तथा विष्णु एवं शिव को समय पर सहायता के लिए धन्यवाद दिया। अमृत-पान करने के बाद पुरंदर को यौवन और ऊर्जा फिर से प्राप्त हो गए। वह विजयी तथा पहले की भांति गौरवान्वित व प्रतिष्ठित होकर अमरावती लौट आया। उसने देवलोक के सिंहासन पर अपना अधिकार एक बार फिर सुरक्षित कर लिया था।

पुरंदर ने भगवान शिव को वचन दिया कि वह फिर कभी अहंकार के वशीभूत होकर किसी ऋषि-मुनि को कुपित करने की मूर्खता नहीं करेगा। यद्यपि पुरंदर की अनेक बुरी आदतों में से एक यह भी थी कि वह अपना वचन पूरा नहीं करता था। इसलिए इस बात में भी संदेह है कि पुरंदर ने शिव को दिया यह वचन भी निष्ठापूर्वक निभाया होगा।

30

इंद्रजीत

लंका का राजा रावण, अपने साहस और अथाह ज्ञान के लिए प्रसिद्ध था। उसका जन्म ब्राह्मण परिवार में हुआ था इसलिए तप एवं साधना करना उसके खून में था। रावण ने परिश्रम और तप द्वारा ब्रह्मा को प्रसन्न कर लिया और बहुत-से वरदान प्राप्त कर लिए, जिससे उसकी शक्तियां असीमित रूप से बढ़ गईं। वह अजेय हो गया था। रावण धीरे-धीरे वरदानों का दुरुपयोग करने लगा और ब्राह्मण होते हुए भी उसका स्वभाव दैत्य-सा हो गया। अपने क्रूर और दुष्कर्मों के कारण शीघ्र ही वह राक्षस कुल का राजा बन बैठा। अदम्य शारीरिक बल और ज्ञान के अतिरिक्त रावण की स्त्रियों में भी बहुत रुचि थी। उसने वासना-तृप्ति के लिए संसार-भर से सैकड़ों सुंदर स्त्रियों एवं कन्याओं का हरण करके उन्हें अपने अंतःपुर में रखा हुआ था। रावण उनकी सेवाएं लेता और फिर काम-तुष्टि के उपरांत उनके साथ क्रूर व्यवहार करता था।

रावण के महल एवं अंतःपुर में असंख्य स्त्रियां थीं, फिर भी उसकी वासना शांत नहीं होती थी। पृथ्वी की अधिकांश सुंदरतम स्त्रियां उसके पास थीं। फिर उसने अपनी दृष्टि ऊपर घुमाई और देवलोक पर आक्रमण करने का विचार बना लिया। रावण केवल अपनी इच्छा व्यक्त करता था। उसके आज्ञाकारी मंत्री तत्काल योजना बनाते थे और राक्षसों की विशाल व शक्तिशाली सेना चुटकियों में अपने राजा की इच्छा पूर्ण कर दिया करती थी।

रावण ने देवलोक पर आक्रमण की इच्छा व्यक्त की तो उसकी सेना ने उसके क्रियान्वयन में भी विलंब नहीं किया। राक्षस सेना के भारी-भरकम

क़दमों की आवाज़ सुनकर देवलोक में आतंक की लहर दौड़ गई। कुछ ही देर में रावण की अत्याचारी सेना ने अमरावती के प्राचीर को रौंद डाला और देवलोक में प्रवेश कर गई।

रावण ने जब देवलोक पर आक्रमण किया, उस समय इंद्र अपनी राजसभा में बैठा गंधर्वों के मनमोहक संगीत पर थिरकती अप्सराओं का नृत्य देख रहा था। राक्षसों के देवलोक पर आक्रमण करते ही सब घबराकर इधर-उधर दौड़ने लगे। उन सबमें सबसे अधिक भयभीत पुरंदर था। वह अपनी सबसे प्रिय वस्तु इंद्रासन को कसकर पकड़े बैठा था। शीघ्र ही उसने स्थिति की गंभीरता को भांप लिया और रावण से युद्ध के लिए तैयार हो गया।

देवलोक का शासक पुरंदर जानता था कि देवताओं के लिए रावण को परास्त करना आसान नहीं है। वह भागा हुआ विष्णु के पास पहुंचा और थरथराती आवाज़ में बोला, 'हे प्रभु! राक्षसराज रावण ने देवलोक पर आक्रमण कर दिया है। ब्रह्मा के वरदान के चलते रावण को हराना लगभग असंभव है। आप ही हमारे एकमात्र रक्षक हैं। मैं आपकी शरण में हूं। कृपया हमारी सहायता कीजिए। हमें रावण के आक्रमण से बचने के लिए क्या करना चाहिए?'

विष्णु ने मुस्कराकर उत्तर दिया, 'मैं रावण के अत्याचारी व्यवहार से परिचित हूं। उसका देवलोक पर आक्रमण करना सर्वथा अनुचित है। मुझे पता है कि उसने ऐसा सत्ता के लोभ और वासना की तुष्टि के लिए किया है।'

'आपको सब कुछ पता है,' पुरंदर ने कहा, 'फिर भी आप देवताओं की रक्षा के लिए कुछ क्यों नहीं करते? रावण को केवल आप मार सकते हैं। वह ब्रह्मा के वरदान के कारण अजेय हो गया है। मुझे विश्वास है कि आप उसका संहार करने के लिए निश्चित ही कोई योजना बनाएंगे।'

यह सुनकर विष्णु ने उत्तर दिया, 'निस्संदेह, मैं रावण को किसी भी समय मार सकता हूं। परंतु अभी उसकी मृत्यु का समय नहीं आया है। उसे कुछ समय और जीवित रहना है। किंतु मैं तुम्हें वचन देता हूं कि उचित समय आने पर मैं उससे युद्ध करके उसका वध करूंगा। परंतु अभी तुम्हें स्वयं रावण से युद्ध करना होगा। अपनी शक्तियों का उपयोग करो और पूरे सामर्थ्य के साथ रावण का मुक़ाबला करो।'

पुरंदर ने भगवान विष्णु के समक्ष सिर झुकाया और देवलोक लौट गया। उसने अपनी सेना को युद्ध का आदेश दे दिया। पुरंदर के नेतृत्व में देवताओं

की सेना युद्धभूमि में उतर गई। सेनापति सुमाली के नेतृत्व में राक्षसों की सेना भी युद्ध के लिए तैयार थी। कुछ ही देर में भीषण युद्ध आरंभ हो गया। दोनों ओर से लोग मारे गए।

इस बीच, सावित्र नाम के वसु ने गदा के प्रहार से सुमाली का वध कर दिया। राक्षस अपने सेनापति को मृत देखकर इधर-उधर दौड़ने लगे। राक्षसों की सेना, जो विजय के अत्यंत निकट थी, सहसा घबरा गई। उनकी स्थिति चिंताजनक हो गई थी।

रावण युद्ध का दृश्य परिवर्तित होता देख समझ गया कि देवताओं को युद्ध के सामान्य तरीक़ों से परास्त करना कठिन होगा। इसलिए उसने अपने योग्य एवं साहसी पुत्र मेघनाद को युद्धभूमि में भेजने का निर्णय किया।

मेघनाद अपने पिता की भांति शक्तिशाली और साहसी था। ज़बरदस्त युद्ध-कौशल के अतिरिक्त मेघनाद के पास एक अन्य विशेषता भी थी। वह अनेक मायावी शक्तियों का स्वामी था एवं इंद्रजाल-युक्त युद्ध में निपुण था। मेघनाद मायावी शक्तियां प्राप्त करने के लिए निकुंभला वन की गुफा में तप व तामसी साधनाओं का अभ्यास करता था। कठोर तप द्वारा मेघनाद ने अग्निहोम, अश्वमेध, बाहुस्वर्ण, राजसूय, गोमेद और वैष्णव नाम के छह अति कठिन यज्ञ संपन्न कर लिए थे। उसने तपस्या द्वारा भगवान शिव को प्रसन्न करके उनसे एक दिव्य रथ भी प्राप्त किया था जो क्षणभर में किसी भी स्थान पर पहुंच जाता था।

मायावी मेघनाद स्वेच्छा से अदृश्य होकर अपने शत्रु से युद्ध करता था। इन शक्तियों के अतिरिक्त मेघनाद के पास एक अजेय धनुष, दो अक्षय तरकस और बहुत-से दिव्यास्त्र भी थे। संक्षेप में, मेघनाद अत्यंत ख़तरनाक और असाधारण योद्धा था।

क्रोध में उन्मत्त, मेघनाद अपने संपूर्ण दल-बल के साथ युद्धभूमि में उतर आया। उसके आते ही युद्ध की स्थिति पलट गई। युद्ध का पलड़ा राक्षसों के पक्ष में झुकने लगा। मेघनाद की मायावी शक्तियों से देवता परेशान हो गए। उनकी सेना में कोहराम मच गया। मेघनाद एक स्थान पर खड़ा होकर अग्निबाण छोड़ता और फिर ग़ायब होकर आकाश में अन्यत्र प्रकट हो जाता था। फिर वह उस नए स्थान से घातक अस्त्र और बाणों की वर्षा करने लगता था। देवताओं के लिए मेघनाद के वास्तविक स्थान का पता लगाना असंभव हो गया। रावण के योग्य पुत्र के समक्ष देव-सेना पूर्ण रूप

से असहाय, निर्बल एवं असमर्थ दिखाई पड़ रही थी। इसमें कोई संदेह शेष नहीं था कि पुरंदर की सेना वह युद्ध लगभग हार चुकी थी।

पुरंदर ने स्थिति का विश्लेषण किया। फिर उसने अपने पुत्र जयंत के पास संदेश भेजा और उसे युद्ध में आने का आदेश दिया। देवताओं को हताश देखकर पुरंदर ने उन्हें सांत्वना देते हुए कहा, 'मित्रों, आपको घबराने की आवश्यकता नहीं है। रावण ने अपने पुत्र मेघनाद को युद्ध में भेजा है, तो मैंने भी अपने पुत्र जयंत को युद्धभूमि में बुलाया है। वह मेघनाद के समान वीर है। आप मेरा विश्वास कीजिए कि जयंत यहां आते ही मेघनाद को पराजित कर देगा।'

पुरंदर को आशा थी कि उसके ऐसे आश्वासन से उसकी सेना का गिरता मनोबल संभल जाएगा परंतु ऐसा कुछ नहीं हुआ। जयंत का नाम सुनकर भी देवताओं के हताश चेहरों पर आशा और उत्साह का भाव नहीं आया। ऐसा नहीं था कि देवताओं को इंद्र-पुत्र जयंत की योग्यता पर संदेह था। दरअसल, वे जानते थे कि जयंत के लिए मेघनाद की मायावी शक्तियों के समक्ष अधिक समय टिक पाना कठिन होगा।

कुछ ही देर में जयंत आ गया। उसके और मेघनाद के बीच घमासान युद्ध हुआ। देवराज का पुत्र होने के नाते जयंत भी बहुत योग्य और साहसी था। उसने मेघनाद का डटकर मुक़ाबला किया। परंतु देवताओं को जिस बात का भय था, वही हुआ। शीघ्र ही जयंत भी मेघनाद की मायावी शक्तियों के सामने असहाय हो गया। देवताओं के शिविर में हताशा की लहर दौड़ गई। जयंत और पुरंदर दोनों मिलकर भी मेघनाद को नहीं रोक पा रहे थे। रणभूमि में चारों ओर मेघनाद की माया और उसका आतंक छाया हुआ था।

युद्ध के दौरान अचानक ऐसा हुआ कि मेघनाद ने जयंत को घेर लिया। अपने पुत्र को संकट में देख पुरंदर दौड़ता हुआ उसकी सहायता के लिए पहुंचा। वह जयंत को मेघनाद से बचाना चाहता था। इंद्र ने ज्यों ही मेघनाद पर अपना घातक इंद्रास्त्र चलाया, तो रावण-नंदन वहां से ग़ायब हो गया। मेघनाद की रहस्यमयी चालें देवताओं के लिए सिरदर्द बन गई थीं। जयंत और पुरंदर को अपने शत्रु की किसी भी चाल की काट नहीं सूझ रही थी।

जयंत अभी कुछ सोच ही रहा था कि उसने दाईं ओर देखा तो आश्चर्य से उसकी आंखें खुली रह गईं। दुष्ट मेघनाद ने पुरंदर को मायावी शक्ति से बांध लिया था। लंका के राजकुमार ने देवलोक के राजा को युद्ध में पराजित

कर दिया था। वह मेघनाद के लिए शानदार विजय तथा इंद्र के लिए अत्यंत शर्मनाक हार थी।

पुरंदर लज्जा से सिर झुकाए खड़ा था। उसके हाथ मेघनाद की 'मायावी रस्सी' से बंधे थे, जिसका दूसरा सिरा मेघनाद के हाथ में था। वह पुरंदर को रथ में बैठाकर ले गया और उसे रावण के समक्ष खड़ा कर दिया।

मेघनाद ने रावण से कहा, 'देखिए पिताजी! मैंने देवराज इंद्र को बंदी बना लिया है। युद्ध समाप्त हो गया है। उसमें मेरी विजय हुई है।'

पुरंदर को बंदी बना देख रावण की खुशी का ठिकाना नहीं रहा। देवताओं को पराजित करने का अर्थ यह था कि देवलोक भी अब रावण के अधीन हो गया था। गर्व से भरा रावण अपने विजयी पुत्र के पास गया और उसे गले लगा लिया।

'शाबाश पुत्र!' रावण ने कहा, 'मैं जानता था कि तुम कभी नहीं हार सकते। मुझे तुम पर गर्व है। चलो हम इंद्र को लंका ले चलते हैं। मैं चाहता हूं मेरी प्रजा भी देवलोक के राजा का दर्शन करे।'

यह कहकर पिता-पुत्र ने पुरंदर को बंदी बनाया और अपने साथ लंका ले आए। देवताओं की सेना खड़ी देखती रह गई। उनके राजा इंद्र को बंदी बनाकर ले जाया जा चुका था।

देवलोक में पुरंदर की पराजय के बाद शोक की लहर थी। देवतागण भगवान ब्रह्मा के पास पहुंचे और पुरंदर की पराजय और उसके बंदी बनाए जाने का दुर्भाग्यपूर्ण समाचार सुना दिया। ब्रह्मा ने स्थिति पर विचार किया। उन्हें लगा कि उनके दिए वरदान के फलस्वरूप ही रावण का दुस्साहस इतना बढ़ गया कि वह देवलोक के शासक को बंदी बनाकर लंका ले गया। उन्होंने इस दुर्घटना की नैतिक ज़िम्मेदारी ली और निश्चय किया कि वह स्वयं लंका जाकर राक्षसराज रावण से देवताओं के राजा पुरंदर को मुक्त करने की विनती करेंगे।

ब्रह्मा ने लंका पहुंचकर रावण के दरबार में प्रवेश किया। राक्षसराज यूं तो अहंकारी था, परंतु उसमें इतनी विनम्रता थी कि वह सृष्टि के रचयिता को दरबार में देखकर उनके सम्मान में उठ खड़ा हुआ। उसने ब्रह्मा का स्वागत किया और उन्हें आसन प्रदान किया। मेघनाद भी रावण के निकट बैठा था।

यद्यपि रावण को ब्रह्मा के आगमन का कारण पता था। उसने पुष्टि करने के उद्देश्य से पूछा, 'प्रभु! यह मेरे लिए अत्यंत हर्ष का विषय है कि आप स्वयं लंका पधारे हैं। आदेश कीजिए, मैं आपके लिए क्या कर सकता हूं?'

ब्रह्मा जानते थे कि रावण चुटकी ले रहा था किंतु उन्हें पता था कि उन्हें रावण से औपचारिक अनुरोध करना ही पड़ेगा।

ब्रह्मा ने रावण से कहा, 'राक्षसराज रावण! देवराज इंद्र पर तुम्हारे पुत्र मेघनाद की विजय निस्संदेह सराहनीय है। परंतु तुम भली-भांति जानते हो कि सृष्टि को सुचारू ढंग से चलाने का दायित्व देवताओं पर है। इंद्र की अनुपस्थिति से देवलोक में अव्यवस्था फैल गई है। मैं नहीं चाहता कि संसार में ऐसी स्थिति उत्पन्न हो जाए कि प्राणियों का देवताओं पर से भरोसा उठ जाए। मैंने बहुत स्नेह और लगन से सृष्टि का निर्माण किया है। मैं चाहता हूं कि यह व्यवस्था निर्बाध रूप से चलती रहे। यही कारण है कि मैं स्वयं पुरंदर को मुक्त करने का आग्रह करने लंका आया हूं।'

रावण मुस्कराया, सृष्टि के रचयिता को अपने समक्ष अनुरोध करता देख उसे आनंद आ रहा था। उसने गर्व से मेघनाद की ओर देखा जिसके पराक्रम के कारण आज स्वयं ब्रह्मा भी उसके सामने असहाय खड़े याचना कर रहे थे।

रावण बोला, 'प्रभु! युद्ध में इंद्र को मैंने नहीं, अपितु मेरे पुत्र मेघनाद ने परास्त किया है। अपने युद्धबंदी के विषय में यह निर्णय लेने का अधिकार केवल मेघनाद को है। क्यों मेघनाद, मैंने ठीक कहा ना?' रावण अपने पुत्र को उसकी वीरता के लिए सम्मान दिलाने का प्रयास कर रहा था। मेघनाद भी अपने पिता के परिहास और वाक्पटुता से प्रसन्न था।

ब्रह्मा ने मेघनाद को देखा। वह समझ गए कि रावण उन्हें लज्जित करना चाहता था। ब्रह्मा को क्रोध आ रहा था, परंतु स्थिति गंभीर थी। ब्रह्मा द्वारा उठाया गया एक भी लापरवाह क़दम पुरंदर के लिए मुसीबत का कारण बन सकता था। ब्रह्मा ने अपमान का घूंट चुपचाप पी लिया।

ब्रह्मदेव ने मेघनाद से कहा, 'मेघनाद, इसमें कोई संदेह नहीं कि तुम अत्यंत साहसी योद्धा और योग्य पिता के योग्य पुत्र हो। जहां तक देवताओं का प्रश्न है, उन्होंने अपनी पराजय स्वीकार कर ली है। वे तुम्हारी प्रभुता

स्वीकार करते हैं। परंतु जैसा कि मैंने अभी कहा, प्रकृति के सुचारू संचालन हेतु इंद्र को उसके आसन पर दोबारा आसीन करना आवश्यक है। तुम्हारे जैसे महान और वीर योद्धा को दयालु भी होना चाहिए। मैं अनुरोध करता हूं कि तुम पुरंदर को मुक्त कर दो और उसे मेरे साथ वापस जाने दो।'

यह सुनकर मेघनाद आनंदित हो गया। यह उसका क्षण था। वह विजय के मद में चूर था। उसने ब्रह्मा को उत्तर दिया, 'ब्रह्मदेव, मुझे आपके अनुरोध को स्वीकार करने में कोई आपत्ति नहीं है। परंतु आपको इस बात का ध्यान रखना चाहिए कि इंद्र सामान्य राजा नहीं है। मैंने देवलोक के शासक को परास्त किया है। यदि मैंने पुरंदर को ऐसे ही छोड़ दिया और मुझे इसके बदले में कुछ नहीं मिला तो मेरा संपूर्ण प्रयास निष्फल हो जाएगा। क्या आप मेरा आशय समझ रहे हैं? क्या आपको नहीं लगता कि मुझे इंद्र को मुक्त करने के बदले में कुछ विशेष पुरस्कार मिलना चाहिए। मुझे अमरत्व प्रदान करने के विषय में आपका क्या विचार है?'

ब्रह्मदेव को मेघनाद की बात में घमंड की दुर्गंध आ रही थी। उन्होंने एक क्षण विचार किया और बोले, 'निस्संदेह! तुमने देवताओं के राजा पुरंदर को परास्त किया है। इसलिए तुम्हें देवराज को मुक्त करने के बदले में कुछ विशेष मिलना ही चाहिए। परंतु तुम जानते हो कि अमरत्व प्रदान नहीं किया जा सकता। मुझे प्रकृति के नियमों के विरुद्ध कार्य करने के लिए बाध्य मत करो। तुम मुझसे कुछ और मांग सकते हो।'

मेघनाद ने हामी भरी और सोचने लगा। ब्रह्मा जानते थे यदि उन्होंने मेघनाद को सोचने के लिए अधिक समय दिया तो वह फिर कुछ अनिष्टकारी मांग कर बैठेगा। इससे पहले मेघनाद कोई विकल्प चुनता, ब्रह्मा ने चतुराई से काम लिया और अपनी ओर से पहल कर दी।

वह बोले, 'मेरे विचार से तुम्हारे पास भौतिक वस्तुओं और अन्य सुख-सुविधाओं का कोई अभाव नहीं है। संसार में ऐसी कोई मूल्यवान वस्तु नहीं, जो तुम्हें उपलब्ध नहीं है। वैसे भी समय के साथ भौतिक वस्तुएं नष्ट हो जाती हैं। परंतु प्राणी की ख्याति कभी नष्ट नहीं होती। वह सनातन है। मैं तुम्हें अपनी ओर से कुछ ऐसा देना चाहता हूं जो तुम्हारी मृत्यु के बाद भी शेष रहे और यह संसार तुम्हें सदा उसी रूप में याद करे।'

यह सुनकर मेघनाद प्रसन्न हो गया। उसने रावण की ओर देखा तो उसकी आंखों में चमक थी। वह ब्रह्मा की बात से सहमत लग रहा था।

ब्रह्मा ने आगे कहा, 'मेघनाद, मैं तुम्हें एक नया नाम देना चाहता हूं, जो देवराज इंद्र पर तुम्हारी विजय को इतिहास के पृष्ठों में अमर कर देगा। क्या तुम्हें मेरा प्रस्ताव पसंद है?'

मेघनाद ने कहा, 'अवश्य प्रभु! सचमुच ख्याति से अधिक मूल्यवान एवं चिरस्थायी और क्या हो सकता है? मुझे आपका प्रस्ताव स्वीकार है।' ऐसा कहकर मेघनाद अपना नया नाम सुनने को उत्सुक हो गया। वह कौतूहल से ब्रह्मा को देखने लगा।

ब्रह्मा बोले, 'तुमने इंद्र को पराजित किया है, इसलिए आज से तुम्हारा नाम "इंद्रजीत" होगा। आशा है तुम्हें यह नाम पसंद आएगा।'

मेघनाद ने अपना नया नाम धीरे-से दोहराया, 'इं-द्र-जी-त!' वह अति प्रसन्न था।

'वाह! क्या शानदार नाम है! देवराज इंद्र को मुक्त कर दो।' उसने प्रहरी को आदेश दिया।

पुरंदर को बंदीगृह से मुक्त कर दिया गया। वह बाहर निकला तो उसके चेहरे पर अवसाद था। वह बिना कुछ कहे सिर झुकाए ब्रह्मा के वाहन पर सवार हुआ और दोनों देवलोक लौट आए।

मार्ग में ब्रह्मा ने देखा कि पुरंदर गहरी चिंता में लीन था। उन्होंने पूछा, 'इंद्र, क्या बात है? तुम मुक्त हो गए हो। अब किस बात से चिंतित हो?'

पुरंदर ने उत्तर दिया, 'ब्रह्मदेव, मैंने जीवन में बहुत-से युद्ध लड़े हैं और अधिकतर में विजय प्राप्त की है। अनेक अवसरों पर मुझे भारी क्षति भी हुई है, परंतु आज तक किसी शत्रु ने मुझे इस तरह बंदी बनाकर अपमानित नहीं किया। मैं देवराज हूं और मेरे पास अनेक मायावी शक्तियां हैं। फिर ऐसा क्या हुआ जिसके कारण मुझे मेघनाद के हाथों इतनी लज्जाजनक पराजय का सामना करना पड़ा?'

ब्रह्मा मुस्कराए और फिर उन्होंने उत्तर दिया, 'पुरंदर, कर्म का सिद्धांत अकाट्य है। यह नियम प्रत्येक प्राणी पर लागू होता है। मनुष्य, असुर और देवता भी इस सिद्धांत के प्रभाव से बच नहीं सकते। इस नियम का सार है कि तुमने जो बोया है, वह आज नहीं तो कल, तुम्हें काटना ही पड़ेगा।'

पुरंदर दुविधा में था। उसने ब्रह्मा की ओर आश्चर्य से देखा और पूछा, 'प्रभु, मैं इस नियम को भली-भांति समझता हूं। परंतु इसका मेरी पराजय से क्या संबंध है?'

'पुरंदर, क्या तुम्हें अहिल्या याद है?' ब्रह्मा ने पूछा। 'गौतम ऋषि की पत्नी अहिल्या।'

अहिल्या का नाम सुनते ही पुरंदर ने सिर झुका लिया। परंतु उसे अपने प्रश्न के उत्तर की प्रतीक्षा थी।

'जी ब्रह्मदेव, मुझे याद है। परंतु मेरी पराजय...'

पुरंदर ने अभी बात पूरी भी नहीं की थी कि ब्रह्मा ने पुरंदर की पराजय का रहस्य खोलते हुए कहा, 'तुम्हें याद होगा कि तुमने गौतम की पत्नी अहिल्या के साथ मायावी शक्तियों के प्रयोग से ही व्यभिचार किया था। इसके उपरांत गौतम ने तुम्हें शाप देकर तुम्हारे अंडकोष गिरा दिए थे। उन्होंने शाप में यह भी कहा था कि तुमने अपने भ्रम-जाल का दुरुपयोग करके मेरी पत्नी के साथ व्यभिचार किया है, इसलिए मैं तुम्हें एक और शाप देता हूं कि भविष्य में तुम्हारा शत्रु भी तुम्हें इसी तरह माया-जाल में फंसाकर बंधक बनाएगा। क्या तुम्हें याद है पुरंदर? गौतम मुनि के उसी शाप के फलस्वरूप मेघनाद ने अपनी मायावी शक्तियों के प्रयोग से तुम्हें बंदी बनाया। यदि तुमने अहिल्या पर कुदृष्टि न डाली होती तो आज राक्षस-कुमार मेघनाद ने देवलोक के राजा इंद्र को इस तरह बंदी बनाकर लज्जित न किया होता। तुमने जो बोया, आज वही काटा है।' यह कहकर ब्रह्मा शांत हो गए।

'तुमने जो बोया है, वह आज नहीं तो कल, तुम्हें काटना ही पड़ेगा।' पुरंदर ने कर्म के अकाट्य सिद्धांत को धीमे-से दोहराया और सिर झुका लिया।

ब्रह्मदेव को लगा कि इंद्र को सबक़ मिल गया था किंतु हर बार की तरह पुरंदर पर इस घटना का प्रभाव भी क्षणभंगुर था।

31

गोवर्धन

कार्तिक मास की पूर्णिमा थी और पुरंदर अपनी इंद्र-सभा में बैठा उत्सुकता से अर्पण की प्रतीक्षा कर रहा था।

मथुरा के निकट स्थित एक छोटे-से गांव ब्रज की यह पुरानी परंपरा थी कि ब्रजवासी हर वर्ष कार्तिक मास की पूर्णिमा को वर्षा के देवता इंद्र को भोजन, मिठाइयां और फल अर्पित किया करते थे ताकि इंद्र प्रसन्न रहें और ब्रज गांव में समय पर वर्षा होती रहे। परंतु इस वर्ष कुछ अलग हुआ।

समय तेज़ी से बीत रहा था लेकिन देर शाम तक भी इंद्र को ब्रज से अर्पण नहीं मिला था। पुरंदर स्वभाव से अधीर था। धैर्य जल्दी पुरंदर का साथ छोड़ देता था। वह देवलोक का राजा था और उसे किसी तरह का विलंब, विशेष रूप से साधारण मनुष्यों द्वारा की लापरवाही कदापि पसंद नहीं थी। आख़िरकार, उससे जब और अधिक प्रतीक्षा नहीं हुई तो उसने अपने दूत को बुलाया।

'तुरंत ब्रज गांव में जाओ,' इंद्र ने अपने दूत को आदेश दिया, 'और पता करो वहां क्या चल रहा है। ऐसा पहली बार हुआ है कि ब्रज के लोगों ने अभी तक मेरी पूजा आरंभ नहीं की है और मुझे मिष्ठान्न व भोजन भी अर्पित नहीं किया है। मुझे कुछ गड़बड़ लगती है। जल्दी जाओ और पता करो!'

'जो आज्ञा प्रभु!' दूत ने सिर झुकाया और जाने के लिए मुड़ा।

'सुनो!' पुरंदर ने उसे पुकारा, 'ब्रज में केवल नंद के घर जाना और चुपचाप देखना कि वहां क्या हो रहा है। परंतु वहां किसी से बात मत करना, समझ गए?'

'जी प्रभु! समझ गया,' दूत ने उत्तर दिया। वह मुड़ा और सभा से बाहर निकल गया।

नंद, ब्रज गांव का मुखिया था। गांव में किसी भी अनुष्ठान के सारे प्रबंध आदि देखना नंद का दायित्व था। इसी कारण पुरंदर ने अपने दूत को नंद के घर जाने का आदेश दिया था। कुछ ही क्षणों में इंद्र का दूत ब्रज के मुखिया नंद के घर पहुंच गया। वह घर के बाहर घनी झाड़ियों के पीछे छिपकर खड़ा हो गया और वहां की गतिविधियों को ध्यान से देखने लगा।

नंद का घर काफ़ी बड़ा था। घर के बाहर बड़ी-सी चारदीवारी थी। बाहर वाले आंगन में बहुत-सी गाएं व कुछ अन्य पशु बंधे थे। दूत ने देखा कि घर में बहुत चहल-पहल थी। गांव के लोग घर के अंदर-बाहर आ-जा रहे थे। देखने से साफ़ लगता था कि ब्रजवासी किसी महत्त्वपूर्ण अनुष्ठान की तैयारी में व्यस्त थे। दूत ने देखा कि घर के भीतर कुछ बच्चे खेल रहे थे। उनमें एक बालक शेष बच्चों से भिन्न था। उसकी त्वचा का रंग नीला था और वह बहुत फुर्तीला और सुंदर था। उसके केश सिर के ऊपर गुंथे हुए थे और उनमें एक छोटा-सा मोरपंख अटका था, जो बालक के चलने-दौड़ने पर पतली-सी अग्निशिखा की भांति लहराता था। उसी बालक के निकट ऊंचे क़द और आकर्षक व्यक्तित्व वाला एक गठीला पुरुष खड़ा था। वह सब गतिविधियों को ध्यान से देख रहा था। उसकी भाव-भंगिमा से स्पष्ट था कि वह कोई और नहीं, अपितु ब्रज गांव का मुखिया नंद था।

'कृष्ण!' नंद ने किसी को पुकारा।

दूत ने देखा कि नंद की आवाज़ सुनकर नीली त्वचा और मोरपंख वाला बालक दौड़ता हुआ आया और बोला, 'जी पिताजी! क्या बात है?'

इंद्र का दूत ब्रज के दो लोगों से परिचित हो चुका था - ग्राम मुखिया, नंद और उसका पुत्र कृष्ण। परंतु दूत को अभी तक ऐसा कुछ देखने को नहीं मिला था जिसकी सूचना पुरंदर को दी जा सकती थी। तभी दूत का ध्यान आंगन के एक कोने में पक रहे स्वादिष्ट पकवान और मिठाइयों की ओर गया। उसने अनुमान लगाया कि वे सब पकवान किसी उत्सव के लिए तैयार किए जा रहे थे। उसे लगा कि गांववासी देवराज इंद्र की उपासना की तैयारी में ही जुटे थे। परंतु यह केवल उसका अनुमान था और इसकी पुष्टि होनी बाक़ी थी। दूत ने कुछ और समय प्रतीक्षा करने का निश्चय किया।

'पुत्र, क्या तुम्हें सब प्रबंध पसंद आए?' नंद ने कृष्ण से पूछा।

कृष्ण ने गांव के रसोइए को देखा और फिर निकट पक रहे भोजन पर दृष्टि डाली। उसने नंद को उत्तर देने के बजाय उल्टा प्रश्न किया, 'जी पिताजी, ये सब पकवान और मिठाइयां देखने में तो बहुत स्वादिष्ट हैं। परंतु मैं जानना चाहता हूं कि ये सब किसके लिए बनाए जा रहे हैं?'

कृष्ण का प्रश्न सुनकर पुरंदर का दूत सतर्क हो गया क्योंकि द्वारा पूछे गए प्रश्न के उत्तर से ही दूत की जिज्ञासा का भी समाधान होने वाला था।

नंद ने मुस्कराकर कहा, 'प्रिय कृष्ण, आज कार्तिक मास की पूर्णिमा है। ब्रज की यह पुरानी परंपरा है कि हम लोग इस दिन देवराज इंद्र को भोजन एवं मिष्ठान्न अर्पित करते हैं।'

यह सुनकर पुरंदर का दूत प्रसन्न हो गया। इस बात की पुष्टि हो गई थी कि वे पकवान इंद्र के लिए ही बन रहे थे। यह दूत के लिए शुभ समाचार था।

'इंद्र!' कृष्ण ने भौंहें सिकोड़कर कहा। 'यह कौन है?'

'इंद्र, वर्षा और मेघ के देवता हैं।' नंद ने सहज भाव से उत्तर दिया। 'हमें देवराज इंद्र की कृपा से ही वर्षा प्राप्त होती है और तभी हमारे पशु और हमारा गांव समृद्ध होता है। हम इंद्र को प्रसन्न रखने के लिए प्रति वर्ष उनकी पूजा-अर्चना करते हैं ताकि हमें कभी जल का अभाव न हो।'

नंद का उत्तर और उसमें अपने स्वामी देवराज इंद्र की प्रशंसा सुनकर दूत की खुशी पहले से दुगुनी हो गई। परंतु उसकी प्रसन्नता अधिक देर नहीं टिक पाई। उसने देखा कृष्ण के मुख पर विचित्र भाव उभर आए थे। बालक अपने पिता द्वारा दिए स्पष्टीकरण से असंतुष्ट दिखाई पड़ रहा था।

'इंद्र की पूजा करने की क्या आवश्यकता है?' कृष्ण ने अगला प्रश्न किया।

'मैंने तुम्हें अभी बताया कि इंद्र को प्रसन्न करने से हमें जल प्राप्त होता है।' नंद ने उत्तर दिया।

बालक संतुष्ट नहीं था। उसने कहा, 'मुझे यह सिखाया गया है कि कर्म का सिद्धांत अकाट्य है। सृष्टि के सभी प्राणी यहां तक कि देवी-देवता भी अपने-अपने कर्मों से बंधे हैं। उन्हें भी अपने कर्मों का परिणाम भोगना होता है। क्या यह सही है?'

'हां कृष्ण, यह पूर्णतया सत्य है,' नंद ने उत्तर दिया। 'परंतु तुम यह क्यों पूछ रहे हो? इंद्र की पूजा से कर्म के सिद्धांत का क्या संबंध है?'

'बहुत गहरा संबंध है,' कृष्ण ने मुस्कराकर कहा। 'यदि मेरी बात सत्य है तो फिर देवराज इंद्र भी कर्म के सिद्धांत से बंधे हैं, क्योंकि वह भी देवता हैं। उन्हें इंद्र का पद अपने कर्मों के अनुसार प्राप्त हुआ है। कोई भी प्राणी, जिसने सौ अश्वमेध यज्ञ किए हों तथा जो अन्य वांछनीय गुणों से युक्त हो, देवलोक के सिंहासन का अधिकारी हो सकता है।'

'हां, यह भी सही है,' नंद ने कहा। 'परंतु तुम कहना क्या चाहते हो?' नंद की दुविधा बढ़ती जा रही थी। उधर, इंद्र का दूत भी परेशान था। दोनों ही समझ नहीं पा रहे थे कि उस छोटे-से बालक का तर्क किस दिशा में बढ़ रहा था।

'मैं यह कहना चाहता हूं,' कृष्ण ने समझाते हुए कहा, 'कि देवराज इंद्र, हम पर कोई कृपा नहीं कर रहे हैं। वह वर्षा के देवता हैं और पृथ्वी पर जल-वृष्टि करना उनका कर्तव्य है। हम उनकी पूजा-अर्चना न करें तो भी वह अपने कर्तव्य से बंधे हैं। वास्तव में यदि वह अपने कर्तव्य का सही तरह से निर्वहन नहीं करेंगे तो उल्टे उनको ही दोष लगेगा। इस दोष के चलते उनका देवलोक से पतन भी हो सकता है। मुझे विश्वास है इंद्र ऐसा कदापि नहीं चाहेंगे।' यह कहकर कृष्ण के मुख पर मुस्कान आ गई।

कर्म जैसे जटिल एवं गूढ़ विषय पर छोटे-से बालक के तर्क सुनकर नंद स्तब्ध थे। कृष्ण को अपनी बात पर पिता के उत्तर की प्रतीक्षा थी। परंतु नंद अपने पुत्र को आश्चर्य से निहार रहे थे। कृष्ण की बात अभी समाप्त नहीं हुई थी।

कृष्ण ने आगे कहा, 'सरल शब्दों में मेरा आशय है, यदि हम इंद्र की पूजा न करें तो भी वह हमारे गांव पर जल-वृष्टि करने को विवश हैं, क्योंकि यह उनका कर्तव्य है। मैं इंद्र-पूजा का विरोधी नहीं हूं, किंतु मेरा मानना है कि देवताओं को भोजन और मिष्ठान्न अर्पित करने की अपेक्षा उसे निर्धन और ज़रूरतमंदों को बांटना बेहतर है। इससे इंद्र का भ्रम भी दूर हो जाएगा कि वह स्वेच्छा से हमारे हिस्से की वर्षा अथवा जो उनके नियंत्रण में है, रोक सकते हैं।'

कृष्ण के तीखे और अकाट्य तर्क सुनकर पुरंदर का दूत हैरान था। उसे नंद के उत्तर की प्रतीक्षा थी। परंतु नंद की भाव-भंगिमा देखकर लगता

था कि वह अपने बुद्धिमान पुत्र की बात से पूरी तरह सहमत थे। 'पुत्र, तुम सही कहते हो।' नंद ने विचार करने के उपरांत कहा, 'परंतु मैं नहीं चाहता कि इतनी बड़ी मात्रा में बने पकवान और मिष्ठान्न व्यर्थ जाएं। हम इस सबका क्या करेंगे? क्या तुम्हारे पास कोई सुझाव है?'

कृष्ण ने एक क्षण विचार किया और तुरंत उत्तर दिया, 'मेरे विचार से हम लोगों के लिए इंद्र से अधिक महत्त्वपूर्ण गोवर्धन पर्वत है। वह हमें घास, जल और ईंधन जैसी अनेक आवश्यक वस्तुएं प्रदान करता है। इन्हीं वस्तुओं पर हमारा जीवन और हमारी आजीविका निर्भर है। मेरा मानना है कि गोवर्धन पर्वत भी एक देवता है और इंद्र से कहीं बेहतर है। इसलिए हमें इंद्र के बजाय गोवर्धन की पूजा करनी चाहिए और कृतज्ञता-स्वरूप उसे ही भोजन और मिठाइयां भी अर्पित कर देनी चाहिए।'

सभी को कृष्ण का तर्क पसंद आया और वे तत्काल एकमत हो गए। नंद ने निश्चय किया कि सभी गांववासी गोवर्धन पर्वत के पास जाएंगे और उसकी उपासना करके भोजन और मिठाइयां अर्पित करेंगे। फिर सहसा नंद के मन में एक शंका उत्पन्न हुई।

'क्या इंद्र के लिए तैयार किया भोजन एवं मिष्ठान्न गोवर्धन पर्वत स्वीकार करेगा?' नंद ने अपनी शंका कृष्ण के समक्ष रखते हुए पूछा। नंद ने यह प्रश्न अपने पुत्र के ज्ञान की परीक्षा लेने के उद्देश्य से नहीं, अपितु सचमुच उत्सुकतावश किया था। नंद इस बात को लेकर आशंकित था कि एक निर्जीव पर्वत भोजन एवं मिठाइयों का सेवन कैसे करेगा?

कृष्ण ने नंद का प्रश्न सुना तो वह मुस्करा दिया। उसने कहा, 'हम जिस निष्ठा से पहले इंद्र को भोजन अर्पित करते थे, उसी निष्ठा से गोवर्धन को भोजन अर्पित करेंगे तो मुझे विश्वास है कि वह अवश्य इसे स्वीकार करेगा।'

हालांकि नंद को कृष्ण का रहस्यमय उत्तर ठीक से समझ में नहीं आया, फिर भी उसने तर्क करना उचित नहीं समझा। उसे कृष्ण पर पूरा भरोसा था।

इस बीच, पुरंदर का दूत झाड़ियों के पीछे से सब कुछ सुन रहा था। वह स्थिति को पुरंदर के विरुद्ध पलटते देखकर चिंतित हो गया। उसका ब्रज आने का प्रयोजन पूरा हो गया था, इसलिए उसने देवलोक जाकर इंद्र को ब्रजवासियों की योजना की सूचना देने का निश्चय किया। वह तत्काल देवलोक पहुंचा और फिर इंद्र-सभा में पुरंदर के समक्ष उपस्थित हो गया।

पुरंदर अपने इंद्रासन पर उदास बैठा था। उसे ब्रजवासियों द्वारा अर्पित भोजन की प्रतीक्षा थी। उसने ज्यों ही दूत को सामने देखा तो पूछा, 'क्या बात है? इतनी देर क्यों लगाई? ब्रज में क्या हो रहा है? उन्होंने अब तक मुझे मिठाइयां और भोजन अर्पित क्यों नहीं किया?'

इतने प्रश्न सुनकर दूत घबरा गया। उसे उत्तर देने के लिए उचित शब्द नहीं मिल रहे थे। उसने धीरे-से सिर उठाया और ब्रज में जो कुछ देखा-सुना था, वह सब अपने राजा को बता दिया। उसने नंद और कृष्ण के संवाद की जानकारी भी पुरंदर दी। दूत की बात सुनकर पुरंदर गुस्से से आग-बबूला हो गया।

'क्या कहा!' वह चिल्लाया, 'तुम्हारा आशय है कि ब्रज के लोग गोवर्धन पर्वत की पूजा करने जा रहे हैं। वह उस पत्थर के टुकड़े को पूजेंगे? वह गोवर्धन भला उन्हें क्या देगा?'

दूत जानता था कि ब्रजवासियों की इस हरकत से पुरंदर अवश्य ही आहत हुआ था। यदि दूत कुछ भी और कहता तो देवराज का गुस्सा बढ़ सकता था। दूत चुपचाप खड़ा रहा।

'उन मूर्ख गांव वालों को मेरी उपेक्षा करके गोवर्धन की पूजा करने का सुझाव किसने दिया?' इंद्र ने दूत से पूछा और फिर स्वयं ही बोला, 'तुम किसी लड़के का उल्लेख कर रहे थे... क्या नाम बताया उसका?' पुरंदर अपने दाएं हाथ की तर्जनी अंगुली से अपनी ठुड्डी खुजला रहा था। वह सोच में डूबने पर यही करता था।

'प्रभु, उस बालक का नाम कृष्ण है,' दूत ने उत्तर दिया। 'वह ब्रज के मुखिया नंद का पुत्र है।'

'जाओ और मेरे सारथी को बुलाकर लाओ!' इंद्र ने दूत को आदेश दिया। 'मैं स्वयं ब्रज जाऊंगा और गांव वासियों को उस नए देवता निर्जीव गोवर्धन की पूजा करते देखूंगा।'

कुछ ही देर में पुरंदर का सारथी मातलि आ पहुंचा। पुरंदर उसके साथ रथ में बैठकर ब्रज के लिए निकल पड़ा। कुछ ही देर में देवराज इंद्र का रथ, ब्रज के छोटे-से गांव के ठीक ऊपर आकाश में खड़ा था। पुरंदर ने तिरस्कार भरी दृष्टि से ब्रज की बाहरी सीमा पर स्थित गोवर्धन पर्वत को देखा। पुरंदर के मन में अकारण गोवर्धन को देखकर हीनभावना उत्पन्न होने

लगी। पुरंदर ने सोचा, देवलोक के शासक के ऐसे दिन आ गए हैं कि उसे स्वयं को साधारण पत्थरों से श्रेष्ठ सिद्ध करना होगा।

पुरंदर ने देखा कि ब्रजवासी धीरे-धीरे गोवर्धन पर्वत के निकट एकत्रित हो रहे थे। उनके हाथों में ढेरों फल, भोजन और मिठाइयां थीं। वह सामग्री गोवर्धन की पूजा-अर्चना के लिए लाई गई थी। फिर उन्होंने पर्वत की परिक्रमा की और सब पकवान एवं मिठाइयां पर्वत के सामने रख दिए। उन्होंने गोवर्धन पर्वत का तिलक किया और उसे तुलसी-दल एवं पुष्प अर्पित किए। गांव के पुजारी ने पर्वत की स्तुति गाई। पुरंदर ने देखा कि ब्रज के लोग बड़ी निष्ठा से गोवर्धन की पूजा कर रहे थे। वह गांववासियों को ऐसा करता देख ईर्ष्या से जल-भुन गया।

'कृष्ण, हमने सब कुछ तुम्हारी इच्छानुसार किया है,' नंद ने अपने पुत्र से कहा, 'परंतु मुझे लगता है गोवर्धन को इन वस्तुओं में रुचि नहीं है। मुझे चिंता हो रही है। इधर, गोवर्धन ने हमारा अर्पण स्वीकार नहीं किया और उधर, हमने इंद्र को भी रुष्ट कर दिया तो फिर हम किसकी शरण में जाएंगे?'

'आप चिंता मत कीजिए,' कृष्ण ने उत्तर दिया। 'धैर्य रखिए, सच्चे मन की प्रार्थना कभी व्यर्थ नहीं जाती। मुझे पूरा विश्वास है कि गोवर्धन ब्रज द्वारा अर्पित भोजन एवं मिष्ठान्न अवश्य स्वीकार करेगा और हमारे गांव को आशीर्वाद भी देगा। देखिए! मुझे पर्वत-शिखर पर कुछ हलचल दिखाई दे रही है।'

नंद ने पर्वत-शीर्ष की ओर देखा। सब लोग उसी दिशा में देखने लगे। शिखर के ऊपर पर तेज़ गड़गड़ाहट हो रही थी। सहसा पर्वत के शीर्ष पर एक खुरदरी आकृति प्रकट हुई और धीरे-धीरे उसमें से एक चेहरा उभरने लगा। कुछ ही देर में आकृति स्पष्ट हो गई। लोग यह देखकर आश्चर्यचकित थे कि उस आकृति का रूप बालक कृष्ण से मिलता था। ब्रज के लोग स्तब्ध थे। वे कृष्ण को देखने लगे और बालों में मोरपंख लगाए श्याम-वर्ण कृष्ण उनके पास चुपचाप खड़ा मुस्करा रहा था। आकाश में गोवर्धन के ठीक ऊपर खड़ा पुरंदर भी यह दृश्य देखकर चकित था।

इसी बीच, पर्वत के शीर्ष से आवाज़ आई, 'मैं गोवर्धन हूं, तुम मुझे "गिरिराज" भी कह सकते हो। मैं तुम्हारी पूजा-अर्चना से प्रसन्न हूं और ब्रज द्वारा अर्पित सामग्री सहर्ष स्वीकार करता हूं।' ऐसा कहकर गिरिराज गोवर्धन ने धीरे-धीरे भोजन एवं मिष्ठान्न का सेवन करना आरंभ कर दिया।

गांव वालों के आश्चर्य का ठिकाना नहीं था। नंद और गांववासी बेहद प्रसन्न थे। उन्होंने गोवर्धन के समक्ष सिर झुका दिया। वे उसे सर्वसम्मति से अपना नया देवता मान चुके थे। गोवर्धन ने अपने सामने रखे संपूर्ण भोजन का सेवन कर लिया। यह किसी चमत्कार से कम नहीं था। ब्रजवासी अपनी पूजा को सफल देखकर बहुत प्रसन्न हुए।

एक प्राणी, जो यह सब देखकर प्रसन्न नहीं था, वह कोई और नहीं, अपितु देवराज पुरंदर था। वह चकित था और दुखी भी। चकित इसलिए कि एक पर्वत ने, जिसे वह निर्जीव समझता था, उसकी आंखों के सामने भोजन का सेवन किया। दुख की बात यह थी वह सामग्री वास्तव में पुरंदर के लिए तैयार की गई थी। पुरंदर बहुत देर तक उस चमत्कारी दृश्य को देखता रहा।

कुछ ही देर में अनुष्ठान पूरा हो गया। ब्रजवासी, पुरंदर को भूल चुके थे। उन्हें नया देवता मिल गया था। पुरंदर को ब्रजवासियों की धृष्टता पसंद नहीं आई। वह भीतर से टूट गया। आख़िरकार, वह तूफ़ान, बिजली और वर्षा का देवता था। यही नहीं, वह देवताओं का राजा और देवलोक का शासक भी था। इससे पहले, देवराज इंद्र का इतना अपमान किसी नहीं किया था।

'यह ब्रजवासी मेरा ऐसे अपमान नहीं कर सकते। यह मेरे लिए लज्जा की बात है।' उसने अपने सारथी मातलि से कहा। मातलि भी गांव वालों का दुस्साहस देखकर हैरान था।

'जी प्रभु,' मातलि ने कहा, 'यह सचमुच अच्छा नहीं हुआ। इन्हें इस तरह आपका अपमान नहीं करना चाहिए। आपको ब्रजवासियों को सबक़ सिखाना पड़ेगा।'

पुरंदर को सबक़ सिखाने में बड़ा आनंद आता था। उसे मातलि का सुझाव अच्छा लगा। उसने ब्रजवासियों से प्रतिशोध लेने का निश्चय कर लिया। उसने बादलों को बुलाया और आदेश दिया, 'तुम्हारे जल-कोष में जितना भी जल है, उसे एकत्रित करो और ब्रज पर बरसा दो। ऐसा भयंकर तूफ़ान लाओ और ब्रज पर इतनी वर्षा करो कि ब्रजवासी फिर कभी किसी का अपमान न कर सकें। इन पर प्रकृति का कहर ढा दो! ब्रज को डुबा दो! इसे पानी में पूरा डुबा दो! यहां बाढ़ ले आओ! मैं चाहता हूं इस छोटे-से गांव का एक-एक व्यक्ति पानी में डूबकर मर जाए। इन मूर्खों को देवलोक के शासक देवराज पुरंदर का अपमान करने का परिणाम समझ में आना चाहिए।'

बेचारे बादल तो इंद्र के अनुचर थे। वे इकट्ठा हुए और ब्रज के ऊपर जल-वृष्टि आरंभ हो गई। कुछ ही देर में गांव के सारे रास्ते पानी में डूब गए। ज़बरदस्त तूफ़ान और लगातार चलती बारिश के कारण ब्रज में बाढ़ आ गई। चारों तरफ़ केवल पानी दिखाई पड़ता था। गांववासियों को भयावह वज्रपात और बादलों की गड़गड़ाहट के अतिरिक्त न कुछ दिखाई दे रहा था और न सुनाई पड़ रहा था। इधर ब्रज का छोटा-सा गांव, इंद्र के कोप के घातक प्रहार के नीचे कराह रहा था और उधर, देवलोक का राजा पुरंदर, आकाश में खड़ा ब्रजवासियों की पीड़ा देखकर ठहाका लगा रहा था।

गांववासियों को समझते देर नहीं लगी कि इंद्र की उपासना न करने के कारण जल का देवता उनसे कुपित हो गया था। बहुत देर तक जब तूफ़ान और जलवृष्टि नहीं रुकी तो सब कृष्ण के पास पहुंचे और सहायता मांगी। कृष्ण भी समझ गए कि यह सब पुरंदर के द्वेष और प्रतिशोध का परिणाम था। परंतु कृष्ण ज़रा भी विचलित नहीं हुए।

कृष्ण ने मुस्कराकर गांववासियों को देखा और बोले, 'मैं जानता हूं कि पुरंदर हमसे नाराज़ है, क्योंकि हमने उसकी पूजा नहीं की और भोजन एवं मिठाइयां भी अर्पित नहीं की। परंतु घबराने की बात नहीं है। आप मेरे साथ चलिए।'

छोटे-से बालक के विश्वास व साहस से भरे वचन सुनकर सभी को बहुत हैरानी हुई। वे नहीं जानते थे कि कृष्ण का अगला क़दम क्या होगा, किंतु उन्हें कृष्ण पर अटूट विश्वास था। वे अब तक कृष्ण के परामर्श को मानते आए थे इसलिए उन्होंने निश्चय किया कि चाहे कुछ भी हो जाए, वह इस कठिन क्षण में कृष्ण के साथ रहेंगे। गांव के सभी पुरुष, स्त्री, बच्चे और पशु-पक्षी कृष्ण के साथ गांव की बाहरी सीमा की ओर चल पड़े। शीघ्र ही कृष्ण उन सबको लेकर गोवर्धन पर्वत की तलहटी तक पहुंच गए।

इस बीच, पुरंदर, ब्रजवासियों की दयनीय दशा देखकर खुश हो रहा था। उसे विश्वास था कि जल्द ही ब्रजवासी अपने नए निर्जीव देवता का साथ छोड़कर फिर से पुराने और विश्वासी इंद्र के चरणों में लौट आएंगे। परंतु नियति ने पुरंदर के लिए कुछ और ही रच रखा था।

कृष्ण ने आकाश की ओर देखा और मुस्कराकर ज़ोर से उद्घोषणा की : 'पुरंदर वर्षा के देवता हैं और इस नाते जलवृष्टि करना

उनका कर्तव्य है। परंतु वर्षा नियंत्रित ढंग से होनी चाहिए। वास्तव में उचित मात्रा में जलवृष्टि करना उनका धर्म है और अति-वृष्टि धर्न के विरुद्ध है। यदि इंद्र को लगता है कि वह धर्म के मार्ग को त्यागकर कुटिल चाल द्वारा ब्रजवासियों को डराने-धमकाने में सफल हो जाएंगे तो यह उनकी भूल है। प्रत्येक प्राणी, जो धर्म के मार्ग से हटता है, अपने लिए कष्ट को आमंत्रित करता है। मैं गांववासियों को विश्वास दिलाता हूं कि आप मेरे हैं और मैं आपका हूं। जो मुझ में शरण लेता है, मैं सदा उसकी रक्षा करता हूं। पुरंदर का भ्रम दूर करके उन्हें सही पाठ पढ़ाने का समय आ गया है।' इसके बाद जो हुआ, उसे भगवान की लीला के अतिरिक्त कुछ नहीं कहा जा सकता।

कृष्ण ने, जो वास्तव में भगवान विष्णु का अवतार थे, अपने बाएं हाथ की सबसे छोटी अंगुली को गोवर्धन पर्वत की तलहटी के नीचे लगाया और झटके से गोवर्धन को अपनी अंगुली पर उठा लिया। इसके बाद कृष्ण ने गांववासियों को पर्वत के नीचे शरण लेने को कहा। सभी पुरुष, स्त्री, युवा, वृद्ध, बालक, पशु-पक्षी गोवर्धन पर्वत के नीचे आकर खड़े हो गए। ऐसा प्रतीत होता था मानो कृष्ण ने अपनी अंगुली पर विशाल छत्र धारण किया हुआ था और संपूर्ण ब्रज ने उसके नीचे शरण ली थी। वह विस्मयकारी और अवर्णनीय दृश्य था। गिरिराज पर्वत को धारण करने के कारण भगवान कृष्ण को 'गिरधारी' भी कहा जाता है। साथ ही, उन्होंने ऐसा करके गायों की रक्षा भी की थी, इसलिए उनका एक नाम 'गोविंद' भी है।

कृष्ण मुस्करा रहे थे। उन्होंने दाएं हाथ से अपनी धोती की तह में अटकी बांसुरी निकाली और मधुर धुन बजाने लगे, जिसे सुनकर पूरा गांव मंत्रमुग्ध हो गया।

'कृष्ण की जय! प्रभु की जय!!' गांववासी एक स्वर में कह उठे।

इधर आकाश में खड़ा पुरंदर, इस बात की प्रतीक्षा कर रहा था कि ब्रजवासी अपनी भूल स्वीकार करके उससे क्षमा मांगेंगे। परंतु वह घटनाक्रम में आए इस विचित्र मोड़ से स्तब्ध था। उसे कृष्ण से ईर्ष्या हो रही थी किंतु वह ब्रज की पावन भूमि पर पानी बरसाने के अतिरिक्त कुछ नहीं कर सकता था। उसने ऐसा ही किया। पुरंदर के आदेश पर लगातार भारी वर्षा होती रही।

कृष्ण की दिव्य उपस्थिति में गोवर्धन के नीचे खड़े किसी मनुष्य अथवा प्राणी को भूख या प्यास का एहसास नहीं हुआ। इस बीच, बादलों से पानी बरसता रहा। यहां तक पुरंदर ने वज्रपात और वर्षा की तेज़ धार से गोवर्धन को खंडित करने का भी प्रयास किया। परंतु जिस पर्वत को स्वयं भगवान कृष्ण ने धारण किया हो, उसका भला कौन बाल बांका कर सकता था। कृष्ण सात दिन तक गोवर्धन पर्वत को बाएं हाथ की छोटी अंगुली पर उठाए खड़े रहे। पुरंदर के अहंकार और कृष्ण की सहनशीलता में सात दिन तक इसी तरह लगातार संघर्ष चलता रहा।

आख़िरकार, बादलों का पानी सूख गया। उनमें पानी की एक बूंद भी शेष नहीं रही। पुरंदर को विवश होकर पराजय स्वीकार करनी पड़ी। पुरंदर ने मातलि को अपना रथ ब्रज में उतारने का आदेश दिया। देवराज पुरंदर को देखकर गांववासी पर्वत के नीचे से बाहर निकल आए। इसके बाद कृष्ण ने भी पर्वत को धीरे-से धरती पर रख दिया।

पुरंदर सिर झुकाकर कृष्ण के समक्ष आया और बोला, 'प्रभु! मुझे क्षमा कर दीजिए। मैंने आपको पहचानने में भूल कर दी। मैं आपको वचन देता हूं कि फिर कभी अपने धर्म और कर्तव्य से पीछे नहीं हटूंगा। मैं अपने धर्म-पालन के बदले किसी से कुछ अपेक्षा भी नहीं करूंगा।' ऐसा कहकर पुरंदर ने स्वयं कृष्ण को दूध से स्नान करवाया।

कृष्ण मुस्कराए और बोले, 'देवराज, आपको यह नहीं भूलना चाहिए कि आपका देवत्व इसलिए है, क्योंकि पृथ्वीवासी आपको देवता मानते हैं। आपको अपने पद की मर्यादा एवं प्रतिष्ठा का ध्यान रखना चाहिए। आप मेरी शरण में आए हैं इसलिए मैं आपको क्षमा करता हूं। परंतु आपके लिए अच्छा होगा कि आप शीघ्र ही अपने अधीर तथा द्वेषपूर्ण स्वभाव को त्याग दें अन्यथा आपको किसी दिन अपना इंद्रासन खोना पड़ेगा।'

कृष्ण की इस चेतावनी से पुरंदर भयभीत हो गया। उसने वचन दिया कि वह ऐसी भूल फिर नहीं करेगा। यद्यपि सबको पता था कि पुरंदर ने अतीत में ऐसी भूलें न जाने कितनी बात कीं और उन्हें न दोहराने का वचन भी दिया परंतु यह भी उसके दंभी स्वभाव का हिस्सा था। प्रत्येक बार उसका अहंकार टूटता था, उसकी पराजय होती थी किंतु वह ग़लतियां करता रहता था। उसने कितनी ही बार पराजय और अपमान के कड़वे घूंट पिए किंतु फिर वह नई चाल और कुटिल युक्ति सोचने लग जाता था।

ब्रज से वापस देवलोक लौटते समय पुरंदर ने मातलि को सावधान करते हुए कहा, 'सुनो मातलि, देवलोक में किसी को इस बात की भनक भी नहीं होनी चाहिए कि एक छोटे-से गांव के नन्हे बालक ने देवलोक के राजा को उसी के खेल में पराजित कर दिया है।'

बेचारे मातलि के पास अपने अहंकारी स्वामी देवराज इंद्र के समक्ष हामी भरने के अतिरिक्त दूसरा विकल्प ही कहां था।

32

मरुद्गण

पुरंदर को किसी प्रतिकूल स्थिति का सामना करना पड़ता तो वह कई दिन उसके शोक में डूबा रहता था। उसे अपमान के भंवर से बाहर निकलने में काफ़ी समय लगता था, परंतु उससे उबरने के बाद वह फिर अपने अहंकारी और दुर्व्यवहार भरे रूप में लौट आता था। उसका खुराफ़ाती दिमाग़ फिर कुटिल चालों एवं युक्तियों का ताना-बाना बुनने में जुट जाता था।

पुरंदर ब्रज से लौटने के बाद से बहुत हताश था। उसे पता था कि वह उस दुख से उबर जाएगा, परंतु ऐसा होने तक इंद्र-सभा में नृत्य, संगीत और आमोद-प्रमोद पर पूर्ण रोक लगा दी गई थी। अग्निदेव कभी-कभी अपने मित्र पुरंदर से मिलने और उसे सांत्वना देने आते थे। परंतु देवलोक के राजा को संभलने में समय लग ही जाता था।

इस बीच, धरती पर पुरंदर के विरुद्ध एक योजना बन रही थी, जिससे देवताओं का राजा पूरी तरह अनजान था।

वर्तमान मनवन्तर के सप्तर्षियों में से एक महर्षि कश्यप की दो पत्नियां थीं। उनका नाम दिति और अदिति था। वह दोनों ब्रह्मा-पुत्र दक्ष प्रजापति की पुत्रियां थीं। दिति ने दैत्यों को जन्म दिया, जबकि अदिति के पुत्र आदित्य कहलाए। दिति और अदिति सगी बहनें थीं तो उनके पुत्र दैत्य और आदित्य मौसेरे भाई थे। दिति को हिरण्यकशिपु और हिरण्याक्ष नाम के दो पुत्र अति प्रिय थे। वे दोनों बहुत क्रूर थे और सबको परेशान करते थे। धीरे-धीरे हिरण्यकशिपु और हिरण्याक्ष की शक्तियां बढ़ती गईं और वे स्वयं को भगवान के समकक्ष समझने लगे। कुछ समय बाद उनकी क्रूरता असहनीय हो गई तो

पुरंदर ने भगवान विष्णु से आग्रह किया कि वह संसार को दोनों दैत्य भाइयों के अत्याचार से मुक्ति दिलाएं। आख़िर पुरंदर के कहने पर भगवान विष्णु ने दो अलग-अलग अवसरों पर अवतार लेकर हिरण्याक्ष और हिरण्यकशिपु का वध कर दिया।

हिरण्यकशिपु और हिरण्याक्ष के वध में पुरंदर की महत्त्वपूर्ण भूमिका थी। इसलिए दिति अपने पुत्रों की हत्या का प्रमुख कारण देवराज पुरंदर को मानती थी। उसके मन में पुरंदर से प्रतिशोध लेने की भावना इतनी बलवती हो गई कि उसने एक ऐसे पुत्र को जन्म देने का संकल्प लिया जो बड़ा होकर इंद्र का वध कर सके।

दिति के लिए अपनी इच्छा को पति कश्यप के समक्ष व्यक्त करना कठिन था, क्योंकि महर्षि कश्यप अत्यंत दयालु थे। वह ईश्वरीय इच्छा से प्रेरित कार्य के लिए किसी अन्य व्यक्ति को दोषी मानकर उसे दंडित करने के पक्ष में नहीं थे। इसलिए दिति अधिकांश समय उदास रहती थी।

एक दिन कश्यप ने दिति से पूछा, 'प्रिय, तुम उदास क्यों हो? मैंने बहुत समय से तुम्हारे मुख-मंडल पर पहले-सा आकर्षण नहीं देखा। तुम्हें क्या कष्ट है?'

'स्वामी वही पुरानी कथा है,' दिति ने आंखों में आंसू भरकर कहा। 'मेरे मस्तिष्क से अपने प्रिय पुत्रों, हिरण्याक्ष और हिरण्यकशिपु की स्मृति धूमिल नहीं होती। उनकी मृत्यु का दुख मुझसे सहन नहीं होता। मेरा हृदय अपने प्रिय पुत्रों के लिए तड़पता रहता है।'

'मैं जानता हूं,' कश्यप ने दया-भरे स्वर में कहा, 'परंतु प्राणी को व्यक्तिगत क्षति से ऊपर उठना ही पड़ता है। तुम्हें अपने पुत्रों की मृत्यु को स्वीकार करके आगे बढ़ना होगा। यही दुख से मुक्ति का एकमात्र उपाय है।'

'आप ठीक कहते हैं,' दिति ने कहा। वह कश्यप को अपने मन की इच्छा बताना चाहती थी जिसे वह हृदय में बहुत समय से छिपाए बैठी थी। परंतु उसने निश्चय किया कि वह पहले अपने पति को अपने प्रेम और निष्ठा से प्रसन्न करेगी और फिर उचित समय आने पर इच्छा व्यक्त करेगी। दिति ने अत्यंत स्नेह, समर्पण, आत्म-संयम और विनम्रता के साथ अपने पति की सेवा आरंभ कर दी। दिति ने धीरे-धीरे सेवा-सत्कार और सौम्यता द्वारा अपने पति कश्यप का मन जीत लिया और वह उन्हें अपनी ओर आकृष्ट करने में सफल हो गई।

एक दिन कश्यप ने दिति से कहा, 'प्रिय, मैं तुम्हारी निष्ठा और सेवा से अत्यंत प्रसन्न हूं। तुम जो चाहो, मुझसे मांग लो। मैं तुम्हारी कोई भी इच्छा पूर्ण करने को तत्पर हूं।'

दिति को मानो इसी क्षण की प्रतीक्षा थी। उसने प्रसन्न होकर कहा, 'स्वामी आप तो जानते हैं कि मेरा हृदय अपने पुत्रों के लिए दुखी रहता है। वास्तव में, देवराज पुरंदर के कहने पर ही भगवान विष्णु ने मेरे पुत्रों की हत्या की थी। पुरंदर का विचार आते ही मेरा हृदय क्रोध से दग्ध हो जाता है और मेरे भीतर प्रतिशोध की ज्वाला भड़क उठती है। आप यदि मेरी सेवा से सचमुच प्रसन्न हैं तो कृपया मुझे ऐसा शक्तिशाली एवं योग्य पुत्र दीजिए, जो बड़ा होकर पुरंदर का वध कर सके।'

कश्यप अपनी पत्नी की मांग सुनकर चकित रह गए। परंतु वह वचन से बंधे थे। उन्होंने भावुक होकर दिति को उसकी इच्छा पूर्ण करने का वचन दिया था। उन्हें दुख हुआ कि दिति देवलोक के राजा की हत्या जैसे पाप-कर्म में उन्हें भागीदार बनाना चाहती थी। कश्यप समझ गए कि दिति ने उन्हें चालाकी से अपने स्नेह-पाश में फंसाकर वचन लिया था। उनके लिए इस संकट से बाहर निकलना सरल नहीं था, परंतु महर्षि भी कम नहीं थे। उन्होंने उस प्रतिशोध के खेल को पलटने का निश्चय कर लिया। कश्यप ने एक युक्ति सोची ताकि दिति को वांछनीय पुत्र की प्राप्ति न हो पाए।

कश्यप ने विनम्रतापूर्वक अपनी पत्नी से कहा, 'दिति, मैं यूं तो तुम्हारी इच्छा से सहमत नहीं हूं, किंतु मैं वचन दे चुका हूं इसलिए तुम्हारी इच्छा अवश्य पूरी करूंगा। तुम्हें पुरंदर को मारने वाले पुत्र की प्राप्ति होगी किंतु मेरी एक शर्त है।'

'कैसी शर्त मुनिवर!' दिति ने पूछा। 'मुझे अपने पुत्रों की हत्या का प्रतिशोध लेने के लिए हर शर्त स्वीकार है।'

'अच्छी बात है!' कश्यप बोले, 'तुम्हें एक वर्ष तक कड़े अनुशासन का पालन करना होगा और मेरे निर्देशों का धैर्य और निष्ठा से पालन करना होगा। यदि तुम इसमें सफल हो गईं तो तुम्हें इच्छानुसार पुत्र प्राप्त होगा। परंतु तुमने मेरे किसी नियम का उल्लंघन किया अथवा उसमें परिवर्तन किया तो तुम्हें इसका विपरीत परिणाम मिलेगा। ऐसा करने पर तुम्हारा होने वाला पुत्र, पुरंदर का शत्रु नहीं, अपितु उसका मित्र बन जाएगा। इसलिए मेरी

शर्त पर ठीक से विचार करके फिर मुझे बताओ कि क्या तुम अब भी पुत्र चाहती हो?'

कश्यप ने जान-बूझकर ऐसी नाजुक स्थिति उत्पन्न कर दी जिससे दिति अपनी अनुचित मांग पर पुनर्विचार करने पर विवश हो जाए। परंतु कश्यप का अनुमान सही सिद्ध हुआ।

दिति ने अपने पति की मंशा भांप ली। उसने तत्काल उत्तर दिया, 'स्वामी, मैं अपने प्रिय पुत्रों की हत्या का प्रतिशोध लेने के लिए कुछ भी कर सकती हूं। मुझे आपकी सब शर्तें स्वीकार हैं। परंतु मेरा निश्चय अटल है। मुझे एक पुत्र चाहिए जो इंद्र का वध कर दे। कृपया बताइए, यह इच्छा पूरी करने के लिए मुझे क्या करना होगा?'

कश्यप को पता था कि स्त्रियां स्वभाव से हठी होती हैं। परंतु उन्हें थोड़े-से प्रयास द्वारा सत्कार्य में प्रवृत्त किया जा सकता है। कश्यप ने अपने नियमों को शब्दों में कुछ इस तरह बांधा जिससे उनके निष्ठापूर्वक अनुपालन से दिति का मानसिक एवं आध्यात्मिक रूपांतरण हो जाए।

महर्षि कश्यप ने कहा, 'तुम्हें सबसे पहले हिंसा (मनसा, कर्मणा व वाचा) का पूर्ण परित्याग करना होगा। तुम्हें किसी भी प्राणी को क्षति पहुंचाने का विचार पूर्ण रूप से त्यागना होगा। किसी को शाप मत देना और न ही किसी से झूठ बोलना। तुम्हें ईर्ष्या से बचना है। एक वर्ष तक अपने केश व नाख़ून मत काटना। किसी भी प्राणी पर क्रोध मत करना और किसी की बुराई मत करना। किसी अन्य व्यक्ति द्वारा पहनी माला धारण नहीं करना। तुम्हें बचे हुए भोजन का सेवन नहीं करना तथा निम्न जाति या रजस्वला स्त्री द्वारा स्पर्श किए भोजन से भी दूर रहना है। तुम्हें एक वर्ष तक मछली और मांस का सेवन छोड़ना होगा। तुम्हें अंजुलि में जल पीने की आदत भी छोड़नी होगी। तुम्हें बाहर से लौटकर घर आने पर हाथ और पैर धोने हैं तथा संध्या के समय केश सदा बांधकर रखने होंगे।'

'अवश्य स्वामी,' दिति ने सिर झुकाकर कहा, 'मैं आपके इन सब नियमों का ध्यान रखूंगी। बताइए, मुझे और क्या करना होगा?'

कश्यप ने आगे कहा, 'रात्रि में अपने पैर धो और सुखाकर सोना। सोते समय उत्तर अथवा पश्चिम दिशा की ओर मुख नहीं करना। सुबह, स्नान आदि करके साफ़-सुथरे वस्त्र पहनने होंगे। चंदन का लेप एवं अन्य

शुभ सामग्री का प्रयोग करके गायों, ब्राह्मणों और ईश्वर की आराधना करनी होगी। दिति, यदि तुम इन नियमों का एक वर्ष तक निष्ठापूर्वक पालन करोगी तो मैं वचन देता हूं कि तुम्हें ऐसा पराक्रमी और शक्तिशाली पुत्र प्राप्त होगा जो इंद्र का वध कर सकेगा। परंतु मैंने जैसा पहले कहा, यदि तुमने इनमें से किसी भी नियम का उल्लंघन किया तो तुम्हारा होने वाला पुत्र इंद्र का मित्र बन जाएगा।'

दिति ने कश्यप को आश्वासन दिया कि वह उनके बताए सभी नियमों का पूरी निष्ठा और लगन से पालन करेगी। समय रहते दिति गर्भवती हो गई। उसने कश्यप के बताए नियमों का पालन आरंभ कर दिया।

कहते हैं, प्राणी अपने सत्कार्य भले ही छिपा ले, किंतु उसके दुष्कर्म संसार के समक्ष देर-सवेर प्रकट हो ही जाते हैं। कुछ ही समय में दिति की कुटिल योजना के विषय में सबको पता लग गया। यह बुरा समाचार दिति की बहन और पुरंदर की माता अदिति तक भी पहुंच गया। अदिति को अपने कानों पर विश्वास नहीं हुआ कि उसकी सगी बहन पुरंदर की हत्या की योजना बना रही थी और उसके गर्भ में पुरंदर का भावी हन्ता जन्म भी ले चुका था। अदिति के लिए अपने पुत्र पुरंदर की रक्षा करना आवश्यक हो गया।

अदिति ने पुरंदर को बुलाया और दिति की ख़तरनाक योजना के विषय में बताया। पुरंदर को वह समाचार पहले ही मिल गया था।

इंद्र ने कहा, 'माता, मैं आपकी बहन द्वारा बनाई योजना से अवगत हूं। यदि हिरण्यकशिपु और हिरण्याक्ष जैसे क्रूर दैत्यों का वध करना अपराध है, तो मैं यह अपराध एक बार नहीं, हज़ार बार करूंगा। देवलोक का राजा होने के नाते, दैत्यों के अत्याचार से संसार की रक्षा करना मेरा कर्तव्य है।'

'प्रिय पुरंदर, मैं यह जानती हूं,' अदिति ने अपने पुत्र का समर्थन किया। 'परंतु दिति अपने पुत्रों की हत्या से अत्यंत दुखी है। इसीलिए उसने तुम्हें मारने की योजना बनाई है। मुझे तुम्हारी चिंता हो रही है। यदि दिति ने कश्यप के नियमों का निष्ठापूर्वक पालन कर लिया तो क्या होगा?' अदिति की आंखों में आंसू आ गए थे।

'हां माता,' पुरंदर बोला, 'आप सही कहती हैं। आप कहिए, मुझे क्या करना चाहिए?' समस्या जटिल थी, क्योंकि पुरंदर का जीवन संकट में था।

'मेरे विचार से अब केवल एक ही उपाय है,' अदिति ने सोचकर कहा। 'हमें दिति पर नज़र रखनी होगी जिससे उसके द्वारा नियमों की अनुपालना में हुई किसी भी त्रुटि का हमें पता लग जाए, यदि उसने कोई नियम तोड़ा तो तुम्हारे जीवन पर आया संकट स्वतः समाप्त हो जाएगा।'

अदिति की बात से भी पुरंदर की दुविधा दूर नहीं हुई। 'यदि ऐसा हुआ तो...' पुरंदर ने टोका। 'और यदि ऐसा न हुआ तो? यदि नियम पालन में कोई त्रुटि नहीं हुई तो क्या होगा? यदि दिति ने कश्यप की शर्तें त्रुटिहीन ढंग से पूरी कर लीं तो फिर क्या? यदि उसका होने वाला पुत्र, मेरा शत्रु बन गया तब क्या होगा? मेरा क्या होगा? नहीं! नहीं!! मैं उस दुर्भाग्यपूर्ण क्षण की प्रतीक्षा नहीं कर सकता। मैं यह ख़तरा मोल नहीं लूंगा। मैंने निश्चय कर लिया है कि मैं अपने भावी शत्रु की गर्भ में ही हत्या कर दूंगा।'

पुरंदर की बात सुनकर अदिति कांप उठी। बहन के गर्भ में अजन्मे बच्चे की हत्या का विचार कुत्सित था।

'नहीं पुत्र!' अदिति ने आपत्ति व्यक्त की। 'भ्रूण-हत्या जघन्य अपराध है। यह सर्वथा अनुचित है। मेरे विचार से अदिति की दिनचर्या में त्रुटि ढूंढ़ना बेहतर उपाय होगा।' अदिति, अपने पुत्र पुरंदर की चिंता को कम करने का प्रयास कर रही थी।

यूं तो पुरंदर भी मानता था कि गर्भस्थ बालक की हत्या करना अनुचित है, परंतु उस असाधारण स्थिति में बच्चे को जीवित छोड़ना और बड़ा होने देना, पुरंदर के अपने जीवन के लिए ख़तरनाक था। इसलिए पुरंदर ने निश्चय किया कि वह कुछ समय दिति की दिनचर्या को देखेगा और यदि उसमें कोई त्रुटि नहीं हुई तो वह समय रहते, गर्भ में पल रहे शिशु की हत्या कर देगा। पुरंदर योजनानुसार दिति के निवास पर पहुंच गया।

पुरंदर अदृश्य हो गया। वह सदा दिति के आस-पास रहता था। वह बहुत ध्यान से दिति की दिनचर्या को देखता तथा उसके व्यवहार एवं नियम-पालन पर नज़र रखता था। दिति का प्रसव-काल पूरा होने को था। परंतु पुरंदर को दिति के व्यवहार में कोई त्रुटि दिखाई नहीं पड़ी। पुरंदर चिंतित हो गया।

एक दिन पुरंदर ने देखा कि दिति भोजन के पश्चात मुंह-हाथ धोना भूल गई। यह देखकर पुरंदर प्रसन्न हो गया, क्योंकि कश्यप के आदेशानुसार यह एक त्रुटि थी और इस कारण पुरंदर के लिए अब डरने की कोई बात

नहीं थी। तथापि यह पुरंदर की जीवन-मृत्यु का प्रश्न था और ज़रा-सी चूक से उसके जीवन का अंत हो सकता था। उसने दिति द्वारा त्रुटि की उपेक्षा करके अजन्मे पुत्र की हत्या का निश्चय कर लिया।

देवताओं का राजा होने के नाते पुरंदर के पास अनेक रहस्यमयी एवं मायावी शक्तियां थीं। उसने अपनी एक विशेष शक्ति का प्रयोग किया और जिस समय दिति सो रही थी, इंद्र उसके गर्भ में प्रवेश कर गया।

पुरंदर ने गर्भ के भीतर एक तेजस्वी बालक को देखा। पुरंदर उस शिशु के दिव्य और चमत्कारी रूप को देखकर दंग रह गया। वह साधारण बालक नहीं था। उसकी दिव्य छवि को देखकर पुरंदर के मन में इस बात को लेकर संदेह नहीं रहा कि वह बालक बड़ा होकर अत्यंत तेजस्वी और पराक्रमी बनने वाला था। पुरंदर को सहसा अपनी मृत्यु का भय सताने लगा। उस दिव्य और शक्तिशाली बालक को मारना सरल नहीं था। इसके अतिरिक्त गर्भ के भीतर थोड़ी-सी भी हलचल से दिति की निद्रा टूटने की संभावना थी। पुरंदर को फुर्ती और शक्ति का संयुक्त प्रयोग करना था। देवराज ने अपना वज्र संभाल लिया।

देवराज इंद्र के भावी हन्ता के लिए मेरे वज्र का एक प्रहार पर्याप्त होगा, पुरंदर ने सोचा।

इंद्र ने कसकर वज्र पकड़ा और ज़ोर से घुमाकर दिति के पुत्र पर वार कर दिया। संसार के सबसे शक्तिशाली अस्त्र से चूक नहीं हुई और उस प्रहार से दिति के तेजस्वी बालक के सात टुकड़े हो गए। वह निस्संदेह अति नृशंस कृत्य था। पुरंदर का जीवन सुरक्षित था। वह बहुत प्रसन्न हुआ, परंतु देवराज की प्रसन्नता अधिक समय नहीं टिक पाई।

सात टुकड़ों में विभक्त हुए बालक ने देखते-देखते, छोटे-छोटे सात बालकों का रूप ले लिया। पुरंदर को अपनी आंखों पर विश्वास नहीं हुआ। इससे भी बड़ा चमत्कार यह था कि वह सातों बालक जीवित थे। पुरंदर के लिए स्थिति गंभीर होती जा रही थी। तिस पर, सातों बच्चों ने एक साथ रोना आरंभ कर दिया।

पुरंदर, बालकों का संयुक्त रुदन सुनकर घबरा गया। उसकी योजना बुरी तरह विफल हो गई थी। उसने एक गर्भवती स्त्री के शरीर में घुसकर अजन्मे बालक की हत्या का प्रयास किया था और अब उस एक बालक के स्थान पर सात बालक थे जो बिना रुके रोते जा रहे थे। पुरंदर को उस विकट

स्थिति से बाहर निकलने का उपाय नहीं सूझ रहा था। पुरंदर ने बालकों को शांत करने का प्रयास किया।

वह बोला, 'मा-रुत! मा-रुत!!' (अर्थात, रोओ मत!)

परंतु शांत होने के स्थान पर सातों बालक और ज़ोर-से रोने लगे। पुरंदर को बालकों के रुदन से अधिक दिति के उठ जाने का भय था। उसकी घबराहट बढ़ रही थी और धैर्य समाप्त हो रहा था। कुछ देर प्रयास करने के उपरांत भी जब वे सात बालक शांत नहीं हुए तो देवराज इंद्र को उन पर बहुत क्रोध आया। उसने अपना जीवन बचाने के लिए उन सातों अबोध व अजन्मे बालकों का वध करने का निर्णय कर लिया।

पुरंदर ने एक बार फिर अपना वज्र उठाया और उसे तेज़ी से घुमाते हुए सातों बालकों पर एक साथ प्रहार कर दिया। इसके बाद जो हुआ, वह पहले से भी अधिक बड़ा चमत्कार था।

पुरंदर के दूसरे प्रहार के फलस्वरूप प्रत्येक बालक सात-सात हिस्सों में विभक्त हो गया। अब दिति के गर्भ में एक नहीं, सात भी नहीं, अपितु उनचास बालक हो गए थे। वे सब जीवित थे। पुरंदर ने अपने जीवन में ऐसा अविश्वसनीय चमत्कार कभी नहीं देखा था। उसके पास कोई विकल्प नहीं था। वह घबराकर दिति के गर्भ से बाहर निकल आया। उसके पीछे-पीछे सभी उनचास बालक भी गर्भ से बाहर आ गए।

पुरंदर की आंखें आश्चर्य से खुली रह गईं। वह जानता था दिति ने कश्यप के एक नियम का उल्लंघन किया था और इसलिए उसे दिति के पुत्र से कोई ख़तरा नहीं था। फिर भी उसने भय के वश गर्भस्थ बालक की हत्या का नृशंस प्रयास किया था। उसका सिर लज्जा से झुक गया।

कश्यप द्वारा बनाए नियम के उल्लंघन के फलस्वरूप अब संभावना यही थी कि वे उनचास बालक पुरंदर के मित्र बनने वाले थे। इंद्र सोचने लगा कि अपने मौसेरे भाइयों को कैसे बताएगा कि देवलोक के राजा ने भय के कारण गर्भस्थ बालक की हत्या का निष्फल प्रयास किया। यह सोचकर पुरंदर का मन ग्लानि से भर उठा। वह उन बालकों के निकट बैठ गया और उनके साथ खेलने लगा।

इसी बीच, दिति की निद्रा टूट गई और वह उठ बैठी। एक पुत्र के स्थान पर उनचास तेजस्वी बालकों को अपने समीप लेटा देखकर दिति के मुख पर प्रसन्नता और आश्चर्य के मिश्रित भाव उभर आए। उसने देखा कि

वही पुरंदर, जिसकी हत्या करने के लिए दिति ने पुत्र की कामना की थी, उसके उनचास पुत्रों के साथ स्नेहपूर्वक खेल रहा था। पुरंदर की भांति, दिति का मन भी ग्लानि से भर गया। एक वर्ष तक कश्यप मुनि के बताए नियमों के निष्ठापूर्वक अनुपालन तथा ईश्वर की सतत उपासना करने से दिति का हृदय परिवर्तित हो गया था। उसके मन से पुरंदर के प्रति द्वेष भी मिट चुका था।

दिति ने पुरंदर के समक्ष अपना अपराध स्वीकार करते हुए कहा, 'इंद्र, मैंने अपने दैत्य पुत्रों की हत्या का प्रतिशोध लेने के लिए एक वर्ष पूर्व तुम्हें मारने की योजना बनाई थी और इसी प्रयोजन से पुत्र-प्राप्ति की इच्छा की थी। परंतु अपने पति कश्यप द्वारा विदित कड़े अनुशासन व नियमों के निष्ठापूर्वक पालन और ईश्वर की सतत उपासना से मेरा हृदय-परिवर्तन हो गया है। मैं तुम्हें हिरण्याक्ष और हिरण्यकशिपु का वध करवाने के लिए क्षमा करती हूं। आज से तुम भी मेरे उनचास पुत्रों के समान हो,' ऐसा कहकर दिति ने पुरंदर को गले लगा लिया।

पुरंदर ने भी दिति के गर्भस्थ बालक की हत्या का प्रयास किया था, किंतु उसे पता था कि दिति के पुत्रों से अब उसे ख़तरा नहीं था। वे सब बच्चे अब उसके मित्र थे। उसने दिति को अपनी कुटिल योजना एवं नृशंस कृत्य के विषय में कुछ नहीं बताया और दिति की दृष्टि में अच्छा बना रहा।

दिति ने पुरंदर को आशीर्वाद दिया और उसे अपने सभी उनचास भाइयों की देखभाल करने का दायित्व सौंप दिया। पुरंदर ने उन बालकों को रोते समय 'मा-रुद!' कहा था, इसलिए उसने उन सबका संगठित रूप से नाम 'मरुद्गण' रख दिया।

पुरंदर मरुद्गण को साथ लेकर देवलोक चला गया और उन्हें भी 'देवता' की पदवी से सम्मानित कर दिया। हालांकि ऐसा करने से भी पुरंदर के चरित्र पर अपनी मौसी के गर्भस्थ पुत्र की हत्या के कुत्सित प्रयास से लगा धब्बा साफ़ नहीं हुआ। वैसे भी, पुरंदर को ऐसे धब्बों की परवाह कब थी।

33

हनुमान

पुरंदर कभी ख़ाली नहीं बैठता था। उसके पास देवलोक के संचालन से संबंधित बहुत-से कार्य रहते थे। परंतु जब कभी उसके पास फुर्सत के क्षण होते तो उसका कुटिल दिमाग़, नई चालाकियां, शंकाएं और प्रतिशोध की नई तसवीरें बनाने में व्यस्त हो जाता था। उसे सदा नई संभावनाओं की तलाश रहती थी। वह अपने मित्र अग्निदेव को बुला लेता और उनके साथ साधारण एवं महत्त्वपूर्ण दोनों तरह के विषयों पर विमर्श करता था। ऐसे ही एक दिन अग्निदेव अपने राजा पुरंदर के पास बैठे थे।

पुरंदर को सहसा एक पुरानी घटना याद आ गई और वह मुस्करा दिया।

'क्या हुआ, देवराज! आप क्या सोचकर मुस्करा रहे हैं?' अग्निदेव ने पूछा।

पुरंदर हँसते हुए बोला, 'मुझे अचानक स्वरभानु वाली घटना याद आ गई। क्या तुम्हें वह घटना याद है?' यह कहकर पुरंदर फिर हँसने लगा। स्वरभानु का नाम सुनकर अग्निदेव को भी हँसी आ गई।

'हां देवराज, मुझे याद है,' अग्निदेव ने कहा। 'सूर्यदेव और चंद्रदेव ने उसे अमृतपान करते पकड़ा था।'

पुरंदर बोला, 'उसने देवताओं के बीच छिपने का मूर्खतापूर्ण प्रयास किया और उसे उसका दंड भी मिल गया। यदि उस दिन सूर्य और चंद्र ने उसे पहचाना न होता तो वह दुष्ट अमर हो जाता।' पुरंदर की बातों में छटपटाहट झलक रही थी।

यह बहुत पहले की बात है। समुद्र-मंथन के बाद भगवान विष्णु मोहिनी का रूप धारण करके देवताओं के बीच अमृत बांट रहे थे। उस समय स्वरभानु नाम का एक असुर वेश बदलकर देवताओं के बीच छिपकर बैठ गया। वह छिपा इसलिए था क्योंकि देवताओं के अतिरिक्त किसी भी अन्य प्राणी को अमृतपान का अधिकार नहीं था। संयोग से सूर्यदेव और चंद्रदेव ने स्वरभानु को पहचान लिया। उन्होंने मोहिनी रूप में भगवान विष्णु को सूचना दे दी। तब विष्णु ने क्रोध में सुदर्शन चक्र से स्वरभानु का गला काट दिया। परंतु तब तक अमृत की कुछ बूंदें स्वरभानु के कंठ तक पहुंच गई थीं इसलिए वह आंशिक रूप से अमर हो गया। सुदर्शन चक्र के वार के बाद स्वरभानु का शरीर दो हिस्सों में कट गया। उसका सिर 'राहु' के नाम से तथा धड़ 'केतु' के नाम से प्रसिद्ध हुआ। तभी से राहु और केतु की सूर्यदेव और चंद्र देव से शत्रुता हो गई।

इसी घटना को स्मरण करते हुए पुरंदर ने कहा, 'उस समय राहु मेरे पास आया था। वह सूर्य और चंद्र पर अत्यंत क्रोधित था। वह रो रहा था तो मुझे उस पर दया आ गई। मैंने उसे वर्ष के कुछ विशिष्ट दिनों पर सूर्य और चंद्र को कुछ क्षणों के लिए ग्रस लेने की अनुमति प्रदान कर दी। वही दिन, ग्रहण के दिन होते हैं, जब राहु, सूर्य और चंद्र को ग्रस लेता है और दोनों कुछ देर के लिए अदृश्य हो जाते हैं।'

'संयोग से, आज ही सूर्य-ग्रहण है,' अग्निदेव ने कहा। 'आज राहु कुछ देर के लिए सूर्य को ग्रस लेगा।'

उनकी बात अभी समाप्त भी नहीं हुई थी कि तभी एक धड़-विहीन सिर भागता हुआ इंद्र-सभा में आया। वह कोई और नहीं, अपितु राहु था।

'दया कीजिए प्रभु!' पुरंदर के निकट आकर राहु ने रोते हुए कहा। 'आपके आदेश का खुला उल्लंघन हो रहा है। वह अत्यंत हठी है।'

'कौन! कौन हठी है! किसने मेरे आदेश का उल्लंघन किया? तुम किसकी बात कर रहे हो?' पुरंदर ने दुविधा-भरे भाव से राहु से पूछा।

'वह एक छोटा-सा वानर है,' राहु ने लज्जा से सिर झुकाकर कहा। 'परंतु मुझे लगता है वह साधारण वानर नहीं है। उसमें कुछ विशेष बात है।'

'एक वानर में क्या असाधारण हो सकता है?' पुरंदर ने चकित होकर अग्निदेव को देखा। अग्निदेव भी हैरान थे। 'अग्नि, क्या तुम सत्य का पता लगा सकते हो?'

'जो आपकी आज्ञा, देवराज!' अग्निदेव ने सिर झुकाया और इंद्र-सभा से बाहर निकल गए। वह राहु की बात की पुष्टि करने चले गए और कुछ ही देर में देवेंद्र की सभा में लौट आए।

'अग्नि, क्या हुआ! वह वानर कौन है?' पुरंदर ने अधीर होकर पूछा।

अग्निदेव ने विस्तार से बताया, 'प्रभु! उस वानर का नाम मारुति है। वह वानर-राज केसरी और उसकी पत्नी अंजना का पुत्र है। अंजना पिछले जन्म में पुंचिकस्थला नाम की अप्सरा थी जो शाप के चलते वानर बन गई। उसका विवाह केसरी से हुआ और फिर उन्होंने मारुति को जन्म दिया। मुझे पता लगा है कि वायुदेव स्वयं भगवान शिव की दिव्य शक्ति को अंजना के गर्भ तक ले गए थे। इस प्रकार से मारुति, वायुदेव का भी पुत्र है और भगवान शिव का भी अवतार है। यही कारण है कि वह इतना ऊर्जावान, फुर्तीला और शक्तिशाली है। उसमें ग़ज़ब की शक्ति है। संक्षेप में कहूं तो वह वानर स्वयं में एक चमत्कार है।'

'ओह! यह बात है! परंतु मारुति का राहु से किस बात पर झगड़ा हुआ?' पुरंदर समझने का प्रयास कर रहा था।

अग्निदेव ने बताया, 'मारुति अभी बहुत छोटा है परंतु उसे बहुत भूख लगती है। वह अपनी माता द्वारा दिए भोजन से संतुष्ट नहीं होता इसलिए सदा कुछ खाने की तलाश में रहता है। आज अंजना ने उसे खेलने के लिए नदी-तट पर छोड़ दिया और स्वयं स्नान करने चली गई। इस बीच मारुति ने पेड़ों से अनेक मीठे और रसीले फल खाए परंतु उसे संतोष नहीं हुआ। उसे भूख लग रही थी। तभी उसकी दृष्टि आकाश में उदय होते सूर्य पर पड़ी। सूर्य को देखकर मारुति को लगा कि वह नारंगी रंग का कोई रसदार फल है।'

पुरंदर हैरानी से अग्निदेव की बात सुन रहा था।

अग्निदेव आगे बोले, 'मारुति ने अंजना से कहा कि देखो माता! वह कितना बड़ा और रसीला फल है।' अंजना ने सोचा कि मारुति ने कोई नया फल देखा होगा। उसने बिना देखे ही उत्तर दिया, 'मारुति, मैं स्नान कर रही हूं इसलिए बाहर नहीं आ सकती। तुम्हें यदि वह फल पसंद है तो तुम उसे खा लो।'

'फिर क्या हुआ?' पुरंदर ने पूछा।

'होना क्या था!' अग्निदेव बोले, 'मारुति तो यही सुनना चाहता था। उसने एक पल की भी देर नहीं की और वहीं से सूर्य को ओर छलांग लगा

दी। सूर्य को बड़ा और रसीला फल समझकर मारुति उसे खाने के लिए आकाश में लपक पड़ा।'

'क्या!' पुरंदर ने चकित होकर कहा, 'मारुति को सूर्यदेव फल के समान दिख रहे थे? उसने सूर्य को पकड़ने के लिए छलांग लगाई?' यह कहते हुए पुरंदर शून्य में खो गया मानो वह उस दृश्य की कल्पना कर रहा था।

'महाराज,' अग्निदेव ने कहा, 'वायुदेव का पुत्र होने के कारण मारुति के लिए आकाश में ऊंची छलांग लगाना कोई मुश्किल बात नहीं है। उसकी माता ने कहा कि फल खा लो, तो उसने वही किया और सूर्य की ओर उड़ चला।'

'फिर?' पुरंदर ने पूछा।

अग्निदेव की बात आगे बढ़ाई : अंजना स्नान करके नदी से बाहर आई तो उसने मारुति को पुकारा। उसकी दृष्टि ऊपर गई तो उसने देखा कि मारुति सूर्य की ओर उड़ा जा रहा था। उसने अपने पति केसरी को बुलाया और मारुति को रोकने के लिए कहा। केसरी भी मारुति की हरकत देखकर हैरान रह गया। उसने मारुति को पकड़ने के लिए पूरी शक्ति से आकाश में छलांग लगाई परंतु वह इतना ऊंचा उठ नहीं पाया और नीचे आ गिरा। अंजना और केसरी असहाय खड़े अपने पुत्र को देखते रहे। इतनी देर में मारुति बहुत ऊपर जा चुका था। वह अपने नन्हे हाथों को आगे फैलाए सूर्यदेव को खाने के लिए आगे बढ़ रहा था। वह सचमुच ज़बरदस्त और शानदार दृश्य था। देव और गंधर्व भी मारुति को आश्चर्य से देख रहे थे।

'वाह! उसकी गति देखने योग्य है!' अग्निदेव ने पुरंदर से कहा, 'देवराज, मैंने मारुति को उड़ते देखा है। आपको शायद विश्वास न हो किंतु वह वायुदेव और गरुड़ से भी तेज़ गति से उड़ता है। यदि इतनी कम आयु में मारुति के पास ऐसी गति है, तो तनिक सोचिए, वह बड़ा हो जाएगा तो क्या करेगा।'

'इसके बाद क्या हुआ?' पुरंदर को बेचैनी हो रही थी। 'तुमने अभी तक मुझे यह नहीं बताया कि मारुति का राहु से झगड़ा क्यों हुआ?'

'मैं वही बता रहा हूं,' अग्निदेव जानते थे कि पुरंदर अधीर है। 'इसके बाद वायुदेव ने भी मारुति को सूर्य की ओर जाते देखा। उन्होंने मारुति का पीछा किया। उन्हें डर था कि सूर्य के निकट जाने से मारुति को तेज़

गर्मी से हानि हो सकती थी। विडंबना यह थी कि सूर्यदेव ने, जो मारुति का भोजन बनने वाले थे, सोचा कि मारुति बहुत छोटा है, इसलिए उन्होंने मारुति को क्षति नहीं पहुंचाई और वह भी उस अद्भुत दृश्य का आनंद लेते रहे।'

'मारुति की राहु से कहां भेंट हुई?' पुरंदर की रुचि राहु और मारुति के बीच हुए झगड़े में थी।

अग्निदेव ने बताया, 'मारुति सूर्य को खाने जा रहा था और उसी क्षण संयोग से राहु भी सूर्य को ग्रस लेने पहुंच गया। तभी राहु ने देखा एक छोटा-सा वानर, सूर्य की ओर लपका जा रहा है। राहु उसके बीच में आ गया और उसने मारुति से पूछा कि तुम कौन हो और कहां जा रहे हो?'

'आगे की कथा, मैं सुनाऊंगा!' राहु बीच में बोल पड़ा क्योंकि वह पुरंदर को अपनी व्यथा स्वयं सुनाना चाहता था।

राहु बोला, 'मेरे ऐसा पूछने पर वह वानर हँसने लगा। फिर वह सूर्य की ओर इशारा करके बोला कि क्या तुम्हें दिखाई नहीं देता कि मैं वानर हूं? मुझे भूख लगी है और मैं इस विशाल नारंगी फल को खाऊंगा। मुझे यह बहुत रसीला लग रहा है।'

'फिर तुमने क्या कहा?' पुरंदर ने पूछा।

मैंने कहा, 'तुम्हारा दिमाग़ ख़राब हो गया है! यह कोई फल नहीं है। यह सूर्य है और यह सृष्टि में प्रकाश और ऊष्मा का एकमात्र स्रोत है। तुम जाओ यहां से! भागो! मुझसे मत उलझो!'

'फिर?' पुरंदर बोला।

'देवराज,' राहु ने कहा, 'उसने मेरा मज़ाक़ उड़ाया। उसने मुझ पर व्यंग्य किया और बोला कि तुम यह कटा सिर लेकर कहां घूम रहे हो! कौन हो तुम! तुम्हारा बाक़ी शरीर कहां है?'

यह सुनकर पुरंदर ने तिरछी नजर से अग्निदेव को देखा। दोनों को राहु की दशा पर हँसी आ रही थी।

'प्रभु, वह लगातार मेरी आकृति का मज़ाक़ उड़ाता रहा,' राहु ने दुखी स्वर में कहा, 'मैंने उसे कहा कि मैं दरअसल एक असुर हूं और आज सूर्य-ग्रहण का दिन है। मैं सूर्य को ग्रसने जा रहा हूं। मैंने उसे बताया किस तरह सूर्य और चंद्र के कारण मेरी दुर्दशा हुई थी। मैंने उसे यह भी बताया

आपने मुझे सूर्य और चंद्र को विशिष्ट दिनों पर ग्रसने की अनुमति प्रदान की है। मैंने उस दुष्ट वानर को कहा कि वह मेरे रास्ते से हट जाए और अपनी भूख मिटाने के लिए कुछ और ढूंढ़े।'

'फिर उस वानर ने क्या कहा?' पुरंदर अब भी मुस्करा रहा था।

राहु ने उत्तर दिया, 'मैंने सोचा कि मेरी दुखद कथा सुनकर वह वानर लौट जाएगा। परंतु वह मेरी बात सुनकर ज़ोर-ज़ोर से हँसने लगा और बोला कि मैं इस स्वादिष्ट फल को किसी तरह नहीं छोड़ूंगा और इसे खाकर ही मानूंगा। तुम्हारे जैसे विचित्र प्राणी के लिए तो इसे बिलकुल नहीं छोड़ूंगा। यदि तुमने मुझे रोकने का प्रयास किया तो पहले मैं तुम्हें खाऊंगा और उसके बाद यह नारंगी फल खाऊंगा।'

'यह तो तुम्हारे साथ बहुत अन्याय हुआ।' पुरंदर भी मारुति की धृष्टता सुनकर हैरान था।

'देवराज, यह तो कुछ भी नहीं है,' यह कहकर राहु ने इंद्र के चरण पकड़ लिए। 'इसके बाद उस शरारती और दुष्ट वानर ने मार्ग बदल लिया और मुझ पर लपका। मैं उसका उग्र रूप देखकर घबरा गया और किसी तरह अपने प्राण बचाकर आपके पास आया हूं। उस वानर ने सारी व्यवस्था बिगाड़ दी है। कृपया मेरी और अपने वचन की रक्षा कीजिए।'

यह सुनकर पुरंदर को बहुत हैरानी हुई। वह सोचने लगा कि एक छोटे-से वानर ने राहु के जीवन में खलबली मचा दी थी। यह वही राहु है, जो स्वयं लोगों के जीवन में उथल-पुथल मचाने के लिए कुख्यात है। एक वानर, जिसे पेड़ों के फल खाकर मस्त रहना चाहिए, सूर्य को अपना भोजन बनाने की मंशा लिए बैठा था। मारुति ने देवलोक में ही घुसपैठ नहीं की थी, अपितु इस कृत्य से पुरंदर की प्रतिष्ठा भी दांव पर थी।

'मुझे ही कुछ करना होगा!' पुरंदर बोल पड़ा। 'अब यह राहु की व्यथा का नहीं, बल्कि देवलोक के राजा के सम्मान का प्रश्न है।'

पुरंदर ने अपना घातक वज्र उठाया और ऐरावत पर सवार होकर मारुति से निपटने चल पड़ा। देवलोक के शासक को क्रोध आ गया था। चारों ओर बादल गड़गड़ाने लगे। आकाश का विस्तृत पटल पर ज़बरदस्त बिजली चमक रही थी। संसार पुरंदर के कोप का साक्षी था। परंतु यह भयावह दृश्य देखकर भी मारुति नहीं घबराया।

कुछ ही पलों में पुरंदर घटनास्थल पर पहुंच गया। उसने देखा मारुति निर्भय होकर आगे बढ़ता जा रहा था। वह पृथ्वी का छोटा-सा प्राणी सूर्य की दिशा में अपनी यात्रा का भरपूर आनंद ले रहा था। तभी उसे ऐरावत पर बैठा पुरंदर दिखाई दिया। उसने आकाश में उड़ने वाला और उस पर बैठे किसी राजा को पहले कभी नहीं देखा था। यह दृश्य देखकर उसके आनंद में उत्सुकता का पुट भी सम्मिलित हो गया। वह सूर्य को छोड़कर ऐरावत की ओर बढ़ गया। अगले ही क्षण मारुति ने ऐरावत की पूंछ पकड़ ली।

मारुति का दुस्साहस देख देवताओं के राजा अहंकारी पुरंदर के आश्चर्य की सीमा नहीं रही। एक बंदर ने ऐरावत की पूंछ पकड़ ली थी। पुरंदर से और अधिक अपमान सहन नहीं हुआ। उसने बिना एक पल विचार किए, अपना वज्र घुमाया और पूरी शक्ति से मारुति पर दे मारा।

इंद्र का वज्र मारुति की ठुड्डी पर लगा। कोई साधारण प्राणी होता तो वज्र के प्रहार से उसका जीवित बचना असंभव था। परंतु मारुति साधारण वानर नहीं था। उसके प्रहार से मारुति की मृत्यु तो नहीं हुई, किंतु वह बुरी तरह आहत हो गया। मारुति को चोट लगी थी। वह मूर्च्छित होकर तेज़ी से नीचे की ओर गिरने लगा। वायुदेव ने अपने पुत्र को गिरता देखा तो वह तेज़ी से नीचे उतरे और उन्होंने हवा में अपने पुत्र को पकड़ लिया। मारुति की ठुड्डी से खून बह रहा था। वायुदेव को इंद्र के दुर्व्यवहार पर बहुत क्रोध आया। उन्होंने निश्चय किया कि वह पुरंदर को सबक़ सिखाएंगे।

वायुदेव ने वातावरण से सारी हवा सोख ली। फिर वह मारुति को लेकर एक निर्जन गुफा में चले गए। वातावरण से वायु का अभाव होते ही पूरी सृष्टि में उथल-पुथल मच गई। प्राणियों की श्वास रुकने लगी गई और सब घुटन से मरने लगे। सर्वत्र खलबली मच गई। ऐसा लग रहा था शीघ्र ही समूची सृष्टि का विनाश हो जाएगा। अब पुरंदर के प्रायश्चित करने की बारी थी।

पृथ्वी लोक पर लोगों को मरता देखकर देवतागण एकत्रित होकर पुरंदर के पास गए। उन्होंने पुरंदर के दुर्व्यवहार पर अपनी अप्रसन्नता व्यक्त की। उनका मानना था कि पुरंदर को इतने छोटे वानर पर वज्र से प्रहार नहीं करना चाहिए था। उन्होंने इंद्र को तत्काल वायुदेव से क्षमा मांगने का परामर्श दिया, क्योंकि उसने वायुदेव के पुत्र मारुति को चोट पहुंचाई थी।

इस बीच, इंद्र को भी अपनी भूल का आभास हो गया था। वह वायुदेव से क्षमा मांगने के लिए तैयार हो गया, किंतु सब देवतागण उसे साथ लेकर ब्रह्मा के पास गए। उन्होंने विष्णु और शिव से भी साथ चलने का आग्रह किया, क्योंकि उन्हें पता था कि वायुदेव को प्रसन्न करना अकेले पुरंदर के लिए संभव नहीं था।

भगवान शिव ने पुरंदर की मूर्खता के लिए उसे बुरी तरह फटकारा। इंद्र चुपचाप सिर झुकाए खड़ा रहा। उसने शिव से क्षमा मांगी। इसके बाद वह सब लोग वायुदेव के पास पहुंचे, जहां वे मारुति को गोद में लिए बैठे थे। ब्रह्मा ने जैसे ही मारुति को स्पर्श किया, वह अपनी नन्ही आंखें खोलकर सबको देखने लगा। उसे सुरक्षित और स्वस्थ देखकर सभी बहुत प्रसन्न थे। मारुति को जीवित और स्वस्थ देखकर पुरंदर को बहुत राहत मिली। परंतु वायुदेव का क्रोध शांत नहीं हुआ था। उन्होंने अब भी वायु को रोक रखा था। उन्हें प्रसन्न करने के लिए देवताओं ने मारुति को वरदान देने आरंभ किए।

सबसे पहले ग्लानि से भरा पुरंदर आगे आया। उसने अपनी माला उतारी और उसे मारुति के गले में डालकर बोला, 'मेरे कारण मारुति को चोट पहुंची, जिससे इसकी ठुड्डी पर यह चिह्न अंकित हो गया है। मुझे इसका दुख है, किंतु मैं मारुति को वरदान देता हूं कि यही चिह्न इसकी पहचान बनेगा। आज से मारुति का नाम "हनुमान" होगा (संस्कृत में 'हनु' का अर्थ ठुड्डी होता है)। मैं इसे यह वरदान भी देता हूं कि इसे संसार का कोई भी अस्त्र, यहां तक कि मेरा वज्र भी क्षति नहीं पहुंचा सकेगा।' देवराज का वरदान सुनकर नन्हा हनुमान मुस्करा दिया।

पुरंदर के बाद सूर्यदेव ने मारुति को वरदान दिया। वह बोले, 'मैं हनुमान को अपना तेज प्रदान करता हूं। मारुति के अध्ययन का जब उचित समय आएगा तो मैं स्वयं इसे शिक्षा प्रदान करूंगा। यह समस्त प्राणियों में सबसे बुद्धिमान और ज्ञानवान बनेगा। इसे शास्त्रों तथा अन्य सभी ग्रंथों का पूर्ण ज्ञान प्राप्त होगा।' इसके बाद हनुमान को वरदान देने के लिए देवतागण पंक्तिबद्ध हो गए।

वरुणदेव ने मारुति को वरदान दिया कि उसे जल का भय नहीं रहेगा। अग्निदेव ने वरदान दिया कि हनुमान को अग्नि से कभी क्षति नहीं पहुंचेगी। यमदेव ने हनुमान को सभी प्रकार के रोगों से प्रतिरक्षित कर दिया। यक्षराज कुबेर ने हनुमान को वरदान दिया कि वह किसी युद्ध में पराजित नहीं होगा।

भगवान शिव ने मारुति को सर्वोच्च वरदान यानी अमरता का वरदान प्रदान किया। भगवान ब्रह्मा ने कहा कि ब्रह्मास्त्र भी हनुमान का कुछ नहीं बिगाड़ सकेगा। ब्रह्मा ने आगे कहा, 'प्रिय हनुमान, तुम्हारे शत्रु सदा तुमसे भयभीत रहेंगे और तुम्हारा स्मरण करने वाले निर्भय हो जाएंगे। तुम अपनी इच्छा से कोई भी रूप धारण कर सकते हो और किसी भी स्थान पर तुरंत पहुंच सकते हो।'

इसके बाद भगवान विष्णु बोले, 'हनुमान मेरा सर्वप्रिय भक्त है। मैं त्रेता युग में पृथ्वी पर राजा दशरथ के पुत्र रामचंद्र के रूप में अवतार लूंगा। उस समय हनुमान मेरे भाई की तरह मेरे साथ रहेगा।'

अंत में सभी देवताओं ने मिलकर हनुमान को आशीर्वाद दिया कि वह शक्ति और गति दोनों में अपने पिता वायुदेव से आगे निकल जाएगा।

अपने पुत्र मारुति को मिले इतने वरदान सुनकर वायुदेव संतुष्ट हो गए। उन्होंने वातावरण में वायु का प्रवाह फिर से आरंभ कर दिया जिससे पृथ्वी पर जीवन सामान्य हो गया। फिर वायुदेव हनुमान को लेकर उसके माता-पिता अंजना और केसरी के पास पहुंचे और उन्हें पूरी कथा सुनाई। अंजना और केसरी को जब पता लगा कि उनके पुत्र मारुति को देवी-देवताओं से इतने आश्चर्यजनक और शानदार वरदान प्राप्त हुए हैं तो वह बहुत प्रसन्न हुए। परंतु उन्हें मारुति की ठुड्डी पर लगी पुरंदर के वज्र की चोट पसंद नहीं आई। फिर जब उन्हें यह पता लगा कि उसी चिह्न के कारण उनके पुत्र मारुति को उसका सबसे चर्चित और पूजनीय नाम 'हनुमान' मिला है, तो उन्होंने देवराज पुरंदर को क्षमा कर दिया।

अहंकारी पुरंदर एक बार फिर बुरी तरह परास्त और लज्जित होकर देवलोक लौट आया। उसने बहुत दिन किसी से भेंट नहीं की। इंद्र-सभा में अनेक दिन संगीत और नृत्य भी स्थगित रहा।

इस घटना के उपरांत पुरंदर ने किसके साथ अगली कुटिल चाल चली होगी, इसे पाठकों की कल्पना पर छोड़ा जा रहा है।

उपसंहार

प्रत्येक पुस्तक में उपसंहार नहीं होता।

इस पुस्तक में भी इसकी विशेष आवश्यकता नहीं थी, किंतु पौराणिक कथाओं का समापन करना कठिन होता है। इसका सीधा-सा कारण है कि ऐसी कथाओं के पात्र, वास्तविक जीवन के पात्रों की तुलना में इतने अधिक विस्तृत, उदात्त एवं बृहद् होते हैं कि उनका आकार समय और स्थान की परंपरागत सीमाओं के पार निकल जाता है। तब लेखक ऐसे मोड़ पर आ पहुंचता है, जहां उसके लिए पुस्तक के 'अंतिम' अध्याय का चयन करना चुनौतीपूर्ण तथा दुरूह हो जाता है। प्रस्तुत पुस्तक में, यह गतिरोध और भी मुखर होकर सामने आया था क्योंकि इसका मुख्य पात्र पुरंदर, जो इस मनवन्तर का इंद्र है, पौराणिक होते हुए भी वर्तमान समय में विद्यमान है। परंतु हमारे पास उसके जीवन की नवीनतम गतिविधियों की सूचना उपलब्ध नहीं है। इस कारण, यह निर्णय लेना बहुत कठिन था कि पुरंदर के ज्ञात जीवन की कौन-सी घटना को अंतिम मानकर पुस्तक का अंत किया जाए।

मुझे पर्याप्त विचार करने के उपरांत भी, जब इस माला का 'अंतिम' मनका नहीं मिला, तो मैंने उपसंहार लिखकर इसका समापन करने का निश्चय किया ताकि ऐसा न हो कि पुरंदर का पात्र, पुस्तक के पृष्ठों से सहसा ओझल हो जाए और मेरे पाठक, यानी आप, पुरंदर को लेकर दुविधा में रह जाएं।

पुरंदर के जीवन की घटनाएं, ग्रंथों में यत्र-तत्र-सर्वत्र अव्यवस्थित ढंग से बिखरी हुई हैं। इस अव्यवस्था का मुख्य कारण यह है कि घटनाओं का 'आंखों-देखा' हाल लिखने की परंपरा समाप्त हो गई है। वे सब गुणी, ज्ञानी एवं सिद्ध ऋषि-मुनि, जो हज़ारों वर्ष पूर्व इन रोचक पौराणिक घटनाओं को लिखकर दर्ज किया करते थे, पृथ्वीलोक को छोड़कर जा चुके हैं। उनके गमन

के उपरांत ऐसा कुछ नहीं लिखा गया जो प्राचीन काल के वैदिक ग्रंथों के समान विश्वसनीय हो। इसलिए जब तक कुछ सिद्ध व ज्ञानी जन धरती पर प्रकट होकर उन 'दिव्य' घटनाओं को लिपिबद्ध करने का कार्य फिर से आरंभ नहीं करेंगे, तब तक पुरंदर जैसे उपन्यास मौजूदा ख़ालीपन को भरते रहेंगे।

जहां तक पुरंदर का प्रश्न है, मेरा व्यक्तिगत मत और अनुमान यह है कि वह इस बीच अवश्य देवलोक का कार्यभार संभाल रहा होगा और उससे जुड़े अपने दायित्वों का निर्वहन कर रहा होगा। मुझे नहीं लगता कि उसने चालाकी और शरारत करने की अपनी पुरानी आदत छोड़ दी होगी। अपने चरित्र से संबद्ध अनेक कलंकों एवं दुर्भाग्यपूर्ण कथाओं के बावजूद, वर्तमान मनवन्तर का इंद्र या पुरंदर निर्विवाद रूप से देवताओं का स्वामी है। वह देवलोक का शासक है तथा आज भी वर्षा एवं बिजली के देवता के रूप में वंदित है। इन सब कारणों से पुरंदर की प्रभुता अविवादित है।

मैं चाहता हूं कि आप इस अंतिम वाक्य को पढ़ते हुए पुरंदर के आभामंडल में से धीमे-से बाहर निकलकर देवराज इंद्र के दिव्य चरित्र को अज्ञात की अथाह गहराइयों में घुलकर विस्मृत हो जाने दीजिए।